Sila Beer, 44 Jahre alt, arbeitet als Tischlerin in Berlin. Als sie erfährt, dass sie im Oderbruch einen alten Hof geerbt hat, macht sie sich nicht nur auf eine Reise in ihre alte Heimat, sondern auch auf eine Reise in die Vergangenheit, in der schmerzhafte Erinnerungen wach werden, an die Kindheit in der DDR und die Flucht in den Westen. Doch auch die guten Erinnerungen kommen zurück: an die Bienen und Pflanzen, die sie als Kind begleitet haben. Aber Sila ist sich nicht sicher, ob sie im Hier und Jetzt einen Neustart wagen soll und ob der Oderbruch für sie wirklich der richtige Ort ist, um glücklich zu werden. Als sie über einen Gartenblog die 27-jährige Lehrerin Lexi Rehling kennenlernt, die auf Fehmarn einen Garten betreut und ihren Schulkindern dort die Natur näherbringt, entsteht eine Freundschaft, die beide gleichermaßen inspiriert.

Patricia Koelle ist eine Berliner Autorin mit Leidenschaft fürs Meer – und fürs Schreiben, in dem sie ihr immerwährendes Staunen über das Leben, die Menschen und unseren sagenhaften Planeten zum Ausdruck bringt. Bei FISCHER Taschenbuch erschienen ist die Ostsee-Trilogie mit den Bänden ›Das Meer in deinem Namen‹, ›Das Licht in deiner Stimme‹ und ›Der Horizont in deinen Augen‹, außerdem der alleinstehende Roman ›Die eine, große Geschichte‹. ›Wenn die Wellen leuchten‹, ›Wo die Dünen schimmern‹ und ›Was die Gezeiten flüstern‹ sind die drei Bände ihrer Nordsee-Trilogie, die auf Amrum spielt. ›Ein Engel vor dem Fenster‹ ist eine Sammlung von Wintergeschichten, ›Der Himmel zu unseren Füßen‹ ein Weihnachtsroman und ›24 Stück vom Glück‹ eine Sammlung von stimmungsvollen Geschichten zur Weihnachtszeit. ›Die Zeit der Glühwürmchen‹, ›Das Lächeln der Libellen‹ sowie ›Die Träume der Bienen‹ gehören zu ihrer Inselgärten-Reihe.

Weitere Informationen finden Sie unter www.fischerverlage.de

Patricia Koelle

Die Träume der Bienen

Ein Inselgarten-Roman

FISCHER Taschenbuch

3. Auflage: Juli 2024

Originalausgabe
Erschienen bei FISCHER Taschenbuch
Frankfurt am Main, April 2021

© 2021 S. Fischer Verlag GmbH, Hedderichstr. 114,
D-60596 Frankfurt am Main
Die Nutzung unserer Werke für Text- und Data-Mining
im Sinne von § 44b UrhG behalten wir uns explizit vor

Lektorat: Susanne Kiesow

Satz: Fotosatz Amann, Memmingen
Druck und Bindung: GGP Media GmbH, Pößneck
ISBN 978-3-596-70529-0

Für alle, die in den Zeiten der Pandemie entdeckt haben,
wie tröstlich ein Garten, ein Balkon, ein Blumentopf
oder ein Spaziergang im Grünen sein kann
und was für heilende Kräfte darin stecken,
wenn man diese zu finden bereit ist.
Für alle, die das schon immer gewusst haben.
Und für alle, denen dieses Geschenk eines Tages vielleicht
noch auf andere Weise begegnet.

Sila

Berlin

2017

1

Sila

»Da ist ein Brief für dich. Von einem Anwalt. Hast du etwas angestellt?« Devin stand mit einem Stapel Post in der Tür. Er trug noch Jacke und Mütze und roch nach Frühlingsregen. Den obersten Umschlag drehte er hin und her und sah dann zu Sila hinüber, wobei er die eine Augenbraue hochzog.

Früher einmal hatte sie das attraktiv gefunden. Sie schmirgelte noch heftiger mit dem Sandpapier über das Holz. Staub flog auf, und Sila musste niesen, was ihr erst einmal die Notwendigkeit einer Antwort ersparte.

»Oder hast du eine Erbtante, von der ich nichts weiß?« Er legte den Stapel auf das Fensterbrett, den verdächtigen Brief oben.

»Nicht dass ich wüsste. Die Überschaubarkeit meiner Familie ist dir ja bekannt.«

»Gut. Zu viel Geld verdirbt nur den Charakter.« Jetzt lächelte er sie verhalten an. Dieses Lächeln mochte sie immer noch. Meistens jedenfalls. Heute nicht so sehr. Es ärgerte sie, wenn er so gönnerhaft überlegen tat, nur wegen der acht Jahre, die er ihr voraushatte. In letzter Zeit war das häufiger vorgekommen. Am Wochenende hatten sie gerade erst seinen Zweiundfünfzigsten gefeiert. Am Fenster stand noch eine leere Sektflasche, eine halbleere Schachtel Pralinen lag geöffnet davor. Ihm war wohl selbst aufgefallen, dass sein Tonfall etwas daneben gewesen war, denn er wählte eine Praline mit Nougat, kam zu Sila herüber, gab ihr einen flüchtigen Kuss auf die Wange und steckte sie ihr in den Mund. »Die magst du doch. Tut mir leid! Ist wohl die Midlifecrisis. Ein Mann mittleren Alters ist eben auch mal launisch.«

»Na, ob das als Ausrede taugt?«, sagte sie um die Praline herum. Warum hatte er *auch* gesagt? Die zunehmend grauen Schläfen standen ihm hervorragend, aber das hatte sie ihm irgendwann schon mal gesagt.

»Kommst du voran?«, fragte er. »Willst du den Brief nicht aufmachen?«

»Später. Ich möchte das hier erst fertig machen. Da waren noch Splitter.«

»Splitter? Ich hinterlasse keine Splitter an den Möbeln, die ich mache.«

»Das Holz hat gearbeitet.«

»Wie auch immer. Ich muss wieder los«, sagte er. »Bis später.«

Eine angenehme Stille senkte sich über die Werkstattetage. Die anderen waren noch nicht da, sie arbeiteten meist lieber nachmittags. Sila widmete sich wieder dem Möbelstück. Sorgfältig glättete sie auch noch die letzten Unebenheiten an dem breiten Schaukelstuhl, den Devin gestern fertiggestellt hatte. Der Kunde hatte ihn so gewollt. Extra groß und bequem. Dadurch hatte Sila besonders viel Platz, um auf der Rückenlehne das gewünschte Dekor unterzubringen. Sie freute sich darauf. Aber ohne gründliche Vorbereitung ging das nicht. Schließlich waren Devin und sie für ihre sorgfältige Arbeit bekannt. Ein gutes Team.

Sila vergaß alles um sich herum, auch den Brief. Erst als sie fertig war, das Sägemehl aufgesaugt und die Stuhllehne feucht abgewischt hatte, holte sie sich ein Glas Wasser und trat ans Fenster. Dort fiel ihr Blick wieder auf den Poststapel. Was hatte sie mit einem Anwalt zu schaffen? Gut, dass sie erst gestern mit ihrer Mutter telefoniert hatte, sonst hätte sie angenommen, dass in Portugal etwas passiert sei. Aber Dorothea und ihr zweiter Mann saßen bei bester Laune in Lissabon, wenn sie nicht gerade auf irgendeinem Tanzturnier waren. Sila hatte ihre Mutter in den letzten zehn Jahren nur zweimal gesehen. Sorgen musste man sich um sie wirklich nicht machen. Also konnte der Brief wohl warten, bis sie in Ruhe ausgetrunken hatte.

Sila ging ans Fenster und öffnete beide Flügel. Die Sonne war herausgekommen, und der Regen, der vorhin Devins Jacke durchfeuchtet hatte, funkelte jetzt auf Autodächern, Geländern und in den Zweigen der Birken. Sila beugte sich hinaus und sog begierig die Luft ein, die nach Gras und nach April roch und leider auch nach Großstadt. Das Licht streute Silber auf die Spree, die träge dahinfloss. Dass man sie hier zwischen begradigte Mauern gezwängt hatte, fiel nun nicht mehr so auf wie im Winter, denn die Weiden an den Ufern trieben junge grüne Blätter und legten eine versöhnliche Weichheit über die Szene. Von hier oben im fünften Stockwerk aus fiel Silas Blick direkt auf die Lessingbrücke, die das Westfälische mit dem Hansaviertel verband.

Die Brücke hatte wie Sila eine wechselvolle Geschichte hinter sich. Sie war im Krieg halb zerstört worden, dann provisorisch wieder aufgebaut und schließlich nach altem Vorbild ganz erneuert. Die metallenen Bögen der Trägerkonstruktion schwangen sich elegant und selbstbewusst in den Himmel, während unten solide Sandsteinbögen das Wasser durchquerten. Wann immer Sila nachdenken musste, Bewegung oder frische Luft brauchte, ging sie hinunter an den Fluss.

Schon lange bevor sie hier gelandet war, war ein Strom ihr Freund gewesen, ihr Trost und ihre Hoffnung und ein Versprechen auf die Zukunft. An einem anderen Ort in dieser riesigen Stadt, an dem sie keinen Blick auf die Spree gehabt hätte, wäre sie bestimmt nicht glücklich geworden. Doch hier ging es ihr gut, hier bei Devin und den anderen, die jetzt ihre Familie waren.

Sila streckte sich. Sie hatte vorhin beim Schleifen zu lange zusammengekauert gesessen. Ein Spaziergang wäre jetzt gut, ehe die Aprilsonne sich wieder verzog. Die Enten unten schnatterten aufgeregt, als riefen sie nach ihr. Und Jims Café unten auf dem alten Dampfer hatte vor ein paar Tagen wieder die Saison eröffnet. Vielleicht gab es dort schon diese leckeren Brownies? Jetzt hatte sie es auf einmal eilig. Sie würde rasch die Post durchsehen und dann hinuntergehen. Eine Mittagspause hatte sie sich verdient.

Sie öffnete eine Rechnung für Holzbeize, eine Werbung für Lötkolben, eine Einladung zu einer Vernissage. Die erste legte sie auf den Schreibtisch zu den anderen Rechnungen, die beiden letzteren vertraute sie ohne Bedenken dem Papierkorb an. Blieb der Brief. Sie sah genauer auf den Absender. Ein Anwalt aus Bad Freienwalde? Irgendwo hatte sie den Namen schon mal gehört. Wo war das denn? Noch bevor sie den Brief öffnete, googlete Sila es rasch auf dem Handy.

Oderbruch. Bad Freienwalde lag am Rande des Oderbruchs!

Sila beschloss, sich lieber hinzusetzen. Der Schaukelstuhl knarrte nur ein wenig. Devin baute solide. Doch der Stuhl war so breit, dass sie sich darin merkwürdig verloren vorkam. Oder lag das an dem Inhalt des Briefes, auf den sie ungläubig starrte?

Als sie schließlich verstanden hatte, was da stand, war die Sonne längst wieder verschwunden. Sila schnappte sich trotzdem eine Jacke und ihre Tasche, stopfte den Brief hinein und stürmte die Treppen hinunter, weil sie hier oben auf einmal nicht mehr genug Luft zu bekommen schien.

Sila stapfte am Ufer des Flusses entlang, beobachtete die Enten und versuchte, an gar nichts zu denken. »Hallo, Nepomuk!«, sagte sie zu dem schwarzen Schwan, der ihr spezieller Freund war und wie meist in der Nähe herumdümpelte. Heute war er verschlafen und nahm den Kopf erst nach einer Weile unter dem Flügel hervor, um Sila einen Blick zuzuwerfen. Da sie wusste, wie schädlich altes Brot und dergleichen für die Vögel war, hatte sie immer ein paar Getreidekörner oder Entenfutter für ihn in der Tasche. Die holte er sich dann auch gleich ab.

Irgendwann kam sie an der Treppe an, die durch einen Laubengang zur Brücke hinaufführte. Im Gang blieb sie einen Augenblick stehen und genoss das grüne Dämmerlicht, betrachtete die Knospen des Blauregens, die auf wärmeres Wetter hoffen ließen, und stieg schließlich vollends hinauf.

Auf das Brückengeländer gelehnt, blickte sie in den klaren Fluss, während hinter ihr der Verkehr vorbeirauschte. In den Teil des Geländers, der aus Sandstein bestand, waren Figuren eingelassen. Reliefs, die so lebendig wirkten, dass Sila als Kind mit ihnen gesprochen hatte, wenn ihr sonst niemand zuhörte. Das war, bevor sie Devin kannte. Er hatte ihr immer zugehört. Auf dem einen Relief war ein Frosch mit einer brennenden Fackel in der Hand zu sehen, der auf einem übellaunigen Wels ritt. Auf einem anderen trugen zwei freundlicher wirkende Otter jeweils einen Fisch im Maul.

»Ich glaub das einfach nicht«, sagte Sila zu dem Frosch. Heutzutage fiel es ja nicht mehr auf, wenn einer sprach, ohne ein Gegenüber zu haben. Alle Leute liefen herum und telefonierten mit irgendjemanden, und es sah aus, als sprächen sie mit sich selbst. Der Frosch sah sie immerhin verständnisvoll an.

»Von wegen, Wanda wäre nach Polen zu ihrer Schwester gezogen und niemand wüsste, wo das ist!«, sagte Sila. »Das haben sie mir damals erzählt. In Wahrheit war sie all die Jahre auf dem Hof gewesen! Ich hätte ihr schreiben können, nach der Wende.«

Hättest du es denn auch getan, wenn du es gewusst hättest?, schien der Frosch sie zu fragen. *Du wolltest doch an die Zeit gar nicht mehr denken.*

»Doch, wollte ich. Habe ich auch. Immerzu. Jahrelang. Es hat nur zu weh getan. Ich hab's mir schließlich abgewöhnt, weil es keinen Zweck hatte. Du hast gut reden, du kannst auf deinem schlecht gelaunten Wels reiten, wohin du willst, und jederzeit abtauchen!«

Jetzt war es passiert. Der Brief hatte alte Erinnerungen geweckt.

Sila dachte an den Delfin, den sie als kleines Mädchen erfunden hatte. Ein Flussdelfin, kein chinesischer allerdings, sondern ein Brandenburger, der Einzige seiner Art. Ihr Phantasiegefährte, auf dem sie einmal bis zum Meer hatte reiten wollen. Dann, wenn es keine Grenzen und keine Gefahr mehr geben würde. Aber als das endlich passiert war, lebte sie längst an einem anderen Fluss, und der Freund ihrer Kindheit war im Strom der Zeit versunken.

Auf einmal war ihr der Lärm der Autos hinter sich zu laut. Sila ging zurück in den Laubengang und setzte sich dort auf eine Stufe.

Sosehr sie den Blick von hier aus auch mochte, auf einmal wünschte sie sich, man würde keine Häuser sehen. Sie dachte an jenen anderen Fluss im Frühling, an endlose, geflutete Ebenen, an alte Weiden und Erlen, die mitten im flachen Wasser standen. Wie ein riesiger Spiegel reflektierte es zwischen sonnenblondem Schilf und hellgrünen grasigen Erhebungen den Himmel. Weit und breit kein Gebäude, kein Mensch, nur Vogelschwärme und Stille und der warme Wind, der den Sommer ankündigte … Plötzlich überkam Sila eine seltsame Panik. Was, wenn sie hier den Rest ihres Lebens sitzen würde? Wenn alles immer so weiterging? Häuser. Benzingestank. Verkehr. Die Spree mit den engen, künstlichen Ufern. Devin.

»Hallo! Was machst du denn hier?«, fragte eine Stimme hinter ihr, und eine lange dünne Gestalt in sehr bunten Turnschuhen setzte sich neben sie.

»Nura! Hast du keine Schule?«

»Es ist doch Samstag. Geht es dir nicht gut?« Nura musterte Sila interessiert. »Du siehst komisch aus.«

»Danke. Du auch ein bisschen.« Nuras lange Locken, so schwarz wie Silas eigene, waren schon seit einer Weile unten herum blau. Aber jetzt waren sie oben zusätzlich weiß, und an einem Ohr trug sie eine Klemme in Form eines ziemlich beachtlichen Drachens.

Nura fasste danach. »Ach, das. Den hat mir Luca geschenkt. Der soll auf mich aufpassen.«

»Fein. Taugt in der Stadt sicher besser dafür als ein Delfin«, sagte Sila.

Nura lachte. »Hast du etwa die Reste eurer Party ausgetrunken?«

»Nein. Ich musste nur gerade an früher denken. Als ich halb so alt war wie du, hatte ich einen imaginären Freund in Form eines Delfins.«

»Du erzählst nie von früher.«

»Mach ich doch gerade.« Nura war nicht nur die Tochter ihrer jüngeren Cousine, sondern auch Silas Patenkind. Wann war die eigentlich so erwachsen geworden? Sie war doch erst fünfzehn. Vielleicht lag es an den weißen Strähnen, die sie so merkwürdig weise aussehen ließen. »Ist das gerade modern? Weiße Haare?«

»Ja. Total in. Aber keine Sorge, wäscht sich raus.«

»Bei mir nicht.«

Nura betrachtete Sila kritisch. »Das sind ja nur ein paar. Steht dir total gut, finde ich. Gerade weil der Rest so schwarz ist. Wir sehen uns viel ähnlicher als Mama und ich. Lustig.«

»Früher haben sie mich deswegen ausgelacht.«

»Wegen der schwarzen Haare? Warum das denn? Sehen doch viele so aus.« Nura wedelte mit einer langen Strähne und begann, einen dünnen Zopf hineinzuflechten.

»In Berlin-Moabit ja. In der DDR nicht. Da fiel das auf.«

»Mmh. Wir hatten das in der Schule. Das mit der Mauer. Ich kann mir das aber überhaupt nicht vorstellen. Da kann sich ja nicht mal Mama mehr dran erinnern. Und Oma redet nicht darüber.«

»Ist ja auch vorbei. Hast du Lust auf einen Brownie von Jims Café? Ich lad dich ein.«

»Sehr gerne. Ich kann uns aber auch welche holen, wenn du lieber hier sitzen möchtest«, bot Nura an.

»Willst du was von mir?«, fragte Sila belustigt.

Nura machte diskreten Gebrauch von ihren Grübchen. »Na ja, da ist diese Interpretation in Deutsch. Ich dachte, du hast vielleicht eine Idee … aber das eilt nicht. Warum bist du eigentlich so gerne hier?«

»Der Laubengang erinnert mich an einen ähnlichen, in dem ich als Kind gern gesessen habe. Da gab es allerdings keine Treppe, dafür eine Bank. Aber da wuchs Blauregen wie hier und außerdem eine Klematis, die hatte große Blüten wie weiße Sterne. Und im Sommer die Schwarzäugige Susanne und duftende Wicken in allen Farben.«

»Das klingt schön.« Nura machte große Augen. »Warum erzählst du denn heute auf einmal so viel von früher?«

»Das kommt in unserer Familie wirklich nicht oft vor, was?«

»Nee. Das ist irgendwie unheimlich. So, als wärt ihr einfach mal irgendwann als Erwachsene mit einem Ufo hier gelandet. Was ist denn heute los mit dir?«

»Ich habe einen Brief bekommen. Von Wanda.«

»Und wer ist Wanda? Ist die auch von früher? Wie dein Delfin?«

Sila stand auf. »Lass uns zu Jims Café gehen. Dann können wir über deine Deutschaufgabe reden.«

Nura beeilte sich, ihr zu folgen. »Aber erst sagst du mir, wer Wanda ist.«

Aber Sila schwieg, bis sie auf dem alten Dampfer, der unter den Weiden vertäut lag und nur noch als Café diente, an einem der Tische mit den blaukarierten Decken saßen. Der Besitzer hieß nicht Jim. Er hieß Eddie. Sein Café hatte er nach dem Sklaven Jim in »Huckleberry Finn« benannt, weil er sagte, der Betrieb sei seine Art von Abenteuer und das Schiff befände sich schließlich auf einem Fluss wie das Floß von Huck und Jim. Nur eben nicht unterwegs.

»Ich muss ja vor nichts weglaufen«, hatte er erklärt, und Sila fand, das klang unglaublich zufrieden. Vielleicht trank sie hier deswegen so gern ihren Kaffee. Und wegen der Brownies natürlich.

»Was möchtest du haben?«, erkundigte sich Sila. Aber Nura sah über ihre Schulter hinweg die Böschung hinauf. Sila folgte ihrem Blick. Oben auf der Stromstraße schlenderte Devin in angeregtem Gespräch mit einem roten Lockenkopf. Man konnte die beiden nur von den Schultern aufwärts sehen, aber sie hatten die Köpfe sehr dicht beieinander.

»Ist Devin wieder mit dieser Nicole zusammen?«, fragte Nura.

Sila zuckte mit den Schultern. »Möglich. Keine Ahnung.«

»Mama sagt, aus euch beiden wird man nicht schlau. Ich nehm 'ne Cola.«

»Das trifft es genau. Ich werde auch nicht schlau aus uns. Hallo, Eddie! Eine Cola und einen Cappuccino, bitte.«

»Jeht klar. Tach och, die Damen. Jut übern Winter jekommen?«, fragte Eddie und stellte ihnen ungefragt zwei Brownies hin. Er kannte seine Kunden. »Juten Appetit!«

»Wer ist denn nun Wanda?«, bohrte Nura mit vollem Mund nach, als er fort war.

Es war so schwer, Wanda zu beschreiben. Sila musste tief in ihrer Erinnerung graben. Das Bild war zugleich verschwommen und ganz klar. Wie konnte das sein? Vielleicht, weil es mehr ein Gefühl von Geborgenheit war, der Klang einer Stimme, die Geste einer Hand, der Geschmack frischen Kompotts mit Kuchen, der Refrain eines Volkslieds in einer fremden Sprache.

Sila betrachtete ihren Brownie, ohne ihn wirklich zu sehen. »Damals kam Wanda mir uralt vor. Sie kann aber erst um die fünfzig gewesen sein. Sie lebte auf dem Hof, wo wir wohnten.«

»In der DDR?«

»Ja. Es war kein richtiger Hof mehr. Die Felder gehörten uns nicht, nur das Stück Land um das Haus herum. Meine Mutter hatte nicht viel Zeit für mich …«

»Wie meine auch«, stellte Nura fest.

»Na ja. Nicht ganz. Deine Mutter gibt sich Mühe. Sie hat eben viel Arbeit.«

»Ich weiß. Erzähl mir lieber mehr von Wanda. Hatte sie denn Zeit für dich?«

»Wanda war immer da. Schon seit ich ganz klein war. Ich kann mich jedenfalls nicht erinnern, dass sie mal nicht da gewesen wäre. Ja, sie hatte immer Zeit für mich, obwohl sie noch eine andere Arbeit hatte, als Sekretärin in der Landwirtschaftlichen Produktionsgenossenschaft. Bei uns war sie so eine Art Hauswirtschafterin. Dafür durfte sie bei uns wohnen. Aber in Wirklichkeit war sie viel mehr als nur eine Hauswirtschafterin.«

»Die hätte ich auch gerne kennengelernt«, sagte Nura und schlürfte genüsslich ihre Cola. Sila horchte auf und nahm sich vor, sich mehr um Nura zu kümmern. Wobei die ja eigentlich in einem Alter war, in dem einem so was eher peinlich ist. Aber Nura war eben immer ein bisschen anders. Genau wie Sila damals.

»Ja, Wanda hätte dir gefallen. Sie tröstete mich, wenn ich hingefallen war, und brachte mir bei, sofort wieder aufzustehen. Sie hatte einmal eine Elster aufgezogen, die saß auch später noch oft auf Wandas Schulter. Heinrich hieß der Vogel und brachte mich immer zum Lachen. Wanda trug einen sehr langen schneeweißen Zopf, war groß und schlank, aber so stark, dass sie Skulpturen aus alten Eisenteilen biegen konnte. Ganz verrückte Gestalten, die standen dann im Garten herum, als ob sie dort gewachsen wären. Im Garten blühte es schöner als auf irgendeinem anderen Hof, und wir hatten das beste Obst und Gemüse. Ich hielt Wanda für eine Art Blumenfee, obwohl sie fürchterlich schimpfen konnte und viel zu praktisch veranlagt war, um als Fee geeignet zu sein.« Sila merkte, dass sie lächelte. »Ich habe sie schrecklich vermisst, als wir fortmussten.«

»Und dann hattet ihr nie wieder Kontakt? Wie lange ist das her? Magst du deinen Brownie nicht aufessen?«

Silas Appetit war vergangen. Ihr Kopf war so voller Erinnerungen. »Du kannst ihn gern haben.« Sie musste nicht nachrechnen. So ein Datum vergisst man nicht. »Das ist tatsächlich vierunddreißig Jahre her.«

»Ui, so lange. Und warum hat sie dir dann jetzt auf einmal geschrieben? Und was?«

2

Wanda

Liebe Sila, ich bin Wanda. Ich denke, Du wirst Dich an mich erinnern. Wenn nicht an mich, dann an den Garten.

Damals habe ich es sehr bedauert, dass ihr fortgegangen seid.

Ich war nie ein Familienmensch und wollte nach meinen Erlebnissen im Krieg um jeden Preis unabhängig sein, aber Du hast Dich dann doch in mein Herz gearbeitet wie eine Hummel in ihre Neströhre. Ich habe Dich sehr vermisst.

Dass Du Dich nicht gemeldet hast, hat mich nicht gewundert. Ich hatte mit Deiner Mutter ja verabredet, dass sie Dir erzählt, ich sei zu meiner Schwester nach Polen gezogen. Nimm es ihr also bitte nicht übel. Du hättest nicht verstanden, warum Du mir nicht schreiben sollst. Damals hat man Ärger bekommen, wenn man Post aus dem Westen erhielt, von Menschen wie euch, die geflüchtet sind. In meinem Fall wäre es besonders gefährlich gewesen, weil ich nicht auffallen durfte.

Wir waren uns nicht sicher, ob das mit dem Verkauf des Hofes an mich alles wasserdicht war. Ich habe Deiner Mutter ja nur ein paar symbolische Mark dafür gezahlt, und es ging alles so schnell. Sie war einfach nur erleichtert, den Hof loszuwerden, und niemand außer mir wollte ihn haben. Außerdem hing Dorothea doch irgendwie daran, auch wenn sie das Gegenteil behauptete. Ich denke, sie war ganz froh, den Wickenhof in guten und vertrauten Händen zu wissen. Wie ich sie kenne, hat sie danach nie wieder einen Gedanken daran verschwendet.

Es tut mir leid, Sila, Du merkst vielleicht, es fällt mir schwer, diesen Brief zu schreiben. Ich bin manchmal bereits ein klein wenig verwirrt. Ich habe so viel erlebt. Die Zeiten schieben sich ineinander und übereinander wie das Wuchern verschiedener Arten in einem Blumenbeet.

Inzwischen hilft mir zum Glück ein erfahrener Anwalt. Als ich mein Testament gemacht habe, hat er alles nach heutigem Gesetz geprüft. Der Hof gehört rechtens mir, zumindest auf dem Papier. Moralisch gesehen aber gehört er auf jeden Fall Dir, liebe Sila! Du bist Anna Beers Enkelin, und Anna hing viel mehr an dem Hof als ihre Tochter, Deine Mutter. Vor Anna gehörte der Wickenhof bereits seit Generationen ihrer Familie. Wie Du weißt, habe ich selbst keine Kinder. Meine Schwester in Polen gab es zwar, aber sie ist jung gestorben und hat ebenfalls keine Nachkommen. So ist es ganz klar, dass der Hof an Dich gehen soll, nachdem er so lange mein Glück und mein Leben gewesen ist. Ich hätte es nicht besser treffen können.

Du kannst meinem Anwalt vertrauen, er ist ein guter Mann. Tatsächlich habe ich mich in den letzten Jahren meines Lebens doch noch einmal verliebt, und zwar in ihn. Er heißt Harald. Mit 78, kannst Du Dir das vorstellen? Seit zwei Jahren sind wir glücklich miteinander. Es ist jetzt 2010, und ich denke, wir werden noch ein paar schöne Jahre zusammen haben. Er ist jünger als ich. Wenn Du das hier liest, wirst Du ihn wahrscheinlich bald kennenlernen. Er wird Dir die Schlüssel und Papiere übergeben.

Sila, ich hoffe, dass es Dir in Berlin besser ergangen ist und Du Freunde gefunden hast. Ich weiß, wie schwer Du es hier hattest. Harald hat mir auf einem Bildschirm gezeigt, was Du jetzt machst. Ich habe es gesehen und gedacht, es ist wohl noch viel von Deiner alten Gegend in dir. Beson-

ders nachdem ich Deine Signatur gelesen habe. Andrena. Die Sandbiene.

Es bleibt natürlich völlig Dir überlassen, was Du mit dem Hof anstellst. Du weißt, wie sehr ich an dem Garten gehangen habe, und ich
weiß, nachdem ich Deine Bilder gesehen habe, dass er auch Dir damals
etwas bedeutet hat. Aber nichts ist für die Ewigkeit! Du wirst gewiss die
richtige Entscheidung treffen.

Ich weiß nicht, was Dir Deine Mutter über den Hof erzählt hat. Sie hat
ihn geerbt, als sie noch viel zu jung dafür war. Dein Großvater ist im
Krieg geblieben, und Deine Großmutter Anna aufgrund einer Krankheit, die sie während des Krieges erlitten hat, früh gestorben. Ich habe sie
noch gut gekannt. Ich kam nach Kriegsende als verstörtes fünfzehn-
jähriges Flüchtlingskind auf den Hof. Anna hat mich aufgenommen und
mir beigebracht, hier zu helfen. Da war sie mit Deiner Mutter schwanger, nach dem letzten Fronturlaub ihres Mannes, bevor er fiel. Anna
ging es nicht gut, und sie hatte es auch aufgrund des Krieges und der
Zeit danach extrem schwer. Trotzdem ist sie immer nett zu mir gewesen.
Ich war allein durch das zertrümmerte Land geflohen, und der Wickenhof mittendrin erschien mir wie eine Insel, ein Paradies.

Gewiss, es hatten dort schlimme Kämpfe stattgefunden, in der letzten
Schlacht um Berlin. Jede Menge russische und deutsche Soldaten sind
damals im Oderbruch gefallen. Ich sah noch einige am Wegrand liegen … Aber das Haus stand ungerührt, es war Frühling, als ich es das
erste Mal erblickte. Die Obstbäume blühten, um das Haus herum tanzten Margeriten im Wind, und in meiner ersten Zeit dort blühten gerade
die Wicken auf. Vielleicht kannst Du Dich daran erinnern. Sie gaben
den Hof seinen Namen, weil rundherum an den Zäunen die mehr-
jährigen Staudenwicken rankten, und auch die bunte einjährige Sorte
säte sich in allen Farben überall aus.

Der Duft lag über dem Hof wie ein Versprechen, dass bessere Zeiten zurückkehren würden. Es war für mich seitdem immer der Duft von Hoffnung und Geborgenheit. Ich habe jede einzelne der vielen Farben geliebt und dafür gesorgt, dass sie nie verlorengingen. Wo sie doch einmal verschwanden, habe ich sie neu gesät. Weißt Du noch, wie wir Wetten auf ihre Farben abgeschlossen haben? Man wusste vorher nie, welche aus dem Samenkorn herauskommen würde. Wie mit den Entscheidungen, die man im Leben trifft.

Du hast immer dicke Sträuße gepflückt und in allen verfügbaren Vasen verteilt. So duftete auch das Haus danach. Ich fand immer, sie waren ein bisschen wie Annas Persönlichkeit.

Liebe Sila, nimm es Deiner Mutter nicht krumm, dass sie von Annas liebenswürdigem Wesen so wenig geerbt hat. Vielleicht liegt es daran, dass sie in so schweren Zeiten groß geworden ist, ohne Vater und mit einer kränkelnden Mutter. Ich war selbst noch zu jung, um ihr richtig helfen zu können. Ich habe mich um Haus und Garten gekümmert und später um Dich, so gut ich konnte. Nachdem ihr fort wart, habe ich alles wieder so hergerichtet, wie es zu Annas Zeiten war. Ein bisschen moderner natürlich, aber vor allem den Garten habe ich wiederhergestellt, so wie er vor dem Krieg gewesen ist. Sie hatte mir so oft davon erzählt.

Nur der Gemüsegarten, der ist größer geblieben, weil wir im Krieg gelernt haben, wie wichtig es ist, sich in der Not vom eigenen Grund und Boden ernähren zu können. Für mich ist es eine sehr befriedigende Tätigkeit geworden, das Gemüse zu ziehen, es keimen und wachsen zu sehen und schließlich zu ernten. Ich habe es dann an diejenigen verteilt, die es gebraucht haben, manchmal auch ein wenig getauscht, wenn es nötig war. In letzter Zeit konnte ich mich nicht mehr so gut darum kümmern. Harald hat mir geholfen, aber es fehlt ihm an Kraft.

Der Wickenhof war für mich immer ein glücklicher Ort. Dass er das für Dich so früh nicht mehr sein konnte, tut mir von Herzen leid. Ich hoffe sehr, dass Du einen anderen Platz für Dich gefunden hast.

Was mit dem Wickenhof geschieht, liegt nun in Deinen Händen. Fühl dich ihm bitte nicht verpflichtet! Er war Annas Leben und meines, aber aufgrund der Umstände eben nicht Deines. Ich denke, Du wirst ihn verkaufen, und ich wünsche Dir Glück dabei. Es könnte ein wenig schwierig werden, hier einen Käufer zu finden. Die meisten Menschen heute würden sagen, hier ist ja nichts. Nichts da und nichts los. Gar nichts. Das kann ich verstehen. Es stimmt nicht, doch man muss schon sehr genau hinsehen, um es zu finden. Aber ich denke, so weit kannst Du Dich noch erinnern, dass Du ahnst, was ich meine.

Um die Bienen jedoch mache ich mir Sorgen, Sila. Es werden immer weniger! Nicht nur auf dem Hof, sondern in der ganzen Gegend. Dafür gibt es natürlich Gründe. Verhindern kann das wahrscheinlich niemand mehr. Aber solltest Du tatsächlich hierherkommen, wirst Du wohl noch einigen dieser alten Freunde begegnen. Wer weiß, wie lange das noch möglich ist.

Vielleicht erinnerst Du Dich ja an das, was die Bienen tun, wenn sie gerade nicht unterwegs sind? Nun haben sie umso mehr Grund dazu. Es ist das, was auch in den dunkelsten Stunden immer noch bleibt.

Alles Liebe für Dich, Sila!
Deine Wanda

PS: Die letztjährigen Samen von den Wicken stehen in der Werkstatt im Regal.

Sila schluckte, obwohl sie den Brief nun schon zum zweiten Mal las.

Dann nahm sie den anderen, kürzeren Brief zur Hand. Dieser war mit einer alten Schreibmaschine getippt.

Sehr geehrte Frau Beer,

ich muss Ihnen leider mitteilen, dass Wanda verstorben ist. Mitten im Winter, Anfang Februar. Sie ist vorher noch einmal durch den Garten gegangen, hat sich dann am Kamin in den alten Ohrensessel gesetzt und ist friedlich eingeschlafen. Sie hatte Winterportulak in der Hand, den sie im Gemüsegarten geerntet hatte, und sie lächelte.

Auch wenn wir uns sehr spät im Leben gefunden haben, ich habe Wanda sehr geliebt und bin unendlich dankbar für die gemeinsamen Jahre. Gerne hätte ich Ihnen das Testament persönlich gebracht, aber ich bin stark gehbehindert. Wenn Sie mich an meiner unten angegebenen Adresse in Bad Freienwalde aufsuchen, wann immer es Ihnen passt, übergebe ich Ihnen den Schlüssel und die Papiere für den Hof. Ich bin nach Wandas Tod in ein Seniorenheim gezogen, da ich alleine nicht zurechtkam und auch ohne sie dort draußen nicht mehr sein möchte. Ich freue mich darauf, Sie kennenzulernen.

Mit herzlichen Grüßen

Harald Hoffmann

Auf Nuras Frage, warum Wanda ihr jetzt nach all den Jahren geschrieben hätte, hatte Sila nur gesagt: »Weil sie gestorben ist. Ein Anwalt hat mir den Brief geschickt.«

»Krass! Ein Abschiedsbrief also. Das tut mir leid, Sila.«

»Danke. Schon gut. Sie war alt und anscheinend glücklich, und ich habe sie seit Jahrzehnten nicht gesehen. Wie war das jetzt mit deiner Hausaufgabe?«

»Hast du denn da jetzt überhaupt den Kopf für, wo du so durch den Wind bist?«, fragte Nura zweifelnd. »Ich schaff das auch irgendwie alleine.«

»Schon gut, das ist genau das Richtige, damit mein Kopf wieder klarwird. Zeig her. Worum geht es?«

Zum Einkaufen oder Kochen hatte Sila aber hinterher keine Kraft mehr. Es war plötzlich undenkbar, in einer anonymen Menschenmenge an der Kasse zu stehen, nachdem all die alten Bilder in ihr immer lebendiger wurden. Sie hatte auf einmal den Wickenduft in der Nase, sah die fröhlichen Farben in sämtlichen Rosa-, Violett- und Blautönen, die weißen Blüten nicht zu vergessen. Und die weinroten! Sie hörte das Summen der Bienen. Nicht die Honigbienen. Die anderen. Die Wildbienen. Sie hatte die verschiedenen Arten am Summen unterscheiden können …

Devin würde inzwischen zurück sein und Hunger haben. Wenn er nicht mit Nicole essen gewesen war. Da Sila den Brownie nicht herunterbekommen hatte, knurrte ihr eigener Magen jetzt auch. Kurzentschlossen nahm sie unten an der Ecke etwas vom Chinesen mit.

Devin musste sie aus dem Fenster gesehen haben, denn er stand schon in der Tür. »Ich habe mir Sorgen gemacht. Ging es in dem Brief doch um etwas Schlimmes?«

Er würde sich immer um sie sorgen. Wie seit beinahe dreißig Jahren schon. Ihr würde es umgekehrt nicht anders gehen, nur hatte es noch nie einen Grund gegeben, sich um ihn Sorgen zu machen.

»Nein. Nichts Schlimmes. Hast du Lust auf Chinesisch?«

Er nahm ihr die Tüten ab. »Perfekt.«

Er fragte nicht mehr weiter nach dem Schreiben. Er wusste, dass sie es ihm erzählen würde. Sie erzählten sich immer alles, egal, wie sie gerade zueinander standen. Daran hatte sich nie etwas geändert. Devin war das einzig Verlässliche in ihrem Leben.

Nach dem Essen schob sie ihm den Brief hin.

»Hier. Ich mache uns solange einen Espresso.«

3

Meinungen

Das Gluckern der Espressomaschine beruhigte Sila ein wenig. Es war so vertraut. Zusammen nach dem Essen Espresso zu trinken und dabei über wichtige Dinge zu reden war eine liebgewordene Gewohnheit zwischen Devin und ihr. Ganz unabhängig von irgendwelchen Nicoles oder ihren eigenen Freundschaften.

Als sie aus der winzigen Kaffeeküche ins Zimmer zurückkehrte, steckte er die Papiere gerade sorgfältig zurück in den Umschlag. Er sah nachdenklich aus. »Danke.« Mit Genuss schnupperte er an seiner Tasse, auch eine Geste, die sie mochte. Devin verstand es zu leben, die kleinen Dinge zu genießen.

Genauso, wie Sila es zuerst von Wanda gelernt hatte. Das wusste sie jetzt wieder. In der schweren Zeit hatte sie es nur vergessen. Oder einfach nicht gekonnt. Sie war Devin dankbar, dass er sie immer wieder daran erinnerte.

»Und wie geht es dir jetzt?«, erkundigte er sich und sah sie forschend an.

»Ich weiß nicht.«

»Wenn es dir zu viel ist, könnte ich mich darum kümmern. Oder du bittest Wandas Anwalt, diesen Herrn Hoffmann, es zu tun. Auch wenn er gehbehindert ist, kennt er bestimmt jemanden, den wir beauftragen können, den Hof herzurichten und so bald wie möglich zu verkaufen. Oder zu verpachten, wenn dir das lieber ist.«

»Das ist lieb von dir.«

Devin nahm einen Schluck. »Ich denke aber, es ist besser für dich, das selbst zu tun. Es könnte dir dabei helfen, mit alldem abzuschließen. Du konntest dich damals gar nicht richtig verabschieden. Und diese Wanda hat dir etwas bedeutet, stimmt's? Ich merke es dir doch an.«

»Ja.« Wie gut er sie kannte! »Würdest du mir das denn zutrauen? Das alles hinzukriegen?«

»Ja, sicher. Du dir nicht?«

»Na ja. Geschäftstüchtigkeit ist nicht gerade meine Stärke. Und ich werde nicht objektiv sein können. Dafür ist es dann doch zu persönlich. Auch nach all den Jahren. Nein, *gerade* nach all den Jahren«, verbesserte sie sich.

»Das kann auch von Vorteil sein. Und was das Geschäftliche angeht, kannst du dich von dem Herrn Hoffmann beraten lassen. Der kennt sich da aus mit Grundstückswerten und Immobilien, wenn er dort lebt.«

Sila musste lächeln. »Immobilie! Das ist ein merkwürdig unpassendes Wort für den Wickenhof.«

»Wenn es dich wieder zum Lächeln bringt, passt es doch.« Er schmunzelte selbst. Wenn er so aussah, wirkte er liebenswert lausbubenhaft. Dann kam Sila sich manchmal vor, als wäre sie die Ältere von ihnen beiden.

Dennoch – sie war so große Entscheidungen nicht gewöhnt. Tatsächlich hatte sie sich viel zu lange vor allerlei Derartigem gedrückt. Wahrscheinlich war es richtig gewesen von Wanda, Sila endlich aus ihrer Komfortzone herauszuzwingen. Das hatte sie früher auch immer getan. Sila war es, als hörte sie Wandas Stimme. Eine Altstimme, warm und etwas kratzig. *Natürlich kannst du über den Zaun klettern, Mädchen, streng dich an!* Oder:

Wenn du das wirklich willst, dann kannst du das Pflanzloch für den Baum ganz allein tief genug buddeln. Du musst nur dranbleiben.

»Würde es dir helfen, wenn wir zusammen hinfahren?«, fragte Devin.

»Ich weiß nicht. Das ist lieb von dir. Ich muss darüber nachdenken.«

»Natürlich. Aber vermutlich besser nicht zu lange. Dieser Herr Hoffmann ist alt. Sicher ist das eine Belastung für ihn. Er will den Wunsch Wandas erfüllen und dir die Sache übergeben, und es ist nicht gut für ein Haus, wenn es lange leer steht. Es verkommt rasch und verliert schnell an Wert. Also, wenn du meinen Rat möchtest, schieb es nicht zu lange auf. Das hilft nicht und belastet dich nur. Vielleicht magst du mit deiner Cousine darüber sprechen. Mein Angebot steht jedenfalls.«

»Danke. Du hast recht, ich werde mit Mine darüber reden.« Nuras Mutter war im Gegensatz zu Sila tatsächlich eine Geschäftsfrau. Eine gute. Schließlich führte sie den Feinkostladen ihres Vaters inzwischen als gleichberechtigte Partnerin mit und war sozusagen darin aufgewachsen. »Dann kann ich auch gleich einkaufen. Der Kühlschrank ist leer.«

»Geschäftsfrau vielleicht, aber von Immobilien habe ich absolut keine Ahnung«, erklärte Mine später, während sie die Oliven abwog. »Danke übrigens, dass du Nura mal wieder mit den Hausaufgaben geholfen hast. Wie mir früher. Ohne dich wäre gar keine Geschäftsfrau aus mir geworden.«

»Glaub ich nicht. Du bist so tüchtig. Anders als ich weichst du nie einer Entscheidung aus oder schiebst sie auf.«

»Diesen Käse hier kann ich heute empfehlen. Koste mal.« Mine hielt Sila ein Stück auf einer Gabel entgegen. »Also, in

31

einer Sache hat Devin recht. Je länger ein Anwesen leer steht, desto schneller verfällt es.«

»Anwesen! Wieder so ein Wort, das überhaupt nicht zum Wickenhof passt. Der Käse ist megalecker. Gib mir bitte das größere Stück da.«

»Sila, ich kann das nicht beurteilen. Das war vor meiner Zeit. Ich war nie dort.« Das stimmte. Mine war zehn Jahre jünger als Sila. »Ich kann höchstens Vater fragen, ob er einen Immobilienmakler kennt«, bot Mine an.

»Danke. Vielleicht komme ich darauf zurück.«

Für den Käse hatte sich das Gespräch schon gelohnt, dachte Sila auf dem Heimweg, aber ansonsten hatte es nicht viel gebracht. Sie würde besser die beiden Menschen fragen, die ihr über die Jahre so etwas wie ein Elternersatz geworden waren. Die zwei hatten immer einen Rat für sie. Sie waren so etwas wie ihre guten Geister. Vielleicht waren sie inzwischen oben bei der Arbeit.

Aber die Werkstattetage war immer noch verwaist, und auch Devin war fort. *Bin bei einem Kunden, dann beim Skat. Heute Abend spät zurück*, stand auf einem Zettel.

In dieser und manch anderen Gegenden der Stadt kam es häufig vor, dass mehrere Künstler oder kleine Gewerbe sich eine Etage teilten, um dort zu arbeiten. Jeder hatte seinen Platz, mal abgeteilt, mal nicht. Man half einander, regte sich an und trank zusammen Kaffee. Ideen verschiedenster Menschen in verschiedenem Alter und von verschiedener Herkunft befruchteten sich gegenseitig. So war es auch in diesem Haus am Ufer der Spree. Hier war es Devin gewesen, der vor Jahrzehnten die fünfte Etage zusammen mit zwei älteren Künstlerinnen gemietet hatte, die in der Nähe wohnten. Devin stellte Möbel her, Bea nähte Patchwork-Quilts von künstlerischer Qualität, und Indra baute Lampen. Das harmonierte. Sie rissen alle Wände heraus, die keine tragende Funktion hatten, schufen sich Platz und legten los. Nach einer Weile kam der Erfolg. Kunden, die bei dem einen kauften, interessierten sich meist auch für die Werke der anderen. Die meisten Abnehmer fanden sich allein durch Mundpropaganda. Nach einiger Zeit handelten sie dann sogar eine Zusammenarbeit mit einem Möbelgeschäft aus.

Und als Sila dazukam, hatte es von Beginn an gepasst, als wäre sie das fehlende Puzzleteil gewesen.

Sila räumte die Lebensmittel weg. Die Sonne hatte die Räume erhitzt. Sie öffnete die schmale Tür und trat hinaus auf den engen Balkon. Der Lerchensporn und die Narzissen, die sie in die Kästen gepflanzt hatte, blühten jetzt. Ebenso der Löwenzahn, den sie absichtlich nicht aus den Rissen in den Fliesen gezogen hatte. Sie beobachtete die Bienen, die sich eifrig am Nektar bedienten, und stellte erfreut fest, dass sich unter den zahlreichen Honigbienen eine Weidensandbiene befand. Sie sonnte sich auf dem warmen Geländer. Unten am Ufer standen genug Weiden, bestimmt kam sie von dort und ruhte sich hier nur aus. Der Hinterleib des zarten Wesens war von elegantem Schwarz, obenherum glänzte ihr weißer Pelz in der Sonne.

Es gab neuerdings viel zu viele Honigbienen in der Stadt, seit es unter größeren Firmen und Hotels Mode geworden war, Bienenvölker auf dem Dach zu halten und eigenen Honig zu produzieren. Der wurde dann als Werbegeschenk auf Promo-

Partys verteilt. Berlin mit seinen vielen sandigen, trockenen Brachflächen in Hinterhöfen, auf Fabrikgeländen und neben Bahngleisen war einst Rückzugsgebiet für über die Hälfte der beinahe sechshundert Bienenarten Deutschlands gewesen. Aber nun baute man aufgrund des Wohnungsmangels alle verfügbaren Lücken zu. Gleichzeitig verdrängte das Übermaß an Honigbienen zunehmend die Wildbienenarten. Umso mehr freute sich Sila, wenn sie eine entdeckte.

Auf dem Land war es noch viel schlimmer, aufgrund von Monokulturen, Überdüngung und Pestiziden. Natürlich gaben sich bereits viele Betriebe große Mühe, Blühstreifen anzulegen und möglichst naturnah zu wirtschaften. Aber es waren noch längst nicht genug. Kein Wunder, dass Wanda sich Sorgen gemacht hatte.

Auf dem Balkon ein Stockwerk tiefer klirrten leise Gläser. Der Klang erinnerte Sila an das Windspiel, das Wanda damals gebaut und in den Birnbaum gehängt hatte. Wanda hatte übriggebliebene Metallröhren zurechtgeschnitten, Löcher hineingebohrt und in zwei ineinanderliegenden Kreisen an ein altes Wagenrad gehängt. Ein schweres Zahnrad diente als Klöppel, an dem unten ein großer Windfänger aus Blech baumelte. Alle behaupteten, das Ganze wäre zu groß, um zu funktionieren. Doch Wanda lächelte nur. Sie behielt recht. Der Wind fegte oft genug über die offenen Flächen des Oderbruchs und brachte den kleineren, inneren Kreis der Röhren mit Leichtigkeit zum Klingen. Wenn im Frühjahr und im Herbst die Stürme kamen oder im Sommer Gewitterböen, dann sangen auch die äußeren, langen Röhren in tieferen Tönen ein Lied von der einsamen, weiten Landschaft. Die Klänge erzählten wortlos von den bizarren Kopfweiden und dem Fluss, der die Wiesen im Frühling mit

Spiegeln für den Himmel flutete, von den erhaben kreisenden Greifvögeln, von den Bibern und den Bienen.

Sila hatte ein kleines Windspiel hier auf dem Balkon aufgehängt, als sie neu dazugekommen war. Doch die Nachbarn beschwerten sich. Zu laut. Sie musste es entfernen. Nun hatte sie seit Jahrzehnten nicht mehr daran gedacht.

Wandas Brief aber hatte die Erinnerung an jene Klänge in ihr geweckt, so frisch und lebendig wie einst. Sila war es, als müsste sie sich nur umdrehen und könnte hören, wie Wanda von draußen rief: »*Kommst du, Kind? Wir müssen uns um die Erdbeerpflanzen kümmern, es wird Zeit …*«

»Bist du da draußen, Sila?«, kam tatsächlich eine Stimme. »Es zieht! Sollen wir heute grünen oder weißen Tee kochen?«

Sila fuhr zusammen und musste einen Augenblick lang ihre Gedanken sortieren. Es war nicht Wanda, natürlich nicht. Es war Indra, die jetzt in der Werkstatt stand und Sila fragend ansah. Indra, die selbst mit ihren zweiundneunzig Jahren noch eins achtzig maß und mit ihrem schneeweißen Igelhaarschnitt stets hellwach und unternehmungslustig wirkte. Der Rollator, den sie benutzte, hauptsächlich weil sie ihn bei der Arbeit zum Sitzen praktisch fand, passte überhaupt nicht zu ihr. Er sah in ihren Händen aus wie ein Spielzeug. Indra hatte Sila bei der ersten Begegnung tatsächlich ein wenig an Wanda erinnert, nicht nur ihrer Größe und Haltung und Energie wegen.

Indra arbeitete ebenfalls mit Metall, allerdings auch mit Peddigrohr, Reispapier, Kunststoff und Kabeln. Sie konstruierte hauptsächlich humorvolle Stehlampen, die aussahen wie menschliche Gestalten oder Comicfiguren. Sie verkauften sich glänzend, denn sie waren funktional und strahlten dabei eine Art schwerelosen Humor aus. Ihr neuestes Werk war eine Figur, die sich lässig auf einen Besen lehnte. Im Besen war diskret eine Lichterkette versenkt, und auch die Hutkrempe leuchtete indirekt. Was hätte kitschig wirken müssen, wirkte aus Indras Händen beinahe elegant.

»Grünen Tee. Ich bring ihn dir gleich«, entschied Sila. Indra brauchte ihren Tee bei der Arbeit, und sie hatten es zum Ritual gemacht, dass Sila ihn zubereitete und eine Tasse mittrank. »Geht es dir gut?« Unvorstellbar, dass Indra eines Tages nicht mehr da sein würde.

»Was denn sonst? Kennst mich doch. Aber was ist mit dir?« Indra musterte Sila mit ihrem scharfen Blick unter buschigen Brauen. »Du hast Wolken auf der Stirn.«

4

Auf die Füllung kommt es an

Vor Indra konnte niemand etwas verbergen. »Kommt Oswin heute auch?«, erkundigte sich Sila. »Ich wollte euch beide um Rat fragen.«

»Oha!«, sagte Indra. »Wie interessant. Ich denke schon, dass der alte Knilch noch erscheinen wird. Spätestens wenn der Tee fertig ist«, fügte sie betont hinzu.

»Ich mach ja schon.« Sila verschwand und setzte schmunzelnd das Wasser auf. Oswin war fünfzehn Jahre jünger als Indra, doch das hielt sie nie davon ab, ihn als *alten Knilch* zu betiteln.

Als Bea vor drei Jahren starb, kam ihr Mann Oswin irgendwann zu ihnen, um ihren Teil der Werkstatt auszuräumen. Verloren hatte er dagestanden und sich ratlos umgesehen.

»Können wir dir helfen, Oswin?«, hatten sie ihn gefragt.

»Ich brauche ein Geschenk für meinen Enkel«, hatte Oswin leise geantwortet. Ohne seine Frau wusste er nicht weiter. Indra hatte ihn sanft auf Beas alten Stuhl geschoben und ihm Nadel und Faden in die Hand gedrückt, während sie auf all die Stoffreste und begonnenen Stücke diverser Quilts deutete. »Mach was draus«, sagte sie und widmete sich dann wieder ihrer eigenen Arbeit. Mit einer Handbewegung und einem Augenzwinkern wies sie Devin und Sila an, dasselbe zu tun. So herrschte in dem Raum unterm Dach bis auf die Klänge von Hämmern, Feilen und Sägen eine kameradschaftliche Stille. Die

Sonne ließ den Staub aufleuchten und löste Oswins Trauer mit jedem Stich etwas auf. Er nähte unbeholfen ein paar der verschiedenfarbigen topflappengroßen Quadrate zusammen, die ein ungewisses Etwas ergaben. Eine Form, aber keinen Quilt. Brummelnd experimentierte er herum, und am Ende hatte er etwas Sackähnliches geschaffen, das er mit den herumliegenden Sägespänen auffüllte und zunähte. Er betrachtete sein Werk und fügte Augen, Ohren und einen Schwanz hinzu. »Was ist das?«, fragte er mit verschämtem Stolz und immer noch ratlos in die Runde.

»Ein Hocker«, schlug Devin vor.

»Eher ein Sitzkissen«, fand Sila. »Schön weich. Das wird deinem Enkel gefallen.«

»Ein Sitzschweinchen«, war Indras Diagnose. »Ein wunderbar buntes. Schief, vielleicht ein bisschen rheumageplagt. Aber grandios eigenwillig.«

»Dann heißt es wohl Willi«, sagte Oswin erfreut.

Willi verlor zeit seines Lebens Sägespäne. Aber Oswin verbesserte seine Nähtechnik rasch. Auf Willi folgte Rolfi, dann Olli. Alle seine Enkel wollten ein Sitztier haben. Oswin wurde Bestandteil der Werkstatt und füllte nahtlos die Lücke, die Bea hinterlassen hatte. Immer mehr Kunden der anderen sahen seine Werke und wollten auch so eine besondere Sitzgelegenheit mit Ohren. Auch Erwachsene erwärmten sich dafür. Vielleicht hatten sie das Gefühl, die geduldigen Wesen würden ihnen zuhören, wenn es kein anderer tat. Oder vielleicht blieb etwas von Oswins Liebenswürdigkeit im Stoff haften. Als es darum ging, ihm einen Markennamen und einen Platz auf der Website zu verpassen, nannte er sie BeaTiere, denn seine Frau war für ihn immer noch anwesend. Manchmal sprach er auch mit ihr.

Indra war da anders. Wenn man sie auf ihre erstaunliche Fitness ansprach, sagte sie: »Ach, das liegt nur daran, dass ich mich nie mit einem Mann und Kindern herumgeplagt habe.« Doch Sila war sich sicher, dass die kleine Gesellschaft in der Werkstatt so etwas wie Indras Familie war. Wenn Indra ihr einen Rat gab, war er stets nicht nur ehrlich, sondern auch klug und liebevoll. Und sie tat es nie ungefragt. Dasselbe galt für Oswin, der so ganz andere Erfahrungen in seiner großen Familie gemacht hatte. Die beiden ergänzten sich perfekt, wenn es um Problemlösungen ging.

Als der Tee fertig war, saß Oswin bereits an seinem Platz. Er kam und ging immer so leise, dass man es kaum bemerkte. Als er Sila sah, legte er seine Nadel sofort beiseite und nahm die Brille ab. Wer mit Oswin sprach, hatte stets dessen volle Aufmerksamkeit. »Liebe Sila, Indra sagt, du hast etwas auf dem Herzen? Setz dich zu uns. Hier, du kannst dabei gleich Lisa ausprobieren.« Lisa schien so etwas wie ein Esel mit kurzen Beinen zu sein. Sie war bequem. Vielleicht etwas zu weich. »Ein bisschen Füllung fehlt noch«, merkte Sila an.

»Ist notiert.« Dankbar kostete Oswin den Tee. Seine eisgraue Löwenmähne glänzte in der Sonne. »Was können wir für dich tun?«

»Ja, schieß los. Du weißt doch, wie neugierig ich bin«, drängte Indra.

Also berichtete Sila. Las die Briefe vor. Wiederholte, was Devin und Mine gesagt hatten. Und erzählte mehr von Wanda und dem Wickenhof, als sie vorgehabt hatte. Vielleicht wegen Lisas freundlich gespitzten Ohren. Oder weil sie sich mit den Neuigkeiten nicht mehr so allein und überfordert fühlte, nun, da ihre beiden guten Geister davon wussten, die schon so lange ähnlich zwei steinernen Löwen rechts und links eines Tores ihr Leben bewachten.

»Erstaunlich«, sagte Oswin in seinen Tee. »Deshalb magst du Bienen! Wie schön.«

Indra ging praktischer an die Sache heran. »Deine Wanda gefällt mir. Es liegt doch sonnenklar auf der Hand, was du tun musst. Du kannst es nur genauso machen wie Oswin! Und das ist gut so. Aus mehreren Gründen.«

Oswin ließ fast die Tasse fallen und sah sie mit großen Augen an. »Wieso – wie ich?«

Sila war ebenso verwirrt wie er.

Indra breitete ungeduldig die langen Arme aus. »Muss ich euch das wirklich erklären? Schau doch mal hin!« Sie zeigte auf Lisa, deren Flanken sich unter Silas Gewicht ausbeulten. Diese Rundlichkeit machte ihren Ausdruck noch zuversichtlicher.

Oswin und Sila sahen sich fragend an.

»Das Zusammensetzen aus alten Stücken zu einer neuen Form«, erklärte Indra ungeduldig. Wenn man über neunzig war und das Leben von hinten betrachtete, erschien wahrscheinlich manches selbstverständlich und glasklar. »In deiner Erinnerung, Sila, liegen all diese bunten Stücke herum. Erinnerungen an diese Wanda, an den Garten, den Hof. An deine Mutter und alles, was du mit ihr und anderen erlebt hast. Auch an die Flucht. Das liegt herum wie die Stoffquadrate in Oswins Körben und franst an den Rändern mit der Zeit aus. Du weißt nicht mehr, welches wohin gehört. Die Farben verblassen.«

»Genauso fühlt es sich an«, sagte Sila verblüfft. Es tat gut, dem Chaos, das in ihrem Inneren tobte, seit sie den Brief gelesen hatte, ein Bild zuzuordnen.

»Dazu kommen andere Stücke. Reste aus einem anderen Korb«, fuhr Indra fort. »Zum Beispiel, was du seitdem erlebt hast. Alles hinterlässt Reste, und das Leben wirbelt sie durcheinander. Da sind Farben, von denen du denkst, sie passen nicht zu den anderen. Da sind auch noch deine Träume, die irgendwo in eine Ritze geraten sind. Vergessene Hoffnungen vielleicht.« Indra nahm einen Schluck Tee. »Ein anderer Korb ist so vollgestopft, dass du gar nichts mehr darin findest und alles unter Spannung steht, bis er beinahe platzt. Und dann kommt einer wie Oswin, sucht aus dem ganzen Zeug die Stücke heraus, die ihm gefallen, setzt sie völlig neu zusammen und füllt die entstandene, nie zuvor dagewesene leere Form mit etwas ganz anderem aus. Und schon sitzt du bequem darauf.« Indra räusperte sich. »Ist natürlich nicht so einfach, wie es klingt. Das geht nur Nadelstich für Nadelstich. Außerdem musst du den Mut haben, überhaupt erst einmal anzufangen, obwohl du vorher nicht weißt, was dabei herauskommen wird. Genau deshalb ist es aber auch spannend.«

»Ich wusste gar nicht, dass ich so klug war«, sagte Oswin erstaunt.

»Jeder kommt einmal an genau diesen Punkt in seinem Leben«, sagte Indra und zeigte mit ihrem langen, entschiedenen Zeigefinger auf Sila. »Und deiner, mein Mädchen, ist genau jetzt!« Befriedigt lehnte sie sich zurück und betrachtet Sila amüsiert. »Du hast mich doch gefragt, oder?«

»Mich auch«, sagte Oswin. »Ich wusste zwar nicht, dass ich so ein glänzendes Beispiel bin, liebe Sila, aber ich finde, Indra hat recht. Ich kann das nur unterschreiben. Und dieser vollgestopfte Korb mit den Spannungen …«

»Nur raus damit, Oswin«, ermunterte ihn Sila. Indra hatte ja recht. Sie hatte gefragt.

»Ich denke, ein wenig Abstand von Devin würde dir guttun. Euch beiden.«

»Es wäre natürlich bequemer, die Hilfe anzunehmen, die Devin dir angeboten hat. Ihr könntet zusammen hinfahren«, sagte Indra. »Aber«, sie deutet wieder auf Silas Sitzgelegenheit, »bequem sitzt man immer erst hinterher. Wenn alles passt. Nicht auf dem Gerümpel.« Sie wedelte in Richtung von Oswins wilder Materialsammlung in den Körben.

Einen langen Augenblick herrschte Schweigen.

»Haben wir dir helfen können?«, fragte Oswin schließlich vorsichtig.

»Ihr seid toll. Wie immer. Was würde ich nur ohne euch machen?« Sila umarmte die beiden.

»Ich muss an meine Arbeit«, sagte Indra barsch und verzog sich eilig an ihre Werkbank. Aber Sila hatte ihr Lächeln gesehen.

»Weißt du, du wirst sicher noch Zeit brauchen, um darüber nachzudenken«, sagte Oswin und räumte die Tassen besonders sorgfältig auf das Tablett, weil seine Hand etwas zitterte. »Aber es wäre bestimmt gut, wenn du dem alten Herrn eine Antwort schickst. Damit er weiß, dass du seine Post erhalten hast und wie es weitergehen soll.«

»Keine Sorge, Oswin. Ich weiß, ich schiebe Dinge manchmal auf. Aber du hast recht, ich muss ihm unbedingt bald Bescheid sagen. Spätestens morgen schreibe ich ihm.«

Aber das konnte sie erst, wenn sie eine Entscheidung getroffen hatte.

Arbeit half. Immer. Der Schaukelstuhl wartete auf sein Dekor – und vor allem wartete der Kunde. Sila wählte eine Brennschleife und eine Brennspitze, steckte beides in die Griffel und schaltete die Station ein, damit sie heiß wurden. Sie stellte für jeden Griffel eine unterschiedliche Temperatur ein. Dann schloss sie das untere Fenster. Es konnte rasch gefährlich werden, wenn ein Windstoß etwas von dem herumliegenden Stoff oder Papier auf die heißen Werkzeuge wehte.

Nachdenklich betrachtete sie den Schaukelstuhl, auf dessen Rückseite sie bereits eine Skizze gemacht hatte. Dadurch, dass der Stuhl Übergröße hatte, gab es darauf erfreulich viel Platz für Silas Kunst. Platz für eine ganze Landschaft. Daher hatte sie eine Brennschleife gewählt, die an einer Stelle eine Klinge hatte. So konnte sie auch Vertiefungen schaffen und stellenweise ein Relief herausarbeiten. Außerdem gab es interessante Maserungen im Holz. Da war ein Astloch gewesen, das sie als untergehende Sonne mit in die Szene aufnehmen konnte – oder doch lieber als Mond? Und jene Struktur dort, die aufrechten Linien, das waren Schilfhalme, da musste sie nur noch wenig daran machen. Nur dem Auge des Betrachters den natürlichen Zusammenhang suggerieren, ihn sanft hineinführen in das Bild, ohne dass es ihm bewusst wurde.

Manchmal wunderte sie sich immer noch, dass ausgerechnet die Pyrografie zu ihrer Kunst geworden war. Eigentlich liebte sie leuchtende Farben, so wie die der Stoffe, die Oswin verarbeitete. Beim Brennen in Holz dagegen konnte sie nur mit Schattierungen und mehr oder weniger breiten und dunklen Linien arbeiten, von Tiefschwarz bis hin zu hellem Braun. Aber gerade das war die Herausforderung. Und es beruhigte sie.

Bis die Werkzeuge heiß genug waren, polierte sie noch rasch ihre Arbeit von vorgestern mit ihrem eigens angerührten, speziellen Möbelwachs, das nach Honig duftete. Es handelte sich um einen Beistelltisch, auf dem nach Kundenwunsch das Bild eines Greifvogels prangte, ein Bussard mit wachem Blick. Es hatte Freude gemacht, die Federn auszuarbeiten, die gespannte, würdevolle Haltung.

Unten in der Ecke hatte Sila ihre Signatur im Laub des Astes untergebracht, auf dem der Vogel saß. Ihren Künstlernamen.

Andrena.

Das war der lateinische Name für die Sandbiene. Manchmal hatte Wanda sie so gerufen, wenn sie auf nichts anderes hörte. Sila hatte sich für die Signatur entschieden, als sie begonnen hatte, mit Devin zusammenzuarbeiten, nachdem Indra ihr vor so vielen Jahren einen Lötkolben und ein Stück Holz in die Hand gedrückt hatte. An jenem Tag hatte Sila im Balkonkasten eine Rotschopfige Sandbiene entdeckt, und es war, wie eine alte Freundin wiederzutreffen. Es gab ihr Zuversicht.

»*Andrena* klingt gut. Das kommt bei nächster Gelegenheit auf die Website, als dein Künstlername«, hatte Devin gesagt. Es war das erste Mal, dass Sila sich nach einer schlimmen Zeit wieder lebendig fühlte und nicht mehr so verloren.

Andrena. Das klang wie der Wind auf den Wiesen am Fluss, sanft und leicht. Vielleicht machte sie es zu einem ganz anderen Menschen? War es möglich, dass damit für sie ein neues Leben, eine neue, hellere Geschichte beginnen mochte?

Auf einmal erschien dieses Leben wieder verlockend, aufregend, voller Wege, die sie gehen könnte.

Wie vor so langer Zeit in Wandas Garten.

5

Unter den Farben

Die Brennspitze war jetzt heiß genug. Sila vertiefte sich in ihre Arbeit, setzte die erste Linie, behutsam, gleichmäßig. Jedes Holz reagierte anders. Fehler ließen sich zwar ausbügeln, improvisieren ging immer, und oft wurde das Ergebnis dadurch noch besser. Sie ließ sich gern selbst überraschen. Aber dennoch musste sie ständig konzentriert bleiben, schon, weil man sich sehr leicht die Finger verbrennen konnte.

»Wie bei der Liebe«, hatte Indra einmal bemerkt, als sie Silas Hand verarzten musste. »Aber ein heißes Eisen lässt sich besser kontrollieren, du musst nur immer bei der Sache bleiben.«

Das war jetzt genau das Richtige für sie. Alles andere verschwand dabei aus ihrem Kopf. Wanda, der Wickenhof, der unbekannte Herr Hoffmann, die Erinnerungen. Da waren nur noch Ruhe und das Bild, das unter ihrer Hand entstand, der Fluss, die Kopfweiden, das Schilf, ein rastender Vogelschwarm, ein altes Boot. Wolken, Inseln.

Der vertraute, warme Geruch von kokelndem Holz breitete sich aus und mischte sich mit dem Duft von Möbelwachs. Oswin nähte in seiner Ecke. Indra flocht und bog etwas aus Kabeln und brummelte dabei manchmal leise vor sich hin. Sila ließ sich in die anheimelnde Atmosphäre sinken und spürte, wie sie sich entspannte.

Dies war ihr Zuhause. Ihre dunkle Einraumwohnung zwei Häuser weiter im Hinterhof zählte nicht. Dort schlief sie nur.

Und zeitweise auch bei Devin in seiner kaum größeren Wohnung um die Ecke. Nun jedoch schon länger nicht mehr.

Ihr Platz war hier, in der Gegenwart von Indra, Oswin und Devin. In diesem Räumen fühlte sie sich wohl. Hier entstanden ihre Bilder auf dem Holz wie von allein. Sogar heute, obwohl sie so aufgewühlt war. Linie fügte sich an Linie, und es entstanden Dinge, von denen sie vorher nichts geahnt hatte.

Später machte Indra Feierabend. Ihre Arbeitszeiten wurden neuerdings immer kürzer. Oswin war auch bald damit fertig, Lisa zu befüllen und ihr noch eine Mähne zu verpassen, und verabschiedete sich dann ebenfalls. »Mach's gut Sila, und grüble nicht so viel!«

»Danke, Oswin. Einen schönen Abend dir!«

Dann war Sila allein, und das war auch schön. Draußen färbte die untergehende Sonne die Spree rotgolden. Das Astloch auf der Stuhlrückseite aber war doch der Mond, beschloss Sila. Sein Licht spielte auf dem Wasser. Und dann ein Haus in der Ferne, nein, gar nicht so fern.

Ein Haus? Sila hatte noch nie ein Haus in ihren Landschaften untergebracht. Jetzt hätte sie sich vor Schreck doch fast verbrannt und steckte den Griffel hastig in seine Halterung zurück, um sich zu fangen. Auch die Schutzmaske, die sie daran hinderte, den Rauch einzuatmen, riss sie hastig ab, weil sie das Gefühl hatte, auf einmal nicht mehr genug Luft zu bekommen.

Noch war das Haus nur angedeutet, außerdem halb hinter einem Zaun verborgen, an dem etwas wuchs.

Doch es war ziemlich sicher der Wickenhof oder jedenfalls das, was in Silas Erinnerung noch von ihm übrig war.

Als sie vor vielen Jahren damit begonnen hatte, Bilder und

Dekorationen in Holz zu brennen, dachten alle, ihre Landschaften wären von der Spree inspiriert. Vom Tegeler Fließ wohl auch, und dem Großen Fenn. Diese Ähnlichkeit war durchaus vorhanden. Wasser, Schilf, Weiden, Weite. Im Oderbruch war ja damals keiner von ihnen gewesen, das lag hinter der Mauer. Wahrscheinlich waren es bald tatsächlich die Spree und das Fließ und das Fenn, denn so war es leichter für Sila. Vielleicht war es auch einfach nur Weite, nach der sie sich sehnte, egal welche.

Und doch, als Sila nun an Wanda dachte, gab sie zu, dass beinahe alle ihre Werke die Landschaft ihrer Kindheit widerspiegelten. Wanda hatte ein Blick auf die Website genügt, um das festzustellen.

Für heute hatte sie genug. Die Luft roch nach Rauch, höchste Zeit, das Fenster wieder aufzureißen. Sila steckte die Brennstation aus, damit niemand versehentlich an den Schalter kam, und legte die heißen Spitzen sorgfältig zum Abkühlen beiseite. Draußen roch die Dämmerung nach Frühling, geheimnisvoll und irgendwie nach Aufbruch. Sila wollte noch nicht nach Hause, sie war viel zu unruhig. Seit Wandas Brief war da wieder dieses freudig aufgeregte Kribbeln in ihr, das sie schon einmal gespürt hatte. Als Devin den Namen *Andrena* zu ihrem Künstlernamen gemacht und ihr ein neues Leben eröffnet hatte.

Gedankenvoll betrachtete sie die große Wand. Es standen keine Möbel dort. Hier brauchten sie alle hauptsächlich Platz zum Arbeiten. Manchmal pinnte jemand einen Entwurf daran oder einen Zeitplan. Zurzeit hingen da nur zwei zerfledderte, ausgeblichene Plakate von irgendwelchen längst abgelaufenen Theaterprogrammen.

Sila wanderte in die kleine Küche, deren Speisekammer größer war als die Küche selbst. Dort bewahrte sie im unteren Regal ihre Schätze auf: Farbdosen aller Schattierungen. Da sie beim Brennen nur mit Schwarz und Braun arbeiten konnte, musste sie ihre Vorliebe für leuchtende Farben anders ausleben. Immer, wenn es ihr nicht gut ging oder sie ins Grübeln kam, strich sie eine Wand.

Das erste Mal war sie elf gewesen. Sie hatte im Laden ihres Onkels ausgeholfen und sich ein paar Pfennige dazuverdient. Dafür hatte er ihr einen Rest Farbe günstig überlassen, einen Ladenhüter. Sila wollte ihre Mutter überraschen und hatte den Flur gestrichen. Die enge Wohnung war schon schmutziggrau und verwohnt gewesen, als sie einzogen. Dorothea war sowieso fast nie zu Hause. Sila war stolz, als sie sogar beinahe bis oben herankam und die Farbe recht gleichmäßig verteilt hatte. Die Wohnung wirkte gleich ganz anders, fand sie.

Das fand Dorothea auch. Nur nicht so, wie es sich Sila vorgestellt hatte. Ihre erste Reaktion war eine Backpfeife und die zweite eine Frage. »Was hast du dir bloß dabei gedacht?«

»Es sieht aber doch viel fröhlicher aus! Es war so hässlich.«

»Das stimmt. Aber jetzt ist es noch hässlicher.«

Insgeheim musste Sila zugeben, dass »Flügel von Smaragd« auf dem Etikett wunderbar geklungen hatte, aber doch von einem sehr heftigen Grün war, wenn man einen ganzen Raum damit anpinselte.

Am Ende einigten sie sich darauf, dass Sila alles noch einmal strich, diesmal mit »Zauber der Wüste«, einem dezenten Sandbeige. Immerhin bezahlte Dorothea die Farbe. Sie träumte vom Reisen, nun, da sie nicht mehr hinter einer Mauer lebte. Vielleicht von einem Wüstenprinzen auf einem weißen Kamel, der ihr Diamanten schenkte. Sila aber hatte bei »Flügel von Smaragd« an die schillernden Rosenkäfer in Wandas Garten gedacht.

Später, als sie Devin und die anderen Künstler in der Werkstattetage kennenlernte, ermutigten sie Sila zum Streichen, wann immer sie wollte. Bea rauchte Zigaretten, Devin spritzte manches Mal im Eifer der Arbeit mit Kaffee, weil er seine Tasse umwarf. Und die Sommerhitze ließ den Ruß und Dreck der Straße bis unter das Dach steigen und wehte ihn zum Fenster hinein. Die Wände waren oft renovierungsbedürftig, und da hier niemand wohnte und sich alle auf ihre Arbeit konzentrierten, war ihnen egal, was für eine Farbe Sila den Wänden schenkte. Sie hatte stets einen Vorrat an Farben im Schrank, denn sie kam an keinem Baumarkt vorbei, ohne im entsprechenden Regal zu stöbern.

Inzwischen waren Bea und ihre Zigaretten zwar nicht mehr da, dafür kokelte Sila mit dem Holz, Indra gönnte sich gelegentlich ein Zigarillo, und Oswin zündete jeden Tag Kerzen für Bea an. Ein neuer Anstrich würde auch jetzt nicht schaden, schon gar nicht im Frühling, da die Sonne alles gnadenlos zum Vorschein brachte.

Das letzte Mal war es »Spiel der Korallen« gewesen, womit Sila gegen einen chronisch nebligen Herbst hatte aufbegehren wollen, ein leuchtendes, heiteres Orange. Nun schwankte sie zwischen »Glanz des Sonnenkönigs«, einem zitronigen Gelb, und »Erwachen des Frühlings«, einem hellen Gelbgrün. Sie entschied sich für Letzteres, weil es so gut in die Zeit passte.

Sila nahm die Poster ab, fegte Spinnweben und Sägespäne von der Wand und klebte die Kanten ab. Dann schaltete sie alle

Scheinwerfer im Raum an und begann zu streichen. Draußen flöteten die Amseln, während unten die Laternen ansprangen und ihr Licht auf die Spree warfen, die gleichmäßig dahinfloss. Dem Fluss war es egal, wie sehr Silas Gedanken in Aufruhr waren. Aber waren diese anfangs noch dunkel und verworren, so schlich sich jetzt mit jedem Pinselstrich etwas von dem Hellgelbgrün hinein.

Für »Zauber der Wüste« hatte sie sich nie erwärmen können. Beige blieb beige, egal, wie man es nannte. Fade. Aber ihrer Mutter hatte es gefallen. Dorothea hatte damals Sehnsucht nach der Ferne, wer wollte es ihr verdenken? Heute konnte Sila das verstehen.

Sila dagegen war in der Stadt nach dem anfänglichen Heimweh nach Wanda und dem Garten immer glücklicher geworden. Hier beschimpfte sie niemand mehr, weil sie mit ihren dunklen Augen und schwarzen Haaren so anders aussah. Hier gab es auf einmal ganz viele wie sie. Nicht einmal ihr Vorname fiel auf. In der Schule gab es Pinars und Dilaras und sogar noch eine zweite Sila. Die Peggys und Chantals, die sie früher so gequält hatten, wären hier ihrerseits aufgefallen.

Anfangs wurde sie zwar mal als Flüchtlingskind oder »DDR-Dummi« geneckt, oder wegen ihrer Klamotten aus dem Secondhandshop, doch das verflog bald. Niemand steckte ihr hier Kletten in die Achseln ihrer Jacke oder zerriss ihre Hausaufgaben. Stattdessen fand sie Freunde. Sie wurde im Sportunterricht nicht mehr als Letzte in die Mannschaft gewählt. Sie wurde sogar zu Geburtstagen eingeladen. Sila gehörte dazu wie noch nie zuvor, und sie wollte nicht wieder weg, nirgendwohin, nie wieder.

Sie bewegte den Pinsel energisch auf und ab und sah zu, wie die Wand sich verwandelte. Sie benutzte lieber einen breiten Pinsel als eine Rolle, da spürte sie besser, was sie tat. Es dauerte etwas länger, war aber irgendwie persönlicher. Manchmal hatte sie das Gefühl, ihr Leben würde aus lauter Farbschichten bestehen, eine über der anderen. Jede stand für eine andere Zeit. Wie die Ringe in einem Baumstamm.

Ihre Mutter war lebenshungrig, hatte noch immer das Gefühl, viel versäumt zu haben. Sie wollte alles aufholen und stolperte von einer Beziehung in die andere, alle flüchtig, alle austauschbar. Bis der Portugiese kam, mit dem sie in Urlaub flog, in seine Heimat. Sila, inzwischen vierzehn, war froh, dass sie bei ihrer Tante bleiben konnte.

»Ich freue mich«, hatte Tante Daniela gesagt. »Du kannst auf Mine aufpassen.« Silas Cousine Mine war damals vier und anstrengend, aber es hatte sich noch nie zuvor jemand so gefreut, dass Sila da war. Außer Wanda vielleicht.

Der Urlaub ihrer Mutter in Portugal dauerte immer länger. Dorothea kam nie wieder zurück.

Sila hatte sie nicht einmal sehr vermisst. Die »Zauber der Wüste«-Zeit, in ihrer Erinnerung für immer die »beige Zeit«, war damit vorbei. Tante Daniela und ihr Mann waren ganz in Ordnung, sie hatten nur sehr viel zu tun. Da war der Laden, und da war die kleine Mine. Sila musste allein mit ihren Hausaufgaben zurechtkommen. Einfach war das nicht immer. Aber sie durfte die Wohnung streichen. Tante Daniela entschied sich für »Duft des Orients«, ein pudriges Rotorange. Wahrscheinlich hatte sie ihr eigenes Fernweh. Sila fand die Farbe recht dunkel, aber doch viel besser als Beige.

Die rotorange Zeit in ihrem Leben war nur anfangs angenehm gewesen. Sila war bald einsam und überfordert und trieb sich herum, wenn sie nicht auf Mine aufpassen oder im Laden helfen musste.

»Verflixt!«

Wandas Brief hatte viel zu viele Erinnerungen aufgescheucht. Jetzt hatte Sila nicht aufgepasst und sich den »Erwachenden Frühling« auf ihren Schuh gekleckert. Sie sauste in die Küche und hielt den Schuh unter den Wasserhahn, ehe die Farbe trocknete. Dabei sah sie sich um. Die bunten Tassen, die an der Hakenleiste hingen, waren noch dieselben wie damals, als sie das erste Mal hierhergefunden hatte.

Devin hatte Sila aufgelesen, die in Tränen aufgelöst unten an der Spree saß. Sechzehn und schwanger.

Sila

Berlin

1989

6

Erschütterungen

Devin war damals mit einer Brötchentüte in der Hand vorbei-
gekommen. Sila hatte auf einer Mauer am Ufer gesessen, ins
Wasser gestarrt und sich ab und zu die Tränen abgewischt. Wie
alle anderen ging auch Devin vorbei. Aber anders als die anderen machte er nach ein paar Schritten kehrt, kam zurück und
blieb vor Sila stehen.

»Kann ich dir helfen?«

Sila schüttelte stumm den Kopf. »Ich habe Croissants geholt«, versuchte er es weiter. »Schokocroissants. Du könntest
mitkommen, dich aufwärmen und einen Kakao dazu trinken.
Ich heiße Devin.«

Erschrocken hatte sie zu ihm aufgeblickt. In seine grau-
grünen Augen inmitten von Lachfältchen, obwohl er damals
auch erst vierundzwanzig war. Er trug Jeans mit Sägespänen
darauf und einen Pferdeschwanz. Devin fasste sich an die Stirn.
»Entschuldige! Du kannst natürlich nicht mit einem Fremden
mitgehen. Du hast völlig recht. Ich lasse dir wenigstens ein
Croissant da, ja? Und ich hoffe, dass es dir bald bessergeht.«

»Danke«, brachte Sila heraus.«

Nach dem, was kürzlich auf der Party passiert war, wäre Sila
niemals mit ihm mitgegangen. Vorher auch nicht. Aber sie
mochte seine Augen. Und seinen Pferdeschwanz. Schade, dass
sie ihn nicht wiedersehen würde.

Doch Devin war keiner, der Dinge auf sich beruhen ließ. Sila hatte sich die Nase geputzt und in das Croissant gebissen, aber ihr war übel, und die Tränen wollten nicht aufhören. Da fiel ein langer Schatten auf sie. Sila hatte zuerst gedacht, Wanda stünde vor ihr. Gegen die Sonne sah sie nur, dass es eine große, dünne Frau war.

»Hallo, ich bin Indra«, erklärte die Silhouette und streckte ihr einen ebenfalls langen Arm entgegen. »Devin hat mir gesagt, dass es dir nicht gut geht. Es war natürlich richtig, dass du nicht mit ihm mitgegangen bist. Aber meine Freundin Bea und ich, wir arbeiten auch da oben im Haus. Es ist nämlich gar keine Wohnung, nur eine Werkstatt. Wenn du mitkommst und einen Kakao mit uns trinkst, würde ich mich freuen.«

Indra klang nicht wie jemand, zu dem man Nein sagte. Außerdem fror Sila. Innerlich und äußerlich. Unschlüssig stand sie auf. Ehe sie so richtig wusste, wie ihr geschah, war sie Indra viele Treppen hinauf gefolgt und saß mit einer warmen Tasse in der Hand auf einem Schaukelstuhl, dem noch eine Armlehne fehlte.

»Die mache ich noch«, erklärte Devin und zeigte ihr das Holz, das er gerade glattschliff.

Sila mochte ihn, und Indra sowieso. Bea hatte ihr freundlich zugenickt, ohne damit aufzuhören, bunte Stoffstücke zuzuschneiden.

»Das sieht gar nicht aus wie Arbeit«, sagte Sila, die sich zunehmend verwirrt umsah. Es war ihr immer noch unheimlich, dass sie einfach so mitgegangen war. Aber sie hatte nicht mehr weitergewusst.

Ebenso unheimlich war ihr, dass sie sich hier sofort wohl

fühlte und diese fremden, merkwürdigen Menschen mochte, ohne sie zu kennen.

»Bei uns ist Arbeit und Freude dasselbe«, erklärte Indra. »Was machst du denn gern?«

»Mit bunter Farbe streichen«, entfuhr es Sila.

»Na, wunderbar. Farbe haben wir hier auch, und die Wand da!« Indra wies dorthin, wo eine ehemals weiße Wand graue Streifen und braune Flecke aufwies. »Die könnte einen Anstrich dringend gebrauchen, meinst du nicht, Devin?«

»Klar. Farbe und Pinsel findest du da drin.« Devin zeigte beiläufig auf einen ramponierten Schrank. »Die hat ein Maler hiergelassen, der vor uns hier gearbeitet hat. Bedien dich ruhig!«

»Es sei denn, du möchtest uns vorher erzählen, warum du so traurig bist«, meinte Indra.

Sila schüttelte den Kopf. Indra stand auf. »Na, dann ist Arbeit die beste Lösung. Mir hilft es zumindest immer. Ich mach jetzt auch weiter. Such du dir eine Farbe aus, die dir gefällt. Natürlich nur, wenn du magst.«

Sila mochte. Sie öffnete vorsichtig den Schrank und fand sich im Himmel wieder. Alle Sorten Farben, viele davon angebrochen, manche ausgetrocknet, jedoch genug Reste, dass sie eine Wahl hatte wie nie zuvor. Auch Pinsel, Klebeband, Abdeckplanen gab es, alles, was sie brauchte.

»Hier!« Devin warf ihr einen fleckigen Kittel zu. »Und die Leiter steht da in der Ecke. Aber sei vorsichtig! Weißt du, wie man die richtig aufstellt?«

»Klar.« Er sah ihr trotzdem genau zu und überprüfte noch einmal, ob alles eingerastet war und die Leiter sicher stand.

Sila überlegte, ob sie »Seegras« oder »Sommer am Meer« nehmen sollte, und entschied sich dann doch für »Aprikosenmorgen«, weil das warm und fröhlich wirkte und die Farbe noch schön flüssig war.

Sie strich, und die anderen gingen ihrer jeweiligen Arbeit nach. Devin pfiff manchmal dabei, Bea summte, Indra brummelte gelegentlich Unverständliches. Zum ersten Mal seit langer Zeit fühlte sich Sila nicht einsam. Mit jedem Pinselstrich ging es ihr besser. Die Wand sah auch besser aus – viel besser.

»Das hätte längst mal jemand machen sollen! Wie schön, dass du gekommen bist, Sila«, meinte Bea, bevor sie ging.

»Ja, viel schöner hier jetzt!«, fand auch Indra, und Devin sagte: »Wenn du wiederkommen möchtest, kannst du das jederzeit tun.«

»Ich?«, fragte Sila ungläubig.

»Klar. Das hier ist doch ein Ort, der für kreative Menschen wie dich gedacht ist.«

Sie war kreativ? Das hörte sie zum ersten Mal. Aber wenn es bedeutete, dass es einem gut ging, während man schöne Dinge mit den Händen machte, und herauslassen konnte, was in einem drin war, dann stimmte es vielleicht sogar.

Um das auszuprobieren, nahm sie allen Mut zusammen, kam wieder und malte mit dem »Seegras«-Rest einen Baum auf die Aprikosenmorgenwand. Und da wusste sie, dass es stimmte.

Die Etage oben im Haus am Spreeufer wurde ihre Zuflucht. Anfangs konnte sie nicht glauben, dass sie die anderen nicht störte. Aber die zeigten es ihr einfach, bis sie überzeugt war. Indem sie sich freuten, wenn Sila Kuchen mitbrachte, aber auch, wenn sie den aß, den Indra gebacken hatte. Indem sie ihr Material schenkten und zeigten, was man daraus machen konnte. Indem sie mit leuchtenden Augen über die Ergebnisse staunten.

Sie fragten Sila sogar um Rat, wenn es darum ging, welche Stoffmuster zusammenpassten oder wie hoch eine Lampe sein sollte. Ob der Stuhl bequem war, den Devin gerade zimmerte. Innerhalb weniger Wochen gehörte Sila dazu.

Warum sie an jenem Tag geweint hatte, an dem sie Devin begegnete, fragte niemand mehr. Sie hatte es selbst nicht genau gewusst. Da war diese schreckliche Party gewesen, mit der ihre Schulklasse die vollendete mittlere Reife gefeiert hatte. Irgendjemand hatte heimlich Schnaps in die Bowle gekippt. Sila hatte zum ersten Mal etwas getrunken, und dann gleich zu viel. Sie war in Lasse verknallt, und sie wusste, dass sie bald die Lehre im Laden ihres Onkels beginnen musste. Tante Daniela ging jedenfalls davon aus, und Sila wusste nicht, was sie anderes machen sollte. Doch diese Vorstellung hatte etwas Beängstigendes. Also trank sie und tanzte eng umschlungen mit Lasse und hoffte, dass die Zukunft vielleicht nie beginnen würde.

Von da an konnte sie sich an beinahe nichts erinnern. Irgendwann war ihr schwindelig geworden. Sie war mit Lasse und ein paar anderen Pärchen in ein Zimmer mit Sofas gegangen. Wie sie nach Hause gekommen war, wusste sie auch nicht mehr genau. Lasse hatte sie in ein Taxi gesetzt, sagte Tante Daniela, als Sila mit einem grässlichen Kater aufwachte. »Lass es dir eine Lehre sein«, sagte Daniela. »Du hattest zwar Grund zu feiern, aber Alkohol ist nichts für dich. Wir vertragen in dieser Familie alle keinen.«

Sila glaubte ihr sofort. Sie wollte dieses Gefühl nie wieder haben. Ihr war viel zu übel. Und alles tat weh. Wirklich alles.

Daniela beschloss, dass Sila die Lehre gleich beginnen sollte, bevor sie auf dumme Gedanken kam. Sila sah Lasse nie wieder, der ging nach Westdeutschland auf ein Gymnasium. Aber sie wollte sowieso nicht mehr an diese Party denken. Noch Wochen danach war ihr schlecht.

Vielleicht lag es daran, dass sie es hasste, den ganzen Tag im Geschäft zu sein.

Es gab jedenfalls genug Gründe, an jenem Tag zu weinen. Sila fühlte sich krank, unglücklich, einsam und gefangen in einem Alltag, aus dem sie keinen Ausweg wusste. Schließlich war sie noch nicht volljährig.

Die Künstler in der Werkstattetage waren ihre Rettung.

Nur gegen die Übelkeit half auch das nicht. Einmal war Sila dabei, die kleine Küche zu streichen. Diesmal mit einem kühlen, blassen Blaugrau, »Zeit der Eisblumen«. Sie hatte die Farbe gewählt, weil es zu ihrer Stimmung passte. Sie fühlte sich seltsam eingefroren und unwirklich, als wäre sie gar nicht da, nur eine Fälschung.

Doch mittendrin konnte Sila nur noch zusammengekrümmt auf einem Stuhl sitzen. Die Übelkeit hatte sich in Bauchschmerzen verwandelt. Indra kochte besorgt Tee, machte ihr eine Wärmflasche und gab ihr schließlich Schmerztabletten. Es half nicht. Als Sila aufstehen wollte, wurde ihr schwindlig. Indra fing sie auf.

»Es sticht so!«, stöhnte Sila, die heimlich noch eine Tablette geschluckt hatte und davon so benommen war, dass sie alles wie in einem Nebel wahrnahm.

»Jetzt reicht's!«, erklärte Indra. »Devin, du fährst das Mädchen in die Klinik. Da stimmt was nicht. Ich rufe ihre Tante an. Hast du noch deinen Blinddarm, Sila?«

»Ja.«

Devin hatte schon die Jacke an. »Komm. Schaffst du die Treppe?«

Die Ärzte murmelten etwas von Ultraschall und Gynäkologin, aber Sila nahm beinahe nur noch ihre Schmerzen wahr. Alles andere war ihr egal. Irgendwann bekam sie eine Spritze und sank in eine gnädige Bewusstlosigkeit. Als sie aus der Narkose aufwachte, saß Tante Daniela an ihrem Bett und sah ungewöhnlich bekümmert aus. Nach einer Weile, als Sila wieder aufnahmefähig war, kam eine Frauenärztin dazu. Zusammen erklärten sie ihr vorsichtig, dass nicht der Blinddarm an ihrem Zusammenbruch schuld gewesen war, sondern eine gefährliche Eileiterschwangerschaft.

»Ich war schwanger?« Sila versuchte, sich das vorzustellen, aber es gelang ihr nicht.

»Sie sind jung, Sie werden sich bald erholen. Aber Sie müssen sich eine ganze Weile schonen«, erklärte die Ärztin und warf Tante Daniela im Gehen einen Blick zu, den Sila nicht deuten konnte.

»Gut, dass Lasse nicht mehr hier ist. Dein Onkel hätte sonst Pide aus ihm gemacht«, sagte Daniela düster. Sila hatte die mit Hackfleisch gefüllten Fladen ihres Onkels gern gegessen, aber die würden ihr nun auch nie wieder schmecken, dachte sie. Sie fühlte sich leer, müde und dumpf. »Es tut mir leid, dass ich so wenig Zeit habe wegen Mine und dem Laden. Ich hätte mich längst mehr um dich kümmern müssen«, fügte Daniela hinzu. Zu Silas Erstaunen war sie den Tränen nahe.

»Wir sind ja auch noch da«, tönte da eine entschiedene Stimme von der Tür her. Sila war glücklich, Indra zu sehen. Sofort fühlte sie sich besser. Vielleicht war es doch noch nicht das Ende der Welt.

Indra setzte sich zu Daniela, stellte sich vor und wickelte Silas Tante innerhalb weniger Minuten um den Finger.

Daniela schien es zu gehen wie Sila: In Indras Gegenwart wirkte nichts mehr so schlimm wie vorher. Stattdessen wurde alles auf geheimnisvolle Weise machbar. Indra ging einfach davon aus, dass man schon damit fertig werden würde. Und dass es eine Chance war, etwas Neues anzufangen.

»Sila kann sich tagsüber bei uns erholen, wenn sie hier rauskommt, dann sind Sie entlastet«, erklärte Indra diplomatisch und gab Daniela ein Taschentuch. Belohnt wurde sie mit einem Lächeln von Daniela und einem von Sila.

Nach den zwei Wochen, die Sila dann mit einem Fieberschub doch noch in der Klinik verbringen musste, hatte Indra Daniela noch von etwas anderem überzeugt. Sila durfte die Lehre im Laden abbrechen und unter Indras Aufsicht dafür eine Tischlerlehre bei Devin beginnen. Er war gerade alt genug, um ausbilden zu dürfen.

Sila wollte Indras Hand gar nicht mehr loslassen. »Danke, danke, danke!«, flüsterte sie.

Daniela händigte Indra einen Einkaufsgutschein für den Laden aus. Das war ihre unbeholfene Art, sich zu bedanken.

Devin musste allerdings erst einige Auflagen erfüllen. Der Brandschutz musste verbessert und der Sicherheitsauflagen wegen eine Wand herausgerissen werden. Aber Devin ließ nicht locker, auch nicht bei dem Papierkram, und schließlich bekam er grünes Licht.

Sila hatte nun endlich einen Grund, gesund zu werden. Die Vorstellung, in das enge, eintönige, stickige Geschäft mit den kleinen Fenstern und der grellen Neonbeleuchtung zurückzukehren zu müssen, war wesentlich unerträglicher gewesen als die Erläuterung der Ärztin, dass Sila nie Kinder bekommen würde.

Tag für Tag verzogen sich die dunklen Wolken ein Stückchen mehr. Sie fühlte sich allerdings noch lange schwach. Streichen ging erst mal nicht, aber es waren jetzt ohnehin alle Wände bunt. Indra drückte ihr dafür einen Lötkolben in die Hand. »Vorsicht, verbrenn dich nicht damit«, warnte sie. »Aber vielleicht magst du damit ein Muster in das alte Holzbrett dort brennen. Macht Spaß. Ist eigentlich nicht das richtige Werkzeug dafür, geht aber.«

Also brannte Sila Muster und vergaß alles dabei. Sie lernte, wie man eine Stelle dunkler und tiefer machte, je länger man die Spitze darauf ruhen ließ. Wie man mit wenig Druck feine Linien ziehen konnte und Schattierungen hinbekam, wenn man den Kolben schräg hielt. Beinahe von selbst entstand ein Bild. Ein Fluss, ein Ufer, ein Vogelschwarm.

»Nanu, seht mal!«, rief Indra, als sie über Silas Schulter sah. »Es wird Zeit, Sila eine eigene Arbeitsecke einzurichten. Sie ist jetzt eine von uns.«

»Hui!«, sagte Devin, der hinzukam. »Sila, wenn du noch etwas übst und ich dir ein paar Kniffe zeige – meinst du, du hättest Lust, dann mal einen meiner Stühle zu verzieren? So könnten sie etwas Besonderes werden. Ich bin schon lange auf der Suche nach etwas, das meine von anderen Stühlen unterscheidet und sie einmalig macht.«

Sila sah von einem zum anderen und hätte am liebsten beinahe wieder losgeheult. Vor Freude diesmal. Sie hatte einen Platz im Leben gefunden. Sofort fing sie an zu üben.

Zu Beginn ihrer Lehre legten die anderen zusammen und schenkten ihr eine richtige Brennstation. Und dann zeigte ihr Devin, wie man Werke signiert.

Sie war nun nicht mehr Sila, »Kanakenbastard«, Flüchtlingskind und das übriggebliebene Anhängsel von Danielas Familie.

Jetzt war sie auch Andrena, und sie hatte ein Zuhause und eine Familie, wenn auch eine ungewöhnliche.

Indra und die anderen sorgten auch dafür, dass Sila nicht nur das Handwerk lernte. Sie achteten, wie einst Wanda, auf eine ordentliche Sprache. Dorothea hatte Sila in dieser Hinsicht nicht viel mitgeben können. Sie wiesen ihr Bücher über alles Mögliche zu, angefangen mit der Biologie, die sie sowieso interessierte, dann folgten Literatur, Kunst, Architektur, Wirtschaft. Jeden Monat gab es ein anderes Thema, über das dann bei der Arbeit gründlich diskutiert wurde. Fernsehen war nicht angesagt unter diesen Menschen, Lesen dafür umso mehr.

In jenem Jahr fiel die Mauer, aber Sila nahm kaum wahr, was das bedeutete. Sie hatte genug mit sich selbst zu tun. Bei aller Lockerheit im Umgang war Devin doch ein strenger Lehrmeister. Er liebte sein Handwerk, und wer bei ihm lernte, der lernte gründlich. Sila war es recht. Jeder Handgriff machte ihr Freude. Das Arbeiten mit Holz, mit Säge, Hammer und Feile gab ihr Halt, ebenso wie die Gemeinschaft mit allen. Für Sila fielen ganz andere Mauern. Sie fühlte sich zum ersten Mal sicher, und sie wollte hier nie wieder fort.

Sila

Berlin

2017

7

Niederbarnimer Eisenbahn

Sila verteilte das neue Hellgrün auch noch in den letzten Ecken, stieg von der Leiter und wusch den Pinsel aus.

Es war ein langer Weg gewesen vom »Zauber der Wüste« über »Zeit der Eisblumen« bis zum »Erwachen des Frühlings« von heute. Sie wusste schon, was die Farbe ihr sagen wollte.

Frühling bedeutete Kraft, Zuversicht, Offenheit.

So groß Silas Abneigung gegen Veränderungen auch war und sosehr sie sich wünschte, dass hier, wo sie sich sicher fühlte, alles für immer so bleiben würde – diesmal konnte sie sich nicht drücken. Sie musste eine Lösung für den Wickenhof finden. Alles andere wäre nicht fair. Nicht dem Hof und auch nicht dem unbekannten Herrn Hoffmann gegenüber. Und vor allem Wanda hatte das nicht verdient.

Wenn Indra sie damals nicht so sehr an Wanda erinnert hätte, hätte sie sich vielleicht an jenem ersten Tag gar nicht erst in die Künstleretage getraut. Was wäre dann wohl aus ihr geworden? So gesehen war Wanda wohl nicht nur an den hellen Stunden ihrer Kindheit, sondern auch an diesem guten Weg beteiligt, den Sila hatte gehen dürfen. Sie war ihr etwas schuldig.

Es war längst dunkel geworden. Sila trank noch einen warmen Zitronensaft auf dem Balkon, während sie den Farbgeruch aus-lüften ließ. In letzter Zeit war in ihr trotz allem eine Art Unruhe aufgekommen. Die Dunkelheit machte es irgendwie leichter, das zuzugeben. Einerseits wollte sie immer noch, dass alles so blieb wie jetzt. Andererseits bedrückte sie das zunehmend. Was, wenn in ihrem Leben wirklich nichts anderes mehr geschah?

Es war spät geworden. Als sie hineinging, stellte sie fest, dass es immer noch nach Farbe roch. Kurzerhand ließ sie die Fenster offen und rollte sich, anstatt nach Hause zu gehen, auf der alten Couch zusammen.

Als sie aufwachte, fiel die Morgensonne direkt auf die grüne Wand. Die sah so ähnlich aus, wie Sila sich fühlte. Frisch und ausgeruht, nicht nur vom Schlaf. Sie trat auf den Balkon und sah nach, wer in den Blumenkästen frühstückte. Honigbienen, ein paar Schwebfliegen und ein Marienkäfer. Doch dann entdeckte Sila etwas Besonderes zwischen den anderen. Eine Goldene Schneckenhausbiene!

Sila lächelte. »Hallo«, sagte sie leise.

Diese Bienen waren damals ihre ganz speziellen Freunde gewesen. Sie hatten einen großen Kopf, der sie kindlich wirken ließ, eine braunrote Behaarung oben und eine orangerote unten, und in der Sonne glänzten sie tatsächlich golden. Wenn sie flogen, von Ende April oder Anfang Mai bis in den Juli hinein, dann begann die schönste Zeit des Jahres. Sila mochte es, dass diese Bienen ihre Eier in leeren Schneckenhäusern einschlossen, wo die Larven sich entwickeln und verpuppen und überwintern konnten, bis sie im nächsten Frühling als fertige, geflügelte Bienen herauskrochen.

Wanda hatte damals für diese und andere Sandbienen einen besonderen Platz hergerichtet, eine Art Sandkasten – heute nannte man das Sandarium –, denn den benötigten die Sandbienen, um sich zu vermehren. Sie hatte ihn im Schutz einer Mauer angelegt und Sila dabei genau erklärt, wie das gemacht wird.

Erst sucht man im Garten einen Ort, wo es möglichst sonnig ist. »Der Platz muss mindestens einen halben Meter lang und breit sein, am besten natürlich mehr«, hatte Wanda gesagt. »Wir haben es gut hier auf dem Hof, und die Bienen auch, weil so viel Platz ist. Aber auch in kleinen Gärten lohnt sich das. Und jetzt graben wir eine Mulde, die muss etwa vierzig Zentimeter tief sein, damit die Bienen ihre Niströhren bauen können.« Also gruben sie mit vereinten Kräften. Sila fand es anstrengend, aber sie wollte unbedingt, dass die kleinen Bienen es gut haben würden.

»Was kommt da jetzt rein?«, fragte sie.

»Sand. Es ist ja für die Sandbienen.«

»Ich kann welchen vom Spielplatz auf dem Schulhof holen«, bot Sila an.

Aber Wanda schüttelte den Kopf. »Das ist lieb, aber der Sand dort geht nicht, der ist zu fein. Da können die Bienen nicht drin bauen, da fällt alles wieder zusammen. Wir brauchen groben Sand, mit unterschiedlich großen Körnern. Den gibt es zum Beispiel in Steinbrüchen. Und ich weiß, wo noch. Ich bringe morgen welchen mit. Du darfst dann ausprobieren, ob er gut ist.«

Am nächsten Tag lud sie vier Eimer voller Sand aus und bat Sila, eines ihrer Förmchen zu holen, mit denen sie früher in der Buddelkiste Sandkuchen gebacken hatte. »Jetzt probierst du, ob du damit einen Sandkuchen machen kannst, dessen Form noch hält, wenn er getrocknet ist. Dann ist alles gut.«

Sila war sehr gespannt. Der Kuchen hielt. »Und jetzt?«

»Jetzt kommt eine Schicht von diesem Kies unten hinein, und dann kippen wir den Sand in die Mulde.«

»Aber das ist doch zu viel!«, protestierte Sila.

»Nein, das ist genau richtig. Es muss ein Hügel werden, oder wenigstens eine schräge Fläche, damit das Regenwasser leicht ablaufen kann. Die Bienen brauchen eine trockene Fläche. Deshalb auch der Kies unten.« Wanda reichte ihr eine Schaufel. »Jetzt kannst du den Hügel festklopfen, dann haben die Bienen es noch leichter.«

Stolz machte Sila sich ans Werk, bis ihre Arme schmerzten. »Sind wir jetzt fertig? Können die Bienen jetzt einziehen?«

»Noch nicht ganz. Jetzt legen wir noch totes Holz außen herum. Du könntest auf der Streuobstwiese heruntergefallene Äste sammeln. Die Bienen brauchen das. Sie nagen es ab und verschließen mit dem Material ihre Brutröhren und Höhlen und Schneckenhäuser, die du noch darauf verteilen wirst.«

»Au ja, die sammel ich auch gleich.« Eifrig lief Sila los.

»Und jetzt sind wir fertig«, sagte sie später zufrieden, als sie auch das letzte Schneckenhaus sorgfältig platziert hatte.

»Eins fehlt noch.« Wanda trug jetzt die dicken Gartenhandschuhe. Sie zog einen Korb heran, holte dornigen Rosenschnitt und ein paar trockene Brombeerranken heraus und verteilte alles auf dem Sandhügel.

»Da tun sich die Bienen doch weh!« Sila war empört.

»Nein, die Bienen nicht. Das ist dafür gedacht, dass aus unserem schönen Bienenplatz kein Katzenklo wird.«

Ach so. Das leuchtete Sila ein. Sie kannte die Hofkatzen.

Fast alle Schneckenhäuser waren im August besetzt gewesen, versiegelt wie kleine Schatzkammern.

Wie der Wickenhof jetzt, dachte Sila nun und holte ihre Gedanken mühsam in die Gegenwart zurück. Nur dass dort wohl niemand mehr schlüpfte. Niemand wohnte mehr dort. Der Gedanke machte sie traurig.

Hatte die Biene heute ihr wohl etwas sagen wollen?

Um sich abzulenken, schnitt sie Brot und kochte Kaffee. Bald schloss Devin die Tür auf.

»Hallo! Du bist schon hier?«, wunderte er sich. »Alles in Ordnung?« Normalerweise war er der Erste bei der Arbeit. Anerkennend betrachtete er die Wand. »Schön! Ein guter Zeitpunkt für einen neuen Anstrich.« Fragend sah er Sila an. »Wie geht es dir? Hast du dich entschieden?«

»Ja. Ich rufe den Herrn Hoffmann nachher an und sage ihm, dass ich bald kommen werde. Aber ich kann hier nicht weg, bevor ich den Auftrag fertiggestellt habe. Der Kunde wartet.«

Devin schmunzelte. »Dann bringst du den Stuhl eben erst in Ruhe zu Ende. Der Anfang sieht übrigens wunderschön aus. Du hast den Charakter der Maserung genau getroffen.« Er fuhr behutsam mit der Hand über das begonnene Bild. Für einen Augenblick wünschte sich Sila, er würde sie auch wieder einmal so berühren. Andererseits war sie froh, dass er es nicht tat. Das würde sie wieder völlig durcheinanderbringen, nachdem sie sich gerade sortiert hatte.

Er kam zu ihr herüber. »Wie ist es, soll ich mitkommen, wenn du in den Oderbruch fährst? Ich weiß doch, wie schwer dir das fällt und dass du nicht gern an die Vergangenheit zurückdenkst.«

Die Lachfältchen um seine Augen waren noch zahlreicher geworden und sein Pferdeschwanz teilweise grau, aber sie sah nach all den Jahren immer noch gern in diese Augen.

»Ich weiß das sehr zu schätzen, Devin. Aber ich glaube, das ist etwas, das ich allein schaffen muss.«

Er nickte. »Das denke ich auch.« Er zögerte. »Vielleicht tut uns der Abstand auch ganz gut. *Nur in der Stille findet sich Raum für Antworten.* Das hat Bea früher oft gesagt.«

»Stimmt«, erinnerte sich Sila. »Daran habe ich lange nicht mehr gedacht. Sie hatte so eine wohltuende Ruhe.«

»Ruhe wirst du im Oderbruch vermutlich auch finden. Ich muss schon wieder los. Kundengespräch, Möbel ausmessen. Ich wollte nur die Entwürfe holen. Drück mir die Daumen, das könnte ein spannender Auftrag werden.«

»Mach ich. Viel Glück!«

»Dir auch, für dein Gespräch mit dem Anwalt.«

Sila räumte erst das Geschirr weg, wusch ab, goss die Blumen, bis ihr auffiel, dass sie sich schon wieder drückte.

Sie atmete durch und wählte die Nummer auf dem Brief.

»Hoffmann. Guten Tag. Was kann ich für Sie tun?«

Er klang sympathisch und rührend altmodisch.

»Hier ist Sila. Sila Beer.«

Eine kurze Pause trat ein. »Sila! Frau Beer!« Die Freude in seiner Stimme war nicht zu überhören. »Wie schön. Wandas Sila! Danke, dass Sie sich melden. Ich hatte es so gehofft, aber ich war mir nicht sicher …«

Sila umklammerte den Hörer. »Ich … ich habe den Brief ja gerade erst bekommen. Ich musste das erst mal verarbeiten.«

»Ja, ja, das kann ich mir vorstellen«, sagte er hastig. »Mein Beileid, Sila. Frau Beer. Ich weiß nicht, ob das angemessen ist, es ist ja so lange her, Sie sind gar nicht verwandt, und … aber Wanda hat so oft von Ihnen gesprochen.«

»Danke. Vor allem mein Beileid für Sie«, sagte Sila sanft. »Es tut mir sehr leid, dass Sie Wanda verloren haben. Sie hat in ihrem Brief geschrieben, wie nahe Sie sich standen.«

»Ja.« Er räusperte sich. »Es ist schwer ohne sie. Aber ich bin so dankbar für die unvergessliche Zeit, die wir hatten. Was wollen Sie nun tun, Frau Beer?«

Auf einmal freute sie sich darauf, ihn kennenzulernen. »Ich komme zu Ihnen, dann können wir alles besprechen. Aber ich brauche noch ein paar Tage, um eine Arbeit fertigzustellen.«

»Natürlich. Jetzt weiß ich ja Bescheid. Ich bin sehr erleichtert, wenn ich Ihnen Papiere und Schlüssel übergeben und Wandas Willen erfüllen kann. Ich habe es ihr versprochen, und man weiß ja nie …«

»Ich komme bestimmt«, versprach Sila.

Nachdenklich legte sie auf. Zeit war so kostbar. Und sie ließ einfach so viel davon vergehen.

Sie schaltete die Brennstation ein und machte sich ans Werk.

»Donnerwetter«, sagte Devin hinter ihr.

Sila hatte ihn gar nicht hereinkommen hören. Sie hatte sich selbst völlig vergessen, denn sie war in der Landschaft unterwegs gewesen, die die metallene Spitze Strich für Strich in das Holz brannte. Sie hatte das leise Gluckern des Flusses gehört und die kühle Luft gespürt, die vom Wasser herüberwehte. Hatte die Wolken sich spiegeln sehen und die bizarren Weiden, in deren rauer Rinde im einen Augenblick Gesichter zu blinzeln schienen. Im nächsten waren sie wieder fort. Sila hatte einen Biber schwimmen gesehen und einen Silberreiher fliegen. Alles in einer geheimnisvollen Dämmerung, in der der Mond alles zu einem blausilbernen Traumbild werden ließ, nein, einem wahren Märchen, das sie einmal gut gekannt hatte.

»Das ist auf jeden Fall das Beste, was dir bisher in all den Jahren gelungen ist, und das will was heißen!«, stellte Devin fest. Er strich ihr eine Strähne aus der erhitzten Stirn. »Die Erinnerung an Wanda hat wohl etwas in dir lebendig gemacht. Das färbt auf dein Bild ab.«

»Wo er recht hat, hat er recht!« Indra, gefolgt von Oswin, kam gerade herein und stellte sich neben ihn, um das Bild zu betrachten. »Du hast dich selbst übertroffen, Sila.«

»Nein. Das *ist* sie selbst!«, sagte Oswin. »Sie hat es nur nicht gewusst. Wie ich damals.« Er lächelte Sila an und ging dann still an seinen Platz.

Wie würde sie alle vermissen! Doch sie würde ja nicht lange fortbleiben.

Warum dann fiel es ihr so schwer zu gehen?

»Ich bin gerade so schön in Schwung. Ich mache noch die vier kleineren Stühle, die schon so lange in der Kammer warten«, beschloss sie.

»Wie du meinst«, sagte Devin und ging an seine Arbeit. »Ich freue mich schon auf das Gesicht des Kunden. So kunstvoll hat er sich seinen Schaukelstuhl bestimmt nicht vorgestellt. Das gibt neue Anfragen, du wirst schon sehen.«

»Und du?«, fiel Sila ein. »Hast du Glück gehabt?«

»O ja. Sie haben unterschrieben. Der Sommer ist gerettet.«

Also musste sie sich in dieser Hinsicht auch keine Sorgen machen.

Nur die vier Stühle noch. Sie hatte Bilder in sich, die herausmussten. Szenen, die alt und neu zugleich waren.

Fünf Tage später stieg sie in den Zug. Der quietschende, klappernde Lärm des Berliner Hauptbahnhofs schlug unter dem gewölbten Glasdach über ihr zusammen wie eine Flutwelle.

»Halt uns auf dem Laufenden«, sagte Devin und steckte ihr etwas in die Tasche. Es war ein gedrechselter Handschmeichler, ein kleiner, runder Biber mit seidig glatter Oberfläche. »Für dich, falls du nervös wirst. Und damit du weißt, dass wir bei dir sind. Alle.«

Sie war seit Ewigkeiten nicht mehr Bahn gefahren. Es kam ihr vor wie eine große Reise, dabei waren es nur etwas über zwei Stunden nach Bad Freienwalde. In Eberswalde musste sie umsteigen. Die Regionalbahn erschien ihr unwirklich wie ein Spielzeug. In Berlin war es kaum vorstellbar gewesen, dass ein Zug nur zwei Waggons hatte. Der Schriftzug außen drauf, *Niederbarnimer Eisenbahn*, wirkte viel zu groß und ließ die Bahn noch kleiner erscheinen. Dafür war innen verblüffend viel Platz. Die Fensterscheiben waren riesig, und außer Sila gab es nur fünf Passagiere. Staunend sah sie hinaus.

Dort erschien die Landschaft, die sie kürzlich auf den Stuhl gebrannt hatte. Nur diesmal bei Tageslicht. Und so vertraut, dass sie den kleinen Biber in ihrer Tasche ganz fest in die Hand nehmen musste.

In Bad Liebenwerda verflog ihre Anspannung ein wenig. Häuser, Straßen wie überall, außerdem hatte sie an diesen Ort keine Erinnerungen. Herr Hoffmann öffnete ihr die Tür zu seinem Zimmer im Seniorenheim mit einem herzlichen Lächeln. Sila sah, wie mühsam er zurück zu seinem Sessel humpelte. »Arthrose«, sagte er entschuldigend, »und ein alter Schlaganfall. Hier bin ich gut aufgehoben.«

Sila sah sich um. Wie anders musste das für ihn sein als das Leben auf dem Hof mit Wanda! »Wirklich? Gibt es vielleicht etwas, das ich für Sie tun kann?«

»Vielen Dank. Ich habe einen Sohn, der gelegentlich vorbeikommt. Sie tun sehr viel für mich, indem Sie hier sind und mir ermöglichen, mein Versprechen einzulösen. Ich vermisse Wanda sehr«, seine Stimme zitterte, »und es ist mir überaus wichtig, ihr diesen Wunsch zu erfüllen und Ihnen alles persönlich zu übergeben.« Als käme es auf ein paar Minuten an, schob er ihr hastig einen Umschlag über den Tisch. »Das müssen Sie – bitte, können wir Du sagen? Mir ist, als würde ich dich schon lange kennen. Wanda hat so viel von dir erzählt. Mir war manchmal, als sähe ich ein kleines Mädchen singend durch den Garten hüpfen. Ich bin Harry.«

»Natürlich. Ich habe gesungen?«, fragte Sila erstaunt.

»Sagt Wanda. Hier sind die Papiere enthalten. Du musst das natürlich mit dem Grundbuchamt klären, wenn du weißt, was du mit dem Hof machen willst. Und hier sind die Schlüssel. Auch der für das Auto. Ein alter, kleiner Pickup, aber sehr nützlich. Ohne wird es schwierig da draußen. Allerdings muss der wohl erst mal in die Werkstatt. Er springt nicht mehr an.«

Er reichte ihr einen dicken Bund, der leise klirrte. An dem Schlüsselring hing auch ein Herz aus einem Stein, durch den sich wellige Muster aus verschiedenen Grüntönen zogen.

»Malachit«, sagte Harry. »Den habe ich ihr mal geschenkt, auf einem Markt. Sie sagte, die Zeichnung und Farben erinnern sie an die Landschaft um den Hof.«

Die Schlüssel wogen schwer in Silas Hand. Sie sah auf das Herz, das ein paar Kratzer hatte. Seinem grünen Leuchten tat das keinen Abbruch.

»Möchtest du es nicht behalten?«, fragte sie.

»Nein. Es gehört zu den Schlüsseln. Da ist noch etwas«, sagte er. »Wenn du auf den Hof kommst, bekomm bitte keinen Schrecken, falls du im Garten einem Bussard begegnest. Er ist ziemlich zahm. Der Hof liegt in seinem Revier. Er ist dort aufgewachsen, in einem Horst in der großen Tanne hinten. Er ist zu früh aus dem Nest geflogen, und Wanda hat den Eltern geholfen, ihn aufzuziehen, indem sie zufütterte. Er ist sehr zutraulich. Er tut natürlich nichts, er wirkt nur sehr groß. Der Vogel hält die Mäuse in Schach und liebt es, im Teich zu baden. Er heißt Runaj.«

»Aha. Gut zu wissen.«

Der Umschlag lag vor Sila. Sie starrte ihn an. Auf einmal wurde erschreckend real, was sich so unwirklich angefühlt hatte. Vor einem Bussard fürchtete sie sich nicht. Aber vor der Verantwortung. Und den Erinnerungen.

»Du wirst alles hervorragend bewältigen«, sagte Harry ermutigend. »Wanda erwartete nichts Bestimmtes von dir. Sie wollte nur, dass alles seine Richtigkeit hat.«

Sila war sich da nicht so sicher. Es fühlte sich trotz allem an, als ob ihr Wanda etwas sagen wollte. Wanda hatte immer etwas zu sagen gehabt. Belanglose Gespräche gab es mit ihr nicht.

»Ich bin sehr froh, dass Wanda in ihren letzten Jahren nicht allein war«, sagte sie. Harry hatte einen lieben Blick. Sie konnte sich gut vorstellen, warum Wanda sich in ihn verliebt hatte. Obwohl sie damals immer gewirkt hatte, als würde sie niemanden brauchen. Der Garten schien ihr zu genügen.

Harrys Augen leuchteten auf. »Ich bin es, der dankbar ist! Ich werde nie vergessen, wie es war, sie kennenzulernen. Wanda wollte alles regeln, ein wasserdichtes Testament machen, prüfen lassen, ob sie überhaupt rechtmäßige Eigentümerin war. Sie hatte mich als Anwalt und Notar zu sich gebeten, damit ich sähe, um was es ging. Als ich kam, stand sie im Garten vor dem Haus. Sie trug ihre langen schneeweißen Haare offen, die hellsilbern in der Sonne glänzten. Ihre Bluse war bunt, in genau denselben Farben wie die Wicken, die überall um sie herum blühten. Der Duft lag über allem. Wanda stand da so gelassen in ihrem Silberglanz und wirkte so eins mit ihrer Umgebung, dass ich dachte, sie wäre ein Geschöpf aus Licht und Wind und Erde.« Harry lachte verlegen und wischte sich über die Augen. »Entschuldige die Sentimentalität eines alten Mannes, Sila.«

Sila drückte seine Hand. »Harry, du hast sie gerade ganz lebendig für mich gemacht. Jetzt scheint sie mir wieder ein bisschen näher zu sein. Ich danke dir sehr dafür.«

Er putzte sich die Nase. »Ich kann manchmal immer noch nicht glauben, dass sie ihre letzten Jahre ausgerechnet mit mir verbringen wollte! Aber wir waren glücklich. Jeden einzelnen Tag. Sila, wenn du einen Rat brauchst, ich bin jederzeit für dich da. Etwas Schriftkram kann ich auch noch erledigen. Vielleicht erzählst du mir irgendwann, wofür du dich entschieden hast. Wanda wollte nur Gutes für dich. Ich hoffe, du findest einen Weg, der auch dich glücklich macht.« Er sah auf einmal müde aus. Sila stand auf. »Ich gehe jetzt besser. Bleib sitzen, ich finde allein hinaus. Pass auf dich auf. Ich melde mich bald!«

Über Glück hatte sie lange nicht nachgedacht, fiel ihr auf, als sie wieder in die kurze »Niederbarnimer Eisenbahn« stieg. Sie war seit Jahren einfach nur froh gewesen, dass alles unverändert blieb und sie sich sicher fühlte.

Es war bequem gewesen. Aber als die Bahn Fahrt aufnahm und Sila auf dem Display, das die nächsten Bahnhöfe ankündigte, NEUTREBBIN aufleuchten sah, beschlich sie die Ahnung, dass es damit vorbei war.

Diese Landschaft war in all ihrer strengen Schönheit so karg und gnadenlos, dass man sich selbst begegnen musste, ob man wollte oder nicht. Hier lag über nichts ein versöhnlicher Schleier. Hier gab es nichts, hinter dem man sich verstecken konnte. Inmitten dieser weiten, grünen, einsamen Ebenen trat alles klar zutage. Bequem war hier nichts.

Nicht einmal der Bus, auf den sie am Bahnhof in Neutrebbin lange warten musste.

Völlig anders als heute Morgen noch am Berliner Hauptbahnhof herrschte in Neutrebbin Totenstille. Der einstige Kiosk am Bahnhof war verschlossen und verfallen.

Das Schild vorne am Bus wies Altlewin als Endstation aus. Und Sila war der einzige Fahrgast.

Lexi

Fehmarn

2017

8

Valentinas Garten

»Wann sind wir da?«, fragte Tim.

Lexi blickte amüsiert in den Rückspiegel und sah zwei Paar ungeduldige Kinderaugen auf sich gerichtet. »Wir sind doch gerade erst losgefahren, Jungs. In einer knappen halben Stunde sind wir dort.«

»Ich kann die große Brücke schon sehen. Fahren wir da wirklich drüber?«, wollte Leo wissen und hüpfte auf und ab, soweit der Sicherheitsgurt das erlaubte.

»Au, du hast mich getreten!«, beschwerte sich Tim. »Hat dein Bruder wirklich ein Motorrad, Lexi?«

»Ihr werdet schon sehen.« Sie bog ab in Richtung Fehmarnsundbrücke. Sie hoffte, ihr Bruder würde wirklich am Ziel auftauchen wie verabredet. Sie hatte Wolfgang viel zu lange nicht gesehen.

Tim und Leo hatten sich das Wochenende auf Fehmarn verdient. Die Zwillinge wohnten noch nicht lange in Heiligenhafen und waren tatsächlich noch nie auf der Insel gewesen. Für Lexi, die nahe der Küste aufgewachsen war und alle Ferien und viele Wochenenden auf Fehmarn verbracht hatte, seit sie denken konnte, war das kaum vorstellbar.

Seit sie an der Gemeinschaftsschule in Heiligenhafen Lehrerin war, bemühte sie sich, die Schüler mit ihrer Leidenschaft fürs Gärtnern anzustecken. Manche der Kinder hatten es schwer. Tim und Leos Mutter zum Beispiel war alleinerziehend und hatte wenig Zeit. Sie hatten allzu viel Unfug angestellt. Doch dass unter ihren Händen Dinge wuchsen, die sie selbst in Töpfe ausgesät hatten, wirkte Wunder auf ihr Verantwortungsgefühl und ihr Selbstvertrauen. Reihum versuchte Lexi, den Schülern ihrer Klasse ein Wochenende auf der Insel zu ermöglichen. Diesmal waren Tim und Leo dran. Nicht nur, weil sie in Sachkunde zuletzt besonderes Interesse gezeigt hatten. Ihre Süßkartoffeln aus dem Biologieunterricht, die dank der guten Pflege durch die Zwillinge für die Töpfe im Klassenzimmer zu groß geworden waren, sollten nun endlich im Garten ausgepflanzt werden.

»Fahr vorsichtig, Lexi, damit die Triebe nicht abbrechen!«, mahnte Leo, als sie hinter einem Traktor bremsen musste.

Dass ihre Grundschüler sie duzen durften, hatte sie durchgesetzt. Sie fand es einfach weniger sperrig. Der Disziplin in ihrer Klasse hatte das nicht geschadet.

»Wir habe sie ja im Kofferraum gut festgekeilt«, beruhigte ihn Lexi.

Sie war davon überzeugt, dass der Umgang mit Pflanzen und Erde, mit Säen und Pflegen und Ernten, und der Aufenthalt an der frischen Luft gerade den Schwierigsten ihrer Schützlinge etwas geben konnte. Schließlich hatte es ihr selbst sehr geholfen, als sie so alt war wie Tim und Leo. Auch später noch. Nein, jetzt noch, korrigierte sie sich in Gedanken. Schließlich hatte sie es gerade mindestens genauso nötig wie die Jungs.

Egal, wie oft Lexi schon über diese Brücke gefahren war, es kribbelte immer noch im Bauch, wenn sie das Meer rechts und links unter sich funkeln sah, besonders in diesem Licht, das einen ganzen Sommer versprach. Alles fühlte sich leichter an, wenn sie wusste, die Insel wartete schon auf sie. Sie lächelte, als sie aus der Ferne die Rapsfelder leuchten sah. Das unfassbare Gelb und der Duft von Raps würden in ihren Gedanken immer für Glück und Fehmarn stehen, auch der Geschmack des Rapshonigs, der hier nicht wegzudenken war.

Und doch war seit dem Winter etwas anders. Da waren Zweifel, und etwas von der Leichtigkeit wechselte sich gelegentlich mit einer Bedrückung ab.

Doch das war allein ihr Problem.

Es war Frühling, der Garten wartete, sie würden Süßkartoffeln pflanzen, mit nackten Füßen durch das kalte, glasklare Wasser rennen und Fischbrötchen essen.

»Warum heißt die Stadt *Burg*?«, fragte Leo, als sie durch den Ort fuhren.

Lexi hielt auf einem Parkplatz an. »Ich zeige euch was. Lasst uns kurz aussteigen.« Sie führte die Zwillinge zu einem Zaun. »Hineingehen kann man nicht, aber ihr könnt es gut von hier aus sehen. Das war mal eine Burg, die Burg Glambeck. Leider ist es nur noch eine Ruine, aber es ist das älteste Gebäude Schleswig-Holsteins – jedenfalls das, was davon übrig ist.«

»Eine richtige Burg?« Die Jungen staunten.

»Ja. Ein dänischer König hat sie vor achthundert Jahren gebaut. Vor vierhundert Jahren wurde sie zerstört, und man hat sie vergessen, weil der Sand sie bedeckt hat. Aber 1872 kam eine große Sturmflut und hat die Steine freigespült. 1908 hat man dann ausgegraben, was noch da war.«

Tim spähte aufgeregt über den Zaun und den Burggraben. »Ich kann noch sehen, wo der Turm war. Und einen Gang. Und Stufen. Können wir da wirklich nicht spielen?«

»Nein, es ist viel zu gefährlich und deswegen verboten. Aber du kannst es dir ja einfach vorstellen, so wie ich früher.«

Die Ruine hatte sie immer schon fasziniert. Lexi hatte sich damals jede Menge Abenteuer ausgedacht, die sie als Ritterfräulein dort erlebt haben könnte. Noch heute brauchte sie nur hier zu stehen und auf die uralten Steine hinter dem Graben zu blicken. Sofort verschwanden die modernen Gebäude rundherum, und sie hörte die dänischen Könige und die Holsteiner Grafen streiten und kämpfen, oder sie sah vor sich, wie der dänische Prinz Christoph die pommersche Herzogstochter Margarete hier heiratete. Es wurde Met getrunken, und die Fanfaren trieben über das Meer hinaus, das damals genau wie heute blau und glitzernd ans Ufer gerollt war …

Sie riss sich los, bevor ihre Schützlinge doch noch über den Zaun kletterten. »So, nun lasst uns weiter zum Garten fahren, ehe die Pflanzen im Kofferraum noch die Blätter hängen lassen.«

»Ist der Garten wirklich dein Garten, Lexi?«, fragte Tim. »Du wohnst doch gar nicht hier.«

Lexi bog auf den Feldweg ein.

»Oh, oh, fahr langsamer!«, schrie Leo, als das Auto durch die Schlaglöcher rumpelte.

»Die Pflanzen müssen ja auch viel Wind aushalten hier am Meer. Das geht schon«, beruhigte ihn Lexi. »Ja, das ist momentan mein Garten, Tim, aber früher, als ich so alt war wie ihr, kam ich auch nur zu Besuch hierher. Ich habe hier so viel Zeit verbracht, wie ich konnte. Da gehörte er einer netten älteren Frau.«

»So eine, wie du jetzt bist?«, fragte Tim. Lexi wäre vor Schreck fast auf das Gaspedal getreten, aber dann musste sie lachen. Ja, wahrscheinlich war man mit siebenundzwanzig für einen Zehnjährigen eine alte Frau.

Älter auf jeden Fall. Auch wenn sie sich nie so fühlte, wenn sie hier vorfuhr. Dann war sie auch wieder zehn.

»Hieß die Frau Valentina?« Leo zeigte auf die rechte der zwei dicken steinernen Säulen, die das schmiedeeiserne Tor flankierten. In ziemlich verwitterten Buchstaben waren dort zwei Worte eingemeißelt.

VALENTINAS
GARTEN

»Nein. Valentina hat den Garten vor über hundert Jahren einmal angelegt.«

»Das ist aber ganz schön lange her«, fand Tim und fuhr mit dem Finger über den Stein. Genau wie Lexi selbst früher. Sie hatte das immer getan, weil es so beruhigend war. So vergewisserte sie sich, dass ihr Rückzugsort noch da war, an dem sie sicher war vor allem Streit und Ärger und wo sie sich nie unzulänglich fühlte.

In die linke Säule war ein großer viereckiger Stein eingelassen, auf dem ein verwittertes Relief zu sehen war. »Was ist das?«, fragte Tim. »Es sieht aus, als ob da einer in einem Garten buddelt.«

»Ja.« Lexi stellte sich neben ihn. Es tat ihr immer gut zu sehen, dass dieser Stein noch da war. Ihn zu betrachten erdete sie. »Das ist ein besonderer Stein. Damals, als vor über hundert Jahren die Burgruine ausgegraben wurde, haben viele Leute mitgeholfen. Einer von ihnen war der Mann von Valentina. Er hat diesen Stein ein Stück entfernt gefunden, an der Stelle, wo wahrscheinlich die Scheune stand, die zu der Burg gehörte. Er nahm an, dass dort auch einmal ein Garten gewesen war. Es beeindruckte ihn, dass innerhalb der Burgmauern jemand einen Garten angelegt hatte, trotz all der Kämpfe, die zu der Zeit stattgefunden hatten. Vielleicht hat der Mann, der darauf dargestellt ist, Gemüse gezogen, damit die Menschen während einer Belagerung etwas zu essen hatten. Vielleicht hat er aber auch Blumen gepflanzt, damit man sich im mühsamen Alltag daran erfreuen konnte. Und weil seine Frau krank war, hat der Mann von Valentina den Stein mitgenommen und ihn ihr geschenkt. Er dachte, er mache ihr vielleicht Mut. Das hat auch geklappt, denn genau deswegen fing sie an, diesen Garten anzulegen, der sie dann wieder gesund gemacht hat.«

»Woher weißt du das denn alles?«, wollte Leo wissen und betrachtete das Relief genau. Ein Mann hatte eine Schaufel in der Hand und betrachtete eine blühende Pflanze, vielleicht eine Rose. Auch Farne waren zu sehen und ein Baum, der wohl Birnen trug.

»Es gibt Bücher darüber. Valentina hat das damals aufgeschrieben, und seitdem haben alle, die im Haus gelebt und den Garten gepflegt haben, das Wichtigste in Notizbüchern eingetragen.«

»Aber durfte der Mann das denn? War der Stein denn nicht geklaut?«, erkundigte sich Tim.

»Na ja. Schon irgendwie. Aber er gehörte ja nicht ganz in die Burg. Die Menschen haben schon lange vorher viele der Steine mitgenommen und selbst zum Bauen verwendet, auch deshalb ist es ja jetzt eine Ruine. Ganz richtig war es vielleicht nicht von ihm, aber es ist sehr lange her. Kann sein, dass er sich die Geschichte auch nur für Valentina ausgedacht und das Bild selbst in den Stein gehauen hat. Auf jeden Fall ist er hier gut aufgehoben.«

»Ist das Tor auch geklaut?«

»Nein, das hat später jemand extra für den Garten gemacht.«

Auf der Mitte des ansonsten schlichten Tores prangte ein Kreis, in dem ein schmiedeeisernes Reh mit nachdenklichem Blick zwischen Grasbüscheln stand.

»Aber das Reh ist da, weil du Lexi Rehling heißt, oder?«

»Nein, das war aus einem bestimmten Grund schon vorher da. Deshalb habe ich als Kind immer davorgestanden und es mir angesehen. Nun kommt mal her und nehmt eure Pflanzen. Hier, vorsichtig! Schafft ihr das, oder sollen wir die Schubkarre holen?«

»Och, Lexi, wir sind doch stark!«

»Ich weiß, aber eure Pflanzen auch.« Lexi schlug den Kofferraum zu und freute sich, mit wie viel Stolz die beiden die schweren Blumentöpfe vor sich hertrugen. Rasch schloss sie das Tor auf. »Ihr könnt sie erst mal hier am Zaun abstellen. Nachher suchen wir einen guten Platz für sie. Sie mögen viel Sonne und vertragen keine Kälte, also brauchen sie einen ganz geschützten Ort.«

»Ich habe Durst, Lexi«, sagte Tim. »Ich auch!«, stimmte Leo ein.

»Dann kommt mal mit.«

Im Haus war es kühl. Lexi riss die Fenster auf, um das Licht und die milde Luft des späten Aprils hereinzulassen. Sie öffnete eine Flasche Kirschsaft aus dem Kühlschrank und goss den Kindern ein. Mit großen Augen sahen sie sich um. »Ist das Haus auch so alt wie der Garten?«, wollte Tim wissen.

»Das ist sogar noch viel älter. Dreihundert Jahre. Seht mal her.« Lexi lief in den Flur und nahm etwas von der Wand. »Das ist das Horn des Nachtwächters Emerentius Peik, der im Mittelalter gelebt hat. Die Frau, die Valentina hieß, hat es von ihrem Großvater geerbt, und seitdem war es immer hier. Wer hier wohnt, begrüßt jeden neuen Tag mit einem Ton aus dem Horn und verabschiedet ihn auch wieder.«

Tim verschluckte sich fast. »Ist das ein echtes Horn von einem echten Tier?«

»Was ist ein Nachtwächter?«, fragte Leo gleichzeitig.

»Ja, das Horn ist von einem echten Rind. Ein Nachtwächter ging in der alten Zeit nachts durch die Stadt und warnte die Menschen vor Dieben und Feuer und Feinden. Manchmal nahm er sogar jemanden fest, wenn es nötig war. Er sah nach, ob die Stadttore geschlossen waren und alles seine Ordnung hatte. Und er sagte die Stunden an oder blies sie mit dem Horn.«

Das Horn war glatt und blank von all den Händen, durch die es gegangen war. Zwei verzierte Banderolen aus Zinn waren darumgelegt. An der Kordel, die durch zwei Ösen gezogen war, konnte man es sich umhängen. Wenn man es nicht benutzte, hängte man es an die Wand. Das Mundstück war auch einst aus Zinn gewesen, inzwischen hatte man es jedoch durch eines aus Holz ersetzt. Lexi hatte eine ganze Schüssel davon, die sie hatte schnitzen lassen, damit man sie wechseln und reinigen konnte, wenn verschiedene Menschen das Instrument benutzten.

»Darf ich mal reinblasen?«

»Ich auch?«

»Ihr dürft beide. Aber erst heute Abend, wenn die Sonne untergeht. Jetzt trinkt erst mal aus, wascht die Gläser ab, und dann suchen wir einen Platz für die Kartoffeln.«

»Dein Bruder ist ja gar nicht da«, fiel Leo ein.

»Der kommt schon noch.« Das hoffte Lexi jedenfalls. Es hatte keinen Sinn, ihm jetzt eine Nachricht zu schreiben. Auf dem Motorrad würde er das sowieso nicht hören, und ablenken wollte sie ihn auch nicht.

»Gibt es dann was zu essen?«

»Wir können uns Fischbrötchen holen und Eis. Morgen grillen wir Würstchen.«

Jubelnd rannten die Zwillinge hinaus.

Lexi führte sie zum Komposthaufen. »Hier holen wir uns gute Erde. Da sind jede Menge Nährstoffe drin, das beste Futter für die Pflanzen. Ihr könnt schon mal die Schubkarre vollschaufeln. Dann zeig ich euch, wo sie hinkommt.« Eifrig folgten ihr die Jungen zum Schuppen und sausten mit Karre und Schaufel zurück zum Kompost. Lexi folgte ihnen mit zwei großen grünen Filzkreisen unterm Arm.

»Was ist das?«

»Das werdet ihr gleich sehen. Erst die Karre vollschaufeln!«

Während die beiden arbeiteten, sah Lexi sich beglückt um. Letztes Wochenende hatte sie nicht kommen können. Was inzwischen alles gewachsen war und blühte! Tulpen, Anemonen, Ranunkeln, Narzissen, Adonisröschen, Gänsekresse. Und der Apfelbaum.

Außerdem trieb der Wind den Duft der Rapsfelder heran, der sich mit dem Geruch nach Meer vermischte. Lexi sog die Luft tief ein. Wie sie dieses Aroma liebte! Süß und herb zugleich.

Der Garten lag in der Sonne, genau wie damals, als sie im Alter der Jungs war und ihn das erste Mal betreten hatte. Da war um die Mitte des Gartens der weite Dreiviertelkreis der knie-hohen Mauer aus unregelmäßigen Sandsteinen. Sie war mit Thymian, Rosmarin und Vanilleblumen überwachsen, bis auf die beiden Nischen mit den eingemauerten Sitzbänken. In den Ritzen gedieh Hauswurz. Die Mauer bot nicht nur Kleintieren, Käfern und Hummeln ein Zuhause, sondern dem ganzen Garten einen guten Windschutz. Ganz hinten wuchs ein alter Kirschbaum.

Am anderen Ende der Mauer plätscherte ein kleiner Brunnen, und daneben stand die Hollywoodschaukel, die so platziert war, dass man den Himmel über den Dünen sehen konnte, wenn man darin saß. Aber auch den kleinen Vorbau am Haus mit den großen Fenstern hatte man im Blick, den Wintergarten.

Die Sitzplätze in diesem Garten waren wie dafür gemacht, um dort Kindern vorzulesen. Oder für alte Menschen zum Ausruhen und um Erinnerungen nachzuhängen, die Sonne warm auf dem Gesicht, den Duft der vielen Blüten um sich herum. Auch um Bohnen zu putzen oder Johannisbeeren, während man über die Rätsel des Lebens staunte und plauderte.

Innerhalb des Mauerkreises wuchs Rasen, wenn auch spärlich, mit vielen sandigen Stellen. Das machte nichts, weil der Platz auf diese Weise Spielwiese und Sandkasten zugleich war.

Außerhalb des Mauerkreises gab es bis dicht an den verwitterten Lattenzaun rundherum Beete verschiedenster Arten und Formen, die über die Jahre entstanden waren. Manches waren Hochbeete, aufgemauert aus Feldsteinen, andere waren mit altem Buhnenholz befestigt, einige rund, andere oval oder eckig. In manchen wuchsen Ringelblumen zwischen Kohl, Salat und Brokkoli, in anderen Rosen und Lavendel und Schnittlauch, Rittersporn und Lupinen und blau blühender Salbei, violette Schmuckkörbchen und silberne Disteln. Ein Plattenweg führte dazwischen hindurch, gesäumt von Sonnenblumen, Löwenmäulchen, Gartenmohn und Akelei. Außerdem überspannten vier Rosenbögen den Weg, welche die Himmelsrichtungen markierten. Statt Rosen wuchsen dort Jelängerjelieber, Blauregen, Goldregen und Klematis, die so kräftig geworden waren, dass sie die Bögen bereits verdreht und damit jedem einen eigenen, knorrigen Charakter gegeben hatten.

Viel Platz war nicht mehr. Aber irgendwo setzte Lexi immer noch etwas dazwischen. Auch jetzt fand sie eine Lücke. Sie faltete die grünen Kreise auseinander. »Das sind ja Töpfe. Riesige Töpfe!«, staunte Leo.

»Genau. Töpfe aus Filz. Da kommt jetzt die Erde rein und dann die Pflanzen. Die fühlen sich darin sehr wohl. Man kann sie umstellen, wenn nötig, und das Ernten ist auch ganz leicht.«

Als die Kartoffeln in die Säcke gepflanzt und angegossen waren, war Lexis Bruder immer noch nicht aufgetaucht. Jetzt schrieb sie ihm doch. *Du findest uns am Strand.*

Die Jungs drängte es ans Wasser, und ihr ging es genauso. Sie verließen den Garten und folgten dem Pfad hinauf zur Strandpromenade. Oben auf dem Deich blickte Lexi zurück. Das rote Klinkerhaus lag in eine Senke geduckt am östlichen Ende des Sahrensdorfer Binnensees, dort, wo das Schilf aufhörte und die saftigen Felder begannen. Eine Reihe krummer Weiden bot dem Haus Windschutz, und Feriengäste, die hier oben vorbeigingen, sahen es dahinter nicht.

Der Strand war an dieser Stelle steinig, mit Wellenbrechern aus Findlingen. Geschützt von grasbewachsenen Dünen, gab es auch einen Streifen Sand, doch der war nur schmal. Die Feriengäste verweilten hier nicht, sie liefen nur vorbei, hin zu dem breiten Sandstrand bei Burgtiefe. Die Hochhäuser dort sah man von hier aus noch nicht, sie kamen erst in Sicht, wenn man eine Kurve umrundete.

Manche gingen auch in die andere Richtung. Zum Campingplatz oder bis zum Leuchtturm Staberhuk. Aber das war weit.

Valentinas Garten lag geborgen in seiner eigenen kleinen Einsamkeit.

Neben der Promenade gab es eine der Holzliegen, fest montiert und drehbar, die man auf der Insel an einigen Aussichtspunkten zur Verfügung gestellt hatte. Sie waren so groß, dass man mindestens zu zweit darauf liegen konnte.

»Dürfen wir drauf?« Tim wartete ihre Antwort nicht ab. Schnell hatten sie heraus, dass die Liege sich drehen ließ. Leo schob, Tim rollte sich darauf zusammen und quietschte vor Vergnügen. »Vorsicht, das ist kein Spielzeug!«, mahnte Lexi lachend. »Wer zuerst die Füße im Wasser hat!«

Es tat so gut. Immer, wenn sie endlich die Schuhe aushatte und das Prickeln spürte, fiel alles von ihr ab. Dann war sie einfach nur hier und lebendig und fühlte sich kaum älter als Tim und Leo.

Als es nach einer Weile so kalt wurde, dass ihre Füße begannen weh zu tun, setzte sie sich auf einen Findling und hielt sie in die Sonne. Leo und Tim rannten lachend und spritzend hin und her. »Lexi, wenn ich auf Fehmarn einen Garten hätte, wäre ich immer nur hier!«, verkündete Leo. »Mein ganzes Leben!«

Lexi fröstelte. Auf einmal hatte sie eine Gänsehaut.

Sie stand auf. »Habt ihr nicht Hunger? Wollen wir nachsehen, ob der Fischbrötchenmann da ist?«

9

In der Dämmerung

»Lexi, da winkt einer!«, rief Tim, als sie über die Steine zwischen den Dünen zurückkletterten.

»Wo denn? … Oh! Wolf!« Glücklich sah Lexi ihren Bruder auf sie zukommen. Er lief ihr entgegen, hob sie hoch und schwenkte sie im Kreis, als wäre sie noch das kleine Mädchen von früher.

»Hey, lass mich runter!« Aber sie lachte und drückte ihn genauso fest. »Lange nicht gesehen, Großer!«

»Ich muss jetzt aber nicht Alexandra zu dir sagen, oder?«, fragte er.

»Untersteh dich!« Sie knuffte ihn in die Seite. Alexandra und Wolfgang, das sagte niemand außer ihrem Vater, wenn er ärgerlich war. Und das war er oft. Aber Lexi und Wolf, das war ein unschlagbares Team.

»Das sind Tim und Leo«, stellte Lexi vor.

»Hast du wirklich ein Motorrad?«, fragte Leo.

»Ja, steht am Haus. Könnt ihr nachher gerne ansehen.«

»Wir wollten gerade Fischbrötchen holen«, sagte Lexi.

»Perfekt, da komme ich mit.«

Zusammen wanderten sie die Promenade entlang. Die Zwillinge rannten voraus.

»Geht es dir gut, Wolf?«

Lexi fand, dass ihr Bruder müde aussah. Aber normalerweise schlief er ja um diese Tageszeit auch. »Wirst du vielleicht ein bisschen zu alt für einen Clubbesitzer?«

»Ich und alt? Tsss, Lexi!« Aber er grinste ein wenig schief. »Wenn es dich beruhigt, ich habe einen Manager eingestellt, der mich etwas entlastet.«

»Wirklich? Läuft der Club so gut?«

Wolf war zehn Jahre älter als sie. Mit neunzehn hatte er sein Studium abgebrochen und war zum Entsetzen seiner Eltern nach Berlin gegangen. Da schossen die Clubs nach der Wende wie Pilze aus dem Boden. Das war Wolfs Traum. Er war gerade noch auf diesen Zug aufgesprungen, hatte aus den Fehlern derjenigen gelernt, die vor ihm damit gescheitert waren, und hatte Erfolg gehabt. Die besten DJs kamen zu ihm, weil sie ihn mochten. Dafür war er anscheinend geboren – für Unterhaltung zu sorgen, für eine ungezwungene, fröhliche Atmosphäre. Das genaue Gegenteil von dem, was ihr Vater für richtig hielt. Wolf jedoch genoss es und scheute dafür weder harte Arbeit noch schlaflose Nächte. Lexi bewunderte ihn für seinen Mut und dass er so genau wusste, was er wollte.

Ihr Vater hatte damals jeden Kontakt zu ihm abgebrochen, und Lexi hatte seitdem allzu oft zu hören bekommen: »Du wirst ja wie dein Bruder!«.

Jetzt wünschte sie, sie wäre wirklich so wie er. Denn sie wusste im Augenblick gar nicht mehr genau, was sie wollte.

»Ja, der Club läuft gut«, erwiderte er. »Zum Glück konnten wir auch den Pachtvertrag verlängern. Lexi, ich ...« Er blieb stehen und sah sie an. »Ich werde Vater. Und ich werde Alika heiraten.«

»Oh.« Lexi versuchte, das zu verdauen. Was würden ihre erzkonservativen Eltern wohl zu einer afrikanischen Schwiegertochter sagen? Aber dann dämmerte es ihr. Sie wurde Tante!

»Wolf, das ist ja ... Hurra! Juchu!« Sie hüpfte auf und ab und umarmte ihn dann.

»Hey, du schnürst mir die Luft ab! Wie schön, dass du dich so freust.« Er sah erleichtert aus. »Dann kommt wenigstens einer aus meiner Familie zur Hochzeit.«

»Worauf du dich verlassen kannst. Ich mag Alika sehr. Und sie ist so wunderschön!«

Wolfgang lachte und wuschelte ihr wie früher durch den ohnehin zerzausten, von der Inselsonne stets weißblonden Schopf. Sie ließ ihren langen Bob immer stufig schneiden, weil eine andere Frisur bei dem ständigen Wind einfach nicht funktionierte. So sah es wenigstens gewollt wild aus. »Du brauchst gar nicht so bescheiden zu tun«, sagte er. »Wer kann schon mit deinen meergrünblaugrauen Augen mithalten, die mit den Wolken die Farbe wechseln?«

»Das nützt gar nichts. Oh – wo sind die Jungs?«, fragte sie erschrocken.

»Da vorne, sie sind auf den Steg gelaufen. Ich sehe sie.« Wolf steckte zwei Finger in den Mund und ließ einen lauten Pfiff los. Die Jungs blickten auf, und er winkte sie energisch heran.

»Sie kennen dich keine zehn Minuten, und schon hören sie auf dich«, stellte Lexi fest. »Du hättest auch Lehrer werden sollen.«

»Was ist denn mit dir?« Er sah sie prüfend von der Seite an, während sie weitergingen. Die Jungs hatten vorn die Fischbrötchenbude entdeckt und kletterten am Geländer herum. »Ist Frank wirklich endgültig gegangen?«

»Ja. Nach London. Und den Fotos im Netz nach zu urteilen ist er da auch nicht einsam. Aber es ist nicht seine Schuld. Eigentlich hat er lange durchgehalten. Er hat es mir oft genug gesagt, dass ihm das hier auf Dauer nicht reicht.«

»Was denn genau?«, fragte Wolfgang finster.

»Ein Leben zwischen der Arbeit in Heiligenhafen und den Wochenenden auf Fehmarn mit meinen Schülern. Das ist mein Leben, nicht seins. Er will die Welt sehen. Was erleben. Er ist ein Großstadtmensch. Wie du. Das ist schon okay.«

»Und wie geht es dir damit? Ich will nicht, dass meine kleine Schwester traurig ist.«

»Ich gewöhne mich dran. Ich glaube … ich denke, Frank ist auf Dauer auch nicht mein Leben. Wahrscheinlich ist es gut für uns beide, dass er eine Entscheidung getroffen hat. Er hat mich gefragt, ob ich mitkomme. Da wusste ich sofort, dass ich es nicht kann. Wenn er mir so wichtig gewesen wäre, hätte ich doch ja gesagt, oder?« Manchmal kamen ihr immer noch Zweifel.

Wolf legte ihr den Arm um die Schultern. »Ich bin mir sicher, du hast es richtig gemacht. Bestimmt wartet etwas anderes auf dich. Du wirst es herausfinden. Ich bin da sehr zuversichtlich.«

Sie musste lachen. »Na, dann kann ja nichts schiefgehen.« Aber sie fühlte sich seltsam getröstet. Wolfs Instinkt trog selten.

Und sie hatte selbst den merkwürdigen Eindruck gehabt, hier auf etwas zu warten.

»Da seid ihr ja endlich. Können wir eine Cola haben?«, fragte Leo.

Mit den Brötchen liefen sie zurück zum Strand, setzten sich auf den Steg und ließen die Füße ins Wasser baumeln. Mehr brauchte man doch nicht, um glücklich zu sein, dachte Lexi. Ihr Bruder neben ihr. Segel am Horizont, freudestrahlende Kite-surfer um sie herum, Möwengeschrei und Frühlingshimmel. Die Menschen am Strand trugen ein Lächeln im Gesicht, von jenen, die noch nicht richtig laufen konnten, bis hin zu jenen, die es kaum noch konnten. Hier gab es für alle eine Portion Glück, Luft und Freiheit. Viele dieser Menschen hätten ihr Leben womöglich sofort gegen ihres eingetauscht.

Als Leo sich die Finger leckte, das leere Papier in den Mülleimer brachte und nach Eis verlangte, sprang Wolf auf. »Ich lade euch ein«, verkündete er.

Tim aber blieb stehen und starrte interessiert in den Sand. »Hier war ein Wildschwein«, erklärte er.

Lexi betrachtete die deutliche Spur. »Nein, das war ein Reh.«

»Ein Reh am Strand? Aber Lexi, die wohnen doch nur im Wald!«

»Auch. Sie kommen hier oft an den Strand. Lasst uns zurückgehen, ich zeig euch was im Garten.«

»Warte«, sagte Wolf. »Hast du schon etwas zum Abendessen geplant? Ich habe nämlich Vollkornbrot mitgebracht, frisch vom Bäcker. Und die Quarkeria hat schon offen.«

»Wirklich?« Lexi strahlte. »Darauf freue ich mich schon den ganzen Winter.« Sie sauste um die Ecke und stellte fest, dass Wolf sich nicht geirrt hatte. Die Jungs folgten ihr neugierig. »Quakeria, ist das was mit Fröschen?«

»Nein.« Lexi lachte und wies auf das Schild. »*Quarkeria*. Da gibt es alle möglichen leckeren Sorten Quark.«

Leo zog ein Gesicht. »Iih, das ist ja gesund.«

»Das schmeckt aber nicht gesund, wirst schon sehen«, versprach Lexi. »Es gibt ganz viele verschiedene Sorten. Sogar mit Kokosnuss. Das mögt ihr doch. Und mit Schokostreuseln. Aber ich nehme den mit Mandarinen, der schmeckt mir am besten.«

Am Ende entschieden sie sich alle für Quark mit Mandarinen und Schokostreuseln. Obwohl das Anstehen dauerte, beschlossen die Jungs beim Probieren, dass es sich gelohnt hatte. »Jetzt stellen wir das aber erst mal in den Kühlschrank«, sagte Lexi.

»Und ich krümel noch das Vollkornbrot rein«, sagte Wolf.

»Was wolltest du uns denn zeigen, Lexi?«, erkundigte sich Tim später, nachdem sie Wolfgangs Motorrad ausführlich bewundert und ihn Löcher in den Bauch gefragt hatten.

»Ach ja. Kommt mal mit.« Geheimnisvoll winkte sie die Kinder durch den Garten ganz ans Ende des Grundstücks, dorthin, wo beinahe schon die Felder begannen. Sie sah auf die Uhr.

»Wir verstecken uns jetzt hier hinter dem Weidenbusch und sind ganz still. Ihr könnt euch da auf den Findling setzen.«

»Worauf warten wir denn?«, fragte Leo, dem es schwerfiel, stillzusitzen.

»Psst.« Lexi legt einen Finger auf die Lippen. »Gleich geht es los! Bald beginnt die Dämmerung, dann kommen sie.«

»Wer ...«, begann Tim noch, aber dann stupste ihn sein Bruder in die Seite und zeigte auf den Zaun.

Durch eine Lücke trat ein Reh, sah sich um und begann zu weiden, ein zweites und ein drittes folgten. Gebannt sahen die Zwillinge zu, während Abendduft aus dem feuchten Gras stieg und eine Amsel zu singen begann. Lexi freute sich über den Ausdruck in ihren Gesichtern. Für den Moment schienen sie all ihre Sorgen und Schwierigkeiten vergessen zu haben. Das möchte ich gern viel mehr Kindern schenken, immer und immer wieder, dachte sie.

Die Jungs blieben mucksmäuschenstill, bis die Rehe wieder zum Zaun hinausgeschlüpft waren.

»Oh, Lexi!«, flüsterte Leo mit leuchtenden Augen. »Das war so schön. Kommen die jeden Tag?«

»Nein, aber sehr oft. Die meisten Menschen vertreiben Rehe aus ihren Gärten, das kann ich auch gut verstehen, weil sie manchmal die Blumen fressen oder das Gemüse. Aber hier in Valentinas Garten war es schon immer Tradition, dass dieser Streifen am Zaun für die Rehe bleibt. Dafür lassen sie die anderen Pflanzen meist in Ruhe. Nur zweimal im Jahr wird die Wiese gemäht, damit alle Kräuter dort wachsen können, die sie gern haben.«

»Was fressen sie denn am liebsten?«, wollte Tim wissen.

»Zum Beispiel Hornklee, Schwedenklee, Spitzwegerich, Wiesenplatterbse, Wilde Möhre, Weißklee und Löwenzahn.« Lexi ging von Pflanze zu Pflanze und zeigte darauf. »Wir achten hier immer drauf, dass genug davon auf der Wiese wächst, und wenn eine Sorte davon verschwindet, holen wir sie woanders her und pflanzen sie wieder ein.«

»Dann ist das so eine Art Quarkeria für Rehe«, sagte Leo zufrieden.

Lexi lachte. »Kann man so sagen.«

»Und deswegen ist das Reh auf dem Tor drauf«, stellte Tim fest.

»Genau.«

Wolfgang erschien mit dem Horn des Nachtwächters und ein paar Mundstücken in einer Tasse. »Lexi, ist es nicht langsam Zeit hierfür?«

»Aber vorher müssen die Jungs sich die Hände waschen und Haare kämmen«, verlangte Lexi. »Das ist ein feierlicher Moment, wenn man den Tag verabschiedet und die Nacht begrüßt. Wenn sich die Blüten im Garten schließen und bald die ersten Sterne auftauchen. Der Augenblick zwischen Tag und Nacht und umgekehrt erinnert uns daran, was für ein Wunder es ist, lebendig zu sein.«

»In einer Welt, in der es Eis und Quark und Barfußgehen gibt«, fügte Wolf hinzu.

»Du hast recht.« Lexi hatte für einen Augenblick vergessen, dass sie zu zwei kleinen Jungs sprach. Aber Leo nickte ernst. »Ich weiß, was du meinst, Lexi! Wenn die Sterne rauskommen, merkt man, wie weit weg sie sind. Und dass da so viel Platz im Weltraum ist.«

»Leo wird mal Astronaut«, erklärte Tim. »Ich nicht, ich werde lieber Taucher und ziehe die Skelette und die Motorräder heraus, die die Menschen ins Wasser schmeißen.«

Nachdem das mit dem Händewaschen und Haarekämmen erledigt war, stiegen sie zum Strand herunter. Leo stellte sich stolz auf einen Findling und blies voller Ehrfurcht, so kräftig, wie er konnte, in das Horn, dann gab er es widerstrebend an Tim weiter. Nicht ganz so laut wie sonst und ein bisschen quietschig, aber doch sehr beeindruckend flogen die Töne auf das Meer hinaus, in dem sich silbern das letzte Licht des Tages und der erste Stern spiegelten.

Es war ein guter Tag gewesen, dachte Lexi.

Nach der anstrengenden Zeit an der frischen Luft waren die Jungs schnell eingeschlafen, nachdem sie ihnen noch eine kurze Geschichte erzählt hatte. Sie ging leise hinunter zu Wolfgang, der mit lang ausgestreckten Beinen auf der Bank an der Hauswand saß.

»Ist noch was vom Quark übrig?«, fragte er.

»Nein, es ist alles weg.« Lexi setzte sich neben ihn und reichte ihm einen Teller. »Es gibt aber noch Friesenkekse.«

»Auch gut.« Sie saßen eine Weile in kameradschaftlichem Schweigen nebeneinander.

»Schön ruhig hier«, sagte Wolfgang schließlich.

»Ich dachte, du magst es laut?«

»Vielleicht werde ich älter.«

»Sag bloß. Ich auch.«

Er lachte auf. »Echt jetzt?« Dann wurde er ernst. »Was bedrückt dich, kleine Schwester? Ist es doch wegen Frank? Vermisst du ihn?«

»Was, wenn er recht hat?« Im Dunkeln war es leichter, darüber zu sprechen. Lexi griff nach der Decke unter der Bank und breitete sie über ihre Beine. Vom Meer stieg Abendkühle auf. Immer mehr Sterne wurden sichtbar. Eine Fledermaus zog hungrige Kreise über dem Flieder.

»Inwiefern?«

»Dass mein Leben hier einfach im Sande verläuft. Dass sich nie mehr etwas ändert. Dass ich niemals machen werde, was ich eigentlich will. Ganz im Gegensatz zu dir. Warum bin ich nicht wie du?«

»Weil du was Besonderes bist.« Wolf beugte sich vor und versuchte, ihren Gesichtsausdruck zu erkennen. »Was willst du denn, kleine Schwester?«, fragte er sanft. »Was willst du auf einmal so unbedingt, dass du an deinem Lieblingsort so unglücklich klingst?«

»Ich bin nicht unglücklich. Das könnte ich hier nie sein. Nur ich merke, dass ich noch so viel mehr will.« In der Dämmerung leuchteten die weißen und gelben Tulpen und die Osterglocken, als wären einige der Sterne vom Himmel gefallen. Sie brauchte nur die Hand danach auszustrecken. Wenn es doch mit anderen Dingen auch so einfach wäre!

»Wolf, du weißt, wie sehr ich diesen Garten liebe. Und dass ich versprochen habe, ihn zu hüten. Aber er war eben schon fertig, als ich ihn übernommen habe. Da ist kein Raum mehr, etwas Neues zu schaffen.«

»Aber Lexi, du hast ihm längst deinen Stempel aufgedrückt. Nimm nur die Süßkartoffeln. Und deine Kräuterspirale und das Gemüsebeet. Das gab es vorher alles nicht. Es war doch ein reiner Blumengarten, wenn ich mich richtig erinnere.«

»Ja, schon. Aber ich brauche Platz. Viel Platz. Und den gibt es hier nicht. Ich habe nicht Pädagogik studiert, um einfach nur Sachkunde und Biologie vor der Tafel zu lehren. Ich möchte mehr Praxis vermitteln. Weißt du, da gibt es so eine Journalistin, die sendet neuerdings regelmäßig kurze Filme in die Schulen, Lehrfilme. Zum Teil aus einem Garten im Spreewald und zum Teil aus Hiddensee. Da bauen sie gerade einen neuen Garten auf. Sie nennt diese kurzen Filme ihre ›Neugierige Minute‹. Es sind unheimlich schöne Aufnahmen, und die Kinder sehen sehr gerne, wie eine Libelle schlüpft oder wie Sonnenblumen aus Samen wachsen. Sie erzählt von Eidechsen und von Insekten und zeigt das alles sehr anschaulich.«

»Und das interessiert die Kinder wirklich?«, fragte Wolfgang erstaunt. »Ich hätte gedacht, dass die das langweilig finden. Mögen die nicht lieber Abenteuergeschichten oder so was? Oder Videospiele?«

»Die spielen zu Hause so viel Videospiele, dass ihnen das inzwischen langweiliger ist, als eine Süßkartoffel in einen Blumentopf zu pflanzen und zu beobachten, ob sie wächst. Und außerdem ist das alles auch ein Abenteuer. Jedenfalls so wie Linnea Joneleit es in ihren Filmen darstellt. Aber das sind nur Bilder, verstehst du? Was diese Kinder brauchen, ist Praxis! Sie müssen die Erde spüren und riechen können und die Pflanzen gießen und ernten oder pflücken, wenn sie Erfolg haben. Sie müssen an die frische Luft und nicht nur vor einem Bildschirm sitzen. Mit dem Wissen, das sie im Unterricht erwerben, möchte ich sie hinausbringen. Auf die Natur loslassen. Die leben in der Stadt und haben keine Ahnung mehr davon. Wie sollen unsere Städte da wieder lebenswerter werden? Dafür bin ich doch Lehrerin geworden. Ich möchte, dass die Kinder glücklich sind und lernen, gleichzeitig etwas für ihre Gesundheit und für die Umwelt zu tun. Das ist alles nicht neu, aber es wird zu wenig gemacht.«

»Aha. Und dafür brauchst du Platz.«

Lexi sprang auf und fing an, auf der Terrasse hin und her zu laufen. »Ja, ich möchte, dass die Kinder Zelte aufschlagen und darin schlafen und morgens die Vögel hören. Ich will, dass sie ein Stück Wiese sehen, die Pflanzen kennenlernen und die Insekten zählen. Ich möchte miterleben, wie sie ein richtig großes Gemüsebeet anlegen, mit ganzen Reihen aus Möhren und Feldsalat und Radieschen. Und Sonnenblumen düngen, die doppelt so hoch werden wie sie selbst. Dass sie Insektenhotels und Baumhäuser bauen und die Sterne zählen, wo man sie sieht und es nicht die ganze Nacht so hell ist, dass die Amseln sogar noch um Mitternacht singen. Ich muss es schaffen, dass sie Klassenfahrten aus der Stadt heraus machen können oder Wandertage oder Praktika. Freiwillige Wochenenden. Sommerfeste. Tage mit ihren Eltern, an denen sie ihnen alles zeigen können. Es gäbe tausend Möglichkeiten!«

»Möchtest du?« Wolf hielt ihr den letzten Keks hin.

Lexi schüttelte den Kopf.

»Jetzt verstehe ich, wofür du so viel Raum brauchst. Das klingt doch toll, Lexi. Und die Kinder, die so etwas bitter nötig hätten, die sehe ich jeden Tag in der Stadt. Aber dafür fehlt dir nicht nur Platz. Dafür brauchst du auch finanzielle Mittel.«

»Ich weiß. Und ich werde wohl kaum jemals so viel ansparen können! Es bräuchte also erstens ein Wunder, und zweitens habe ich ja versprochen, mich um dieses kleine Paradies hier zu kümmern.« Lexi sah sich um. »Außerdem könnte ich es sowieso nie im Stich lassen.«

»Nein, das kann ich mir auch nicht vorstellen. Aber Lexi, vielleicht könntest du zeitweise woanders mitarbeiten. Vielleicht dieser Journalistin helfen, von der du erzählt hast, in ihrem Garten. Oder ganz woanders.«

Lexi setzte sich wieder. Auf einmal war sie müde. »Ich glaube nicht, dass das neben meiner Arbeit funktionieren würde. Und dem Garten hier. Außerdem, ich will etwas ganz Eigenes. Ich möchte die Ideen, die ich habe, selbst umsetzen. Ja, ich würde natürlich Hilfe brauchen, aber ich möchte es genau so machen, wie ich es mir vorstelle. Wahrscheinlich habe ich diese Eigenschaft von Vater. Er hat ja schließlich auch gute Seiten. Ich fürchte aber, das wird noch zehn Jahre warten müssen. Oder zwanzig. Wahrscheinlich hast du recht. Ich sollte einfach Gleichgesinnte finden und irgendwo mitmachen.«

»Ich wünschte, ich könnte dein Sponsor sein«, sagte Wolf. »Aber jetzt, wo ich eine Familie habe und die Mietpreise in Berlin immer höher werden, wird das wohl in absehbarer Zeit auch nicht möglich sein.«

»Das sollst du auch nicht. Ich muss das allein schaffen. Du machst mich zur Tante, das ist erst mal ein Riesending. Wahrscheinlich gibt mir das so viel Auftrieb, dass ich im Handumdrehen ein Vermögen erwirtschafte. Ich weiß nur noch nicht, womit.«

»Vielleicht ernten deine Jungs ja genug Süßkartoffeln, um sie auf dem Markt zu verkaufen«, witzelte Wolfgang und gähnte herzhaft. »Lass uns schlafen gehen, Lexi. Heute lösen wir unsere Probleme nicht mehr.«

Lexi umarmte ihn. »Es tut mir leid, dass Vater wohl nicht zu deiner Hochzeit kommen wird. Aber ich rede mit Mama. Da muss doch was zu machen sein. Sie ist nicht so.«

»Nein, sie wird nicht riskieren, dass er schlechte Laune bekommt. Lass es lieber. Es ist ja noch ein bisschen Zeit bis dahin. Ich überleg mir was. Gute Nacht, kleine Schwester. Eins noch, Lexi. Ich glaube nicht, dass Pia dir den Garten gegeben hat, damit du deine Träume aufgibst! Eher, damit sie in Ruhe wachsen können. Gib ihnen diese Ruhe. Und dann denke daran, was die Tradition des Gartens ausmacht.«

Lexi sah nach den Jungs, die tief und fest schliefen. Dann verkroch sie sich in ihr eigenes Bett. Dort lag sie wach und dachte daran, wie viel Freude die zwei an diesem Tag gehabt hatten. So erfüllte sich immerhin der Sinn des Gartens, wie er seit Valentinas Zeiten gedacht war.

Genauso, wie es auch für sie immer gewesen war.

Lexi dachte zurück an die Zeit, als sie selbst sogar noch ein wenig jünger gewesen war als die Zwillinge. Seit sie denken konnte, waren sie von Bremen aus, wo ihr Vater seine Firma hatte und ihre Eltern immer noch wohnten, stets in die Ferienwohnung der Eltern am Südstrand gefahren, an jedem Wochenende, in jeden Ferien. Es waren glückliche Zeiten gewesen, aber dann fing der Streit zwischen Wolfgang und ihren Eltern an. Lexi konnte es nur schwer ertragen, wenn sie einander anschrien oder sich feindselige, schweigsame Spannung breitmachte. Dann flüchtete sie an den Strand und mit der Zeit auch ein Stück weiter die Promenade entlang, immer weiter bis zu diesem Strandabschnitt, wo kaum noch Sand war und weniger Menschen. Die Ruhe hier tat ihr wohl.

Eines Tages hatte sie vor dem Tor mit dem Reh gestanden. Sie hatte die Schrift entziffert. »Valentinas Garten«. Und dann war die Frau dahinter aufgetaucht in einer Gärtnerschürze und mit einem Strohhut, genau wie der Gärtner in einem ihrer Bilderbücher. Sie hatte eine sehr große Schere in der Hand und schnitt damit Äste von einem Busch. Ihre Stimme war freundlich, als sie sagte: »Hallo, wer bist du denn?«

»Ich bin die Lexi. Bist du die Valentina?«

»Nein. Valentina hat vor langer Zeit hier gelebt. Aber ich passe jetzt auf ihrem Garten auf. Ich heiße Pia. Möchtest du hereinkommen? Ich habe Kirschsaft. Aus Kirschen, die hier gewachsen sind.«

Lexi zögerte. Sie durfte doch nicht mit Fremden mitgehen. Aber Pia war kein Mann, auch wenn sie diese Schere ziemlich furchteinflößend schwang. Und außerdem konnte Lexi nicht widerstehen.

Als Pia das Tor öffnete, lag dahinter eine Welt, die so bunt und duftend, so aufregend und einladend war, dass ganz bestimmt niemand der Versuchung hätte widerstehen können.

Staunend war sie Pia zum Haus gefolgt. Die Sonnenblumen rechts und links vom Weg standen so hoch, dass sie Lexi um einiges überragten. Überall blühten große Büschel aus Blumen in Rosa und Blau, flammendem Rot und leuchtendem Gelb. So einen Garten hatte Lexi noch nie gesehen. Im Garten ihrer Eltern gab es nur kurzgeschorenen Rasen, und auf dem durfte noch nicht einmal ein Gänseblümchen wachsen. Die stach ihre

Mutter sofort mit einem scharfen Messer aus. Die Beete rundherum waren schnurgerade. Es standen nur ein paar dünne Rosen darin und ein paar Töpfe mit Geranien auf der Terrasse. Dass ein Garten so bunt und lebendig und fröhlich aussehen und so duften konnte wie dieser hier, das hatte Lexi nicht geahnt. Sogar ein kleiner Brunnen plätscherte heiter vor sich hin. Daneben gab es eine Hollywoodschaukel mit vielen bunten Kissen. »Setz dich doch, wenn du möchtest«, sagte Pia. »Ich hole den Saft.«

»Da rein?«, hatte Lexi sie erstaunt gefragt. Die Schaukel mit den Kissen sah aus, als wäre sie für eine Prinzessin gedacht.

»Na klar, dafür ist sie doch da«, hatte Pia gesagt und war im Haus verschwunden. Lexi hatte sich vorsichtig zwischen die Kissen gekuschelt und die Schaukel ein bisschen angestupst. Ihre Füße reichten gerade bis nach unten. Sie war sich ziemlich sicher, dass sie im Himmel angekommen war. Besonders, als sie den Kirschsaft kostete, der nach Glück und Sommer und endlosen Ferien schmeckte.

»Du kannst jederzeit wiederkommen, Lexi«, hatte Pia versprochen, nachdem Lexi gesagt hatte, dass sie gehen musste. Ihre Eltern würden sie vermissen, wenn sie nicht bald zurück in der Ferienwohnung war. »Wenn du öfter kommen möchtest, dann könntest du mir aber mal deine Eltern vorstellen, damit sie wissen, wo du bist«, hatte Pia vorgeschlagen.

Also hatte Lexi ihre Eltern auf dem nächsten Spaziergang bis zu Valentinas Garten geschleppt.

»Ziemlich unordentlich hier«, hatte ihr Vater missbilligend gesagt, als er über den Zaun blickte.

Aber Pia wusste mit ihm umzugehen. Sie verwickelte ihn in ein Gespräch über Markisen, denn Lexi hatte ihr erzählt, dass ihr Vater ein Geschäft für Markisen und Sonnensegel hatte. Als Pia an jenem Tag ihre Eltern verabschiedete, hatte das Ehepaar Rehling ihr einen Sonnenschirm verkauft und Lexi die Erlaubnis gegeben, Pia gelegentlich zu besuchen.

»Eine etwas schrullige Dame, aber ich gehe davon aus, dass sie dir keinen Unfug erlaubt«, hatte Vater zu Lexi gesagt. »Aber gib acht, dass du ihr nicht zur Last fällst, Alexandra.«

Von da an verbrachte sie so viel Zeit wie möglich bei Pia, die versicherte, dass Lexi sie nicht störe. »Du hilfst mir ja«, hatte sie gesagt und Lexi kleine Aufgaben zugeteilt. Die Sonnenblumen gießen. Die wuchernde Vogelmiere aus den Bodendeckern ziehen. Die Grashalme von den Grasnelken unterscheiden. Die Rehe beobachten, ob es ihnen auch gut ging. Blätter harken und den Kompost sieben. Es gab unendlich viel zu tun, und alles war spannend.

Im nächsten Frühling durfte sie sogar selbst Löwenmäulchen und Ringelblumen aussäen. Von Pia lernte Lexi überhaupt erst die Namen der Blumen. Und dass Blumen Bedürfnisse hatten wie Menschen auch.

»Sieh mal. Das ist eine Sonnenblume, wie du weißt.« Pia hatte ihr die Blume gezeigt, die bis über die Dachkante hinausreichte. »Und jetzt komm mal mit.« Sie waren um das Haus herumgegangen, und dort stand eine andere Sonnenblume. »Das ist ihre Zwillingsschwester. Sie ist aus einem Samenkorn gekeimt, das aus derselben Blüte stammt. Aber sie hat weniger Licht, und die Erde ist auch nicht so gut. Siehst du, wie klein sie geblieben ist?«, erklärte Pia.

Lexi staunte über den großen Unterschied. Wolfgang war auch viel größer als sie, aber der war ja viel älter und nicht gleichzeitig gepflanzt worden.

»Die Blumen können sich nicht aussuchen, wo sie wachsen, deshalb ist es wichtig, dass man dafür sorgt, dass sie alles haben, was sie brauchen. Aber merk dir eins, kleine Lexi«, hatte Pia gesagt. »Du bist keine Pflanze! Du kannst dir später einmal selbst aussuchen, wo du gut wachsen kannst. Du weißt ja jetzt, dass es auch vom richtigen Standort abhängt.«

Daran musste Lexi jetzt denken.

Ihr Bruder hatte offenbar den richtigen Standort für sich gefunden. Aber was war mit ihr selbst? Es ging ihr gut hier. Hier im Garten und auch in Heiligenhafen an der Schule. Doch war das schon der beste Standort für sie? Konnte sie denn hier noch wachsen? Sie war zu jung, um schon mit dem Wachsen aufzuhören. Denn Pia hatte natürlich nicht nur das körperliche Wachsen gemeint.

»Wenn sie am richtigen Ort stehen und Licht bekommen und den richtigen Dünger, dann ist auch ihre Farbe leuchtender und satter, siehst du? Nur dann kann die Blüte sich richtig ausformen und ausfärben, und nur dann wird sie viele gute Samen produzieren, aus denen die Sonnenblumen für das nächste Jahr wachsen und so auch das Futter für die Vögel. Es ist wichtig, dass jeder seinen optimalen Standort findet, soweit es in seiner Macht liegt. Gib dich nicht mit weniger zufrieden, solange du noch etwas ändern kannst. Wenn die Wurzeln erst zu tief in der Erde sind, dann wird es immer schwieriger.«

Lexi hatte damals nicht alles verstanden, was Pia ihr gesagt hatte. Aber Pia hatte es noch manches Mal auf die eine oder andere Art wiederholt. Außerdem war sie jemand, deren Worte man nicht vergaß, sondern irgendwo im Kopf aufbewahrte, bis man sie gebrauchen konnte.

10

Glück gegen Sonnenschirm

Irgendwann musste sie doch eingeschlafen sein, denn sie wachte davon auf, dass jemand an ihre Tür klopfte.

»Lexi!«, rief Leo. »Wolf hat Brötchen geholt, und wir haben draußen den Tisch gedeckt. Frühstück ist fertig.«

»Wolf, du bist ein Schatz. Eigentlich wollte ich dich doch verwöhnen«, sagte Lexi schuldbewusst, als sie kurz darauf draußen im Garten auftauchte. Die Zwillinge hatten sogar Blumen gepflückt und in einer Vase auf den Tisch gestellt. Zwischen Schäfchenwolken schien die Sonne von einem blankgeputzten Himmel. Die Grübeleien der Nacht verdampften wie Tautropfen auf der Wiese. Lexi biss mit Appetit in eine frische Brezel.

»Alles gut. Ich habe wunderbar geschlafen«, sagte Wolfgang. »Ich glaube, ich sollte dich öfter hier besuchen kommen. Vor allem, wenn das Baby da ist. Es soll auch das Meer kennenlernen und die gute Luft atmen dürfen.«

»Und wenn es größer ist, bringe ich ihm alle Blumennamen bei.« Lexi freute sich schon darauf.

Den Rest des Vormittags verbrachten sie am Strand. Die Jungs bauten eine bizarre Burg aus Steinen und Sand mit einem gewaltigen Burggraben und einem Zugang zum Meer. Wolf begeisterte sie, indem er eine Zugbrücke aus Treibholz fertigte. Lexi fügte wilde Muscheldekorationen hinzu.

»Gut, dass Lexi keine richtige Lehrerin ist«, sagte Tim zu Wolfgang.

»Ist sie das nicht?«, fragte der amüsiert.

»Nee, zum Glück«, sagte Leo entrüstet. »Mit Lexi kann man Spaß haben.«

»Und das geht bei richtigen Lehrern nicht? Lernt ihr denn nichts bei Lexi?«

»Doch, klar.«

»Na, dann ist's ja gut.«

Lexi warf eine Muschel nach Wolf. Aber Leos Bemerkung gab ihr zu denken. Das zeigte doch nur, wie wichtig ihre Pläne waren. Lernen musste viel mehr Spaß machen. Und das war gar nicht so schwer.

Ihre Eltern hatten das früher vehement getrennt. Arbeit war Arbeit. Wenn sie Freude machte, war es keine Arbeit. Erholung und Spaß waren etwas ganz anderes und vor allem ziemlich überflüssige Zeitverschwendung. An den Wochenenden und in den Ferien waren sie nur darum in die Wohnung auf Fehmarn gefahren, weil das so üblich war, wenn man es sich leisten konnte. Die anderen aus Vaters Club taten das auch. Außerdem hatten die Ärzte gesagt, es wäre wichtig für Lexis Gesundheit und auch für die Lunge ihrer Mutter. Man ging spazieren und ruhte eine angemessene Weile im Strandkorb. Aber richtig ausgelassen Spaß haben, das war etwas, das sich nicht gehörte und wofür man ein schlechtes Gewissen haben musste.

»Ich wusste nicht, dass eine Sandburg so schön sein kann!«, rief Tim, als sie fertig waren.

»Ich auch nicht, aber ich hab schon wieder Hunger!«, stellte Leo fest.

»Na, dann ist es aber gut, dass ich Würstchen zum Grillen mitgebracht habe«, verkündete Wolfgang.

Zu Hause staunte Lexi, wie viele Würstchen die Jungs verdrücken konnten, aber sie hatte selbst Appetit nach all der Meeresluft. Als beim besten Willen niemand mehr etwas herunterbekam, fragte Leo: »Und was machen wir jetzt, Lexi?«

»Ihr könntet mir dabei helfen, den Kürbis auf das Dach zu pflanzen.«

»Aber Lexi, auf ein Dach pflanzt man doch nichts!«, protestierte Tim.

Das hätte ihr Vater auch gesagt. *Das macht man nicht.*

»Warum nicht?«, fragte Lexi.

Die Zwillinge blickten verblüfft.

»Weiß nicht.«

»Ich auch nicht.«

»Es ist immer wichtig nachzudenken, ehe man behauptet, irgendetwas ginge nicht«, erklärte Lexi.

»Aber warum soll der Kürbis denn aufs Dach?«

»Erstens, weil eine Kürbispflanze sehr viel Platz braucht. Sie bildet lange Ranken. Hier unten in diesem kleinen Garten ist kein Platz dafür. Zweitens braucht sie viel Sonne. Und wo haben wir viel Platz und viel Sonne?«

»Auf dem Dach«, stellte Leo fest.

»Aber Lexi, da rollt er doch runter«, protestierte Tim.

»Nicht auf dem Wintergarten.« Der Wintergarten war ein Anbau, der erst ein paar Jahrzehnte alt war. Das Dach war flach und mit Teerpappe gedeckt, nicht mit Ziegeln wie der Rest. Lexi war schon als Kind gern dort hinaufgeklettert, wenn Pia es erlaubt und ihr die Leiter hingestellt hatte.

»Bist du sicher, dass das nicht zu schwer für das Dach wird?«, fragte Wolfgang skeptisch.

»Ja. Wir nehmen einen Filzcontainer, der ist leicht, und auch wenn die Erde darin einiges wiegt, wenn sie nass ist, macht das nichts. Ich stelle den Container genau über einen Stützpfeiler. Die Ranken können sich über das ganze Dach ausbreiten, die sind ja leicht. Dafür isolieren sie aber gut. Sie werden dafür sorgen, dass der Wintergarten im Sommer kühler bleibt.«

»Aber Lexi, wenn der Kürbis ganz große Kürbisse trägt, vielleicht sind die dann doch zu schwer?«, fragte Leo.

»Das glaube ich nicht. Dann ernten wir die eben rechtzeitig. Außerdem hält das Dach hier sogar eine dicke Schneelast aus, darüber müsst ihr euch nun wirklich keine Sorgen machen.« Lexi bückte sich nach einem Topf, der an der geschützten Hauswand gestanden hatte. »Seht ihr, hier sind zwei Jungpflanzen. Ich habe sie schon vorgezogen. Sie müssen nur noch aufs Dach. Na ja, und die Erde auch. Dabei könntet ihr mir alle helfen.«

»Ich wusste doch, dass du mich nur zum Arbeiten hast kommen lassen«, sagte Wolfgang. »Was sollen wir tun?«

»Du kannst bitte die Leiter holen. Und ihr«, Lexi fixierte die Zwillinge mit ihrem strengsten Blick. »Wenn ihr mit aufs Dach kommt, dann nur, wenn ihr mir versprecht, dass ihr dort oben nicht herumtobt. Ihr bleibt in der Mitte, da, wo der Container hinkommt. Kein Schubsen. Kein Rennen. Kein Herumalbern. Habt ihr das verstanden?« Sie benutzte den Tonfall, der absolut keinen Widerspruch und keine Zweifel zuließ. Den hatte sie von ihrem Vater gelernt, und sie war ihm sehr dankbar dafür. Das war ihr nützlicher als vieles aus ihrem Pädagogikstudium.

Die Zwillinge nickten beeindruckt. »Piratenehrenwort, Lexi.«

Vorsichtig stiegen sie die Leiter hinauf, die Wolfgang von unten und Lexi von oben festhielten.

Den Filzcontainer hatte Lexi zuvor aufs Dach geworfen. Jetzt entfaltete sie ihn mit Hilfe der Zwillinge und stellte ihn dorthin, wo sich darunter der Stützpfeiler befand. »So. Haltet den bitte fest, damit der Wind ihn nicht herunterweht, ehe wir ihn befüllen können«, ordnete sie an. »Wolfgang, ich lasse dir jetzt einen Eimer an einer Schnur herunter, und du füllst ihn bitte mit Erde.«

»Zu Befehl, Chefin.« Wolfgang salutierte und machte sich auf den Weg zum Komposthaufen. Er brachte Eimer um Eimer. Lexi zog ihn hoch und befüllte damit den Container. Auch die Jungs durften den Eimer ein paarmal hochziehen.

»Reicht es nicht langsam?«, kam Wolfgangs Stimme von unten. »Das hier bringt mich ganz schön ins Schwitzen.«

»Noch einen Eimer. Der Kürbis braucht viel Erde«, sagte Lexi gnadenlos.

»Lexi, das ist so schön hier oben!«, sagte Leo.

»Ich glaub, wenn ich hier wohnen würde, wär ich immer nur hier oben«, stimmte Tim zu.

Lexi sah sich zufrieden um. Die Teerpappe war warm. Unten lag der Garten im Sonnenlicht, voller Blüten und Frühlingsgrün. Dahinter spielte der Wind mit dem Gras auf den Dünen. In der Ferne glitzerte das Meer, auf dem sich ein paar Segel bewegten wie Schmetterlinge. Das Lachen der Menschen am Strand trieb zu ihnen herauf. Weiter oben sangen Lerchen. »Ja, ihr habt recht. Es ist ein wunderschöner Platz.«

»Du hast es gut, Lexi.«

»Ja, Leo. Das habe ich wirklich.« In Augenblicken wie diesen konnte sie sich selbst nicht erklären, was ihr noch zu ihrem Glück fehlte. Sie füllte den letzten Eimer Erde in den Container und warf ihn dann hinunter. »Danke, Wolfgang, jetzt genügt es.«

Sie reichte den Jungs den Topf mit den Keimlingen. »Ihr dürft jeder einen einpflanzen. Nicht in die Mitte, aber auch nicht an den Rand, sondern so, dass jedes Pflänzchen genügend Platz um sich herum hat.«

Wolfgang war jetzt auch heraufgeklettert. »Der Blick ist wirklich grandios. Ein guter Platz zum Entspannen.« Er streckte sich lang auf dem Rücken aus, verschränkte die Arme hinter dem Kopf und blickte in den Himmel. »Hier kannst du mich Ende September wieder abholen.«

Lexi lachte. »Vergisst du nicht eine Kleinigkeit? Du könntest das Vaterwerden verpassen.«

»Ich hole Alika hierher, und wir werden hier oben einfach nur warten, bis das Baby kommt.«

»Fertig, Lexi! Dürfen wir den leeren Topf runterwerfen?«

»Dürft ihr.«

»Aber die Pflanzen brauchen Wasser. Musst du dann jedes Mal hier raufklettern?«

»Nein. Das geht von unten mit dem Schlauch. Und außerdem habe ich da oben die Dachrinne so gebogen, dass sie genau in den Container abfließen wird, wenn es regnet.«

»Genial«, befand Wolfgang.

Lexi stellte sich vor, wie die grünen Ranken sich ausbreiten würden, die nackte Teerpappe bedecken und auch ein wenig auf das Dach hinaufkriechen. Die Bienen sollten sich über die großen gelben Blüten freuen, und den Sommer über würden sich die Früchte runden und schließlich so flammend orange werden wie im Herbst die Blätter an den Bäumen. Der Anblick würde das ganze Haus verzaubern. Die Suppe, das Gemüse und das Kürbisbrot, das man damit machen konnte, würden nach allem schmecken, was im Sommer gut gewesen war.

Lexi konnte den Zwillingen und dem Rest der Klasse immer wieder Bilder zeigen, wie alles gedieh, und sie würden lernen, dass ein Kürbis nicht aus dem Supermarkt kommt und dass man, wenn man keinen Platz für etwas hatte, vielleicht doch noch welchen schaffen konnte.

»Müssen wir morgen wirklich zurück in die Schule, Lexi?«, fragte Leo.

»Ja, das müssen wir. Aber wenn ihr jetzt vom Dach herunterkommt, lade ich euch alle zu einem großen Eisbecher im *Café Sorgenfrei* ein. Von da aus kann man den Sonnenuntergang sehen. Und vorher gucken wir die Boote im Yachthafen an. Klingt das gut?«

Als Wolfgang die Leiter wieder im Schuppen verstaut hatte, machten sie sich auf den Weg den Südstrand entlang. Plötzlich flatterte und krachte etwas und schlug direkt vor Leos Füßen in den Sand ein. Erschrocken sprang er zurück. Lexi fing ihn auf. Es war ein Drachen, der da vor ihnen mit der Nase im Sand steckte. Ein Drachen, der allerdings eher wie ein kleines Raumschiff aussah.

»Entschuldigung, das tut mir leid. Ich hoffe, es ist nichts passiert! Habt ihr euch sehr erschrocken?« Ein Mann lief auf sie zu, wobei er hastig die Schnur aufwickelte, die zu dem Drachen gehörte.

»Nee. Soll das ein Raumschiff sein?«, fragte Tim interessiert.

Der Mann sah erleichtert aus. »Es tut mir wirklich sehr leid. Der Wind hat ganz plötzlich gedreht.«

»Alles gut. Für den Wind können Sie doch nichts«, sagte Lexi.

»Aber Drachen lässt man doch im Herbst steigen, nicht im Frühling!«, protestierte Leo.

»Warum nicht?«, fragte der Mann und wunderte sich, als alle in Gelächter ausbrachen.

»Das sagt Lexi auch immer«, erklärte ihm Tim.

Wolfgang streckte ihm die Hand hin. »Ich bin Wolfgang, das ist Lexi, meine verrückte Schwester, und Tim und Leo, zwei ihrer Schützlinge. Kann ich vielleicht helfen? Ich glaube, der eine Flügel ist verbogen.«

»Sehr gerne. Ich bin Jonne. Weißt du, Leo, ich darf das ganze Jahr über Drachen steigen lassen. Das gehört zu meiner Arbeit. Ich verkaufe die Drachen in einem Geschäft. Da muss ich sie doch vorher ausprobieren, ob sie auch funktionieren, meinst du nicht?«

Jonne wirkte sportlich, hatte karamellbraune Augen und dunkelblonde Locken, die in alle Richtungen standen, wie es der Wind gerade wollte.

Leo nickte ernsthaft. »Baust du auch selber welche?«

»Ja, manchmal schon.« Jonne und Wolfgang beugten sich über den Drachen. »Wenn ich hier festhalte, dann kannst du den Draht dort wieder in die Öse schieben«, schlug Wolfgang vor.

»Ich mach die Knoten aus dem Schwanz«, bot Tim an. »Aber warum hat ein Raumschiff einen Schwanz?«

»Der ist für die Stabilität. Ich hatte gehofft, es sieht wie der brennende Treibstoff unter einer Rakete aus.«

Lexi setzte sich in den Sand. Das mit den Knoten konnte dauern.

Irgendwann bestand der Drachen einen erneuten Testlauf. Leo und Tim durften die Schnur abwechselnd eine Weile halten.

»Jonne ist echt nett«, sagte Tim, als sie sich schließlich von diesem verabschiedet hatten, zur Promenade hinaufkletterten und den Weg zum Yachthafen Burgtiefe einschlugen.

Neben ihnen auf dem Wasser kehrte ein Boot nach dem anderen zurück in den Hafen. Ausflugsdampfer, Fischkutter, Hobbysegler, alles Silhouetten vor dem Abendhimmel wie bizarre Vögel. Möwenschwärme folgten ihnen. Die Wolken malten darüber Figuren auf den Himmel, erst Schäfchen, dann ein Tänzerpaar, oder war es ein Wanderer mit einem Koffer in der Hand? Wenn, dann bekam er gerade Flügel, als der Wind die Wolke auseinanderzog.

»Die beiden hast du dieses Wochenende richtig glücklich gemacht«, sagte Wolfgang mit Blick auf die Zwillinge, die den Rundsteg entlangliefen und jedes Boot genau betrachteten, das dort vertäut war. Es war alles vertreten, von kleinen abgeschabten Booten bis hin zu teuren Yachten. Dazwischen glitzerten Fischschwärme in der Abendsonne.

»Und du? Was wirst du tun, damit du auch glücklich wirst?«, fragte Wolfgang. »Weißt du, als du den Jungs das mit dem Kürbis erklärt und gezeigt hast, da habe ich gedacht, du solltest vielleicht wirklich mal dieser Journalistin schreiben, die die kurzen Filme macht. Vielleicht kommt sie einmal zu dir und filmt deinen Garten. Du könntest ihr von deiner Arbeit erzählen. Was du hier machst, ist gut und wichtig genug, um weitergegeben zu werden und andere anzuregen, auch so etwas zu tun.«

»Vielleicht frage ich sie zumindest einmal um Rat.«

Diese Linnea Joneleit arbeitete mit so vielen Schulen zusammen. Vielleicht hatte sie ja eine Idee, wie Lexi ihrem Ziel näherkommen konnte. Es war gut, neue Kontakte zu knüpfen. Damit fing doch immer alles an. So wie damals, als sie bei Pia vor dem Tor gestanden hatte.

Die Jungs hatten inzwischen ein Trampolin entdeckt. Nach einer Weile winkte Lexi sie heran. »Wenn wir jetzt zum Café Sorgenfrei gehen und uns den Eisbecher bestellen, können wir ihn noch bei Sonnenuntergang essen. Oder vielleicht doch lieber einen heißen Kakao?«

Am Ende entschieden sie sich für beides hintereinander. Es war einfach zu schön, auf den hölzernen Stufen zu sitzen, im Hintergrund die Musik aus dem Café und das fröhliche Geschnatter der entspannten Menschen um sie herum zu hören. Die hereinkommenden Boote waren jetzt beleuchtet, und die Sonne warf eine Brücke aus tiefrotem Licht über die Bucht. Zum Strand hin gluckerte das Wasser in den Fluttümpeln hinter den Findlingen.

Der Rest der Welt schien sehr weit weg.

»Ich möchte am liebsten hierbleiben, Lexi«, sagte Leo später.

Lexi schluckte schwer daran, dass sie ihm nicht gleich das nächste Wochenende versprechen konnte. »Wir werden das bestimmt irgendwann wieder einmal machen, wenn es eure Mutter erlaubt«, sagte sie.

»Aber erst sind ja all die anderen Kinder dran«, sagte Tim traurig.

»Ja. Die anderen möchten das ja auch gerne mal erleben«, bekräftigte Lexi.

»Schade, dass du nicht für alle auf einmal Platz hast«, meinte Leo.

Am nächsten Morgen mussten sie früh aufbrechen. Lexi stand um halb fünf auf und bereitete das Frühstück vor. Sie hatte noch einen Plan. Als sie sah, dass das Wetter so gut sein würde wie gestern, weckte sie die Jungs um fünf. »Wenn ihr jetzt aufsteht, können wir nochmals zum Strand gehen und den Sonnenaufgang erleben. Der ist wunderschön, und mit etwas Glück gibt es noch eine kleine Überraschung zu sehen.«

Zu ihrer Verblüffung sprangen beide sofort aus dem Bett. Sie wollten kein bisschen versäumen von allem, was es hier zu sehen gab. In Nullkommanichts waren sie fertig angezogen.

»Lasst uns leise sein«, sagte Lexi.

Durch das taufeuchte Gras gingen sie den Dünenpfad hinauf. Hinter dem dichten Gebüsch aus Hundsrosen duckte sich Lexi und legte einen Finger auf den Mund. Sie bedeutete den Zwillingen, sich neben sie zu hocken. Von hier aus konnten sie sehen, wie die Sonne langsam über den Horizont stieg. Alles glühte auf, erst rosa, dann orange. Das gesamte Meer schien in Flammen zu stehen. Darüber war der Himmel lichterfüllt blau und rosa und golden.

Und dann kam das Reh. Lexi wusste, dass es oft um diese Zeit hier auftauchte, aber sie bekam jedes Mal wieder Gänsehaut. Das zierliche Tier lief am Strand entlang, und als es heller wurde, begann es, herumzuhüpfen und aus purer Lebensfreude hin und her zu rennen, dass die Wassertropfen um seine Beine in die Höhe spritzten. Sie funkelten rot im Licht, und die, die am höchsten flogen, leuchteten blau und golden in den Farben des Himmels und der Sonne. Das Reh tobte und sprang immer höher, und die Kinder mussten sich die Hände vor den Mund halten, um nicht loszulachen, so lustig sah das aus.

»Warum macht es das?«, fragte Leo hinterher.

»Einfach aus Freude, weil es lebendig ist.« Anders konnte Lexi sich das jedenfalls nicht erklären. Die Biolehrerin in ihr schwieg dazu.

»Das sieht man doch«, sagte Tim. »Nächstes Mal mach ich das auch so.«

Nach diesem Anblick konnte man keine schlechte Laune mehr haben, und das Frühstück verscheuchte den Rest vom Abschiedsschmerz. Den ganzen Weg im Auto sangen Tim und Leo Frühlingslieder, und Lexi stimmte mit ein. Es war gut, dass sie nicht allein im Wagen war, denn der Abschied von Wolf hatte ihr weh getan. »Ich hatte mich schon beinahe wieder daran gewöhnt, dass du hier bist«, hatte sie zu ihm gesagt. »Ich glaube, ich werde dich bald einmal besuchen.«

»Mach das, Alika wird sich freuen, und ich sowieso.«

»Wann ist denn die Hochzeit?«

»Du bekommst noch eine Einladung. Es dauert schon noch ein bisschen. Aber Lexi, du kannst immer zu uns kommen, das weißt du, oder?« Er sah sie ernst an. »Ich möchte nicht, dass du dich einsam fühlst, jetzt, wo Frank weg ist.«

»Ich weiß, großer Bruder. Aber ich bin nicht einsam, ich habe ja die Kinder und den Garten.«

Als sie ihm nachsah, wie er auf dem Motorrad davonknatterte, dachte sie wieder an Pia und die Sonnenblumen und den richtigen Platz zum Wachsen. Wolfgang strahlte so viel Freude und Zufriedenheit aus. Was er konnte, konnte sie auch. Genau wie er würde sie ihren Platz finden. Es würde eben nur ein bisschen dauern, so wie es dauern würde, bis der Kürbis auf dem Dach Früchte trug.

»Lexi«, sagte Leo, als sie bei der Schule vorfuhren. »Wenn wir das nächste Mal auf Fehmarn sind, kaufen wir bei Jonne einen Drachen, ja?«

Sila

Altlewin

2017

11

Im Blick des Vogels

Sila hievte ihren schweren Rucksack auf den Sitz neben sich. In Bad Freienwalde hatte sie noch die nötigsten Vorräte gekauft, die ein paar Tage reichen würden. Sie ging nicht davon aus, dass es in Altlewin einen Laden gab. Dort gab es nicht einmal Straßennamen. Die wenigen Häuser waren einfach durchnummeriert.

Die leeren Sitzreihen vor ihr und hinter ihr im Bus wirkten gespenstisch auf jemanden, der den Verkehr in Berlin gewohnt war. Jetzt wünschte sich Sila, Devin wäre doch mitgekommen.

Doch er hätte für die Landschaft, durch die sie jetzt fuhr, nicht das empfunden, was sie empfand. Für ihn wäre es nicht so gewesen, als ob sich die Zeit mit jedem Meter zurückspulte.

Sie kannte diesen Himmel mit diesem ganz bestimmten Licht. Wie aus flüssigem Glas war er und hatte nirgends Grenzen, an die man stieß. Wenn dieses Licht abends schräg über die Felder fiel, hatte Sila damals das sichere Gefühl gehabt, sie könne das flüssige Leuchten mit den Händen schöpfen und über sich ausgießen. Dass es sie innen und außen frisch und sauber machen würde.

Das alles hier, die grünen Weiten und jener Himmel, waren ihr Königreich gewesen, grandios und grausam zugleich. Sie hatte sich frei und reich und glücklich gefühlt und dabei oft ebenso unendlich hilflos.

Sie fragte sich, ob sich das nun wiederholen würde, denn außer dass die Straßen zum Teil erneuert worden waren und der Bus absurd modern wirkte, schien die Gegend so unverändert wie ein Schnappschuss aus dem Familienalbum. Für einen Augenblick wunderte sie sich, dass nicht alles in Schwarz-Weiß- oder verblichenen Sepiatönen daherkam.

Sila schloss die Hand fest um den hölzernen Biber in ihrer Tasche, um sich zu vergewissern, dass ihr Leben in Berlin mit Devin und den anderen Wirklichkeit und nicht nur ein Traum war.

In Odervorstadt hielt der Bus, und jemand stieg ein. Sila, die in Gedanken versunken war, achtete nicht weiter darauf. Sie war nur froh, dass sie nun nicht mehr der einzige Fahrgast war. Es verursachte ihr ein schlechtes Gewissen, dass jemand allein ihretwegen dieses Ungetüm von Fahrzeug durch die Landschaft bewegen musste. Sie war noch nie gerne aufgefallen.

Erst, als die Bank neben ihr erzitterte, weil jemand sich darauf fallen ließ, blickte sie auf.

»Ach nee. Das Türkenkind! Ich hätte nicht gedacht, dass du dich noch mal hier blicken lässt.«

Wäre die Stimme nicht gewesen, hätte Sila die Frau nicht erkannt, die sich zu ihr hinüberlehnte. Platinblonde Haare und lange violette Fingernägel. Groß und schlank, weit entfernt von dem einstigen Pummelchen. Die Stimme aber, jetzt erwachsen, war trotz aller Veränderungen vertraut. Vielleicht lag es an der Sprechweise, in der noch immer dieselbe Angriffslust mitschwang.

Sila duckte sich unwillkürlich. Dann fiel ihr ein, dass dieser Reflex Jahrzehnte alt war und mittlerweile vollkommen überflüssig. Sie setzte sich gerade.

»Hallo, Vera«, sagte sie. »Wie geht's denn so?«

Immerhin waren sie jetzt erwachsen. Das musste doch auch für Vera gelten?

»Na, wie es einem eben hier so geht in der Pampa. Interessiert ja woanders keinen. Was willst du denn hier? Hab gehört, dass Wanda gestorben ist. Ich kann mir schon denken, was du anrichten wirst. Du verkaufst auch diesen Hof an einen von den ausländischen Haien, die verlangen, dass jede Menge Mais angebaut wird, alles bloß zum Wegschmeißen.«

»Der wird nicht weggeschmissen, sie machen Biogas daraus. Ist das hier in der Gegend jetzt wirklich so?«

»Denk mal an. Keiner versteht das hier. Lebensmittel anbauen zum Verbrennen oder Verfaulen! Die sind doch alle verrückt geworden. Alles sieht gleich aus auf den Feldern. Arbeit gibt's hier für keinen mehr von uns. Aber wen kümmert's? Die Regierung bestimmt nicht. Die stopfen ihr Geld lieber anderen in den Hintern. Solchen wie dir und deinesgleichen!« Sie zupfte abfällig an einer von Silas schwarzen Haarsträhnen und stand auf. Immerhin hatte sie nur gezupft und nicht daran gerissen wie früher. »Na, viel Glück mit deiner Ruine. Ich muss dann mal.«

Die eine Station hätte sie auch laufen können, dachte Sila, als Vera in Eichwerder zum Glück wieder ausstieg. Sie fröstelte. Wie albern, dass diese Begegnung ihr so zusetzte. Sie hatte mit so etwas gerechnet, deswegen hatte sie ja so gezögert.

Ich hätte nicht herkommen sollen, dachte sie. Doch dann war da wieder Wandas Stimme, irgendwo aus den Tiefen der Zeit, deutlich in ihrem Ohr. »Kneifen gilt nicht, Sila. Nie! Du kannst das. Versuch es. Fang einfach an.«

Damals hatten Vera und ihre Clique sie fertigmachen können. Heute war das ja wohl hoffentlich anders.

Glücklich war Vera jedenfalls nicht geworden. Und nach dem, was sie andeutete, war sie damit nicht allein.

Dann stieg auch Sila aus. Mitten in Altlewin, auf dem Platz neben der Kirche.

Die kleine Kirche, der schlichte Turm. Der Platz mit den flachen alten Gebäuden drum herum, wie Spielzeug, wie Teile am Rande einer Modelleisenbahn. Sila kam sich vor, als würde sie gerade aus der Schule nach Hause kommen. Das Gewicht ihres Rucksacks wurde zu dem ihres alten Lederranzens. Wieder einmal von Vera gehänselt und von ihrem Gefolge mit Pferdeäpfeln beworfen. Das Gejohle im Ohr. *Türkenkind, Kanakenbastard. Kneipenmädchen.*

Ihre Mutter würde wahrscheinlich nicht da sein, weil sie sich wieder einmal mit ihrem Vater in Berlin traf. Wenn sie doch da war, würde sie damit beschäftigt sein, den Leuten in der Wirtschaft zu servieren oder auf jeden Fall das Essen und den Raum für den abendlichen Ansturm vorzubereiten. Es gab ja sonst nichts in Altlewin, wo die Leute nach Feierabend hinkonnten.

Wenn Sila ihrer Mutter doch einmal davon erzählen durfte, was die anderen mit ihr trieben, dann wuschelte diese ihr nur übers Haar. »Mach dir nichts draus. Die Leute kennen deinen Vater einfach nicht. Das sind alles nur dumme Vorurteile. Es gibt weiße Kühe und braune Kühe und schwarze Pferde und gefleckte Pferde. Darüber regt sich auch keiner auf. Hör halt nicht zu. Diese Leute sind engstirnig und neidisch.«

Sila wusste nicht recht, worauf die Leute neidisch sein sollten. Vielleicht, weil ihre Mutter immer diese Nylonstrümpfe trug, die ihr Vater mitbrachte? Und die Zigaretten mit dem Kamel drauf rauchte? Sila sammelte die Schachteln und schnitt die

Kamele aus, sie hatte schon eine ganze Karawane, die sie im Sand aufbaute, und alle hatten Namen. Wanda schlug vor, dass sie eines davon Vera nennen sollte, aber Sila mochte ihre Kamele.

Die Sache mit den Kühen und den Pferden fand sie einleuchtend, aber als sie das den anderen zu erklären versuchte, lachten sie Sila nur noch mehr aus. »Die Olle hat zugegeben, dass sie ein Rindvieh ist!« Vera jubelte vor Vergnügen. »Ist doch klar, ihr Vater ist ja ein Ochse!«, stimmte Hans ein. Und Sila lief weinend nach Hause.

Aber auch wenn ihre Mutter keine große Hilfe war, kochte sie doch hervorragend und hatte für Sila immer ein warmes Essen bereit, das mit ihrem Magen auch die Seele tröstete. Wenn ihr dann innen wieder warm war und die Schularbeiten gemacht, war da irgendwo im Haus oder auf dem großen Grundstück Wanda, und die hatte immer Zeit für Sila.

Doch das war lange her. Wanda war nicht mehr da, und ihre Mutter würde nie wieder am Herd stehen. Langsam ging Sila über den Platz auf den Hof zu. Da drüben an dem kleinen Backsteinhaus stand in verblichener Schrift noch immer *LPG 7. Oktober*. Dort hatte Wanda stundenweise im Büro gearbeitet, aber nur vormittags. Den Rest der Zeit war sie immer auf dem Hof gewesen. Wanda war für praktisch alles zuständig, konnte mit jedem Werkzeug umgehen und improvisieren, wo improvisiert werden musste. Das war fast immer der Fall.

Wanda brauchte Sila nur einen scharfen Blick zuzuwerfen, dann wusste sie, ob es in der Schule wieder Ärger gegeben hatte. »Packst du hier mal bitte mit an?«, sagte sie dann und warf

Sila eine Schaufel zu oder den Schraubenzieher oder eine Feile. Sie tat so, als würde sie nicht sehen, dass Sila geweint hatte. Arbeit war das beste Mittel gegen Kummer, fand Wanda, und Sila entdeckte zu ihrer Verwunderung, dass es stimmte. Es gab immer irgendeinen Zaun, von dem man Splitter entfernen musste, oder ein Brett im Stall mit alten Nägeln darin. Dabei konnte Sila sich austoben und ihre ganze Wut in die Bewegung legen, auf, ab, auf, so dass kein Splitter eine Chance hatte. Vera, dachte sie, war wie ein Splitter, der in der Welt steckte, und alle anderen auch, die Menschen nur wegen ihrer Augenfarbe oder ihrer Eltern beschimpften. Unter Silas Händen wurde wenigstens das Holz schön glatt, und man konnte sich nicht mehr daran verletzen. Genauso glatt wurde es dann dabei irgendwann in ihr drinnen.

Danach nahm Wanda sie mit zu den Blumenbeeten und erklärte ihr die Bienen und welche Blüten sie am liebsten hatten. Sie zeigte Sila, dass die unscheinbaren Blumen, die niemand beachtete, oft die allerschönsten waren.

»Die meisten Menschen urteilen, ohne genau hinzusehen«, sagte Wanda. »Die sehen nur das Große, Auffällige, wie zum Beispiel Rosen oder Sonnenblumen. Dabei bemerken sie gar nicht, dass so eine ganz kleine Kleeblüte mindestens genauso schön ist. Vielleicht sieht sie nicht so protzig aus, aber wenn du an ihr riechst, weißt du, dass ihr Duft der süßeste von allen ist und die Bienen sie viel lieber besuchen als so eine hochgezüchtete Rose, in der gar kein Nektar zu finden ist.«

Wenn Vera dann am nächsten Tag wieder über Sila herfiel, dachte Sila bei sich, dass Vera eine unnütze Rose und sie selbst eben eine Kleeblüte war und dass wenigstens die Bienen sie nie auslachen. Ganz im Gegenteil, die Bienen krabbelten vertrauensvoll auf Silas sonnenwarmer Haut herum und hatten sie noch nie gestochen.

Besonders die Hummeln mochte sie gern. Dass die Hummeln auch Bienen waren, hatte ihr Wanda erklärt. »Die sind eben auch sehr verschieden, genau wie die Menschen und die Blumen. Die meisten Menschen wissen gar nicht, dass es außer den Honigbienen noch viele hundert andere Bienenarten gibt und die Hummeln dazugehören. Alle Arten, die keine Honigbienen sind, nennt man Wildbienen, dabei sind sie gar nicht wild. Diese Sorte hier zum Beispiel möchte nur in aller Ruhe in den leeren Schneckenhäusern ihre Eier ablegen.«

Sila hatte die jungen Bienen beneidet, die den ganzen Sommer friedlich in einem Schneckenhaus schlafen durften, während draußen die Sonne auf- und unterging und die Sterne funkelten und niemand ein böses Wort zu ihnen sagte.

Die Hummeln waren inzwischen leider auch vom Klimawandel bedroht, vor allem die Grashummeln. Mit ihrem dicht bepelzten Körper waren sie eher in kalten bis gemäßigten Lagen lebensfähig. Die Erwärmung machte ihnen zu schaffen, zusätzlich zu den fehlenden Wildkräutern. Hoffentlich fühlten sie sich wenigstens hier noch wohl, wo es immer Verstecke und schattige, feuchte Stellen gegeben hatte.

An dem hölzernen Gartentor fehlten zwei Latten, und eine hing nur noch schief an einer einzigen Schraube. Das Scharnier quietschte wie früher, nur viel lauter. Das Tor war schwergängig. Das wäre zu Wandas Zeiten nicht vorgekommen. Ob das Schmieröl noch dort stand, wo es immer gewesen war? Zaghaft trat Sila hindurch.

Unten am Zaun blühten die letzten Veilchen. Die waren schon immer dort gewesen. Jahr für Jahr hatten sie sich selbst ausgesät. Sila konnte nicht anders, sie bückte sich nach einer Blüte und schnupperte daran. Den Veilchenduft gab es immer lange vor dem Wickenduft. Er war stets ein untrügliches Zeichen für den Frühling gewesen, und für Sila hatte jedes der Veilchen ein ganz eigenes Gesicht gehabt. Und alle lächelten sie an. Es machte ihr Mut, dass es hier noch die Veilchen gab. Dass sie Frühling für Frühling blühten, egal, wie sich die Zeiten änderten, ob jemand kam oder ging, geboren wurde oder starb, ob das Land von diesen oder jenen regiert wurde. Die Veilchen kümmerte es nicht. Sie schütteten ihr Blau und ihren Duft und ihr Lächeln einfach dort aus, wo es ihnen gefiel. Dabei waren sie so bescheiden und nahmen so wenig Platz ein, dass es niemanden störte. Schade, dass es bei den Menschen nicht auch so einfach ist, dachte Sila.

Schließlich stand sie auf, umrundete die Zaubernuss, die sie einst mit Wanda gepflanzt hatte und die zu einem großen Strauch herangewachsen war, und betrachtete das Haus. Das Haupthaus, denn der Hof bestand aus einer Ansammlung kleiner Gebäude. Das warme Rot der alten, wettererprobten Backsteinmauern hatte sich nicht verändert. Die Ziegel auf dem Dach waren noch moosbedeckter als damals und hier und da ein wenig unregelmäßig. Sicher hatten einige Stellen ausgebessert werden müssen.

Immer noch gab es den vorgelagerten Windfang mit dem Fachwerk und der grüngestrichenen Tür, an die Sila früher manchmal Kreideblumen gemalt hatte. Im oberen Stockwerk waren immer noch die Fenster mit dem Rundbogen, und dazwischen in der Mitte, direkt über der Tür, der Ziegenkopf. Er war aus dem gleichen Material gebrannt wie die Backsteine. Auf den ersten Blick sah man ihn gar nicht. Aber er war dreidimensional, genauso proportioniert wie ein echter Ziegenkopf und schon immer dort an der Mauer gewesen, als ob er aus ihr herauswüchse, und hatte alle Besucher spöttisch angesehen. Dem einen Ohr fehlte die Spitze, die Folge irgendeines Sturmes oder Frostes.

Wenn Sila sich aus dem Fenster ihres Zimmers oben hinausgebeugt hatte, hatte sie dem Ziegenkopf direkt ins Auge sehen können. Dann war er ihr ganz nahe, und sie fragte sich, was er wohl zu sagen hatte. Aber er offenbarte nie sein Geheimnis, warum die Erbauer ihn dort angebracht hatten. Dennoch war er ein stummer, aber treuer Freund ihrer Kindertage gewesen. Er lachte sie nie aus, im Gegenteil. Er schien alle anderen auszulachen, alle, die dort unten kamen und oft betrunken wieder gingen und auf die er herabschaute, während Sila ihm oben Gesellschaft leistete.

Doch nicht nur die tönerne Ziege war an Silas Fenster ihre Verbündete gewesen. Das Haus war über und über von alten Weinstöcken bewachsen, die sich an der warmen Südwand wohl fühlten und ihre vielen knorrigen Arme bis zum Dach hinaufgeschoben hatten. Die Hälfte trug grünen Wein und die andere Hälfte roten, und wenn die Trauben reiften, brauchte Sila sich nur im Bett aufzurichten, ihr Fenster zu öffnen und die süßen Früchte zu pflücken. Sie war jedoch nicht die Einzige, die sich dafür interessierte.

Sobald es morgens hell wurde und die Bienen ausflogen, summten und brummten sie im Wein und weckten Sila auf diese Weise mit ihrem eigenen lebenslustigen Unterton der

Aufregung und Freude darüber, dass ein neuer Tag angebrochen war und so viel Süße in sich trug. Überall, wo eine
Traube aufplatzte, waren die verschiedensten Bienen zur Stelle
und tranken an dem süßen Saft. Bis nach dem ersten Frost
waren sie eifrig zugange. So war Sila nie allein in ihrem Zimmer,
sondern hatte viele Freunde, auch, wenn kaum einer ihrer Klas-
senkameraden oder der Nachbarskinder mit ihr spielen wollte.

Wanda machte Traubensaft aus den Früchten, und so war die
Süße des Sommers für den ganzen Winter bewahrt. Auch die
Gäste in der Wirtschaft liebten diesen Saft, jedenfalls die
Kinder. Sila dachte immer, dass vielleicht der Wickenduft, der
über dem Garten lag, dem Wein einen besonderen Geschmack
schenkte. Einen, den es nur auf dem Wickenhof gab.

Was für ein Glück, dass die Weinstöcke unversehrt waren. Nur
noch dicker und knorriger. Ein bisschen so, wie sie sich selbst
fühlte.

An der Seite befand sich noch immer der Laubengang, an
dem der Blauregen blühte, auch wenn die Bank darin fehlte. Sila
stellte sich darunter in das grünschimmernde Licht, bis sich ihr
Herzklopfen beruhigte. Der alte Zauber war noch hier.

Sie zögerte. Sie betrachtete den Schlüsselbund, den Harry
ihr gegeben hatte. Das grüne Herz leuchtete in den Sonnen-
flecken, die durch die blauen Blüten fielen. Sie wollte hier
draußen bleiben, nicht in das kühle, wahrscheinlich muffige
Haus gehen. Das konnte warten, beschloss sie. Stattdessen ging
sie um die Ecke, wo sie ein ihr fremdes Plätschern vernahm.
Eine Bank, die es früher nicht gegeben hatte, stand an der Hauswand. Immer schon da gewesen war dagegen der riesige Mühl-
stein, aus dem ein Steinmetz ein Becken geschlagen und auf

eine kurze dicke Säule gestellt hatte. Es hatte als großes Vogelbad gedient, in dem hauptsächlich Krähen, Elstern, Tauben und Eichelhäher gebadet hatten, weil das Wasser für die kleinen Vögel zu tief war. Sila hatte oft Blüten darin schwimmen lassen.

Inzwischen hatte Wanda auf eine schmalere Säule in die Mitte davon ein kleineres Becken gestellt, auch aus Stein. Sila setzte sich auf die Bank und sah erfreut, wie zwei kleine Blaumeisen angeflogen kamen und mit Vergnügen in der oberen Schale planschten. Jetzt war es endlich ein Bad für alle Vögel.

Sila saß ganz still, bis sie zusammenzuckte, weil ein Schatten sie überflog und dann etwas Großes an der unteren Schale landete. Etwas sehr Großes. Ein wundervoller Vogel mit dunklen, schokoladenbraunen Flügeldecken und einem hellen, gemusterten Bauch, mit beeindruckenden Klauen und einem ebenso beeindruckenden Schnabel. Kluge, helle Augen blickten Sila durchdringend an. Der Bussard, fiel ihr ein. Runaj. Sie hatte Harrys Warnung zur Kenntnis genommen, aber nicht weiter darüber nachgedacht. Andere Dinge hatten sie mehr beschäftigt.

Doch jetzt hielt sie den Atem an. Es erschien ihr wie ein Wunder, dass dieses majestätische Tier ihr so nah gegenübersaß und sie prüfend anblickte. Der Vogel schien ihr schließlich zu vertrauen, denn nach einer Weile hüpfte er vom Rand in das Becken und badete ausgiebig. Seine Spannweite und seine Kraft waren so groß, dass die Wassertropfen, die er dabei hochschleuderte, bis zu Sila flogen. Es fühlte sich an wie ein Segen. Dass er nicht fortgeflogen war, musste wohl heißen, dass er sie akzeptiert hatte.

»Da hast du Vera und den anderen etwas voraus, Runaj«, sagte Sila ganz leise. Der Vogel hob den Kopf und sah sie an, als hätte er sie verstanden. Dann hüpfte er wieder auf den Rand des Beckens, schüttelte sich trocken und zog einige seiner Federn ein paarmal sorgsam durch den Schnabel. Schließlich drehte er sich um, ließ etwas auf den Boden fallen und flog dann mit einem kurzen Schrei über die Bäume davon. Sila war versucht, den beträchtlichen Klecks als einen Kommentar über Vera zu betrachten.

Nach dieser Begegnung fühlte sie sich nicht mehr einsam. Sie pflückte ein paar Veilchen und Gänseblümchen und ließ sie im Wasser schwimmen wie früher. Der Wind trieb die Blüten im Kreis, und die Sonne warf ihre Schatten auf den Boden des Beckens. Alles war wie früher. Nur dass Sila sich dafür nicht mehr auf die Zehenspitzen stellen musste.

Sie hörte das Gartentor quietschen und drehte sich um.

»Was machen Sie hier?« Der Tonfall war misstrauisch. Eine Frau kam raschen Schrittes auf Sila zu. »Das ist Privatbesitz!« Sila sah gegen die Sonne nur ihre Silhouette. Aber jetzt blieb die Frau abrupt stehen »Sila! Bist du es? Natürlich bist du es! Entschuldigung. Ich wusste ja nicht, dass du heute kommst. Wie schön! Endlich.« Sie reichte Sila die Hand und drückte sie herzlich. »Kennst du mich gar nicht mehr?«

»Lisann!« Ihre einzige Freundin im Dorf damals. Sie hatte sich nie an Silas Herkunft gestört. »Das ist ja eine tolle Über-raschung. Ich hätte niemals gedacht, dass du noch hier bist.«

»War ich auch lange nicht. Aber ich gehöre zu den wenigen, die wiedergekommen sind. Ich habe festgestellt, dass unser Brandenburg es mühelos mit dem Rest der Welt aufnehmen kann, was die Schönheit angeht. Harry hat mich gebeten, ein Auge auf den Hof zu haben, bis du kommst. Aber um diese

Jahreszeit gab es ja noch nicht so viel zu tun. Ich denke also, es ist so weit alles in Ordnung. Das mit Wanda tut mir schrecklich leid! Ich mochte sie sehr. Ich durfte mir bis zum Schluss Traubensaft bei ihr holen. Großartig, dass sie mit Harry so glücklich geworden ist, oder? Hast du ihn kennengelernt? Er ist ein Schatz. Wenn Wanda nicht gewesen wäre, hätte ich ihn selbst geheiratet.«

Sie lachte ihr altes strahlendes Lachen. Lisann war immer wie ein Brunnen gewesen, sprudelnd vor Lebendigkeit. Sila war dagegen vorsichtig und zurückhaltend. So hatten sie sich wunderbar ergänzt. Jetzt umarmte sie Sila einfach.

»Gut siehst du aus! Wer hätte gedacht, dass wir uns noch mal wiedersehen. Los, was wollen wir als Erstes anstellen?« Lisann hatte ihr blondes Haar zu einem Zopf geflochten. Das passte gut zu den neuen Lachfalten um ihre Augen, die noch ebenso grünlich funkelten wie damals.

Sila entdeckte ein Echo dieses Funkelns in sich selbst. Auf einmal schien alles leicht. Sie spürte, wie sich ein längst vergessener Übermut in ihr regte.

»Sag mal, gibt es den alten Kahn noch?«, fragte sie.

Sila

Altlewin

1981

12

Die Wikinger vom Oderbruch

Sie hatten den Kahn beim Spielen entdeckt. Er lag immer an der gleichen Stelle neben einem der unzähligen Gräben, die die Felder durchzogen. Er rührte sich nie und drohte zu vermodern. Es gab nicht einmal Fußspuren in der nassen Erde drum herum.

»Der gehört niemandem mehr«, behauptete Lisann.

Lisann war die Einzige, der es egal war, dass Silas Mutter nicht verheiratet war und Silas Haare so schwarz waren. Lisann ließ sich von niemandem etwas sagen. Sie tat, was sie wollte. Und meistens wollte sie mit Sila spielen. Wahrscheinlich hatte sie keine Ahnung, wie glücklich sie Sila damit machte.

Sila wusste genau, was Lisann dachte. »Den Kahn können wir trotzdem nicht einfach nehmen«, sagte sie entschieden.

Doch sie folgten dem Graben und stellten fest, dass es derselbe war, der an einer Stelle die Grenze zum Wickenhof markierte. Der Kahn wäre jedoch sowieso zu schwer gewesen für die beiden kleinen Mädchen. Er bewegte sich kein bisschen, als Lisann es versuchte.

Zwei Jahre später lag er immer noch dort. Und dann war Lisann nicht mehr aufzuhalten.

»Fass mit an, Sila. Los!«

Sie schafften es schließlich mit Hilfe eines Hebels aus einem der herumliegenden Äste, den Kahn herumzudrehen. Den fehlenden Meter schoben sie ihn über die Böschung hinunter ins

Wasser. Die Gräben waren flach. Selbst kleine Mädchen konnten darin schwerlich ertrinken. Sie hätten höchstens bis zur Brust darin gestanden, wenn sie hineingefallen wären. Aber sie fielen nicht hinein. Mit vereinten Kräften paddelten sie das marode Gefährt bis zum Wickenhof, wobei es stetig tiefer sank.

»Er ist undicht«, stellte Sila fest, die längst genauso nass war, als wäre sie doch ins Wasser gefallen.

»Und wenn schon!« Lisann lachte nur. Am Wickenhof schafften sie es gerade noch anzulegen, bevor das durchweichte Holz endgültig untergegangen wäre. Sie zogen das Boot ein Stück heraus, schöpften es leer und ließen es in der Sonne trocknen.

»Wanda, kannst du dichten?«, fragte Sila später, als sie Wanda half, Kirschen zu pflücken. Wanda blickte überrascht auf. »Ich meine, ein altes Boot dichten, nicht so wie Rilke«, erklärte Sila hastig. Das Gedicht von dem Panther hinter Gittern hatte ihr Lisanns Vater beigebracht. Sie verstand es nicht ganz, aber sie mochte die Musik in dem Rhythmus der Worte.

Wanda brummte nur, aber wenn Wanda brummte, war das immer vielversprechend. Ihrer Mutter erzählte Sila gar nicht erst von dem Kahn. Dorothea hätte nur gesagt: »Bringt ihn sofort zurück! Er gehört dir nicht, und du brauchst so einen Schrott nicht.« Wanda aber fragte nicht, woher die Eroberung stammte. Wahrscheinlich wusste sie es ganz genau. Sie wusste jedenfalls, dass Sila niemandem etwas wegnehmen würde.

Wanda war außerdem nicht dafür, dass man schöne Dinge herumliegen und kaputtgehen ließ. Darum tat sie geheimnisvolle Dinge mit dem Kahn und sagte ein paar Tage später nur: »Das Ding fährt jetzt wieder.«

So wurde der alte Holzkahn zu einem stolzen Wikingerschiff, mit dem Lisann und Sila die tollsten Abenteuer erlebten. Von den Wikingern hatte Sila in einem Kinderbuch gelesen, und darin war auch ein Bild von deren stolzen Schiffen gewesen, die einen Drachenkopf am Bug trugen. Mit ein paar Nägeln und einer Drahtschlaufe aus Wandas Werkstatt befestigte Sila einen Ast an der Spitze, der oben einen bizarren Quirl trug. Sila fand, er sähe ein wenig aus wie ein Drachenkopf. Lisann behauptete dagegen, er sei dem Ziegenkopf an der Hauswand sehr viel ähnlicher. Das war Sila auch recht. Die Ziege war schließlich eine Freundin. Auf alle Fälle bekam der Kopf eine Mähne aus einer von Silas langen schwarzen Locken und einer von Lisanns blonden. Sie hatten die Strähnen zusammengeflochten und so befestigt, dass sie stolz im Wind wehten, wenn sich die Mädchen beim Paddeln richtig ins Zeug legten.

Wenn sie nicht damit unterwegs waren, lagerte der Kahn unter der Weide am Ufer, und im Winter zog Wanda ihn in den Schuppen.

Jenen Sommertagen, wenn der Himmel so weit und blau war und die Felder erst grün und dann golden, fehlte es an nichts. Sila und Lisann lagen oft auf dem Rücken im treibenden Kahn und beobachteten, wie die Greifvögel weit über ihnen ihre Kreise zogen. Sila dachte immer, dass da Zauberei dabei sein müsste, weil die Vögel nie einen Flügel zu bewegen schienen. Wanda hatte ihr das mit den Aufwinden erklärt, die sie nutzten. Sila stellte sich vor, dass diese geheimnisvollen Winde wie runde unsichtbare Regenbögen waren. Von oben sah man diese Regenbögen bestimmt, mit allen Farben, denn wie sonst sollten die Vögel wissen, worauf sie zu segeln hatten, ohne herunterzufallen?

Wenn sich die Mädchen auf den Bauch legten und ins Wasser schauten, entdeckten sie dort winzige silberne Fische und vor allem die Süßwassermuscheln. Die lebendigen braunen sah man kaum im Schlamm, aber wenn sie alt wurden und starben, öffneten sich die Schalen, und man sah das weiße Innere glänzen. Wie Sterne verstreut lagen sie im klaren Wasser auf dem Boden, und der Kahn glitt darüber hinweg.

An den Ufern wuchsen bizarre Kopfweiden. Manche davon zeigten in der rauen Rinde Gesichter, wenn man ganz genau hinsah. Ihnen gaben die Mädchen Namen und begrüßten sie wie alte Freunde. Sie dachten sich Geschichten dazu aus, was die seltsamen Gestalten wohl bei Nacht trieben.

Einmal trafen sie Lisanns Vater. Der lachte, als er den Ziegenkopf sah, und fragte, was das sein solle. Sila erklärte ihm die Sache mit den Wikingern. Ein paar Tage später schleppte Lisann eine Tüte an.

»Guck mal, was mein Vater uns geschnitzt hat!«

Es war ein ganz furchteinflößender und trotzdem irgendwie freundlich dreinblickender Drachenkopf mit Hörnern und Zähnen und einem geschwungenen Hals. Wanda half ihnen, ihn anstelle der komischen Ziege im Bug zu befestigen. Die zweifarbige Mähne bekam er aber auch.

Sila wünschte sich insgeheim, ihr eigener Vater hätte auch einmal an so etwas gedacht. Aber es konnte ja sein, dass sich Türken nicht sehr für Wikinger interessierten. Außerdem sah sie ihn so selten, dass sie ihm noch nie von dem Boot hatte erzählen können. Sie sah ihn sogar so selten, dass sie ihn nicht einmal Papa nennen durfte. Sie musste Semir zu ihm sagen. So hieß er.

Ihre Mutter traf sich mit ihm immer in Berlin, wo sie ihn kennengelernt hatte, als sie dort mit ihrer Schwester Daniela auf einem Ausflug war. Semir kam aus dem Westen und durfte immer nur für ein paar Stunden herüberkommen. Dafür brauchte er jedes Mal eine Erlaubnis, ein sogenanntes Tagesvisum, das Geld kostete. Vor Mitternacht musste er unbedingt wieder zurück in den Westen. Deswegen konnte er Silas Mutter wohl auch nicht heiraten, obwohl er oft sagte: »Dorothea ist meine Traumfrau.«

Sila verstand das alles nicht so ganz. In der Schule hatten sie gelernt, dass im Westen der Feind lebte. Die Kapitalisten und die Imperialisten. Gegen die gab es einen Schutzwall, das war die Mauer oder manchmal ein hoher Zaun. Dort sorgten Soldaten dafür, dass der Feind nicht herüberkommen und Altlewin erobern konnte. Aber Semir war ja kein Feind, er war ihr Vater und durfte sie besuchen. Sila erklärte es sich so, dass die Türken eben nicht zu den Feinden gehörten, vielleicht, weil sie anders aussahen oder keine Kapitalisten und Imperialisten waren.

Weil Semir vor Mitternacht immer fortmusste, kam er nur ganz selten bis zu ihnen auf den Hof. Er nutzte die kostbare Zeit lieber in Berlin mit Silas Mutter. Semir hatte einen Bruder, Akif, der jetzt mit Silas Tante Daniela zusammen war. Leider hatte Tante Daniela noch kein Baby bekommen. Dann wäre Sila nicht mehr das einzige Kind mit einem türkischen Vater gewesen, das deswegen beschimpft wurde.

Wenn die vier zusammen in Berlin gewesen waren, Semir und Akif mit Dorothea und Daniela, dann hatte Silas Mutter hinterher immer tagelang gute Laune. Deswegen freute sich Sila, wenn Semir sich mit ihr traf. Aber noch mehr freute sie sich, wenn Dorothea sie ausnahmsweise mit nach Berlin nahm oder Semir sogar auf den Hof kam. Sie mochte ihren Vater gern. Er war groß und stark und hob sie auf seine Schultern, wo sie sich an seinem dichten schwarzen Haar festhalten durfte, solange sie nicht daran zog, und dann galoppierte er mit ihr über die Streuobstwiese.

Sie war sehr froh, dass er genauso schwarzes Haar und schwarze Augen hatte wie sie selbst. Damit war sie sonst immer ganz allein und wurde deswegen immer ausgelacht. Wenn Semir da war, spürte Sila, dass sie zu ihm gehörte. Er brachte ihr Dinge aus dem Westen mit, die es im Oderbruch nicht zu kaufen gab. Malstifte in ganz vielen Farben und Hosen, die man Jeans nannte. Als sie die stolz in der Schule trug, rümpften die anderen die Nase.

»Das Türkenkind trägt Westklamotten. Die denkt jetzt, sie ist was Besseres«, sagte Vera. »Aber bestimmt macht die sich nachts noch in ihre schicken Höschen.« Dabei prahlte Vera selbst immer mit den Paketen, die ihre Oma aus dem Westen schickte.

Schließlich trug Sila ihre Jeans nur noch zu Hause auf dem Hof. Semir brachte natürlich auch immer Dinge für ihre Mutter mit. Nylonstrümpfe und die blonde Farbe für ihre Haare und den Kaffee, der so viele Gäste in die Wirtschaft lockte. Und schwarze Kugelschreiberminen. Sonst gab es nur blaue, und deren Farbe ließ sich auf Dorotheas altem Gerät nicht richtig kopieren.

Wenn Gäste in der Wirtschaft waren, durfte sich Semir nicht blickenlassen. Die Gäste mochten keine Türken. Das bedeutete, dass Semir dann Zeit für Sila hatte, während ihre Mutter sich um die Kunden kümmerte. Er erzählte Sila dann von der Türkei. Dass es dort warm war und schöne Strände gab und wundervolle Kirchen mit vielen kleinen Türmen, die man nicht mit Schuhen betreten durfte. Man nannte sie Moscheen. Das Wort gefiel Sila. Es klang geheimnisvoll und ein bisschen nach Softeis und Schmetterlingen. Sie wünschte sich, Semir würde sie mitnehmen und ihr das alles zeigen, aber das ging ja nicht wegen der Mauer und den Feinden dahinter. Sie würde warten müssen, bis sie ganz alt war, so wie Veras Oma, denn ganz alte Leute durften hinaus. Denen taten die Feinde anscheinend nichts.

Einmal ging Semir mit ihr schwimmen. Er nahm einfach das Fahrrad ihrer Mutter, setzte Sila auf den Gepäckträger und fuhr mit ihr bis zu einem Seitenarm der Oder. Eigentlich war Schwimmen da verboten, weil das Wasser so schmutzig war von all der Chemie, die die Fabriken hineinpumpten. Sila bekam hinterher auch einen Ausschlag und jede Menge Schimpfe von ihrer Mutter.

»Geschieht dir recht, dass es so juckt«, sagte Dorothea. »Vielleicht lehrt es dich, das nicht wieder zu tun.«

Semir war da schon wieder weg und bekam nicht geschimpft. Sila kratzte sich und bereute nichts, denn sie war glücklich gewesen an diesem Nachmittag mit ihrem Vater, der ihr das Schwimmen richtig beigebracht hatte.

»Du musst es jetzt lernen, denn wenn du größer bist, dann darf dich niemand mehr in so einem Badeanzug sehen. Das gehört sich nicht für Mädchen«, hatte er gesagt.

Aber da irrte er sich, glaubte Sila. Sie hatte schon jede Menge Mädchen in Badeanzügen gesehen, sogar erwachsene Frauen, und viele auch ganz ohne. Sie verschwendete aber keine Zeit damit, ihrem Vater zu widersprechen. Es war viel zu schön, mit ihm herumzualbern.

Einmal erwähnte Sila, dass die anderen Kinder sie so oft auslachten, ihre Sachen in den Graben warfen und ihr Kletten in die Ärmel steckten.

»Warum denn?«, fragte ihr Vater erstaunt. »Niemand hat Semirs Tochter auszulachen.«

»Weil ich schwarze Haare und dunkle Augen habe wie du und weil sie keine Türken mögen.«

»Unsinn. Du bist schön! Du wirst einmal noch viel schöner sein. Lass dir nichts anderes einreden. Sie sind dumm«, sagte Semir und wischte das Problem mit einer Handbewegung beiseite.

Das war einfach für ihn. Er musste ja nicht hierbleiben. Und dann flocht er ihr eine Krone aus Schilf und aus Gänseblümchen, und Sila fühlte sich wie eine Königin, weil sie an diesem Tag ausnahmsweise einen Vater hatte, auch wenn er nur vom Westen geliehen war.

An jenem Tag zeigte er ihr auch noch, wie man einen Damm baut, aus Zweigen und Steinen, wie es die Biber machten. Sila lernte so, dass man den Lauf der Dinge beeinflussen kann, manchmal, wenn man es nur versucht. Zumindest bei einem ganz kleinen Teil der Oder. Was Semir anging, konnte sie leider gar nichts beeinflussen. Er kam erst im nächsten Sommer wieder und auch da nur zwei Mal.

Oft meldete sich Semir wochenlang nicht. Und manchmal behauptete irgendjemand, ihn in Berlin gesehen zu haben, ohne dass er Dorothea Bescheid gesagt hatte. Dann wurde Silas

Mutter ganz seltsam. Sie rauchte noch mehr Zigaretten und ließ Sila eine Zeitlang nicht mehr aus den Augen. Stattdessen umarmte sie sie andauernd und bestand darauf, dass sie bei ihr in der Wirtschaft saß und sich dort beschäftigte, anstatt draußen herumzulaufen.

»Sie ist einsam«, sagte Wanda dann zu Sila, und Sila kam sich sehr erwachsen vor. »Deine Mutter vermisst Semir. Sei ein bisschen nett zu ihr.« Sila verkniff sich, darauf hinzuweisen, dass sie Semir genauso vermisste, denn Wanda wusste das sowieso und machte es wieder gut, indem sie Sila die besten Erdbeeren aufhob und ihr im Garten ein eigenes Beet baute. Und zwar mitten im Gemüsegarten, wo Sila sich außer auf der Streuobstwiese am liebsten aufhielt. Der Gemüsegarten war immer etwas wild und verwunschen.

Umso schwerer fiel es Sila, mit ihren Hausaufgaben geduldig in der Wirtschaft zu sitzen oder beim Servieren zu helfen, wo die Männer seltsame Bemerkungen machten, über sie lachten oder ihre langen Haare anfassten. Die Fliesen auf dem Boden der Wirtschaft, die einmal ein Stall gewesen war, waren groß und grau und unregelmäßig ausgetreten. Sila kannte jeden der Risse und Dellen darin, weil sie es vermied, den Blick zu heben und damit die Aufmerksamkeit eines der Betrunkenen auf sich zu ziehen.

So plötzlich solche Phasen begannen, so plötzlich hörten sie auch wieder auf, und Dorothea interessierte sich kaum noch für Sila.

Dann packte Wanda einen Picknickkorb, und sie nahmen die Fahrräder und fuhren bis zur Oder. Lisann durfte auch manchmal mit. Es war ziemlich weit, und auf dem Kopfsteinpflaster wurde man ordentlich durchgeschüttelt. Doch es lohnte sich, vor allem im Frühling. Überall waren die Störche auf ihren Nestern zugange. Die Auen waren überflutet und spiegelten den Himmel, als gäbe es zwei davon, zwischen deren Wolken man umherrennen konnte. Das junge Gras war hellgrün wie das Glück selbst, die Lerchen sangen, und die langen Kleider der Weiden bewegten sich sanft im Wind.

Mit gelassener Ruhe schob sich der breite Fluss vorwärts. Man konnte ihm Rindenschiffchen und Papierboote anvertrauen und ihnen lange hinterherblicken, denn er trug sie sicher. Manchmal sahen sie einen Wels oder einen Hecht. Die Reiher fingen Schleien. Auf der anderen Seite des Ufers lag Polen, aber Polen sah auch nicht anders aus. Meist begegnete man niemandem. Es war ein einsames, friedvolles Land.

»Wanda, bin ich ein Fehler?«, fragte Sila einmal, als sie am Ufer saßen und den Kormoranen zusahen.

»Wer sagt denn so was?«, fragte Wanda und warf einen Stein in den Fluss, wo er Ringe auf die Oberfläche zeichnete.

»Mama. Sie hat es zu einer Frau in der Wirtschaft gesagt.«

»Ach, weißt du«, sagte Wanda, »Fehler sind manchmal das Beste, was einem passieren kann. Wenn etwas ein Fehler war, heißt das nicht, dass es falsch war, sondern nur, dass man es nicht geplant hat. Das ist wie eine schöne Überraschung. Nichts kann so glücklich machen wie der richtige Fehler.« Sie faltete ein Schiffchen aus ihrer Papierserviette, legte eine Löwenzahnblüte hinein und setzte es auf das Wasser. »So ein Fehler ist wie eine geheimnisvolle Tür, die man nie gefunden hätte, wenn man den Fehler nicht gemacht hätte. Man weiß nie, was für ein Abenteuer oder ein Geschenk dahinter ist. Deshalb sollte man sich vor Fehlern nie fürchten.«

Sila fand es beruhigend, auf die Oder zu blicken. Der Fluss war immer da, anders als Semir. Doch Wanda hatte nicht oft die Zeit, mit ihr bis dorthin zu fahren.

Einmal schlief Sila im Obstgarten ein, weil sie in Gedanken ihrem Phantasiefreund, dem Delfin, zugehört hatte. Der konnte nämlich singen wie ein Wal, und er sang von dem Meer, in das der Fluss mündete. Als sie aufwachte, saß Wanda neben ihr und sortierte Äpfel in Körbe. Auf ihrer geblümten Schürze lief eine Biene umher, von dem Muster angelockt.

»Hast du was Schönes geträumt?«, fragte Wanda.

Sila nickte. »Wanda? Träumen Bienen auch?«

Wanda betrachtete kritisch einen Apfel. »O ja. Du kannst es daran sehen, wie sich ihre Beine bewegen, wenn sie schlafen.«

»Wovon träumen sie, Wanda?«

»Oh, die Träume von Bienen und Kindern sind dieselben«, sagte Wanda und lächelte, als ob sie diese Träume genau sehen könnte. »Sie träumen vom Frühling, von Blumenwiesen und von Honig.«

Sila spähte in den Korb mit den Äpfeln ohne faulige Stellen und suchte sich einen aus. »Von was noch, Wanda?«

»Ach, von Freiheit, Duft und Ruhe, von den ganz einfachen Sachen eben. Bienen und Menschen brauchen beide nicht viel mehr als den Traum, dass es immer wieder Frühling und immer wieder Tag wird. Jeder neue Tag ist wie ein Garten.«

Damals hatte Sila nicht gewusst, dass es nicht mehr viele Tage mit solchen Äpfeln und Wandas Worten geben würde.

Sila

Altlewin

2017

13

Maikirschen

»Ich glaub es ja nicht. Der Kahn ist schon wieder undicht!«
Lisann fing an zu lachen.

»Das merke ich auch gerade.« Sila stellte fest, dass ihre Füße
im Wasser standen. »Ist ja nicht weiter erstaunlich. Der stand
bestimmt seit Jahren ungenutzt am Schuppen herum.« An
dessen Rückwand war das Boot angelehnt gewesen, vom über-
hängenden Dach geschützt und mit einer Zeltplane bedeckt.
Als sie es vorhin mit vereinten Kräften ins Wasser gezogen
hatten, waren sie vom guten Zustand des Holzes überrascht gewesen. Aber die Abdichtung, die Wanda einst angebracht hatte,
war wohl schon lange verrottet.

»Gut, dass wir nicht so weit gefahren sind«, meinte Sila.
»Schaffen wir es noch zurück?« Sie fing an, mit beiden Händen
Wasser aus dem Boot zu schöpfen. Lisann paddelte schneller.
»Das schaffen wir! Und gelohnt hat es sich allemal.«

Ja, das hatte es, fand auch Sila. »Es war fast wie früher. Hat
sehr gut getan. Danke, Lisann!«

»Wie früher, bis auf die grauen Haare. Was willst du jetzt
machen?«, fragte Lisann, als sie das Boot wieder aufs Trockene
zogen.

»Das Boot abdichten, vermutlich.« Sila untersuchte die Spal-
ten im Holzboden.

»Ich kann dir morgen dafür was aus Letschin mitbringen. Da
muss ich jetzt auch noch hin. Elternabend.«

»Hast du Kinder?«

»Ich bin Grundschullehrerin in Letschin. Aber ich meinte nicht, was du mit dem Boot machen willst, sondern was du überhaupt mit dem Grundstück vorhast.«

»Keine Ahnung.«

»Na, wenn du Hilfe brauchst, sag Bescheid. Gib mal dein Handy.« Lisann tippte ihre Nummer ein und gab es ihr zurück. »Ich finde es super, dass du wieder hier bist, aber jetzt muss ich wirklich los. Tschüs, bis dann! Ach, und Kopernikus und Curie bringe ich dir morgen vorbei.«

»Wen …?«, begann Sila, aber da war Lisann schon außer Hörweite.

Sila blickte ihr nach, dankbar für das warme Gefühl, das der unverhoffte Ausflug in die Kindheit und Lisanns Willkommen in ihr geweckt hatte. Es machte die unschöne Begegnung mit Vera beinahe wieder wett.

Sila sah sich um. Sie hatte Durst, aber sie scheute noch immer davor zurück, ins Haus zu gehen. Stattdessen wanderte sie wie früher über die Streuobstwiese und war erschrocken, wie verwildert es hier aussah. Was früher ein lichter Raum gewesen war, war jetzt von verfilztem Gras, Brennnesseln und wilden Sträuchern bedeckt. Zwischen den Baumreihen musste sie sich regelrecht durchkämpfen. Unter den Obstbäumen lagen haufenweise Äste und Zweige, von Stürmen abgerissen, und die Bäume selbst hatten schon lange keinen Schnitt mehr gesehen. Dennoch wurde es in Sila ganz ruhig und glücklich, als sie mittendrin stehen blieb.

Die Abendsonne fiel auf die wenigen Blüten, die noch an den Bäumen waren, und ließen sie wirken wie weißrosa Schaum.

Ein lieblicher Duft stieg in Silas Nase. Letzte Bienen summten in den Zweigen, bevor sie sich bald zum Schlafen in ihren Stock zurückziehen würden. Die meisten Bäume waren schon verblüht und trugen kleine Früchte. Sila versuchte, sich an die Namen zu erinnern, die Wanda sie alle einmal gelehrt hatte. Da waren die Äpfel – die Goldparmäne, der Danziger Kantapfel, der Pommer'sche Krummstiel, die Goldrenette von Blenheim und der Weiße Klarapfel. Dann die Birnen. Die Petersbirne, die Bürgermeisterbirne, Gellerts Butterbirne und die Pastorenbirne.

Silas Erinnerungen kamen wieder. Der eine Apfel hatte helles Fruchtfleisch, der andere war von feinen roten Äderchen durchzogen. Dieser schmeckte süß-säuerlich, jener fruchtig. Und dann die Kirschen! Die Große Prinzessinkirsche und die Früheste der Mark, auch Speyerer Maikirsche genannt. Deren Früchte wurden schon rot. Sila pflückte eine und probierte sie, aber noch war sie so sauer, dass Sila das Gesicht verzog. Doch sie hatte nach dem Paddeln solchen Durst, dass sie die Kirsche trotzdem hinunterschluckte. Das hatte sie früher auch immer getan, wenn die Früchte noch zu sauer waren. Damit fing der Sommer an. Der Geschmack brachte ihr alles noch näher. So nahe, dass sie sich selbst merkwürdig vorkam, weil sie so groß war. Die Perspektive, an die sie sich erinnerte, stimmte nicht. Sie ging ein wenig in die Hocke. Ja, jetzt, jetzt war es wieder richtig.

Hier musste jedoch unbedingt aufgeräumt werden. Kein Wunder, dass Wanda es nicht mehr geschafft hatte, und Harry mit seiner Behinderung konnte sowieso nicht mehr viel mithelfen.

Auch wenn damals in der DDR die Genossenschaften fast

alles Ackerland übernommen hatten, waren den Höfen doch jeweils ein Hektar rund um die Häuser geblieben. Das war immer noch eine sehr große Fläche, wenn man sie allein bewirtschaften musste. Sila wurde bang. Noch länger sich selbst überlassen konnte man den Wickenhof auf keinen Fall. Doch wer würde ihn übernehmen, hier draußen mitten im Nichts? Niemand würde hier ein Hotel bauen wollen oder eine Wohnanlage, so wie in Berlin, wo kein Grundstück leer blieb.

Außerdem wollte sie auf keinen Fall, dass das alte Haus abgerissen würde, dachte Sila, als sie den Hof nun aus der Entfernung über die Obstwiese hinweg betrachtete. Im warmen Abendlicht lag der rote Backsteinbau da wie bereits seit Generationen, freundlich und willkommen heißend. Das Moos auf dem Dach leuchtete grün, und auch die Weinreben trugen bereits winzige Früchte. Der tönerne Ziegenkopf blickte wie hilfesuchend zu Sila herüber. *Du wirst mich doch nicht im Stich lassen?*, fragte er stumm.

Da war nicht nur das Haupthaus, in dem sie gewohnt hatten. Es ging auch um die Ansammlung kleinerer Gebäude, die es auf solchen Höfen immer gab. In dem größten, der alten Scheune, war damals die Wirtschaft gewesen. Dann war da die Remise, in der früher Pferdewagen gestanden hatten und wo jetzt Fahrräder, Rasenmäher, Düngemittel und Futter aufbewahrt wurden. Außerdem ein Schuppen, der als Garage diente und in dem wahrscheinlich das Auto stand, zu dem Harry Sila den Schlüssel gegeben hatte. Dazu der Stall und die angrenzende Werkstatt mit dem Geräteschuppen.

Sila bahnte sich einen Weg durch das hohe Gras, das sich um ihre Fußgelenke wickelte und sie beinahe zu Fall brachte. Am liebsten hätte sie gleich damit begonnen, wenigstens die heruntergefallenen Äste aufzusammeln und abzuschneiden, was herunterhing und die Sicht versperrte.

Der Geräteschuppen war nicht abgeschlossen. Sila zerrte an der alten Tür und fiel beinahe hintenüber, als diese sich mit einem Ruck öffnete.

Die Sägen, Spaten, Hacken, Sensen und anderen Werkzeuge schien Harry besser im Griff gehabt zu haben als die Gartenbewirtschaftung. Außer einigen Spinnweben waren sie trocken, sauber, glänzend und gut sortiert. Sila nahm prüfend eine Säge in die Hand und legte sie dann doch entschlossen wieder hin. Es wurde bald dunkel. Sie musste ins Haus und etwas essen, herausfinden, ob Strom und Wasser wirklich funktionierten, wie Harry es versprochen hatte, und sehen, wo sie schlafen würde.

Als sie sich gerade abwenden wollte, fiel ihr eine Schachtel ins Auge, die auf einem Regalbrett stand. Sie war frühlingsgrün, und darauf stand mit großer, zittriger Schrift *Für Sila!* Vorsichtig öffnete sie den Deckel. Darin fand sie säuberlich beschriftete Tütchen voller Samenkörner. *Wickensamen von rosa Blüten, Wickensamen von violetten Blüten, Wickensamen von weinroten Blüten, Wickensamen von weißen Blüten.*

Wanda hatte es immer spannend gefunden, welche Farben was für Sämlinge hervorbrachten, da sich ja die Farben immer unterschiedlich vererbten. Man wusste nie, von welcher Farbe die Biene den Pollen herbeigetragen hatte. Oft hatten Sila und Wanda kleine Wetten darauf abgeschlossen. Weil das ein reines Glücksspiel war, hatte Sila faire Chancen, zu gewinnen. »Ist doch viel schöner als Lotto«, fand Wanda. »Eine Blüte ist allemal hübscher als so ein oller Papierzettel. Geld duftet nicht. Und Geduld lernt man dabei auch.«

Sila schossen die Tränen in die Augen. Ach, Wanda!, dachte sie. Wie schön wäre es, wenn du noch da wärest! Ich bin froh, dass du mich hierhergelockt hast, auch wenn ich nicht weiß, wie es weitergehen soll.

Es war so leise hier. Sila konnte sich nicht erinnern, wann es das letzte Mal dermaßen still um sie herum gewesen war. Sie nahm den Lärm der Großstadt schon lange nicht mehr bewusst wahr, aber er war doch trotzdem immer gegenwärtig. Das Rauschen eines Meeres aus Stein und Verkehr. Das Einzige, was an *diesem* Ort rauschte, war ein lauer Wind in den Obstbäumen, und dahinter über den Feldern erklang der Ruf Runajs.

Morgen werde ich mich zuerst um das Gartentor kümmern, dachte Sila. Es soll wieder richtig funktionieren. Und dann sehe ich nach den Wicken und ob irgendwo neue gesät werden müssen.

Schließlich musste der Hof so gut wie möglich aussehen, wenn sie überhaupt einen Käufer dafür finden wollte. Außerdem war sie jetzt hier, und solange sie hier war, wollte sie Wanda nicht enttäuschen – und den Wickenhof auch nicht.

Schließlich ließ es sich nicht mehr aufschieben. Sila holte ihren Rucksack und schloss die Haustür auf. Dieses Schloss war leichtgängig, als ob jemand gestern erst das Haus verlassen hätte. Im hölzernen Fachwerk bemerkte sie ein paar Löcher mehr, als sie es in Erinnerung hatte. Während sie noch versonnen darauf blickte, landete eine Biene an einem davon und kroch hinein. Sila lächelte. Sie war doch nicht allein hier! Bestärkt von dieser Erkenntnis, trat sie ein. Es roch muffig. Unter dem Muff aber lag ein vertrauter Geruch, so vertraut wie der Geschmack der Maikirschen. Ziegel und Holz und Frühling und ein wenig Tier. Ganz früher hatte es noch ein paar Kühe und Ziegen und Schweine gegeben. Jetzt waren es wahrscheinlich höchstens Katzen, die irgendwo herumstreunten. Vielleicht waren das Lisanns »Kopernikus und Curie«?

An die einfachen Möbel konnte sie sich ebenfalls dunkel erinnern. In der Küche schien sich auch nicht viel verändert zu haben bis auf ein paar moderne Geräte. Als Sila den Wasserhahn aufdrehte, schoss ein rostiger Strahl heraus, der sich aber nach wenigen Augenblicken klärte. Sie fand eine Tasse im Schrank, wusch sie aus und sah kritisch hinein. Das Wasser war nun tadellos und schmeckte auch so. Auf dem alten Herd stand ein Teekessel, aber zu Silas Freude gab es auch einen modernen Wasserkocher. Der Strom funktionierte. Harry hatte ihr versichert, dass er bisher noch bezahlt worden war und sie die Verträge nur umschreiben lassen musste. Die Papiere waren alle in dem Umschlag.

Der warme Tee und ein Brötchen mit Käse aus ihrem Rucksack gaben Sila die Kraft, das obere Stockwerk zu erkunden.

Die alten Dielen knarrten gespenstisch unter ihren Schritten. Sicher hatten sie früher genauso laut geknarzt, aber da war sie nicht allein auf dem Grundstück gewesen. Wanda war immer im Garten oder in der Küche, im Nebengebäude die Wirtschaft voller Gäste und ihre Mutter irgendwo dazwischen.

Jetzt war es totenstill. Die Türen zu den Zimmern standen offen, alles war von Staub bedeckt. Wanda hatte unten in der Kammer geschlafen, hier oben war das Schlafzimmer ihrer Mutter mit dem Doppelbett, mehrere Gästezimmer, die manchmal vermietet worden waren, und Silas altes Zimmer. Dort ging sie jetzt hinein und stellte ihren Rucksack ab. Es sah aus, als hätte Wanda hier alles so gelassen, wie es gewesen war. Es hatte nie viel mehr gegeben als einen Tisch, einen Stuhl, einen Schrank und eben ihr Bett. Für mehr war auch kein Platz. Den Charme des Zimmers, den es trotzdem besaß, machten die drei Fenster mit den Rundbögen und dem Wein davor aus.

Sila fand saubere Wäsche im Schrank und bezog ihr Bett. Es waren noch dieselben rotkarierten Bezüge. Dann warf sie sich rückwärts darauf. Immer noch so viel Himmel vor dem Fenster, eingerahmt von den Weintrauben, die jetzt noch ganz klein waren, und den grünen Blättern, durch die die letzte Abendsonne schien. In den knorrigen Reben tobten Meisen und zwitscherten leise. Schon fühlte sich Sila weniger einsam. Sie lag da und lauschte eine Weile auf die Stille. Dann kniete sie sich aufs Bett, öffnete das eine Fenster weit und beugte sich hinaus.

Der Ziegenkopf schien ihr zuzuzwinkern. Sila blickte hinunter auf die Nebengebäude, und auf einmal war ihr, als ob sie ganz deutlich die Stimmen aus ihrer Vergangenheit hörte.

Wanda und Dorothea, die sich unten in der Küche unterhielten. Die Stimme von Silas Mutter war immer ein wenig zu laut gewesen, wahrscheinlich, weil sie sich über das Stimmengewirr der Gäste hinweg in der Kneipe so oft Gehör verschaffen musste.

»Ab morgen bin ich drei Tage weg«, sagte Dorothea zu Wanda. »Semir kommt nach Berlin. Er hat es versprochen. Auch wenn er nachts zurückmuss, wird er am Morgen wiederkommen. Sein Bruder und Daniela auch, wir wollen uns eine gute Zeit machen. Ich habe es mir weiß Gott verdient nach all der Schufterei.«

»Nimmst du Sila mit?«, fragte Wanda. »Sie sollte ihren Vater auch wieder einmal sehen dürfen.«

»Ach nein, das ist mir zu anstrengend. Sie ist hier viel besser aufgehoben. Die Stunden mit Semir sind so kostbar. Das ist nichts für Kinder.«

»Bist du sicher, dass es gut ist, das Kind so viel allein zu lassen?«, gab Wanda zu bedenken.

»Ach was, sie ist doch bei dir in den besten Händen. Sie spielt viel lieber im Dreck, als ein schönes Kleid anzuziehen und in der Stadt spazieren zu gehen, das weißt du doch. Ich habe wirklich keine Ahnung, wie ich zu dieser Tochter komme.«

»Na, ich schon«, bemerkte Wanda.

»Wenn sie einmal groß ist, wird sie auch einen Mann finden, den sie liebt, und dann wird sie verstehen, dass man dabei kein Kind gebrauchen kann. Das hier ist meine Zeit, meine und Semirs, und die ist so kurz, das lass ich mir nicht nehmen«, erklärte Dorothea.

»Und was sagt Semir dazu? Möchte er seine Tochter nicht sehen?«

»Der will auch mit mir allein sein. Außerdem ist sie nur ein Mädchen. Semir wollte lieber einen Sohn. Vielleicht machen wir dieses Wochenende einen.« An dieser Stelle hatte Wanda das Fenster zugeknallt, und Sila hörte nichts mehr. Sie war traurig, dass sie Semir nicht sehen würde, aber sie konnte auch nicht ändern, dass sie ein Mädchen war. Ob sie wirklich einen Bruder bekommen würde? Das wäre schön. Aber sie konnte sich nicht vorstellen, dass ihre Mutter wirklich noch ein Kind wollte.

Dann war da das Stimmengewirr aus der Wirtschaft, das in aufbrandenden Wellen durch den Garten rollte und durch Silas

Fenster drang, vor allem abends, wenn sie zu schlafen versuchte. Gelächter und Gejohle und Tellerklirren. Manchmal drehte auch jemand die Musik auf. Sila gewöhnte sich daran und schlief trotzdem ein. Nur dann nicht, wenn ihre Mutter vorher eine der Phasen gehabt hatte, in der Sila bei ihr im Gastraum sitzen musste.

Je älter Sila wurde, desto mehr fürchtete sie sich vor diesen Tagen. Denn wenn ihre Mutter in der Küche verschwand oder nicht hinsah, gab es Männer, die sie anstarrten, ihr über die Haare strichen oder sie in die Wange kniffen und einmal auch woandershin. Manche wollten mit ihr tanzen, andere ihr ein Stück Bratwurst in den Mund stecken. Sie hatte versucht, es ihrer Mutter zu sagen, aber die lachte nur und zuckte mit den Schultern. »Mach dir nichts draus. Männer sind so. Das hat nichts zu bedeuten.«

Das war das Beste daran, als sie den Hof verlassen hatten: dass sie nie wieder Zeit in der Wirtschaft verbringen musste.

Fast hätte Sila sich jetzt die Ohren zugehalten, so laut erschienen ihr die Gespenster der Vergangenheit. Stattdessen schloss sie das Fenster, schaltete auf ihrem Handy eine Playlist an und drehte sie laut. Sieben Lieblingslieder später hatte sie sich wieder beruhigt. Die Wirtschaft stand seit Jahren verlassen. Es war niemand hier! Nichts konnte ihr mehr etwas anhaben.

Draußen fiel die Dämmerung zwischen die Gebäude, die Geräusche der Vergangenheit waren verstummt. Nur Fledermäuse flitzten wie damals durch den dunkelblauen Himmel.

Da klingelte ihr Handy. Indra! »Hallo, Sila, wir wollten bloß hören, wie es dir dort geht. Du sollst wissen, dass wir an dich denken. Du bist nicht allein.«

»Indra, wie lieb von dir! Genau das habe ich gerade gebraucht. Geht es euch gut?«

»Ja, alles in Ordnung. Devin hat einen Kunden mit drei kleinen Kindern angeschleppt, die hier alles auseinandernehmen wollten, doch wir haben die Krise gemeistert. Aber du hast gar nicht gesagt, wie es dir geht?«

»Bei mir ist auch alles in Ordnung. Vor allem jetzt, wo du angerufen hast. Es ist schon sehr merkwürdig, wieder hier zu sein. Ich muss mich erst daran gewöhnen. Aber es gibt auch viel Schönes.«

»Du schaffst das schon«, sagte Oswin, der anscheinend mithörte. Sila sah vor sich, wie er sich über Indras Schulter lehnte und unnötig laut in das Mikrophon sprach. Ihr wurde warm ums Herz. Sie hatte so wunderbare Menschen in ihrem Leben! Was konnte ihr da die Vergangenheit anhaben? »Ja, ich schaffe das, weil ich euch habe. Danke, dass ihr da seid und dass ihr so seid, wie ihr seid«, sagte sie mit einem Kloß im Hals.

»Lieb von dir, aber werde nicht sentimental, Mädchen«, antwortete Indra ein wenig heiser. »Natürlich sind wir immer für dich da. Sentimentalität ist kein guter Ratgeber. Tu das, was dir vernünftig erscheint. Und wenn du Hilfe brauchst, melde dich.«

»Das mach ich, Indra, ganz bestimmt! Passt auf euch auf!« Sila fühlte sich nach diesem Gespräch gleich viel besser. Sie suchte sich eine Jacke aus dem Rucksack und ging hinaus. Jetzt war es schon ganz dunkel. Sie staunte, wie viele Sterne man hier sehen konnte. Das hatte sie völlig vergessen. In Berlin entdeckte man mit Glück einige Planeten und vielleicht auch noch Sirius im Winter. Ansonsten war der Himmel auch nachts eher von einem verwaschenen Rosa als ganz schwarz. Hier aber war er ein Feuerwerk aus hellen Punkten. Im Hintergrund stand als Silhouette davor tapfer die kleine Kirche, in der ein Fenster erleuchtet war. Doch keine gottverlassene Gegend, dachte Sila.

Ihr Handy klingelte wieder. Diesmal war es Devin. Es tat gut, seine Stimme zu hören. Er war doch ihr Anker. Nicht immer, aber immer wieder. »Ich wollte hören, wie es dir geht«, sagte er sanft.

»Ich glaube, gut. Zwischendurch auch nicht. Aber dann doch wieder. Es ist eben alles noch hier genauso wie früher. Das, was nicht gut war, und das, was gut war. Ich brauche ein bisschen Zeit, um mich zu sortieren.«

»Zeit hast du ja. Wenn du mich doch noch brauchst, Anruf genügt, und ich komme. Aber ich glaube, es ist richtig, dass du dort bist. Manchmal muss man den Dingen entgegengehen, die einen ein Leben lang verfolgt haben. Damit sie endlich damit aufhören. Irgendwann ist man lange genug weggelaufen.«

Er kannte sie so gut. »Ja. Jetzt wo ich hier bin, wird mir das auch klar. Und das kann ich nur alleine tun. Aber danke. Es gibt mir so viel Kraft zu wissen, dass du da bist, wenn ich Hilfe brauche. Und dass du mich verstehst.«

»Immer, Sila. Das weißt du.«

»Devin?

»Ja?«

»Danke.«

Sie sah sein Lächeln vor sich. »Schlaf gut, Sila.«

Sila fühlte sich auf einmal seltsam geborgen. Fast ein wenig, als wäre sie zu Hause. Und doch wusste sie, dass sie das hier niemals sein konnte und nie wirklich gewesen war. Dennoch freute sie sich. Sie freute sich darauf, in ihrem Zimmer zu schlafen und beim Aufwachen den Wein vor dem Himmel zu sehen. Sie freute sich darauf, schon morgen im Obstgarten tätig zu werden, das Gartentor zu reparieren und einfach nur hier zu sein, in der Stille und der Weite und dem Nichts.

Sie wusste noch nicht, wie lange sie bleiben würde, aber sie fühlte sich von einer Last befreit, weil sie hier sein konnte und ihr eine Zeit zwischen Vergangenheit und Zukunft geschenkt wurde, zum Durchatmen und Sich-neu-Sortieren. Dafür war die Einsamkeit hier genau richtig. Einfach nur sein, zwischen Himmel und Erde, wie ihre Freunde, die Bienen.

Sie würde nachsehen, ob die Schneckenhausbienen noch da waren oder ob man ihnen wieder ihren Platz schaffen musste. Sie würde die Zeit nutzen, um sich mit ihrer Kindheit zu versöhnen. Um den Abschied vom Hof nachzuholen, der ihr damals verwehrt geblieben war. Um offene Wunden zu schließen wie die Bienen ihre Waben mit Wachs.

Lexi

Fehmarn

2017

14

Das Geheimnis in der Bibliothek

»Glaubst du eigentlich wirklich immer noch, dass es die Kinder für das Leben ertüchtigt, wenn du ihnen beibringst, wie man Blümchen pflanzt?«, fragte Lexis Vater am Kaffeetisch.

Es war Mittwoch. Die Rehlings waren ein paar Tage nach Fehmarn in ihre Ferienwohnung am Südstrand gefahren. Und da Lexi mittwochs einen kurzen Schultag hatte, besuchte sie ihre Eltern. Sie bemühte sich, aus ihrem Leben zu erzählen, damit sie einander nicht auch noch so fremd wurden, wie es mit Wolfgang geschehen war. Ihre Mutter hatte viele Freundinnen, aber Lexi befürchtete insgeheim, dass ihr Vater im Grunde einsam war.

Doch es war schwierig, ein Gespräch mit ihm zu führen. Alles, was Lexi wichtig war, betrachtete er mit so viel unabsichtlicher Geringschätzung, dass sie hinterher stets das Gefühl hatte, es zerfiele in ihren Händen zu Staub oder verlöre zumindest allen Glanz.

»Sie haben halt Spaß daran, Kurt«, sagte Lexis Mutter. »Möchtest du noch ein Stück Erdbeertorte, Lexi?«

»Spaß! In der Schule geht es doch nicht um Spaß. In der Schule soll man etwas Nützliches lernen.«

»Ich finde es sehr nützlich, wenn sie lernen, der Natur mit Achtung zu begegnen. Heutzutage ist das viel wichtiger, als es jemals gewesen ist«, sagte Lexi. »Dazu möchte ich beitragen. Außerdem tut es ihnen gut.«

»Was meinst du mit heutzutage? Den Unsinn mit dem Klimawandel?« Ihr Vater spritzte sich Sahne auf den Kuchen.

Lexi sagte nichts dazu. Sie hatte keine Lust und Kraft, mit ihm eine vergebliche Grundsatzdebatte zu beginnen. Sie war sich nie sicher, ob er wirklich den Klimawandel leugnete oder ob er nicht sogar froh darüber war, weil er dachte, dass die Menschen dann in Zukunft noch mehr Markisen und Sonnensegel benötigen würden.

»Aber was anderes«, fuhr ihr Vater fort. »Du kannst ja dieses unsinnige Erbe, deinen Garten hier, der Auflagen wegen leider nicht verkaufen. Wäre es da nicht besser, wenn du wenigstens die Wohnung auf dem Festland aufgibst? Die wirst du dir nicht mehr lange leisten können.«

»Wirklich, Liebes. Jetzt, wo du nicht heiraten wirst, brauchst du sie ja nicht mehr«, stimmte ihre Mutter zu.

Lexi legte ihre Kuchengabel hin. »Es war nie die Rede davon, dass ich Frank heirate.«

»Ich weiß, ich weiß, Kind.« Ihre Mutter zuckte mit den Achseln. »Wir hatten es eben nur gehofft. So ein vernünftiger Mensch.«

»Dann freut ihr euch doch bestimmt, dass Wolfgang heiraten wird. Und dass ihr sogar Großeltern werdet. Das wolltet ihr doch so gern.« Lexi konnte sich das nicht verkneifen. Die Gelegenheit war zu gut, um nicht anzusprechen, was ihr auf der Seele lag. Sie wusste, dass Wolfgang inzwischen an die Eltern geschrieben, sie informiert und zur Hochzeit eingeladen hatte.

»Nun? Wirst du die Wohnung kündigen? Wenn du schon dieses nutzlose Haus hier hast, könntest du doch problemlos dort wohnen.« Ihr Vater tat, als hätte er sie nicht gehört.

»Ich denke darüber nach. Aber das tägliche Pendeln kostet

dann auch eine Menge Geld und Zeit.« Eigentlich hatte sie bereits nach Fehmarn ziehen wollen, als sie das Haus und den Garten von Pia übernommen hatte. Aber Frank hatte sich geweigert. Er wollte nicht auf einer Insel leben. Das war ihm zu ruhig und abgeschieden.

Nur, auch jetzt, da Frank fort war, zögerte Lexi seltsamerweise. Es erschien ihr wie eine erschreckend endgültige Lebensentscheidung. Was natürlich Unsinn war, besonders, wenn man die Bedingungen betrachtete, die an Pias Vermächtnis geknüpft waren. Trotzdem. Lexi war unentschlossen. Das kannte sie so gar nicht von sich, und es machte sie unglücklich. Und nun bohrte ihr Vater auch noch in der Wunde herum!

»Du musst lernen, Entscheidungen zu treffen, Alexandra. Das ist nötig, wenn man es zu etwas bringen will.«

»Ich will es nicht zu etwas bringen, Papa. Ich bin schon etwas. Ich bin Lehrerin, und es macht mir Freude.« Sie hätte ihn gern gefragt, ob es ihn glücklich machte, Markisen zu verkaufen. Stattdessen bohrte sie selbst nach. »Werdet ihr zu Wolfgangs Hochzeit kommen?«

»Papa überlegt noch«, sagte ihre Mutter.

»Ich habe zu viele Termine«, erklärte der Vater gleichzeitig.

»Du könntest auch mit mir fahren«, sagte Lexi zu ihrer Mutter.

»Wir werden sehen. Es ist ja noch eine Weile hin«, war die Antwort.

Lexi gab es auf. Wolfgang würde so oder so glücklich werden. Manches konnte man nun mal nicht ändern.

Nach dem Kaffee begleitete sie ihre Eltern noch auf einen Spaziergang an den Strand. Sie plauderten freundlich über Belangloses. So, wie es sich gehörte. Lexi wünschte, sie könnte ihre Eltern dazu bringen, mit in den Garten zu kommen, ihnen den Kürbis auf dem Dach zeigen und wie hoch die Sonnenblumen schon waren. Dass sie in der Hollywoodschaukel sitzen und vielleicht zusammen den Tag mit dem Nachtwächterhorn verabschieden könnten. Doch auf so einen Vorschlag hin hätte sie nur einen erstaunten Blick bekommen, als hätte sie in einer anderen Sprache gesprochen. Ihr Vater brauchte seine Routine. Nachher um fünf die Nachrichten im Fernsehen, um sechs ein Brot mit Harzer Käse und später eine Partie Rommé mit ihrer Mutter.

Das machte ihn glücklich. Oder jedenfalls zufrieden. Im Grunde verstand sie das. Er war nicht mehr jung. Seine Gewohnheiten gaben ihm Sicherheit. Verdient hatte er sich die nach einem arbeitsreichen Leben. Wahrscheinlich würde sie selbst in fünfunddreißig Jahren genauso sein. Was sie störte, war eher die Angst, dass ihr Leben dabei war, bereits jetzt übergangslos in einen ebensolchen Trott zu verfallen. Dazu war sie noch lange nicht bereit.

Die Menschen waren eben verschieden, und das war gut so. Doch Lexi fragte sich, warum gerade Eltern und Kinder oft so dermaßen unterschiedlich sein mussten, als kämen sie nicht vom selben Planeten. In der Schule erlebte sie das jeden Tag. Es gab Eltern und Kinder, die offensichtlich verschiedene Sprachen gebrauchten. Genauso waren da Eltern und Kinder, die ein Herz und eine Seele waren. Und dann noch so einiges dazwischen.

Lexi hätte gern gewusst, ob man die Menschen wohl besser verstand, je älter man wurde. Lebenserfahrung musste doch helfen! Pia aber hatte das verneint. »Eigentlich wundere ich mich immer mehr darüber, je älter ich werde«, hatte sie gesagt. »Ich glaube schon, dass man weiser wird. Oder vielleicht auch nur gelassener. Aber umso mehr staune ich darüber, was manche Menschen wichtig finden und was nicht, und umso weniger verstehe ich sie. Das heißt nicht, dass ich kein Verständnis dafür habe. Verständnis und Verstehen sind zwei ganz verschiedene Dinge.«

Lexi beschloss, heute nicht mehr aufs Festland zurückzufahren. Auch wenn Pia nicht mehr da war, in Valentinas Garten und im Haus war sie immer noch spürbar. Das war so tröstlich.

Sie spazierte durch den Garten und goss die Blumen, obwohl das kaum nötig war. Das computergesteuerte automatische Bewässerungssystem, das sie notgedrungen gleich zu Anfang eingebaut hatte, funktionierte bestens. Nur ganz wenige Stellen blieben davon unversorgt. Aber es tat ihr gut, nach jeder Pflanze zu sehen, sich hier über einen neuen Trieb und dort über eine Knospe zu freuen. Der Flieder blühte. Lexi liebte Flieder. Sie stand davor und sog den Duft tief ein. Es war ein glücklicher Duft, fand sie. Sie steckte die Nase tief in eine Dolde und fühlte die kühlen Blütenblätter auf ihrer Haut. Warum musste man es »zu etwas bringen«? Konnte es denn mehr geben als das hier?

Der Kürbis auf dem Dach war auch schon gewachsen. Lexi machte ein Bild davon, für die Zwillinge. Dann ging sie ins Haus.

Den kleinen Raum hinter dem kombinierten Wohn- und Esszimmer hatte sie den Zwillingen nicht gezeigt. Weil sie die beiden dann wahrscheinlich nie wieder losgeworden wäre, und auch, weil die Jungs meist nicht gerade leise waren. Diesen kleinen Zufluchtsort behielt Lexi am liebsten für sich allein und ließ nur ausgewählte Personen hinein. Es war eine Art winzige Bibliothek mit einem sehr alten, beinahe nicht mehr gebrauchsfähigen Ohrensessel und vielen Kissen, die seine Defizite ausglichen. Und dann war da noch das Allerwichtigste. Seit Lexi das erste Mal in diesem Zimmer gewesen war, ein paar Wochen nachdem sie Pia kennengelernt hatte, war dies beinahe ein Heiligtum für sie.

Auf einem runden, geschnitzten Holztisch mit Messingeinlagen stand ein achteckiges Zweihundertfünfzig-Liter-Aquarium. Es war höher als breit, denn so benötigten es die Insassen, um sich wohlzufühlen.

Lexi trat hier automatisch behutsam auf, um sie nicht zu erschrecken, denn sie spürten eine Erschütterung des Bodens sofort. Allerdings kannten sie inzwischen Lexis Schritt und scheuten nur bei Fremden zurück. Ihr kamen sie sogar entgegen, denn sie wussten, dass sie das Futter brachte. Genauso verhielten sie sich, wenn Heinz kam. Heinz hatte sich schon zu Pias Zeiten mit um das Aquarium gekümmert. Er wohnte in Sahrensdorf und arbeitete auf dem nahen Campingplatz. Heinz besaß selbst ein großes Meerwasseraquarium. Er kam gern einmal am Tag nach der Arbeit vorbei, wenn Lexi nicht da war, brachte Futter und manchmal frisches Wasser mit, testete den pH-Wert und den Salzgehalt, leerte den Abschäumer, der das Eiweiß abschöpfte, und prüfte auch sonst alles, was nötig war.

Zu Hause hatte Lexi außerdem eine Webcam, die sie einschalten konnte, damit sie wusste, ob im Aquarium alles in Ordnung war. Doch ohne Heinz und seine täglichen Besuche würde das niemals alles funktionieren. Er war wunderbar unkompliziert. Sie brauchte ihm nur eine Nachricht schicken, wenn sie nach Fehmarn fuhr. Dann überließ er ihr das Aquarium. Wenn nicht, kümmerte er sich darum.

Lexi war sich ziemlich sicher, dass er in Pia verliebt gewesen war.

»Hallo, ihr Schönen«, sagte Lexi leise und kontrollierte gewohnheitsmäßig mit einem Blick die Temperatur und die Klarheit des Wassers. Erst danach wandte sie sich den Bewohnern zu, die sie noch immer so zauberhaft fand wie am ersten Tag und die sie jedes Mal wieder im Innersten berührten. Sie wusste nicht, ob es ihre seltsamen Gestalten waren oder die Art, wie sie sich bewegten, wie sie aufrecht durch das Becken segelten, ohne dass man den kleinen Flossenschlag überhaupt wahrnahm. Waren es die Augen? Die Farben? Das Wesen? Sicher alles auf einmal, und dann umfing sie noch dieser undefinierbare Zauber, der dazukam.

Pia hatte die Tradition begonnen, sie nach ägyptischen Göttern zu nennen, vielleicht, weil es zu ihrer Würde passte und ihrem bizarren Aussehen.

Es waren Seepferdchen.

Für Lexi gehörten sie zu den ungewöhnlichsten, erstaunlichsten und liebenswertesten Geschöpfen, die die Natur hervorgebracht hatte. Leider zählten sie auch zu den bedrohtesten. Sie wurden gejagt, getrocknet, als Dekoration aufgehängt oder in Aschenbecher eingegossen, zu Ohrringen verarbeitet oder zu unwirksamer Medizin zermahlen, erstickten als Beifang in Fischernetzen oder starben in verschmutztem Wasser. Niemand wusste, wie lange es sie noch geben würde.

Diesen hier in Valentinas Garten jedoch würde nichts geschehen. Der Hahn im Korb war Aton, benannt nach dem Sonnengott, mit seinen ganzen stolzen fünfzehn Zentimetern Körpergröße. Auf den ersten Blick war er braun mit schwarzen Sprenkeln. Wenn man genauer hinsah, entdeckte man, dass Braun nicht gleich Braun war, sondern sich vielmehr alle Schattierungen von Dunkelbraun bis hin zu Orangetönen und fast gelben Stellen zu einem harmonischen Muster fügten, das sich je nach Stimmung in Helligkeit und Intensität änderte.

Dann war da Isis, das größte Weibchen seines Harems, kaum kleiner als er, benannt nach der Göttin des Nordens und der Beschützerin der Kinder. Isis strahlte in einem leuchtenden Gelb mit braunen Punkten. Die drei anderen Weibchen waren kleiner. Bastet, die Göttin der Freude, in knalligem Orange, Hathor, die Göttin der Liebe, so zartgelb, dass sie manchmal wie aus Marmor wirkte. Und Amun, der Windgott, die kleinste, so dunkelbraun, dass man sie manchmal suchen musste, weil man sie von dem steinigen Boden und dem Schatten der Algen kaum unterscheiden konnte.

Amun trug einen männlichen Namen, weil Lexi anfangs befürchtet hatte, sie würde doch ein Männchen werden. Sie war noch klein gewesen, als Lexi sie aus einer Nachzucht bekommen hatte. Die Seepferdchen, die inzwischen endlich streng geschützt waren, stammten alle aus Nachzuchten. Niemals hätte Lexi einen Wildfang gekauft. Antonio im Zoogeschäft auf dem Festland bot auch keine an. Ihm waren selbst mehrfach Nachzuchten gelungen. Das war sein Beitrag zur Arterhaltung.

Amun entwickelte sich jedoch glücklicherweise doch noch zum Weibchen, denn mehr als ein Männchen derselben Art in einem Aquarium zu halten funktionierte nicht. Dann fochten sie Revierkämpfe aus bis zur Erschöpfung. So aber herrschte Aton in seinem Reich, und alle fünf waren wohlgenährt und fühlten sich wohl, wie man an ihren leuchtenden Farben sah. Wenn es einem Seepferdchen nicht gut ging, magerte es dramatisch ab und wurde blass. Das hatte Lexi schon in anderen Aquaristikgeschäften gesehen. Bei Antonios und bei ihren war das noch nie geschehen. Sie fraßen mit Appetit die Fischlarven aus der Zucht von Heinz, auch Wasserflöhe und Mückenlarven und am liebsten kleine Garnelen.

»Sie sind die guten Geister des Hauses«, hatte Pia gesagt, die schon lange Seepferdchen gehalten hatte, bevor Lexi ihr begegnet war. Pia war mit Antonio befreundet, dem Inhaber des Zoogeschäfts auf dem Festland. Er hatte ein gutes Zuhause für junge Seepferdchen gesucht und sie überredet. Sie war ihm immer dankbar dafür gewesen. Antonio hatte sie auch mit Heinz zusammengebracht, einem anderen Kunden, der Pia alles gezeigt hatte, was man wissen musste, und bei Notfällen immer bereitstand, um zu helfen.

»Es gibt kein Problem, das nicht kleiner wird, wenn man die Seepferdchen eine Weile beobachtet«, hatte Pia stets geschworen. Lexi gab ihr recht, seit sie das erste Mal ihre Nase an der Scheibe platt gedrückt hatte. Pia war sofort eingeschritten. »Nicht die Scheibe berühren, nicht laut sprechen und nicht laut auftreten! Sie erschrecken sich leicht. Es sind Wesen der Stille. Natürlich ist es auch im Meer nicht still, es gluckert und pfeift und brummt, aber das ist ihre Welt und etwas ganz anderes als unsere schweren Schritte und lauten Stimmen.«

Dass man leise sein musste, keine hastigen Bewegungen ausführen und nicht schwer auftreten durfte, machte die Sache für die kleine Lexi noch geheimnisvoller und magischer. Natürlich waren das damals nicht dieselben Seepferdchen gewesen. Seepferdchen wurden im Schnitt nur vier Jahre alt. Aber Antonio suchte immer wieder ein Zuhause für seine Nachzuchten, und so wurde jedes Seepferdchen, das verstarb, feierlich im Garten begraben und durch ein junges ersetzt. Es waren immer fünf. Pia hatte Lexi alles über sie beigebracht. Wie man frisches Meerwasser ansetzte und es reifen ließ, was für Spurenelemente nötig waren. Denn einfach aus der Ostsee Wasser zu holen, ging nicht, das wäre die falsche Zusammensetzung für diese Art. Dass das Licht nicht zu grell sein durfte, aber hell genug sein musste, damit die Algen und Korallen gedeihen konnten. Dass man keine scharfen Steine ins Becken legen durfte, an den sich die Seepferdchen verletzen konnten, wenn sie sich daran festhielten. Dass es immer Schnecken, Einsiedler und Seesterne im Aquarium geben musste, die die Futterreste beseitigten. Der Filter durfte keine zu starke Strömung verursachen, denn die war schädlich für die Seepferdchen. Sie konnte zu Krämpfen im Schwanz führen.

Wenn es gerade mal kein Lebendfutter gab, nahmen die Seepferdchen auch gefrorenes Futter an. Dann fraßen sie direkt aus der Hand. Lexi bekam noch immer Gänsehaut, wenn diese Wesen aus einer anderen Welt vertrauensvoll auf sie zuschwammen und die Garnelen aus ihrer Hand schnappten. So gelassen sie sich auch vorwärtsbewegten, so schnell konnten sie zuschnappen. Dabei entstand immer ein kleiner Knall.

Wenn es an Silvester Feuerwerk gab und es überall zischte und krachte, dann musste Lexi immer, egal wo sie gerade war, an dieses kleine Knallen der Seepferdchen denken und dass dies eigentlich eine viel beeindruckendere Feier des Lebens war, als die Raketen mit ihrem Rauch und ihrem Gestank es jemals sein konnten.

Wenn sie mit Frank hier gewesen war, hatte er nie verstanden, wie sie eine kleine Ewigkeit vor dem Becken sitzen und nur schauen konnte. Stillsitzen lag ihm sowieso nicht, aber er begriff auch nicht, was sie sich da ansah.

»Ja, ist nett. Aber hier passiert nicht viel. Lass uns selbst schwimmen gehen, anstatt hier rumzusitzen«, hatte er gesagt.

Lexi war mit ihm gegangen, aber sie hatte sich oft gewünscht, dass er wenigstens etwas davon spüren könnte, von dem Zauber, von der Anmut, von der Magie dieser Geschöpfe.

»Willst du sie nicht abschaffen?«, hatte er einmal gefragt. »Das ist doch ein teures Hobby. Zumal du gar nicht immer hier bist. Da hat doch keiner was davon.«

Die Sache mit den guten Geistern des Hauses lachte er weg, purer Aberglauben, sagte er. Lexi wusste einerseits, dass er damit recht hatte, andererseits konnte sie sich Valentinas Garten einfach nicht ohne diese freundlichen Geister vorstellen. Sie gehörten dazu.

Frank aber gehörte nicht dazu, und im Grunde hatte Lexi das schon lange gewusst, bevor er ging.

»Ich brauche euch doch«, sagte sie leise zu Aton, der nahe an die Scheibe schwamm und ihr ins Auge blickte. Lexi war sich sicher, dass er sie so gut sehen konnte wie sie ihn. Was er wohl von ihr hielt? Isis gesellte sich dazu und verharrte neben ihm, wobei sie ihren Schwanz um Atons schlang. Lexi wurde nie müde zuzusehen, wie sie ihre Schwänze aufrollten, um die

Korallen und die Algen schlangen oder eben umeinander. Es musste schön sein, wenn man immer so einen Anker hatte, mit dem man sich überall festhalten konnte, so beiläufig, so zierlich und leicht und trotzdem sicher.

Aton und Isis waren unzertrennlich. Jetzt sahen sie nicht mehr Lexi ins Auge, sondern wandten sich einander zu.

So war es mit ihr und Frank nie gewesen. Wie es wohl wäre, eine so unkomplizierte, leichte Gemeinsamkeit zu haben wie die beiden Seepferdchen?

15

Emma und das Tränende Herz

Was für ein anstrengender Tag. Die Schüler waren unruhig gewesen, und dann auch noch Lehrerkonferenz ohne Ende. Abends lenkte sich Lexi mit ihrem Blog ab.

Es hatt uns riesich Spass gemacht, den Kürbiss auf das Dach zu flanzen.

Der rechte ist meiner. Der ist schon größer als der von Leo, war Tims Ergänzung unter dem neuesten Foto der beiden Pflanzen, die schon begannen, sich über das Dach zu winden.

Lexi runzelte die Stirn und lächelte gleichzeitig. Wenn doch nur Leo auch die Rechtschreibung mit seinem Bruder gemeinsam hätte.

Sie hatte ihren Blog, genannt »Valentinas Garten«, im letzten Jahr begonnen. Diesen hatte sie mit »Neugierige Minute« verlinkt, den lehrreichen Filmen der Journalistin, die auf Hiddensee die »Neugierige Minute« auch für Kinder produzierte. Vor allem aber erzählte sie, die sich *SeeReh* nannte, von dem Garten und den Projekten, die sie dort umsetzte. Auch von den Erfahrungen mit bestimmten Pflanzen berichtete sie und von den Rehen, den Insekten und Vögeln, die ihr auf dem Grundstück und in der Nähe begegneten. Ihre Schüler durften Beiträge schreiben, den Unterricht und die Projekte bewerten, Fragen stellen und kommentieren. Sie taten das mit Begeisterung. Und auch mehr und mehr Leser aus dem ganzen Land verfolgten gern, was in dem kleinen Garten am Meer blühte und gedieh.

Kriegen wir was von euren Kürbissen ab?, hatte ein anderer Schüler geschrieben.

Hmm. Da waren dann wohl zu Halloween eine Laterne und ein Kürbiskuchen für die ganze Klasse fällig, dachte Lexi.

Sie legte einen neuen Artikel an. »*Die Filztöpfe erweisen sich als sehr praktisch*«, schrieb sie. »*Sie sind leicht zu transportieren und zu verstauen, wenn man sie nicht braucht. Für die Pflanzen ist es gut, dass die Wurzeln nicht verfilzen, sondern einfach am Ende abtrocknen. Die Pflanze bildet dann innen neue, gesunde Wurzeln. Es scheint zu stimmen, dass das den Ertrag zum Beispiel bei Tomaten steigert ...*«

Als sie fertig war, schaltete sie auf ihre private Seite, die nur für sie selbst sichtbar war.

Es könnte alles so schön sein. Nein, es IST so schön. Ich kann so viel bewirken mit dem Garten. Vorhin habe ich von Emmas Vater die Erlaubnis bekommen, dass ich sie übers Wochenende mitnehmen darf. Sie und ihren Vater, beide. Emma ist völlig verschlossen, seit ihre Mutter gegangen ist. Sie verweigert sich dem Unterricht und allem anderen auch. Der Mann ist am Ende seiner Kräfte. Ein Wochenende in Valentinas Garten kann den beiden auf jeden Fall nicht schaden. Für solche Menschen da zu sein ist doch die Aufgabe des Gartens! Dafür hat ihn Valentina gegründet und Pia ihn mir anvertraut. Na ja, eigentlich, damit er für mich da ist – aber das ist er ja. Deswegen kann er ja trotzdem auch anderen Schutz bieten.

Ich weiß einfach nicht, warum ich trotzdem so unruhig bin. Ich konnte die Kinder heute so gut verstehen, ich wäre auch am liebsten hinausgestürmt, als der Himmel so blau wurde und die Wildgänse nach Norden zogen.

Wenn ich den Seepferdchen zusehe, denke ich immer, sie wollen mir sagen, dass ich auf etwas warten soll. Mit Geduld. Dass da etwas kommt. Aber was für eine verrückte Einbildung ist das denn? Dinge passieren nicht von allein. Wenn man auf sein Glück nur wartet, wird es nie kommen. Man muss ihm schon entgegengehen. Aber wohin? Egal, wenigstens mache ich mich hier nützlich, bis ich das weiß.

Emma war so klein und dünn, dass Lexi beinahe befürchtete, sie würde irgendwann ganz in der Ritze des Sitzpolsters verschwinden. Außerdem sagte sie auf der ganzen Fahrt kein Wort. Sie hielt die Hände zwischen ihre Knie gepresst und starrte die ganze Zeit aus dem Fenster. Ihr Vater dagegen war eingeschlafen, kaum, dass sie losgefahren waren. »Es ist so nett von Ihnen, dass Sie das tun. Ich weiß nicht mehr weiter«, hatte er gesagt, als er die Tasche in ihren Kofferraum schob.

Als sie am Tor vorgefahren waren, berührte ihn Lexi sanft am Arm. »Oliver, aufwachen, wir sind da.«

»Oh.« Er sah um sich. »Wie still das hier ist.«

»Ja. Emma, komm. Es gibt Kirschsaft. Du hast bestimmt Durst.«

Es war angenehm warm heute, auch wenn der Himmel bezogen war. Lexi stellte die Taschen im Windfang ab und zog als Erstes die Abdeckung von der Hollywoodschaukel.

»Wie wäre es, wenn ihr euch hier hinsetzt und ausruht? Ich bringe euch gleich etwas.«

Sie überließ die beiden sich selbst und verschwand im Haus. Durch das Fenster sah sie erfreut, wie sich ihre Gäste umsahen, die Blumen bestaunten und sich dann in die Schaukel zwischen die bunten Kissen kuschelten, Emma auf dem Schoß ihres Vaters. Lexi stellte Kekse, Saft und Gläser auf ein Tablett.

Letzte Woche hatte sie ein ernstes Wort mit ihrer Klasse reden müssen. Über Mobbing. »Emma ist so hässlich, dass ihre

Mutter lieber abgehauen ist!«, hatte einer der Jungen gerufen. Lexi war entsetzt gewesen und hatte sich erst beruhigen müssen, ehe sie die Biologiestunde in einen Gesprächskreis umfunktionierte. Sie hoffte, die Kinder hatten etwas begriffen.

Emma bestand fast nur noch aus großen Augen und einem Zopf. Lexi wollte nicht über die Mutter urteilen, die mit ihrem neuen Partner nach Frankreich gezogen war. Sie hatte behauptet, Emma sei bei ihrem Vater viel besser aufgehoben. Vielleicht stimmte das ja.

»Was für ein glücklicher Ort!«, sagte Emmas Vater, als Lexi mit dem Tablett kam. »Wenn man hier sitzt und sich umsieht und den Himmel betrachtet, könnte man glauben, dass alles gut wird.«

»Ich glaube auch, dass alles gut wird, Oliver.« Lexi lächelte ihn an und setzte sich ins Gras. »Magst du einen Keks, Emma? Ich habe sie gestern extra frisch gebacken.« Emma betrachtete die Kekse. Da gab es Delfine, Krebse, Fische, Möwen. Lexi sammelte Ausstechformen mit Meeresfiguren. Diesmal hatte sie sich für einen Schokoladenteig entschieden und dann Augen und Flossen aus buntem Zuckerguss darauf gemalt. Schließlich nahm Emma einen Oktopus und biss hinein. Sie kaute bedächtig, schluckte und sagte dann plötzlich ganz leise: »Die Kissen sind schön.«

Emmas Vater lächelte vor Freude, ihre Stimme zu hören. So selten war das geworden.

»Ja, ich mag die auch«, stimmte Lexi zu. »Als ich so alt war wie du, gehörte der Garten einer älteren Dame namens Pia. Sie sammelte große, weiche, bunte Kissen. Jedes Mal, wenn ich traurig war, bin ich zu ihr gegangen und habe mich da eingekuschelt. Und heute sammle ich auch bunte Kissen. Immer, wenn ich irgendwo eines sehe, das mir gefällt, kaufe ich es und nehme es mit hierher. Manchmal nähe ich auch welche. Und wer eines haben möchte, darf es mitnehmen. Du auch.«

Emmas Augen wurden noch größer. »Ich auch?«

»Ja, du kannst dir in aller Ruhe eins aussuchen.«

»Das ist aber nett von Ihnen«, sagte Emmas Vater.

»Das ist Tradition. Sie dürfen auch, wenn Sie möchten.«

»Wissen Sie was?«, sagte er. »Ich möchte wirklich. Das ist genau das, was unserer Wohnung fehlt.«

»War Pia deine Oma, Lexi? Hast du den Garten von ihr geerbt?«, fragte Emma.

»Nein, Pia war eine Freundin. Sie hat mir den Garten geschenkt. Hilfst du mir, etwas Unkraut zu zupfen? Und dann könnten wir ans Meer gehen.«

»Kann ich auch helfen?«, fragte Herr Kehl.

»Wenn Sie wollen. Aber Emma und ich schaffen das schon. Möchten Sie nicht einfach eine Weile hier sitzen bleiben? Im Haus sind auch jede Menge Bücher, wenn Sie etwas lesen mögen.«

»Ach, danke, es wäre wirklich schön, nur hier zu sitzen.«

Er lehnte sich zurück und schloss die Augen.

Lexi legte einen Finger auf die Lippen, zwinkerte Emma zu und bedeutete ihr zu folgen.

Beide mit einer Hacke und einem alten Zinkeimer ausgestattet, arbeiteten sie sich von Beet zu Beet. Emma lauschte aufmerksam, was Lexi zu den einzelnen Pflanzen sagte. »Das ist Goldlack, den habe ich im letzten Spätsommer gesät. Er gehört zu den ersten, die im Frühling blühen. Wie die Stiefmütterchen. Alle aus so einer kleinen Samentüte! Siehst du, wie die Bienen sich darüber freuen? Und das sind Levkojen, die fangen bald auch schon an zu blühen, obwohl es eigentlich noch zu früh ist. Ich habe sie im Haus vorgezogen. Sie duften so schön. Gibt es Blumen, die dir ganz besonders gefallen, Emma?«

Emma dachte nach und zeigte dann auf ein Büschel Vergissmeinnicht.

»O ja, die mag ich auch sehr. Sie sehen aus wie ein Stück Himmel.«

Emma nahm Lexi bei der Hand und zog sie ein Stück weiter.

»Und das. Wie heißt das?«, fragte sie.

Lexi hockte sich hin und berührte die rosaweißen Blüten, die ordentlich aufgereiht an gebogenen grünen Stängeln hingen.

»Das ist ein Tränendes Herz.«

Emma nickte. »Weil es so aussieht. Lauter Herzen mit einer Träne unten dran. Glaubst du, es ist traurig?«

»Was glaubst du denn, Emma?«

Emma nickte. »Ja. Es ist traurig. Aber es sieht trotzdem schön aus. Es ist nicht ganz so schlimm traurig, weil es nicht alleine ist. Es sind ganz viele.«

Lexi legte einen Arm um sie und drückte sie ein bisschen. »Du bist auch nicht allein, Emma. Du hast den Papa und mich und deine Oma, und in der Schule hast du auch Freunde.«

»Der Klaus hat gesagt, ich bin hässlich.«

»Der Klaus hat keine Ahnung und außerdem kein Recht, so etwas zu jemandem zu sagen. Der hat da was ganz falsch verstanden. Er wird auch noch lernen, wie das ist, wenn man traurig ist. Wollen wir dir eine Blumenkrone flechten?«

Emma nickte. Als sie dann ihre Krone aus Gänseblümchen, Vergissmeinnicht und Goldlack trug und Lexi ein Foto von ihr und ihrem Vater in der Schaukel machte, strahlte sie.

»Du bist wunderschön, Emma!«, sagte ihr Vater. »Lexi, ich kann Ihnen gar nicht genug danken. Dies ist ein Zaubergarten. Ich habe mich lange nicht mehr so gut gefühlt und glaube, hier kann ich endlich in Ruhe einige Entscheidungen treffen.«

»Das ist schön. Kommen Sie mit an den Strand?«

»Wenn es Ihnen recht ist, bleibe ich lieber hier. Wäre das in Ordnung für dich, Emma?«

Sie zögerte.

»Dein Papa ist hier, wenn wir zurückkommen. Er geht nicht weg. Versprochen«, sagte Lexi.

»Ja, versprochen«, sagte er hastig.

Emma nickte.

»Wir bringen Ihnen ein Fischbrötchen mit«, sagte Lexi. »Jetzt noch Sonnencreme, Emma.«

Die Wolken hatten sich verzogen.

Emma sagte nicht viel, während sie am Rande der Wellen Richtung Südstrand spazierten. Aber auf Lexis Vorschlag hin zog sie zögernd die Schuhe aus und platschte mit ihren schmalen Füßen im klaren Wasser. Je weiter sie liefen, desto entspannter wirkte sie. Immer mehr Haare lösten sich aus ihrem Zopf und flatterten fröhlich im Wind.

Doch da flatterte noch mehr. »Lexi! Ein Oktopus mit vielen Armen. Wie der Keks!« Emma zeigte zum Himmel. »Es ist doch noch gar nicht Herbst.«

»Drachen kann man auch im Frühling steigen lassen. Am Meer geht das sogar das ganze Jahr über«, sagte Lexi. Lustig, dass es anscheinend ein ungeschriebenes Gesetz war, dass Drachen in den Herbst gehörten. Sie kniff die Augen zusammen und stellte fest, dass die Schnur am Oktopus wie vermutet zu Jonne führte.

»Hallo, Jonne«, sagte sie, als sie bei ihm ankamen.

»Oh. Hallo, Lexi.«

»Dein Oktopus hat einen Knoten im Arm«, sagte Emma zu ihm. Lexi staunte. Sprach Emma mit Jonne, weil sie den Oktopus mochte, oder war es wegen seiner freundlichen karamellbraunen Augen?

»Ich weiß. Würdest du die Schnur einen Augenblick halten, damit ich ihm helfen kann?«, fragte Jonne.

Emma nickte ernst.

»Das ist Emma«, sagte Lexi.

»Hallo, Emma. Wie viele Kinder hast du denn, Lexi?«, fragte er, während er die gespannte Schnur weit genug herunterzog, um den verknoteten Arm zu erreichen. Lexi half ihm, den Kunststoff zu entwirren.

»Zweiundzwanzig. Manchmal mehr, manchmal weniger. Dieses Drachenmodell ist noch nicht ganz ausgereift, oder?«

Der Knoten war jetzt raus, dafür hatten sich zwei andere Arme miteinander verheddert.

»Ich glaube nicht. Nicht bei diesem Wind«, gab er zu. »Da muss ich noch dran arbeiten. Emma, meinst du, du kannst die Schnur aufrollen?«

Emma tat das mit großer Sorgfalt und reichte ihm voller Stolz die Spule, als sie es geschafft hatte. Dann halfen sie beide Jonne noch, alle Oktopusarme aufzuwickeln.

»Der ist nett«, fand Emma, als er sich verabschiedet hatte.

»Ja, das ist er.« Es war zu spät, die geplante Sandburg zu bauen, beschloss Lexi, aber mit dem Drachen hatten sie auch Spaß gehabt. »Lass uns Fischbrötchen holen und in der Quarkeria Nachtisch aussuchen. Du weißt bestimmt, was dein Papa gerne mag, oder?«

Nachdem sie draußen am Gartentisch gegessen hatten, bot Emmas Vater an, beim Abwasch zu helfen. »So habe ich Emma lange nicht mehr gesehen. Vielen Dank!«, sagte er, während er die Gabeln abtrocknete. »Es ist wunderbar, was Sie hier machen. Ich habe nicht geahnt, was so ein Garten zu geben hat.«

»Ich würde gerne mehr Kinder hierher holen.« Lexi drückte den Schwamm aus. »Es gibt so viele, die das bräuchten.«

»Und Eltern.« Er warf ihr einen Blick zu. »Ich glaube, Sie werden alles schaffen, was Sie sich vornehmen.«

Lexi sah sich um. »Wo ist denn Emma?«

Sie fanden sie vor dem alten Regal, in dem die alten Bücher standen, die hier seit Valentinas Gründung des Gartens geführt wurden. Emma hatte einen Band herausgenommen und strich über den alten Ledereinband. »Hier hat jemand was geschrieben, aber ich kann es nicht lesen. Aber hintendrauf stehen immer Jahreszahlen und *Valentinas Garten*. Was steht da drin, Lexi?«

»Jeder, der hier gewohnt hat, hat dort eingetragen, was Wichtiges im Garten passiert ist, wer ihn warum bekommen hat und wer hier glücklich gewesen ist. Die Schrift in diesen ersten Bänden ist sehr altmodisch, deshalb kannst du sie nicht lesen. Wenn ihr wollt, erzähle ich sie euch morgen. Aber erst gehen wir den Tag verabschieden.« Lexi nahm das Horn des Nachtwächters von der Wand. »Möchtest du es tragen?«

»Ist das das Horn, von dem Leo erzählt hat?« Emma nahm es ehrfürchtig entgegen.

»Ja. Und heute darfst du es blasen.«

Der Ton, der an diesem Abend über das Meer flog, war leise und sanft, aber Emma legte all ihre Kraft hinein, und er zitterte nicht ein einziges Mal.

»Danke für den schönen Tag und die nette Gesellschaft«, sagte Lexi zum Horizont.

»O ja. Vielen Dank. Es war eine Insel auf einer Insel. Eine Rettungsinsel«, sagte Emmas Vater.

Emma, die keine Worte fand, blies einfach noch ein zweites Mal ins Horn.

Als Emma Zähne geputzt und den Schlafanzug angezogen hatte, nahm Lexi sie bei der Hand. »Kannst du ein Geheimnis bewahren, wenn ich dir eines zeige?«, fragte sie.

»Du meinst, keinem in der Schule davon erzählen?«

»Genau. Ich verrate es nur dir, weil du weißt, wie man ganz leise ist.«

»Du meinst, ich kann das besser als die anderen?«

»Ja. Das ist eine ganz besondere Stärke von dir.«

Emma dachte darüber nach. Das war ihr neu, dass sie etwas besser konnte als andere. Dann nickte sie. »Ich verrate kein Geheimnis. Bestimmt nicht, Lexi.«

»Dann darfst du jetzt mitkommen, und wir sind beide ganz leise, ja?«

Im Aquarium war die Dämmerungsbeleuchtung an. Sie war tiefblau, so wie das Licht im Meer, wenn die Sonne auf- oder untergeht. Diese besondere Lampe sprang immer morgens und abends eine halbe Stunde an, als sanfter Übergang zwischen Tageslicht und Dunkelheit. In diesem blauen Licht wirkte alles noch magischer, beinahe wie aus einem Traum.

Es war die Lieblingszeit der Seepferdchen. Dann stiegen sie

an die Oberfläche und tanzten miteinander. So, wie Lexi den Tagesanfang und den Abend mit dem Horn feierte, so feierten die Seepferdchen diese Zeit der Dämmerung mit ihrem Tanz. Sie stiegen auf und ab und drehten sich umeinander, umschlangen sich und ließen sich wieder los wie zu einer unhörbaren Musik.

Emma stand regungslos mit offenem Mund davor und klammerte sich an Lexis Hand.

»Lexi«, flüsterte sie, ohne den Blick von Aton und Isis zu wenden, »wenn man das sieht, dann kann man gar nicht mehr traurig sein.«

16

Was die Bücher erzählen

Am Sonntagmittag saßen sie auf den hölzernen Stufen im Café Sorgenfrei, aßen Omelette und blickten über das Wasser. Morgens hatten sie bei Sonnenaufgang das Reh am Strand hüpfen sehen. Emmas Lächeln war seitdem kaum noch von ihrem Gesicht gewichen.

»Sie haben mir wieder gezeigt, wozu das Leben gut ist«, sagte Emmas Vater. »Und Emma scheint es ebenso zu gehen.«

»Dafür ist Valentinas Garten da. Er war schon immer als heilsamer Ort gedacht.«

»Sie wollten uns doch die Geschichte dazu erzählen.«

»Stimmt. Also ...«

»Warten Sie. Ich hole uns noch was zu trinken.« Emmas Vater verschwand im Inneren des Cafés und kam mit zwei großen Eiskaffees und einer Eisschokolade wieder. »So. Schießen Sie los.«

Lexi rührte in ihrem Kaffee. »Also, den Stein im Torpfosten habe ich euch ja gestern schon gezeigt. 1908 fand ihn ein Mann bei der Freilegung der Burgruine und schenkte ihn seiner kranken Frau Valentina. Das Relief inspirierte sie, rund um das Haus, wo es bisher nur Felder gegeben hatte, einen Blumengarten anzulegen. Sie fand dabei jeden Tag mehr Kraft und fühlte sich stetig gesünder. *In der Erde verbirget sich eine Medizin, von der wohl kaum einer der Herren Gelehrten Kenntnis hat ...*, notierte sie damals. *Sie kostet die Armen nichts und wird schlicht ver-*

schenket. Man muss jedoch wissen, die Hände und das Herze daführ zu öffnen.«

»Eine weise Frau«, bemerkte Oliver. Emma leckte Eis von ihrem Löffel und hörte zu.

»Valentinas Mann hatte den Ersten Weltkrieg überlebt. Er war zu alt, um beim Zweiten eingezogen zu werden, aber er starb dennoch während des Krieges an einer Herzschwäche, kurz nachdem beide 1942 von Fehmarn aus den blutroten Himmel über dem brennenden Lübeck sahen, als die Hansestadt bombardiert wurde. Valentina lebte nun allein.

Als 1945 die Pferdegespanne aus Ostpreußen über den Fehmarnsund kamen, nahm Valentina als eine der Ersten Flüchtlinge auf. *Eine verstörte Frau, Sigrun, mit zwei halbwüchsigen Mädchen. Ihr Mann ist noch an der Front, wenn er überhaupt noch lebt. Das Entsetzen in ihren Gesichtern kann nur der Garten heilen, wenn das überhaupt möglich ist, schrieb Valentina im Mai. Ich wünschte, hier wäre Platz für mehr dieser verzweifelten, heimatlosen Menschen. Die Mittelschule ist nun ein Lazarett. Schwerstverwundete aus dem Oderbruch und überallher kommen mit dem Zug und werden dort notdürftig versorgt. Vor Burgtiefe sind noch Flüchtlingsschiffe durch Bomben versenkt worden. Es ist alles die Hölle, aber im Garten blühen die Narzissen und sprechen von Hoffnung. Die Mädchen tragen Kronen aus Tausendschönchen über ihren schmalen Gesichtern.*«

Emmas Vater schauderte und sah sich um. »Das kann man sich gerade hier alles gar nicht vorstellen«, sagte er.

Lexi nickte. »Mir ist es auch erst richtig klargeworden, als ich es in Valentinas Handschrift las. Das ist anders als in den Geschichtsbüchern. Persönlicher.«

Sie schwieg einen Moment und fuhr dann fort. »Bald darauf

zog Valentina aufs Festland zu ihrer Tochter. Die hatte im Krieg ihren Mann verloren. Ihr Haus und den Garten schenkte Valentina Sigrun und ihren Töchtern.«

»Sie hat alles einfach verschenkt? Das war aber nett von ihr«, fand Emma.

»Ja. Valentina hat schriftlich notiert, dass sie sich mit ihrer Tochter einig war. Sie legte urkundlich fest, dass Haus und Garten niemals verkauft, sondern immer an jemanden weitergegeben werden sollen, der gerade einen heilenden Ort braucht. Das gilt bis heute. Das alles muss in den Büchern vermerkt werden. Ich denke, sie wollte, dass es den Bewohnern Mut macht zu lesen, wie der Garten jenen davor geholfen hat.«

»Eine Art Stiftung also«, überlegte Oliver.

»Genau. Es gibt auch einen dazugehörigen Fonds mit Geldern zur Begleichung der jeweiligen Schenkungssteuer, sofern sie fällig wird.«

»Ging es der geflüchteten Familie hier gut?«, wollte Emma wissen.

»Es waren schwere Zeiten, aber Sigrun machte aus einem Großteil des Gartens einen Gemüsegarten, das half ihnen durch den folgenden Hungerwinter und auch danach, bis alles wieder leichter wurde. Als ihr Mann dann doch noch krank und verwundet aus dem Krieg heimkehrte, tröstete es ihn und Sigrun, wieder einen Blumengarten daraus zu machen. *Jede Blüte, die sich mit dem Morgen öffnet oder in der Nacht duftet, macht die Trauer über das Erlebte und Verlorene ein wenig leichter und gibt mir die nötige Kraft für den nächsten Tag. Wenn ich das Horn blase, denke ich voller Dankbarkeit an Valentina, die meinem lieben Kurt, den Mädchen und mir diese gnadenreichen Jahre schenkte,* schrieb sie in die Bücher.

Als dann um 1970 die Hotelanlage mit den drei großen

Hochhäusern am Strand gebaut wurde, notierte sie: *Der Mensch wird übermütig und verunstaltet die Natur, aber die innere Würde, die an diesem Ort am Werke ist, kann er nicht zerstören. Der Horizont wird immer größer sein als die Verletzungen, die wir ihm zufügen.«*

»Die Türme sind wirklich fehl am Platz. Das ist mir auch aufgefallen«, sagte Oliver.

»Ja. Andererseits haben meine Eltern im flachen Teil der Anlage schon lange eine Ferienwohnung, und ich habe jeden Tag dort genossen, seit ich klein war«, sagte Lexi. »Es ermöglicht eben vielen Menschen, hier zu sein.«

»Weil nicht alle in Valentinas Garten passen«, stellte Emma fest.

»Genau. Ich hoffe aber, dass man dazulernt und es nächstes Mal besser macht.« Lexi biss in den Keks, der neben ihrem Becher lag.

»Wie ging es dann weiter? Hat diese Frau Sigrun den Garten auch verschenkt?« Emmas Vater war fasziniert.

»Ja, natürlich, so war es ja bestimmt, und es war ganz in ihrem Sinne. Mitte der Siebziger starb ihr Mann, die Kinder waren aus dem Haus. Zum Jahreswechsel 1978/1979 kam die Schneekatastrophe. Auf Fehmarn gab es durch den Orkan Schneeverwehungen von vier bis fünf Meter Höhe. Alles brach zusammen, auch die Räumfahrzeuge blieben liegen. Fehmarn musste mit Hubschraubern der Bundeswehr versorgt werden. Eine Überschwemmung drohte. Bei Windstärke neun wurde am Strand von vielen freiwilligen Helfern der Schnee weggeschaufelt, damit man Sandsäcke füllen konnte. Sigrun war dabei, und an ihrer Seite schaufelte ein Fremder wie verrückt. Er war nicht sehr gesprächig, aber Sigrun mochte ihn und ließ nicht locker, weil er so verloren wirkte. Nach und nach fand sie heraus, dass er Mervin Lerner hieß, Witwer war und vor einiger Zeit aus der DDR geflohen. Seitdem kam er nirgends zur Ruhe, wanderte ohne Ziel die Küste auf und ab, von Insel zu Insel. Er war abgemagert und traurig. Sigrun nahm ihn auf. Sie sagte, sie bräuchte Hilfe im Garten, und dafür bekäme er Kost und Logis. Als sie im Frühling sah, wie leidenschaftlich er im Garten arbeitete und wie es ihm dabei von Tag zu Tag besserging, erzählte sie ihm die Geschichte des Gartens.

Ich habe wohl nur auf Mervin gewartet, notierte sie in die Bücher. *Ich werde zu alt für das hier. Ich benötige den Garten nicht mehr, es geht mir gut, und es zieht mich zu meiner Cousine im Süden, mit der ich alt werden kann. Es ist Zeit, Valentinas Wunsch zu erfüllen. Mervin ist es, der diesen Ort nun braucht.«*

»Ich glaube, Valentina war so eine Art Schutzengel«, sagte Emma.

»Ja, das hat Mervin auch so gesehen. Er schrieb in die Bücher: *Dies ist ein gesegneter Ort. Es ist der einzige, an dem ich Ruhe finde, seit ich meine Frau und unseren Garten verloren habe. Ich glaube, sie ist nun hier bei mir in diesem Garten, und ich kann abends das Horn Richtung Rügen blasen und weiß, wenn dort noch ein Kraut in meinem alten Garten wachsen oder ein Schmetterling fliegen sollte, dann werden sie den Ton vernehmen. Ich werde nicht ewig hierbleiben, jedoch dies ist der Ort, an dem ich endlich Frieden schließen kann. Mit mir, mit dem Tod und mit jenen, die mich aus unserer Heimat vertrieben haben.«*

Lexi räusperte sich. »Entschuldigt, jetzt habe ich so viel geredet, ich muss mir noch ein Wasser holen. Wollt ihr auch noch etwas?«

»Gute Idee. Ich mach das schon.« Emmas Vater kam bald darauf mit einer Flasche und drei Gläsern zurück.

»Dann hat der Garten gemacht, dass der Mervin nicht mehr so traurig war?«, fragte Emma.

»Ja. Es ging ihm bald besser, darum blieb er auch nur ein paar Jahre. 1983 zog er morgens am Strand eine völlig erschöpfte Frau aus dem Wasser. Er dachte erst, sie wäre tot, aber er konnte sie wiederbeleben und brachte sie ins Haus, wo er sie aufwärmte und ihr zu trinken gab, bis sie ihm schließlich ihre Geschichte erzählte. Sie hieß Pia.«

»Die, die deine Freundin war?«, fragte Emma.

»Ja, später wurde sie meine Freundin. Sie war aus der DDR geflohen, wie Mervin. Nur war sie geschwommen. Sie hatte es einem Arzt nachgemacht, der es vor ihr geschafft hatte, von Kühlungsborn nach Fehmarn zu schwimmen. Sie war Leistungssportlerin, Schwimmerin, und sie wurde gedopt, gegen ihren Willen. Als sie das schließlich begriff, sammelte sie die Tabletten. Sie würde es nur damit schaffen, die Strecke zu schwimmen, das wusste sie. Pia hatte Beziehungen. Sie besorgte sich irgendwie einen Taucheranzug, Flossen, eine Schwimmhilfe, Schmerztabletten und Schokolade, einen Kompass. Den ersten Teil der Strecke nahm sie ein befreundeter Heringsfischer mit. Später zeigte er sie dann wegen Republikflucht an, sagte aus, er hätte Pia vergeblich verfolgt. So hatten sie es verabredet, damit er nicht verdächtigt wurde. Trotzdem wurde es ein Höllenritt. Aber sie schaffte es. Mervin päppelte sie wieder auf, half ihr mit den Entzugserscheinungen nach den Dopingtabletten, unterstützte sie bei den Formalitäten. Er kannte sich aus, er hatte das ja selbst hinter sich. Pia musste wie er eine Zeitlang in ein Auffanglager. Aber dann kam sie zurück nach Fehmarn.«

»Und da wurde sie wieder glücklich«, sagte Emma zufrieden.

»Ja. Mervin schenkte ihr Valentinas Garten und zog bald darauf weiter, irgendwohin. Pia arbeitete in einem der Strandcafés und gab Schwimmunterricht. Und sie liebte den Garten.«

»Und von dieser Pia haben Sie dann Valentinas Garten bekommen?«, fragte Oliver.

»Ja. Als ich so alt war wie Emma, gab es oft Streit in meiner Familie. Ich war traurig, aber als ich Pia kennenlernte, schenkte sie mir Zeit im Garten und lehrte mich alles über die Blumen, Insekten und Tiere. Sie verstand mich. Es war mein glücklicher Ort, meine Zuflucht. Sie unterstützte mich in meinem Wunsch, Lehrerin zu werden, half mir beim Studium.« Lexi trank einen Schluck und atmete tief durch. »Vor ein paar Jahren dann wurde Pia krank. Sie hatte Krebs. Und sie wünschte sich nichts mehr, als dass ich Valentinas Garten übernehmen würde. Damit er weiter geliebt wird und damit ich meinen Glücksort nicht verliere.«

»Und sich jemand um die Seepferdchen kümmert«, sagte Emma.

»Ja. Die Seepferdchen auch.« Lexi musste schlucken. Emma beugte sich vor und legte ihre kleine Hand aufs Lexis. »Nicht traurig sein, Lexi. Du hast doch Valentinas Garten, der dich heile macht.«

»Ja. Ich vermisse Pia bloß immer noch so.« Lexi putzte sich die Nase.

»Sie würde sich sehr freuen, was Sie damit machen. Dass Sie damit so vielen Menschen einen Platz zum Atemholen schenken, indem Sie ihn teilen«, sagte Oliver und sah sie forschend an. »Und ich bin mir sicher, Sie werden zum richtigen Zeitpunkt den richtigen Menschen finden, an den Sie ihn in Valentinas Sinne weitergeben können und möchten.«

»Und ich weiß jetzt auch, welches Kissen ich mitnehmen

möchte. Das dicke mit dem geblümten Fisch drauf«, sagte Emma.

Pia hatte Lexi schon früh beigebracht, Kissenbezüge zu nähen. Auf der halbrunden Steinbank rechts und links lagen immer bunte Kissen, ebenso wie in der Schaukel. Das war neben den Blumen Pias Mittel gegen Traurigkeit, vor allem im Winter. Sie war immer auf der Suche nach besonderen Stoffen, die nicht nur bunt waren, sondern auch verschiedene Texturen hatten und sich angenehm anfühlten.

»Achte darauf, wie sich die Dinge anfühlen. Blumen muss man auch vorsichtig berühren. Jedes Blütenblatt ist anders. Das Fühlen ist so wichtig wie das Sehen«, hatte Pia gesagt.

Heute sammelte Lexi selbst Kissen und Stoffe, und jemand wie Emma freute sich darüber.

Pia war immer noch anwesend, in all den Farben.

Lexis Traurigkeit verflog. »Das freut mich, Emma. Was meint ihr, wollen wir noch zum Yachthafen laufen und die Boote ansehen?«

»Möchtest du, Emma? Ich würde lieber zurückgehen, um noch ein wenig im Garten zu sitzen und ein paar Briefe zu schreiben«, sagte Oliver.

»Ich geh mit, Lexi«, beschloss Emma.

Im Hafen schaukelten die großen und kleinen Yachten und Boote beschaulich am Rundsteg. Die Abendsonne ließ das Wasser glatt und hellblau erscheinen, und die Masten spiegelten sich darin wie Aquarellzeichnungen. Schnatternde Enten balgten sich mit kreischenden Möwen um Fischreste. Andere Boote kehrten allmählich heim, suchten sich ihren Weg durch die Hafeneinfahrt zu ihrem Liegeplatz. Es roch nach Fisch und Tabak und Seetang. Die Bootsleute riefen einander Scherze zu, und auf den Bänken saßen betagte Pärchen und freuten sich über die Abendsonne. Lexi und Emma spazierten einträchtig bis zum Ende der langen Mole. Beide hingen ihren Gedanken nach.

»Guck mal, Lexi! Da ist Jonne!«, rief Emma auf einmal. Sie fing an zu winken. »Jonne! Jonne!«, rief sie.

Lexi wunderte sich. Was war in den zwei Tagen aus der verschüchterten Emma geworden? Lag das wirklich an Valentinas Garten und dem Abstand von Emmas schwierigem Alltag, oder war es irgendetwas an Jonne? Anscheinend besaß er ein verborgenes pädagogisches Talent. Oder es waren einfach seine Drachen, die ihn so unwiderstehlich machten? Leo und Tim hatten auch schon nach ihm gefragt.

An dem schmalen Steg am Ende der Mole ankerten einige Hausboote. Jonne saß auf dem zweiten davon, oben auf der Dachterrasse. Emma hatte ihn wahrscheinlich nur entdeckt, weil er mit einem großen knallbunten Drachen herumhantierte. Das Pink und Grün war wirklich schwer zu übersehen.

Jetzt winkte Jonne zurück. Nein, er winkte sie heran, dann verschwand er vom Dach. Emma rannte auf den Steg.

»Da steht *Betreten verboten*, Emma.« Lexi zeigte auf das Schild.

»Aber Besuch darf herein«, sagte Jonne, der jetzt hinter dem ersten Boot hervorkam.

»Wohnst du hier?«, fragte Emma.

»Für diesen Sommer, ja. Ich habe das Boot gemietet.«

»Kann das auch fahren?«

»Ich weiß nicht. Ich kann es jedenfalls nicht. Es ist zum Wohnen gedacht. Möchtet ihr es euch ansehen?«

»Sieht so aus«, sagte Lexi, denn Emma war schon die kleine Rampe hinaufgelaufen. »Willkommen auf der *Seeschwalbe*«, sagte Jonne und wies auf den neonblauen Schriftzug am Bug. Ein Bug war es allerdings nicht direkt. Das Schiff war viereckig, eine Art Kasten mit einer winzigen Terrasse vorne und hinten und einer großen obendrauf. Drin gab es ein Wohnzimmer mit Küchenzeile und einer Koje hinter einem Vorhang.

»Es ist einfach, aber es gefällt mir«, sagte Jonne, der im Vorbeigehen drei kleine Eis am Stiel aus dem Gefrierfach fischte, ehe sie die Stiege zum Dach hinaufkletterten. Dort stand ein Strandkorb. Eine Hängematte hing an einem Ständer. Emma warf sich sofort hinein. Lexi fand sich neben Jonne im Strandkorb wieder.

»Das Eis ist lecker«, sagte Emma zufrieden.

»Selbstgemacht. Ist nur gefrorener Joghurt«, erklärte Jonne und streckte die langen Beine aus.

»Erstaunlich, wie weit weg alles von hier aussieht.« Lexi staunte. Da war der Hafen, und die Boote wirkten schon ganz klein. Dahinter die Häuser, rundherum Wasser. Im Osten die Kohlhofinsel, im Westen der Wulfener Hals. Die Sonne rutschte tiefer, aber die Luft war sommerlich warm heute. Man hörte keine Stimmen von hier, nur das Plätschern der kleinen Wellen unter dem Schiff und ein paar Möwen.

»Ja, man ist hier ganz für sich. Ich mag es.«

Ich auch, dachte Lexi.

Emma schaukelte in der Hängematte. Das Wochenende hatte ein paar gesunde Sommersprossen auf ihre kleine Nase gemalt. Das Eis schmeckte nach Pfirsich.

Lexi wusste gerade gar nicht mehr, was ihr eigentlich zu ihrem Glück fehlte.

Sila

Altlewin

2017

17

Der Duft von Glück

Morgens wurde Sila vom Zwitschern der Meisen geweckt. Einen Augenblick wusste sie nicht, wo sie war, bis sie das grünliche Licht wiedererkannte, das durch die Weinblätter hereindrang.

Früher war sie jeden Tag so aufgewacht, unter diesem alten Dach in diesem Licht. Draußen wartete eine Welt voller Blüten, Grün und Bienen auf sie.

Es hielt sie nicht mehr im Bett. Wenige Minuten später stand sie auf der Türschwelle und konnte sich nicht sattsehen an der klaren Luft und der grünen Weite. Das Wetter meinte es gut. Nur Schäfchenwolken trieben über ihr. Im Gras funkelte Tau.

Sila kochte sich Kaffee, aß eines der Brötchen von gestern und machte sich als Erstes daran, das Tor zu reparieren. Sie schraubte hier und ölte da und dachte daran, dass Wanda jetzt vielleicht irgendwo beifällig nickte, als es sich wieder stabil und lautlos öffnen und schließen ließ. »Alles wieder gut, Wanda«, sagte sie laut.

Dabei war es nur ein winzig kleiner Anfang. Aber es fühlte sich gerade so gut an. Anzufangen war stets das Wichtigste. Das hatte Wanda ihr immer eingeschärft.

Dann zog es sie auf die Streuobstwiese. Im Geräteschuppen fand sie den alten Leiterwagen, in den man endlos Dinge laden konnte. Sie warf Handschuhe hinein, eine Säge, eine lange Astschere, eine kurze Baumschere und eine Schaufel.

Zwischen den Obstbäumen duftete es so himmlisch wie am Vortag, nur noch frischer, weil es Morgen war. Zitronenfalter, Bläulinge und ein Postillion flatterten zwischen Löwenzahn und Klee, Margeriten tanzten filigran im Wind. Voller Energie wie lange nicht mehr machte sich Sila zunächst über die Äste her, die überall herumlagen. Sie füllte einen großen Haufen in den Leiterwagen. Diejenigen, die abgeknickt herunterhingen, kappte sie mit der Säge. Als der Wagen voll war, schichtete sie daneben einen zweiten Haufen auf.

Bald schmerzten sie Muskeln, von denen sie nicht mehr gewusst hatte, dass es sie gab, aber sie blickte sich zufrieden um. Wie viel so ein bisschen Arbeit bereits ausmachte! Schon wirkte der Obstgarten nicht mehr ganz so vernachlässigt. Selbst der laue Frühlingswind schien befreiter zu wehen und wirbelte ihr ein paar Blütenblätter um die Ohren. Eine rotblonde Katze mit dunklen Streifen wand sich durch das Gras, blieb stehen und warf Sila einen fragenden Blick zu.

»Hallo, bist du Kopernikus? Oder Curie?« Sila bückte sich und streckte die Hand aus, aber das Tier warf ihr nur einen kurzen Blick zu und stolzierte weiter auf seinem Weg.

Sila war so in Schwung, dass sie auch noch einige wilde Sträucher und eine Menge Brennnesseln herausriss, die die Wiese zu ersticken drohten, und oben auf den Leiterwagen warf.

Nur wohin jetzt damit? Das hätte sie sich eher überlegen sollen. Sie dachte nach. Da war doch der große Komposthaufen bei Wandas Gemüsegarten gewesen. Daneben wurde manchmal Laub verbrannt und Holz.

Wenn sie unten an der Wiese entlang abkürzte, würde sie vermutlich hinter dem Gemüsegarten herauskommen.

Nächstes Mal musste sie unbedingt eine Wasserflasche und

einen Strohhut mitnehmen. Die Sonne brannte mächtig auf ihren dicken schwarzen Haaren.

Sie setzte sich unter einen Apfelbaum, lehnte sich an den Stamm und zog die Handschuhe aus. Sie war müde, verschwitzt und glücklich. Neben ihrem Schuh, zwischen Spitzwegerich und Hirtentäschelkraut, bewegte sich etwas im sandigen Boden. Eine Rotschopfige Sandbiene!

»Hallo, Andrena«, sagte Sila erfreut.

Auf dem Hirtentäschelkraut entdeckte sie eine weitere alte Freundin. Eine Maskenbiene.

»Sie sind noch da, Wanda«, sagte Sila leise. »Hier kann man gar nicht einsam sein.«

Sie hatte gelesen, dass ein Wissenschaftler herausgefunden hatte, dass Bienen tatsächlich träumen. Er hatte es mit einer Kamera anhand der Bewegungen erforscht, die sie im Schlaf machten. Bestimmt träumten sie genauso, wie Wanda es erzählt hatte. Von Weite und Wiesen, Nektar und Blüten, von Tagen voller Licht und Wärme. *Sie haben dieselben Träume wie wir Menschen. Eigentlich wollen sie nur ihre Freiheit und dass am nächsten Morgen wieder die Sonne aufgeht. Dass es Luft und Farben gibt und etwas Süßes zu essen. Das ist nicht viel.*

Jetzt, da sie hier saß, mitten im Paradies, musste Sila zugeben, dass das völlig genügte.

Nie hätte sie gedacht, dass sie einmal so wunderbar allein sein würde mit ihrem Kindheitsparadies. Ohne die ganzen Schwierigkeiten und Streitereien, die lautstarke oder vorwurfsvolle Unzufriedenheit ihrer Mutter und die sporadische Anwesenheit eines unerreichbaren Vaters, ohne die Betrunkenen in der Gaststube, ohne die Erwartungen, die Sila nicht erfüllen konnte.

Aber leider auch ohne Wanda.

Doch Wanda war hier, in jeder Biene, die flog, in jedem Kraut, das blühte. Und in Silas Souveränität im Umgang mit Gartenarbeit, über die sie selbst überrascht war. Es fühlte sich an, als würde sie das jeden Tag machen und wüsste genau, was sie tat.

Habe ich dir ja auch beigebracht, sagte Wandas Stimme im Wind. *Aber davon, dass du hier herumsitzt, macht sich die Arbeit nicht. Es gibt eine Zeit zu arbeiten und eine Zeit zu träumen.*

Sila lächelte die Sandbiene an, die jetzt in einer violetten Taubnessel zugange war, und raffte sich auf. Mit Mühe bekam sie den Leiterwagen in Gang. Er war jetzt schwer, aber die großen alten Räder waren so zuverlässig wie eh und je. Wie oft hatten Lisann und Sila einander damit über Stock und Stein gezogen!

Der Pfad, den sie weiter unten vermutet hatte, war nur noch stellenweise zu erahnen. Mit mehreren Unterbrechungen, um Steine und Äste aus dem Weg zu räumen, gelang es ihr, bis hinter den Stall zu kommen, wo sich ihrer Erinnerung nach der Gemüsegarten befand. Dort blieb sie stehen. Ja, da war der Steinwall drum herum und die Hochbeete oder jedenfalls die Reste davon. Die Rückseite der Stallwand war mit Spalierobst und Brombeeren bewachsen. Wie vertraut es duftete! Feuchter war es hier, die Erde fruchtbar und dunkel. Es roch nach Kompost und Regenwürmern und Wurzeln, nach Dill und Maggikraut.

Sila ließ den Leiterwagen stehen und fing an, die Kräuter vom Unkraut zu befreien, damit diese wieder Licht bekamen. Sie kostete vom Schnittlauch, dann von der Petersilie. Herrlich, wie das nach Frühling schmeckte! Davon musste sie unbedingt etwas mit in die Küche nehmen.

Hier war Wanda besonders gegenwärtig. Im Kürbisbeet

glaubte Sila für einen Augenblick, ihre blaue Schürze blitzen zu sehen. Und da, bei den Gurken! Wie oft hatte Wanda sie rasch hierhergeschickt, frische Gurken zum Abendbrot zu holen. Frisch geerntet auf einem Butterbrot, mit Salz und frischem Dill … Ein paar junge Pflanzen hatten sich selbst aus liegengebliebenen Früchten besamt und wanden sich bereits über die Erde. Wenn sie sich ein wenig darum kümmerte, würde es auch dieses Jahr Gurken geben.

Doch was jetzt mit dem Geäst? Sila fiel etwas ein. Der Gemüsegarten wurde an einer Seite von der Backsteinwand der Stallrückseite begrenzt, wodurch er warm und geschützt lag. An zwei Seiten bildete ein Wall aus Feldsteinen die Grenze, bewachsen mit Mauerpfeffer und Phlox. Er bot wunderbare Verstecke für Eidechsen und Mauerbienen. Aber an der Ostseite war doch früher eine Hecke gewesen?

Richtig, eine Benjeshecke! Jetzt fiel ihr ein, was in ihrem Unterbewusstsein gearbeitet hatte. Eine Benjeshecke wurde zwischen Reihen aus Pflöcken aus Ästen aufgeschichtet, unten die dicken, oben das Reisig. Mit der Zeit wuchsen dann Wildkräuter hindurch. Käfer, Bienen, Vögel, Igel, jede Menge Kleingetier siedelte sich darin an. Windschutz bot sie auch. Mit der Zeit verrottete sie von unten, und man konnte sie von oben nachschichten.

Von der einstigen Hecke waren nur noch die Pflöcke übrig, und auch davon waren einige abgefault. Man sah noch Reste herumliegender Zweige.

Sila inspizierte die Pflöcke. Die wenigen kaputten konnte sie ersetzen, und dann würde es ein Leichtes sein, den alten Windschutz wiederherzustellen. Das war ein guter Verwendungszweck für das Holz, und die Tiere würden begeistert sein.

Während sie noch abschätzte, wie viele Pflöcke sie brauchen würde, näherte sich ein Auto. Als der Motor verstummte, hörte sie ein lautes Quietschen und andere seltsame Geräusche. Sie lief um den Stall herum nach vorn und sah Lisann, die ihr mit einer Tiertransportkiste in jeder Hand entgegenkam. Das Quietschen und Grunzen wurde noch lauter.

»Was …?«, begann Sila.

Lisann stellte die Kisten ab. »Sie wiegen wohl mehr als noch vor ein paar Tagen«, sagte sie außer Atem. »Ich glaube, ich habe sie zu gut gefüttert. Sie sind aber auch einfach zu süß.«

Sila bemühte sich, durch die Schlitze der Boxen etwas zu erkennen. »Bitte, Lisann, was um Himmels willen ist das?«

»Na, Kopernikus und Curie. Hat Wanda das nicht erwähnt? Harry auch nicht?« Lisann fing an zu lachen. »Nimm mal die eine Box mit. Wirst es gleich sehen. Die Weide mit dem Stall ist da hinten. Wanda wollte sie nicht ganz so nahe am Haus haben, weil sie recht laut sein können, wenn sie sich freuen.«

Sila griff verwirrt nach dem Henkel. In der Box klapperte, raschelte und quiekte es. Ein Stück hinter dem Gemüsegarten befand sich eine eingezäunte Weide mit einem kleinen Stall darauf, wohin Sila noch nicht vorgedrungen war.

»Ich habe mich um sie gekümmert, aber unser Pferch ist auf Dauer zu klein«, sagte Lisann. »Auch wenn sie aussehen wie Schoßtiere, sie brauchen viel Auslauf.« Sie stieg über den Zaun und öffnete die Box. Ein schokoladenbraunes Wesen schoss heraus und tobte über das Gras, dann kam es zurück und rieb sich an Lisanns Bein. Es war nicht einmal kniehoch, vielleicht siebzig Zentimeter lang und hatte ein so fröhliches Gesicht, dass Sila nicht anders konnte und laut loslachte. »Ferkel? Wanda hatte Ferkel?«

Lisann nahm ihr die andere Box ab und öffnete sie ebenfalls. Ein identisches Kerlchen sauste heraus, nur diesmal rotblond mit ein paar dunkleren Flecken.

»Nein, keine Ferkel. Sie sind schon ausgewachsen. Es sind Minischweine. Stubenrein, sehr verschmust und hochintelligent«, sagte Lisann. »Allerdings auch lebhaft und nicht gerade leise. Aber sie machen unweigerlich gute Laune. Wanda hat sich auf einem Ausflug zu einem anderen Hof auf den ersten Blick in sie verliebt, und Harry hat sie ihr geschenkt. Das dunkle ist Kopernikus, weil es oft dasteht und in den Himmel guckt. Keine Sorge, es werden nicht mehr, er ist kastriert. Und das helle ist Curie. Steckt ihre Nase überall rein.«

»Ich kann verstehen, warum Wanda sich verliebt hat.« Sila ging es ähnlich. Sie hockte sich hin und kraulte Kopernikus, der sich an sie lehnte und genüsslich die Augen schloss. Seine kleine runde Wärme, die lustigen Ohren und die freche Nase, das ganze Wesen strahlte Heiterkeit und Lebensfreude aus.

»Was fressen sie denn?«

»Obst, Gemüse, Getreide, Heu. Du findest Futter im Schuppen. Man darf sie nur nicht überfüttern. Und natürlich brauchen sie immer frisches Wasser.«

»Du sagtest, sie sind stubenrein? Kommen sie denn auch ins Haus?«

»Wenn man das will. Im Winter hat Wanda sie manchmal hereingeholt. Aber ich meinte vor allem, dass sie auf der Weide immer in die dafür vorhergesehene Ecke gehen. Ihre Hinterlassenschaft ist gut für den Kompost. Du kannst sie auch herauslassen, sie laufen nicht weg. Aber sie pflügen durch die Blumenbeete, wenn du nicht aufpasst. Im Prinzip ist die Weide groß genug. Tägliche Streicheleinheiten verlangen sie aber schon. Sie sind wirklich verschmust.«

Kopernikus war jetzt dabei, sich in einer Schlammpfütze zu suhlen, dafür drängte sich Curie an Sila. Scheu vor Fremden kannten die zwei wohl nicht. Sila bückte sich und begann, Curie zu kraulen.

»Wie geht es dir denn jetzt, nach einer Nacht in der alten Heimat?«, fragte Lisann.

»Merkwürdig. Kannst du dich an die doppelbelichteten Fotos erinnern, die die Kameras früher gemacht haben, wenn man den Film nicht richtig weitergespult hat? Da saß man dann im Auto mitten auf dem Müggelsee oder so ähnlich. So kommt es mir jetzt auch vor. Als ob sich ein Bild ständig vor das andere schiebt. Ich bin gleichzeitig in der Gegenwart und in der Vergangenheit. Manchmal fühlt es sich richtig an und dann wieder falsch.« Curie galoppierte davon, und Sila stand auf und setzte sich neben Lisann auf den Zaun. »Ich hatte vergessen, wie schön es hier ist. Jedenfalls ohne Menschen, die sich streiten. Zwei Dinge weiß ich schon. Erstens: Ich kann nicht auf Dauer bleiben. Es sind zu viele Erinnerungen hier. Und vor allem möchte ich mich vorwärtsbewegen in meinem Leben und nicht zurück.« Sie schwieg. »Ich bin Wanda dankbar dafür, dass sie mich aus dem Stillstand der letzten Zeit herausgerissen hat«, ergänzte sie schließlich.

Lisann baumelte mit ihren langen Beinen. »Und zweitens?«

»Wie? Ach so. Zweitens ist mir klargeworden, dass ich zu sehr an alldem hier hänge, um es einfach sich selbst zu überlassen oder an den ersten Besten zu verscherbeln.«

»Dann hast du ein Problem«, stellte Lisann fest. »Hier kannst du froh sein, wenn überhaupt jemand auftaucht. Ich kenne Leute, die können ihr Grundstück seit Jahren nicht verkaufen.«

»Ich weiß.« Sila sah ihren neuen Mitbewohnern zu, die sich gegenseitig über das Gras jagten und vor Freude quiekten. »Aber jetzt habe ich ja immerhin Schwein. Sogar doppelt.«

Lisann lachte auf. »Stimmt. Möge es helfen.«

»Ich wollte gerade nachsehen, ob noch Kartoffeln im Keller sind. Es gibt so tolle Kräuter. Magst du zum Mittagessen bleiben?«

»Warum nicht? Ist ja Samstag. Keine Schule heute. Nachher muss ich aber noch Tests korrigieren.«

Im Kartoffelkeller roch es wie früher. Eine der hölzernen Stiegen war noch voll. Ein paar schrumpelige Kartoffeln nahmen sie für die Schweine mit hoch, die besseren legte Sila in den alten Dampfkochtopf. Dann gingen sie Kräuter ernten. Quark hatte Sila noch unter ihren mitgebrachten Vorräten.

Lisann sah zu den Greifvögeln auf, die über ihr kreisten. »Ich möchte jedenfalls nirgendwo anders leben. Ich habe mir die Welt angesehen, als es dann ging, und festgestellt, dass ich genau da bin, wo ich sein will. Aber ich habe auch nur gute Erinnerungen.«

»Für die guten bin ich auch dankbar.« Sila schnupperte am Dill. Herrlich. Die gekauften Kräuter in der Stadt waren weit entfernt von diesem Aroma. »Heute Morgen im Obstgarten war ich total glücklich.«

»Und fleißig, wie ich sehe.« Lisann betrachtete den Reisighaufen.

»Ja, ich will die Benjeshecke erneuern.«

»Wenn du Hilfe brauchst, mein Mann ist Landwirt. Der kann fast alles. Er heißt Martin.«

»Danke. Gut zu wissen. Wenn ich das Auto nicht zum Laufen

bekomme, brauche ich ihn vielleicht wirklich bald. Habt ihr Hühner?« Sila hatte plötzlich Appetit auf Eier. So richtige, frische.

»Ja, ich kann dir gern regelmäßig welche bringen. Und frisches Brot, wenn du magst. Ich backe oft.«

»Das klingt großartig.«

Später saßen sie auf der Bank und aßen Kartoffeln mit Kräuterquark. Sie konnten noch immer gut zusammen schweigen, ebenso wie reden.

»Schade, dass du nicht hierbleiben willst«, sagte Lisann. »Freundinnen sind hier dünn gesät. Aber ich freue mich einfach, solange du hier bist. Was ist mit dir, bist du verheiratet?«

»Nein.« Wie sollte sie Lisann Devin bloß erklären?

Lisann deutet ihr Zögern richtig. »Aber da ist jemand?«

Sila leckte den letzten Quark vom Löffel. Das könnte sie jeden Tag essen, dachte sie. »Ja. Devin. Wir kennen uns, seit ich ein Teenager war. Er ist ein paar Jahre älter als ich und hat mich immer beschützt. Ich habe meine Lehre bei ihm gemacht. Irgendwann später haben wir uns verliebt.«

»Und dann?«, fragte Lisann, als die Pause zu lang wurde.

»Eine Zeitlang habe ich bei ihm gewohnt, meine Wohnung aber nie aufgegeben. Dann hat es auf einmal nicht mehr gepasst. Es war uns zu eng. Er sagte mir zu oft, was ich tun oder lassen sollte. Und er fühlte sich nicht ernst genug genommen. Außerdem dachte ich, er will vielleicht Kinder und sollte die Gelegenheit dazu haben, mit einer anderen Frau, weil ich keine bekommen kann.«

»Und? Wollte er?«

Sila zuckte mit den Schultern. »Anscheinend nicht. Irgendwann waren wir wieder eine Weile zusammen. Aber vor einiger

Zeit haben wir beschlossen, es bei Freundschaft zu belassen. Er hat jetzt eine andere Freundin. Ich hatte auch mal eine Beziehung. Zu einem Kunden. Devin ist trotzdem nach wie vor die wichtigste Person in meinem Leben. Mein Fels in der Brandung. Wir sind immer füreinander da. Als Freunde passen wir perfekt zusammen.«

»Und was hält seine Freundin davon?«

»Ich weiß nicht, wie ernst das mit ihr ist.«

»Klingt kompliziert«, sagte Lisann. »Immerhin schön, dass du ihn hast.«

»Ja, es klingt kompliziert«, gab Sila zu. »Aber wenn wir zusammen sind, scheint es eigentlich ganz einfach. Wir sind uns wichtig. Punkt.«

»Na, vielleicht tut euch ein bisschen Abstand ja gut«, sagte Lisann. »Ich finde, das wirkt nicht optimal. Irgendwie inkonsequent. Willst du nicht mal richtig glücklich sein? So wie ich mit Martin? Ich würde es dir wünschen.«

»Dafür hat mir heute schon der Obstgarten genügt«, sagte Sila.

Sie konnte es kaum erwarten, den Hof weiter zum Leben zu erwecken, auch wenn ihr Rücken gerade begann, mörderisch zu schmerzen. »Ich freue mich über die Minischweine. Hier hat was Lebendiges gefehlt.«

»Vergiss Runaj nicht«, sagte Lisann und deutete nach oben auf zwei würdevoll kreisende schwarze Punkte unter den Wolken. »Der Fürst des Wickenhofs. Mir scheint, er hat eine Gefährtin gefunden. Vielleicht nisten sie wieder hier?« Die Rufe der Vögel hallten zu ihnen herunter. Für Sila klangen sie wie eine Frage.

Die Zukunft schien offen, weit und hell wie die Felder.

18

Wandas Hut

Sila hatte Wandas altes Fernglas in der Küche gefunden. Als sie beim Frühstück wieder die Rufe der Bussarde hörte, ging sie hinters Haus und richtete es auf die riesige alte Tanne am Ende des Grundstücks. Erst sah sie nur Runaj, der einen Ast entlanghüpfte, doch dann entdecke sie es. An einer Stelle nahe dem Wipfel war der Horst, nahe am Stamm. Darin saß das Weibchen, größer und heller als Runaj.

»Ich werde dich Joy nennen«, sagte Sila leise. Jetzt sah sie, wie Runaj seiner Partnerin eine Maus überreichte. Dann flog er hinab zum Graben. Dort gab es Frösche und reichlich Kaulquappen, wie Sila auf ihrer gestrigen Abendrunde festgestellt hatte. Durch das Fernglas beobachtete sie, mit welcher Hingabe Runaj an einer flachen Stelle im Wasser badete, seine Schwingen ausbreitete und glitzernde Tropfen aufspritzen ließ. Hinterher flog er auf einen Stein und pflegte gründlich sein Gefieder, bis es trocken war. Zu guter Letzt schnappte er sich einen Frosch und flog damit davon, nicht ohne Sila einen Blick zuzuwerfen, der zu sagen schien: *Ich weiß, dass du da bist, und es ist in Ordnung für mich.*

Die vertrauensvolle Nähe des erhabenen Vogels verursachte ihr Gänsehaut. Es war ein bisschen wie ein Ritterschlag.

Mit neuem Schwung holte Sila Futter für die Minischweine, die sie mit fröhlichem Quieken und Schnuffeln begrüßten und sich an ihren Beinen rieben. Ehe Sila es sich versah, hatte sie eine halbe Stunde mit ihnen gespielt. »So geht das aber nicht«, sagte sie zu Curie, die mit einem seligen Ausdruck in den Augen halb auf Silas Schoß lag und protestierte, wenn sie aufhörte zu kraulen. »Ich muss die Benjeshecke bauen. Und nach den Wicken sehen. Und überhaupt den ganzen Hof in Ordnung bekommen, ehe ich das einem Makler zeigen kann! Der fällt ja sonst in Ohnmacht.«

Die Pflöcke zurechtzusägen war nicht so schwer, wie sie gedacht hatte. Sie hatte Wanda früher schon dabei geholfen, die Äste anzuspitzen. Holz war genug da. Sila war hochzufrieden, als es ihr gelang, die fertigen Pfähle mit dem Vorschlaghammer so tief zu versenken, dass sie stabil waren. Das hatte sie sich gar nicht zugetraut. Nach einer kurzen Mittagspause schichtete sie das Reisig dicht zwischen die Pfahlreihen und holte auch noch die zweite Ladung aus dem Obstgarten. Zum Schluss sammelte sie zwischen Haus und Nebengebäuden und auf dem Innenhof die herumliegenden Zweige auf und packte sie oben auf die Hecke. Trotz verbleibenden Unkrauts, alten Herbstlaubs und der schmutzigen Wege sah alles jetzt schon viel besser aus. Außerdem hatte der Gemüsegarten seinen Windschutz wieder und das Kleingetier Unterschlupf.

Sila zählte gerade die Mückenstiche auf ihren Armen und überlegte, ob sie eine Salbe eingepackt hatte, als Lisann mit fröhlichem Hupen vorfuhr.

»Hey, ich wollte dir nur sagen, Martin hätte morgen Vormittag Zeit, nach deinem Auto zu sehen«, sagte sie und setzte sich neben Sila auf die Stufen vor der Haustür. »Du warst aber fleißig! Hier sieht es schon viel besser aus.«

»Finde ich auch. Aber ich habe noch nicht mal das ganze Gelände gesehen. Es gibt noch viel zu tun, ehe ich Harry bitten kann, den Makler zu schicken.«

»Lass dir Zeit. Alles auf einmal geht nicht. Hast du es denn so eilig?«

Sila dachte an die Stadt, die bald sommerheiß und staubig sein würde. An die Enge zwischen den Häusern, an den Lärm.

»Nein. Ich vermisse Indra und Oswin und Devin, aber sie könnten mich ja mal besuchen kommen.«

Die Idee hatte sie noch gar nicht gehabt. Das wäre doch schön! Aber erst, wenn sie noch viel weiter mit allem war. Sie wollte, dass die anderen den Wickenhof von seiner besten Seite sahen. Am besten im Hochsommer, wenn es in der Stadt beinahe unerträglich war. Es würde ihnen guttun. Und Harry! Wenn sie das Auto in Gang brachten, könnte sie auch Harry einmal hierherholen. Sicher wäre es auch für ihn schön, wieder einmal auf dem Wickenhof zu sein und zu sehen, wie alles blühte. Oder würde es ihm zu sehr weh tun, ohne Wanda? Sila würde ihn fragen. Der Wickenhof war ein Ort, der Menschen guttat.

Und das sollte er nach Möglichkeit bleiben. Das wünschte sie sich, wurde ihr klar. Einen Käufer, der einen Ort für Menschen daraus machte.

»Sila?« Lisann wedelte mit der Hand vor ihrem Gesicht. »Wo bist du?«

»Oh, Entschuldigung. Ich war in Gedanken.«

»Das merke ich. Ich habe dich gefragt, ob wir übermorgen eine Fahrradtour an die Oder machen wollen. Da habe ich nachmittags frei. Mit Picknick, so wie früher?«

Die Erinnerung an ihren Vater am Fluss flog durch Silas Kopf, aber sie verscheuchte sie. Heute war heute, und eine große Sehnsucht nach dem Blick auf das Wasser überkam sie. »Sehr gerne. Wenn ich Wandas Fahrrad finde. Das mit dem Picknick übernehme ich.«

»Sie ist noch lange damit gefahren. Das wird nur Luft brauchen. Sonst nimmst du eben Martins. Also, bis dann!« Lisann stand auf. »Übrigens, falls du es vergessen hast, gegen das Jucken der Stiche hilft am besten Spitzwegerich!«

Sie sah nicht mehr, wie Sila sich an die Stirn schlug. Natürlich! Warum hatte sie daran nicht mehr gedacht? Was für ein Stadtmensch sie doch geworden war! Sie musste nicht lange suchen, bis sie ein paar der langen, schmalen Blätter zwischen den Wegplatten fand. Sie zerrieb einige zwischen den Fingern und schmierte den austretenden Saft auf die Mückenstiche. Bald hörte es auf zu jucken.

Aber ihr Scheitel brannte. Sie hatte wieder ohne Hut in der Sonne gearbeitet. Sila schüttelte den Kopf über sich selbst und machte sich auf die Suche nach Wandas Strohhut. Sie fand ihn in deren Kammer, in der immer noch das alte, breite, hölzerne Himmelbett stand wie früher. Man kam gerade so zwischen Bett und Kleiderschrank hindurch, mehr Platz war da nicht. Der Strohhut hing an einem Haken an der Tür. Es war ein buntes Tuch darumgebunden, genau wie Wanda ihn immer getragen hatte. Zu jeder Jahreszeit eine andere Farbe. Dieses zeigte ein Muster aus Herbstblättern.

Im Schrank entdeckte Sila einen Stapel saubere, abgewetzte Latzhosen. Und Baumwollblusen, langärmelige aus Flanell und leichte kurzärmelige. Dazwischen lagen kleine Säckchen mit getrocknetem Lavendel. Sila schnupperte daran und spürte für einen Augenblick ganz deutlich Wandas wohltuende Gegenwart.

Sie hatte im Rucksack nicht viel Kleidung mitnehmen können. Zumal Devin darauf bestanden hatte, dass sie die Brennstation einpackte. »Das ist doch nur die kleine Kiste. Was willst du denn sonst machen, wenn du deinen kreativen Schub bekommst?«, hatte er gefragt. »Dann bist du unglücklich. Kleidung kannst du überall besorgen. Deine Brennstation nicht.«

Sie hatte nachgegeben, weil es sie berührte, dass er so gut wusste, was ihr wichtig war. Dass ihm so viel daran lag, dass sie glücklich war. Sie hätte ihn auf einmal gern geküsst oder wenigstens umarmt, aber sie dachte daran, wie gelöst er neulich mit der Rothaarigen gewirkt hatte, und verwarf den Gedanken rasch. Es war nicht fair, ihn wieder durcheinanderzubringen. Sie hatten es oft genug versucht.

Jetzt zog sie eine der Blusen an und eine Latzhose. Wanda war größer gewesen, aber wenn Sila Beine und Ärmel umkrempelte, ging es. Sie fühlte sich überraschend wohl darin.

Im Schrank lag ganz hinten auch der Stapel mit den bunten Tüchern. Sila wählte ein frühlingsgrünes mit Vergissmeinnicht darauf und band es um den Hut. Das Herbsttuch legte sie in den Schrank.

Im Windfang sah sie sich selbst in dem alten, etwas trüben Spiegel und blieb überrascht stehen. Sie trug Wandas Sachen und wirkte doch mehr wie sie selbst als sonst! Sila hatte noch nie so ausgesehen, aber es passte trotzdem zu ihr. Oder bildete sie sich das nur ein?

Draußen lehnte sie das Handy mit Selbstauslöser an die Bank und machte ein Ganzkörperselfie von sich, die Hände in den Taschen der Latzhose, den Strohhut auf und eine Mistgabel in der Hand. Das schickte sie mit einem Lachsmiley an Devin und an Indra. Oswin lehnte Handys ab, aber Indra würde ihm das Bild zeigen.

Die Antworten ließen nicht lange auf sich warten. »Goldrichtig, Liebes. Passt zu dir. Ich kann sehen, dass es dir gut geht. Weiter so! Und liebe Grüße von Oswin«, schrieb Indra.

»Eine ganz neue Seite von dir. Spannend«, war Devins Kommentar.

Spannend. Ob er das auch über die Schweinchen sagen würde? Von denen hatte sie noch kein Bild geschickt. Das musste sie unbedingt nachholen. Sila holte ein paar der schrumpeligen Äpfel, die sie noch beim Futter gefunden hatte, und ging Kopernikus und Curie besuchen, auch, um mit der Mistgabel die Toilettenecke zu säubern. Die zwei begrüßten sie bereits wie eine alte Freundin. Sie machte ein Foto von ihnen und schickte es hinterher.

»Ich habe ja auch Schwein!«, schrieb sie darunter.

Von Devin kam prompt ein Herzchenaugensmiley und ein erhobener Daumen.

Indra schrieb: »Du hast Schwein verdient. Auch doppelt! Oswin sagt, er wird die beiden als Stoffhocker machen. In bunt natürlich.«

»Na, das ist eine Ehre«, sagte Sila zu ihren beiden neuen Gefährten und stellte sich vor, wie das wohl im Wohnzimmer aussehen mochte. Es würde eine ganz frische Note ins Haus bringen, eine Heiterkeit, die ihm nie eigen gewesen war. Außer wenn Sila im Sommer die Wickensträuße im ganzen Haus verteilt hatte. Je mehr Blüten man schnitt, desto stärker blühten die Wicken. Tat man es nicht, hörten sie auf zu blühen und setzten nur noch Samen an. Sila füllte von Juni bis September jedes Gefäß, das sie finden konnte, und lieh sich sogar die Bierhumpen aus der Wirtschaft dafür aus, bis Dorothea ihr eine wischte, weil nicht genug für die durstige Kundschaft übrig war.

Sila nahm das in Kauf, es passierte sowieso oft genug. Dafür duftete das ganze Haus und erstrahlte in Rosa, Weinrot, Blau und Weiß und Violett. Sie fühlte sich dann wie eine Biene, die von Blüte zu Blüte schwirrte und nur die Farben und die Süße wahrnahm. Es gab ihr das Gefühl, dass sie die Welt verändern konnte. Ein bisschen wenigstens.

Sila leerte den Eimer aus der Schweineecke auf die frische Hälfte des Komposthaufens. Eigentlich müsste jetzt der alte Kompost gesiebt und in den Gemüsebeeten verteilt werden, dachte sie.

An einer Stelle in den Beeten hatten sich Tomaten ausgesät und gediehen prächtig, nur ein wenig zu hellgrün waren die Blätter – es fehlte Dünger. Die Gurken, die dort rankten, sahen ebenso hungrig aus. Außerdem hatte Sila neben den Samen der Wicken noch jede Menge Mohrrüben-, Radieschen- und Salatsamen gesehen. Es wäre ein Leichtes, sie in die Erde zu bringen. Warum eigentlich nicht? Wer auch immer den Hof übernahm, würde sich vielleicht freuen, wenn er etwas ernten konnte. Oder Lisann konnte sich daran bedienen. Oder …

Ein lautloser Schatten flog über Sila hinweg, und Runaj landete auf den Rand des Gurkenbeets. Er schüttelte sich und fixierte Sila auffordernd mit seinen hellen, intelligenten Augen.

»Vielleicht bleibe ich ja, bis die Wicken blühen«, sagte Sila leise zu ihm. Er bewegte den Kopf einmal auf und ab, als wollte er ihr nachdrücklich zustimmen. Aber es war nur die Bewegung gewesen, die er vor jedem Start machte, denn nun flog er los, erhaschte zwischen den Beeten eine Maus, die Sila nicht gesehen hatte, und verschwand Richtung Horst. Sicher war die Maus ein weiteres Geschenk für Joy, die, ohne eine Pause zu machen, auf ihrem Gelege saß.

Dann würde ich sogar noch sehen, wenn ein Küken schlüpft, dachte Sila und fragte sich, ob das Geld auf ihrem Konto so lange ausreichen würde. Immerhin hatte der letzte Kunde bezahlt, das half vorerst. Außerdem hatte Indra angeboten, Silas Mietanteil der Werkstatt zu übernehmen.

»Ich brauche doch so wenig, Liebes«, hatte sie gesagt.

Heute Abend gab es Federwolken am Himmel wie gemalt, von der untergehenden Sonne rosarot gefärbt. Sila hatte sich geduscht und erfreut festgestellt, dass in den letzten Jahren irgendetwas mit den Wasserleitungen geschehen sein musste, denn so stark war der Druck noch nie gewesen, und das Wasser war sogar heiß.

Nun schlenderte sie am Zaun entlang und sah nach den Wicken. Ja, sie trieben überall aus. Erst im Juni würden sie zu blühen beginnen, daher konnte man die Farben noch nicht erkennen. Aber sie rankten munter in die Höhe, und nur an wenigen Stellen gab es Lücken. Doch diese wenigen wollte Sila füllen. Bevor sie schlafen ging, entnahm sie die Samen aus den verschiedenen Tütchen aus Wandas Kästchen und weichte sie über Nacht ein. Morgen würde sie sie in die Erde bringen. Daneben legte sie die Tüten mit den Radieschen, Kohlrabi, Mohrrüben, Feldsalat und Kopfsalat.

Der Rhabarber war schon erntereif, hatte sie gesehen. Wenn es Martin gelingen würde, das Auto in Gang zu bringen, könnte sie nach Letschin fahren und einkaufen und vielleicht einen Rhabarberkuchen backen, auch um sich bei Lisann und Martin zu bedanken. Es wäre schön, wenn das Haus wieder nach Kuchen roch. Wanda hatte oft gebacken, auch für die Wirtschaft.

Ein lauer Nachtwind ließ die Weinblätter vor dem Fenster leise rascheln. Er trug den Duft von Tau auf jungem Gras herein. Darunter, wusste Sila, blickte der tönerne Ziegenkopf wachsam über den Hof wie seit über zweihundert Jahren.

Es war irgendwann nach Mitternacht, als Sila aufwachte. Erst wusste sie wieder nicht, wo sie war, dann sah sie die halbrunden Fenster mit dem Mondlicht dahinter, das die Weinblätter jetzt silbern erscheinen ließ. Der Vollmond hatte sie geweckt, er schien ihr direkt ins Gesicht. Es gab zwar Vorhänge, aber Sila hatte sie weder damals noch heute jemals geschlossen, da vor den Fenstern nur die Blätter und der Himmel waren. Sie wollte morgens die Schwalben fliegen sehen und die Stare, die Bienen und die Wolken.

Noch im Halbschlaf kam sie sich vor, als wäre sie wieder acht oder neun Jahre alt. Genauso hatte der Mond sie damals geweckt. Dann waren Stimmen durch den Flur geklungen, aus dem großen Schlafzimmer. Ihre Mutter, ihr Vater.

»Wie hältst du eigentlich diese Stille hier aus, Dorothea?«

»Ich würde auch lieber in Berlin leben. Wenn du mich heiraten würdest, könnten wir …« Sila hasste es, wenn die Stimme ihrer Mutter so klang. Ein bisschen traurig, ein bisschen bettelnd, dabei dennoch ein bisschen hochnäsig. Sie hatte keine Worte dafür, aber sie mochte es nicht. Auch weil sie ahnte, dass ihr Vater es ebenso wenig mochte und er dann wieder monatelang nicht auf den Hof kommen würde. Dabei hatte er gestern noch mit Sila Fußball gespielt, als wäre sie der Junge, den er gewollt hatte. Sie hatten viel zusammen gelacht.

»Du würdest mich wirklich heiraten, um in den Westen zu kommen?«, fragte Semir nach. Seine Stimme mochte Sila, sie war tief wie ein Brummbär, irgendwie gemütlich.

Den Westen stellte sie sich vor wie ein großes, beleuchtetes Schloss mit lauter Musik, darin viele Läden, in denen es gab, was ihre Mutter mochte, Nylonstrümpfe und Haarfarbe und Lippenstift und Zigaretten. Sila wollte nicht in den Westen. Sie wollte bei den Bienen bleiben und bei Wanda und dem Fluss.

»Natürlich. Wir könnten es schön haben. Ich habe immer gedacht, das würden wir bald tun. Schon als ich dein Kind bekam, wäre es doch richtig gewesen.«

»Meine Tochter hat nichts damit zu tun. Ich kann dich nicht heiraten. Du gehörst nicht meinem Glauben an.«

»Und wenn schon. Ich habe keinen Glauben. Ich kann einfach deinen annehmen.«

»So einfach ist das nicht. Das ist eine ernste Sache.«

»Denk wenigstens darüber nach.«

»Dann überzeuge mich doch«, sagte Semir, und Sila hörte genau, dass er dabei lächelte. Und dann zog sie die Bettdecke über die Ohren.

Sila kämpfte sich aus dem Halbschlaf in die Gegenwart, setzte sich auf, fuhr sich durch die Haare, rieb sich die Augen, lauschte. Stille. Natürlich war im Flur Stille, es waren nur alte, sehr alte Worte, die dort noch herumgeisterten. Semir und Dorothea waren längst fort. Warum waren ihre Stimmen nicht verstummt?

Sila stand auf, lehnte sich aus dem Fenster in die angenehm kühle Nachtluft und betrachtete eine Weile den hellen Mond und den Schatten, den der Ziegenkopf auf die Hauswand warf. In der Ferne konnte sie die hellen Blüten an den Obstbäumen sehen. Sie wartete, bis ihr Atem ruhiger ging und die Stille freundlich und frei von alten Echos war, dann legte sie sich wieder hin. Müde genug von der Tagesarbeit war sie, um rasch einzuschlafen. Der Mond war weitergewandert und schien nicht mehr in ihr Bett.

Zwei Stunden später kämpfte sie sich aus einem Albtraum, zitternd und verschwitzt und mit einem entsetzlichen Gefühl der Beklemmung. Sie hatte keine Luft bekommen. Es war eng, so eng gewesen!

Ganz klein zusammengerollt hatte sie in dieser Trommel aus Metall gesteckt, die hallende, klappernde Geräusche von sich gab, wenn Sila sich bewegte. Aber sie durfte sich nicht bewegen, es war verboten, sonst würden sie geschnappt werden und ins Gefängnis kommen. Niemand durfte wissen, dass sie hier drin war. Keinen Mucks durfte sie machen, obwohl ihr alles weh tat und sie keine Luft bekam.

Irgendwo ganz nahe waren die anderen, auch in solchen Trommeln versteckt, ihre Mutter, ihre Tante Daniela, Semirs Bruder Akif. Aber Sila konnte sie nicht hören. Es war dunkel. Vielleicht war sie auch schon ganz allein, vielleicht hatte man sie vergessen. Alles bewegte sich, ratterte um Sila her, schwankte, ihr war schlecht, aber sie musste sich klein machen und so tun, als wäre sie nicht da. Sie wusste nicht, wie lange es schon dauerte und wann es aufhören würde. Vielleicht nie wieder …

Sila flüchtete aus dem Bett, lief ins Bad, ließ kaltes Wasser über ihr Gesicht laufen. Jahrelang hatte sie keine solchen Träume mehr gehabt. Sie hätte nicht herkommen sollen! Das weckte alles wieder auf. Es würde nicht genügen, dass es jene Zeit nicht mehr gab. Hier war sie noch lebendig. Es würde nicht aufhören, nie, auch nicht, wenn die Wicken blühten.

Draußen war es noch stockdunkel. Sila lief hinunter in Wandas Kammer und kroch dort ins Bett. Die Wäsche roch ein wenig muffig und gleichzeitig nach Lavendel.

Hier unten hallten keine alten Gespräche durch den Flur. Es war still, bis die ersten Amseln begannen, den Tag über dem grünen Horizont zu begrüßen.

19

Hier und Jetzt

Es regnete. Sila saß auf den Stufen unter dem Vordach, die Hände um die warme Kaffeetasse gelegt, und lauschte dem gleichmäßigen Tropfen und Plätschern, wo das Wasser aus der Dachrinne ins Regenfass lief. Die Geräusche waren beruhigend, löschten langsam den Nachklang der alten Gesprächsfetzen und ließen es in Silas aufgewühlter Seele wieder still werden.

Die Luft war warm, und die feuchte Erde duftete nach Frühsommer. Die Amseln sangen immer noch, dieses bestimmte Lied, das sie nur im Regen singen. Schließlich stellte Sila die leere Tasse zur Seite, stand auf und lief hinaus in diesen reinigenden Regen, hob das Gesicht zum Himmel und spürte die Feuchtigkeit auf ihrer Stirn, ihren Lippen, ließ die Tropfen in ihren Kragen rinnen, streckte die Arme in die Höhe. Sie zog die Schuhe aus und lief barfuß über die nasse Erde hin zu Kopernikus und Curie, um zu sehen, was die kleinen Schweine bei diesem Wetter trieben.

Die beiden waren dabei, durch die Pfützen zu sausen und sich mit Vergnügen darin zu suhlen. Sila stieg über den Zaun, und beide rannten ihr eilig entgegen und stoben dann wieder fort. Es war wie eine Einladung, ihnen zu folgen. Sila tat es, rannte mit ihnen, bis sie völlig außer Atem war. Es kam, wie es kommen musste. Sie rutschte aus und fiel in den nassen Lehm. Ihre beiden Spielgefährten drückten sich quiekend an sie. Und so lag Sila auf der duftenden Erde, von oben bis unten voller Schlamm, sah in den weiten grauen Himmel, kraulte die beiden Schweine und lachte.

Was waren die Gespenster der Vergangenheit gegen diesen Zauber? Nichts! Sie machten den Moment nur um so kostbarer.

»Hallo?«

Sie hörte die fremde Stimme erst, als die Gestalt plötzlich am Zaun stand, eingehüllt in einen Regenparka, von dessen Kapuze es in einen Bart tropfte. Blaue Augen betrachteten sie amüsiert.

»Ich bin Martin. Wenn du Sila bist, passt du deutlich besser hierher, als ich es von einer Berlinerin angenommen hatte«, sagte der Mann. »Komme ich ungelegen? Ich wollte nach deinem Auto sehen.« Er stieg über den Zaun und reichte ihr eine Hand, um ihr aufzuhelfen.

»Hallo, Martin. Vielen Dank, aber fass mich besser nicht an.«

»Liebe Sila, ich bin Landwirt. Ich habe schon Schmutzigeres angefasst.« Schon hatte er sie hochgezogen.

Sein Lächeln war herzlich, und Sila sah sofort, warum Lisann sich in diesen Mann verliebt hatte. Sie freute sich. Lisann hatte Glück verdient.

»Wenn du mir die Autoschlüssel gibst, kümmere ich mich schon mal. Ich weiß, wo der Wagen steht. Du möchtest dich vielleicht umziehen«, schlug Martin auf dem Weg zum Haus vor.

Sila hatte den Autoschlüssel schon am Vortag von dem Schlüsselbund mit dem grünen Herzen abgemacht und an einem anderen Anhänger befestigt. Jetzt nahm sie ihn vom Haken neben der Tür und reichte ihn Martin. »Danke dir, das ist wirklich nett. Ich komme gleich nach.«

»Lass dir Zeit. Ich sehe mal, ob ich herausfinde, was dem alten Fridolin fehlt.«

»Fridolin?«

Er zuckte mit den Schultern. »Das war Wandas Idee.«

Sila sah ihm nach, wie er um die Pfützen herum Richtung Garagenschuppen ging, dann ließ sie ihre nassen Sachen im Windfang fallen und lief in die Dusche. Sie lächelte vor sich hin. Fridolin. Runaj und Joy. Kopernikus und Curie. Anscheinend hatte sie hier auch eine Art Familie. Eine, die ihr lag. Und nette Nachbarn obendrein.

Dafür würde sie es wohl einige Zeit ertragen, mit den bedrückenden Spuren der Vergangenheit zu leben.

Sie wollte eine Weile träumen wie die Bienen. Von Wiesen und Sommerduft und einem weiten Himmel, von der Süße der Gegenwart und einem Meer aus Blüten. Davon, dass es am Morgen wieder hell wurde.

Seit Wanda der kleinen Sila erzählt hatte, dass auch Bienen träumen, war in der Forschung viel geschehen. Sila hatte es seit einiger Zeit verfolgt. Man hatte herausgefunden, dass Bienen nicht nur im Schlaf ihre Beine in einer Art bewegen, die vermuten ließ, dass sie tatsächlich träumen. Man hatte auch beobachtet, dass manche Bienen mitten in der Nacht aufstanden und zu tanzen begannen, egal, ob andere Bienen dies beachteten oder nicht.

Bekannt war schon seit langem, dass Honigbienen einander mit Hilfe von Schwänzeltänzen mitteilen, wo welche Blumen blühen, wo es Wasserstellen gibt und wo neue Nistmöglichkeiten. Sie teilen sich auf diese Art Richtung und Entfernung und vieles mehr mit und sind somit außer den Menschen die praktisch einzigen Lebewesen, die ein Symbolsystem benutzen, um sich zu verständigen. Warum aber eine Biene plötzlich nachts für sich allein begann, einen solchen Tanz aufzuführen, das wusste noch niemand. Übte sie für den Ausflug am nächsten Tag in der Angst, eine Information zu vergessen? Freute sie sich gar darauf? Oder erinnerte sie sich einfach gern an gestern?

Wanda jedenfalls, so schien es, hatte recht gehabt. Bienen träumen, und im Grunde träumen die Menschen von denselben, einfachen Dingen. Sie wussten es nur nicht immer.

Ich weiß es, dachte Sila. Ich wollte immer nur die einfachen Dinge. Frieden, Geborgenheit, Licht und Farben, Bienen und Blumen.

Sie trocknete sich ab, schlüpfte in ein warmes Hemd und in Wandas Arbeitshose, zog ihre Regenjacke über, kochte Kaffee und ging mit einer Thermoskanne und zwei Tassen hinüber in den Garagenschuppen.

Der alte Pickup-Truck war quietschgrün gestrichen, stellte Sila fest. Der Motor lief. Als Martin Sila sah, stellte er ihn aus und kletterte vom Sitz. »Es war nur das Übliche. Die Zündkerzen. Öl hat er auch gebraucht. Ich habe außerdem den Tank aufgefüllt. Der Kanister ist jetzt leer und liegt hinten drin. Wenn du an einer Tankstelle vorbeikommst, solltest du ihn auffüllen und nach dem Reserverad sehen lassen. Ansonsten ist der gute alte Fridolin wohl fahrtüchtig.« Er gab dem Wagen einen aufmunternden Klaps.

»Vielen Dank, Martin! Das ist eine Riesenhilfe. Möchtest du?« Sila hielt die Thermoskanne hoch.

»Gerne.« Er wischte sich die Hände an einem Lappen ab und ließ sich auf einem Heuballen nieder. Sila setzte sich dazu.

Zufrieden trank er seinen Kaffee. »Das tut jetzt gut! Übrigens, Lisann tut es auch gut, dass du hier bist.«

»Sie tut vor allem mir gut. Aber ich kann nicht bleiben.«

»Ja, das hat sie erwähnt. Aber heute freuen wir uns über den Regen, den das Land dringend gebraucht hat. Wir freuen uns, weil der Kaffee schmeckt, das Auto angesprungen ist und du morgen mit Lisann einen Ausflug machen kannst. Genügt das nicht?«

Sila dachte daran, wie sie mit den Minischweinen im Schlamm gesessen hatte. Auch der Rest des Tages gehörte ihr allein. Um sie herum roch es nach Heu und Benzin, Kaffee und nasser Erde. Martin war sympathisch. Und er hatte recht.

»Doch«, sagte Sila. »Das genügt vollkommen.«

Später fuhr sie nach Letschin und kaufte ein. Mit Fridolin kam sie nach ein paar kleineren Anfangsschwierigkeiten gut zurecht.

Danach erntete sie Rhabarber und rührte den geplanten Kuchen zusammen, während immer noch Tropfen auf die Fensterbretter und das Vordach fielen. Als es im Haus anfing, nach dem Backwerk zu duften, riss der Himmel auf, und alles draußen begann, silbern zu funkeln. Sila stand lange am Fenster, bis die nächste Regenwolke aufzog und es wieder grau wurde.

Sie holte den Kuchen aus dem Ofen und war sehr zufrieden damit.

Das Aroma verteilte sich in allen Räumen, zog bis ins Obergeschoss und machte ihr Mut. Sie suchte Staubsauger und Lappen und folgte dem Duft nach oben. Dort riss sie überall die Fenster auf, auch im Zimmer ihrer Mutter, und ließ die frische, klare Regenluft herein. Sie wischte Staub, bis sie in keiner Ecke mehr welchen entdeckte, saugte auch unter den Betten und im allerletzten Winkel.

Die Schränke waren zum Glück leer. Falls ihre Mutter etwas zurückgelassen hatte, so hatte Wanda es längst beseitigt, wahrscheinlich schon der Motten wegen. Für einen Augenblick bildete Sila sich ein, eine Spur des allzu süßlichen Parfums wahrzunehmen, das Semir immer mitgebracht hatte, aber beim nächsten Atemzug war der Eindruck verschwunden. Da war nur der Landluftgeruch aus nasser Erde, Gras und einem Hauch von Minischwein aus der Ferne.

Sila rollte noch den Läufer im Flur zusammen und schüttelte ihn am Fenster aus, beschloss dann jedoch, ihn gar nicht mehr hinzulegen. Die blanken Dielen sahen viel schöner aus. Sie trug die Rolle hinunter in den Keller und lehnte den Teppich an zwei aussortierte Stühle. Wieder oben, stellte sie fest, dass so etwas wie ein Aufatmen durch das Haus gegangen war. Jedenfalls erschien es ihr so. Heute Nacht würde sie besser schlafen.

Inzwischen stahl sich warmes Licht zwischen den Weinblättern hindurch. Sila lief hinaus. Die Regenwolken waren endgültig fort, aber der Himmel war noch verhangen. Am Horizont färbte sich der untere Wolkenrand rosa. In den Fliederbüschen unten am Graben sang eine Nachtigall. Klar trieben die Töne auf dem Abendwind zu Sila hin. Sie holte die eingeweichten Wickensamen und steckte sie am Zaun entlang in die Erde, überall dort, wo sie Lücken entdeckt hatte. Auch neben der Haustür am Rankgitter, am Eingang der Remise, neben der Garage und an allen möglichen Stellen, die ihr begegneten.

Die Radieschen, Möhren und Kohlrabi wollte sie nun doch erst aussäen, wenn sie wenigstens etwas Kompost gesiebt und in die Erde der Gemüsebeete eingearbeitet hatte.

Sila genoss es, wie sich ein Projekt nach dem anderen ergab, als ob der Hof selbst sie an der Hand nahm und führte, wie es früher Wanda getan hatte.

Als es dunkel wurde, schloss sie ihren Laptop im Wohnzimmer an. Harry hatte nicht zu viel versprochen. »Das WLAN funktioniert«, hatte er versichert. »Nicht besonders schnell, aber ausreichend. Ich habe die letzten Jahre ja vom Wickenhof aus gearbeitet.«

Sila war eigentlich todmüde von der unruhigen Nacht und der körperlichen Arbeit und Bewegung, aber sie zögerte noch, schlafen zu gehen. Sie wollte nur rasch nachschlagen, wie lange Kohlrabi von der Aussaat bis zur Erntereife benötigte. Sie konnte sich partout nicht erinnern. Im Grunde spielte es keine Rolle, aber sie hasste es, nicht zu wissen, was sie tat.

Der erste Artikel, auf den sie dazu stieß, führte sie auf einen Blog namens *Valentinas Garten*, geschrieben von einer Frau, die sich *SeeReh* nannte. Dort stand über Kohlrabi, dass es etwa acht bis zwölf Wochen dauere, bis man ihn ernten kann.

So lange würde Sila vielleicht sogar hierbleiben. Sie konnte sich dunkel an den Geschmack frisch geernteten Kohlrabis aus Wandas Garten erinnern. Mit dem aus dem Supermarkt hatte der so gut wie gar nichts gemeinsam.

Der Schreibstil der Bloggerin *SeeReh* gefiel Sila. Sie erklärte gut, klar und anschaulich, mit einem lebendig-freudigen Unterton, der Sila ansprach. SeeReh behauptete, der Kohlrabi, der am Meer wuchs, hätte eine ganz besondere würzige Note und dass wahrscheinlich jeder Kohlrabi nach der Landschaft schmecke, in der er gewachsen war. Kohlrabi, schrieb sie, sei anders als die eigenwilligen Mohrrüben so etwas wie eine Leinwand, auf der Raum sei für ein individuelles Aroma der Umgebung.

Sila las sich fest. Da war auch ein Artikel über Kompost und einer über Obst. Die Bloggerin war Biologielehrerin, erfuhr Sila nach einiger Zeit, und nutzte ihren Garten dazu, ihren Schülern etwas Praxis zu vermitteln. Eine gute Idee, dachte Sila. In ihrer eigenen Schulzeit in Berlin hatte sie so etwas sehr vermisst. Sie hatte nicht nur Wanda und das ganze geliebte grüne Land verloren. Es gab einfach nirgends mehr einen Garten, den sie betreten durfte, vom schmutzigen Stadtpark abgesehen.

Laut Impressum hieß *SeeReh* mit Klarnamen Alexandra Rehling, und ihr Garten befand sich auf der Insel Fehmarn. Sila musste nachsehen, wo die genau lag. Sie war in ihrer Zeit mit Devin einmal mit ihm in Warnemünde gewesen, ansonsten hatte es sie auf ihren wenigen gemeinsamen Reisen eher in den Süden gezogen, nach Italien oder Portugal. An der Ostsee kannte sie sich nicht aus.

Die Seite gefiel ihr so gut, dass sie sich auf der Plattform unter dem Namen *Mondbiene* anmeldete und einen Kommentar schrieb.

Als Sila schließlich ins Bett ging, lehnte sie sich vorher aus dem Fenster und sagte dem Ziegenkopf gute Nacht, wie sie es früher getan hatte. Im Mondlicht schien er ihr zuzuzwinkern.

Deshalb Mondbiene. Bei Tag die Bienen mit ihrem Summen und ihrer vertrauten, beruhigenden Gegenwart. Bei Nacht das Mondlicht über dem Garten. Das bin ich, dachte Sila. Das ist es, was mich hält, was ich mag.

Diesmal schreckten sie keine längst verklungenen Stimmen aus dem Schlaf. Sie träumte von der Streuobstwiese und einem neuen, hellen Tag.

Wie wahrscheinlich die Bienen unten im Garten auch.

Wandas Fahrrad stand in der Remise, komplett mit den alten Körben am Lenker und rechts und links am Gepäckträger. An diese Körbe konnte sich Sila noch erinnern. In dem vorderen hatte Wanda die dicken Sträuße transportiert, die sie mit Sila auf den Wiesen gepflückt hatte. Hinten die Einkäufe.

Das Fahrrad selbst hatte seitdem jemand neu lackiert, in Hellblau mit weißen Wolken darauf. Das gefiel Sila ausnehmend gut. Wenn Devin sie besuchen kam, könnte er einige von den Farbeimern in der Werkstatt mitbringen, dachte sie, während sie die Reifen aufpumpte. Plötzlich hatte sie das Verlangen, die Zimmer frisch zu streichen. Die hatten es wahrlich nötig. Das würde der gedrückten Atmosphäre und den alten Stimmen den Rest geben. Mit dem Zimmer ihrer Mutter würde sie anfangen, danach ihr eigenes. »Mitte des Sommers« vielleicht, ein warmes Hellgelb. Oder doch »Aprikosenzeit«? Am besten das eine so, das andere so. Dann Wandas Zimmer in »Meeresruhe«, hellblau wie das Fahrrad, das Wohnzimmer eher ein heiteres Grün, »Wiesenkonzert« zum Beispiel. Über die Küche musste sie noch nachdenken. Das Streichen wäre etwas für Regentage. So könnte sie im Haus ihre eigenen Spuren hinterlassen, wenn sie es verkaufte.

Daneben lehnte ein schlichtes schwarzes Herrenrad, also hatte auch Harry wahrscheinlich noch eine Zeitlang fahren können. Sila lächelte, stellte sich vor, wie Wanda und Harry nebeneinander unterwegs gewesen waren, am Ende eines langen, arbeitsreichen und oft schwierigen Lebens, frei, verliebt und unabhängig.

Die Luft in den Reifen schien zum Glück zu halten, aber vorsichtshalber legte Sila die Pumpe in den Korb. Dann ging sie ins Haus, um das Picknick für Lisann und sich zu packen.

Immer wenn sie an der Scheune vorbeiging, in der die Wirtschaft gewesen war, wandte sie den Kopf ab. Sie war noch nicht bereit, dort hineinzugehen.

20

Im Fluss

Sie hatten Rückenwind, als sie losfuhren. Vom Regen des Vortags war nichts geblieben außer ein paar Pfützen, die rasch verdampften und die Düfte verstärkten, die den Frühsommertag durchzogen. Klee, Pfingstrosen und Flieder auf sonnenwarmer Erde in den Bauerngärten, die manchmal unvermutet mittendrin auftauchten. Erster Holunder am Wegrand. In den zahlreichen Gräben schwoll das Quaken der Frösche an und ab. Segelnde Schwalben kurvten emsig über die Felder, auf denen der Mais hochschoss.

»Vera sagte etwas über das Unverständnis der Leute hier, dass Mais angebaut wird, um ihn dann verfaulen zu lassen«, sagte Sila zu Lisann, kurz bevor sie Neulewin erreichten. Sie radelten nebeneinander, denn auf der Straße war weit und breit kein Auto unterwegs. Manchmal fuhren sie durch eine Allee mit dicken Eichen. Hin und wieder erblickten sie ein paar Fachwerkhäuser, die wie verloren in der Landschaft lagen, manche halb verfallen, andere frisch verputzt. In der Ferne tauchte gelegentlich ein alter Hof auf, ähnlich wie der Wickenhof. Dann ein altvertrautes Straßenschild: Güstebieser Loose.

»Ja«, sagte Lisann, »die meisten Felder gehören inzwischen großen holländischen Agrarbetrieben. Sie bauen massenweise Mais und Raps für die Herstellung von Biogas an. Dafür fehlt den alten Bauern natürlich das Verständnis. Nahrungsmittel sind zum Essen da, finden sie. Außerdem sind viele unzufrieden, weil es in der Gegend nur noch wenig Arbeit gibt. Wer nicht das Glück hat, wie ich in einer Schule, in Kindergärten, der Kirche, irgendeiner Verwaltung oder dem Tourismus unterzukommen, der muss nach Strausberg pendeln oder sogar bis Berlin.«

»Aha, verstehe.« Sila stellte sich vor, wie es wäre, täglich von hier nach Berlin zu pendeln. Jeden Tag in zwei völlig verschiedenen Welten sein, vom Zeitaufwand ganz zu schweigen. Vielleicht konnte man sich daran gewöhnen, wenn man musste.

Ob sie selbst dazu fähig wäre, bezweifelte sie. Eher nicht. Sie würde sich zerrissen fühlen. Und sie mochte es nicht, ständig unterwegs zu sein.

Sila genoss den Wind in ihren Haaren, die menschenleere Weite ringsumher, die Stille der Landschaft, die Vertrautheit mit Lisann, die Bewegung und das Sein in der Gegenwart. Nur die nächste Kurve zählte und was dahinter war. Die Straße führte aus Neulewin heraus bis zum Örtchen Güstebieser Loose selbst, das heute noch zu Neulewin gehörte. Vor dem Krieg hatte es zu Güstebiese im Landkreis Königsberg gehört. Güstebiese aber war jetzt in Polen und hieß Gozdowice. Von Güstebieser Loose nach Gozdowice gab es eine Autofähre über die Oder. Bis auf ein paar niedrige schwarz-rot-gold gestreifte Pfähle bemerkte man aber kaum, dass hier eine Grenze verlief und auf der anderen Seite des Flusses Polen lag. Die Oder kümmerte es nicht, sie lag friedlich in ihrem Bett und scherte sich nicht um Politik.

Sie hatten vom Wickenhof bis hierher mit ein paar kurzen Pausen etwa anderthalb Stunden gebraucht. Nun fuhren sie den Oder-Neiße-Radweg Richtung Süden. Der verlief erst im Windschutz des Deiches, dann stellenweise obendrauf, und endlich lag Sila der Fluss zu Füßen.

Der Wind war allgegenwärtig, aber sanft, flüsterte geheimnisvoll im Schilf, ließ die Äste der Weiden schwingen wie einen heiteren Gruß. Alles war wie damals. An einer geeigneten Stelle lehnten sie die Räder an einen Baum, nahmen den Picknickkorb und kletterten den Deich hinunter zum Wasser.

»Die Biber waren hier schon mal ausgerottet«, erzählte Lisann, »aber später hat man sie wieder angesiedelt. Jetzt sorgen sie manchmal für Ärger. Gerade hier zerstören sie gelegentlich die Grasnarbe am Deich und unterhöhlen ihn. Manchmal werden auch zum Ärger der Bauern Felder geflutet, wenn die Biber einfach irgendwo Dämme bauen. Ich mag sie trotzdem. Weißt du noch, wie wir sie früher beobachtet haben?«

»Na sicher.« Sila fasste unwillkürlich nach dem kleinen Biber aus Holz in ihrer Tasche, den Devin ihr geschenkt hatte. Auch auf dem letzten Stuhl, in den sie ein Bild gebrannt hatte, war ein Biber durch die Landschaft geschwommen. Devin kannte sie manchmal besser als sie sich selbst. Sicher hatte er Sila mit dem Biber den Mut machen wollen, jenen lange verlorenen Teil von sich wiederzufinden, ihre Liebe zu der Landschaft ihrer Kindheit. Die Träume, die sie mit den Bienen teilte.

»Es zeigt jedenfalls, wie sich ein verlorener Bestand erholen kann, wenn man sich nur ein wenig bemüht«, sagte Lisann. »Das macht Mut.«

»O ja. Ich bin sehr froh, dass sie wieder da sind, obwohl ich die Bauern natürlich auch verstehen kann.«

»Dein Rhabarberkuchen ist so lecker«, sagte Lisann mit vollem Mund. »Das ist das Schöne am Erwachsensein. Man darf mit dem Kuchen anfangen und den Salat zum Nachtisch essen. Kaum zu glauben, dass wir keine acht mehr sind, findest du nicht? Mir kommt es vor, als wäre es erst ein paar Wochen her, dass wir hier mit Wanda gesessen haben.«

»Geht mir genauso. Aber andererseits ist so viel passiert, dass es mir beinahe unwirklich vorkommt.«

Lisann kniff Sila leicht in den Knöchel. »Keine Sorge, ich bin ganz wirklich. Und du auch.«

»Au! Stimmt«, sagte Sila lachend. Es tat so gut, mit Lisann zusammen zu sein. Eine solche Freundin hatte sie seitdem nie wieder gefunden. »Lisann, es tut mir so leid, dass ich dir nie geschrieben habe. Nach dem Mauerfall, meine ich. Irgendwie habe ich wohl nicht erwartet, dass du noch hier bist. Außerdem habe ich mich zu sehr in meinem neuen Leben verkrochen. Die Werkstatt war mein Nest, in dem ich mich geborgen gefühlt habe, und Indra und Oswin waren mein Elternersatz. Ich bin viel zu lange in meiner Komfortzone geblieben.«

Lisann griff nach einem zweiten Stück Kuchen. »Schon gut. Ich verstehe dich. Das war echt nicht leicht damals. Und von allem, was du über sie erzählst, sind deine Freunde dort ganz fabelhaft – diese Indra und der Oswin. Und Devin klingt eigentlich auch sehr interessant.«

»Sie sind großartig. Indra und Oswin sind wirklich wie meine Familie. Aber ich weiß auch nicht, wie lange das alles noch so weitergeht. Sie sind alt. Das Haus am Bundesratufer hat zwar vor Jahren schon einen Aufzug bekommen. Aber ewig werden sie nicht mehr in der Werkstatt arbeiten können. Beide haben sich strikt geweigert, sich in einem Altersheim wenigstens anzumelden. Wenn sie eines Tages nur noch in ihrer Wohnung hocken, kann ich mich zwar um sie kümmern, aber glücklich werden sie nicht sein. Da muss ich mir etwas einfallen lassen.«

Sila stocherte in ihrem Salat herum. »Auf jeden Fall möchte ich, dass Devin sie für einen Besuch herbringt, sobald ich ein wenig Ordnung geschaffen habe. Das wird eine nette Abwechslung für sie.«

»Gute Idee! Dann sehen sie auch mal, wo du herkommst. Wie fühlst du dich denn, nun, da du aus deiner Komfortzone raus bist?«

Sila sah auf den Fluss, der hier, in mehrere Wasserarme verzweigt, durch einen Flickenteppich kleiner grüner Inseln mäanderte. Licht, all dieses Licht! Das Wasser stand hoch, überall flutete es die Auen, und der Himmel spiegelte sich darin mitsamt der Helligkeit und verdoppelte sie. Selbst die Zugvögel spiegelten sich und zogen über die hellen Flächen. Überall gluckerte es leise. Lebendige und abgestorbene knorrige Weiden im Wechsel setzten bizarre Akzente in die endlose Weite. Sila glaubte beinahe, ihren früheren Phantasiefreund, den Delfin, gleich auftauchen zu sehen. Auf ihm hatte sie damals reiten wollen, den ganzen Fluss entlang bis ins Stettiner Haff und ins Meer …

»Ich glaube, ich habe begonnen, mich zu verändern, schon bevor Wandas Brief kam«, sagte sie nachdenklich. »Mir hat etwas gefehlt. Ich war unzufrieden. Nicht ganz ausgefüllt. Da war so eine Leere. Vielleicht war es das, was zwischen Devin und mir stand. Er wusste nicht mehr, wie er mir helfen konnte. Diesmal nicht.« Das wurde ihr erst jetzt richtig klar, als sie darüber sprach.

»Das muss ihn traurig gemacht haben. Sicher hat er dich deshalb dabei unterstützt, herzukommen«, mutmaßte Lisann. »Er hat gehofft, dass dir hier bewusst wird, was du möchtest. Weißt du es denn jetzt?«

»Ja, endlich auf meinem Delfin bis zum Meer reiten.« Sila

nahm jetzt auch ein Stück Kuchen. »Nein, im Ernst, ich weiß nur, was ich *nicht* will. Ich möchte nicht mehr in der Stadt leben. Nie wieder auf Dauer ohne Bienengesumm und Blütenduft um mich her sein. Mit jedem Handgriff, den ich auf dem Hof tue, merke ich, wie sehr ich das brauche. In der Erde graben, pflanzen, pflegen, ernten, Blumen pflücken. Das ist ein Teil von mir, das bin ich. Das hat mir gefehlt.«

»Klingt erst mal einfach. Du müsstest nur hierbleiben.«

Sila schüttelte den Kopf. »Gar nichts ist einfach. Erstens: Ich will und kann Indra und Oswin nicht alleinlassen, gerade jetzt, wo sie mich bald für mehr brauchen werden als nur zum Einkaufen. Ja, Oswin hat Enkel in Berlin, aber so richtig nahe sind die sich nicht. Indra ist ganz auf sich gestellt. Und die beiden Stadtmenschen dauerhaft hierherholen – in einen Ort, wo die Häuser durchnummeriert sind, weil es keine Straßen gibt? Da wären sie niemals glücklich.«

»Und zweitens?«, fragte Lisann.

»Zweitens will ich nicht zurückgehen in meinem Leben. Ich möchte noch einmal etwas ganz Neues machen. Und drittens merke ich, dass ich keine zwanzig mehr bin. Ich kann den Hof nicht auf Dauer stemmen. Das ist schwere körperliche Arbeit. Und um jemanden einzustellen, fehlen mir nun wirklich die finanziellen Mittel.« Sila schob den Teller fort. »Außerdem möchte ich das nicht! Ich möchte nicht so viel Verantwortung übernehmen. Was ich jetzt entscheide, gilt vielleicht für den Rest meines Lebens. Das soll richtig passen. Der Hof ist zu groß für mich. Ich werde nie den Überblick behalten. Vielleicht wäre es möglich, einen Teil zu verkaufen. Das meiste vom Land drum herum. Aber auch das erscheint mir nicht richtig.«

»Also, ich finde, da weißt du schon eine ganze Menge. Der Rest findet sich.« Lisann schenkte ihnen beiden aus der Flasche von Wandas Johannisbeerwein ein, die Sila in den Korb gepackt hatte. Er schmeckte nach Sommer und Leben.

»Ja, und die Zeit hier gibt mir Kraft. Ich habe auf einmal wieder Hunger auf Zukunft, egal, wie sie aussieht«, stellte Sila fest, als sie das Glas gegen die tiefer sinkende Sonne hielt. Am Ufer spielte der Wind in den Pappeln.

Lisann warf einen herumliegenden Ast ins Wasser und sah zu, wie er in der trägen Strömung davonschwamm und bald an einer winzigen Insel hängen blieb. »Das ist schön. Auf den Sommer, die Gegenwart und das, was kommen mag!« Sie stießen an. Eine dicke Hummel brummte den Deich entlang, drehte einen Kreis um die beiden Frauen und flog weiter. Sila lächelte. »Ein Gruß von Wanda!« Sie prostete der Hummel zu. Sie war ein wenig beschwipst, ob wegen der Wärme, vom Wein oder der Freude darüber, hier zu sein, an ihrem Fluss in der lichterfüllten Weite und mit einer lieben Freundin, wusste sie nicht.

Auf dem Heimweg fühlte sie sich federleicht, obwohl sie mit heftigem Gegenwind zu kämpfen hatten, wie er hier über dem flachen Land oft aufkam. Sie nahmen diesmal eine andere Strecke, verließen die Oder bei Groß Neuendorf und fuhren über die Ortwiger Kruschke zurück, während das Abendlicht die Felder immer wieder anders färbte. Sila trat in die Pedale und freute sich schon auf den Anblick des beleuchteten Kirchturms von Altlewin, den Sternenhimmel und den Ziegenkopf im Mondlicht. Auf den nächsten Morgen, wenn das Licht wieder durch die Weinblätter fiel.

Der Blog von dem Garten am Meer ging ihr auch nicht aus

dem Kopf. Die Lehrerin hatte mit ihren Schülern einen Kürbis auf das Dach gepflanzt. Diese Herangehensweise gefiel Sila. Ihr Gemüsegarten war groß genug, sie musste nicht aufs Dach ausweichen, das sowieso nicht geeignet dafür war. Aber Alexandra Rehling gestaltete ihren Garten, wie es ihr gerade einfiel. Das machte Sila Mut, es ihr gleichzutun, auch wenn sie noch nicht so viel Ahnung davon hatte.

Und da war noch etwas, das Sila nicht losließ. Alexandra Rehling hatte von einem geerbten Nachtwächterhorn geschrieben, mit dessen Ton sie den Beginn und das Ende jedes Tages feierte.

Das möchte ich auch, dachte Sila. Das ist richtig. Das ist gerade genau mein Grundgefühl. Und es würde den letzten Rest der Geister im Haus verscheuchen. Sie bremste ab, bis sie neben Lisann fuhr. »Sag mal, ihr habt doch Rinder. Weißt du, ob man irgendwo ein Horn kaufen kann? So eins, mit dem man einen Ton erzeugen kann?«

Lisann runzelte die Stirn. »Na, du stellst vielleicht Fragen! Auf dem Markt gibt es so was manchmal. In der Schule ist an diesem Wochenende Basar. Da kann ich mal gucken, wenn du magst.«

»Au ja. Danke!«

Den nächsten Vormittag verbrachte Sila damit, Kompost zu sieben. Die tiefschwarze, fruchtbare Erde anzusehen und in den Händen zu spüren, die sich dabei in der Schubkarre sammelte, war höchst befriedigend. Allerdings merkte Sila wieder, wie sehr es stimmte, was sie zu Lisann gesagt hatte. Sie war keine zwanzig mehr. Sie musste ständig Pausen machen, und bald ächzte jeder Muskel. Immerhin hatte sie diesmal an Wandas

Hut gedacht und an eine Wasserflasche, die schnell leer war. Noch nie hatte ihr klares, einfaches Wasser so gut geschmeckt wie bei dieser schweren körperlichen Arbeit.

Mit zusammengebissen Zähnen schaffte Sila es, die erwirtschaftete Erde noch auf zwei Gemüsebeeten zu verteilen. Die Gurken und Kürbisse und Tomaten, die sich selbst ausgesät hatten, bekamen auch etwas davon ab. Endlich war Sila so weit, die Mohrrüben und die Radieschen, den Feldsalat und den Kohlrabi in ordentlichen Reihen auszusäen und mit den alten Emailleschildern aus dem Schuppen zu markieren. Sie hatte diese alte schnörkelige Schrift früher schon gemocht. Die wirkte geheimnisvoll. Auch wenn da in altmodischen Buchstaben nur »Radieschen« stand, umgeben von gemalten Blumenranken, wirkte es doch wie die Überschrift eines Märchens. Und war es nicht auch eigentlich eine Geschichte voller Zauber, dass aus diesen winzigen Krümeln dicke, runde Radieschen wurden, die so gut schmeckten und so schön aussahen? Einen Teil der Radieschen hatte auf dem Wickenhof immer in Blüte gehen dürfen. Das sollte auch diesmal so sein. Radieschenblüten waren nicht nur sehr hübsch, sie wurden auch von den Bienen ganz besonders geliebt.

Sila machte sich ein schnelles Mittagessen, das sie mit ungewohntem Heißhunger verschlang, und belohnte sich dann mit einem Spaziergang auf ihrer geliebten Streuobstwiese. Dort sah sie schon jetzt, nach den wenigen Tagen, einen Unterschied. Die von Ästen und Gestrüpp befreiten Wiesenkräuter hatten aufgeatmet, streckten sich zum Himmel hin und blühten dicht an dicht. Die Obstbäume setzten fleißig kleine grüne Früchte an. Und die Bienen waren überall unterwegs.

Sila betrachtete sie nachdenklich. Wanda hatte nie selbst Bienen gehalten, um Honig herzustellen, aber sie war mit einem nahen Imker befreundet, der sie belieferte. Daher wusste Sila, dass für ein Kilo Honig hundertsiebzigtausend Flugkilometer nötig waren, etwa sechs Millionen Blüten besucht und damit sechs Millionen Entscheidungen getroffen werden müssen, wo welche Blume angeflogen wird.

»Wenn ihr das schafft, werde ich ja wohl irgendwann die eine Entscheidung treffen können, was ich machen werde!«, sagte Sila laut zu einer Biene auf einer Schafgarbenblüte, die besonders viel Pollen an ihren Beinen gesammelt hatte. »Aber mir ist, als müsste ich auf etwas warten. So, wie ihr morgens darauf wartet, dass sich die Blüten öffnen. Wie die Steinhummel, die erst im August fliegt, oder die Efeu-Seidenbiene im September. Manches muss einfach reifen. Auch ein Entschluss. Hat Wanda immer gesagt.«

Sie legte sich rücklings in die Wiese, lauschte dem Summen, roch die Blüten und die sonnenwarme Erde, blickte in den Himmel und in die Baumkronen. Ein Weilchen döste sie ein. Und als sie aufwachte, fühlte sie sich stark genug, endlich einen Blick in die alte Wirtschaft zu werfen. Sie musste dem Makler, wenn sie ihn schließlich kontaktierte, wenigstens etwas über den Zustand sagen können.

Der Schlüssel war nicht an dem Schlüsselbund mit dem grünen Herzen. Er hing im Haus neben der Tür, mit einem Flaschenöffner als Anhänger, genau dort, wo er auch früher gehangen hatte.

Weil die Wirtschaft einst eine Scheune gewesen war, gab es dort immer noch die großen alten Holztüren, Tore eher, oben halbrund, mit schmiedeeisernen Riegeln zusätzlich zu dem modernen Schloss. Sila brauchte eine Weile, um die verklemmten Riegel zu öffnen. Oben auf dem Dach wuchs grünes und braunes Moos in dicken Polstern. Eines fiel Sila zu ihrem Schreck vor die Füße, als sie an den Riegeln rüttelte. Das einstige Schild hing nicht mehr über dem Tor, aber als es sich endlich öffnen ließ, wäre sie fast darüber gestolpert. Jemand hatte es abgenommen und drinnen an die Wand gelehnt. Unter Staub und Spinnweben waren die Buchstaben noch immer deutlich zu lesen. *Die Dicke Schleie.*

Gebratene Schleie in Dillsoße war eine von Dorotheas Spezialitäten gewesen. Dass sie so beliebt war, mochte auch an Wandas Kräutermischung gelegen haben, die nicht nur aus Dill bestand. Oder an dem guten Wein in der Soße, den Semir manchmal mitbrachte, aber der wurde nur an Feiertagen verwendet.

Der Lichtschalter bewirkte nichts, die Birne der riesigen Lampe in dem Wagenrad war wohl durchgebrannt.

Die Luft war kühl. Sila fröstelte. Sie riss die Fenster auf, um Luft und Licht hereinzulassen, und sah sich um.

Es war wie ein Bild, in dem die Zeit eingefroren war. Das allgegenwärtige rote Karo der Tischdecken gab es immer noch, wenn auch verstaubt, verblichen und von Motten angenagt. Aschenbecher standen auf den Tischen, was heute nicht mehr erlaubt wäre. Zwischen Mäusedreck die Schrammen unzähliger Stuhlbeine auf den Dielen, außer dort, wo der Boden aus ausgetretenen Steinen bestand. Ein paar Stühle waren umgefallen, andere standen in Stapeln herum oder noch an den Tischen. An den Wänden hingen die alten Sättel, der Wildschweinkopf, ein ausgestopfter Biber, eine Reihe Bierkrüge und eine Uhr, die auf halb zwei stehengeblieben war.

Auf der Bar war noch zu sehen, wo ein Rotweinglas umgekippt sein musste. Den Fleck hatte niemand mehr weggewischt.

Die Gläser in den Schränken dahinter waren verschwunden bis auf eines, das zerbrochen war. Die musste irgendjemand entwendet haben. Oder Wanda hatte das Geschirr verbraucht, aber das war unwahrscheinlich. Sie schien auch kaum je hier drinnen gewesen zu sein. Sie hatte es damals schon vermieden.

Auch in der Küche dahinter gab es nur noch eine verbeulte Bratpfanne. Der Herd und alles andere lag unter einer dicken Staubschicht. Silas Füße hinterließen Spuren auf dem Boden. Aus den Hähnen kam kein Wasser, sicher war es seit Jahren abgestellt. Auf der Toilette hatten irgendwann Schwalben genistet, und unter der Decke hing ein Wespennest. Fledermausdreck war auch reichlich verteilt … Sila zuckte zusammen und drehte sich um, überzeugt, schwere Schritte hinter sich gehört zu haben. Da war doch ein Geräusch gewesen, das die Stille zerriss! Eine Männerstimme kam von irgendwoher, sie spürte einen biergetränkten Atem an ihrem Ohr. »Zier dich nicht so, Kleine, bist ja noch hübscher als deine Mutter. Du langweilst dich doch hier nur, ich kann dir was Schöneres zeigen …«

Nein! Hier gab es nur Stille und Mäusedreck. Jene Stimmen waren seit Jahrzehnten verstummt. Es war vorbei. Vorbei für immer.

Doch hier konnte sie nicht länger sein. Sila hatte genug gesehen. Die offenen Fenster nützten auch nichts, es war, als wollten Licht und Luft gar nicht hereinkommen. Sila konnte das gut verstehen. Sie beeilte sich, auf kürzestem Weg hinauszukommen, und schlug das Tor zu. Das alte Holz erzitterte, die Riegel ließen sich jetzt bereitwillig zuschieben. Sila atmete auf.

Hier konnte man nur noch konsequent und professionell entrümpeln lassen. Von einer Firma, die alles mit einem Schlag in einen Lastwagen lud und damit verschwand. Das würde sie dem Makler so sagen.

Sila lief zu Kopernikus und Curie, um sich trösten zu lassen. Das fröhliche Quieken, die warmen, quirligen Kerlchen in ihren Armen verscheuchten das beklommene Gefühl bald. Das hier war die Wirklichkeit! Aber Sila war noch abgelenkt, war unachtsam gewesen und hatte das Gatter nicht richtig geschlossen. Ehe sie einschreiten konnte, war Kopernikus davongesaust.

»He! Warte!« Sila schloss hastig das Gatter und rannte hinterher. Lisann hatte zwar gesagt, die zwei wären anhänglich und würden nicht weglaufen, doch Sila war sich da nicht so sicher. Kopernikus rannte außen um den Zaun auf die andere Seite der Weide, wo Sila noch gar nicht gewesen war. Er sauste den bescheidenen Hügel hinauf, an den Sila sich jetzt dunkel erinnerte. Dort waren Lisann und sie manchmal Schlitten gefahren, so klein der Hügel auch war. Inzwischen war er von dichtem Gestrüpp überwuchert, von Efeu, Brennnesseln und wilden Himbeeren.

Das Schweinchen war plötzlich verschwunden. Doch Sila hörte es quieken, seltsam dumpf. Hoffentlich war Kopernikus nicht in einen Fuchsbau gerannt und kam nicht wieder heraus, wie man es manchmal von Hunden hörte!

»Kopernikus!?« Sila kämpfte sich mühsam durch das verfilzte Gestrüpp. Wo war er nur?

Unversehens traf ihr Fuß auf etwas Hartes, das ein seltsam bröckelndes Geräusch von sich gab. Im nächsten Moment verlor sie den Halt und knickte nach unten weg. Instinktiv rollte sie sich zusammen, rutschte etwas abwechselnd Hartes und Weiches hinab, roch Muff, der viel dichter war als der in der alten Wirtschaft. Dann kam sie irgendwo auf und blieb still liegen. Sie war langsam gerutscht und hatte sich wohl nicht verletzt, doch sie wusste nicht, wo sie war. Es war dunkel. Außerdem roch es so modrig, dass sie husten musste. Sie zwinkerte heftig und versuchte, den Staub aus den Augen zu bekommen. Doch es blieb dunkel bis auf einen Schimmer irgendwo schräg über ihr.

Dunkel und still bis auf das leise Rieseln von Erde.

Lexi

Fehmarn

2017

21

Ein ganz besonderer Ort

Auf Lexis Blog hatte jemand einen Kommentar hinterlassen.
*Hallo SeeReh, ich möchte nur sagen, wie gut mir deine Seiten gefallen.
Auf der Suche nach Gartenratschlägen bin ich im Internet umhergeirrt.
Hier bin ich geblieben. Zwischen all der grellen Hektik im Netz war es
an dieser Stelle wohltuend zu verweilen. Gesucht habe ich nach Kohl-
rabi, gefunden habe ich einen Platz zum Ausruhen und Lernen. Danke
dafür. Ich werde wiederkommen, denn ich habe für diesen Sommer einen
Garten geerbt und muss noch viel herausfinden. Wahrscheinlich werde
ich auch einige dumme Fragen stellen. Bis dann, danke und herzliche
Grüße, die Mondbiene.*

Lexi legte Wert darauf, allen zu antworten, die sich die Mühe
machten zu kommentieren. Gerade in der Abgeschiedenheit
der Insel hier am nördlichen Rande des Landes genoss sie es,
sich mit Menschen auszutauschen, die woanders lebten.

*Danke, liebe Mondbiene, das freut mich sehr. Nun weißt du etwas
über meinen Garten. Erzählst du mir ein wenig von deinem? Ich habe
meinen auch sozusagen geerbt. Es fühlt sich anfangs merkwürdig an,
findest du nicht? Man weiß nicht, ob man der Verantwortung gewachsen ist. Ein Stück Erde anvertraut zu bekommen, das ist eine sehr große
Sache, vor der man mit Ehrfurcht steht. So geht es mir immer noch, jedes
Mal, wenn ich das Grundstück betrete. Und eine Entdeckungsreise ist
es auch jeden Tag. Ich wünsche dir viel Freude dabei. Übrigens, es gibt
da eine besonders schöne und auch lehrreiche Zeitschrift, die dir helfen*

und gefallen könnte. Sie heißt »Mervins Garten.« Herzliche Grüße, das SeeReh.

Das Wetter war so schön. Lexi hielt es nicht in der Wohnung. Sie fuhr nach der Schule auf die Insel und korrigierte die Arbeiten draußen in Valentinas Garten. Obwohl es ihr dort immer schwerfiel, sich zu konzentrieren, so viel gab es zu sehen. Lieber würde sie am Wasser entlanglaufen, als die Handschriften der Kinder nach Fehlern zu durchforsten. An eben diesen Schriften sah sie doch, dass es den Kleinen ebenso ging wie ihr. Der Frühsommer war nicht zum Drinsitzen gemacht. Viel mehr Unterricht müsste draußen stattfinden! Wenn sie den Platz hätte, eine ganze Klasse auf der Wiese unterzubringen, würde sie mit einer Schule kooperieren, die dazu bereit wäre. Eine Gartenschule, so wie es Waldkindergärten gab. Vielleicht ein Unterrichtsfach »Freilandleben« oder etwas in der Art.

Verflixt! Sie hatte sich schon wieder selbst abgelenkt. Lexi drehte den Blumenbeeten entschieden den Rücken zu und beugte sich über die Hefte, um möglichst schnell fertig zu werden.

Später überlegte sie, was sie noch unternehmen konnte. Die Unruhe der Kinder, die sie heute im Klassenraum gespürt hatte, war ansteckend gewesen. Lexi hatte das, was ihre Mutter abfällig als »Hummeln im Hintern« bezeichnete. Sie setzte sich ins Auto und fuhr dorthin, wo sie viel zu lange nicht gewesen war und wo sie immer zur Ruhe kam, egal, welcher Sturm gerade in ihr tobte. Wolfgang war früher oft mit ihr dorthin gefahren. Wahrscheinlich hauptsächlich, um dem kritischen Blick der Eltern zu entgehen.

Für Lexi aber war es stets ein Zauberland geblieben, das Wasservogelreservat Wallnau.

Es lag an der Westküste der Insel und war einst ein Teichgut gewesen, wo Karpfen und andere Fische gezüchtet wurden. Danach hatte es der Naturschutzbund erworben und in eine Zuflucht für Wasservögel verwandelt. Die Teiche wurden erweitert und umgestaltet. Im Frühling fanden dort die Arten, die im Schilf und auf dem Boden brüten, den nötigen Schutz vor Feinden, im Hochsommer gab es reichlich Nahrung im flachen Wasser, im Schlamm und auf den Feuchtwiesen. Wiesenvögel und Graugänse fanden dort das ideale Biotop vor, um ihre Jungen aufzuziehen. Damit die Wiesen nicht zuwucherten, hielt man Galloway-Rinder und Koniks, eine widerstandsfähige kleine Wildpferdart.

Lexi parkte. Eintritt musste sie nicht bezahlen, da sie Mitglied im Naturschutzbund war, doch sie lieh sich ein Fernglas aus. Dann folgte sie dem Erlebnispfad. Nur auf diesem durfte man einen Teil des großen Geländes betreten, damit die Vögel und Tiere ungestört blieben. Doch vom Aussichtsturm und den Verstecken aus, die man »Hides« nannte, konnte man über das weite Land blicken und die Vögel beobachten, ohne sie zu stören.

Lexi lief zuerst zum Aussichtsturm und kletterte hinauf. Von dort sah man bis zum Flügger Leuchtturm, zur Fehmarnsund-brücke, und auch der höchste Kirchturm der Insel in Petersdorf war zu erkennen. Nachdem sie sich sattgesehen hatte, suchte sie ihr Lieblingsversteck auf.

Die sogenannten Hides waren lange, erhöhte, kastenartige Bauten aus Holz. Man betrat sie von hinten und fand drinnen

Bänke und breite, niedrige Öffnungen vor, durch die man bequem mit dem Fernglas alles sehen und einzelne Vögel beobachten konnte. An der hinteren Wand hingen Schautafeln, die die Namen der Vögel verrieten. Bekassine, Brachläufer, Brandgans. Doppelschnepfe, Eisente, Fischadler, Grünschenkel. Klappergrasmücke, Ohrenlerche, Thorshühnchen …

Lexi wurde nie müde, die Namen zu lesen und die Vögel zu suchen. Doch an Tagen wie diesen, da sie sich nach Ruhe und Entspannung sehnte, saß sie einfach nur da, die Ellenbogen aufgestützt, und betrachtete das rege Leben. Am liebsten mochte sie die Kiebitze mit ihren Hauben, dem frechen Gesicht und dem munteren Gang. Und auch die gemütlichen Galloway-Rinder mit ihren Ponyfransen. Allein deren Anblick ließ es ganz still in ihr werden. Der Nachmittag war ein Geschenk. Die vielen kleinen Inseln lagen hell in der Sonne, drum herum spiegelte das flache Wasser den sommerblauen Himmel. Es roch nach Salz, Erde und warmem Gras.

Die Watvögel liefen, watschelten, stelzten und rannten auf der Suche nach Nahrung überall herum, auf dem Land und im Wasser, in allen Größen und Geschwindigkeiten, und jeder schickte andere Rufe über das Land. Libellen schwirrten umher, glänzten hier grün und dort silbern. Hummeln brummten. Es war eine Welt für sich, hell, duftend und friedvoll, ein leises, unglaublich vielfältiges, harmonisches Zusammenspiel von Land, Tieren und Pflanzen.

Gelegentlich kamen andere Besucher herein, doch bis auf einen gemurmelten Gruß beachtete man sich kaum. Die meisten gingen bald weiter. Lexi aber blieb sitzen und vergaß die Zeit. Das passierte ihr hier immer. Dafür war sie hergekommen. Hinterher fühlte sie sich jedes Mal gereinigt. Die Gewissheit, dass es solche Orte gab, wo einfach alles in Ordnung schien und die so voller Schönheit waren, gab ihr für lange Zeit Kraft.

Doch jetzt setzte sich jemand direkt neben sie, obwohl auf der langen Bank reichlich Platz war.

»Hallo«, sagte er.

Irritiert blickte Lexi auf.

Jonne! Was machte der denn hier?

Sie musste wohl die Stirn gerunzelt haben, denn er hob die Hände und lächelte. »Keine Sorge, Lexi! Ich verfolge dich nicht. Ich arbeite hier.«

Jetzt sah sie sein Basecap mit NABU-Emblem und das Namensschild an seinem Poloshirt. *Jonne Trynoga.*

»Hallo, Jonne. Du bist einer von den ehrenamtlichen Helfern? Das hast du noch gar nicht erzählt.«

»Ja, jedenfalls in diesem Sommer. Wann hätte ich das denn erzählen sollen? Deine vielen Kinder reden ja meistens, da kommt man gar nicht zu Wort. Das, was sie erzählen, ist ja auch viel interessanter. Ich mag sie. Hast du diesmal keine mit?«

»Heute nicht. Ausnahmsweise. Was gehört denn so zu deinen Aufgaben?«

»Oh, ich tue das, was alle hier machen. Ich helfe bei Vogelzählungen, außerdem im hauswirtschaftlichen Bereich, im Café zum Beispiel. Ich führe Besucher durch das Gebiet, und es gibt immer irgendwelche Schilder oder Zäune zu reparieren und Landschaften zu pflegen. Ich kümmere mich auch um die Tiere. Mit den Rindviechern kann ich besonders gut.« Er grinste. Und Lexi stellte fest, dass sie genug Ruhe gehabt hatte und sich über die Unterbrechung ihrer einsamen Gedanken gar nicht mehr ärgerte.

Sie wollte ihn gerade noch etwas fragen, da legte er eine Hand auf ihren Arm und den Finger auf die Lippen. Er bedeutete ihr, ihr Fernglas an die Augen zu heben, und starrte selbst gebannt in eine Richtung.

»Das sieht man selten«, flüsterte er. »Eine Rohrdommel! Du musst ganz genau hinsehen. Es ist extrem schwer, sie zu entdecken. Siehst du diesen einen Schilfhalm, der weiter hochsteht als die anderen? Ein Stückchen rechts hinter den beiden Brandgänsen auf der eiförmigen Insel.«

Lexi drehte an der Schraube ihres Fernglases. Jetzt wurde das Schilf scharf. »Ja. Ich glaube, ich sehe ihn.« Sie flüsterte unwillkürlich ebenso leise wie er.

»Gut. Versuch mit deinem Blick etwa einen Meter weiter nach unten zu gehen. Da ist eine kleine Lücke zwischen zwei Halmen. Wenn du ganz genau hinsiehst, entdeckst du dort ein Auge. Es gibt kaum einen anderen Vogel, der sich so gut tarnen kann wie eine Rohrdommel im Schilf. Viele von uns arbeiten hier monatelang und sehen nie eine. Wusstest du, dass es für ihre meisterhafte Tarnung einen besonderen Begriff gibt? Man nennt sie Somatolyse.«

Lexi hatte selbst schon oft vergeblich nach dem Vogel Ausschau gehalten. Auch jetzt sah sie nichts. »Gib mir noch einen Hinweis, wo sie ist«, bat sie.

Die Rohrdommel gehörte zu den Reihern. Doch ihr Federkleid war nach dem Vorbild des Schilfs gemustert, in den Farben von Licht und Schatten. Wenn sie zwischen den Halmen stand, löste sich ihre Kontur vollkommen auf. Wenn sie sich bedroht oder auch nur beobachtet fühlte wie jetzt, reckte sie Kopf und Schnabel nach oben und schwankte hin und her wie ein Halm im Wind.

Jonne setzte sein eigenes Fernglas ab, trat hinter Lexi und korrigierte ganz sanft mit seinen Händen an den Seiten ihres Kopfes ihre Blickrichtung. Es waren nur Millimeter. Seine Hände waren warm. Er berührte Lexi kaum, aber es genügte. Nun sah sie es. Das Auge, das aus den geheimnisvollen, bewegten Tiefen von Licht und Schatten des goldbraunen Schilfes ihrem Blick begegnete. Dann Hals und Kopf und Schnabel.

»Ja! Jetzt!«, flüsterte Lexi. »Danke!« Ein kleiner Schauer der Aufregung durchrieselte sie. Es war einer dieser Augenblicke, an die man sich später erinnert, ein kurzer Austausch zwischen einem der erstaunlichsten Wesen der Natur, die ganz und gar ihr eigenes Leben leben, und dem Menschen, der einen Einblick erhascht. Ein kurzes gegenseitiges Verstehen: Aha, du bist auch da, ein Lebewesen in derselben Welt. Wir sind verschieden, aber wir sind beide im Hier und Jetzt.

Dann kam ein Windstoß, bewegte die Halme und ordnete sie neu. Der Augenblick war vorüber. Nichts wies mehr darauf hin, dass das Schilf einen Vogel verbarg, der in seinem Inneren sicher war.

So unsichtbar wäre ich als Kind auch manchmal gern gewesen, dachte Lexi.

Ein Lächeln lag auf Jonnes Gesicht, wie wahrscheinlich auf ihrem eigenen. »Heute ist ein Glückstag«, sagte er.

»O ja. Ich wollte sie immer schon mal sehen. Danke, Jonne, ohne dich hätte ich sie nicht bemerkt. Ich habe wohl die ganze Zeit daran vorbeigesehen.«

»Wahrscheinlich hat sie schon oft genau dort gesessen. Sie ist einfach schwer zu entdecken. Dann warst du als Kind schon hier?«

»Ja, meine Eltern hatten damals schon ihre Ferienwohnung auf der Insel. Und du? Woher kommst du?«

»Aus Freiburg. Ich bin diesen Sommer das erste Mal auf Fehmarn.« Er sah auf seine Uhr. »Ich muss weiterarbeiten. Magst du ein Stück mitkommen? Ich gehe in den Wildbienengarten, nach dem Rechten sehen. Es soll jemand eine Tafel mit Graffiti besprüht haben.«

»Klar, gerne. Ich habe viel zu lange stillgesessen.« Lexi war ganz steif geworden.

»Warum bist du ausgerechnet nach Fehmarn gekommen?«, fragte sie ihn, als sie dem Erlebnispfad Richtung Bienengarten folgten. »Interessierst du dich schon immer für Vögel?«

»Schon, auch wegen des Drachenbaus, aber vor allem wollte ich die Landschaft kennenlernen. Als ich gelesen habe, dass in dem Laden jemand gesucht wird, der Drachen verkauft und vielleicht auch entwirft, schien es mir wie ein Zeichen. Das mit den Drachen ist mein Hobby, seit ich mit meinem Großvater Drachen gebaut habe. Jetzt nehme ich damit auch an Shows und Wettkämpfen teil.«

»Wirklich? Wirst du dann auch am Drachenfestival im Herbst teilnehmen? Ich liebe es. Ich freue mich jedes Jahr darauf«, sagte Lexi. Sie sah es schon wieder vor sich, die vielen verschiedenen Silhouetten am Abendhimmel über dem gesamten Strand, hörte das Knattern im Wind und sah die beglückten Kindergesichter. Die Erwachsenen waren jedes Mal ebenso verzaubert. Es war immer ein ganz besonderer Abschluss der Saison.

»Ja. Wir trainieren schon für eine Show, mein Team und ich. Es wird dir gefallen.«

»Und als du dann wegen des Jobs hergekommen bist, hast du

dich gleich noch im Wasservogelreservat als Helfer angemeldet?«

»Ja, ich wollte ein Gefühl für die Gegend bekommen, weil
mein Großvater als junger Mann hier gewesen ist. Dafür hatte
er einen ganz bestimmten Grund.« Er öffnete das Tor zum
Wildbienengarten und hielt es für Lexi offen.

»Danke. Warum war er denn hier? Erzählst du mir noch mehr
darüber?« Sein Großvater musste ihm viel bedeutet haben. Lexi
hörte es an seiner Stimme, in der Untertöne von Zärtlichkeit,
Ehrfurcht und Dankbarkeit mitschwangen.

»Später gern. Wenn ich hier fertig bin, habe ich Feierabend.
Wir könnten noch zum Strand hinübergehen.«

»Ja, da bin ich lange nicht gewesen. Ein Lieblingsplatz von
mir. Kann ich dir hier helfen?«

»Wenn du möchtest.« Er entnahm seinem Rucksack eine
Sprühflasche, einen Schwamm und einen Lappen und reichte
sie ihr. »Du könntest versuchen, das Gekritzel auf der Tafel dort
zu entfernen. Wenn das überhaupt klappt, ohne dass die Schrift
auch mit abgeht. Ich verstehe nicht, dass es auch hier diese
Schmierfinken gibt. Man müsste meinen, dass hier nur Leute
herkommen, die sich ehrlich für Natur interessieren. Ich werde
solange dort drüben das Insektenhotel reparieren. Es sind ein
paar Bambusröhren herausgefallen. Bestimmt bei dem Sturm
neulich.«

Lexi machte sich daran, die rote Schmiererei behutsam zu
entfernen. Mit etwas Geduld ging es zum Glück. Darunter
kamen die Bilder verschiedener Hummelarten wieder zum Vorschein.

»Ich müsste mich in meinem Garten auch mehr um Bienen-
pflanzen kümmern«, sagte sie. »Das wollte ich schon lange tun,

aber irgendwie bin ich nicht dazu gekommen. Ich habe meist an die Kinder gedacht. Alles geht eben nicht. Es ist einfach nicht genug Platz.«

»Es geht nie alles.« Jonne säuberte ein paar Schilf- und Bambusröhren mit einer kleinen Bürste und fixierte sie wieder dort, wo sie sich gelöst hatten.

In dem kleinen Wildbienengarten herrschte eine verwunschene Atmosphäre, die Lexi gefiel. Nicht nur die Bienen waren wild, auch der Garten. Jede Menge Wildkräuter wie Brennnesseln und Springkraut wuchsen hier, außerdem Lupinen und Klee und einige Stauden, die Lexi nicht kannte. Hummeln waren eifrig zugange, und es duftete nach den unterschiedlichsten Aromen. Der Garten lag geschützt in einer kleinen Senke, und das Summen und Brummen klang besonders laut in der Stille ringsumher. Es war, als wären sie beide ganz allein hier, weit und breit war kein Mensch zu sehen.

Jonne arbeitete konzentriert. Er trug denselben Gesichtsausdruck wie neulich am Strand, als er den Drachen in Ordnung brachte. Sie mochte es, mit welchem Ernst er sich allem widmete, mit dem er sich gerade beschäftigte. Er war sicher auch gut darin, wenn er eine Führung veranstaltete und den Menschen die Natur erklärte. Vielleicht konnte sie mit einigen ihrer Kinder oder sogar mit der ganzen Klasse einmal an einer solchen Führung teilnehmen.

Als sie fertig waren, gab Lexi ihr Fernglas ab und wartete, bis Jonne sich für den Tag verabschiedet hatte. Dann kletterten sie über den Deich zum Strand hinunter, der hier nur aus Steinen bestand, aus vielen hellen, von der Brandung glatt geschliffenen

Kieseln. Einige Teile waren zum Schutz der seltenen Pflanzen, die hier wuchsen, abgesperrt. Meerkohl, Meersenf und Salzmiere.

»Sieh mal, da ist sogar eine Stranddistel!«, sagte Jonne erfreut. »Die sind sehr selten geworden. Zu viele Menschen haben sie mitgenommen, um sie in ihre Gärten zu pflanzen, wo sie gar nicht gedeihen. Ich habe die Hoffnung, dass der Bestand sich wenigstens hier erholt. Sie sind so wunderschön.«

Lexi mochte diesen Strand, der so ganz anders war als der Südstrand. Durch die hellen Steine wirkte er beinahe blendend weiß und bot einen strengen, schlichten, harten und trotzdem gerade deswegen wunderschönen Kontrast zum Blaugrün des Meeres und dem Himmel darüber. Die Landschaft wirkte so sauber und aufgeräumt, so schlicht und klar, dass es in Lexi auch immer ganz ruhig und klar wurde.

Durch die hellen Steine wirkte der Weitblick noch weiter. Sie fühlte sich hier immer leicht wie die Möwen, die in demselben Weiß und Hellgrau über den Steinen schwebten, als hätten sich einige davon der Schwerkraft zum Trotz einfach in den Himmel aufgemacht.

22

Reiche Schätze

Sie schlenderten Richtung Westermarkelsdorf am Strand entlang. Man musste aufpassen, dass man sich zwischen den Steinen nicht den Fuß vertrat. Sie waren erst ein paar Schritte gegangen, als Lexi sich schon das erste Mal bückte. »Das ist wie früher! Nirgendwo finde ich Hühnergötter, nur hier. Und dann immer gleich eine ganze Handvoll.«

Jonne sah ihr amüsiert zu. »Ich habe nie ganz verstanden, warum Menschen so verrückt nach Steinen mit Löchern sind. Ich mag lieber die ganz glatten, die sich so schön in die Hand fügen. Und ihre verschiedenen Farben.« Er bückte sich nach einem fast kugelrunden honiggelben Stein, fuhr mit dem Daumen über die glatte Oberfläche und reichte ihn Lexi. »Für dich. Diese Farbe finde ich am schönsten. So sieht der Himmel manchmal an einem Sommermorgen aus, wenn er ganz leicht dunstig ist. Oder die Rapsfelder an einem Frühlingsabend.«

»Danke.« Sonnenwarm lag der Stein in Lexis Handfläche. Er passte genau hinein. Sie betrachtete ihn bewundernd und steckte ihn dann in die Tasche. »Ich mag solche Steine eigentlich auch, aber die Kinder sind ganz verrückt nach den Hühnergöttern. Es ist Tradition geworden, dass sie in Valentinas Garten einen aufhängen dürfen, bevor sie nach Hause gehen. Da hängen schon lauter schwere Schnüre an der Hauswand.«

Federwolken zogen jetzt über dem Horizont entlang. Es war einfach unbeschreiblich hier, fern aller alltäglichen Realität und doch so wirklich. Die Steine unter den Sohlen, das Knirschen, wenn man darauf trat, das Blau des Himmels, so intensiv, als könnte man es berühren.

Lexi stellte fest, dass sie mit Jonne auch gut schweigen konnte. Irgendwann kamen sie an einen kleinen Steg und setzten sich darauf, um sich auszuruhen und mit den Beinen über dem Wasser zu baumeln, das immer stiller wurde. Ein Schwarm Kormorane flog von West nach Ost, dicht über dem Wasser. Lexi und Jonne folgten ihnen mit bewundernden Blicken, bis sie nur noch schwarze Punkte im Licht waren.

»Ich mache mir Sorgen um die Vögel«, sagte Jonne.

»Was ergeben denn die Vogelzählungen?«, fragte Lexi.

»Manche machen Mut, manche nicht. Gerade hier geht es ihnen gut. Aber es gibt immer weniger Orte wie diesen, wo sie passende Bedingungen vorfinden. Woanders wird es immer schwieriger. Monokulturen, weniger Insekten, schadstoffbelastete Futterfische, zugebaute Küsten, Hunde, die die Bodenbrüter aufscheuchen. Zu viele Füchse und Wildschweine, die auch noch gefüttert werden, Lärm, Plastikmüll, Klimawandel. Die Liste lässt sich endlos fortführen.«

Jonne ließ einen flachen Kiesel über das Wasser schlittern. Dreimal hüpfte er auf, dann ging der Stein in einer kleinen Welle unter.

»Andererseits wird uns Menschen immer bewusster, was wir angerichtet haben. Wir horchen auf. Viele bemühen sich. Aber sind es genug? Und schaffen wir das rechtzeitig?«

Lexi stand auf und holte sich am Ufer auch einen flachen Stein. Es gelang ihr, ihn ebenfalls dreimal hüpfen zu lassen. Mehr ließ der Wellengang wohl nicht zu.

»Du tust ja dein Bestes«, sagte sie. »Du bringst allen, die eine

Führung bei dir machen, ganz viel darüber bei. Hinterher sieht man mehr und weiß mehr und verhält sich anders. Obwohl ich damals klein war, weiß ich noch, wie beeindruckt ich nach meiner ersten Führung war. Die Frau hat so viel Spannendes über die Vögel erzählt, dass es sich hinterher anfühlte, als wären sie alle meine Geschwister.« Sie lächelte Jonne unwillkürlich an, als sie zurückdachte. »Mein Bruder musste mich danach davon abhalten, die Brandgänse mit seiner Lieblingsschokolade zu füttern.«

Er lachte. »Dann ist es wohl gut, dass du weitere Führungen mitgemacht hast.«

»Zur Sicherheit habe ich auch noch Biologie studiert.«

Über dem Meer kündigte sich der Abend an. Es wurde dunstig.

Jonne stand auf. »Lass uns zurückgehen. Was ist es eigentlich genau, was du mit deinen Kindern anstellst, die nicht deine sind und irgendwie doch?«

Sie erzählte ihm davon, während sie sich Wallnau wieder näherten. Doch sie fand es immer schwierig, ihr kleines Paradies zu beschreiben. »Du kannst es dir vermutlich besser vorstellen, wenn ich dir mal meinen Garten zeige. Fährst du jetzt zu deinem Boot im Yachthafen?«

»Ja. Soll ich dich mitnehmen?«

»Nein, danke, ich bin auch mit dem Auto da. Aber wenn du noch einen kleinen Abstecher machen willst, könntest du dir den Garten kurz ansehen. Nur wenn du Lust hast.«

»Sehr gerne. Ich fahre dir einfach hinterher.«

Jonne sah sich aufmerksam um. Der Stein im Pfosten entging ihm nicht.

»Was für ein ansprechender Ort«, sagte er, als sie ihn herumführte, ihm die Beete erläuterte, die Kräuter auf der Rehwiese, die Sache mit den Filztöpfen.

»Du bist auch ein Multiplikator, so wie ich«, sagte er. »So nennen sie es in Wallnau. Wir bringen den Menschen die Natur nahe, damit immer mehr davon darüber wissen und Verständnis entwickeln und dann selbst zum Multiplikator werden.«

»Ja, ich glaube, bei einigen meiner Kinder hat das ganz gut geklappt. Sie bringen ihren Eltern schon bei, dass sie auf die Balkons und in die Gärten lieber Einheimisches pflanzen sollen als Exoten und Züchtungen. Auf den Elternabenden habe ich bereits Beschwerden bekommen. Aber viele finden es auch gut. Magst du mit aufs Dach kommen? Von da kann man zwar nicht direkt den Sonnenuntergang sehen, aber doch die Farben im Himmel.«

»Unbedingt.«

Lexi warf eine Decke und zwei der dicken Kissen aus der Schaukel aufs Dach, hängte sich eine Tasche um, die sie aus der Küche geholt hatte, und kletterte hinauf. Jonne folgte ihr.

In der Tasche befanden sich zwei Gläser, selbstgemachter Johannisbeersaft, Kekse und ein paar frische Radieschen, die Lexi im Vorbeigehen geerntet hatte. »Ich hätte auch Johannisbeerwein, aber du musst ja noch fahren«, sagte Lexi.

»Das schmeckt auch so herrlich nach Sommer. Das braucht keinen Alkohol«, sagte er. »Prost, auf alle Multiplikatoren! Mögen wir erfolgreich sein.« Sie stießen an.

»Ja, aber ich möchte mehr tun«, sagte Lexi. »Was du vorhin gesagt hast, zeigt mir wieder, wie nötig es ist. Ich mache mir auch Sorgen, wenn ich merke, wie wenig die Kinder wissen, weil sie es nicht erleben, weil sie so wenig Kontakt zur Natur haben, und die Eltern oft auch. Ich würde gern viel größere Projekte mit mehr Kindern umsetzen, aber dazu brauche ich mehr Platz. Und wahrscheinlich Leute, die mitmachen.«

»Ich finde, du tust schon eine Menge. Und so, wie ich dich einschätze, wirst du langfristig auch noch umsetzen, was dir jetzt vorschwebt.« Jonne lehnte sich zurück, verschränkte die Arme hinter dem Kopf und atmete tief durch. »Dieser Ausblick, umrankt von Kürbis! Wie schön doch das Leben sein kann!«

Tatsächlich rankte sich das Grün nun schon überall entlang und trug große, leuchtend gelbe Blüten, in denen sich die letzten Hummeln noch schnell verköstigten, bevor sie schlafen gingen.

Der Dunst am Horizont und die Wolken darüber färbten sich glühend orange. Aus dem Garten trieb der Duft nach Geißblatt, Levkojen und dem Tau im Gras zu ihnen nach oben. Der Abendstern begann zu leuchten und eine Mondsichel stieg hinter den Kartoffelrosen auf dem Deich herauf. Je dunkler es wurde, desto heller leuchteten unten weiße Schafgarbe und Rittersporn und die bunten Kissen in der Schaukel.

Lexi nahm noch etwas aus der Tasche. Das Nachtwächterhorn. »Was ist das?«, fragte Jonne erstaunt. Lexi erzählte ihm die Geschichte, dann reichte sie es ihm. »Es ist Zeit, den Tag zu verabschieden. Möchtest du?«

»Ist das schwierig?«

»Mhm. Ein bisschen Übung braucht es, aber es ist nicht wichtig, wie es klingt. Der Himmel und die Erde verstehen das schon richtig. Bei den Kindern klingt es auch nicht perfekt.«

Er stand auf. Lexi gefiel es, dass er die Feierlichkeit des Augenblicks instinktiv begriff. Nach einigen vergeblichen Versuchen brachte er einen passablen Ton zustande, der sich in die Dämmerung aufschwang und über das Meer flog, zusammen mit Möwen auf der Suche nach einem Schlafplatz.

Dann gab er ihr das Horn zurück. »Diese Tradition gefällt mir ausnehmend gut. Das sagt alles aus, wofür man sonst so viele Worte braucht. Respekt vor dem Tag und der Schönheit und Vielfalt der Natur. Alles in einem einzigen Ton zur richtigen Zeit!«

»Hast du Hunger?«, fragte Lexi nach einer Weile. »Ein richtiges Abendbrot war das ja nicht.«

»Nein, ich bin völlig zufrieden. Die Kekse sind so lecker.«

Keiner von beiden mochte sich losreißen. Nicht, als das Rot verlosch und nur noch ein heller Streifen am Horizont blieb, das Nachglimmen des Tages. Auch nicht, als immer mehr Sterne zu funkeln begannen. Lexi konnte sich nicht erinnern, wann sie das letzte Mal so viel geredet hatte. Und manchmal waren sie auch so still, dass man die Mücken summen hörte.

Diese waren es auch, die sie schließlich vom Dach vertrieben.

Am Tor zögerte Jonne. »Bist du morgen wieder hier?«

»Nein, morgen muss ich in der Stadt bleiben, es ist Eltern-abend.«

»Und übermorgen?«

»Könnte sein.«

»Darf ich mich dann revanchieren? Wir könnten den Sonnen-untergang vom Boot aus ansehen. Zwar ohne Kürbisblüten, aber dafür sieht man die Sonne und die Schiffe.«

Später stellte Lexi den Wecker auf halb sechs. Sie musste pünktlich auf dem Festland in der Schule sein. Beim Einschlafen bemerkte sie, dass eine seltsame Vorfreude in ihr glomm.

273

Der Elternabend verlief diesmal besonders erfreulich. Niemand beschwerte sich, dass sie mit den Schülern im Dreck gewühlt hatte. Im Gegenteil, die einen oder anderen äußerten sich sogar positiv, mit wie viel Begeisterung die Kinder davon erzählt hatten – von Valentinas Garten und dem Blog und allem, was sie gelernt und erlebt hatten.

Beschwingt ging Lexi nach Hause und haderte dennoch mit sich und den Gegebenheiten. Wie gern hätte sie in Valentinas Garten ein großes Sommerfest für alle Kinder mit Eltern, Geschwistern und Großeltern veranstaltet. Dann hätten alle die Kürbisse und Sonnenblumen betrachten können und sehen, wie viel ein Garten zu geben hatte und auf wohltuende Art lehren konnte.

Doch daran war nicht zu denken. Von Valentinas Garten würde bei einer solchen Menge Besucher nichts mehr übrig bleiben. Zu viele Füße. Auf einem größeren Gelände wäre das etwas völlig anderes gewesen.

Dennoch freute sie sich darüber, dass die anfangs ablehnende Haltung der Eltern ihren Methoden gegenüber sich geändert hatte.

In guter Stimmung tauchte Lexi am verabredeten Abend bei Jonne am Yachthafen auf. Sie hatte überlegt, was sie ihm mitbringen könnte, und sich für eines der dicken bunten Kissen entschieden. Er hatte sich dort mit so viel Vergnügen angelehnt, als sie auf dem Dach gesessen hatten – warum also sollte sie einem Mann kein Kissen schenken? Ihr erster Eindruck von seinem gemieteten Hausboot war die spartanische Einrichtung gewesen. Ein bisschen mehr Gemütlichkeit konnte da bestimmt nicht schaden. Aber sie wählte eines, das nicht allzu wild gemustert war.

Sie hätte sich keine Sorgen machen brauchen. Jonnes Augen leuchteten auf, als sie ihm das Kissen überreichte. Sie hatte es mit einem dezenten Geschenkband umwickelt, an dem eine Tüte der Kekse hing, die ihm so gut geschmeckt hatten.

»Wunderbar!«, rief er. »Ich wollte dich schon fragen, ob du die Kissen verkaufst. So eins fehlt in meiner Hängematte. Oder wahlweise im Strandkorb.«

Lexi folgte ihm aufs Dach. Am Himmel gab es einige Wolken, aber es war beinahe windstill und noch wärmer als die Tage davor, selbst hier draußen auf dem Wasser.

»Hängematte oder Strandkorb?«, fragte Jonne.

»Strandkorb. In der Hängematte schlafe ich eventuell gleich ein. Das wäre unhöflich.«

Er legte das Kissen in den Strandkorb und lud sie mit einer eleganten Geste ein, sich zu setzen. »Oh, bei mir darfst du auch einschlafen. Hier darf man alles. Deswegen habe ich ja das Hausboot gemietet. Es ist so entspannt hier – obwohl ich jeden Tag arbeiten gehe, fühlt es sich die ganze Zeit wie Urlaub an.«

»Das kann ich mir vorstellen. Oh, danke!« Jonne reichte ihr einen Cocktail, komplett mit Obstscheiben am Rand des Glases. »Das sieht aber schön aus.«

»Keine Sorge, ist auch alkoholfrei«, sagte er. »Wir wollen ja nicht, dass du nachher in Schlangenlinien nach Hause fährst. Bedien dich.« Auf einem Beistelltisch stand eine Platte mit Häppchen, Cracker und Pumpernickelscheibchen, belegt mit Krabben, Käse, Obst oder Schinken.

»Du hast dich ja richtig ins Zeug gelegt.«

»Ich mach das gerne. Häppchen sind wie Basteln.« Er setzte sich ihr gegenüber in einen Stuhl, der ein wenig zu klein für ihn wirkte.

»Dann buche ich dich, falls ich doch mal ein Sommerfest für meine Schüler und ihre Familie veranstalte.«

»Klar, dann mache ich dir die extralustige Kinderhäppchen-version.«

Lexi lehnte sich zurück und biss in einen Cracker mit Camembert und Mango. Sie fühlte sich wohl. Die sinkende Sonne legte eine kupferfarbene Brücke über das Wasser. Vom Meer her kehrten immer mehr Schiffe heim in den Hafen. Kleine Boote, große Boote, Segler, Yachten, Fischkutter, von Möwen begleitet.

»Wolltest du mir nicht noch erzählen, warum du ausgerechnet nach Fehmarn gekommen bist? Du hast gesagt, dein Großvater sei aus einem bestimmten Grund hier gewesen?«, fragte sie.

Jonne blickte sinnend über die Bucht. Ein Schatten flog über sein Gesicht.

»Nicht, wenn es dir unangenehm ist«, sagte sie hastig. »Ich bin manchmal zu neugierig.«

Jetzt lächelte er. »Das ist gut so. Eine Lehrerin, die nicht wissbegierig ist, wäre gar nicht gut. Und neugierig bin ich selber. Ich mag das. Es ist nur, mein Großvater ist vor zwei Jahren gestorben, und er fehlt mir immer noch sehr.«

»Das tut mir leid. Ich verstehe das. Ich vermisse Pia auch immer noch so. Das war die Besitzerin des Gartens. Sie war ein bisschen wie eine Großmutter für mich.«

Er sah erleichtert aus. »Richtig, das hattest du erwähnt. Dann weißt du ja, wie das ist. Ich glaube, ich bin hier, weil ich ihm noch einmal nahe sein wollte. Ich hatte ein engeres Verhältnis zu ihm als zu meinem Vater. Er hieß Bene. Bene Trynoga. Ich habe ihn nie Großvater genannt, er war immer nur Bene. Er wollte das so. Er sagte, er fühle sich oft noch wie ein Lause-bengel. Nur weil man weiße Haare habe, müsste man innerlich nicht alt sein. Wahrscheinlich hat er darum immer mit mir Drachen gebastelt und jede Menge Unfug angestellt.«

»Dann hast du von ihm deine Leidenschaft fürs Drachen-bauen«, stellte Lexi fest. »Wie schön.«

»Ja, das wird mich für immer mit ihm verbinden. Wenn ich die Kinder am Strand mit den Drachen sehe, die ich entworfen habe, dann ist es, als wäre Bene ein wenig anwesend. Das hat er noch erlebt, und es hat ihm riesig gefallen.«

Jonne schob den Beistelltisch näher, damit Lexi bequemer zugreifen konnte.

»Bene hat eine Zeitlang hier auf Fehmarn gelebt«, fuhr er fort. »Das war, als er noch jung war. Bene war das Kind eines ostpreußischen Gutsherrn, Falk Trynoga. Ende des Krieges mussten sie fliehen, wie so viele. Falk wurde damals an der Front vermisst gemeldet, und Bene überlebte nur, weil ihn ein Freund seines Vaters auf der Flucht mitnahm und in Sicherheit brachte. Sie landeten auf Amrum. Dort stieß Falk später zu ihnen. Sie blieben auf der Insel. Falk war clever und tüchtig, und nach dem Krieg gab es ja einen Mangel an kräftigen Arbeitern. Er baute sich rasch eine neue Existenz auf und eröffnete schließlich einen Lebensmittelladen. Doch sie trauerten beide um ihr ver-lorenes Paradies, den Gutshof Trynogawies. Ich denke, sie wer-den das Leben dort mit den Jahren in der Erinnerung immer mehr verklärt haben. Ist dir kalt? Hier ist eine Decke.«

Lexi schüttelte den Kopf, gefangen von seiner Erzählung. »Und dann?«

»Bene hat sich schon als Junge in den Kopf gesetzt, Tryno-gawies eines Tages wiederaufzubauen, an einem anderen Ort natürlich, notgedrungen auch kleiner, aber so ähnlich wie möglich. Er studierte Landwirtschaft und pachtete dann einen alten Hof hier auf Fehmarn. Trynogawies hatte ganz nahe an der Ostsee gelegen. Fehmarn war der östlichste Ort, an dem Bene einen Hof nahe der See fand. Er muss sich dem Ort seiner Träume dort am nächsten gefühlt haben, zumindest war das seine Hoffnung. Es waren harte, aber auch gute Jahre. Er verliebte sich und heiratete, und mein Vater wurde hier geboren.«

Jonne, der durstig vom Erzählen geworden war, nahm einen großen Schluck aus seinem Glas, in dem sich der rötliche Abendhimmel spiegelte. Die Schiffe, die jetzt noch einfuhren, hatten mittlerweile ihre Beleuchtung eingeschaltet. Manche trugen bunte Lichterketten über ihr Deck gespannt. Es sah märchenhaft aus.

»Das klingt nach einem Aber«, sagte Lexi, begierig darauf zu erfahren, ob sich Bene seinen Traum hatte erfüllen können.

»Ja. Es kam, wie das mit Kindheitsträumen so ist. Sie ändern sich. Man selbst ändert sich. Und vor allem kann man die Zeit niemals zurückdrehen. Trynogawies war verloren. Schon lange. So etwas kann man nicht woanders wiederaufbauen. Bene wurde das bald klar. Und noch etwas erkannte er: Er war nicht zum Landwirt geboren. Das Wissen hatte er, aber nicht die Leidenschaft dafür. Er war ein Büchermensch, wollte sich mit allen möglichen Dingen beschäftigen. War endlos neugierig, so wie du.« Jonne hob sein Glas. »Auf die Neugier und den Wissensdurst! Bene hätte dich gemocht.«

Lexi stieß mit ihm an. »Ich ihn bestimmt auch. Es gehört Größe dazu, sich einzugestehen, dass man sich verrannt hat.«

»Ja. Bene konnte das. Er verkaufte den Hof, ging nach Freiburg und betrieb fortan eine Buchhandlung. Da war er glücklich. Und seine Familie auch. Großmutter hatte die Landwirtschaft noch weniger gelegen als Bene. Und mein Vater hat später in London Literaturwissenschaft studiert. Dort sind meine Eltern schon vor Jahren wieder hingezogen. Sie mögen die englische Lebensart.«

Jonne zuckte mit den Schultern. »Bene hat aber trotzdem oft von Fehmarn erzählt. Hier war er jung und voller Leben und Tatendrang. Ich denke, er hat sich einfach gern daran erinnert. Er sagte, die Landschaft wäre Trynogawies tatsächlich in manchem ähnlich gewesen. Der Duft der Felder. Das Licht über dem Meer und dem flachen Land. Die jahreszeitlichen Stimmungen. Sand unter den Füßen, das Schwimmen und der Geschmack von frischem Fisch.«

»Und deswegen wolltest du gern wissen, wie es hier ist.«

»Ja. Ich wollte ihm einfach noch mal nahe sein. Mir vorstellen können, wie er in meinem Alter gewesen ist. Ich wollte ihn nachträglich noch besser kennenlernen.«

»Und? Funktioniert das?«

Er nickte. »Ja. Ich fühle mich wohl auf der Insel, und es ist sogar tröstlich. Als ob sich ein Kreis schließt. Als ob er gegenwärtig ist und mich mit Wohlwollen betrachtet. Ich bleibe sicher nicht länger als bis zum Winter. Aber ich bin sehr froh, hier zu sein. Es wird auch für mich eine bleibende, besondere Erinnerung werden.«

Lexi nahm sich jetzt doch die Decke. »Und wohin gehst du danach?«

Er zuckte mit den Schultern. »Keine Ahnung. Es wird sich etwas ergeben. Ich möchte erst mal diesen Sommer auskosten. An ein Hausboot könnte ich mich allerdings gewöhnen.« Zufrieden sah er sich um.

Die Wolken leuchteten noch dunkelrot, aber es wurden immer mehr Sterne sichtbar.

»Danke für die Geschichte«, sagte Lexi leise.

»Du hast mir ja auch die von Valentinas Garten erzählt. Ist es nicht schön, dass man sich Geschichten schenken kann? Sie machen einen so viel reicher. Das war es auch, was Bene zum Buchhandel hinzog.«

Lexi dachte an ihre Schüler. »Ja. O ja.«

Und dann mixte Jonne ihnen noch einen Drink und setzte sich zu Lexi in den Strandkorb, damit es dort wärmer wurde. Sie sahen noch lange den Lichtern auf dem Wasser zu, deren Spiegelbilder auf der Oberfläche verschwommen und weich wirkten wie Träume. Darüber leuchtete der Mond und erzählte den Sternen eine stumme Geschichte.

Sila

Altlewin

2017

23

Unter der Erde

Etwas Warmes, Feuchtes schob sich in Silas Hand, schnuffelte und quiekte. Sie setzte sich auf. »Kopernikus! Geht es dir gut?« Sie drückte das Minischweinchen an sich, um sowohl sich selbst als auch Kopernikus zu trösten. Ihre Augen hatten sich etwas an die Dunkelheit gewöhnt. Dennoch blieb es zu finster, um viel erkennen zu können. Nur durch die Öffnung, durch die sie gefallen war, drang Licht herein. Am Rand des Lochs hingen Wurzeln, Spinnweben und Blätter, von denen einige mit ihr heruntergesegelt waren. Sila sah Klinkersteine, dieselben roten Ziegelsteine, aus denen der Wickenhof aufgebaut war. Anscheinend hatte sie ein paar davon losgetreten und war mit ihnen zusammen abgestürzt. Einige lagen um sie herum, und einen spürte sie schmerzhaft unter ihrem Hintern. Sila zog ihr Halstuch vor die Nase, um den staubig-modrigen Geruch zu dämpfen, und stand vorsichtig auf. Kopernikus drückte sich an ihre Beine. Ihm war das alles ebenso unheimlich wie ihr.

Der Raum, in den sie gefallen war, war groß genug, dass sie bequem darin stehen konnte. Wenn sie die Augen zusammenkniff, erahnte sie eine Kuppel. Es lagen keine anderen Trümmer um sie herum, soweit sie sehen konnte. Jetzt konnte sie nur hoffen, dass sie keine Kettenreaktion ausgelöst hatte und nicht noch mehr einstürzen würde, bevor sie hier herauskam. Kopernikus hatte sich von ihrer Seite gelöst und lief irgendwohin. Sie hörte ihn scharren, ein Stück über ihr. Langsam ging sie ein paar

Schritte in seine Richtung und stellte fest, dass hier eine Treppe gewesen war. Auf die war sie gefallen und dann heruntergerollt. Die Treppe war mit Erde bedeckt, und nur die Kanten der Stufen ragten noch heraus. Kopernikus grub daran herum, als wollte er die Stufen freischarren.

»Gute Idee«, sagte Sila.

Sie holte sich einen der abgestürzten Backsteine und räumte damit die Erde von den Stufen. Dann stieg Sila hinauf. Es schien eine Art Schleuse zu sein, die in den tiefer gelegenen Kuppelraum führte, ein kleiner Tunnel mit einem gewölbten Dach, durch das sie gefallen war. Am oberen Ende der Stufen griff sie in trockene Efeuranken. Ihr Herz klopfte: Hier musste doch eine Tür sein! Sie schlug mit den Fäusten gegen die Wand, und tatsächlich, es hörte sich an wie Holz. Aber es klang viel zu dumpf. Sila konnte sich denken, warum. Auf der anderen Seite war Erde. Wie oft war sie mit Lisann bei Schnee diesen Hügel hinaufgeklettert und hinuntergerutscht, und manchmal hatten sie sich auch im Sommer durch das verfilzte Gestrüpp gekämpft. Da war keine Tür sichtbar gewesen. Die musste schon sehr lange verschüttet sein.

Sila schlug mit dem Backstein dagegen und hörte ein Splittern, doch es führte zu nichts. Sie versuchte, Ruhe zu bewahren. Wenn sie hier unten rief, würde sie kein Mensch hören. Wenigstens wurde der modrige Geruch langsam besser, weil frische Luft durch das Loch eindrang. Jetzt erst fiel ihr ein, dass sie ihr Handy in der Tasche hatte. Mit zitternden Fingern entsperrte sie es und wollte Lisanns Nummer wählen. Doch sie hätte es sich denken können. Kein Empfang hier unten. Das war oben schon schwierig genug hier.

Panik stieg in ihr auf. Zu sehr erinnerte sie die Situation an damals. Gefangen in der dunklen, kalten Trommel, die bei der geringsten Berührung ein lautes metallenes Geräusch von sich gab, obwohl Sila doch ganz ruhig sein musste. Zusammengerollt hatte sie darin gesessen und gewusst: Sie durfte sich nicht rühren, damit die Volkspolizisten nichts von ihrer Gegenwart merkten, wenn sie den Lastwagen anhielten. Und später irgendwann die Grenzer, die das ganze Auto auseinandernahmen und sie nicht finden durften, auf gar keinen Fall, sie nicht und Dorothea nicht und Daniela nicht, weil sie sonst alle ins Gefängnis kamen. Jedenfalls ihre Mutter und Daniela. Sie selbst würde in einem Heim landen und ihre Mutter nie wiedersehen und zu schrecklichen fremden Leuten kommen, die sie genau so erziehen würden, wie der Staat es wollte. Sie wusste nicht, wer der Staat war, aber es klang furchtbar. Also musste sie sich zusammenrollen und nicht denken und nicht niesen und nicht husten und sich nicht räuspern und vor allem keine Angst bekommen, weil man dann lauter atmete, das hatte man ihr erklärt.

Aber sie hatte Angst, immer mehr, und die Zeit verging nicht, und sie war sich ziemlich sicher, dass sie hier alle sterben würden. Begraben waren sie ja eigentlich schon, in runden metallenen Särgen.

Jetzt saß sie nach so vielen Jahren wieder in einem dunklen, runden Raum und bekam vor Beklemmung kaum Luft.

Kopernikus drängte sich wieder gegen sie, als würde er ihre Furcht spüren. Sila versuchte, sich zusammenzunehmen. Das war Jahrzehnte her, und sie kauerte nicht in einer Waschmaschinentrommel in einem Lastwagen. Sie konnte sich bewegen, sie konnte atmen, und sie war noch nicht einmal allein. Sie hatte Schwein.

Sila grinste schief, atmete tief durch und schaltete die Taschenlampenfunktion ihres Handys ein. Warum war sie nur so kopflos durch das Dickicht gerannt?

Wandas Worte von früher fielen ihr wieder ein: *Ein Fehler ist wie eine geheimnisvolle Tür, die man nie gefunden hätte, wenn man den Fehler nicht gemacht hätte. Man weiß nie, was für ein Abenteuer oder ein Geschenk dahinter wartet. Deshalb sollte man sich vor Fehlern nie fürchten.*

Sehr kräftig war das Licht nicht. Ihr Akku war nur ein Drittel geladen. Sie musste sparsam damit sein.

Das Loch, durch das sie gefallen war, war wahrscheinlich einer dicken Wurzel geschuldet, die sich durch einen Ritz im Mauerwerk gearbeitet hatte. Sila konnte sie sehen, ein Teil davon hing jetzt durch das Loch herunter.

Als sie die Efeuranken an der ehemaligen Tür beiseiteschob, sah sie, dass dahinter tatsächlich verrottendes Holz war. Sie fand sogar die Türklinke. Aber die ließ sich nicht bewegen, und durch das Loch, das sie mit dem Ziegelstein geschlagen hatte, rieselte Erde. Als sie versuchte, den Finger hineinzustecken, stellte sie fest, dass sie sich auf diesem Weg bestimmt nicht würde befreien können.

Blieb die Öffnung nach oben. Sie würde eine Leiter oder etwas Ähnliches finden müssen. Oder vielleicht konnte sie eine Botschaft schreiben und hinauswerfen. Allerdings kam ihr dieser Gedanke ziemlich albern vor. Wer sollte hier herumlaufen und nach einem Zettel suchen, der um einen Stein gewickelt war? Sicher würde Lisann sie irgendwann vermissen, aber das konnte Tage dauern.

Sila stieg die Treppe vorsichtig wieder hinunter und leuchtete nach oben in die Kuppel. Die wirkte relativ sauber und zum Glück vor allem durchaus stabil.

Langsam dämmerte Sila, wo sie war. Dies musste einst ein Eiskeller gewesen sein, vor sehr langer Zeit. Das gab es in Brandenburg auf alten Höfen ab und an noch. Aus der Zeit, ehe es Kühlschränke gab. Damals hatte man hier im Winter Eis eingelagert und auf diese Weise einige Lebensmittel den ganzen Sommer kühl gehalten. Selbst in Berlin gab es noch einen in Dahlem, der als Fledermausversteck erhalten wurde.

Sila war sich sicher, dass nicht einmal Wanda davon gewusst hatte. Sie ließ den Lichtkegel an den Wänden herunterwandern und dann über den Boden. Ja, dort in der Mitte war eine Vertiefung, das musste die Eisgrube gewesen sein! Da durfte sie nicht hineinfallen. Vorsichtig bewegte sie sich außen herum. Da hinten stand etwas. Kisten? Nein, es waren ein Tisch und ein Stuhl. Zwei Stühle sogar, stellte Sila fest, als sie sich vorsichtig heranwagte. Sie rüttelte an dem Stuhl, drückte auf die Sitzfläche. Eine dicke Schicht Staub lag darauf, aber ansonsten schien er gut erhalten zu sein. Es roch zwar modrig hier unten, aber es war doch erstaunlich trocken.

Auf dem Tisch lag der Stahlhelm eines Soldaten. In dem schmalen Lichtkegel warf er einen seltsamen Schatten. Daneben standen ein Glas, ein Teller mit einer rostigen Gabel darauf und eine Flasche. Es war eine Rotweinflasche mit einem Korken darin, und als Sila sie antippte, sah sie, dass unten noch ein Rest Flüssigkeit darin war. Sie fröstelte.

Es wirkte, als wäre hier jemand in großer Eile aufgebrochen. Nur wann, um Himmels willen? Sie fühlte sich beinahe, als hätte sie ein Grab geschändet. Einen Schritt weiter stolperte sie über etwas Weiches und schrie auf. Kopernikus stob erschrocken davon. Es waren die Reste einer Matratze, vermutete Sila, als sie sich fing und das Gebilde näher betrachtete. Eine Matratze, in der die Mäuse gewesen waren und die Motten. Zwischen den Fäden von etwas, das wahrscheinlich einmal eine Wolldecke auf der Matratze gewesen war, fand Sila einen Sack aus Segeltuch, einen selbstgenähten Rucksack wahrscheinlich, denn er hatte unbeholfen mit Leder besetzte Tragriemen. Das Segeltuch war angeschimmelt, aber es wies nur an der Klappe ein kleines Loch auf.

Sila zögerte, aber dann konnte sie ihre Neugier nicht zurückhalten. Schließlich war sie auf der Suche nach etwas Brauchbarem. Sie öffnete die Klappe und leuchtete in den Rucksack hinein. Ein Heft, an dem ein Bleistift in einer Schlaufe steckte, sah aus, als wäre es in aller Eile oben hineingesteckt worden. Darunter eine Blechbüchse, leer bis auf einen abgenutzten Radiergummi. Sicher wurde das Heft eigentlich darin aufbewahrt. Ein langes Stück Schnur war noch im Rucksack, ordentlich aufgerollt, und ein kleines Etui mit einer Nagelschere und einer Nagelfeile darin. Sila starrte darauf und fühlte, wie sich die Haare auf ihren Armen aufstellten. Was war das für ein Mensch gewesen, der Soldat, dem dieser Rucksack gehört hatte? Den er nicht mehr hatte mitnehmen können, weil er schnell flüchten musste, gefangen genommen worden war oder ihm etwas Schlimmeres passiert war. Jemand, der bei all seinen furchtbaren Erlebnissen noch auf seine Nägel achtete? Wahrscheinlich hatte er beides eher als Werkzeug in Notlagen benutzt. Die Spitze der Feile war ein wenig abgebrochen. Sila wagte nicht, das Heft aufzuschlagen. Gewiss war es privat. Aber die Schnur, die Schnur würde sie sich nehmen müssen.

Sie prüfte noch einmal beide Stühle. Sie waren stabil.

»Also, Kopernikus, versuchen wir es!«

Sie musste das Restlicht ihres Akkus ausnutzen.

Mit Hilfe der heruntergefallenen Backsteine baute sie aus der Treppenstufe unter dem Loch eine sichere Plattform. Dann stellte sie den einen Stuhl darauf und vergewisserte sich, dass er sicher stand und nicht wackelte. Jetzt war er zu hoch für sie, um drauf zu klettern, doch sie band den zweiten Stuhl an mehreren Stellen fest mit Schnur so daran, dass dieser tiefer stand und außerdem dem ersten Stuhl zusätzliche Stabilität verlieh. Jetzt hatte sie eine behelfsmäßige Treppe, von deren oberen Stufe aus sie das Loch erreichen und sich mit Hilfe der Wurzel würde hochziehen können. Vorausgesetzt, diese hielt.

Aber was, wenn nicht? Und was war mit Kopernikus? Einen Augenblick lang überlegte sie, ob sie ihn in den Rucksack stecken und ihn aufsetzen sollte, aber dann würden sie beide nicht durch das Loch passen, und außerdem wog auch ein Minischwein etwas. Das würde die Wurzel sicher nicht aushalten.

Ihn allein hier unten lassen, bis sie eine Leiter geholt hatte, wollte sie auf keinen Fall. Was, wenn er in die Eisgrube stürzte? Außerdem würde er schreckliche Angst haben.

Ihr fiel etwas ein. Sie würde doch einen Zettel aus dem Heft benötigen.

Der Himmel über dem Loch färbte sich rötlich. Bald würde es dunkel werden. Sie musste sich beeilen.

Behutsam nahm Sila das Heft aus dem Rucksack. Sie konnte erkennen, dass einige Seiten beschrieben waren. ... *aussichtslos. Ich muss morgen trotzdem zurück zu meiner Einheit. Anna ...,* entzifferte sie unwillkürlich, doch es war zu dunkel, um weiterzulesen. Sie schlug die letzte Seite auf. Ja, die war leer. Vorsichtig riss sie ein Stück ab und schrieb darauf: *Lisann, Hilfe! Bin in ein Loch im Schlittenhügel gefallen.*

Den Zettel faltete sie um ihr Halstuch und band es Kopernikus um. Er schüttelte sich empört, beruhigte sich aber gleich wieder und sah sie mit einem Blick an, der wohl so viel hieß wie: »Also gut, wenn es unbedingt sein muss!«

Sila wollte das Heft zurücklegen, dann zögerte sie. Das Loch war jetzt offen. Was, wenn es heute Nacht regnete und Wasser eindrang? Kurzentschlossen steckte sie das Heft in ihre hintere Hosentasche. Dann nahm sie Kopernikus auf den Arm und stieg vorsichtig auf den ersten, dann auf den zweiten Stuhl. Er stand sicher, auch jetzt noch, mit ihr und Kopernikus obendrauf. Wenn sie die Arme ganz hoch streckte, würde sie Kopernikus durch das Loch schubsen können.

Sie nahm alle Kraft zusammen und versuchte es. Das Minischwein quiekte empört. Für einen Moment verdunkelte der kleine Körper die eindringende Helligkeit, dann war er hindurch. Sila hatte es geschafft und stellte sich erleichtert vor, wie Kopernikus davonstob. Wohin, wusste sie allerdings nicht. Sie hoffte, dass er wenigstens zurück zu Curie laufen würde. Oder, noch besser, zu Martin und Lisann, wo er sich ja auch auskannte und es gewohnt war, Leckerbissen zu bekommen.

Aber darauf wollte sie nicht warten. Verzagt betrachtete sie das Loch. Es lag doch höher, als sie gedacht hatte. Sie stieg noch einmal herunter und erhöhte die Stuhlplattform mit vier Backsteinen. Jetzt. Jetzt könnte sie es schaffen! Sie griff nach der Wurzel, drückte sich ab, stützte sich für einen Augenblick mit dem rechten Fuß auf die Lehne des Stuhls. Der kippte weg, aber der kleine zusätzliche Abstoß hatte genügt. Sila gelang es, sich mit aller Kraft bäuchlings aus dem Loch zu ziehen. Sie blieb liegen, um zu verschnaufen.

Die Wurzel war halb abgebrochen, aber der unsichere Halt hatte ausgereicht.

Als sie sich gefangen hatte, rappelte sie sich auf und ging Kopernikus suchen. Hoffentlich war er vor Schreck nicht weit fortgerannt und auf die Straße geraten! Doch zu ihrer Erleichterung hörte sie die Schweine schon von weitem quieken, anscheinend in gegenseitiger Wiedersehensfreude. Noch bevor sie die beiden sah, kam ihr Lisann entgegengerannt, das Halstuch in der Hand.

»Sila, was ein Glück! Ist dir was passiert? Bist du in Ordnung? Ich wollte dich gerade besuchen, da rannte mir Kopernikus über den Weg. Ich wollte dich gerade retten!«

Sie klopfte hektisch an Sila herum. Sila sah an sich herunter und stellte jetzt erst fest, wie schmutzig sie war.

»Danke. Sehr nett von dir. Aber ich habe mich schon selbst gerettet. Alles ist gut! Nichts passiert. Obwohl, ein ganz schöner Schreck war es doch«, gab sie zu. Jetzt, da sie wieder den Himmel über sich und frische Luft um sich hatte, wurde sie plötzlich ganz zittrig. »Ich glaube, ich muss mich mal hinsetzen.«

Lisann hakte sie stützend unter. »Nicht hier«, sagte sie bestimmt. »Die Schweine sind wieder eingesperrt, und du schaffst es noch bis zum Haus. Du brauchst eine warme Jacke und etwas zu trinken. Komm.«

Auf der Bank lehnte Sila sich zurück und schloss die Augen. Lisann rannte kurz ins Haus und legte Sila dann eine Jacke um die Schultern und eine Decke über die Beine.

»Bin gleich wieder da.«

Sila ließ die Augen geschlossen und versuchte, die Bilder zu sortieren, die in ihr wachgerufen worden waren, während sie da unten in der stickigen Dunkelheit gewesen war.

»So, hier.« Lisann setzte sich neben Sila und stellte ein Tablett zwischen sie beide. »Trink! Erst den Schnaps, dann den Tee. Das ist Wandas Beruhigungstee mit Lavendel und Johanniskraut.«

Der Schnaps brannte in Silas Kehle und verscheuchte das Schwächegefühl. Und in dem Tee war auch nicht nur der Lavendel, sondern ein großzügiger Schuss Rum, stellte sie fest. Sie war zu dankbar für Lisanns Gegenwart, um zu widersprechen. Wohlige Wärme breitete sich in ihr aus.

»Unter dem Hügel ist ein alter Eiskeller. Hast du das geahnt?«, fragte sie.

Lisann schüttelte heftig den Kopf. »Natürlich nicht! Wanda wusste ganz sicher auch nichts davon, und deine Mutter sowieso nicht. Wer hätte das gedacht? Martin muss morgen unbedingt das Loch sichern.«

Sila trank nachdenklich ihren Tee aus. »Ja, das sollte er. Aber irgendwie ist es schade, wenn das wieder für alle Zeiten vergessen wird. Was meinst du, könnte man nicht die Tür wieder ausgraben? Ein Statiker müsste sich ansehen, wie sicher der Keller noch ist. Wenn ja, könnte ihn ein eventueller Käufer vielleicht gebrauchen. Als Weinkeller zum Beispiel, oder für Lageräpfel und Kartoffeln?«

»Keine Ahnung. Ich frage Martin, was er meint, in Ordnung? Wir haben diese kleinen Minibagger, es würde ihm bestimmt Freude machen, damit die Tür auszugraben. Er ist sein liebstes Spielzeug. Geht es dir jetzt besser?« Lisann betrachtete Sila besorgt. »Du hast jedenfalls wieder Farbe im Gesicht.«

Sila stellte die leere Tasse aufs Tablett. »Ja. Viel besser. Danke, dass du da warst! Das habe ich jetzt gebraucht.«

Lisann umarmte sie. »Dann gehe ich jetzt, ehe Martin mich vermisst. Aber ruf sofort an, wenn was ist, ja?«

»Versprochen.« Sila war auf einmal todmüde. Um sich abzulenken, sah sie noch die Nachrichten im Fernsehen, aber sie schlief auf dem Sofa ein und wachte mitten in einem blutigen Krimi auf. Schleunigst verzog sie sich ins Bett, nicht ohne sich durch einen Blick aus dem Fenster zu vergewissern, dass der Ziegenkopf über alles wachte.

Doch in dieser Nacht kehrten die alten Stimmen zurück, von denen Sila gehofft hatte, sie hätte sie durch das Putzen für immer vertrieben.

Aber im Stall hatte sie nicht geputzt. Sie träumte, sie wäre dort und holte besonders leckeres Futter für Kopernikus, damit er sich von seinem Schreck erholte. Und dort im Stroh lauerte ein Tag aus der Vergangenheit.

Die Worte, die in ihn gehörten, krochen aus den Ritzen der alten Holzbohlen und den Poren der Backsteine. Sie klangen noch ebenso deutlich wie vor all den Jahren.

24

Von heute auf morgen

Sie war elf in diesem Sommer, in dem sich alles änderte. Sila hatte sich zum Lesen auf dem Heuboden im Stall verkrochen. Hier duftete es angenehm, die Geräusche von rundherum waren geheimnisvoll gedämpft. Wenn ihre Mutter sie nicht sah, kam sie vielleicht nicht auf die Idee, dass Sila abends mit in die Wirtschaft musste. Meistens war sie hier ungestört, und wenn irgendjemand unten ein Werkzeug holte, war sie mucksmäuschenstill, und niemand bemerkte ihre Anwesenheit.

Dass man hier ungestört war, wusste aber anscheinend auch ihre Tante Daniela, die an diesem Abend Silas Mutter in den Stall zog und die Tür schloss. Sila kroch vorsichtig noch ein bisschen weiter nach hinten ins Heu, aber die Frauen waren viel zu sehr mit sich selbst beschäftigt, um sie da oben zu bemerken.

»Was soll das, Daniela, ich muss in die Wirtschaft, das Abendessen vorbereiten!« Ihre Mutter hatte nicht die beste Laune, das war Sila schon beim Frühstück aufgefallen.

»Das muss warten. Es gibt viel Wichtigeres«, sagte Daniela. »Hier kann uns niemand hören, also setz dich dahin und hör mir zu!«

Sila wagte nicht, über die Kante hinunterzusehen, aber sie vermutete, dass Daniela auf einen Heuballen gezeigt hatte.

»Aber fass dich kurz!«, maulte Dorothea.

»Du wirst nicht hören wollen, was ich dir jetzt sage.« Danielas Stimme zitterte ein wenig. Sila wunderte sich. Das passte nicht zu ihrer Tante. »Es tut mir wirklich leid, Dorothea, aber ich würde es mir nie verzeihen, wenn ich es nicht tue. Wahrscheinlich wirst du mir nicht glauben, aber ich schwöre, es ist die Wahrheit. Ich habe Beweise.«

»Komm endlich zur Sache, Danni.«

Sila hörte ihre Tante tief einatmen. »Also gut. Akif hat etwas Schreckliches über Semir herausgefunden. Du weißt, sie waren früher ein Herz und eine Seele, Akif und sein großer Bruder. Er würde das nie behaupten, wenn es nicht stimmen würde. Er ist genauso erschüttert wie ich. Noch mehr sogar.«

»Wovon um Himmels willen faselst du da, Danni? Was soll Semir gemacht haben? Spuck's endlich aus.«

»Weißt du noch, als wir Akif und Semir in Berlin kennengelernt haben? Später hat man uns erzählt, dass damals viele türkische Gastarbeiter aus Westberlin sich in Frauen in der DDR verliebt haben. Die meisten konnten nicht gut Deutsch, unsere beiden ja auch noch nicht. Die Frauen im Westen mochten das nicht. Vielen im Osten war das nicht so wichtig, weil einige gehofft haben, dass sie auf diese Weise durch eine Heirat in den Westen kommen könnten. Ich übrigens auch«, gab Daniela zu. »Aber dann habe ich mich wirklich in Akif verliebt.«

»Ja, und ich in Semir. Was soll das jetzt noch?«

»Na ja, und dass sie damals viele Sachen aus dem Westen mitbrachten, Zigaretten und Strumpfhosen und all diesen Kram, hat natürlich auch bei vielen Frauen eine Rolle gespielt«, fuhr Daniela fort, unterließ es aber, darauf hinzuweisen, dass das bei Dorothea auch so gewesen war. Sila musste ein bisschen grinsen, hatte Dorothea sich doch gerade gestern beschwert, dass ihre blonde Haarfarbe aufgebraucht war und Semir sich nicht blicken ließ.

Aber Dorothea war abgelenkt. »Ich wusste gar nicht, dass du damals schon heiraten wolltest, um in den Westen zu kommen«, sagte sie. »Warum habt ihr das nicht längst gemacht? Weicht Akif auch immer aus, wenn du ihn auf Heirat ansprichst?«

»Nein. Er wollte es schon seit Jahren. *Ich* habe so lange gezögert. Ich wollte dich hier nicht alleinlassen, und ich fand eigentlich alles ganz gut, so wie es war. Akif ist ja viel öfter gekommen als Semir. Aber nun ist etwas passiert.« Daniela klang jetzt außer Atem, als wäre sie gerannt. »Ich muss sofort weg! Und du auch, du und Sila natürlich.«

Dorothea schnaubte. »So ein Quatsch! Was ist los, bist du schwanger?«

»Ja, das auch. Aber darum geht es nicht. Doro, die Stasi hat schon vor Jahren einige dieser türkischen Männer als Spitzel angeheuert! Sie sollten herausfinden, welche Frauen darauf scharf sind, dem Staat den Rücken zu kehren. Weißt du, wie sie sie nennen? Fliegenfänger! Weil aufmüpfige, ausreisewillige Frauen an ihnen kleben bleiben sollen. Und stell dir vor, Semir ist einer davon! Er hätte dich niemals geheiratet. Er kennt noch mehr Frauen hier in der DDR, und außerdem heiratet er in Westberlin jetzt eine Türkin, und sie bekommen einen Sohn.«

Unten herrschte einen Moment lang Stille. Sila versuchte zu verstehen, was Daniela da gesagt hatte. Ihr Vater arbeitete für die Stasi? Sie wusste, dass das nicht gut und vielleicht gefährlich war. Aber wie das alles zusammenhing und was es mit ihnen zu tun hatte, begriff sie nicht. Wie konnte es sein, dass ihr Vater noch eine Familie hatte? So was war doch gar nicht erlaubt. Sie konnte sich das nicht vorstellen.

»Du lügst!« Dorothea klang fassungslos. »Natürlich lügst du. Warum tust du mir das an?«, kam dann in einem schrilleren Ton.

»Es ist die Wahrheit, Doro. Du bist meine Schwester. Und ich hänge wahnsinnig an Sila. Bitte, warum sollte ich das behaupten, wenn es nicht stimmen würde? Doro, ihr *müsst* mit uns in den Westen kommen! Akif hat etwas organisiert. Bitte, komm mit, auch um Silas willen! Es wird nicht mehr lange dauern, bis Semir dich verrät. Spätestens, wenn Akif und ich weg sind. Dann kann auch Akif ihn nicht mehr davon abhalten, weil Semir dann auf ihn und mich keine Rücksicht mehr nehmen muss. Und dann kommt Sila in ein Heim und du wahrscheinlich in den Knast.« Sie seufzte. »Aber ich wusste, dass du mir nicht glaubst. Deswegen habe ich das hier mitgebracht.«

Sila hörte ein Rascheln. »Hier war doch irgendwo eine Steckdose, wo ist die noch mal?«, fragte Daniela.

»Dort, neben dem Farbeimer. Ist das ein Kassettenrekorder?«

»Ja. Akif hat Semir aufgenommen, heimlich natürlich. Er hatte Angst, dass ich ihm nicht glauben würde. Er hätte wissen müssen, dass ich ihm immer glaube. Akif ist ehrlich. Aber deinetwegen ist es jetzt doch nützlich.« Sila hörte es klappern und schnurren und einen Klick, und dann tönte, etwas leiernd, Semirs Stimme durch den Stall.

»Ach, Bruder. Ich weiß ja, dass du naiv bist, aber so naiv? Hast du wirklich gedacht, ich würde diese Frau heiraten? Dorothea hat nichts im Kopf außer den Sachen, die sie von mir bekommt, und den Männern, die sich in ihrer Kneipe volllaufen lassen. Dagegen sind Anja und Simone Intelligenzbestien. Mit denen habe ich mehr Spaß. Gierig sind sie aber genauso.«

»Aber Semir, ich begreife das immer noch nicht – hast du wirklich die ganze Zeit mit drei Frauen rumgemacht?«

Semir lachte. »Nur mit dreien? Was glaubst du, wofür die Stasi mich bezahlt?«

»Aber doch nicht schon immer? Doch nicht damals, als wir Danni und Dorothea kennengelernt haben?« Akif klang noch immer erschüttert, obwohl es schon das zweite Gespräch über dieses Thema war. Er hatte es angezettelt, um Semir die Falle mit dem Tonband zu stellen.

»Nein. Zwei Jahre später haben sie Kontakt zu mir gesucht. Ich hab ihnen öfter Daten von ausreisewilligen Frauen geliefert, aber Dorothea hab ich wegen Sila bisher nicht verraten. Damit ist jetzt Schluss. Doro geht mir nur noch auf die Nerven. Sila ist alt genug, die wird schon ihren Weg gehen.«

»Semir, sie ist erst elf.«

»Und wenn schon! Ich bekomme jetzt einen Sohn, ich kann mich nicht mehr kümmern. Sei froh, dass ich deine Daniela nicht verraten habe. Nur dir zuliebe, kleiner Bruder! Ich könnte das Geld gut gebrauchen, gerade jetzt.«

»Dann muss ich dir wohl dankbar sein.« Semir merkte gar nicht, dass Akifs Stimme vor Bitterkeit und Abscheu troff.

»Du findest bestimmt einen Weg, dich zu revanchieren, kleiner Bruder.«

Daniela schaltete den Kassettenrekorder aus. Der Klick war laut, so laut in der Stille, die darauf folgte und die sich zog wie Kaugummi.

Es war das erste Mal, dass Sila erlebte, wie etwas ihrer Mutter die Sprache verschlug. Jetzt lugte sie doch über die Kante. Dorothea saß kerzengerade auf dem Strohballen. Sie war völlig erstarrt. Ihr Gesicht war weiß, aber auf ihren Wangen und am Hals brannten rote Flecken.

»Hier.« Daniela reichte ihr ein Fläschchen. »Wodka. Ich dachte mir, das könntest du brauchen.«

Wortlos kippte Dorothea den halben Inhalt herunter. Daniela

bediente sich an einem zweiten Fläschchen. Dorothea wischte sich den Mund. »Dieser Hundsfott!«, presste sie heraus.

Daniela nickte ermutigend. »Ja. Sei ruhig wütend auf ihn. Das ist gut.«

»Ich werd's ihm zeigen. So kann er nicht mit mir umgehen. So kann er nicht über mich reden! Der wird sich wundern!«

»Nein! Bloß nicht. Du kannst machen, was du willst, wenn wir im Westen sind, aber erst müssen wir rüber! Sofort! Ehe er uns verrät und sein Geld kassiert. Dorothea, begreifst du nicht?« Sie packte ihre Schwester bei den Schultern und sah ihr eindringlich in die Augen. »Akif hat einen Weg. Er kennt einen Lkw-Fahrer, der Waschmaschinen aus dem volkseigenen Waschgerätewerk in den Westen liefert. Manche sind besonders groß, weil sie für Betriebe gedacht sind, Wäschereien und so. Er hat schon einmal eine Familie über die Grenze geschmuggelt, die er in den Trommeln der großen Waschmaschinen versteckt hat. Das würde er noch mal machen. Ich werde es auf jeden Fall riskieren, mit oder ohne euch. Akif holt uns im Westen ab. Und bitte, Doro! Wenn du dich nicht entschließen kannst, gib mir bitte wenigstens Sila mit.« Daniela war lauter geworden, dann bemerkte sie es und dämpfte erschrocken wieder ihre Stimme. »Sie soll eine Zukunft haben! Aber du kommst doch mit, Doro, ja? Du hast keine Chance gegen Semir und die Stasi. Du *musst* mitkommen!«

»Und diese Schweinereien haben wirklich auch noch andere türkische Männer gemacht? Ich bin nicht die Einzige, die darauf reingefallen ist?«

»Doro, es waren bestimmt auch viele Anständige dabei, so wie Akif. Aber viele eben auch so wie Semir. Akif sagt, er hätte herausgefunden, dass es in manchen Monaten sechstausend türkische Tagesbesuche aus dem Westen gegeben hat. Wir waren jung und haben das damals für was Besonderes gehalten. Haben *uns* für was Besonderes gehalten. Das waren wir nicht.«

Dorothea nickte. »Dann war ich wenigstens nicht allein blöd. Und in den Knast geh ich wegen dem bestimmt nicht!«

Jetzt lag Angst in ihrer Stimme.

Daniela hörte es auch und hakte nach. »Doro, denk doch nur. Wir gehen in den Westen! Da kannst du alles kaufen, was du willst. Du kannst reisen. Andere Länder sehen. Wie oft hast du gesagt, dass dir der ewiggleiche Trott in der Wirtschaft zum Hals raushängt. Die ganze schwere Arbeit.« Sie wusste, wie sie ihre Schwester überreden konnte.

»Ohne Geld?« Aber Dorothea bekam wieder Farbe im Gesicht.

»Das wird sich finden. Akif geht es gut, du weißt doch, sein Laden. Er wird dir helfen. Weil er ein anständiger Mann ist. Er schämt sich für seinen Bruder und möchte wenigstens etwas von dem Unrecht ausbügeln, das Semir angerichtet hat. Und ihm eins auswischen natürlich auch. Das ist bestimmt in deinem Sinne, oder? Los, komm. Du musst in die Wirtschaft wie immer. Niemand darf dir etwas anmerken! Bekommst du das hin?«

Dorothea nickte. »Der kriegt mich nicht klein. Der nicht.«

»Sehr gut. Ich gebe dir morgen die genauen Informationen. Du musst die nötigsten Papiere mitnehmen. Mehr geht nicht.«

Dorothea zuckte mit den Schultern. »Egal. Da drüben gibt es schönere Klamotten.«

»Das ist die richtige Einstellung.« Daniela, die erleichtert wirkte, schob Silas Mutter aus dem Stall und schloss die Tür.

Sila blieb sitzen, bis draußen die Sonne unterging und nur

noch rötliches Licht durch die Ritzen in der Stallwand fiel und den Staub glitzern ließ, der aus dem Stroh aufstieg, wenn sie sich bewegte.

Und dann ging alles viel schneller, als sie mit ihren Gedanken hinterherkam. Schon in der nächsten Nacht holte Daniela Sila und ihre Mutter ab. Sie fuhren lange durch die Dunkelheit, so erschien es der übermüdeten Sila jedenfalls. In der ersten Morgendämmerung trafen sie im Wald auf einem Halteplatz auf den Lastwagen und den Fahrer. Alle sprachen leise und furchtsam, alles musste schnell gehen.

Sila hatte nur ihren kleinen Rucksack mitnehmen dürfen, mit ihrer Puppe und ein paar Büchern und Wäsche zum Wechseln. Von Lisann hatte sie sich nicht verabschieden können. »Bloß nicht, spinnst du?«, hatte Dorothea gezischt. »Die ist ein Kind wie du, die kann doch nicht den Mund halten!«

Wanda dagegen hatte Sila bei den Goldenen Schneckenhausbienen aufgespürt. Sie hatte Tränen in den Augen und nahm Sila fest in den Arm. Das machte ihr mehr Angst als alles andere. Wanda hatte noch nie geweint. Und sie neigte auch nicht zu Zärtlichkeiten. Niemand in Silas Familie neigte dazu.

»Was auch immer geschieht, vergiss die Bienen und ihre Träume nicht!«, hatte Wanda an diesem letzten Tag eindringlich gesagt. »Und dass diese Träume auch die der Menschen und vor allem deine sind. Du verstehst die Bienen. Denk daran, dass sie fliegen können, wohin sie wollen! Und dass sie zu den Wiesen und Blüten möchten und ins Sonnenlicht unter dem weiten Himmel.«

»Ich vergess die Bienen nicht, Wanda. Das sind doch meine Freunde. Wie du.«

»Dann wird irgendwann alles gut, kleine Sila.« Und Wanda hatte sie noch einmal gedrückt.

Sila hatte immer noch angenommen, dass sie nur für eine Weile verreisen würden. Bald würde sie wieder hier sein, bei Wanda und den Bienen und Lisann und dem Gemüsegarten und der Streuobstwiese. Und am Fluss.

Leider dann auch in der Wirtschaft.

Doch sie kehrten nie zurück.

Immerhin fand Sila auch in der lärmenden, riesigen, engen, grauen Stadt einen Fluss. Und neue Freunde, so schwer es auch am Anfang war.

Die Abende in der Wirtschaft und die betrunkenen Männer fehlten ihr nicht, und später auch kaum ihre Mutter.

Dass sie Wanda und den Wickenhof und Lisann vermisste, blieb eine hartnäckige Wunde, die irgendwann nur noch eine Narbe war. Weil diese bereits schmerzte, wenn sie nur daran dachte, hatte Sila sich abgewöhnt, daran zu denken. Bis Harrys Brief kam.

Die Nacht zog sich zurück. In den Weinranken begannen die Meisen zu zwitschern. Sila löste sich allmählich aus ihrem seltsamen, wie erstarrten Zustand zwischen Schlafen und Wachen. Die Stimmen der Vergangenheit waren jetzt verstummt. Anders als neulich nach ihren Albträumen fühlte sie sich merkwürdig entspannt. Die Angst hatte sich aufgelöst! Sila wunderte sich.

Die Erinnerung war da, in aller Klarheit, die Angst nicht mehr.

Als Sila gestern nach ihrem Sturz in dem Loch festgesessen

hatte, war die Angst wieder hochgekommen, die Erinnerung an das Kauern in der Trommel der Waschmaschine im Bauch des ratternden Lastwagens, stickig und allein und mit Übelkeit im Magen.

Doch diesmal war sie nicht hilflos ausgeliefert gewesen. Sie hatte sich aus eigener Kraft befreit. Die Stasi, die Grenzsoldaten und die DDR-Gefängnisse gab es nicht mehr.

Sila setzte sich auf. Draußen wurde es hell. Die Weinblätter und wachsenden Trauben leuchteten im jungen Tageslicht hellgrün.

Sie öffnete das Fenster. »Guten Morgen, Ziege!«, rief sie.

Gleich als Erstes würde sie auf die Obstwiese laufen, sich ins Gras zwischen die Blumen legen, auf die Bienen lauschen, den Klee riechen und einfach nur in den hohen weiten Himmel sehen.

Davon träumten die Bienen. Und Sila durfte es nun auch wieder.

Sie hatte irgendwann in dieser Nacht, oder vielleicht bereits gestern nach ihrer Befreiung, mit dem Geschehen von damals ihren Frieden gemacht, stellte sie fest. Übrig waren nur das schlechte Gewissen und das Erstaunen über sich selbst, dass sie ihre Träume und ihr wirkliches Wesen so lange vergessen hatte. Doch Wanda hatte einen Weg gefunden, sie daran zu erinnern.

Beim Kaffeekochen fiel Silas Blick auf das Heft aus dem Eiskeller. Sie zögerte, dann ging sie hinaus, ohne es aufgeschlagen zu haben. Es war so lange da unten verschüttet gewesen, nun würde es noch ein wenig in der Küche liegen müssen.

Auf der Obstwiese wartete ein Sommertag auf Sila, und ab jetzt wollte sie nichts mehr versäumen.

25

Alte Klänge, alte Worte

Es war still auf der Streuobstwiese, so still inmitten des Dufts von Klee und Raps. Sila war ein wenig eingedöst, und als sie aufwachte, bemerkte sie, dass der Klang von Wandas altem Windspiel durch ihre Träume getrieben war. Eigentlich müssten die Töne unten vom Ufer her zu ihr heraufwehen und sich mit dem Geruch des Sommers vermischen, so wie es früher immer gewesen war. Wo war das wohl geblieben?

Sila sprang auf und lief hinunter zum Wasser, dann am Graben entlang, bis sie bei den drei alten Kopfweiden ankam. Eine davon war umgefallen und lag nun als vermodernder Stamm halb im Wasser. Die anderen beiden hielten sich aufrecht, wenn auch noch dicker, schiefer und knorriger als zuvor. Tatsächlich, an dem einen Ast, zugewuchert von dünneren Ruten, fand Sila das alte Wagenrad wie einst.

Viele Zweige waren durch die Ketten und das Rad gewachsen. Die Klangrohre aus Metall hingen zwar noch daran, doch auch dort waren die Äste hindurchgewachsen, hatten die Schnüre zum Teil abgerissen und alles verschoben. Das Zahnrad, das als Klöppel gedient hatte, fand Sila nach langem Suchen fast überwuchert im Gras wieder. Den Windfänger aus Blech, der das ganze bewegt hatte, konnte sie nicht mehr entdecken. Wahrscheinlich war er abgerissen und im nassen Gras zu Rost zerfallen.

Entschlossen lief Sila ins Haus. Sie holte einen Jutesack aus dem Stall, eine große Astschere, eine kleinere Baumschere und Arbeitshandschuhe. So bewaffnet, kehrte sie zurück und schnitt behutsam alle Äste ab, die dem Windspiel im Weg waren. Sie zog die Zweige aus den Löchern und schnitt die letzten Reste der Schnüre ab. Dann barg sie die Klangrohre, legte sie vorsichtig in den Sack und befreite auch das Zahnrad aus den Graswurzeln. Das Wagenrad an seinen Ketten aber hing noch sicher im Baum und war nicht verrottet, so sorgfältig hatte Wanda es wahrscheinlich einst gebeizt. Sila entfernte nur ein wenig Moos und Spinnweben und richtete es gerade.

»Ich mache es wieder ganz, Wanda«, sagte sie leise. »Es soll von dir erzählen!« Ein Rotkehlchen auf einem nahen Ast hüpfte näher und schien zu lauschen.

Im Stall breitete Sila alles auf einer Werkbank aus. Auf der Suche nach Werkzeug stieß sie auf einen Teppichklopfer. Gedankenvoll sah sie darauf. Sie kannte ihn nur allzu gut. An der Seite war ein Stück abgebrochen, an einem Tag, an dem ihr Dorothea damit besonders erbost den Hintern versohlt hatte. Sila fröstelte. Entschlossen brach sie ihn über der Tischkante in zwei Teile und versenkte ihn im Müll.

Mit dem Hammer klopfte sie die Klangrohre wieder gerade, wo sie von der Kraft der Zweige eingebeult worden waren. Sie polierte alle, bis sie wieder glänzten, bis auf einige Altersspuren, die ihnen gut standen. Ein wenig Patina hatte schließlich auch Sila selbst in der Zwischenzeit angesetzt, dachte sie, als ein weißes Haar auf ihre Arbeit fiel. Dann machte sie sich daran, das Zahnrad vom Rost zu befreien. Das war schon etwas schwieriger.

»Hier bist du!« Martins breite Silhouette verdunkelte den

Eingang zum Stall. »Gut, dass du so einen Krach machst, sonst hätte ich dich nicht gefunden. Was treibst du da? Ich habe etwas für dich.«

Sila hielt das Zahnrad hoch. »Ich repariere Wandas altes Windspiel.«

Martins Gesicht hellte sich auf. »Oh! Das habe ich schon lange vermisst. Manchmal, wenn die Klänge früher aus der Ferne herübertrieben, war es wie die Stimme des Morgens. Apropos Klänge, du wolltest doch gern ein Horn. Ich habe einem Bekannten eines abgeschwatzt. Er züchtet Rinder. Hier! Ich habe es schon poliert, ein Loch da gemacht, wo es sein muss, und ein Mundstück aus Holz darangesetzt. Lisann meinte, du bräuchtest etwas, was dich aufheitert, nach dem Schreck gestern. Ich habe es desinfiziert, nachdem ich es getestet habe. Nun ist es ganz deins.«

»Oh, Martin! Wie wunderschön!« Sila fuhr über die glatte Oberfläche, dann versuchte sie, ehrfurchtsvoll hineinzublasen. Das Geräusch, das dabei entstand, war so komisch, dass sie und Martin gleichzeitig loslachten.

»Es ist gar nicht so einfach, da einen anständigen Ton herauszuholen, aber es geht«, sagte Martin. »Ich musste auch erst im Internet nachsehen, wie man es macht. Du musst sozusagen hineinprusten, mit viel mehr Kraft.«

Nach einigem Üben bekam Sila einen halbwegs vernünftigen Ton heraus. »Ich werde mir das lieber auch noch mal im Internet ansehen«, sagte sie und legte das Horn vorsichtig auf einem weichen Tuch auf der Werkbank ab. »Vielen lieben Dank, Martin. Wie kann ich mich revanchieren?«

»Wenn du das Windspiel reparierst und ich es wieder hören kann, dann freue ich mich. Das genügt. Und wenn du das Horn

bewältigst und morgens und abends einen Ton zu uns herüber-
schickst, wie du es geplant hast, dann freuen wir uns auch,
Lisann und ich, weil wir wissen, dass auf dem Wickenhof wieder Leben eingekehrt ist. Brauchst du Hilfe mit dem Windspiel?«

»Ja, womit bekomme ich diese dicke Rostschicht am besten
ab?« Sila musterte ratlos die Reihen von Putzmitteln auf einem
Regal hinter der Tür.

Martin trat neben sie. »Nimm dieses.« Er reichte ihr einen
kleinen Metallkanister. »Weich das Zahnrad über Nacht darin
ein, dann wird das schon.« Er wühlte in einer Kiste. »Ah, hier!
Das ist Harrys dicke Angelschnur. Die nimmst du am besten,
um die Klangrohre wieder aufzuhängen. Die ist unverwüstlich.«
Er stellte eine Rolle Schnur auf die Werkbank.

»Danke, Martin.«

»Da ist noch etwas. Wenn Lisann nachher kommt, würdest
du uns beiden dann den Eiskeller zeigen? Ich bin so neugierig.«

»Ach ja, der Eiskeller. Den hatte ich erst mal verdrängt.
Natürlich, ich möchte unbedingt, dass ihr euch den anseht und
dass wir überlegen, ob man die Tür wieder öffnen könnte.«

»Genau das wollte ich dich fragen. Ich finde die Sache hochinteressant. Wenn er wirklich noch statisch in Ordnung ist,
wäre er auf jeden Fall erhaltenswert, schon aus historischen
Gründen. Außerdem könnte man zumindest Futter darin
lagern, oder Obst, denn diese alten Eiskeller waren meist sehr
gut isoliert.«

»Dann kommt doch nachher einfach rüber, wenn ihr Zeit
habt. Ich bin hier.«

»Bestens. Dann bis später.«

Sila legte die Klangrohre nach Größe geordnet nebeneinander. Sie schnitt genau abgemessene Stücke von der Schnurrolle ab und begann, sie durch die Löcher zu fädeln. Doch dann legte sie alles beiseite, fuhr noch einmal über das glatte Horn, für das sie noch einen Riemen basteln wollte, an dem man es aufhängen konnte, und verließ den Stall. Martins Erwähnung des Eiskellers hatte die Geschehnisse des Vortrags wieder in ihre Aufmerksamkeit gerückt.

Nun ließ ihr der Gedanke an das Heft des Soldaten keine Ruhe mehr.

Da unten war sie mit ihrer eigenen Angst beschäftigt gewesen, aber jetzt hatte sie wieder das Bild von dem verlassenen Stahlhelm vor Augen, dem selbstgenähten Rucksack, dem Geschirr, das wirkte, als wäre jemand in großer Eile aufgestanden und niemals wiedergekommen.

Wie hatte der Mann geheißen? Was hatte er dort unten gemacht? Sicher war es ein Versteck gewesen, warum sonst sollte er sich dort aufgehalten haben? Hatten die Bewohner des Hofes es gewusst? Damals konnte eigentlich nur ihre Großmutter dort gewesen sein.

Was hatte Wanda geschrieben? Sie war kurz nach dem Krieg auf der Flucht aus Ostpreußen auf dem Wickenhof gelandet. Silas Großmutter hatte sie aufgenommen, und Wanda hatte auf dem Hof geholfen. Die Großmutter war mit Dorothea schwanger gewesen.

Anna! Ihre Großmutter hatte Anna geheißen. Und der Name *Anna* hatte doch auch in dem Heft gestanden?

Sila ging zurück in die Küche. Sie zögerte. Dann griff sie nach dem Büchlein und lief in den Gemüsegarten, wo sie einen alten Stuhl entdeckt hatte. Hier war alles so beruhigend wirklich, so alltäglich und erdverbunden. Hier würde sie die Notizen lesen können. Die Kräuter, die sprießenden Kartoffeln, die Ranken der Gurken. Großmutter Anna hatte bestimmt auch im Krieg immer etwas zu essen gehabt, und mit Wandas Hilfe auch danach.

Die Schrift war nicht verblichen. Da unten im zeitlos Dunkeln, in dem geschlossenen Heft im Rucksack verborgen, war sie so frisch geblieben, als hätte jemand gerade erst den Bleistift weggelegt. Nur die Ränder der Seiten waren leicht angeschimmelt. Sila roch einen Hauch von Moder, als sie die Seiten umblätterte, was die Worte umso lebendiger machte.

Es gab Einträge ab 1942, in großen Abständen und in Eile geschrieben. Sie erzählten vom Marschieren und von Schützengräben, von verwundeten und gefallenen Kameraden, dem Donner der Geschütze, durchgelaufenen Stiefeln und Hunger. Manchmal von Freundschaft und Mut, aber auch von Sehnsucht und Angst. Sila blätterte weiter, ohne die Stellen im Einzelnen genauer zu lesen. Zu unerträglich war es, und sie suchte ja vor allem die letzten Zeilen, die aus dem Eiskeller.

17. April 1945

Wenn die wunderbare Anna mich nicht gefunden hätte, wäre ich jetzt tot. Diese erstaunliche Frau hat mich hier heruntergebracht, obwohl ich kaum laufen konnte. Ich hatte mich auf den Hof geschleppt, weil ich in meinem Fieber und Schmerz die Blumen jenseits des Zaunes sah wie eine Vision des Paradieses. Sie hat meine Wunde desinfiziert und mit einer Kräutersalbe verbunden, die wahre Wunder wirkt. Sie hat gesagt, ich darf sie Anna nennen, Annas gäbe es viele, und es wäre besser, wenn ich ihren ganzen Namen nicht kenne. Ich habe ihr versichert, dass sie mir vertrauen kann. Und sie sagte: ›Das weiß ich, das sehe ich in Deinen Augen.‹ Da fühlte ich mich auf einmal für einen Augenblick wieder wie ein Mensch, ein richtiger lebendiger Mensch und nicht wie ein Zinnsoldat, mit dem jemand ein gnadenloses Spiel spielt.

›Du kannst bleiben, Du musst nicht mehr zurück und kämpfen, es hat doch keinen Sinn‹, hat sie gesagt. Ich habe zugegeben, dass ich auch nicht daran glaube, schon längst nicht mehr, und dass ich bereits seit einer halben Ewigkeit hoffe, dass der Mann mit dem bösen Blick nicht siegt. Sie war der erste Mensch, dem gegenüber ich das laut aussprechen konnte.

Ich bin so froh, wenn alles vorbei ist. Ich würde sofort desertieren, doch ich kann die Kameraden nicht im Stich lassen. Anna hat gesagt ›Überleg es Dir! Bleib, bis Du wieder laufen kannst, und dann überleg es Dir! Es sind schon viel zu viele Menschen gestorben. Im Eiskeller bist Du sicher, ich verdecke den Eingang mit Reisig. Ich habe hier schon eine Frau für ein ganzes Jahr versteckt, und niemand hat jemals Verdacht geschöpft.‹

›Wo ist die Frau jetzt?‹, habe ich gefragt, und Anna sagte, die Frau hätte mit ihrer Hilfe einen Weg gefunden, endlich auf ein Schiff nach Amerika zu gelangen, wo sie Familie hätte.

Und als ich heute Nacht nicht schlafen konnte, dachte ich, ich wäre lieber jemand wie Anna gewesen, der eine Jüdin rettete, als die Marionette eines Geisteskranken. O ja, am Anfang, als junger Bursche, da habe ich noch an den Krieg geglaubt und an das Vaterland, an die gute Sache. Die meisten von uns haben aber bald gemerkt, dass die Wahrheit eine andere ist.

Jemand wie Anna, mit freundlichen Augen in der Farbe des Flusses an einem Sommertag und mit einem Lächeln, von dem Dir warm ums Herz wird, obwohl Dir eigentlich schon seit Monaten im Innersten eiskalt ist, so jemand ist die Wahrheit! Ich denke an meine liebe Gisela zu Hause, die auf mich wartet. An unseren kleinen Sohn Konrad, den ich noch nie gesehen habe und nun wohl niemals sehen werde, so wie ich auch niemals mehr die Gedichtbände in Vaters Bibliothek lesen oder mit Befriedigung auf ein Blumen- oder Gemüsebeet blicken werde, das ich in seinem Garten mit meiner Hände Arbeit bestellt habe.

18. April

Diesen einen Tag bleibe ich noch hier. Mein Bein schmerzt, und Anna will es noch einmal frisch verbinden. Ich bin erschöpft, schlafe viel, ich weiß nicht, wann ich das letzte Mal so ruhig habe schlafen können. Und essen. Anna hat Kartoffelpuffer gebacken! Kartoffelpuffer mit Apfelmus, alles aus eigener Ernte, wie zu Hause, vor so langer Zeit. Meine Kindheit war mir unversehens noch einmal ganz nahe. Anna sagt, diesen einen Tag soll ich mir noch gönnen, wenigstens, ich wäre sonst kein Nutzen für die Kameraden, wenn ich nicht einmal auftreten kann. Sie hat recht, das Bein schmerzt, und meine Seele auch.

19. April, am frühen Morgen

Anna hat mir ein Messer geschenkt, ein klappbares Taschenmesser mit einem perlmutternen Griff und ihren Initialen darauf. Ein merkwürdig unpassender und tröstlicher Glanz alter, friedlicher Zeiten. Sie sagte, ich bräuchte es für den Notfall, falls die Wunde doch noch zu eitern beginnt und ich den Verband aufschneiden muss. Sie hat es sterilisiert, erklärte sie.

Annas Mann ist gefallen. Sie sagte es mir, als ich sie auf die Traurigkeit angesprochen haben, die sie auf den Schultern trägt. Und doch, wenn Anna die Stufen herunterkommt, bringt sie das Licht mit sich, das

Licht eines Tages, wie er sein könnte. Ein Frühlingstag, mit dem man etwas ganz anderes machen sollte, als in einem Keller zu hocken und zu wissen, dass man morgen oder übermorgen wohl sterben wird, denn wir haben keine Chance gegen den Russen. Unsere Einheiten sind völlig aufgerieben und versprengt. Die Sache ist aussichtslos.

Ich muss morgen trotzdem zurück zu meinen Leuten. Anna darf nicht der Grund sein, dass ich bleibe. Doch wenn die Kameraden und ich fallen, dann in der Hoffnung, dass Menschen wie Anna, Gisela und mein kleiner Konrad eine bessere Zukunft haben werden. Ich glaube daran, dass der Mensch es besser kann! All die edlen Gedanken der Schriften in meines Vaters Bibliothek haben mich stets davon überzeugt. Ich hatte nur das Pech, in einer Zeit zu leben, die ein großer menschlicher Irrtum ist. Lehrer wollte ich werden, ich hatte doch gerade erst damit begonnen. Daraus wird nun nichts.

Ich glaube aber, wenn ich noch einmal eine Chance auf Leben bekäme, würde ich dieses Mal den Beruf des Gärtners wählen.

Wenn Konrad in meinem Alter ist, so wünsche ich mir für ihn, dass er von Frieden umgeben ist, von Büchern und von Blumen, so wie es hier auf diesem Hof ist, eine Insel inmitten des Wahnsinns. Danke, Anna, dass Du mir diesen einen Moment der Ruhe, des Atemholens und des Rückblicks geschenkt hast. Ich habe mich nachts einmal hinausgeschlichen, auf die Krücken gestützt, die Du mir gegeben hast, und mich in Deinem Garten umgesehen. Die weißen Narzissen leuchteten im Mondlicht wie Funken der Hoffnung, eine Hoffnung, die nicht mehr meine sein darf, aber doch für die nächste Generation gilt. Nach dem Krieg gibt es Frieden, irgendwann.

Es sind Dichternarzissen, die hier blühen, das weiß ich von meinem Vater. Es gab sie auch im Garten meiner Kindheit. Sie sind bescheiden in ihren Ansprüchen und vermehren sich von selbst, sie breiten sich unbemerkt aus, und plötzlich blühen sie. Ich denke, mit dem Frieden wird es eines Tages auch so sein. Ich stand da, sah diese Blüten und war dankbar – dankbar für das, was ich in meinem kurzen Leben genießen durfte. Es ist mehr, als viele gekannt haben. Der Garten meines Vaters und seine Bücher, dann die Liebe Giselas und ihre Briefe von der Geburt unseres Sohnes.

Ich hatte eine glückliche Kindheit, und ich durfte lieben! Was will man mehr? Das heißt nicht, dass ich ohne Groll gehe. Natürlich sind Wut und Aufbegehren in mir, dass es so kommen musste, dass uns dieser Krieg geschehen ist, an dem wir nicht unschuldig sind. Doch was nützt das jetzt noch? Ich ziehe es vor, an die guten Momente zu denken, und an die Giselas und Annas dieser Welt. An die Dichternarzissen, die dem Frost trotzen und dem Sturm und in der nackten Erde die Kraft finden, zum Himmel aufzublicken. Ich will es ihnen gleichtun, wenn mein Augenblick gekommen ist.

Anna, Du hast schon so viel für mich getan. Dennoch habe ich eine letzte Bitte an Dich. Würdest Du Gisela …

Hier brach der Text ab. Das passte zu der offensichtlichen Eile, mit welcher der Soldat vom Tisch aufgesprungen war. Er hatte zwar das Heft noch rasch im Rucksack verborgen, aber dann musste er hinausgestürmt sein. Sila fröstelte. Vielleicht hatte es eine Detonation in der Nähe gegeben oder Gewehrfeuer, vielleicht einen Hilferuf von Anna, als die Russen kamen? Sie wendete das Heft hin und her, doch sie konnte den Namen des Soldaten nicht finden. Er war nirgends vermerkt, vielleicht aus Sicherheitsgründen.

Sila steckte das Heft sorgfältig ein und stand auf. Sie war so in Gedanken, dass sie in eine ganz andere Richtung lief als sonst, nicht aus dem Gemüsegarten zurück ins Haus, sondern weiter fort, an verwilderten Büschen vorbei. Sie achtete kaum auf ihre Umgebung. Wenn sie doch nur den Namen des Soldaten wüsste! Seine Sprache mochte ein wenig altmodisch sein, aber für Sila war er, der heute sehr alt wäre, wenn er es hätte werden dürfen, ein junger Mann mit den Augen eines Dichters, voller Sehnsucht, Träume und Trauer. Sie hätte ihn gern kennengelernt.

»Oh!« Erschrocken blieb sie stehen, als eine Gestalt vor ihr erschien. Im ersten Augenblick dachte sie unwillkürlich an einen Soldaten, aufgetaucht aus dem Nebel der Vergangenheit. Dann musste sie lachen, als sie eine der alten Skulpturen erkannte, die Wanda früher an verschiedenen Stellen im Garten platziert hatte. Manche waren aus Holz gewesen, aus herabgefallenen Ästen, von denen war sicher nichts mehr übrig. Andere hatte sie aus Furniereisen und Schrottteilen zusammengebastelt, alten Schutzblechen von Traktoren oder unbrauchbar gewordenen Gartenwerkzeugen. Bei dieser hier handelte es sich um eine solche, die wohl so etwas wie eine Baumfee darstellte, eine große Frau mit einem Rock aus Rankgittern und Haaren aus rostrotem Draht, mit einer alten Sense in der Hand. Sie wirkte majestätisch und eigenartig lebendig, denn an ihrem Rock rankten Wicken und Kapuzinerkresse, und ihre Haare zierte wilder Wein.

Sila fühlte sich seltsam getröstet, als wäre Wanda neben ihr aufgetaucht. Sie setzte sich auf einen Stein, zog ihr Handy heraus und suchte im Internet nach Informationen über jene Kriegstage im Oderbruch.

In der Schlacht an der Oder standen sich beinahe eine Million Soldaten der Roten Armee mit ungefähr dreitausend Panzern und etwa hundertzwanzigtausend Soldaten der Wehrmacht mit fünfhundert Panzern gegenüber. Am 19. April war die

Schlacht für die Deutschen verloren, Zehntausende russische und deutsche Soldaten waren gefallen, der Weg nach Berlin stand offen.

Der 19. April, das letzte Datum im Heft.

Sila erinnerte sich daran, dass Wanda in ihrem Brief die gefallenen Soldaten erwähnt hatte, die sie auf ihrer Flucht hatte sehen müssen, und als was für eine Insel der Hof ihr erschienen war.

Warum war Anna später nie in den Eiskeller zurückgekehrt und hatte das Heft an sich genommen? Wahrscheinlich hatte sie sich vor den Russen verstecken müssen und hatte dafür nicht den Eiskeller gewählt, um ihren Schützling dort nicht zu verraten. Und als sie zurückkehren konnte, hatte sie sicherlich andere Sorgen gehabt und gewusst, dass der Soldat nicht mehr da war. Vielleicht hatte sie es nicht ertragen können, den Keller zu betreten, oder der Eingang war verschüttet, oder sie war verletzt und konnte die Stufen nicht gehen, und später geriet alles in Vergessenheit. Sila würde es wohl nie erfahren.

Als sie zurückging, um die Minischweine zu füttern, schämte sie sich ein wenig ihrer eigenen Ängste wegen. Was waren denn eine kurze Flucht in einer Waschmaschine und ein paar Hänseleien wegen ihrer Herkunft gegen das, was diese Menschen erlitten hatten? Sie durfte leben!

Sila beschloss, keinen Gedanken mehr an ihre eigene Vergangenheit zu verschwenden. Vielmehr war sie sich jetzt sicher, dass sie mit ihrem Leben noch etwas ganz Neues anfangen musste. Jeder Tag war wertvoll.

Die unausgesprochene und unerfüllte Bitte des Soldaten aber konnte ja nur geheißen haben, dass Anna seine Frau Gisela ausfindig machen sollte und ihr erzählen, dass er bis zuletzt an sie gedacht und sie geliebt hatte, sie und den kleinen Konrad. Vielleicht hatte er sogar darum bitten wollen, dass Anna seiner Frau die Worte zukommen ließ, die er aufgeschrieben hatte. Obwohl dafür ein bisschen viel Anna darin vorkam, fand Sila.

Und jetzt? Was sollte sie jetzt damit machen?

Als sie im Stall das Futter abfüllte, fiel ihr Blick auf das Horn. Sie nahm es und trat damit vor dir Tür. Mit aller Kraft blies sie hinein, wie Martin es ihr gezeigt hatte.

Der Ton trieb laut und klar, melancholisch und doch kraftvoll in das weite, grüne, friedliche Land hinaus.

»Das ist für dich«, flüsterte Sila. »Für dich und alle deine Kameraden.«

Lexi

Heiligenhafen

2017

26

Ein Lo(o)s

Lexi war wieder aus dem Bett geflohen, in dem sie sich seit über einer Stunde hellwach herumwälzte. Sie machte sich einen heißen Zitronensaft mit Honig und setzte sich an ihren Laptop, um sich abzulenken. Sie wusste selbst nicht, was sie dermaßen umtrieb, vielleicht war es nur der Vollmond draußen über Heiligenhafen. Wissenschaftlich ließ sich ja trotz aller Untersuchungen nicht beweisen, dass der Mond einen Einfluss auf den Schlaf hatte. Vielleicht war es auch nur sein helles Licht hinter dem Vorhang. Fest stand, dass sie in Vollmondnächten selten gut schlafen konnte. Vielleicht hatte sie aber auch einfach zu oft an Jonne denken müssen? Es war so nett mit ihm gewesen, so friedlich. Er schien keinerlei Ansprüche an sie zu stellen, sondern einfach gern mit ihr zusammen zu sein, so wie sie war, ohne Erwartungen oder Kritik. Gab es so was denn?

Lexi öffnete ihren Browser, sah nach, ob jemand auf ihrem Blog kommentiert hatte, und wechselte dann zu den E-Mails. Sieh an, da war ein Posteingang, der vorhin noch nicht dort gewesen war.

Ich hoffe, es macht dir nichts aus, aber ich habe deine Tradition mit dem Horn kopiert, schrieb die Frau, die sich auf ihrem Blog *Mondbiene* genannt hatte. *Anfangs habe ich es nur gemacht, weil es mir so gefiel, aber ich stelle fest, dass es allerhand Wirkung hat. Nicht nur, dass die Nachbarn es schön finden und es auch für sie eine Art von Guten Mor-*

gen und Gute Nacht ist, es gibt dem Tag auch eine Struktur, einen Rahmen. Es macht ihn zu einem Gemälde. Es hilft mir, nicht so überwältigt von der Schönheit um mich herum zu sein und von all den unendlich vielen ungewohnten kleinen Dingen, die hier wachsen und geschehen. Es hilft mir auch, mich zu fokussieren. Wenn ich aufstehe, freue ich mich schon darauf, diesen Ton in die Landschaft zu schicken und zu wissen: Ich bin wach, ich bin lebendig, ich habe diesen Tag vor mir, den ich füllen kann. Und abends genauso. Dann freue ich mich voller Dankbarkeit über alles, was ich erlebt und gesehen oder auch geschafft und bewältigt habe. Ich denke noch einmal daran, was schön war, und setzte dann mit dem Ton einen Punkt dahinter.

Ich weiß nicht, wie es für dich ist. Sicher ist es für jeden etwas anderes. Ich könnte mir vorstellen, dass du manchmal das Gefühl hast, mit dem Ton des Horns die Sonne über den Horizont heraufbeschwören zu können oder die Wellen höher rauschen oder auch einschlafen zu lassen. Mondbiene hatte schon öfter geschrieben.

Ich war viel zu selten in meinem Leben am Meer. Das ist etwas, das ich auf meine innere Wunschliste geschrieben habe, nachdem ich begonnen habe, deinen Blog zu lesen. Meine Art von Wasser war immer ein Fluss, erst die Oder und später die Spree. Aber als ich klein war, habe ich mir vorgestellt, auf einem Delfin bis zum Meer zu reiten. Ich bin ein bisschen neugierig, wovon du geträumt hast, als du ein Kind warst. Wusstest du, dass auch Bienen träumen?

Lexi war diese Frau von Anfang an sympathisch gewesen. Sie stellte die richtigen Fragen, sie erzählte die richtigen Dinge, und vieles empfand sie ähnlich wie Lexi selbst. Die Frau hieß Sila, hatte sie kürzlich verraten. Sie hatten inzwischen schon mehrere Mails ausgetauscht. Sila wusste anscheinend gerade auch nicht so genau, wie ihr Leben weitergehen sollte.

Die Sache mit den Bienen und den Träumen hatte Lexi sich erklären lassen. Dass die Bienen nachts, wenn sie schliefen, ihre Beine und Flügel bewegten und dass sie manchmal aufstanden und im dunklen Bienenstock einen Tanz vollführten. Bienen träumten von den gleichen Dingen wie Menschen, hatte Sila geschrieben, von Wiesen und Weite und Frieden und der Süße in den Blüten. Von Freiheit unter dem Himmel und davon, dass es immer einen neuen Tag und einen neuen Frühling geben wird.

Lexi fand das bestechend klar und einfach. Es erinnerte sie an sich selbst, als sie klein war und Pia kennengelernt hatte, in deren Garten sie ihr Paradies fand. Und ihre Freiheit, fern von den tadelnden Blicken der Eltern, von den Erwartungen und der Last, dass sie nicht so werden sollte wie ihr geliebter Bruder Wolfgang.

Wovon hatte Lexi geträumt, als sie klein war?, hatte Sila gefragt.

Von einem Delfin habe ich nicht geträumt, aber von einem ganz großen Garten, durch den ich rennen kann, bis ich müde bin und trotzdem nicht ans Ende komme, vertraute Lexi ihrer Tastatur an. *Ein Garten, in dem ich machen kann, was ich will und wie ich es will. In dem man alles bauen und in den man alle Freunde einladen kann, die sich immer willkommen fühlen dürfen, egal, wie sie angezogen sind, welche Sprache sie sprechen und welchen Beruf sie haben. Also das Gegenteil vom Haus meiner Eltern, wo nur die ›richtigen‹ Leute verkehren durften. Ich habe von einem Garten geträumt, in dem man nicht »verkehrt«, sondern in dem man lebt und lacht und spielt und sich gegenseitig feiert, ohne dass man dafür etwas Besonderes sein muss. Ich habe davon geträumt, ohne Ende Sonnenblumen und Kapuzinerkresse zu säen, nie den Löwenzahn oder die Gänseblümchen zu vernichten und niemals einen* alten Apfelbaum zu fällen, wenn er nicht vom Sturm oder der Zeit gefällt wird. Lexi merkte, wie sie vor sich hin lächelte, als sie davon schrieb. Warum kam es ihr vor, als wäre das ewig her? Es waren doch nicht mal zwanzig Jahre.

Das klingt wundervoll. Es hört sich ein bisschen an wie der Garten, den ich geerbt habe und in dem ich mich jetzt wiederfinde. Ich bin nun schon eine Weile hier und habe immer noch nicht alles gesehen. Manchmal denke ich, er hat gar keine Grenze.

Wenn ich dir so zuhöre, glaube ich, du bist dir mit den Bienen einig, so wie ich. Wie ist es heute? Wovon träumst du jetzt?, schrieb Sila zurück.

Lexi wickelte sich ein wenig enger in ihren Bademantel und dachte nach. *Warum schläfst du eigentlich auch noch nicht?*, fragte sie, um Zeit zu gewinnen. *Es ist fast Mitternacht.*

Weil ich im Augenblick nicht weiß, wie meine Träume neuerdings aussehen, jedenfalls nicht genau genug. Und weil mich eine Geschichte, auf die ich gestoßen bin, sehr beschäftigt.,

Erzählst du mir davon?

Ein andermal vielleicht. Ich muss sie selbst erst verstehen. Es ist eine alte Geschichte, so wie deine von Valentina und allen, die danach kamen. Entschuldige, ich wollte nicht aufdringlich sein. Du musst mir deine Träume nicht verraten. Ich war nur neugierig, was man noch für Träume offen haben kann, wenn man einen Garten am Meer besitzt, in den die Rehe kommen und von dem aus man die Farben des Himmels über den Wellen und den ganzen Horizont sehen kann.

Das ist es ja! Lexis Finger flogen auf einmal über die Tasten. *Ich habe ständig ein schlechtes Gewissen, dass mir das nicht genügt! Es ist das Paradies. Es ist perfekt. Ich bin Pia unendlich dankbar, dass sie den Garten an mich weitergegeben hat, und früher einmal habe ich ihn wirklich gebraucht, als das mit meinen Eltern und Wolfgang so schlimm war.*

Valentina wollte doch, dass der Garten immer an jemanden geht, der ihn gerade braucht. Also ist es ganz in ihrem Sinne, dass ich hier bin. Und als Pia todkrank wurde, hat sie es sich so sehr gewünscht, dass ich alles übernehme, den Garten und die Seepferdchen und die Sache mit dem Horn.

Es scheint mir undankbar und nicht richtig, dass ich mich inzwischen eingeengt fühle, dass dieses Paradies nicht groß genug ist für meine Träume. Weißt du, was ich möchte? Ich möchte immer noch diesen Garten, in dem man ewig weit rennen und alles tun kann. Aber jetzt möchte ich es mit meinen Schülern machen, oder überhaupt mit Kindern, die einen Garten brauchen, so wie ich ihn gebraucht habe.

Ich will und kann ihnen nicht allen einen Garten schenken, aber ich möchte, dass sie lernen, wie es in einem Garten sein kann. Dass sie merken, wovon sie träumen, so wie deine Bienen nämlich, von Himmel und Weite und Freiheit, von Frieden und von Blüten. Viele von ihnen wissen gar nicht, was eine Sonnenblume ist oder dass man einen Kürbis selbst wachsen lassen kann und ernten. Ich möchte, dass sie einmal über eine Wiese laufen können und nachts unter den Sternen schlafen, ein eigenes Beet anlegen und später wiederkommen und nachsehen, wie es geworden ist. Ich möchte mit ihnen und ihren Eltern ein Sommerfest feiern können, ohne dass man sich auf die Füße tritt, eine Schatzsuche im Unterholz veranstalten und Würstchen über ein Lagerfeuer halten. Ich möchte Biologiestunden auf einem Feld oder unter einem Apfelbaum abhalten können, und zwar mit der ganzen Klasse und nicht nur mit ein oder zwei ausgewählten Kindern am Wochenende. Ich möchte einen riesigen Gemüsegarten. Ich möchte einen Esel halten, auf dem sie reiten können. Ich möchte einfach viel zu viel, Sila! Und ich schäme mich, weil meine Träume so groß sind, wo ich doch schon alles habe.

Es dauerte nur ein paar Schluck kalt gewordenen Zitronensaft, bevor die Antwort kam.

Aber Lexi, für seine Träume soll man sich nie schämen! Das hat Wanda mir schon beigebracht, als ich noch ganz klein war. Träume können nie zu groß sein. Das ist es ja, warum die Bienen von den hellen Weiten träumen. Weil man diese Weite dafür braucht. Wenigstens im Kopf.

Deine Wanda hätte sich sicher gut mit Pia verstanden, antwortete Lexi. *Sag mal, Sila, was ist das eigentlich für ein Hof, den du da hast? Wo liegt der genau? Erzähl mir ein bisschen davon.*

Es ist ein alter Hof im Oderbruch, in Altlewin. Mitten im Nichts. Sieh es dir am besten auf der Karte an. Er ist aus alten roten Backsteinen gebaut und voller Überraschungen und Erinnerungen. Ich habe ja selbst noch nicht alles wiedergefunden, und ich kann ihn jetzt unmöglich beschreiben. Dann kommen wir beide nicht mehr ins Bett. Er ist zu vielfältig. Lass uns schlafen gehen. Ich glaube, ich kann es jetzt. Der Austausch mit dir tut mir gut! Danke! Und gute Nacht!, schrieb Sila.

Sie hatte recht. Lexi hatte auch das Gefühl, nun gut schlafen zu können. Vorher legte sie sich noch eine Notiz auf den Schreibtisch, über die Höfe im Oderbruch nachzulesen. Sie wollte sich Silas Garten vorstellen können.

In der Schule fiel so viel Arbeit an, dass Lexi in dieser Woche nicht dazu kam, auf die Insel zu fahren. So recherchierte sie einige Tage nach ihrem Schriftwechsel mit Sila über die Höfe im Oderbruch, um sich abzulenken. Das Thema war interessanter, als sie geahnt hatte, und sie las sich fest.

Für die Höfe gab es eine Bezeichnung, die aus dem Plattdeutschen stammte und sich ungefähr dann etabliert hatte, als Friedrich der Zweite die Kartoffel in Preußen einführte. Mitte des 18. Jahrhunderts gab er in den Provinzen sogenannte »Kartoffelbefehle«. Er versuchte, sogar mit Hilfe der Pfarrer den

Menschen die Vorteile der nahrhaften Knolle nahezubringen und Kenntnisse über den Anbau zu verbreiten. Auf Friedrichs Betreiben hin wurden den Bauern, die früher gewissermaßen Leibeigene der Großgrundbesitzer waren, Höfe als Eigentum zugesprochen. Die Gutsuntertänigkeit wurde damit aufgehoben. Die Feldmark wurde neu aufgeteilt und die Grundstücke häufig dabei verlost. So ein einzelnes Grundstück wurde als *Loos* bezeichnet, die aufzuteilende Fläche als *Loose*.

»Spannend!«, murmelte Lexi. »Und Sila ist zweihundert Jahre später so ein Los zugefallen. Mir ja irgendwie auch, als Pia Valentinas Garten ausgerechnet an mich weitergegeben hat.«

Von den alten Loosehöfen, las sie weiter, waren natürlich im Laufe der geschichtlichen und zeitlichen Stürme, die darüber hinweggezogen waren, viele verlorengegangen. Doch die, welche ganz oder in Teilen überdauert hatten, waren ein wichtiger Teil des Charakters der Landschaft im Oderbruch. Und sie stellten sich als unverändert lebendig heraus.

So ein »Loos« war ein Bauerngehöft mitten in einer landwirtschaftlichen Nutzfläche. Meist bestand es ursprünglich aus dem Wirtschaftshof, zwei sich gegenüberliegenden Ställen und der Hofscheune. Dazu gehörten auch ein Nutzgarten, Baumbestände oder Hecken und angrenzende Gräben. Die Felder drum herum waren heute meist verpachtet oder verkauft.

Doch was Lexi aufhorchen ließ, war ein Artikel darüber, dass diese alten Loosehöfe inmitten der heute großflächigen und intensiv genutzten Ackerflächen – »Gift und Monokulturen«, murmelte sie ärgerlich – sich in so etwas wie Inseln des Lebens verwandelt hatten. In wahre Archen sogar.

Die Größe eines solchen Hofes mit all seinen unterschiedlichen Elementen ließ keine Pflege bis in den letzten Winkel zu, was einer großen Vielfalt an Tieren und Pflanzen Lebensraum bot. Zum Beispiel in Nutzgärten, Obstgärten mit Grasland, Ställen, Holzstapeln, Misthaufen, Kompost, Teich oder Gräben, Schutthaufen und Mauern, Ställen und Scheunen.

Alte Baumbestände aus Eschen, Ulmen, Stieleichen, Apfel-, Birnen- und Pflaumenbäumen boten Vögeln, Insekten und Kleinsäugern Schutz und Lebensraum. Viele gefährdete und streng geschützte Insekten- und auch Vogelarten fanden sich auf solchen Oderbruchhöfen, die darum auch als sogenannte *Trittsteinbiotope* bezeichnet wurden, weil sie die Ausbreitung solcher Pflanzen und Tiere fördern konnten.

Lexi wurde ganz schwindelig, als sie die Namen all der Tiere las.

Juchtenkäfer, Wendehals, Hausrotschwanz, Haussperling, Grünschnäpper und Bachstelze, Spitzmäuse, Kröten, Kammmolche. Fledermäuse wie den Großen Abendsegler und die Wasserfledermaus. Mauswiesel, Wasserspitzmaus ... Bis zu neunzig Vogelarten und sechsundzwanzig Säugetierarten waren auf Loosehöfen beobachtet worden, alles wegen der Feuchtgebiete, der alten Bäume und Gebäude.

Der Erhalt eines Loosehofes trug also erheblich dazu bei, eine erstaunliche Vielzahl von mehr oder weniger seltenen Arten vor dem Aussterben zu bewahren.

Lexi fühlte förmlich, wie sie Sternchen in den Augen bekam. Sowohl als die Biologielehrerin, die sie war, als auch als das kleine Mädchen, das von einem endlosen, lebendigen Garten träumte. Wie wundervoll, dass es so etwas noch gab. Sila durfte den Hof auf gar keinen Fall aufgeben! Zumindest niemals an jemanden verkaufen, der mit Natur nichts am Hut hatte.

So spät es auch war, sie verfasste eine lange Mail an Sila, in der sie berichtete, was sie herausgefunden hatte, die Links zu verschiedenen Artikeln einbaute und mit einem flammenden Appell endete. *Ich weiß, es geht mich nichts an,* endete sie, *aber ich finde es sehr wichtig, dass du diese Informationen hast. Denk nur an die Bienen!*

Lexi schickte die Mail ab, lehnte sich zurück und stellte sich so einen Hof vor. Sila musste unbedingt mehr Bilder schicken. Allein der Gemüsegarten und der Obstgarten, die sie erwähnt hatte. Was da alles kreuchen und fleuchen musste. Zu gern würde sie dort einmal auf der Lauer liegen, vielleicht zusammen mit Emma …

Nach einer halben Stunde sah sie nach, doch der Posteingang blieb leer. Sila schlief wohl schon. Lexi sah auf die Uhr und erschrak. Halb eins! Eiligst kroch sie ins Bett. Ihre Schüler hatten eine ausgeschlafene Lehrerin verdient.

Und eine Zukunft, in der es noch Bienen, Schmetterlinge und Vögel gab.

Silas Antwort kam am nächsten Nachmittag.

Das ist wirklich hochinteressant! Es bestätigt ein unklares Gefühl, das ich hatte, aber nicht bewusst einordnen konnte. Je länger ich hier bin, desto mehr entdecke ich. Gestern habe ich am Eingang zum Eiskeller eine Kröte gesehen, die mich aus goldenen Augen ansah, als hätte sie mir etwas Dringendes zu sagen. Nun hast du es getan! Danke dafür. Das macht die Sache, den Hof abzugeben, zwar nicht gerade leichter. Aber ich bin inzwischen auch fest entschlossen, dass er erhalten werden muss. Im Grunde seit dem ersten Mal, als ich den Tag mit einem Ton aus dem Horn verabschiedet habe.

Wenn ich mit dem Makler spreche, wird er mich für verrückt erklären, dass ich auch noch Bedingungen stelle bei einem Grundstück, das niemand haben will.

Lexi, was würdest du mit einem Eiskeller anfangen? Es hat sich herausgestellt, dass das Loch, durch das ich gefallen bin, eine schlecht zugemauerte ehemalige Öffnung war. Vermutlich, um Vorräte hinunterzulassen. Das Gewölbe ist noch völlig stabil, mein Nachbar hat es geprüft, zusammen mit einem Fachmann. In die Öffnung kann ein Fenster eingelassen werden, ebenso in zwei kleinere Lüftungsluken, die wir entdeckt haben. Die Tür kann wieder freigelegt und erneuert werden, die Treppe auch. Man könnte Futter dort lagern, aber der Raum hat eine ganz eigene Atmosphäre, von seiner Geschichte ganz zu schweigen. Früher diente er dazu, Lebensmittel frisch zu halten. Im Krieg wurden dort Menschen versteckt. Mindestens eine Frau konnte wahrscheinlich gerettet werden. Für ein bloßes Lager ist mir der Raum zu schade.

Ein Foto hing an der Mail, dunkel, aber gerade dadurch wirkte es geheimnisvoll. Lexi betrachtete es nachdenklich. Ach, ihr fielen tausend Dinge dazu ein!

Ich würde einen Versammlungsraum für meine Schüler dort einrichten, antwortete sie. Wir könnten einen Club gründen zur Erhaltung der Arten auf dem Hof und da unten neue Mitglieder aufnehmen. Oder die Projekte dort besprechen, planen und später die Ergebnisse feiern. Im Sommer ist es da sicher angenehm kühl.

Aber für deinen zukünftigen Käufer könnte ich mir auch einen Raum für Weinproben vorstellen. Oder für exklusive Candlelight-Dinner. Ich fürchte ja, dass sich höchstens ein Hotelier finden wird. Aber vielleicht kannst du ihn überreden, einen Teil des Hofs als ökologische Fläche zu schützen und eine Attraktion daraus zu machen – einen Naturlehrpfad wie in Wallnau zum Beispiel?

Doch als sie den Laptop zuklappte, wusste sie, dass sie die Ideen, die ihr in den Kopf gekommen waren, niemals wieder loswerden würde.

27

Aufwind

»Lexi, wenn wir morgen nach Hause fahren, darf ich in deinem Garten einen großen Blumenstrauß für Papa pflücken?«, fragte Lina. Sie saßen in Valentinas Garten beim Frühstück. »Dann wird er bestimmt noch schneller gesund. Weil er doch dann auch ein bisschen sehen kann, wie schön es hier ist. Wenn die Blumen für Bienen gut sind, dann sind sie bestimmt auch für Menschen gut.«

»Au ja, aber dann müssen wir vor der Schule noch beim Krankenhaus vorbeifahren«, sagte Lars.

Lars und Lina waren Geschwister, deren Vater eine schwere Operation hinter sich hatte. Lexi hatte die beiden übers Wochenende mit nach Fehmarn genommen, um die Mutter ein wenig zu entlasten und die Kinder abzulenken, was auch gelungen war. Gestern hatten sie einen wunderbaren Tag am Strand und im Garten verbracht, auf dem Dach gesessen und morgens die Rehe beobachtet. Lexi hatte beide Kinder lachen gehört und dabei gedacht, dass sich jetzt vielleicht irgendwo Pia darüber freute und auch Valentina und alle, die dazwischen den Garten gehütet hatten.

»Das ist eine gute Idee, Lina. Das machen wir. Aber so früh wollen sie uns im Krankenhaus nicht haben. Wir stellen den Strauß einfach in eine Vase ins Klassenzimmer, bis ihr nach Schulschluss in aller Ruhe zu eurem Papa könnt. Dann können sich die anderen Kinder solange auch darüber freuen.«

»Und ich passe auf, dass sie keiner umwirft«, sagte Lars zufrieden.

Es war ein recht sonniger, warmer Tag, doch es wehte ein frischer Wind aufs Meer hinaus. »Wollt ihr mir helfen, die Blumenbeete zu gießen, bevor wir an den Strand gehen?«, fragte Lexi. »Der Wind trocknet die Erde ganz schön aus.« Die automatische Bewässerung erwähnte sie nicht. Sie wusste, wie tröstlich und beruhigend das Gießen der Blumen sein konnte.

»Aber nur, wenn du Lina sagst, dass sie mich nicht mit dem Schlauch nass spritzen darf«, erklärte Lars.

In diesem Augenblick klingelte Lexis Handy. Jonne!

»Hallo, Lexi. Bist du auf Fehmarn?«

»Ja, bin ich. Warum?«

»Ich muss einen neuen Drachen ausprobieren. Der Wind ist heute prima dafür geeignet. Aber ich bräuchte jemanden, der mir hilft. Hast du Zeit und Lust dazu?«

Er war so unkompliziert. Er redete nicht lange drum herum, sondern fragte, was er fragen wollte. Das mochte sie. »Zeit und Lust hätte ich schon. Aber ich habe Besuch.«

»Das war mir schon klar. Die Kinder bringst du natürlich mit. Je mehr, desto besser, dann habe ich gleich ein paar Testpersonen! Es gibt auch wahlweise Eis für alle, Fischbrötchen oder Schokoladenstreuselquark.«

»Wer könnte da widerstehen! Warte mal kurz.« Lexi nahm das Telefon vom Ohr. »Lars, Lina, habt ihr Lust, einen Drachen steigen zu lassen? Ich habe da einen Freund, der welche für einen Laden baut. Er braucht unsere Hilfe. Was meint ihr?« Hatte sie gerade *Freund* gesagt? Wann fing eigentlich eine Freundschaft an? Bei Sila war ihr zumute, als würden sie sich schon lange kennen. Und Jonne? Bei dem fühlte sie sich einfach so wohl, wie man sich sonst nur bei guten Freunden fühlt. Ob er ihre Worte gehört hatte, oder ob die im Wind und dem Jubel der Kinder untergegangen waren?

Der Drachen, den Jonne wenig später am Südstrand entfaltete, hatte die Gestalt einer riesigen Meeresschildkröte. Eifrige Kinderhände halfen, die Folie auf dem Sand auszubreiten, die Stangen zusammenzustecken und in die Schlaufen zu bugsieren. »Aber Schildkröten fliegen doch nicht«, protestierte Lars.

»Doch, Meeresschildkröten schon. Hast du noch nie eine im Aquarium gesehen? Sie tun es nur eben unter Wasser. Wenn sie schwimmen, sieht es genauso aus wie Fliegen. Sie bewegen ihre paddelartigen Füße genau wie Vögel ihre Flügel.«

»Außerdem hat man doch Drachen deshalb, damit Tiere fliegen können, die sonst nicht fliegen, stimmt's, Jonne?«, fragte Lina, die Jonne schon nach wenigen Minuten wie einen alten Bekannten behandelte. Er hatte wirklich eine gute Art, mit Kindern umzugehen. Wahrscheinlich lag es daran, dass er so unkompliziert war. Einen Knoten, den Lina versehentlich in die Schnur gemacht hatte, knüpperte er in aller Ruhe wieder auf. Dann gab er die Rolle Lars. »Könntest du bitte damit jetzt ein Stück am Strand entlanggehen? Immer schön gleichmäßig den Faden abrollen lassen, ohne dass er sich verwirrt? Am besten gehst du rückwärts, und Lexi passt auf, dass niemand im Weg ist. Lina und ich bleiben hier, und wenn du weit genug weg bist, heben wir die Schildkröte in den Wind. Wenn sie nicht gleich hochsteigt, rennst du ein Stück, ja?«

»Klar doch! Habe ich mit Papa auch schon oft gemacht.« Lars stapfte los und ließ die Augen nicht vom Faden. »Lexi, machst du ein Foto für Papa, wenn die Schildkröte oben ist?«

»Na klar, Lars.« Lexi sah nicht auf die Schnur. Sie betrachtete die Silhouetten von Jonne und Lina, die rechts und links von der großen Schildkröte merkwürdig klein wirkten vor dem gleißenden Licht der silbernen Wellen. Wie zwei umgedrehte Ausrufezeichen.

Genau. Ausrufezeichen! Das, was wir hier tun, ist nicht nur eine Freizeitbeschäftigung. Das ist genau das, was im Leben wichtig ist, dachte sie. Selbst Lars weiß das schon. Deswegen will er ein Foto haben. Er weiß, was gut für seinen Vater ist. Im Grunde ist es so einfach.

Sie dachte an ihren Vater, der sagen würde: »Drachen? Der Mann baut Drachen? Und was, glaubst du, wird er damit im Leben erreichen? Aus dem wird doch nie was!«

Ja, die Ausrufezeichen im Leben ihres Vaters waren eben andere als die in ihrem.

Alle Kinder sollten Zugang zu einem Strand mit Drachen am Himmel haben, dachte sie. Aber für die meisten ist ein Strand weit weg. Ob es auf Silas Hof wohl eine Wiese oder ein Feld nebenan gibt, auf der man Drachen steigen lassen könnte? Ganz bestimmt.

»Lexi, Lexi, guck!« Lars zeigte mit der Rolle, die er sorgsam in beiden Händen hielt, in die Ferne, wo vier Hände die Schildkröte in den Himmel hoben. In einem eleganten Bogen sauste sie nach oben. Der Wind griff mühelos unter ihren Panzer, dann streckten sich auch die Beine aus. Kurz sackte sie noch einmal ab, und Lars rannte eilig ein Stück, bis sie sicher oben blieb. »Die hat ja einen Schwanz!«, stellte Lars erstaunt fest. »Den hatte sie vorhin nicht. Den muss Jonne noch angehängt haben.« Er fing an zu kichern. »Ach nein, das sind ja Fische!«

Später saßen Jonne und Lexi im Sand und sahen den Kindern zu, die sich abwechselnd die Schnur reichten, mit dem Drachen hin und her liefen und andächtig in den Himmel sahen. Sie platzen vor Stolz, weil niemand anderes am Strand so einen Drachen hatte. Tatsächlich waren nicht allzu viele Kinder am Strand, es waren ja keine Ferien. Aber auch die Erwachsenen schenkten der Schildkröte anerkennende Blicke. Jonne beobachtete genau, was der Wind mit dem Drachen anstellte, und machte sich Notizen.

»Die hinteren Flossen muss ich noch ein wenig vergrößern, dann liegt er besser in der Luft.«

»Der Schwanz mit den Fischen ist wunderbar. Es sieht aus, als ob sie der Schildkröte hinterherschwimmen. Das macht die Sache lebendig. Zu einer richtigen Geschichte«, fand Lexi.

Jonne kniff die Augen zusammen und sah kritisch nach oben. »Ja, aber ich glaube, es sind zwei Fische zu viel. Wenn der Schwanz zu lang ist, ist es auch nicht gut für die Stabilität. Ich habe erst überlegt, ob ich Babyschildkröten statt Fischen nehmen soll, aber das wäre nicht korrekt. Schildkrötenmütter kümmern sich nicht um ihre Nachkommen. Wenn Schildkrötenkinder aus dem Ei kriechen, ist die Mutter schon längst wieder in den Ozeanen unterwegs.«

Lexi staunte. »Du achtest auf biologische Korrektheit, wenn du deine Drachen baust?«

»Na ja, nicht, wenn ich einen Pegasus konstruiere. Aber im Prinzip schon, klar.«

»Diese zwei Kinder hast du heute jedenfalls glücklich gemacht«, stellte Lexi fest.

Er warf ihr einen Blick zu. »Und was ist mit dir? Du wirkst, als ob dich etwas sehr beschäftigt.«

»Ja, das stimmt. Es hat aber nichts mit dir zu tun. Wir hätten diesen Tag auf keine bessere Art verbringen können.«

Jonne wartete geduldig, aber aufmerksam. Und weil sie gerade Zeit hatten, zusammen am Strand saßen und die Kinder beschäftigt waren, erzählte Lexi ihm von den Loosehöfen und wie sie sich seither vorstellte, was man alles auf einem solchen großen, vielfältigen, biologisch interessanten Hof anstellen könnte. All das, wovon sie geträumt hatte! So viele Blumenbeete für so viele Kinder, wie sie wollte, Sommerfeste, Schnitzeljagden, Lagerfeuer, Biostunden im Freien. »Und eine Wiese zum Drachensteigen gibt es da bestimmt auch. Man könnte sogar in irgendeinem alten Stall Drachen mit den Kindern bauen. Drachen und Vogelscheuchen und Flöße und weiß der Himmel was noch alles«, endete sie. »Auf so einem Hof wäre einfach Platz genug für alles.«

»Aber da wäre kein Meer«, gab Jonne zu bedenken.

»Nein, kein Meer. Aber nicht jeder kann oder will sein ganzes Leben am Meer verbringen. Es würde einen Fluss oder einen See geben, und man könnte einen Teich anlegen. Einen Brunnen konstruieren. Das wäre doch was!« Lexi setzte sich gerade. »Einen ganz großen Zierbrunnen mit den Kindern bauen, mit einer Solarpumpe, jeder kann irgendeine Art von kleinem Becken hinzufügen, und dazwischen verlaufen ganz viele Rinnen, so dass das Wasser von einem ins andere läuft. Vielleicht an einem Abhang, mit kleinen Wasserfällen.« Lexi war Feuer und Flamme und sah es bereits vor sich.

Jonne lachte auf. »Ich sehe schon, du findest immer eine Lösung.«

»Eine Lösung nicht, aber eine Idee.« Sie seufzte. »Das Problem ist einfach nur, dass viele Ideen auch viel Platz brauchen und viele Kinder sowieso.«

Er stand auf und winkte. »Lina, zieh bitte etwas Schnur ein! Der Wind ist stärker geworden, er treibt den Drachen zu weit ab«, rief er. »Ja, so ist gut. Danke!«

Er setzte sich wieder hin und sah Lexi an. »Weißt du, solche Ideen, wie du sie da hast, die lassen sich nicht unterdrücken. Ich weiß das von mir. Wenn mir eine Idee in den Kopf kommt, wie ich einen neuen Drachen bauen könnte, dann muss ich sie auch verwirklichen. Man erstickt sonst. Nicht alle verstehen das. Darauf darf man nicht warten. Für viele erscheint es wahrscheinlich wie ein Luxusproblem. Aber man muss sich auch nicht dafür schämen.«

»Nicht?« Lexi sah ihn an. »Meinst du nicht, ich müsste mich dafür schämen, dass ich hier mitten im Paradies unzufrieden bin?«

Jonne sammelte ein paar Muscheln ein, die um ihn herum lagen, und baute damit einen kleinen Turm. Wahrscheinlich merkte er nicht einmal, dass er das tat. »Wie war das, als Pia dir den Garten vererbt hat?«, fragte er.

Lexi erklärte ihm kurz die Vorgeschichte des Gartens, wie sie in den alten Büchern stand, und dann erzählte sie von Pia. Sie spürte, wie dabei ein Lächeln über ihr Gesicht flog.

Pia war so warm und liebevoll gewesen. Lexi mit all ihren Problemen hatte ebenso in ihr großes Herz gepasst wie der Himmel, das Meer, sämtliche Blumen und die Rehe. »Weil sie wusste, wie wohl und geborgen ich mich im Garten fühlte. Sicher vor der Missbilligung meiner Eltern, sicher vor jedem Streit zwischen ihnen und Wolfgang. Sicher vor den Lehrern, die meine Ideen nicht immer passend fanden. Sie wusste, dass ich glücklich war über jede einzelne Blüte, die sich hier öffnete, jedes selbstgezogene Radieschen, das ich essen konnte, und jeden Schluck Johannisbeersaft. Sie hatte immer genug dicke bunte Trostkissen. Auch noch, als ich erwachsen wurde, Schwierigkeiten im Studium hatte und Zweifel, ob ich mit meinen ersten Schülern alles richtig mache. Mein Vater hielt sowieso nicht allzu viel von meinem Beruf, jedenfalls nicht von der Wahl meiner Fächer. Pia war immer für mich da, und in Valentinas Garten wurden alle Probleme klein und lösbar.« Lexi legte eine Muschel auf Jonnes Türmchen. »Irgendwann kehrte sich das um. Pia wurde todkrank. Ich habe mich immer mehr um den Garten gekümmert und ihr geholfen, wo ich konnte. Sie konnte sich vergewissern, wie gut ich mit dem Garten umging und wie viel Kraft er mir gab, auch in der Trauer um Pias Zustand und darüber, dass ich sie verlieren würde. Und als Pia das Ende kommen sah, da bat sie mich darum, den Garten zu übernehmen. ›Er ist wie für dich gemacht‹, sagte sie. ›Er wurde mir gegeben, als ich ihn brauchte, und nun brauchst du ihn. Er ist eine Zuflucht. Ich wüsste niemanden, an den ich ihn lieber geben würde. Ich weiß, dass er bei dir in den besten Händen ist, und ich weiß, dass du hier einen Platz haben wirst, wenn du ihn brauchst. So fällt es mir überhaupt nicht schwer, zu gehen. Ich habe Valentinas Wunsch damit erfüllt. Und dem Garten wird es bei dir gut gehen.‹ Sie kümmerte sich sofort um all den Papierkram, und als alles geregelt war, dauerte es nur noch eine Woche, bis sie ganz entspannt eingeschlafen ist.« Lexi suchte nach einer weiteren Muschel. Einer kleinen, leichten, denn der Turm drohte umzufallen, wenn sie ihn überlasteten. »Pia hatte recht. In der Zeit danach habe ich den Garten mehr gebraucht denn je. Ich musste mich daran gewöhnen, dass sie nicht mehr da war. Ich wusste nicht, zu wem ich mit meinen Problemen gehen sollte außer zu Wolfgang, und der hatte genug eigene.« Lexi warf eine Muschel beiseite, die zu groß und schwer war. »Aber dann sah ich, dass meine Schüler viel mehr Probleme hatten als ich, und fing an, sie mit in den Garten zu nehmen. Und dann kamen die Ideen, was ich mit ihnen noch alles anstellen könnte, wenn da mehr Möglichkeiten wären.« Sie fand endlich eine leichtere Muschel und lege sie behutsam obendrauf. »Das ist die ganze Geschichte.«

Jonne betrachtete nachdenklich den Turm, den sie gemeinsam gebaut hatten. »Und jetzt hast du Angst, Pia zu enttäuschen, wenn du neue Wege gehst?«

»Na ja, im Augenblick weiß ich ja noch gar nicht, wie diese neuen Wege aussehen sollen. Aber ja, ich denke, es erscheint mir wie ein Verrat.« Lexi wagte nicht, noch eine weitere Muschel obendrauf zu legen. »Und gleichzeitig habe ich auch ein schlechtes Gewissen, weil ich mich so jung sozusagen in ein gemachtes Nest gesetzt habe. Die anderen, die den Garten erhalten haben, waren alle älter als ich. Sie waren in Not oder krank oder geflüchtet. Mir geht es viel zu gut. Vielleicht ist es zwecklos, meinem Vater etwas beweisen zu wollen. Aber mir, mir selbst muss ich doch irgendwann etwas beweisen!«

Jonne zuckte mit den Schultern. »Das schlechte Gewissen ist uns eingeimpft worden, bis es schon aus Gewohnheit auftaucht. Wir sind alle so erzogen worden, dass wir wegen allem Gewissensbisse haben müssen. Damit müssen wir leben. Man kann sich aber ganz gut darüber hinwegsetzen, wenn man sich das einmal klarmacht. Dann fällt dieses wackelige Konstrukt in sich zusammen.« Er tippte den Turm leicht an, und die Muscheln verteilten sich wieder im Sand, wo sie das Licht der Sonne auffingen und ihre Farben zeigten. »Ein schlechtes Gewissen hat noch niemanden weitergebracht. Es lähmt. Es kostet Kraft. Und es ändert genau null. Valentinas Wunsch für den Garten war doch, dass er stets an jemanden weitergegeben wird, der ihn braucht. Sie hat nichts davon gesagt, dass man ihn bis zum Tod behalten muss, richtig? Ganz im Gegenteil, wie mir scheint. Nach allem, was du mir erzählt hast, hat ihn jeder genau so lange behalten, wie er ihn gebraucht hat, und ihn dann weitergegeben. Dieser Mervin zum Beispiel hatte ihn nur ein paar Jahre, bevor er ihn an deine Pia gab.« Jonne runzelte die Stirn. »Meinst du nicht, es wäre gut und richtig und auch in Pias Sinne, wenn du es genauso machst? Du hast ihn gebraucht. Lange. Jetzt aber ist er zu klein für dich geworden. Wie der Kokon eines Schmetterlings. Gib ihn weiter, breite deine Flügel aus und fliege! Deine Ideen werden dich tragen. So wie meine verrückten Konstruktionen die Drachen doch irgendwie in der Luft halten.« Er fing an zu lachen. »Du lieber Himmel, ich wollte dir wirklich keinen Vortrag halten. Ich möchte nur …«, er blickte wieder auf die Muscheln. »Ich finde es einfach schade, wenn du nicht glücklich bist und all deine guten Ideen hier im Sande verlaufen, so schön der auch ist.«

Lexi hatte ihm mit wachsendem Erstaunen zugehört. »Du hast recht. So habe ich es überhaupt noch nicht gesehen. Wenn man es so betrachtet, hätte Pia bestimmt nichts dagegen. Sie hat sogar mal gesagt, man sollte nicht am falschen Ort zu tiefe Wurzeln schlagen. Sie wollte auch nur, dass es mir gut geht. Da hätte ich auch selber draufkommen müssen. Jonne, danke, das habe ich gebraucht! Ein Perspektivwechsel. Jemand, der das von außen sieht, mit klarem Kopf.«

»Immer gern zu Diensten«, sagte Jonne und lächelte sie an.

Aber Lexis Euphorie verflog schon wieder. »Ich wüsste nur weit und breit niemanden, dem ich den Garten geben könnte. Wolfgang würde er mehr schaden als nutzen. Meine Schüler sind alle noch viel zu klein. Und ich kann doch nicht einfach eine Annonce aufgeben. Da wäre die Hölle los, und ich würde niemals den Richtigen finden.«

Jonne stand auf und reichte ihr eine Hand, um sie hochzuziehen. »Du musst ja nichts überstürzen. Erst musst du wissen, wo du selbst hinwillst. Alles andere wird sich ergeben. Hat sich nicht immer etwas Gutes ergeben für Valentinas Garten?«

»Doch«, gab Lexi zu. »Das hat es wohl.«

»Dann finde heraus, wie dein Weg aussehen soll, wo du deine Ideen verwirklichen kannst und wie, und überlass den Rest dem Meer. Irgendeine Antwort hat es immer, wenn man ihm Zeit lässt. Das hat jedenfalls mein Großvater immer gesagt. Sein Vater, jener Falk Trynoga, hat auf der Flucht einmal einen alten Mann im Wald getroffen, ich glaube er hieß Grafunder. Von dem hatte er das, und er hat zeitlebens daran geglaubt, auch als er nicht mehr am Meer lebte.«

»Das klingt gut«, sagte Lexi und klopfte sich den Sand von den Hosen. »Im Augenblick allerdings hat das Meer deinen Drachen verschluckt.«

Eine Windbö hatte den Drachen plötzlich heruntergedrückt, und er war ins Wasser gestürzt. Lars war eifrig dabei, die Schnur gegen den Widerstand der Strömung wieder einzuholen. Lina hüpfte aufgeregt umher und lief in die Wellen.

»Na, dann wollen wir den Drachen mal retten«, sagte Jonne.

Lexi folgte ihm. Sie fühlte sich auf einmal wesentlich leichter. Anscheinend gab Jonne nicht nur den Drachen Auftrieb.

28

In guter Gesellschaft

Am Stand der Quarkeria entschied sich Lina für Orangenquark, Lars für den mit Schokostreuseln, Jonne nahm den mit roter Grütze und Lexi den mit Müsli, weil sie nach dem befreienden Gespräch plötzlich großen Appetit hatte. Die Becher in der Hand, schlenderten sie ein Stück die Strandpromenade entlang. Lexi winkte dem Fischbrötchenmann zu.

»Hallo, Rasmus! Alles gut bei dir?«

Sie hatte schon als Kind bei ihm Fischbrötchen geholt und meist ein paar der teuren Nordseekrabben geschenkt bekommen, die sie so gerne aß. Neuerdings wechselte er sich mit einem Kollegen ab, und sie hatte ihn länger nicht gesehen.

»Na klar, Lexi.« Er winkte die Kinder heran. »Mögt ihr Krabben?«

»Nöö, nicht so«, erklärte Lars.

»Hab ich mir gedacht.« Er zwinkerte Lexi zu. »Aber Bonbons doch sicher?« Er hielt ihnen ein Glas hin, in das sie eifrig griffen. »Danke!«, sagten sie im Chor.

»Nicht jedes Kind hat deinen Geschmack, was, Lexi?« Rasmus, dessen Haare weniger und grauer geworden waren, strahlte sie an. Es stand ihm gut, auch die Lachfalten, die sich vermehrt hatten. »Als Kind hat sie nicht nur die Krabben gemocht, sondern auch die Zwiebelringe von den Brötchen gemopst«, sagte er zu Jonne.

»Verständlich. Die mag ich auch«, sagte der erstaunt.

Bald fanden sie eine freie Bank, auf der sie ihren Quark löffeln konnten. Möwen näherten sich in der Hoffnung auf einen Bissen und wandten sich angewidert wieder ab, als Lina ihnen einen Löffel Quark anbot.

»Wenn du dich so für größere Gärten interessierst, wäre es doch bestimmt anregend für dich, dir mal welche anzusehen«, sagte Jonne. »Ich finde es auf den Drachenfestivals immer wahnsinnig spannend zu sehen, was andere so bauen. Wenn ich dann zurückkomme, habe ich tausend Eingebungen und weiß viel genauer, was ich will. Austausch ist wichtig und vor allem hilfreich. Warum gehst du nicht mal auf Tour? Du hattest mir doch von dieser Frau erzählt, die gerade einen Garten mit aufbaut, in dem sie pädagogische Naturfilme für Schulen dreht. Warum besuchst du sie nicht mal? Du hast gesagt, du benutzt ihre Filme im Unterricht. Das wäre doch für euch beide interessant, meinst du nicht?«

Lexi war gerührt, dass er sich so viel Gedanken machte. »Du meinst Linnea Joneleit. Die hat bestimmt zu viel zu tun. Aber es ist eine richtig gute Idee!« Sie merkte, wie sehr ihr der Gedanke gefiel.

»Ist denn dieser Garten weit weg?«

»Nein, es geht. Auf Hiddensee. Aber ich kann jetzt nicht fort, es sind keine Ferien.«

»Aber Lexi, bald sind doch Pfingstferien!«, sagte Lars empört.

»Stimmt ja. Hatte ich ganz vergessen.«

Lina lachte lauthals los. »Ferien vergisst man doch nicht!«

»Lehrer haben eben keine richtigen Ferien«, kam Jonne Lexi zu Hilfe. »Sie müssen sich immerzu um die Unterrichtsvorbereitungen kümmern.«

»Ja, und Arbeiten korrigieren. Bei mir macht sie immer rote Striche rein«, beschwerte sich Lars.

»Manchmal aber auch Blümchen«, ergänzte Lina.

»Die Filme von Linnea aus Timmos Garten findet ihr doch auch gut, oder?«, fragte Lexi.

Beide nickten heftig. »Die sind super«, bescheinigte Lars. »Warum heißt der eigentlich Timmos Garten? Lebte da mal ein Timmo, so wie bei dir die Valentina?«

»Ja, er ist nach einem Mönch benannt, der vor sehr vielen Jahren einmal dort lebte und Blumen und Tiere sehr gern mochte.«

»Fährst du dahin, Lexi? Nimmst du uns dann mit?« Lina fixierte Lexi erwartungsvoll mit ihren großen braunen Augen.

»Das geht nicht«, sagte Jonne bestimmt. »Ihr könnt doch euren Papa nicht länger alleine lassen. Und außerdem nimmt Lexi *mich* mit.«

Lexi verschluckte sich an ihrem letzten Löffel Quark und musste husten. Jonne klopfte ihr mit Unschuldsmiene auf den Rücken.

»Ich kann euch nicht mitnehmen, ihr wisst doch, alle Kinder müssen sich abwechseln. Ihr seid ja jetzt gerade dran«, erklärte sie, als sie wieder Luft bekam.

»Ach so, und dann ist Jonne dran«, sagte Lars verständnisvoll.

»Genau. Ich brauche auch mal pädagogische Zuwendung«, sagte der todernst und sammelte die leeren Becher ein, ohne Lexis Blick zu begegnen. »Die Details können wir ein andermal besprechen. Tschüs, ihr alle, ich muss jetzt los. Danke für die Hilfe mit der Schildkröte, ihr wart Superhelfer!«

Immer noch sprachlos sah Lexi ihm nach.

Die Kinder schliefen schon, und Lexi stellte gerade die Taschen für den frühen Aufbruch in die Schule am nächsten Morgen bereit, als ihr Handy brummte. Jonne! Sie ging hinaus und setzte sich in die Schaukel zwischen die Kissen, mitten in die laue Dämmerung. Es duftete nach Klee und Maiglöckchen.

»Es tut mir leid, Lexi! Ich weiß auch nicht, welcher Teufel mich da vorhin geritten hat«, sagte er und klang ehrlich zerknirscht dabei. »Ich wollte mich wirklich nicht aufdrängen.« Die Pause dehnte sich. »Es ist nur, ich mag deine Gesellschaft«, fügte er schließlich hinzu.

»Ich deine auch«, sagte Lexi ehrlich, nachdem sie sich gefangen hatte. Warum nicht die Wahrheit sagen, wenn er es auch getan hatte?

»Weißt du, ich muss einfach mal von der Insel runter. Ich habe über Pfingsten ein paar Tage frei und wollte sowieso irgendwohin fahren. Ich habe von meinem Großvater geträumt. Bene hat mich streng angesehen und gesagt: ›Schön, dass du dir meinen alten Wohnsitz angesehen hast, Junge, aber nun leb dein eigenes Leben, nicht meins!‹« Jonne räusperte sich. »Ich kenne da jemanden von den Drachenfestivals her – Rico, er und sein Team schlagen mein Team meist knapp bei den Synchronflug-Wettbewerben. Er wohnt in Sassnitz und vermietet Zimmer in einer kleinen Pension, die von seiner Frau geführt wird. Ich könnte uns zwei Zimmer buchen, für einen Freundschaftspreis. Von Rügen aus bist du mit der Fähre ruckzuck auf Hiddensee – oder wir beide, wenn du mich mitnimmst. Aber bitte versteh mich nicht falsch, Lexi!«

»Deine Idee gefällt mir. Lass mich darüber bis morgen nachdenken, ja? Das mit Rügen hatte ich mir auch schon überlegt, weil es dort noch einen anderen Garten gibt, den ich mir gern ansehen möchte. Die Leute da arbeiten mit Linnea Joneleit zusammen, nur dass sie keine Filme drehen, sondern eine Zeitung herausgeben. Tatsächlich hätte ich dort auch etwas zu erledigen.«

»Umso besser. Sag mir einfach Bescheid. Ich würde mich sehr freuen, aber ich kann auch verstehen, wenn du das lieber allein machen möchtest. Gute Nacht, Lexi.«

Sie blieb noch eine Weile in der Schaukel sitzen, während das letzte Licht des Tages verklang und sich Tau auf das Gras legte. Nein, sie wollte es *nicht* lieber allein machen, wurde ihr klar. Sie hatte so lange alles allein gemacht. Schon in ihrer halbherzigen Beziehung davor, und seitdem sowieso.

Wenn sie nach Rügen fuhr, würde sie den Garten sehen können, der nach jenem Mervin benannt worden war, der vor Pia ein paar Jahre hier gelebt hatte. Das war ihr erst kürzlich klargeworden, als sie über die Website von Linnea Joneleit auf eine Zeitschrift aufmerksam geworden war, die ebenso hieß: *Mervins Garten.*

Vielleicht würden die Leute, die den Garten angelegt hatten, sich dafür interessieren, dass Mervin hier gewesen war. Vor allem aber: In jenem Garten auf Rügen gab es einen Teil, der »Geschichtengarten« hieß. Dorthin durfte jeder, der wollte, den Ableger einer Pflanze bringen, die ihm etwas bedeutete. Einzige Bedingung: Man musste in einer vorgeschriebenen Länge die dazugehörige Geschichte aufschreiben. Die wurde dann auf einem Schild daneben aufgestellt.

Seit sie davon gehört hatte, hatte sie den Wunsch, eine Blume dort zu pflanzen und die Geschichte von Pia aufzuschreiben. Nun, da sie mit dem Gedanken spielte, den Garten weiterzugeben, war das noch wichtiger geworden. Pia sollte niemals vergessen werden. Wenn andere Leute davon lasen, würde sie lebendig bleiben.

Sie würde sich für einen Ableger des tiefroten Bienenbalsams entscheiden, dachte Lexi. Der war robust, und Pia hatte die Blüten besonders geliebt.

»Diese Farbe!«, hatte sie jedes Jahr wieder ausgerufen, wenn sich die erste Blüte öffnete. »Sie ist Lebensfreude pur, findest du nicht? Man sieht sie schon von weitem. Sie ruft einen praktisch in den Garten hinein, und wenn man dann davorsteht, kann man ihre Kraft förmlich aufsaugen. Sie ist die Essenz von Mut, gemischt mit einem bisschen Trotz und einem ausgelassenen Lachen. Ja, ich glaube, diese Blüte ist das Lachen des Sommers.« Im Gedenken an Pia hatte Lexi seitdem noch alle weiteren Farben Bienenbalsam gepflanzt, die es gab, Weiß und Pink und Violett. Und doch war es die glühend Rote, die am meisten von Pia erzählte und die sie für den Geschichtengarten wählen würde.

Irgendetwas in dem Gedanken an diese Farbe war es, das Lexi den Mut verlieh, Jonne anzurufen und ihm zu sagen, dass sie sich für seinen Vorschlag entschieden hatte.

So kam es, dass sie am Freitag vor Pfingsten mit Jonne im Auto saß, in ihrem, da er seinem nicht traute, einen großen Topf mit Bienenbalsam hinter dem Sitz. Sie fuhren über den Rügendamm. Ein launiger Wind trieb einzelne Wolken über einen ansonsten blauen Himmel, der Pfingstwetter versprach, und rechts und links glitzerte der Strelasund, betupft mit weißen Schwänen. Der Bienenbalsam blühte noch nicht, aber bei jeder Erschütterung des Wagens gaben die Blätter ihren würzigen

Duft von sich. Lexis Laune stieg mit jedem Kilometer. Es war wirklich eine gute Idee gewesen, sich eine Abwechslung zu gönnen. Das hatte sie gebraucht.

Sie wechselte sich mit Jonne beim Fahren ab und stellte fest, dass er ein guter Beifahrer war und sich nicht in ihre Fahrweise einmischte.

»Diese Alleen mit den alten Bäumen sind einfach unglaublich«, sagte Jonne.

»Ja, irgendwie feierlich«, fand Lexi. »Ein bisschen wie in einer Kirche. Nur schöner. Passt perfekt zu Pfingsten.«

Jonnes Freund Rico war ausgesprochen temperamentvoll, aber ansonsten unkompliziert. Die Zimmer, die er ihnen zuwies, waren klein und einfach, aber Lexi war vollkommen zufrieden. Die kleine Gasse in Sassnitz hatte es ihr angetan, vor allem die kunstvollen keramischen Fliesen, die unten in die Hausmauer eingemauert waren. Sie zeigten Krebse und Fische, Möwen und Muscheln und strahlten etwas Mediterranes, Liebenswürdiges aus. Und das blankgewetzte, uralte Kopfsteinpflaster mochte sie auch.

Lexi hatte mit Remona Kreyhenibbe, die den Geschichtengarten führte, und auch mit Linnea Joneleit einige E-Mails gewechselt und festgestellt, dass beide sehr zugänglich waren. Sie hatte mit Remona für den morgigen Samstag einen Termin gemacht und mit Linnea für Pfingstsonntag.

Den Abend verbrachten Jonne und Lexi damit, durch Sassnitz zu schlendern, die Häuser zu betrachten und sich beim Griechen einen so hervorragenden wie riesigen Vorspeisenteller zu teilen. Jonne erzählte von den Drachenturnieren und den gescheiterten Modellen, die er gebaut hatte, bis Lexi aus dem Lachen nicht herauskam. Sie selbst gab Anekdoten über ihre

Schüler und deren Eltern zum Besten, und als sie später auf ihre Zimmer gingen, war die letzte Spur von Verlegenheit zwischen ihnen verflogen.

»Ist das schön hier!«, rief Lexi am nächsten Morgen überwältigt. Sie waren über Sagard zum Jasmunder Bodden gefahren, und Jonne hatte auf Lexis Bitte hin angehalten, damit sie aussteigen und das Licht auf dem Wasser betrachten konnte. Die Morgensonne füllte es mit einem warmen goldenen Glanz, die Schäfchenwolken spiegelten sich darin, und es wirkte, als wäre das Licht flüssig geworden. Ein paar frühe Stehpaddler waren unterwegs, obwohl die Luft noch frisch war. Wilder Flieder blühte am Ufer, und Wiesenschaumkraut wiegte sich im Wind.

»Ein ganz besonderer Ort«, stimmte Jonne zu, dann sah er auf die Uhr. »Wir können hier später noch ein Stück laufen, aber wenn wir jetzt nicht fahren, versäumen wir unseren Termin.«

Lexi riss sich los und stieg wieder ein. Von hier aus war es nicht mehr weit. Bald sah sie das hölzerne gebogene Schild, liebevoll poliert und geschnitzt, das über dem Tor hing. *Mervins Garten.*

Es war allerhand los hier. Leute kamen und gingen, viele mit Töpfen in der Hand. Vor dem Tor stand ein kleiner Verkaufstisch mit verschiedenen Pflanzen und Insektenhotels.

Eine Frau kam auf sie zu, groß und schlank, mit einem dunklen Pixiehaarschnitt und lebhaften, ungewöhnlich hellblauen Augen. »Hallo, ich bin Remy, herzlich willkommen«, sagte sie.

»Hallo, ich bin Lexi Rehling, und das ist Jonne. Wir sind angemeldet.«

»Ach ja, hallo, Lexi, hallo, Jonne! Ich freue mich. Hier ist gerade eine Menge los, nicht nur, weil Pfingsten ist, aber lasst euch davon nicht stören. Wir haben nämlich vor ein paar Tagen erst das Blockhaus eingeweiht, und alle wollen es sehen.« Remy wies über ihre Schulter. Ein Stück hinter dem Tor stand das eindeutig neugebaute Blockhaus. Es hat ein freundliches Gesicht, dachte Lexi.

»Bisher hatten wir nur einen Wohnwagen«, erklärte Remy. »Das Blockhaus ist ein großer Fortschritt. Nun gibt es ein richtiges Büro, und wir haben einen Raum, in dem man sich erfrischen kann, eine Kleinigkeit essen oder auch Vorträge halten oder dergleichen. Kennt ihr unsere Zeitschrift *Mervins Garten*?«

»Ja, dadurch habe ich von euch gehört. Seitdem habe ich jedes Exemplar gekauft«, sagte Lexi.

»Wenn du die Zeitschrift gelesen hast, kennst du auch die Schnitzereien von Mervin auf dem alten Schrank, die wir als Titelblatt benutzen. Wenn ihr in das Blockhaus geht, könnt ihr den Schrank jetzt im Original bewundern. Wir haben ihn dort gerade aufgestellt. Nun ist er da, wo er hingehört, ein Denkmal für Mervin, der diesen Garten ursprünglich einmal für die Insekten schuf – und für seine Frau Clara.«

»O ja, das muss ich unbedingt sehen! Ich habe auch eine Pflanze für den Geschichtengarten mitgebracht, wie angekündigt. Die Geschichte dazu hatte ich dir geschickt. Wo darf ich sie denn einpflanzen?« Der Topf war ein wenig schwer.

»Gib mal her, ich nehme den«, sagte Jonne.

Eine weitere Familie näherte sich dem Tor.

»Ich muss mich erst mal um die anderen kümmern. Sucht euch einfach einen Platz«, sagte Remy. »Schaufeln und Gießkannen stehen genug herum. Pflanzt sie ein, wo es euch gefällt.

Vorher könnt ihr im Blockhaus bei Heiko das Schild mit der Geschichte abholen, die du ihm geschickt hast. Er hat es schon ausgedruckt und laminiert. Sag ihm einfach deinen Namen. Wir können später gern noch ein wenig über unsere Gärten fachsimpeln, wenn es etwas ruhiger geworden ist. Vielleicht interessiert ihr euch auch für einige unserer Ableger. Die Pflanzen gedeihen neuerdings so gut, dass wir welche verkaufen können und das Geld wieder in den Garten stecken.« Sie wies auf den Verkaufstisch und wandte sich den anderen zu.

Jonne und Lexi gingen durch das Tor, direkt in einen Bauerngarten hinein, der eine Fülle aus Farben und Gerüchen war. Pfingstrosen und Goldlack in allen Schattierungen von Orange, Gelb und Weinrot wechselten sich ab, am Rande des Weges dufteten Maiglöckchen, leuchtend hellgrün schimmerte dazwischen Wolfsmilch. Tränendes Herz hing in sanften Bögen, blaue Hasenglöckchen und Prärielilien wirkten wie kleine Stückchen Himmel. Elegante Iris erhoben sich in Zitronengelb, Schneeweiß und Violett.

»Ich habe noch nie so viele Schmetterlinge in einem Garten gesehen«, sagte Lexi und blieb verwundert stehen. Zitronenfalter und Tagpfauenaugen waren überall um sie herum unterwegs. Ebenso reichlich brummten und summten Bienen und Hummeln.

Im Blockhaus trafen sie auf einen fröhlichen jungen Mann, der ihnen das Schild aushändigte.

»Oh, das sieht schön aus! Danke!« Voller Freude betrachtete Lexi ihre eigenen Worte über Pia, die so schön auf dem Schild mit dem Stecker unten daran gedruckt worden waren. Sie steckte eine großzügige Spende in den bereitstehenden Sparkäfer. »Dürfen wir uns noch den Schrank ansehen, bevor wir pflanzen gehen?«

»Natürlich. Dort steht er!« Er wies über seine Schulter und widmete sich den nächsten Gästen.

Ehrfürchtig stand Lexi vor dem Schrank, und auch Jonne betrachtete ihn bewundernd. Es war ein großer alter Sekretär, der mit höchst kunstvollen Intarsien von Bienen, Schmetterlingen, Käfern und Pflanzen in farbigen Hölzern verziert war.

»Als Remy diesen Schrank und die dazugehörige Geschichte gefunden hat, wurde sie zu ihrer Zeitschrift und dem Garten inspiriert«, erklärte Lexi Jonne. »Und Linnea Joneleit, die Frau mit den pädagogischen Naturfilmen, wurde wiederum von Remy und *Mervins Garten* angeregt. Mervin hat den Garten seinerzeit angelegt, um die Insekten zu schützen und ihnen einen Platz zu geben, an dem sie sich sicher fühlen. So wie Valentina ihren Garten an Menschen weitergab, die einen sicheren Platz brauchten.«

»Das klingt schön«, fand Jonne. »Und sinnvoll. Die Gärten befruchten sich gegenseitig, und für alles gibt es einen richtigen Standort. So wie die Pflanzen sich untereinander verhalten. Und wenn ich dich richtig verstanden habe, hat Linnea Joneleit wiederum dich inspiriert.«

»Ja, durch sie sind mir viele pädagogische Ideen gekommen. Nur verwirklicht habe ich davon noch kaum etwas, mangels Platzes.«

»Na, das kann ja noch kommen. Um dich weiter zu inspirieren, sind wir ja hier. Komm, lass uns diese schwere Pflanze unterbringen«, bat Jonne.

Nach dem Dunkel des Blockhauses war es draußen blendend hell. Nun galt es, für Pias Lieblingsblume und ihre Geschichte ganz genau den richtigen Ort zu finden.

Doch da konnte man in diesem Paradies wohl kaum etwas falsch machen. Als sie den Geschichtengarten erreichten, wanderte Lexi mit einem Kloß im Hals an all den verschiedenen Pflanzen vorbei und las die Worte, die zu ihnen gehörten. Hier wurde so vieler wunderbarer Menschen gedacht, es wurde von Hochzeiten und Abschieden und Abenteuern erzählt, vom Genesensein und vom Lieben. All diese Erinnerungen hatten Wurzeln geschlagen, waren ausgetrieben und blühten oder trugen Knospen. Zwischen einer gelben Lupine und einem blauen Rittersporn an einem sonnigen, geschützten Ort nahe einem Pavillon, an dem Rosen rankten, blieb sie stehen und griff sich eine der Schaufeln, die in regelmäßigen Abständen an einem Eisenständer hingen. »Hier! Hier ist der richtige Platz«, sagte sie. Jonne stellte die Pflanze ab und machte sich auf die Suche nach einer Gießkanne, während Lexi das Loch aushob. Es gefiel ihr, dass er nicht anbot, das für sie zu übernehmen. Er wusste, dass sie es selbst machen wollte. Für Pia.

Der Geruch der warmen Erde stieg ihr in die Nase, und als sie sich umsah, wusste sie mit absoluter Sicherheit, dass sie auch einmal einen ebenso sinnreichen Ort schaffen wollte, wie er hier entstanden war.

29

Verwandte Seelen

Der Fahrtwind wehte Lexi die Haare um die Ohren. Jonne stand neben ihr, seine Hände lagen ruhig auf der Reling der Fähre. Gestern hatte er lebhaft gestikuliert, während er Remys Freund Noah erklärt hatte, wie er seine Drachen baute. Es faszinierte Lexi immer wieder, wie unvermittelt er von Leidenschaftlichkeit zu völliger Ruhe wechseln konnte.

Sie hatten abends noch lange auf der Terrasse des Blockhauses bei Broten und Wein zusammengesessen, nachdem alle Gartenbesucher fort waren. Remy und Lexi hatten über die Gärten gesprochen, während Noah und Jonne über Kochrezepte, alte Möbel und eben den Drachenbau diskutierten. Remy saß dabei die meiste Zeit an Noah gelehnt, der auf eine Art den Arm um ihre Schulter gelegt hatte, die deutlich zeigte, dass sie das gewöhnt waren. Die beiden gingen so harmonisch und vertraut miteinander um, auf eine solch liebevoll selbstverständliche Art, dass Lexi auf einmal froh war, dass Jonne mitgekommen war und sie nicht allein hier saß. Auch wenn sie kein Paar waren, angesichts dieser Harmonie hätte sie sich sonst geradezu verloren gefühlt.

Sie hatte Remy davon erzählt, dass Mervin Lerner einmal in Valentinas Garten gewohnt hatte. Die hatte sich riesig über diese Information gefreut, da sie immer noch dabei war, die Puzzlestücke von Mervins Geschichte zusammenzufügen. Dann hatte Remy sich nach Lexis Plänen erkundigt. Sie war eine gute Zuhörerin und stellte geschickte Fragen.

»Ich werde Augen und Ohren offenhalten«, hatte sie Lexi schließlich versprochen. »Durch die Zeitung und das ausführliche Recherchieren für Artikel, aber natürlich auch von den vielen Menschen, die hierherkommen, höre ich eine Menge. Vielleicht erfahre ich einmal etwas über ein Grundstück oder ein Unternehmen, das für deine Pläne passen würde.«

»Ich kann mir kein Grundstück leisten«, sagte Lexi. »Vorerst bleibt es nur ein Traum. Aber vielleicht könnte ich irgendwo mitarbeiten, in einer größeren landwirtschaftlichen Einrichtung, die ein offenes Ohr für pädagogische Projekte hat.«

»Wie gesagt, ich werde darauf achten. Früher oder später begegnet mir möglicherweise etwas.« Remy schob den Zuckerstreuer hin und her. »Ich dachte damals auch, dass ich es mir niemals würde leisten können, Mervins Garten zurückzukaufen, der längst einem Großbauern gehörte. Dann begegnete mir diese wunderbare alte Dame, die in Mervin verliebt gewesen war und etwas Vernünftiges mit ihrem Erbe anfangen wollte. Heute glaube ich, es sollte einfach so sein. Manchmal ergeben sich Dinge aus Gründen, die wir noch nicht kennen.« Sie hob den Blick und sah Lexi in die Augen. »Man darf aber auch nicht darauf warten, dass sie an die Tür klopfen. Man muss sich auf den Weg machen.« Sie blickte zu Noah hinüber. »Und die richtigen Freunde finden, natürlich.«

Noah lächelte sie an. »Und eine Energie haben wie Remy.« Er zwinkerte Lexi zu. »Aber ich glaube, die hast du.« Anscheinend hatte er ihnen aufmerksam zugehört, obwohl er auch Jonnes Erläuterungen folgte.

»Ja, die hat sie auf jeden Fall!«, stimmte der nun entschieden

zu. Lexi hoffte, dass es schon so dunkel war, dass er ihre ver-
legene Freude nicht bemerkte.

Später waren sie noch einmal durch den Garten gegangen, der
jetzt so still dalag. Mondviolen leuchteten in der Dämmerung,
weißer Flieder duftete mit den Maiglöckchen um die Wette.
Kleine helle Nachtmotten schwirrten dazwischen umher.

»Mervin schrieb davon, dass er und Clara in diesem Garten
in ganz besonderen, wenigen Augenblicken einen bestimmten
großen Nachtfalter gesehen haben«, erzählte Remy. »Mit lang-
gezogenen Flügelspitzen und von grünlicher Farbe. Er erschien
immer nur dann, wenn jemand gerade glücklich und alles ganz
perfekt war.«

»Und? Hast du ihn auch schon einmal gesehen?«, fragte Lexi
gespannt.

Remy warf einen Blick zu Noah hinüber und lächelte. »Nein.
Aber ich weiß auch so, dass alles perfekt ist. Trotzdem bin
ich neugierig, ob er mir einmal begegnen wird und wenn, dann
wann. Dadurch, dass ich manchmal daran denke, fallen mir
die schönen Momente öfter und bewusster auf. Vielleicht war
das alles, was Mervin mit seiner Geschichte bezwecken
wollte.«

»Wenn der Falter existiert – ob es ihn dann auch woanders
gibt?«, überlegte Lexi laut.

»Ich weiß es nicht. Aber ich habe die Geschichte einmal in
der Zeitschrift veröffentlicht und darum gebeten, dass die Leser
mir schreiben, falls jemand ihn sieht. Vielleicht taucht er ja am
Ende sogar in Valentinas Garten auf.« Remys Ton wurde erns-
ter. »Ich wünsche dir wirklich Glück, Lexi! Deine Ideen sind so
gut, sie verdienen es, dass du sie umsetzen kannst. Sprich mit

Linnea auf Hiddensee, sie kann dir sicherlich besser weiterhelfen als ich.«

Aber Lexi war stehengeblieben. »Remy, was ist das dort? Sind das etwa …« Sie deutete auf die große Sonnenuhr, die auf einem dicken Baumstumpf stand. Am Nachmittag hatte Lexi beobachtet, wie der Schatten des Zeigers darauf wanderte. Jetzt lag die Uhr im Dunkeln – und doch nicht! Zwei glühende Punkte bewegten sich auf dem Baumstumpf wie in einem langsamen Tanz.

»Glühwürmchen. Ja.« Es war inzwischen zu dunkel, um Remys Gesicht zu sehen, aber Lexi hörte die Aufregung in ihrer Stimme. »Sie waren schon im letzten Jahr hier, zu unserer großen Freude. Und in diesem Jahr scheinen sie besonders früh dran zu sein. Wahrscheinlich, weil es so warm ist. Noah, hast du gesehen? Sie sind da!«

»Das war toll, gestern die Glühwürmchen zu erleben«, sagte Lexi jetzt. Hier, auf der Fähre nach Hiddensee im Morgenlicht, erschien es ihr fast, als wäre der gestrige Abend nur ein Traum gewesen, jener magische Garten in der Dämmerung.

Als sie Lexis Geschichte von dem Nachtfalter gehört hatte, war ihr eines klargeworden. Sosehr sie Valentinas Garten liebte, so sicher war sie, dass sie diesen Falter dort niemals sehen würde. Jemand anderes vielleicht. Sie selbst nicht. Für sie war nicht alles perfekt.

Jonne wandte sich zu ihr um. »Ja, das war es wirklich! Ich habe gerade drüber nachgedacht, einen Glühwürmchendrachen zu bauen. Wir haben bei den Drachenfestivals oft einen Höhepunkt zum Abschluss, mit beleuchteten Drachen in der Nacht. Sie sind voller kleiner Lampen. Oder sie werden von unten angestrahlt. Aber ein Drachen, der aussieht wie ein wirkliches Glühwürmchen, das wäre doch mal was anderes. Du könntest mir helfen, dass es biologisch ganz korrekt wird.«

Lexi stellte sich das vor. Sie könnte dazu eine Unterrichtseinheit machen. »Unbedingt. Ich bin dabei!«

Auf Hiddensee am Hafen wartete ein Ponywagen. Eine junge Frau mit einem kurzen blonden Pferdeschwanz sprang herunter und kam auf sie zu.

»Hallo, du musst Lexi sein! Das *SeeReh*. Ich habe deinen Blog gelesen und dein Profilbild gesehen. Ich dachte, ich hole euch mit dem Floh ab, es ist doch ganz schön weit zu laufen. Obwohl auf Hiddensee eigentlich nichts weit ist.« Sie zückte ihr Handy. »Bleibt mal bitte kurz stehen, darf ich ein Bild von euch machen? Ich wollte dich nämlich fragen, ob ich dich mal in Valentinas Garten besuchen und einen Beitrag darüber drehen darf. Das ist doch genau mein Thema, ein pädagogischer Garten!«

»Ja, natürlich, sehr gerne.« Lexi bemühte sich, diesem Energiebündel gedanklich zu folgen. Linnea Joneleit wollte in ihrem Garten drehen? Linnea, die schon einen Preis gewonnen hatte und für den nächsten nominiert war? Und deren Filme zur Hauptsendezeit liefen, auch wenn sie nur kurz waren? Ihren Schülern würde das auch gefallen.

Sie blieb mit Jonne vor dem Schiff stehen, während Linnea ein paar Aufnahmen machte. »Dann kann ich später euren Besuch hier in meinen Beitrag einbinden«, erklärte sie.

»Du drehst deine Beiträge wirklich alle nur mit dem Handy?«, fragte Lexi, die davon gelesen hatte.

»Ja, am Anfang fand ich es auch gewöhnungsbedürftig, aber es ist tatsächlich sehr praktisch.« Linnea lachte. »Steigt ein!

Dann sind wir ruckzuck in Timmos Garten. Wir sind erst seit dem frühen Frühling dabei, ihn anzulegen, also erwartet nichts Großartiges. Allerdings haben wir mächtig losgelegt. Die halbe Insel hat mit angepackt!«

»Du sagtest Floh, ist das der Name des Ponys?«, fragte Jonne.

»Ja.« Linnea gab ein Kommando, und das Pony setzte sich in Bewegung. »Hier auf der Insel sind ja keine Autos erlaubt, und da haben wir festgestellt, dass wir nicht alles mit dem Fahrrad machen können. Darum hat Juna den Wagen und das Pony angeschafft. Floh darf beim Nachbarn auf die Weide. Juna ist die Besitzerin des Gartens«, sagte sie erklärend zu Jonne. »Ich helfe ihr nur, und ich darf den Garten als Basis für meine Filme benutzen.«

»Ich habe deinen Film über die Suche nach der goldenen Libelle gesehen«, sagte Linnea. »Juna taucht ja nur im Text des Abspanns darin auf, aber ihre Geschichte macht mir Mut. Dass sie in ihrer zweiten Lebenshälfte noch mal einen Garten anlegt und etwas ganz Neues, Großes beginnt, das zeigt mir, dass ich das erst recht schaffen sollte.«

»Natürlich kannst du das schaffen.« Linnea ließ das Pony etwas schneller laufen. Floh schien das zu genießen. »Du hast mir ja einiges von deinen Ideen geschrieben. Remy hat mich heute Vormittag auch schon angerufen. Sie traut dir eine Menge zu! Wir arbeiten beide daran, das Wissen über die Natur und vor allem den Respekt davor mehr an die Öffentlichkeit zu bringen. Aber nicht so trocken wie die Lehrbücher und schon gar nicht mit erhobenem Zeigefinger, sondern wir versuchen, die Liebe dazu und das Staunen darüber zu vermitteln. Es soll anstecken. Ich meine, was gibt es Größeres als das hier?« Sie breitete die Arme aus und schien zu vergessen, dass sie die Zügel dabei anzog. Floh blieb verwirrt stehen.

Linnea lachte über sich selbst und gab dem Pony ein Signal. Eifrig legte es wieder los. Lexi sah sich um. Linnea hatte völlig recht. Die Farben hier waren unglaublich, der blühende Ginster auf grünen Wiesen, im Hintergrund das Meer, noch blauer als um Rügen herum. Oben auf der Erhebung, die sie Dornbusch nannten, kam jetzt der strahlend weiße Leuchtturm in Sicht. Schilf in Grün und Gold säumte die Gewässer, und bis auf das Klappern der Pferdehufe war es ungewohnt still, weil hier keine Autos fuhren. Durch diese Stille hörte man unzählige Vögel rufen, und am Wegrand summten die Hummeln in einer Fülle von Wildblumen, die nicht einmal Lexi alle kannte.

»Remy ist sehr erfolgreich damit, dieses lebendige Wissen und Staunen mittels ihrer Zeitung zu verbreiten«, fuhr Linnea fort. »Sie ist gut mit Worten. Ich mache es mit Bildern, das ist meine Stärke. Seit ich auch die Kinderausgabe meiner sogenannten *Neugierigen Minute* mache, abonnieren sie immer mehr Lehrerinnen wie du. Ich freue mich sehr darüber, dass sie bei deinen Schülern so gut ankommt. Aber was uns fehlt, ist die Umsetzung in der Praxis. Hier in Timmos Garten, wo ich viele der Beiträge auch drehe, um zu zeigen, wie sich ein neu angelegter Garten entwickelt und was hier alles lebt, werden wir auch Schüler einladen, wenn wir so weit sind. Aber wir haben nicht den Platz und die Mittel und Möglichkeiten, solche Dinge zu veranstalten, wie sie dir vorschweben. Unterricht im Freien, Beete für die Schüler, gemeinsame Projekte. Du wärst die ideale Ergänzung für unsere Zusammenarbeit!« Linnea schien schon viel darüber nachgedacht zu haben, seit Lexi ihr geschrieben hatte. »Angenommen, du hättest dieses Grundstück, das dir vorschwebt, und würdest solche Projekte erfolgreich umsetzen. Ich könnte nicht nur darüber berichten, ihr könntet doch auch zum Abschluss der Projekte von euren gezogenen Pflanzen Ableger in Remys Geschichtengarten bringen. Es würde den Kindern sicher etwas geben, wenn sie ihre Gedanken und Erfolge dort aufgeschrieben sähen. Und Erlebnisberichte, vielleicht sogar Tagebücher könnten zum Beispiel hierher in Timmos Garten, der ja auch ein Lesegarten werden soll, so wie er bei den alten Mönchen im Klosterhof war. Gäste können dort sitzen, sich erholen und lesen, ohne dass sie jemand stört. Wir sind dabei, eine besondere Bibliothek anzulegen. Ihr werdet gleich sehen, dass wir mit diesem Teil des Gartens schon relativ weit gekommen sind.«

»Linnea, das klingt wunderbar. So eine Zusammenarbeit, das wäre …« Lexi fand gar keine Worte dafür. So lange hatte sie sich schrecklich allein gefühlt mit ihren unfertigen Ideen und Sehnsüchten. Und jetzt auf einmal traf sie auf Gleichgesinnte! Nur weil Jonne ihr einen Schubs gegeben hatte. Remy hatte recht gehabt, man durfte nicht darauf warten, dass die Veränderungen an die Tür klopften, man musste ihnen entgegengehen.

»Ich könnte ein Interview mit dir senden und einen Aufruf starten, ob jemand weiß, wo du deine Ideen verwirklichen kannst«, schlug Linnea vor.

Lexi dachte darüber nach. Jonne saß ruhig neben ihr und hörte zu, eine Gegenwart, die sie ankerte. »Nein, vielen Dank, ich glaube nicht, zumindest noch nicht. Remy hat gesagt, manche Dinge ergeben sich von selbst. Ich habe so ein komisches Gefühl, dass das stimmen könnte. Dein Angebot ist sehr nett, aber das können wir immer noch machen, wenn es keinen anderen Weg gibt. Ich weiß ja noch nicht einmal, was ich mit meinem eigenen Garten machen soll.«

»Na klar, wann immer es dir passt«, sagte Linnea fröhlich und bog in eine kurze Einfahrt ein, die an einem blauen Tor endete. Ein etwa vierzehnjähriges Mädchen kam gerade heraus.

»Hallo, Susa. Magst du dich um Floh kümmern? Das wäre super, danke«, sagte Linnea und stieg aus. »Susa wohnt in der Nähe und ist uns eine große Hilfe«, erklärte sie. »Herzlich willkommen in Timmos Garten!«

Susa begann bereitwillig, Floh auszuspannen. Solch eine Hilfe bräuchte ich auch, wenn es je zur Verwirklichung meiner Pläne kommt, dachte Lexi. Ich könnte Schulpraktika anbieten. So viele Jugendliche sind immer auf der Suche nach Plätzen dafür.

Lexi und Jonne folgten Linnea um ein gelbes Haus mit blauen Fensterläden herum in den Garten. Überall blühten und dufteten alte Ginsterbüsche. Auf der Seite kamen sie an einem Teich vorbei, über den Libellen schwirrten. »Der ist natürlich auch neu angelegt, man erkennt es an der noch spärlichen Randbepflanzung«, erklärte Linnea. »Aber wie man sieht, hat er schon die ersten Lebewesen angelockt. Darüber freut sich Juna besonders.«

»Ja, meine Klasse und ich haben deine Beiträge darüber verfolgt, wie ihr den ausgebaggert und die Folie gelegt habt und bepflanzt und befüllt. Sie fanden es total spannend«, sagte Lexi. »Ich habe den Plan, einmal mit ganz vielen Kindern einen Brunnen zu bauen.«

»Na, darüber zu berichten, darauf freue ich mich jetzt schon«, sagte Linnea. »Wir könnten überhaupt einmal wöchentlich oder vierzehntägig einen Beitrag aus deinem Projekt senden und die Rubrik *Neugierige Kinder* statt *Neugierige Minute* nennen, was meinst du? Es könnte andere anregen, solche Sachen mit ihren Kindern oder Schülern in die Praxis umzusetzen.«

»Du lässt wirklich nichts anbrennen, Linnea«, sagte Jonne belustigt.

Linnea grinste ihn an. »Im Mediengeschäft muss man manchmal fix sein. Und resolut. Vielleicht liegt es auch an meinem Freund Reon. Er sammelt Spenden für den Naturschutzbund und muss dabei auch manchmal ein wenig aufdringlich sein. Vielleicht färbt das auf mich ab. Juna findet mich auch immer zu forsch, aber wir ergänzen uns hervorragend. So, hier seht ihr unseren ganzen Stolz! Den Lesegarten, der dem alten Klosterhof nachempfunden ist, nur auf eine leichtere, modernere Weise.«

Sie waren nun auf der Rückseite des Hauses angekommen. Dort wuchs Spalierobst an der Wand. Noch waren die Bäume klein, aber man sah ihnen bereits an, dass sie sich wohl fühlten. Sie hatten sogar einige erste Äpfel und Birnen angesetzt. Die schmale Terrasse bildete die eine Seite eines großen Rechtecks, das an den anderen drei Seiten von Plattenwegen aus Natursteinen ergänzt wurde. Die Terrasse und die Wege waren mit breiten Metallbögen und Gittern überdacht, an denen überall junge Pflanzen wuchsen. »Das sind alles Kletterpflanzen, die einmal die Rankgitter überwuchern und richtige Laubengänge bilden sollen, wie es im Kloster die Säulengänge gab«, erläuterte Linnea. »Hier wachsen Blauregen und Klematis in allen Farben und jede Menge Jelängerjelieber. Und Kletterrosen. Außerdem

Sternjasmin und Kletterhortensien, Trompetenblume und auch Winterjasmin. Wir werden Geduld brauchen, aber auch wenn sie noch nicht sehr hoch sind, tragen sie schon erste Blüten.«

Lexi sah vor sich, wie das einmal wirken würde. Alle Farben und Düfte würden vertreten sein und sich schützend über die Gänge legen, schöner als jedes Gewölbe aus Stein. Ein Ort von ganz besonderem Zauber.

In regelmäßigen Abständen standen Bänke, auf denen man sich niederlassen konnte und nachdenken, ausruhen oder lesen. Sie waren alle unterschiedlich, manche aus Stein, manche kunstvoll aus Holz gefertigt, jede mit einem eigenen Charakter. »Davon sammeln wir noch mehr«, sagte Linnea. »Alles auf einmal geht eben nicht.«

»Wenn ihr erst im Frühjahr begonnen habt, seid ihr aber schon sehr weit gekommen.« Jonne blickte sich anerkennend um. In der Mitte des Rechtecks wuchs Rasen, auf dem das Auge sich ausruhen konnte. Ganz in der Mitte aber stand ein alter Brunnen, von dem Linnea aus einem Beitrag wusste, dass er halb verfallen gewesen und liebevoll wieder aufgebaut worden war. Von jeder Bank aus hatte man ihn durch den Rahmen aus Rankpflanzen hindurch im Blick. Aus Natursteinen gemauert, bildete er ein verlässliches Rund, wie ein Anker inmitten der vergänglichen Blüten. Daneben wuchs eine einzige Rose, deren erste Knospen sich gerade öffneten.

»Junas Lieblingsrose«, bemerkte Linnea. »Ein Ableger einer sehr alten Sorte.«

Auf einigen Bänken saßen Gäste mit einem Buch in der Hand und nickten Linnea zu. Sie sahen ausgeruht und glücklich aus. Wie die Kinder nach einem Wochenende in Valentinas Garten, dachte Lexi.

Lexi und Jonne wanderten einmal rund um den Laubengang. Zwischen den Trittplatten war begehbarer Thymian gesät worden, der bei jedem Schritt duftete. Lexi ertappte sich bei dem Wunsch, dass Jonne ihre Hand nehmen würde. Daraufhin versenkte sie ihre Hände lieber in den Hosentaschen, um nicht unwillkürlich nach seiner zu greifen. Bis jetzt war Jonne so unverbindlich geblieben, dass sie keinen Fehler machen wollte. In ihrer Tasche fühlte sie den glatten Stein, den er ihr an jenem Tag beim Spaziergang an der Westküste geschenkt hatte.

Die Dinge müssen sich ergeben, hatte Remy gesagt. Das galt sicher nicht nur für Gärten.

Sila

Altlewin

2017

30

Neue Töne

Anna und der Soldat ohne Namen wollten nicht aufhören, in Silas Gedanken zu kreisen. Anna hatte es in Zeiten der Machtlosigkeit bestimmt geholfen, etwas für jemanden tun zu können. Erst für die jüdische Frau, dann für den verwundeten Mann, der Narzissen, Gärten und Bücher geliebt hatte.

Anna hatte die Ankunft der Russen überstanden und den Hof über die Zeiten gerettet. Aber was war aus dem Soldaten geworden? War er wirklich gefallen? In Gefangenschaft geraten? Hatte er doch noch seine Gisela wiedersehen dürfen?

Sila sprach mit Lisann und Martin darüber, und sie waren sich einig, dass es ohne weitere Anhaltspunkte wohl keine Chance gab, etwas über die Identität des Soldaten herauszufinden. Sila schrieb dennoch ans Rote Kreuz und gab die Namen Gisela und Konrad und den Fundort der Aufzeichnungen weiter. Mehr konnte sie wohl nicht tun.

Um sich abzulenken, half ihr, was ihr immer half. Sie wurde kreativ. Erst kam das reparierte Windspiel wieder an seinen Platz. Mit den ersten Tönen, die der Wind über die Felder blies, wurde es Sila leichter ums Herz. Dann suchte sie nach weiteren Skulpturen Wandas, befreite sie von Efeu und Brennnesseln, bog sie zurecht oder befestigte heruntergefallene Teile neu. Nun war es ein wenig, als wäre Wanda wieder da, um ihr Gesellschaft zu leisten, da Sila auf ihren täglichen Wegen hier und da an den lebensvollen Gestalten vorbeikam.

Auf diesen Wegen ärgerte sie sich jedes Mal über ein rostiges Dreibein, ein Hindernis, dass so zentral im Innenhof stand, dass sie es ständig umrunden musste und einmal mit dem Fuß daran hängen blieb. Ein dorniges Gestrüpp hatte sich daran niedergelassen. Sila erinnerte sich, wozu das Ding einmal gedient hatte. Bei Festen und an Sommerabenden hatte darauf das Bierfass gestanden, aus dem Dorothea für die Kneipengäste zapfte, bis sie betrunken waren und man nirgends auf dem Grundstück vor ihnen sicher war. Sila hatte sich dann in ihrem Zimmer verbarrikadiert und die Ohren zugehalten, um das Gegröle nicht hören zu müssen und einschlafen zu können.

»Du kommst weg!«, sagte sie jetzt erbost und trat gegen das Gestell, weil sie sich schon wieder den Zeh daran gestoßen hatte. Doch das würde eine größere Aktion werden. Die rostigen, aber noch massiven Füße waren tief im Boden verankert.

Harry und Wanda hatten von dem Eiskeller nichts gewusst, stellte sich heraus, als Sila Harry anrief. Er stimmte ihr zu, dass dieser den Hof für einen Käufer interessanter machen könnte. Martin befreite also die alte Treppe von Erde und Geröll und besorgte eine neue, massive Holztür. Lisann trieb auf dem Markt sogar eine alte schmiedeeiserne Klinke dafür auf, die gut dazu passte. In die Öffnungen ließ Sila Glasfenster einsetzen. Zusammen mit Lisann fegte sie den Raum aus, entsorgte mit beklommenem Gefühl die verrottende Matratze und die Decke und legte den Helm, das Heft und den Rucksack in eine Schachtel, die sie im Schrank von Wandas altem Zimmer sorgsam verwahrte.

Sie polierten den alten Tisch und Stuhl, lüfteten lange und schlossen dann die neue Tür.

»Und nun?«, fragte Lisann.

Sila hob die Schultern. »Können wir nur hoffen, dass dem neuen Besitzer etwas Sinnvolles einfällt.«

Manchmal war in Sila die Trauer hochgekommen und die Wut über alles, was hier geschehen war, auf dem Hof und im Land drum herum. Die Kriege, die DDR-Diktatur, die Misshandlung der Umwelt, das Verhalten der Kneipengäste, das ihres Vaters.

Semir war nicht begeistert gewesen, als Dorothea damals im Westen mit Sila an der Hand vor seiner Haustür auftauchte. Daniela hatte abgeraten, aber Dorothea konnte es nicht lassen.

»Du hast hier nichts zu suchen«, hatte Semir gefaucht und nicht mal die Sicherheitskette geöffnet. Sila hatte er völlig ignoriert. Dann war seine Frau hinter ihm aufgetaucht und hatte etwas auf Türkisch geschimpft. Schließlich hatte sie hässlich gelacht, und dann war die Tür ins Schloss gefallen.

Zwei Wochen später war Semir für immer in die Türkei verschwunden, wohl, weil es ein paar zu viele Frauen wurden, die seine Unterstützung einforderten.

»Würde es dir helfen, ihn zu suchen und zu treffen?«, hatte Devin sie einmal gefragt.

Sila hatte lange darüber nachgedacht und dann entschieden den Kopf geschüttelt. »Nein. Den Vater, den ich mal in ihm gesehen habe, den gab es nie. Das ist vorbei.«

Sie war selbst erstaunt, wie wenig Groll sie gegen Semir hegte. Er war ein Opfer seiner Zeit gewesen. Dorothea auch, und doch fiel Sila es hier in Altlewin zuerst schwer, so viel Nachsicht auch mit ihrer Mutter zu üben.

Jetzt aber, da sie von dem Soldaten wusste, war all das verflogen. Sie hatte Wanda gehabt, die Bienen, den Garten. Und nun durfte sie allein entscheiden, was sie mit ihrem Leben weiter anfing. Dafür war sie dankbar. Die Wicken begannen zu blühen, der Wind machte Musik unten am Graben, die Äpfel reiften auf der Streuobstwiese, die Kohlrabi im Gemüsegarten, und die Bienen summten in den Lupinen.

Mit einem Anflug von Stolz sah sie sich um. Der Hof sah bereits ganz verändert aus. Er wurde endlich zu dem glücklichen Ort, der er schon immer hätte sein können, wenn manches anders gekommen wäre.

In Sila regte sich etwas. Spontan packte sie ihre Brennstation aus und suchte sich ein langes, breites Holzbrett. Mit einiger Mühe wuchtete sie es hoch und lehnte es aufrecht an die Stallwand, glättete es sorgfältig erst mit einem Schleifer, dann mit Sandpapier und begann, Buchstaben darauf vorzuzeichnen. Aus einem Impuls heraus ging sie ins Haus, nahm den Bleistift des Soldaten aus der Schachtel und benutzte ihn dafür, nur dafür, dann legte sie ihn zurück.

Sie war sich sicher, dass ihm das etwas bedeutet hätte.

Schließlich begann sie, die Buchstaben einzubrennen, sorgfältig schattiert, so dass sie dreidimensional wirkten.

W
I
C
K
E
N
H
O
F

Sie fügte eine einzige, als Relief ausgearbeitete Ranke blühender Wicken hinzu und deutete im Hintergrund zart die weite Landschaft mit den Kopfweiden an.

Ganz unten rechts signierte sie mit der Zeichnung einer Biene und dem Schriftzug *Andrena*.

Genau. Sie war Andrena! Weder die Erinnerung an Semir noch an die Flucht, an die Kneipengäste oder an Dorothea konnten ihr noch etwas anhaben. Sie hatte die Träume der Bienen wiedergefunden, die auch ihre eigenen waren, und diese galten noch immer, weil sie zeitlos und über alle menschlichen Streitigkeiten und Fehler weit erhaben waren.

Himmel, Freiheit, Erde, Blüten.

Das wollte sie, aber nicht hier. Sie wollte ihren ganz eigenen Ort finden, so wie ausschwärmende Bienen einen neuen Ort suchen müssen, sowohl die Königinnen der Honigbienen als auch die Wildbienen, die aus einem Erdloch oder Astloch schlüpfen.

So war Sila zumute. Durch die Rückkehr an den Ort ihrer Kindheit und die Befreiung von den alten Erinnerungen war sie aus einem Loch geschlüpft und hatte ihre Flügel ausgebreitet. So viele Möglichkeiten lagen nun vor ihr. Sie musste nur noch die Richtung finden.

Für das Horn hatte sie ein Mundstück aus Holz geschnitzt und eine Aufhängung aus einem verzierten, ledernen Pferdegeschirr gestaltet, dessen Reste sie gefunden hatte. Morgens blies sie es an ihrem offenen Fenster. Der Ton wurde von Tag zu Tag stärker, je besser sie in Übung kam. Manchmal war ihr, als könne dieser Ton ihr dabei helfen, ihre Richtung zu finden. Er klang fragend. Doch es kam kein Hinweis zurück. Nicht einmal der Ziegenkopf verzog eine Miene.

Sila dachte oft an Lexi, an ihre Begeisterung für die Loosehöfe und deren Beitrag zur Arterhaltung. Was für ein Jammer, dass Lexi keine finanziellen Mittel hatte! An niemanden hätte Sila den Wickenhof lieber verkauft. Aber Lexi hatte nicht nur erwähnt, dass sie keinerlei Rücklagen besaß, sie hatte auch erzählt, dass sie sich vor einiger Zeit von ihrem Freund getrennt hatte. Das wog noch schwerer, vor allem hier draußen. Lexi war so jung. Sie würde überfordert und furchtbar einsam hier sein. Allein war der Wickenhof schlichtweg nicht zu bewirtschaften, schon gar nicht, wenn auch noch so ehrgeizige Pläne umgesetzt werden sollten. Da war es wirklich besser, wenn Lexi in einem bereits bestehenden Projekt mit einstieg. Hoffentlich würde sich etwas Geeignetes für sie ergeben.

Als Sila draußen Maskenbienen entdeckte und ihr damit bewusst wurde, dass die Zeit hier überraschend schnell verging und es bereits Mitte Juni war, fiel ihr ein, dass sie doch nach den Goldenen Schneckenhausbienen, ihren Lieblingsbienen, hatte sehen wollen. Deren Saison würde bald vorüber sein. Hinter der hölzernen Wand des überdachten Schutzraumes für Fahrräder, Schubkarren und dergleichen war das Sandarium gewesen, die trockene Sandgrube, in die Wanda Kalksteine und Schneckenhäuser verschiedener Größe gelegt hatte. Das war genau die Sorte Ort, welche diese Bienen benötigen. Es war dann immer Silas Aufgabe gewesen, dafür zu sorgen, dass genug Schneckenhäuser vorhanden waren. Manchmal stahlen die Elstern welche.

Jetzt musste sie verwilderten Fingerhut und Akelei beiseiteschieben, doch dann fand sie Reste der Grube. Trocken war es noch, weil das Holzdach etwas überstand, die Kalksteine waren noch da, und zwischen altem Laub auch einige Schneckenhäuser. Anscheinend hatte sich Wanda noch lange darum gekümmert. Sila saß ganz still und wurde nach einer Weile mit dem Anblick einer der Bienen belohnt. Sie sind nur einen Zentimeter groß. Man erkennt sie an ihren leuchtend roten Brustsegmenten, derselben Farbe wie die der alten Backsteine. Am Bauch tragen sie eine Bürste, an der sie den Pollen sammeln.

Am liebsten nisten die Bienen in den großen Häusern der Weinbergschnecke. Davon waren nur noch wenige unbeschädigte vorhanden. Sila musste unbedingt welche suchen. Zur Tarnung, so nimmt man jedenfalls an, kleben die Bienen Tupfen von Pflanzenmaterial daran. In die Gehäuse bauen sie Zellen für ihre Eier, winzige Kinderzimmer. In jede Zelle kommen Blütenpollen und obendrauf ein Ei. Dann wird sie mit einer Wand verschlossen, und es folgt die nächste. Auch von ganz außen wird die Öffnung des Schneckenhauses mit einer Art Pflanzenmörtel verschlossen. Dafür kauen die Bienen besonders gern Blattstückchen von Erdbeeren und Sonnenröschen. Wanda hatte welche in die Nähe gepflanzt; nach einigem Suchen fand Sila noch einige und befreite sie vom Unkraut. Wie schön es sein musste, von Erdbeeren und Sonnenröschen beschützt so lange zu schlafen, hatte sie früher gedacht und war ein wenig neidisch auf die Bienenkinder gewesen.

Außerdem besuchen die Schneckenhausbienen gern die Blüten von Schmetterlingsblütlern wie den Wicken. Schon deshalb hatten sie von jeher auf den Wickenhof gehört.

Gut, dass sie noch da waren. Sila schaffte behutsam das alte Laub beiseite, kürzte die Akeleien ein wenig, so dass wieder mehr Sonne einfiel, schüttete an den Rändern mehr Sand auf und genoss das beruhigende Gefühl, dass die Zeit manchen

Dingen nichts anhaben konnte und immer etwas blieb, was richtig und gut war. Und sei es nur einen Zentimeter groß.

Sie blickte auf eine Biene, die gerade dabei war, ein Schneckenhaus zu verschließen, so dass ihre Nachkommen möglichst sicher aufgehoben waren, bis sie im nächsten Frühling schlüpfen würden.

Das ist es, was ich will, dachte sie. Einen Ort der Geborgenheit für mich. Keinen viel zu großen alten Hof, dem ich nicht gerecht werden kann und dessen Geschichte in meinem Leben vor langer Zeit geschrieben wurde. Aber auch niemals wieder in der Stadt. Einen kleinen, gemütlichen Ort der Geborgenheit, an dem auch Indra und Oswin einen Platz haben, wenn sie ihn brauchen. Mit einem Blick in die Weite, gesunder Luft und einem überschaubaren Stückchen Grün, auf dem es blüht und die Bienen sich wohl fühlen. Mit einem Raum für eine kleine Werkstatt. Mehr nicht.

»Spätestens im September, wenn die Heidekraut-Sandbiene und die Efeu-Steinhummel fliegen, muss ich mich entscheiden«, sagte sie leise zu dem zarten Wesen, das so eifrig in der Grube arbeitete. »Sonst kehre ich wieder nach Berlin zurück, wenn die Tage kurz und dunkel werden, und falle in alte, bequeme Gewohnheiten zurück. Dann wird sich nie mehr etwas ändern, und ich habe die Chance verspielt, die Wanda mir gegeben hat.«

Die langen Sommertage flogen nur so vorbei. Hier gab es einfach so viel zu sehen, zu erleben, zu genießen und zu tun. Das hölzerne Wickenhof-Schild montierte Sila auf zwei Furniereisen, die sie draußen rechts vom Tor in die Erde schlug. Gut sah das aus! Nun würde jeder Interessent und Besucher sofort wissen, dass er sein Ziel gefunden hatte.

Das Schild gab dem Hof Würde, fand Sila. Es war, als ob die Ansammlung alter Gemäuer ein wenig den Kopf hob und stolz den Kranz aus den Wickenblüten trug, die sich nun rundherum am Zaun öffneten.

»Oh, Sila! Das ist ja wunderschön! Würdest du für unseren Hof auch so ein Schild machen?«, fragte Lisann, als sie es sah.

»Sehr gerne. Endlich mal was, was ich für euch tun kann.«

Diesmal gab Sila sich noch mehr Mühe, feilte tagelang daran herum, verlor sich in dieser Arbeit, die so sehr ihre war. Gut, dass Devin sie gedrängt hatte, die Brennstation mitzunehmen!

Auf einmal hatte sie Sehnsucht nach ihm. Und nach Indra und Oswin. Der Hof war ja nun vorzeigbar. Sie hatte sogar die von Feldsteinen umsäumten Blumenbeete mitten im Hof wiederaufleben lassen. Tagetes und Rittersporn, Gartenmohn und Lupinen blühten dort, nur das rostige Dreibein ärgerte sie noch immer. Sie hatte Martin bitten wollen, ihr beim Ausgraben zu helfen, aber der war gerade zu sehr auf dem eigenen Hof beschäftigt. Inzwischen flogen schon Seidenbienen, Hosenbienen und Zottelbienen. Bald war Juli, die Hauptzeit für Bienen. Auf den Feldern reifte der Mais.

Einmal fuhr sie allein mit dem Fahrrad zur Oder und blickte lange auf den Fluss. Dann rief sie Devin an. Die ganze Zeit hatte sie ihnen allen Bilder geschickt, von den Blumen, von der Obstwiese, vom Gemüsegarten.

»Ich habe das Gefühl, ich kenne all deine Kohlrabis beim Namen«, hatte Indra geschrieben. »Viel mehr Freude macht uns aber, dass du so gesund und fröhlich aussiehst.«

»Die Kunden fragen nach dir«, hatte Devin immer wieder gesagt. Anfangs hatte er hinzugefügt »Aber lass dir Zeit, du hast dir eine Pause schon lange verdient.« Neuerdings hatte er behutsam zu fragen begonnen, wie es weitergehen sollte.

Sila wich aus. Sie wusste die Antwort nicht. Sie wagte es nicht einmal, für ein oder zwei Tage nach Berlin zu fahren, aus Furcht, dort wieder hängenzubleiben. Stattdessen beschloss sie, ein Sonnwendfest auf dem Wickenhof zu feiern. Mit Devin, Indra, Oswin, mit Harry und natürlich Lisann und Martin.

Danach würde sie Harry bitten, die Suche nach einem Käufer zu verstärken.

Du kannst gehen, wohin du willst, hatte Lisann gesagt. Aber so einfach war es eben doch nicht.

31

Überraschungen

Harry kam als Erster. Lisann hatte ihn netterweise aus seinem Wohnheim abgeholt. Sie mochte ihn auch, schließlich waren sie lange Nachbarn gewesen. Er stieg aus und humpelte zur Bank, auf seine Krücken gestützt. Staunend sah er sich um.

»Oh, Sila!« Erst strahlte er ungläubig, dann wischte er sich verstohlen eine Träne fort. »Es sieht aus wie zu unseren besten Zeiten! Und du siehst selbst auch viel besser aus als neulich. Gesünder und gelöster. Wanda würde sich so freuen! Ich nehme an, sie hat alles richtig gemacht?«

Sila setzte sich neben ihn und nahm spontan seine Hand. »Ja, Harry. Es war genau das Richtige für mich. Und ich spüre, dass sie hier ist. Sie hatte mir noch so viel zu sagen. Das war ganz wichtig.«

Er drückte ihre Hand, dann hob er den Kopf und lauschte. »Du hast sogar das Windspiel repariert! Ich konnte es nicht mehr.«

»Ja, und ihre Skulpturen stehen auch wieder und unterhalten sich mit mir und den Vögeln.«

Harry nickte, klopfte ihr mit einem leichten Zittern auf die Schulter und sah hinauf zu Runaj, der oben unter den Wolken kreiste. Der Bussard bewachte seine Frau, die gerade das Junge fütterte, das Sila kürzlich mit dem Fernglas im Horst entdeckt hatte, ein flauschiges weißes Köpfchen.

»Aber Harry, verkaufen werde ich trotzdem«, sagte Sila beklommen.

Er nickte. »Das ist völlig in Ordnung, liebe Sila. Das, was Wanda sich gewünscht hat, ist bereits geschehen. Sie wollte nur, dass du glücklich wirst. Der Hof wird seinen eigenen Weg finden. Das hat sie immer gesagt.«

Dann fuhr Devin vor, und Sila lief ihm entgegen. Der alte Pickup-Truck wirkte wie aus einem schlechten Road Movie. Auf der Ladefläche ragte eine Stehlampe zwischen Farbeimern heraus. Zwei unförmige Bündel, in blaue Müllsäcke gewickelt, die sich im Wind bauschten, wurden ihr als Geschenk von Oswin überreicht.

Nura hüpfte aus der Tür, dann half Sila erst Oswin, dann Indra heraus. Sie wirkten hier draußen beide kleiner, blasser und gebrechlicher als in Berlin in der Altbauetage. Sila erschrak und war gleichzeitig unendlich froh, sie wiederzusehen. Sie wollte Indra gar nicht mehr loslassen, dann Oswin, der es nicht erwarten konnte, ihr seine Geschenke zu zeigen. Es waren zwei liebevoll gemachte Hocker, nicht zu weich, nicht zu hart, die ganz genau aussahen wie Kopernikus und Curie. Nur eben mit buntem Patchworkmuster.

»Ach, Oswin, sie sind großartig! Du musst dir gleich die Originale ansehen«, sagte Sila glücklich.

Dem Wohnzimmer verliehen Oswins Werke gleich eine ganz andere, junge und heitere Atmosphäre. Wenn hier irgendwo doch noch Stimmen aus der Vergangenheit lauerten, ergriffen sie spätestens jetzt die Flucht vor so viel fröhlicher Unbekümmertheit.

Dazu würde noch die Farbe an den Wänden kommen, denn auf Silas Bitte hin hatte Devin jede Menge Farbeimer aus ihrem Vorrat mitgebracht und schleppte sie nun in die Küche.

Spanische Rose, las sie, *Waldmorgen*, *Hüterin der Freiheit*. Hach, es würde wunderbar sein, den schmutzigen Wänden mit ihren Nikotinschichten ein neues Strahlen zu verleihen. Sie passten überhaupt nicht mehr zu den Blüten draußen, und einem Käufer konnte man das Haus so wahrlich nicht vorführen.

Indra steuerte die Stehlampe bei, ein zugleich schlichtes und kunstvolles Konstrukt aus Draht und Pergament, das der abstrahierten Form Runajs nachempfunden war, wie er sich gerade in die Lüfte aufschwang.

»Wir haben deine Fotos ausgedruckt und an die Wand gehängt, so hatten wir die Modelle immer vor Augen, und du warst dadurch auch nicht so weit weg«, gestand Indra.

»Die Lampe ist wundervoll!« Sila umarmte Indra schon wieder und schwor sich erneut, einen Platz zu finden, wo sie Indra und Oswin zukünftig bei sich aufnehmen konnte, wenn sie es wünschten oder es nötig wurde. Hier konnte das nicht sein, wurde ihr wieder klar, als sie sah, wie verloren die beiden alten Leute, die ihr Leben in der Stadt verbracht hatten, in der grünen Weite wirkten, als sie sich mühsam auf dem Weg zu den Minischweinen vorarbeiteten. Sila hätte die Schweinchen auch ins Haus geholt, aber Indra und Oswin wollten unbedingt Wandas Skulpturen sehen.

Die Lampe und die Hocker würde Sila jedenfalls mitnehmen.

Früher hatten die anderen sie aufgenommen, diesmal sollte es umgekehrt sein. Sie wollte nie wieder auf der Flucht sein oder irgendwo unterkriechen. Sie wollte den Platz finden, der zum ersten Mal in ihrem Leben ganz ihr eigener war, neu und unbelastet. Ein Schneckenhaus für sich, zwei liebe alte Freunde und zwei bunte Stoffhocker.

Die Minischweine waren bei Indra und Oswin ein großer Erfolg. Beide spielten lange mit den im wahrsten Sinne des Wortes quietschvergnügten Lebewesen und wurden zusehends jünger dabei. Devin sah amüsiert zu. Nura blieb skeptisch. Dann zeigte Sila ihnen noch den Gemüsegarten und den Eiskeller, aber diesen nur von außen. Die Treppe war unzumutbar für die alten Leute, und Devin hatte kein großes Interesse daran.

»Es ist wirklich schön hier, aber lass uns zurückgehen zu den anderen«, schlug er vor.

Martin war inzwischen auch gekommen. Sie sahen von weitem, wie er vor dem Haus ein Radio aufstellte und Lisann half, ein kleines Büfett aufzubauen. Harry wippte mit dem Fuß zur Musik und amüsierte sich bestens. Nura lief zu ihnen.

Auch Devin schien erleichtert, als sie in Hörweite der Musik kamen. »Ist es dir hier auf dem Land nicht viel zu still?«, fragte er.

»Am Anfang war es ungewohnt«, gab Sila zu. »Ich bin ja auch an die vielen Menschen und den Stadtlärm gewöhnt. Aber dann kamen die Erinnerungen zurück. Ich hatte vergessen, wie sehr ich eben diese Ruhe mag.«

Devin blickte ein wenig bekümmert, doch Indra sah sich munter um. »Mir gefällt es auch. Gelegentlich ist so eine Stille wohltuend. Wenn man älter wird jedenfalls. Es ist so entspannend, und man kann sich selbst besser denken hören.«

Indra verstand sie. Wie immer. Dankbar nahm Sila ihren Arm. »Pass auf, hier liegen immer noch versteckte Steine im Gras, über die man leicht stolpern kann.«

Indra lachte auf. »Ich bin in meinem Leben schon über viele Steine gestolpert, Sila. Da kommen bestimmt noch ein paar hinzu. Es wäre schrecklich langweilig, wenn man nicht ab und zu auf die Nase fallen würde.«

Martins Würstchen brutzelten inzwischen auf dem Grill. Oswin schnupperte erfreut. Harry dagegen hatte seine Krücken auf der Bank liegen lassen und versuchte sich mit Lisann in einem Tänzchen. Lisann war ein wenig rot im Gesicht, weil Harry sich so schwer auf sie stützte, aber sie lachten beide.

»Ich glaube, ich muss noch ein paar Kalorien abarbeiten«, schnaufte Lisann.

»Ach was«, sagte Indra. »Sie sehen phantastisch aus! Und ich bin froh, dass Sila auch endlich mal ein oder zwei Kilo mehr auf den Rippen hat. Das ist besser für die Nerven.«

Sila sah an sich herunter. Indra hatte recht, sie hatte etwas zugenommen. Ein Teil davon waren Muskeln. Immerhin.

»Wann sind die Würstchen fertig?«, fragte Oswin. »Ich kann mich nicht erinnern, wann ich das letzte Mal auf einem Grillfest war.«

»Ist halt nicht so einfach mitten in der Stadt«, sagte Devin entschuldigend.

»Nicht deine Schuld, Junge.« Oswin puffte ihn liebevoll in die Seite. »Du hast es sehr schön hier, Sila!«

»Ein Tapetenwechsel tut manchmal gut. Man ist nur immer viel zu träge«, sagte Indra, nahm sich einen Teller und hielt ihn Sila auffordernd hin. »Bitte gib mir etwas von dem Salat, der sieht lecker aus. Ich habe auch schon daran gedacht, noch einmal woanders zu leben. Viel Zeit habe ich ja nicht mehr.«

»Sag nicht so was, Indra«, bat Sila und häufte ihr eine große Portion Salat auf, als ob ein paar Vitamine mehr Indra weitere Lebensjahre schenken würden. »Das ist alles aus dem Garten hier, meine erste eigene Ernte.«

»Danke. Aber was Tatsache ist, ist Tatsache. Ich bin nun mal nicht mehr neu.« Indra setzte sich zufrieden neben Harry. »Übrigens, ich glaube, ich habe jetzt genug Lampen in meinem Leben gemacht. Meine Hände wollen nicht mehr so. Ich bin zufrieden und habe Devin schon gesagt, er soll sich umsehen, ob es nicht einen Nachmieter für meinen Anteil der Künstleretage gibt.«

»Wir könnten mal wieder einen Lehrling ausbilden, was meinst du, Sila?«, sagte Devin.

»Ich kann mich noch nicht festlegen, Devin. Ich muss erst wissen, was mit den Wickenhof geschieht.«

»Ja, sicher. Aber wir könnten schon mal darüber nachdenken. Übrigens, Nicole ist nach München gezogen«, sagte er etwas zusammenhanglos. Sila antwortete nicht darauf und gab ihm stattdessen ebenfalls Salat auf seinen Teller.

Das warme Licht des Sommerabends legte sich über den Hof. Silas Gästen schmeckte es. Sie fühlten sich sichtlich wohl. Selbst Nura sagte: »Ist gar nicht so öde hier, wie ich gedacht habe. Irgendwie gemütlich.«

Martin hatte die Musik leiser gedreht, die sich mit den Klängen des Windspiels und den Rufen der Vögel vermischte. Die Wicken dufteten, und auch die Erdbeeren, die Sila zum Nachtisch gepflückt hatte.

Es war so unendlich friedlich hier! Als Sila die Worte des Soldaten gelesen hatte, war der Krieg auf einmal ganz nahe gewesen. Heute aber, als sie sich umsah, konnte sie sich nicht im Geringsten vorstellen, dass hier so viele Menschen gestorben waren und die Geräusche des Krieges diesen Frieden zerrissen hatten. Auch das Grölen der betrunkenen Gäste in der Wirtschaft ihrer Mutter war inzwischen ganz weit weg.

Dieser duftende Frieden war ihre Realität, dies war hier und heute, und dies die Menschen, die ihre Familie waren. Ihre Wahlfamilie.

Lisann kam zu ihr, zwei Schokoladenküchlein in der Hand.

»Hier«, sagte sie und gab Sila eins. »Sila, deine Freunde sind einfach knuffig. Hör mal, wenn du fortgehst, glaubst du, wir schaffen es diesmal, in Kontakt zu bleiben? Ich würde es mir so sehr wünschen! Da war immer eine Lücke in meinem Leben, seit ihr damals fortgegangen seid. Eine gemeinsame Kindheit, das kann niemand ersetzen. Davon abgesehen, versteht mich keiner so wie du. Außer Martin natürlich. Aber das ist was anderes.«

»Das wünsche ich mir auch«, sagte Sila. »Du musst mich dann unbedingt besuchen kommen. Ich verspreche, dass uns nichts mehr auseinanderbringt. Nicht einmal eine Mauer.«

»Na, hoffentlich! Wenn hier irgendjemand wieder eine Mauer baut, steige ich höchstpersönlich mit dir in die Waschmaschine. Übrigens, dein Devin gefällt mir.«

»Er ist nicht *mein* Devin.«

»Na, aber ein wichtiger Freund auf jeden Fall, oder?«

»Ja. Das auf jeden Fall.«

»Und wer ist diese Nicole, die er ein paarmal erwähnte?«

Sila winkte ab. »Das geht mich nichts mehr an. Das ist vorbei.«

»Schade eigentlich. Sag mal, glaubst du, Oswin würde mir auch so einen Hocker nähen? Ich würde ihn gern Martin schenken. Er legt abends so gern seine müden Beine hoch. Da wäre allerdings eine schöne dicke runde Kuh besser als ein Schwein. Martin liebt seine Kühe. Die kommen gleich nach mir.«

»Wenn es nicht in Originalgröße sein muss, bestimmt. Frag ihn doch einfach«, sagte Sila belustigt. Sie fragte sich, ob der

Urberliner Oswin überhaupt schon einmal eine Kuh gesehen hatte. Doch bei den Schweinen hatte ihm die Fotovorlage ja auch genügt.

»Mache ich.« Lisann leckte sich die Schokoladenkrümel von den Fingern und spazierte zu Oswin hinüber. Gegen ihren Charme würde er keine Chance haben, obwohl auch er angedeutet hatte, in Zukunft nicht mehr viele Aufträge annehmen zu wollen. »Man muss wissen, wann Schluss ist«, hatte er gesagt. »Sila hatte den Mut, hierher zu kommen, wo ihre Erinnerungen sind. Dann will ich auch den Mut haben, neue Schritte zu gehen.« Er klang allerdings ein wenig verloren dabei. Wie diese Schritte aussehen sollten, wusste er wohl so wenig wie Indra.

Der Grill war inzwischen aus, das Essen aufgegessen, aber Martin hatte eine dann doch nicht ganz alkoholfreie Fruchtbowle gemixt, die besonders Indra schmeckte. Auch Oswin und Harry langten ordentlich zu. Sie waren inzwischen auf Silas Wunsch hin auf die Streuobstwiese umgezogen, wo sie mehrere Picknickdecken ausgebreitet hatte. Nach einer Weile holte Martin seine Mundharmonika heraus.

»Ich wusste gar nicht, dass er so toll spielen kann«, sagte Sila zu Lisann.

»Spätestens als ich ihn gehört habe, hab ich mich in ihn verliebt«, antwortete Lisann und schenkte allen nach.

Sila schlenderte zu Harry hinüber, der mit dem Rücken an den Stamm eines Birnbaums gelehnt saß. »Alles gut bei dir, Harry?«, fragte sie. Lisann würde ihn nachher nach Hause fahren. Sila hatte ihm angeboten, über Nacht zu bleiben wie die anderen, doch er hatte abgelehnt. »Zu viele Erinnerungen«, hatte er gesagt. »Ich vermisse Wanda hier zu sehr.«

Jetzt aber lächelte er sie an. »Alles in bester Ordnung, liebe Sila. Ich habe mit Wanda auch immer die Sonnenwende gefeiert. Ich denke, sie ist jetzt hier bei uns. Sie war immer traurig, dass die Tage danach wieder kürzer wurden, aber sie freute sich auch so auf den Herbst. Herbstfarben im Garten mochte sie eigentlich sogar am liebsten.«

»Ja, im Herbst war sie immer besonders glücklich. Der Herbst passte zu ihr. Sie war so intensiv«, sagte Sila. »Nicht so sanft wie der Frühling. Eher würzig und klar wie die Luft an einem Herbsttag.«

»Ganz genau. Und es hat mir gutgetan, heute hier zu sein. Danke, Sila.« Er stieß mit ihr an. »Auf das Leben und auf die Liebe«, sagte er.

»Apropos Leben. Harry, du musst einen Käufer finden! Am besten einen, der auch Kopernikus und Curie mit übernimmt«, bat Sila nach einer kleinen Pause.

Harry schnaubte. »Das könnte schwierig werden. Aber ich verspreche dir, es zu versuchen. Der Eiskeller ist vielleicht ein Plus.«

Später stieg der Mond über den Weiden am Graben auf und spiegelte sich im Wasser. Der Abendstern begann zu leuchten, und im Gras zirpten die ersten Grillen. Über dem Giebel huschten Fledermäuse um den Ziegenkopf. Sila hatte das Horn mitgenommen und erzählte den anderen die Geschichte dazu, ehe sie hineinblies, um den Tag zu verabschieden.

»Diese Lexi klingt nett mit ihrem Garten an der Ostsee, von dem du erzählt hast«, sagte Indra verträumt. »Es ist Jahrzehnte her, seit ich an einem Strand war. Ich hatte es ganz vergessen. Ich war mal verliebt, dort am Meer.«

»Wirklich? Erzähl, Indra!«, bat Sila erwartungsvoll, und auch Nura horchte auf.

Doch Indra lächelte nur in sich hinein. »Besser nicht. Das war in einem anderen Leben. Aber ich denke gerne daran zurück. Sehr gerne.«

»Ich war noch nie am Meer«, sagte Oswin nachdenklich.

»Ich werde Lexi fragen, ob sie einen Vorschlag hat, wo wir unterkommen könnten. Dann fahre ich mit euch ein paar Tage dahin. Würdet ihr mitkommen? Das wäre wunderbar«, sagte Sila voller Freude über diese Idee.

»Vielleicht«, antwortete Indra und gähnte herzhaft.

»Weiß nich«, sagte Oswin ein wenig undeutlich. »Aber warum eigentlich nich?«

»So schön dieser Tag auch war, ich glaube, er war lang genug«, sagte Devin und zwinkerte Sila zu.

Sie hätte sich gefreut, wenn der Tag nie vorübergegangen wäre, aber auch sie sah, wie erschöpft Indra und Oswin waren.

Lisann faltete die Decken zusammen, während sich Harry bei Lisann, Indra bei Sila und Oswin bei Devin einhakten. Gemächlich wanderten sie zum Haus zurück. Für einen Augenblick war Sila zumute, als wären sie in einer völlig anderen Zeit gelandet. Vor dem Krieg, als ihre Großmutter Anna jung gewesen war und mit ihrem Mann und vielleicht ihrer Großmutter am Arm genauso zum Haus zurückgekehrt war, auf genau diesem Stückchen Erde, zwischen denselben Apfelbäumen, und die Wicken hätten geblüht wie heute.

Silas Gäste blieben noch einen Tag. Devin lud auf ihre Bitte hin wieder alle ins Auto, mitsamt einem Picknick. Sie fuhren zur Oder, saßen im Gras und blickten aufs Wasser. Indra und Oswin diskutierten nach dem Essen angeregt über die Farbgebung der Grenzpfähle nach Polen und über Landesflaggen, bevor sie eindösten. Nura watete im Fluss.

Sila legte eine Decke über die alten Leute und rückte mit Devin ein Stück ab in den Schatten einer anderen Weide.

»Sila, wie geht es dir wirklich?«, fragte Devin leise.

»Gut. Es geht mir nur so vieles durch den Kopf. Aber es war nötig. Und auch die Zeit für mich allein tut mir gut.«

»Kann ich dir denn mit irgendetwas helfen?«

Er sah müde aus, fand Sila. »Danke! Du hast mir schon sehr geholfen, indem du mich ermutigt hast herzukommen. Und mir die Brennstation mitgegeben hast. Und jetzt hast du mir eine Riesenfreude gemacht, indem du die anderen hierhergebracht hast. Außerdem kannst du mir nicht mein Leben lang helfen! Aber es tut gut, dich zu sehen. Wie geht es denn dir?«

Er blickte in die Ferne. »Ach, ganz okay. Ist viel zu tun. Ich müsste wahrscheinlich auch mehr an die frische Luft.«

»Dann mach das doch. Fahr mal wieder raus auf den Wannsee, oder geh auf ein Konzert in die Waldbühne. Das gibt dir doch immer so viel Energie.« Sie dachte daran, wie oft sie das früher zusammen gemacht hatten. Er roch noch immer nach demselben Rasierwasser wie damals, als er sie auf der Treppe aufgelesen hatte.

»Sicher, mach ich. Ich muss nur noch diesen einen größeren Auftrag fertigstellen. Denkst du über die Sache mit dem Azubi nach? Du könntest ihr oder ihm alles beibringen, was ich dir damals gezeigt habe, und noch dazu alles, was du selbst kannst.«

»Es wäre schon reizvoll«, sagte Sila. Dennoch fühlte sich der Gedanke fremd an. »Glaubst du, Indra und Oswin meinen es ernst, dass sie aufhören wollen und ihre Anteile der Werkstatt aufgeben?«

»Diesmal ja, denke ich. Es wird schwer sein, sich daran zu gewöhnen.«

Vielleicht sah er darum so traurig aus. »Wenn ich dir irgendwie helfen kann, sagst du es aber auch!«, verlangte Sila.

Jetzt lächelte er. »Klar, mach ich.«

»Weißt du was?«, fiel ihr ein. »Da ist noch etwas, was wir zusammen tun könnten, ehe ihr morgen losfahrt. Ich wollte es eigentlich gestern schon sagen, als Martin noch dabei war, aber es war alles so fröhlich, da wollte ich nicht von Arbeit sprechen. Dieses rostige Dreibein im Innenhof. Ich habe versucht, das auszugraben, aber ...«

»Das hässliche Ding, gegen das man immer beinahe rennt? Klar, das kriegen wir hin. Wenn du einen guten Spaten hast.«

Devin sah gleich glücklicher aus bei der Aussicht, doch noch irgendetwas tun zu können. Das mit Nicole hat ihn wohl doch getroffen, dachte Sila.

»Das Biest ist aber zäh«, stellte Devin nach geraumer Zeit schwer atmend fest.

»So hart wie meine Mutter und ihr Bierfass«, presste Sila zwischen den Zähnen hervor. Sie und Devin mühten sich nun schon seit einer Ewigkeit ab. Auch Nura half dabei. Zwei der Beine hatten sie nur teilweise freigelegt, und beim dritten kamen sie nicht einmal so weit. Oswin und Indra sahen interessiert zu. »So geht das nicht«, rief Sila schließlich und warf den Spaten beiseite. »Martin hat eine Spitzhacke! Ich rufe ihn an.«

Während sie auf Martin warteten, schoben sie ein paar größere Steine beiseite, auf die sie gestoßen waren. »Sieht aus, als wäre hier mal ein Brunnen gewesen«, meinte Devin. »Von der Lage her könnte es sehr gut sein.«

»Möglich. Zu meiner Zeit jedenfalls nicht mehr.« Schade eigentlich, dachte Sila.

Wenn es eine Herausforderung gab, ließ Martin alles stehen und liegen. Lisann wollte sich das auch nicht entgehen lassen und folgte ihm mit einer weiteren, schärferen Schaufel. Martin schlug mit der Spitzhacke verbissen in die betonharte Erde, bis sie begann, sich zu lockern. Devin half mit dem Spaten nach, und Lisann, Nura und Sila schaufelten die gelockerten Brocken aus der Erde. Sie befreiten das erste Bein, dann das zweite, da waren sie schon einen Meter tief in der Erde.

Das dritte Bein wollte sich nicht lockern.

»Vielleicht ist es doch einbetoniert?«, fragte Sila.

»Bestimmt nicht. Wer betoniert denn eins von drei Beinen ein?« Der bloße Gedanke schien für Martin ein Skandal zu sein.

»Wir versuchen es mit Hebelkraft«, schlug Devin vor. »Die beiden anderen sind jetzt locker, also lasst uns versuchen, das ganze Ding auf die Seite zu kippen.«

Mit vereinten Kräften hängten sie sich daran. Erst geschah nichts. Dann brach die Erde um das dritte Bein langsam auf. Ein paar Kiesel erschienen, dann Wurzeln. »Die waren es!«, erkannte Martin. »Die haben es festgehalten. Wurzelholz kann verdammt hart sein.«

»Soll ich eine Säge holen?«, fragte Sila.

Doch jetzt hatte die Männer der Ehrgeiz gepackt. »Ach was! Noch ein Ruck, und wir haben es.« Martin packte entschlossen an. Devin auch. »Eins … zwei … drei!«, kommandierte Martin.

Sila und Lisann traten instinktiv einen Schritt beiseite. Indra und Oswin auf der Bank beugten sich gespannt vor.

Ächzend bewegte sich das schwere Metall und kippte. Die Wurzeln rissen einen ganzen Brocken Erde mit hoch. Martin und Devin ließen los, und die ganze Konstruktion fiel auf die Seite. Der Boden erzitterte. »Was machen wir jetzt bloß damit?«, überlegte Sila ratlos.

»Ich ziehe es erst mal mit dem Traktor vom Hof«, bot Martin an. »Dann kann ich es vielleicht mit der Metallsäge zerstückeln und verschrotten.«

»Wanda hätte eine Skulptur daraus gemacht«, fiel Sila ein. Aber sie konnte das Ding nicht leiden. Wanda würde es ihr nachsehen.

Lisann spähte interessiert in das Loch. Und wurde kreidebleich.

»Sila …«, begann sie.

»Was ist?« Sila warf einen flüchtigen Blick hinein. Dann noch einen. Sie erstarrte. Schließlich kniete sie sich langsam hin und versuchte, in dem dämmerigen Loch zu erkennen, ob sie wirklich sah, was sie zu sehen glaubte.

Die anderen traten hinzu.

»Krass!«, sagte Nura.

Dann verstummten die Gespräche.

Dort unten in der kalten Erde lagen Knochen. Die Knochen einer menschlichen Hand, die eine Wurzel um das Gelenk trug wie eine Fessel. Und einen verkrusteten Ring am Finger.

Runaj kreiste über ihnen in einem Aufwind. Die Bienen summten im Klee. In der betretenen Stille klang es besonders laut. In der Ferne klopfte ein Specht im Obstgarten. Es duftete nach Levkojen und Rosen.

Eigentlich war alles wie immer. Tiefster Frieden lag über dem Land. Sie brauchten alle eine Weile, um zu begreifen, was sie da unwissentlich ans Licht gebracht hatten. Es dauerte, bis sich überhaupt jemand bewegte. Irgendwann räusperte sich Martin. Alle wandten sich ihm zu, dankbar, dass er die Erstarrung brach.

»Ich weiß, was zu tun ist«, sagte er.

32

Der Schatten

Sila fand keine Ruhe, bis der Experte endlich eintraf, der auf Martins Anruf hin sein Kommen versprochen hatte.

Devin war mit den anderen abgereist, nachdem er sich vergewissert hatte, dass Sila sich von dem Schreck erholt hatte.

Ehe Indra ins Auto stieg, hatte sie Silas Handgelenk mit überraschender Kraft umklammert. »Ihr müsst herausfinden, wer das ist, hörst du?«, hatte sie gesagt. »Damit die Familie erfährt, wo er zuletzt gewesen ist. Wo er geblieben ist! Hörst du?«

Sila hatte ihren Blick erwidert. »Deine Liebe von damals, vom Meer«, erkannte sie. »Er ist im Krieg geblieben?«

»An der Ostfront. Ich frage immer wieder nach, aber sie haben nie herausgefunden, wo er begraben ist. Wenn überhaupt. Das ist nicht gut, Sila. Ich meine, gut ist daran sowieso nichts, aber es hilft ein wenig, wenn es einen Abschluss gibt. Einen Ort zum Trauern.«

Sila umarmte sie. »Wir werden alle Informationen weitergeben, Indra. An die richtigen Stellen. Versprochen.«

»Danke! Das ist gut.«

Martin hatte gewusst, an wen sie sich wenden mussten.

»Ich habe die Adresse gespeichert. Volksbund Deutsche Kriegsgräberfürsorge. So was kommt leider öfter vor«, erklärte er und zog sein Handy aus der Tasche. »Die haben in dieser Gegend seit der Wende rund sechstausend deutsche Gefallene und tausenddreihundert Soldaten der Roten Armee gefunden und beerdigt.«

»Warum hier? Weil im Oderbruch in der Schlacht um Berlin so viele umgekommen sind?«, fragte Sila beklommen. Sie wusste nicht, warum, aber sie spürte eine seltsame Gewissheit, wer da lag. Auch wenn sie seinen Namen noch immer nicht kannte.

»Genau. In Westdeutschland gab es Organisationen, die nie aufgehört haben, sich um die Bergung der Gefallenen und die Klärung ihrer Schicksale zu bemühen. In der DDR kümmerte man sich wenig darum. Nach der Maueröffnung begannen die betreffenden Organisationen hier also praktisch von vorn. Als ob der Krieg gerade erst gewesen ist. Sie leisten eine unvorstellbar schwierige, großartige Arbeit.« Martin sah auf das Display. Bis heute hat der Volksbund 827 812 Kriegstote geborgen, davon 31 698 allein zum Beispiel 2014.«

Sila fror auf einmal, trotz der Sommerwärme.

»Alles in Ordnung, Lisann?«, fragte sie.

Lisann war seltsam still gewesen. Jetzt sah sie verlegen aus. »Irgendwie habe ich mich immer vor so was gefürchtet. Kurz nachdem ihr fort wart, Sila, hat in der Schule der Erhardt einen Knochen mitgebracht und damit herumgeprahlt. Er hat Gruselgeschichten erzählt von einem Skelett, das sie unter der Haustürtreppe gefunden haben und das nachts spuken würde. Sein Großvater hätte gesagt, das sei hier ganz normal, hier wären schlimme Dinge passiert. Ich hatte jahrelang schlechte Träume und traute mich nicht mehr, im Garten irgendetwas mit der Erde zu machen. Meine Mutter hat geschimpft, weil ich nicht mehr helfen wollte.«

Sila nahm sie kurz in den Arm. »Tut mir leid, dass ich nicht da war.«

»Du hättest dich genauso gefürchtet.«

»Stimmt, aber wir hätten uns zusammen fürchten können.«

»Ich rufe die Kriegsgräberfürsorge für dich an, wenn du magst«, sagte Martin. »Vorher muss man allerdings das Ordnungsamt und die Polizei benachrichtigen, weil auch ein Kapitalverbrechen aus heutiger Zeit vorliegen könnte. Aber das ist reine Formsache. Die wissen auch, was hier meistens los ist.«

»Nein«, sagte Sila zögernd. »Das ist lieb von dir, aber irgendwie habe ich das Gefühl, ich bin ihm schuldig, das selbst zu tun.«

»Wenn es überhaupt ein Er ist«, sagte Lisann.

»Die Wahrscheinlichkeit ist schon sehr hoch«, meinte Martin. »Viele Gefallene wurden hastig in Bombentrichtern oder Schützengräben verscharrt. Hier scheint es tatsächlich ein alter Brunnen gewesen zu sein.«

Sie deckten das Loch mit einer Holzplatte zu, die Martin im Stall ausfindig gemacht hatte.

Die Polizei kam, warf nur einen Blick auf die Knochen und winkte ab.

»Kriegsgräberfürsorge, ist schon richtig«, sagte der Beamte.

Sila ertappte sich dabei, doch ein wenig erleichtert zu sein. Sie hatte kaum Zweifel, wer da unten lag. Aber für einen Augenblick war die Möglichkeit durch ihren Kopf geschossen, dass ihre Mutter vielleicht einst einen unliebsamen Kunden beiseitegebracht hatte.

Am nächsten Tag rief Sila die Nummer an. Der Mann am anderen Ende war sehr freundlich.

»Wir sind immer dankbar für Anrufe wie Ihre. Manche Menschen melden das gar nicht, sondern verkaufen ihre Funde. Stahlhelme, Erkennungsmarken, Schmuck, Abzeichen. So was ist begehrt bei Militariasammlern. Die versteigern das bei eBay. Und anderswo wartet jemand darauf, nach über siebzig Jahren endlich das Schicksal eines Angehörigen zu erfahren. Schlimm! Das Oderbruch ist ein einziges riesiges Grab. Wir werden nie alle Toten bergen können.« Er räusperte sich und schlug einen leichteren Ton an. »Wenn wir Glück haben, finden wir aber bei Ihnen eine Erkennungsmarke und können der Familie Auskunft geben. Darauf sind die wichtigsten Daten eingraviert. Mit diesen kann die entsprechende Dienststelle die Toten identifizieren. Ich schicke Ihnen so bald wie möglich jemanden vorbei.«

Seitdem zog Sila mit ihren Pinseln, Leitern und Farbeimern von Raum zu Raum. Es half ihr, die Wände frisch und bunt zu machen, als könnte das nicht nur ihrer Vergangenheit, sondern auch dem gefallenen Soldaten und all seinen Kameraden und Familien Frieden bringen.

Weiß kam nicht in Frage. Weiß war es in Spitälern, weiß war in vielen Ländern die Farbe des Todes und der Trauer. Weiß war leer. Sila wollte bunt, bunt wie ein Blumenbeet. Wandas altes Zimmer unten wurde mit »Hüterin der Freiheit« gestrichen, so lautete die Aufschrift. Es handelte sich um ein edles Patinagrün, bei dem man sofort an einen Garten denken musste. Der Flur wurde Butterblumengelb, für die Küche wählte sie die »Spanische Rose«, für das große Schlafzimmer ihrer Mutter »Licht der Gletscher«, ein klares Wasserblau. In ihrem eigenen Zimmer konnte sie dem »Befreiten Feuervogel« nicht widerstehen, einem Rostrot, das gut zu den grünen Weinranken und reifenden Trauben vor dem Fenster passte und sich warm und gemütlich anfühlte. Bei der Gelegenheit probierte sie eine Traube, die noch extrem sauer war, aber trotzdem allein deswegen wunderbar nach Leben schmeckte. Im Badezimmer entschied sie sich für »Sanften Morgentau«, im Keller für die zartgraue »Poesie der Stille« und in der Waschküche für »Waldmorgen«.

Vielleicht war sie ein bisschen weit gegangen, dachte Sila zufrieden, als sie danach durch das Haus ging. Den Verkauf erschwerte diese Farbenfreude vielleicht eher, als ihn zu erleichtern. Dafür aber war sie selbst erleichtert. Und mit dem Patchworkmuster von Oswins Glücksschweinchenhockern harmonierte alles hervorragend.

Außerdem hatte das Streichen sehr dabei geholfen, ihr die Tage zu verkürzen, bis endlich ein Herr Krenbichler vorfuhr, der sich als »Umbetter« vom Volksbund Deutscher Kriegsgräberfürsorge erwies. Er brachte einen Gehilfen mit, den er als »den Jürgi« vorstellte. Sila war erleichtert, dass ihr beide sympathisch waren. Etwas anderes hätte sie in diesem Fall kaum ertragen. Großmutter Anna hatte sich damals so gut wie möglich um den Soldaten gekümmert. Das wollte sie jetzt auch tun. Sie war das außerdem Indra schuldig.

Der Jürgi war groß wie ein Schrank und hob ein Gerät vom Lastwagen, das entfernt wie ein Rasenmäher aussah.

»Unser Bodenradar«, erklärte Herr Krenbichler. »Es produziert Schallwellen und misst dabei die Festigkeit des Bodens. Ich kann Unregelmäßigkeiten erkennen, und helle Flecken zeigen Metall an. Wir müssen sichergehen, dass dort keine Munition liegt. Das ist häufig der Fall.«

Sila wurde noch mulmiger zumute. Daran hatte sie noch gar nicht gedacht. Sie führte Herrn Krenbichler zu der Stelle. Der Jürgi schob die Holzplatte beiseite, als wäre sie aus Papier. Sie machte ein scharrendes Geräusch, und Sila zuckte ein wenig zusammen.

Herr Krenbichler warf ihr einen entschuldigenden Blick zu. »Keine Sorge, Frollein. Uns liegt daran, den Toten ihre Würde zurückzugeben, nicht, sie ihnen zu nehmen. Wir sind sehr vorsichtig.« Er räusperte sich ein wenig verlegen und vergewisserte sich, dass der Jürgi damit beschäftigt war, die Maschine in Gang zu bringen. Dann beugte er sich vor und sagte leise: »Wissen Sie, was ich immer an den Orten mache, wo wir nicht alle finden und bergen können? Ich fahre noch mal allein hin und streue Samen. Da blühen jetzt Vergissmeinnicht und Margeriten. Aber sagen Se's keinem weiter.«

»Danke«, sagte Sila und verzieh ihm umgehend das »Frollein«.

Während Herr Krenbichler das Gerät langsam neben dem Loch hin und her schob, holte Sila ein Tablett mit Kaffee und Johannisbeerkuchen. Das war ihr neuestes Werk. Irgendwohin musste sie ja mit den ganzen Johannisbeeren aus dem Garten. Auch das hatte ihre Nerven beruhigt – auf der Treppe zu sitzen und die Rispen mit der Gabel abzubeeren, wie früher für Wanda.

»Wir haben Glück«, sagte Herr Krenbichler schließlich und schaltete den Bodenradar aus. »Da ist zwar ein wenig Metall. Aber keine Munition. So sehen eher Essgeschirre aus, Helme, Gürtelschnallen, Orden. So was.«

Sila dachte an den Helm im Eiskeller. Er hatte den Soldaten nicht beschützt. Jedenfalls nicht am Schluss. Aber immerhin hatte er Anna und ihren Garten noch kennenlernen dürfen. Und vielleicht war der Mann wenigstens hier gestorben und nicht draußen in einem Massaker.

»Ich denke auch, dass hier einmal ein Brunnen war. Aber schon nicht mehr zum Zeitpunkt des Krieges. Es war wahrscheinlich nur noch eine Grube, und einen Teil der Steine hatte man bereits für andere Dinge gebraucht«, erklärte Herr Krenbichler und winkte dem Jürgi. »Hol mal bitte den Bagger, Junge!«

Der Jürgi zog eine Plane von der Ladefläche, klappte eine Rampe herunter und kam mit einem Minibagger angefahren.

Schicht für Schicht kratzte er damit nun lehmgelbe, teils sandige Schichten ab, während Herr Krenbichler mit Adleraugen den Boden musterte.

Sila konnte es kaum ertragen. Sie beobachtete eine Obsthummel, die das Brummen des Baggers wohl als das Summen eines größeren Artgenossen einstufte und unbekümmert in die Glockenblumen neben der Bank kroch, ehe sie sich flüchtig für den Johannisbeerkuchen interessierte.

Irgendwann hob Herr Krenbichler hastig die Hand. »Stopp, Jürgi! Sofort! Leichenschatten!« Der Motor verstummte abrupt, und Jürgi kletterte aus dem Bagger.

Sila schluckte noch an dem Wort. Herr Krenbichler kam zu ihr herüber. »Das sind chemische Prozesse«, erklärte er mit einem verständnisvollen Blick. »Eisenoxide. Die Weichteile des Körpers hinterlassen in manchen Böden eine dunkle Silhouette. Wir arbeiten jetzt nur noch ganz vorsichtig weiter, mit Spachtel und Pinseln.«

Sila zögerte. »Schauen Sie ruhig in die Grube«, ermutigte Herr Krenbichler. »Manchmal ist es besser hinzusehen, als sich etwas Falsches vorzustellen.« Er ließ sie allein, um etwas auf dem Lastwagen zu suchen.

Es war tatsächlich ein Schatten. Als stünde jener Mensch an

diesem Sommertag hinter Sila und sein Schatten fiele in die Grube. Als ob sie ihn sehen und berühren könnte, wenn sie sich nur im richtigen Moment umdrehte. Eine stumme, beinahe tröstliche Gegenwart.

Sie wusste nicht, warum, aber aus einem Impuls heraus zog sie ihr Handy aus der Tasche und machte ein Bild davon, obwohl es ihr selbst unpassend erschien. Die beiden Männer diskutierten noch und sahen nicht herüber.

»Jeder lässt etwas zurück. Etwas bleibt immer«, sagte Herr Krenbichler, als er zurückkehrte, die Arme voller Werkzeug. »Irgendwo, für irgendwen hat er noch eine Bedeutung. Jetzt auch für Sie.«

Der Jürgi rumorte noch auf der Ladefläche des Lastwagens und schob einen Sarg nach vorn.

Herr Krenbichler wandte sich an Sila. »Wir brauchen hier jetzt eine Weile. Gehen Sie ruhig und machen was Schönes. Ich rufe Sie, wenn ich Neuigkeiten habe.«

Sila war ihm dankbar dafür. Er hatte recht gehabt, manchmal war es gut hinzusehen. Aber manchmal war es auch genug. Sie holte Futter und ging zu Curie und Kopernikus. Das freudige Quieken, das Bedürfnis, gekrault zu werden, und die lebendige Verspieltheit der Minischweine war jetzt genau das Richtige für sie.

Später setzte sie sich auf die Bank und sah den Bienen zu, bis Herr Krenbichler schließlich kam und sich neben sie setzte.

»Der Jürgi sucht immer noch die Erkennungsmarke«, sagte er. »Die hatte jeder Soldat um den Hals, wie Sie wahrscheinlich wissen. Wenn sie verlorengegangen ist, wird es schwierig.

Manchmal wurde auch ein Grabzettel beigelegt, in einer Flasche. Das scheint hier aber nicht der Fall zu sein.« Er nahm seine Kappe ab und fächelte sich Luft zu. Schweiß stand auf seiner Stirn. »Wir können leider nur ungefähr ein Drittel unserer Gefundenen identifizieren. Aber ich kann Ihnen nicht nur aufgrund der Stiefelreste schon sagen, dass es sich eindeutig um einen Soldaten handelt. Und zwar nicht um einen russischen, sondern um einen deutschen. Ich erkenne das auch an den Zähnen. Die sowjetischen Soldaten hatten kaum Füllungen, weil sie weniger Süßes gegessen haben, dafür sind ihre Backenzähne abgenutzt, weil sie mehr Körner gekaut haben.«

Herr Krenbichler räusperte sich. »Und wir wissen nun auch, dass er an einem Kopfschuss starb. Es muss sehr schnell gegangen sein.«

Das war wohl unter den gegebenen Umständen eine gute Nachricht, überlegte Sila. Sie stellte sich vor, dass Annas Soldat, wie sie ihn bei sich nannte, mitten in seinen Gedanken an Gisela und den kleinen Konrad draußen Geräusche gehört hatte, einen Angriff wahrscheinlich – Schüsse oder jedenfalls laute Stimmen. Er hatte seine Eintragung abgebrochen, das Heft in den Rucksack gestopft und war hinaufgestürmt, um Anna zu beschützen. Das Letzte, was er gesehen hatte, ehe ihn der Schuss traf, waren vielleicht die blühenden Obstbäume und der rote und gelbe Goldlack, der schon immer im Frühling im Innenhof und am Tor geblüht hatte.

Anna musste sich bereits irgendwie in Sicherheit gebracht haben. Und irgendjemand hatte den Soldaten dann hastig in der alten Brunnengrube beerdigt.

Wenn er es überhaupt war.

»Das hier haben wir noch gefunden«, sagte Herr Krenbichler

und hielt ihr eine offene Pappschachtel hin, in die er Dinge gelegt hatte, noch verkrustet und teilweise rostig.

Eine Gürtelschnalle. Eine Taschenuhr. Ein Ring. Und ein Taschenmesser. Sila starrte darauf. Das alles machte den Menschen, dem das gehört hatte, noch wirklicher als der Schatten, den die Erde über die Zeit bewahrt hatte.

Als sie sich nicht rührte, stellte Herr Krenbichler die Schachtel auf die Bank und nahm die Uhr heraus.

»Aufklappen lässt sich der Deckel noch nicht, ehe sie gereinigt ist«, sagte er. »Aber …«

Er zeigte Sila die Rückseite. Zwischen undefinierbaren Flecken entdeckte sie verschnörkelte Buchstaben, eingraviert in das angelaufene Silber, das hier und da dunkel glänzte, nachdem Herr Krenbichler es mit seinem Taschentuch zu polieren versucht hatte.

Otto & Hilda
Für immer

Hilda. Nicht Gisela. Dann war er es doch nicht.

»Vielleicht hilft uns das weiter«, sagte Herr Krenbichler. »Andererseits muss das nichts heißen. Es muss nicht seine Uhr gewesen sein. Sie kann zum Beispiel einem verstorbenen Kameraden gehört haben, und er wollte sie den Angehörigen übergeben. Das gab es auch oft. Des Weiteren trug er einen Siegelring.« Er zeigte Sila einen großen goldenen Ring mit einem grünen Stein, in den eine Blüte eingraviert war. »Eine stilisierte Margerite vielleicht. Ungewöhnlich für einen Mann, aber es gibt gewiss einen Zusammenhang mit einer Familie oder einem Betrieb. Und dann ist da noch das hier.«

Er legte die Uhr und den Ring zurück und reichte Sila das Taschenmesser. Vorher rieb er es noch einmal an seiner Hose.

Sila nahm es ehrfürchtig in die Hand. Die Klinge darin war zu rostig, um sie noch aufklappen zu können. Aber der Griff! Auch hier war unter den dunklen Verkrustungen ein matter Glanz erkennbar. Eine Stelle war sogar noch ziemlich glatt, als sie vorsichtig mit dem Finger darüberfuhr.

»Perlmutt«, sagte sie leise.

»Ja. Auch seltsam für einen Mann. Es muss das Geschenk einer Frau gewesen sein, ein Andenken vielleicht. Aber nicht von Hilda.«

»Nein.« Sila starrte auf die beiden kleinen Buchstaben, die am unteren Rand eingraviert waren. Sie waren durch die Erde in den Vertiefungen umso deutlicher erkennbar.

A.B.

Anna Beer, dachte Sila, und wusste nicht, warum sie das nicht laut sagte.

Anna hat mir ein Messer geschenkt, ein klappbares Taschenmesser mit einem perlmutternen Griff und ihren Initialen darauf. Ein merkwürdig unpassender und tröstlicher Glanz alter, friedlicher Zeiten …

Es war, als hörte sie ihn die Worte sprechen. Hatten Stimmen denn ebenfalls einen Schatten, den man manchmal wahrnehmen konnte? Hatte sie deshalb auch die Stimmen ihrer Eltern im Haus gehört?

»Was geschieht nun mit diesen Dingen?«, fragte sie beklommen. Ich muss ihm das Heft geben, dachte sie. Es gehört dazu.

Doch sie sagte nichts davon. Warum, wusste sie selbst nicht. Immerhin hatte sie es ja dem Roten Kreuz gemeldet.

Herr Krenbichler legte alles zurück in die Schachtel und schloss sie.

»Wir übergeben das der *Deutschen Dienststelle für die Benachrichtigung der nächsten Angehörigen von Gefallenen der ehemaligen deutschen Wehrmacht.* Die sind für Schicksalsklärung zuständig und haben alle Anfragen in einer Kartei. Sie lagern auch diese Fundstücke. Sie bemühen sich sehr, die Angehörigen zu finden. Dann bekommen diese das selbstverständlich zugeschickt. Es bedeutet ihnen meist sehr viel.«

»Gibt es für mich einen Weg zu erfahren, ob sich in diesem Fall Angehörige gefunden haben?«

»Wenn die Angehörigen einverstanden sind, ja. Dann werden diese sich vielleicht ohnehin bei Ihnen melden. Oft möchten sie wissen, wo der Ort ist, den die Verstorbenen zuletzt gesehen haben.«

»Und wo wird er bestattet?«

»Sicherlich auf dem Soldatenfriedhof nahe Letschin. Dort, wo es ein Denkmal für die Gefallenen gibt.«

»He, Boss!« Drüben an der Grube hob der Jürgi die Hand. Zwischen den Fingern seines riesigen Handschuhs zeigte er etwas Kleines, Flaches. »Ich hab sie!«

Herr Krenbichler stieß ein Seufzen aus und stand auf. »Die Erkennungsmarke! Dem Himmel sei Dank. Das ist gut. Das ist sehr gut«, sagte er.

Später trugen die Männer den Sarg hinüber zum Lastwagen. Sila ging nebenher und legte einen Strauß bunter Wicken darauf. Noch lange stand sie da und sah dem Auto nach.

Über ihr kreiste Runaj, dann strich er elegant und geräusch-los tiefer über die Weiden und flog direkt an Sila vorbei. Für einen langen Augenblick traf sein eindringlicher Blick ihren, bevor er sich wieder in den Himmel aufschwang.

Sila fühlte sich seltsam verstanden.

Lexi

Fehmarn

2017

33

Wo ist Jonne?

Zwei Wochen später beobachtete Lexi, wie geschickt und konzentriert Linnea in Valentinas Garten und drum herum ihren versprochenen Beitrag drehte.

Wie sie den alten Stein von der Burg ins Visier nahm, dann das Tor mit dem Reh. Erst aus einer Perspektive, dann der anderen. Wie sie eine Wolke abwartete oder einen Ast beiseiteklemmte, um die Beleuchtung zu verändern. Dann in den tiefen Schatten trat, um auf dem Display die Szene zu überprüfen, nur um sich im nächsten Augenblick auf etwas Neues zu stürzen. Sie schien einen genauen Plan im Kopf zu haben, dem sie folgte. Dabei konnte sie zuhören, Anweisungen geben, Fragen stellen und mit dem Handy hantieren, alles auf einmal.

Wenn Lexi doch selbst auch so genau wüsste, wie es weitergehen sollte!

Die Tour durch die Inselgärten hatte ihr gutgetan. Jonne hatte recht gehabt. Mal etwas anderes sehen, erleben, wie unter den Händen Gleichgesinnter aus Träumen Pläne und aus Plänen Wirklichkeit wurde. Und doch konnte sie sich selbst seitdem auf gar nichts konzentrieren.

Jonne meldete sich nicht. Warum nur? Er hatte sie doch gebeten, ihm mit dem Bau eines Drachens zu helfen! Allerdings hatte er nicht gesagt, wann. Doch es waren ja nur noch ein paar Monate bis zum Drachenfestival im Herbst. Hatte Lexi sich so sehr getäuscht? Sie war sich sicher gewesen, dass er die gemeinsame Zeit ebenso schön gefunden hatte wie sie. Und nun – nichts! Eine kurze belanglose Nachricht, mehr nicht.

Mehrfach hatte sie schon zum Hausboot hinüberspazieren wollen. Aber dann musste sie an einem Wochenende nach Berlin zu Wolfgangs Hochzeit. Ohne ihre Eltern, natürlich. Alle ihre Vermittlungsversuche hatten Kraft gekostet und nichts gebracht. Dafür war die Feier ohne deren Anwesenheit herrlich unbeschwert.

»Ich bin so froh, dass ich dich habe, Schwesterlein!«, hatte Wolfgang gesagt und sie lange umarmt. »Und Alika ist jetzt auch deine Schwester. Und du wirst Tante. Das ist doch mal eine Familie, was?«

Lexi war sehr bewegt gewesen und musste das erst einmal verdauen. Gleich danach drängte die Vorbereitung für den Dreh mit Linnea, die viel schneller als erwartet loslegen wollte. Außerdem standen die Sommerferien bevor. Zeugnisse mussten geschrieben werden, es gab Lehrerkonferenzen und Elterngespräche. Die Kinder waren unruhig. Es blieb einfach keine Zeit. In den Ferien, ja dann ... aber Lexi wusste gar nicht, was sie dann machen würde.

Wenn sie sich durchlas, was sie auf die E-Mails von Sila, der Mondbiene, antwortete, klang sie kompetent und gelassen – aber sie fühlte sich nicht so.

Ich habe nicht mehr gewusst, dass Gärtnern so glücklich macht, egal wie es einem gerade geht, schrieb Sila. *Wanda, von der ich dir erzählt habe, hat es mich schon gelehrt, als ich gerade laufen konnte, und jeden Tag danach, bis wir fortmussten. Sie hat es mir einfach vorgelebt, und ich habe es nachgemacht. Bald wusste ich: Egal, was gerade Schlimmes passiert, mit den Händen in der Erde wird man wieder ganz. Dann,* wenn es nach Regen riecht oder du die Sonne wie eine zärtliche Berührung auf dem Nacken spürst, wenn Heu geerntet wird, wenn du Äpfel pflückst, Möhren ziehst oder Blumenkränze windest und dich selbst zur Prinzessin in deinem grüngoldenen, duftenden Reich machst. Dann wird alles erträglich, alles neu. Dann findest du eine Antwort auf alles, und sie ist so einfach.

Die Bienen wissen das. Sie fliegen von Blüte zu Blüte, folgen dem Duft und sammeln nur, was sie brauchen. Sie tanzen, um den anderen davon zu erzählen. Oder nur für sich, weil sie sich auf den Himmel von morgen freuen.

Das klingt wie ein Märchen, nicht wahr? Und doch ist es die Wirklichkeit. Ich bin entschlossen, das nicht wieder zu verlieren wie schon einmal. Darum träume ich von einem Ort, wo ich so leben kann. Doch er muss einfacher sein als dieser riesige, unübersichtliche Hof, der überwältigend schön ist, aber eben auch überwältigend groß. Er birgt auch zu viel Vergangenheit für mich, obwohl ich meinen Frieden mit ihr gemacht habe. Aber die Schatten werden immer da sein. Für jemand anderen wäre das nicht so. Bienen schwärmen aus und suchen einen neuen Ort. Das werde ich auch tun, sobald ich weiß, was hiermit geschieht.

Liebe Sila, danke für diese Worte, schrieb Lexi zurück. *Du hast völlig recht. Es hat mich daran erinnert, was ich mir früher von Pia abgeguckt habe, so wie du von Wanda. Gärtnern macht glücklich, ja. In all meiner Beschäftigung mit Pädagogik habe ich vergessen, wie einfach es ist, dabei wollte ich doch genau das den Kindern zeigen. Zeigen, nicht beibringen! Darauf werde ich mich wieder besinnen.*

Nur dass gerade jetzt gar nichts einfach schien. Remy hatte sich noch nicht gemeldet, also hatte sie wohl bisher von nichts Geeignetem gehört.

Und was war nur mit Jonne? Sie hätte so gern weiter mit ihm über ihr Problem gesprochen und dabei seine beruhigende, heitere Gegenwart gespürt.

»Lexi! Lexi?« Linneas Stimme drang durch ihre Gedanken. Schuldbewusst blickte Lexi auf. Linnea, die ihr zugewinkt hatte, den Topf mit der Tomate ein Stück nach rechts zu tragen, ließ ihr Handy sinken und kam zu ihr herüber. »Wollen wir uns einen Moment setzen?«, fragte sie. »Es ist so schön in diesem Garten. Ich habe schon viele Gärten im Laufe meiner Arbeit gesehen, aber dieser ist etwas ganz Besonderes.« Sie ließ sich gemütlich zwischen die Kissen in der Schaukel nieder und sah sich sichtlich erfreut um. »Man fühlt sich einfach geborgen. Vielleicht, weil er so klein ist, aber sicher liegt es auch an seiner Geschichte. Er war ja immer ein Zufluchtsort, seit Valentina ihn dazu bestimmt hat, dass er an jemanden weitergegeben wird, der ihn braucht.« Linnea recherchierte gründlich. Auf ihre Bitte hin hatte Lexi ihr Scans von den wichtigsten Stellen aus den alten Büchern geschickt.

»Ja, das könnte sein.«

Linnea warf Lexi einen Blick zu und sprach weiter. »Auf Hiddensee, im Lesegarten, da ist es anders. Das ist auch ein Ort der Geborgenheit, aber er ist eher als Rahmen gedacht. Er steht nicht selbst im Mittelpunkt. Man soll dort nur ungestört sitzen können und schweigen oder lesen, eintauchen in die Welten zwischen Buchdeckeln. Hier ist es anders. Hier will man gar nicht lesen. Man möchte einfach nur da sein. Sich umsehen, hören, riechen. Genießen. Man selbst sein dürfen, ohne dass jemand einen ändern möchte, Forderungen stellt oder woandershin drängt. Und man möchte dazu beitragen, dass es so bleibt, noch für ganz viele Menschen, die nach uns kommen.«

Lexi, die aus ihrem Grübeln einfach nicht herauskam, setzte sich mit einem Ruck auf. »Genau! Linnea, genau so ist es, und es ist wunderschön, aber ebendas ist auch mein Problem. Ich habe diesen Garten mal gebraucht. Aber nun bin ich nicht mehr die Richtige dafür. Ich brauche etwas anderes.«

»Warum ist das ein Problem? Gib ihn weiter. So soll es doch sein.«

»Ja, das hat Jonne auch gesagt.«

»Wo ist der eigentlich?«, erkundigte sich Linnea und sah sich um, als hätte Lexi ihn hinter dem Rankgitter für die Gurken versteckt. »Ich fand ihn ausgesprochen sympathisch und interessant.«

Lexi zuckte mit den Schultern. »Keine Ahnung. Was kommt als nächste Szene?«

»Verstehe.« Linnea stand auf. »Ich dachte, wir zeigen den Blick vom Dach. Ich filme den Kürbis, und du erzählst von den Kindern, die ihn gepflanzt haben.«

»Okay.« Lexi stellte die Leiter ans Dach und musste dabei prompt wieder an Jonne denken, mit dem sie da oben gesessen hatte. »Ziepeltrine«, schimpfte sie mit sich selbst.

»Wie bitte?«, sagte Linnea und lachte los. »Das habe ich zuletzt während meines Studiums in Hamburg gehört. Das heißt so viel wie Heulsuse, richtig?«

»Ja. Hat mein Vater oft zu mir gesagt.«

»Es klingt viel netter als Heulsuse«, meinte Linnea. »Oh, was für ein besonderer Platz hier oben!« Linnea blickte sich auf dem Dach um. »Das nehme ich gleich als erste Szene für den Beitrag. Das ist unwiderstehlich.« Sie begann, die Zitronenfalter an den

Kürbisblüten zu filmen und dann die Früchte, die sich schon beeindruckend rundeten, vor dem blauen Horizont mit den Möwen. »Ich freue mich übrigens schon sehr auf unsere spätere Zusammenarbeit, wenn ich deine pädagogischen Projekte begleiten und in die Schulen senden darf.«

»Wenn daraus jemals etwas wird.«

»Ich *weiß*, dass es etwas wird. Ziepeltrine!«, sagte Linnea über die Schulter und grinste.

Liebe Lexi, kennst du eine Unterkunft, in der ich auf Fehmarn ein oder zwei Wochen mit zwei alten Leuten bleiben könnte? Ich möchte dich gern besuchen und deinen Garten sehen, wenn es dir recht ist, und den beiden einen kleinen Urlaub am Meer schenken. Ich weiß nur noch nicht, wann und wie ich hier fortkann. Es hängt alles davon ab, wann sich ein Käufer oder wenigstens ein Pächter findet. Mein Anwalt ist im Kontakt mit einem Makler, aber alles ist schrecklich ungewiss. Liebe Grüße, Sila.

In Lexi breite sich erwartungsvolle Freude aus. Das war die Antwort auf die drohende Leere in den Sommerferien! Sila erinnerte sie so an Pia. Sie könnten viel über Gärten reden, und Sila würde vielleicht Rat wissen.

Ihr könnt sehr gern hier wohnen. Es gibt genug Zimmer, auch wenn sie nicht groß sind. In den Ferien habe ich keine Kinder, die sind alle mit ihren Eltern unterwegs, schrieb sie. *Ich freue mich!*

Dann begannen die Ferien. Lexi atmete durch. Sie räumte die Schulunterlagen für eine Weile weg, erledigte im Garten, was getan werden musste, und spazierte dann den Strand entlang. Sie kaufte sich ein Eis und bahnte sich einen Weg zwischen den unzähligen Familien, die dort Sandburgen bauten, Strandmuscheln aufstellten und Luftmatratzen ins Wasser schoben.

Für eine Weile kam sie sich selbst vor wie ein Kind, dessen Sommerferien gerade begonnen hatten, aber je länger sie durch die Menge spazierte, desto einsamer fühlte sie sich. Sie wanderte bis zum Café Sorgenfrei und kaufte sich dort ein Stück Schokoladentorte. Mit dem Teller auf den Knien saß sie auf den hölzernen Stufen und blickte über das Wasser, sah ein Schiff nach dem anderen vom Hafen her hinausfahren zu dem lockenden Horizont, der im Sommerdunst so unwirklich aussah wie der Eingang zu einem Land der Träume. Um sie herum schnatterte und lachte die Menschenmenge. Als sie fertig war, brachte sie den Teller zurück und folgte dem Weg an der Bucht bis zum Hafen. Dann die Mole entlang bis zur äußersten Spitze, wo die Hausboote verankert waren. Sie wagte sich an dem Schild vorbei, welches besagte, dass nur Mieter der Hausboote den Steg betreten durften, und klopfte an Jonnes Tür. Schweigen. Verlassen schaukelte das Boot auf dem Wasser.

»Ich bin so dumm«, sagte Lexi zu den metallenen Möwenskulpturen auf dem Felsen am Ufer, die so gemütlich rund und gute Zuhörer waren.

Natürlich, warum sollte er auch mitten am Tag hier sein, als hätte er auf sie gewartet. Er arbeitete schließlich! Er hatte keine Ferien. Ganz im Gegenteil, der Laden hatte jetzt Hochkonjunktur. Badematten, Handtücher, Sandförmchen und Drachen gingen über den Tisch wie nie. Sie würde abends wiederkommen. Wenn sie dann noch den Mut dazu hatte.

Zurück in Valentinas Garten zupfte sie eine Stunde lang Unkraut, aber das half ihr auch nicht, ihre Unruhe zu bekämpfen. Kurzentschlossen stieg sie ins Auto und fuhr nach Burg. Sie mochte die kleine Stadt mit den eng aneinandergelehnten uralten Backsteinhäusern und der entspannten Stimmung. Sie spazierte einmal um die solide Kirche, die immer beruhigend auf sie wirkte, berührte die dicken alten Mauern und schimpfte dann mit sich selbst, weil sie die Zeit nur vertrödelte. Jetzt war sie einmal hier, jetzt konnte sie auch ihrem ursprünglichen Impuls folgen.

Kneifen gilt nicht, hörte sie Pia sagen.

Sie musste Jonne sehen. Unbedingt. Egal, was dabei herauskam.

»Wie im Flug« hieß der Laden, in dessen Schaufenster die Drachen zwischen aufblasbaren Bällen, Strohhüten und Buddeleimern prangten. Sila folgte einer Familie mit drei Kindern hinein. Sie sah sich um, bis sie schließlich den Verkaufstresen fand, hinter dem eine blonde Frau die Kasse klingeln ließ.

»Entschuldigung, ist Jonne Trynoga da?«, fragte Lexi. Ohne aufzusehen, winkte die Frau in Richtung einer halboffenen Tür hinter sich, als ob sie ständig Ströme von Besucherinnen in Jonnes Richtung dirigieren müsste. Lexi drückte sich hastig an ihr vorbei, auch um dem Gedränge und der Enge zu entkommen.

Hier war mehr Platz, wenn auch nicht viel. Es schien sich um eine kleine Werkstatt zu handeln. Überall an der Decke hingen Drachen, an den Wänden stapelte sich Materialien, und in der Mitte stand Jonne über einen Tisch gebeugt, eine große Schere in der Hand. Da die Tür offen gewesen war und die Stimmen aus dem Laden bis in die Werkstatt schwappten, hatte er Lexi nicht kommen gehört.

Sie stand eine Weile da und betrachtete ihn. Seine Schultern unter dem sonnengebleichten blauen T-Shirt, seine Haare, die über dem rechten Ohr grundsätzlich mehr abstanden als über dem linken. Die Konzentration, die aus seiner ganzen Haltung sprach. Die Mischung aus heiterer Jungenhaftigkeit und konzentriertem Ernst, die man ihm sogar von hinten ansah. Lexi wusste jetzt wieder ganz genau, warum sie gekommen war.

»Hallo, Jonne«, sagte sie.

Er erstarrte einen Augenblick, dann richtete er sich auf und wandte sich langsam um. »Lexi!«

Das hatte sie auch vermisst. Seine Stimme. Irgendetwas darin stellte ihre Welt immer wieder auf die Füße. Einen langen Augenblick rührten sich beide nicht. Endlich schloss Lexi die Tür hinter sich, ging auf Jonne zu und nahm ihm die große Schere aus der Hand. Dann legte sie ihm die Arme um den Hals, stellte sich auf Zehenspitzen und küsste ihn.

Es erschien ihr eine Ewigkeit, bis er seine Arme auch um sie schloss, dafür jetzt umso fester.

»Ich habe dich so vermisst«, sagte er gedämpft in ihre Schulter, als der Kuss endete.

»Ich dich auch. Heute konnte ich nicht mehr warten.« Lexi lehnte sich zurück und sah ihn an. »Warum? Warum hast du dich nicht mehr gemeldet?«

Er schob sie zu einem Stuhl, setzte sich und zog sie auf seinen Schoß. »Ich wollte ja! Du hast ja keine Ahnung, *wie* sehr. Aber dann kamen mir alle diese Zweifel! Ich weiß, dass ich hier nicht bleiben werde, und ich will dir nicht weh tun. Und ich darf deinen Plänen nicht im Wege stehen. Du sollst frei sein, deinen Weg zu finden, gerade jetzt, wo das so wichtig für dich ist. Außerdem habe ich keine Ahnung, wie meine eigene Zukunft aussehen wird. Ich fand, es sei nicht fair dir gegenüber, dich jetzt in eine so ungewisse Beziehung zu verwickeln.«

»War das alles?« Lexi war unendlich erleichtert und fuhr ihm durch die Haare. Endlich durfte sie die berühren. »Ich wusste gar nicht, dass du so auf Sicherheit bedacht bist.«

»Ich auch nicht. Vor allem will ich nicht zu einem Hindernis für dich werden.«

»Das ist lieb von dir. Das Problem ist nur, es ist ein viel größeres Hindernis für mich, wenn du nicht bei mir bist und ich nicht mit dir über meine Zukunft sprechen kann. Und über sonst noch so einiges.«

»Wenn das so ist, dann ist es gut. Mir geht's nämlich genauso.« Diesmal küsste er sie zuerst.

»Wolltest du nicht, dass ich dir mit einem Glühwürmchendrachen helfe?«, fragte Lexi dann.

»Natürlich! Würdest du ihn dir ansehen und auf biologische Korrektheit überprüfen? Ich bin schon ziemlich weit, aber ich konnte mich nicht recht konzentrieren, weil ich immer an dich denken musste.«

»Das hättest du einfacher haben können.« Lexi inspizierte interessiert den Drachen, den er vor ihr auf den Tisch ausbreitete. Im Glück des Moments hatte sie das Gefühl, sie könnte auch eigenhändig ein Flugzeug bauen.

»Das Problem ist, dass sie eine relativ große Leuchtfläche am Hinterteil haben«, erklärte Jonne. »Aber eine größere Leuchte wäre zu schwer. Daher habe ich den Hinterleib aus einer reflektierenden Folie gemacht, so wie man sie im Straßenverkehr verwendet. Aus einer Warnweste. Es ist nur eine ganz leichte Lichterkette darunter gespannt. Das funktioniert ziemlich gut. Aber irgendetwas stimmt noch nicht.«

»Ja, die Augen sind viel zu klein und die Fühler zu kurz«, stellte Lexi fest.

»Ist das alles? Na, das kann ich leicht beheben. Gut, dass du da bist. Ich brauche wohl ganz dringend eine Lehrerin in meinem Leben.«

»Auch eine ratlose?

»Auch. Das passt im Augenblick gut zu mir. Das Einzige, was ich sicher weiß, ist, dass ich im Herbst hier beim Drachenfestival mitmachen werde. Mit meinem Team trainiere ich eine Synchronnummer ein, und wir werden auch tagsüber hier ganz viele Drachen zeigen. Die nächtliche Show am Ende ist der Höhepunkt. Danach enden auch die Saison und mein Vertrag hier.«

»Dann weißt du immerhin schon mehr als ich. Ich hoffe darauf, dass Remy vielleicht tatsächlich einen Betrieb findet, in dem ich einige meiner Ideen verwirklichen kann, einen landwirtschaftlichen oder sozialpädagogischen, weiß der Himmel. Und vielleicht stößt sie ja sogar auf jemanden, der meinen Garten braucht.« Lexi betrachtete eine Rolle bunter Folie. »Es ist wie mit dem Horizont über dem Meer, wenn er so dunstig ist. Man hat eine Ahnung, dass gleich etwas Bedeutendes dahinter auftauchen wird, aber man weiß nicht, was.«

Jonne nahm sie in den Arm und küsste sie erneut. »Dann lass uns einfach die Sommertage genießen und darauf vertrauen, dass wir den richtigen Weg finden.«

»Zusammen? Das macht es wahrscheinlich noch schwieriger.« Aber trotz ihrer Worte hatte Lexi das Gefühl, dass für den Moment ihre Probleme wesentlich unbedeutender geworden waren.

»Auf jeden Fall *zusammen*. Jetzt lasse ich dich nicht mehr los!«, erklärte Jonne.

Den Rest des Nachmittags arbeiteten sie an dem Drachen, bis Lexi zufrieden war.

»Kommst du mit aufs Hausboot?«, fragte Jonne zärtlich und ein wenig verlegen.

Lexi schüttelte den Kopf. »Sonst immer gerne. Aber ich möchte dir unbedingt etwas zeigen. Bei mir. Vielleicht wissen ja die Götter, wie es mit uns weitergeht.«

»Welche Götter?«, fragte Jonne belustigt.

»*Meine* Götter. Du wirst schon sehen.«

Als draußen über dem Meer der Erntemond aufging, eine helle Brücke über das Meer warf und sogar die großen Kürbisse, die auf dem Dach reiften, in eine geheimnisvolle Farbe tauchte, bemerkten Lexi und Jonne nichts davon. Denn sie saßen zusammen vor dem Aquarium und sahen den Seepferdchen dabei zu, wie sie in der blauen Dämmerungsbeleuchtung umherzuschweben schienen. Ihren winzigen Flossenschlag sah man kaum.

»Ich kann verstehen, dass Pia sie nach alten Göttern benannt hat«, sagte Jonne ehrfurchtsvoll. »Seepferdchen sind sowieso so erstaunliche Wesen, und hier in diesem Licht wirken sie direkt überirdisch. Es liegt ein Zauber in ihnen.«

Er zog Lexi an sich, während Aton und Isis aus den Pflanzen auftauchten, sich in einem langsamen Liebestanz umkreisten und dann innig ineinander verschlungen zur silberglänzenden Wasseroberfläche emporstiegen.

Sila

Altlewin

2017

34

Henrik

Er stand neben dem Tor, als Sila hinausging, um zu sehen, ob die Post schon da gewesen war. Eine hohe Stirn, in nachdenkliche Falten gezogen, dunkle Haare mit einigen wenigen silbernen Fäden darin, beginnende Geheimratsecken und klare graublaue Augen. Er sah Sila nicht, so sinnend betrachtete er den Hof, der in einem fast unwirklichen Sommerglühen und einer Duft-wolke vor ihm lag. Sila hielt den Mann erst für eine Erscheinung aus ihren Gedanken, in die sie gerade noch im Gemüsegarten versunken gewesen war.

Es hatte sie früh hinausgezogen, als noch der Tau auf dem Gras funkelte. Bald wurde es Zeit, die Wiese zu mähen. Martin hatte sich dazu bereit erklärt. Eine Wiese blieb nur eine Wiese, wenn man sie auch rechtzeitig mähte. Die Blumen hatten sich längst ausgesät, und auch das Heu durfte nicht verschwendet werden. Martin konnte es für sein Vieh gut gebrauchen. Dennoch tat es Sila jedes Mal weh, genau wie damals. Aber es dauerte ja nicht lange, und alles blühte erneut. Heute genoss sie noch einmal das Tanzen der zarten Blüten und Samen auf der Streuobstwiese und überall, wo sie nur hinschaute. Auf den Feldern würde bald geerntet werden. Und es war ein gutes Apfeljahr.

Dann war sie in den Gemüsegarten gegangen. Sie aß zurzeit fast nur noch frisch geerntete Gurken, Radieschen, Mohr-rüben, Salat, Tomaten und was noch alles wuchs. Sila hatte sich noch nie so gesund gefühlt. Abgesehen davon war es unglaublich befriedigend, etwas zu essen, das man selbst hatte reifen sehen.

Jeden Morgen kam sie hierher, um die Früchte zu ernten. Auch heute hatte sie ihren Korb gefüllt, ihn in den Schatten gestellt und sich dann auf einen Baumstamm gesetzt, der einer ihrer Lieblingsplätze war. Dann hatte sie ihren Freunden zugesehen, wie sie in den Zucchiniblüten herumsummten. Zwölf Bienenleben brauchte es, um einen Teelöffel Honig herzustellen. Wie viele Menschenleben waren nötig, um einen Frieden zu erkaufen?

Sie hatte noch immer nichts von der Dienststelle gehört, die die Gefallenen identifizierte und die Angehörigen benachrichtigte. Nach über siebzig Jahren konnte man wohl nicht erwarten, dass das schnell ging. »Da musst du Geduld haben«, hatte Martin gesagt, und Lisann meinte, auf ein paar Wochen käme es ja nicht an.

Aber Sila musste ständig daran denken, schließlich ging sie täglich an der Fundstelle vorbei. Sie würde sich auch noch überlegen müssen, was sie jetzt mit der Grube und den herumliegenden Steinen anfangen wollte. Auch das alte verbogene Metallgestell lag noch da. Doch sie fühlte sich in dieser Sache seltsam gelähmt. Sie wusste noch immer kaum mehr über Annas Soldaten als das, was im Heft stand. Er hat Annas Taschenmesser bei sich gehabt, als er fiel. Wem aber hatte wohl die Uhr gehört? Und was hatte der Ring zu bedeuten?

Es gab so viele Hinweise! Da konnte es doch nicht sein, dass sie gar nichts herausgefunden hatten. Lag es an ihr, weil sie das Heft nicht dazugegeben hatte? Sila beschloss, es noch nachzuliefern. Sie konnte angeben, sie hätte es erst jetzt gefunden. Sie hätte es natürlich gleich tun sollen. Sie wusste auch nicht, was sie daran gehindert hatte.

Über die Wasseroberfläche des Regenfasses huschten Wasserläufer, unscheinbare Insekten mit vier langen und zwei kurzen Beinen, die so leicht waren, dass sie auf der Oberfläche laufen konnten. Die vier Füße verursachten nur vier kleine Dellen in der Oberfläche. Am besten erkannte man diese Wesen an ihrem Schatten, der wie eine Blume aussah, die über den Sand am Boden huschte.

Sie sind so leicht, dass sie nicht versinken, dachte Sila. Ich möchte einen Ort finden, wo ich mich genauso leicht fühle! Wo alles klar ist, wo kein Gewicht der Vergangenheit, keine Verwirrung der Zukunft alles trübt. Wo alles einfach ist. Dort möchte ich leben und nicht mehr verursachen als nur eine Delle in der Oberfläche, die nicht mehr zu sehen ist, sobald man weitergeht.

Schließlich riss sie sich los, trug ihre Ernte in die Küche und ging hinaus, um die Post zu holen. Vielleicht war ja endlich ein Angebot dabei, eine Nachricht von Harrys Makler.

Und dann stand da dieser Mann, rührte sich nicht und blickte über den Zaun, als hätte er eine Vision, die ihn völlig gefangen nahm. Da er sie nicht bemerkt hatte, überlegte Sila, ob sie ihn ansprechen sollte. Vorsichtig trat sie einen Schritt näher. Die Sonne fiel durch die Weidenbäume hindurch auf seinen linken Arm. Sila fiel ein Glänzen an seiner Hand auf, dann ein grünes Funkeln. Jetzt konnte sie nicht anders, als auf ihn zuzugehen, und sah es schließlich mit Gewissheit. Der Siegelring!

Er trug den Siegelring, der Annas Soldat gehört hatte. Sila blieb stehen. Nun wandte der Mann sich zu ihr um.

»Guten Tag! Bitte entschuldigen Sie die Störung«, sagte er höflich.

Er war um einiges jünger als sie, stellte Sila fest und fand langsam zurück in die Wirklichkeit. Einen Moment zuvor war ihr noch gewesen, als wäre sie in eine andere Zeit geraten, als wäre sie Anna und vor ihrer Tür stünde der Soldat.

Doch dieser Mann war nicht verwundet. Er lächelte sie verlegen an und schien nicht genau zu wissen, was er sagen sollte. »Ich wollte nur einmal den Ort sehen«, erklärte er schließlich. »Den Hof, wo ...« Der Satz blieb in der Luft hängen.

Sila kam ihm zu Hilfe. »Kann es sein, dass Sie den Ort suchen, an dem jemand aus ihrer Familie gefallen ist? Ich war dabei, als er gefunden wurde«, sagte sie sanft. »Kommen Sie doch bitte herein«, fuhr sie fort, nachdem er fast unmerklich genickt hatte.

Der Mann folgte ihr stumm durch das Tor und blickte sich aufmerksam um, während Sila ihn einlud, auf der Bank Platz zu nehmen. Gelbe und violette Stockrosen blühten rechts und links davon, an der Dachrinne prangte eine Wicke in Rosa, und an der Hauswand rundeten sich die Weintrauben. An der Stallwand reiften dunkelglänzende Brombeeren. Über den Weg neigten sich Löwenmäulchen und Rittersporn, dazwischen standen hohe Sonnenblumen, die Köpfe dem Licht zugewandt.

Der Mann sah sich überwältigt um. »Ob es damals hier auch so ausgesehen hat?«, fragte er beinahe flüsternd.

Sila setzte sich neben ihn. »Ich kann Ihnen auf jeden Fall versichern, dass in diesem Garten immer Blumen geblüht haben, auch zu den schlechtesten Zeiten. Und das Haus ist älter als beide Kriege. Dieser Ziegenkopf da oben, der hat alles gesehen.«

Er blickte hinauf, dann richtete er sich auf und bot Sila die

Hand. »Entschuldigen Sie bitte! Ich habe ganz vergessen, mich vorzustellen. Henrik Tulpe.«

»Tulpe? Dann ist das auf dem Siegelring eine stilisierte Tulpe! Ich bin Sila, Sila Beer.«

»Freut mich, Frau Beer. Ja, er zeigt eine Tulpe von oben. Der Ring ist seit Generationen in meiner Familie. Es ist mein Großvater, den Sie gefunden haben. Heinrich Tulpe. Er hat ihn auch als Ehering benutzt, bei der Hochzeit. Es war eine Kriegshochzeit, das hatten sie keine Zeit, Ringe zu besorgen und gravieren zu lassen.«

Heinrich. Heinrich Tulpe. Annas Soldat hatte nun endlich einen Namen. Sila fühlte sich seltsam erleichtert.

»Dann heißt Ihr Vater Konrad«, sagte sie mehr zu sich als zu ihm.

Erstaunt blickte er sie an. »Ja, woher wissen Sie das? Hat die Dienststelle Sie auch kontaktiert?«

»Nein. Ich habe da was für Sie. Warten Sie bitte.« Sie lief ins Haus und kehrte mit dem Rucksack, dem Helm und dem Heft zurück. »Ich hätte die Sachen dem Umbetter mitgeben sollen. Ich kann Ihnen auch nicht erklären, warum ich es nicht getan habe. Da war dieses starke Empfinden, dass ich es jemandem persönlich übergeben müsste. Und als Herr Krenbichler sagte, die Angehörigen würden meistens kommen, um den Ort zu besuchen, bin ich diesem Impuls gefolgt. Ich habe das hier in einem verschütteten Eiskeller gefunden, in dem Ihr Großvater wahrscheinlich die letzten Tage seines Lebens verbracht hat. Aber lesen Sie doch selbst. Möchten Sie etwas trinken?« Sila stand auf.

»Ja, gerne. Frau Beer, warten Sie!« Er berührte ihre Hand, als wollte er sie zurückhalten. »Ich bin froh, dass Sie mir diese

Dinge an diesem Ort geben! Es passt besser so. Und es wäre sonst vielleicht zu viel auf einmal gewesen, vor allem für meinen Vater. Machen Sie sich bitte keine Vorwürfe. Im Gegenteil, ich möchte mich bei Ihnen bedanken.«

»Oh, das freut mich! Danke, das bedeutet mir viel. Ich hatte ein wirklich schlechtes Gewissen. Möchten Sie Kaffee, oder lieber Johannisbeersaft? Selbst gemachten?«

Sein ernstes Gesicht hellte sich auf. »Johannisbeersaft, unbedingt. Mein Vater hat früher auch welchen gemacht, nach einem Rezept meines Urgroßvaters.«

Nach ein paar Schritten blieb Sila stehen. »Sagen Sie, wenn Ihr Großvater Heinrich hieß, wer war denn dann Otto?«

»Wegen der Uhr, meinen Sie? Otto und Hilda waren meine Urgroßeltern. Heinrich hatte die Uhr seines Vaters in der Tasche. Er hatte sie ihm geschenkt, damit sie ihn beschützen sollte. Er sagte, sie hätte ihn selbst im Ersten Weltkrieg beschützt. Diese Funktion hat wohl nur für einen Krieg gereicht.«

»Aber sie hat die Liebe weitergetragen«, sagte Sila leise.

Henrik Tulpe blickte überrascht. »Da haben Sie recht. Mein Vater hat die Uhr wieder herrichten lassen. Meine Großmutter Gisela lebt leider nicht mehr, aber es bedeutet Vater sehr viel, diese Uhr zu haben. Es war schlimm für ihn, ohne Vater aufwachsen zu müssen, obwohl er einer von vielen war. Für mich war das auch schwierig. Er wollte mir deswegen ein besonders guter Vater sein und hat mich damit fast erdrückt. Den Ring hat er mir geschenkt, damit ich auch etwas von Opa habe.« Plötzlich lächelte er. »Wissen Sie was? Ich habe noch nie Opa zu Heinrich sagen können, da ich ihn ja nicht kennenlernen konnte. Jetzt, da ich diese Dinge in der Hand halte, seinen Ring trage und diesen Ort gesehen habe, ist mir auf einmal, als ob ich ihn doch etwas kenne. Für meinen Vater ist es seit der Nachricht auch leichter geworden, obwohl er es nicht über sich gebracht hat hierherzukommen. Er ist nicht mehr so gesund. Sie haben unserer Familie jedenfalls ein großes Geschenk gemacht!«

Sila schüttelte den Kopf. »Es ist wahrlich nicht mein Verdienst, dass wir ihn gefunden haben. Aber vielleicht ein bisschen der meiner Großmutter, die ich übrigens auch nicht mehr gekannt habe. Schauen Sie in das Heft, dann werden Sie sehen, was ich meine.«

Sie brachte ihm den Saft, dann ging sie in die Küche, um einen Salat aus ihrer Ernte zu machen.

Schließlich sah Sila durch das Fenster, wie er aufstand und sich unschlüssig umsah. Sie ging zu ihm hinaus.

Er sah sie fragend an. »Würden Sie mir die Stelle zeigen, wo Sie ihn gefunden haben? Und vielleicht auch den Eiskeller?«

»Natürlich, sehr gerne. Sie stehen praktisch schon an der Stelle.« Sie führte ihn an zwei Stockrosen vorbei und zeigte ihm die Grube. Herr Krenbichler und der Jürgi hatten sie notdürftig wieder ein wenig zugeschaufelt. Es war nur eine Vertiefung geblieben, die merkwürdig zusammenhanglos mitten im Hof lag. Wie vergessen wirkten die verstreuten Natursteine, die wohl einst Teil der Brunnenmauer gewesen waren.

»Was werden Sie daraus machen?«, fragte Henrik Tulpe nach einer Weile.

»Ich weiß es noch nicht. Ich hatte irgendwie das Gefühl, abwarten zu müssen, bis ich von seiner Familie höre. Ist er denn beigesetzt worden?«, fragte Sila. Auch das hatte sie beschäftigt.

Er nickte. »Ja, auf dem Soldatenfriedhof. Das erschien uns passend. Sein Name steht jetzt auf dem Denkmal. Ich denke, er hätte bei seinen Kameraden sein wollen. Das Grab meiner Großmutter Gisela existiert bereits nicht mehr. Könnten Sie mir jetzt noch den Eiskeller zeigen, bitte?«

»Gerne, kommen Sie mit.«

Doch er blieb stehen und starrte noch immer in die Grube. »Es ist, als ob ich seine Gegenwart spüre. Ich spüre, dass er gern hier war. Dass er am Ende noch einmal auf eine Art glücklich war«, sagte er. »Aus seinen Worten geht hervor, wie sehr er den Garten seines Vaters geliebt haben muss. Es ist seltsam, wissen Sie. Mein Vater hat diesen Garten auch geliebt und sich darum gekümmert, bis er aus beruflichen Gründen fortziehen musste. Nun hat er einen Schrebergarten, und den habe wiederum ich geliebt und tue das immer noch. Ich wollte Gärtner werden, aber ich hatte eine Zeitlang körperliche Probleme aufgrund einer Infektion in meiner Jugend. Also studierte ich und wurde Ingenieur. Ich lehre Garten- und Landschaftsbau an der Uni, aber ich habe im Augenblick ein Sabbatjahr und überlege, ob ich überhaupt noch einmal dorthin zurückkehren sollte. Es geht mir so viel besser, wenn ich im Schrebergarten meines Vaters arbeite.« Henrik Tulpe breitete die Arme aus und umfing den ganzen Hof mit seiner Geste. »Das hier ist ein Paradies! Ich kann meinen Großvater verstehen. Er hatte nur drei Tage hier, aber ich könnte ein ganzes Leben an einem Ort wie diesem verbringen. Wie wird er sich das gewünscht haben!« Er blickte wieder in die Grube. »Und ich wünschte, ich könnte meinen Großvater fragen, was ich tun soll. Ich bin siebenunddreißig und weiß nicht, was ich mit meinem Leben anfangen will. Ich wünsche mir Praxis, keine Theorie. Frische Luft, keine Hörsäle. Meinen Vater kann ich mit meinen Sorgen nicht mehr belasten. Aber er wird sich sehr freuen, diese letzten Zeilen seines Vaters zu lesen. Großvater hat in seinen letzten Stunden an ihn gedacht und hat ihn geliebt. Das ist das, was ihm sein Leben lang gefehlt hat.« Er lächelte ein wenig schief. »Dass ein wenig zu viel Anna in diesen Zeilen vorkommt, wird ihm jetzt hoffentlich nichts mehr ausmachen.«

Er pflückte eine Blüte von den Stockrosen und ließ sie in die Grube segeln. »Was wäre wohl aus allem geworden, wenn es diesen Krieg nicht gegeben hätte? Nichts wäre so, wie es jetzt ist. Aber für den Fall, dass es mich trotzdem geben würde, hätte ich einen Großvater gehabt, der mir seine Lieblingsgedichte eingetrichtert und mir gezeigt hätte, wie er seinen geheimen Dünger zusammenmischt.«

»Das hätte ich Ihnen auch gewünscht«, sagte Sila leise. »Wollen wir nicht Du sagen? Ich bin Sila.«

»Gerne. Danke. Danke, dass Sie mir zuhören – dass *du* mir zuhörst«, sagte Henrik. »Es ist mir ein bisschen unheimlich, wie sehr er gerade anwesend zu sein scheint. Mir ist, als müsste ich ihn jeden Augenblick sehen können, und doch ist da nichts. Gar nichts.«

Sila kämpfte mit sich. »Ich würde dir gerne etwas zeigen. Mir hat es geholfen. Aber es könnte auch zu unheimlich und belastend sein.«

Fragend sah er sie an. »Unheimlicher kann es nicht werden. Bitte zeig es mir.«

»Das, was du gleich siehst, entsteht durch chemische Vorgänge im Boden«, erklärte sie. Im Schutz der Hauswand zeigte sie ihm das Bild auf ihrem Handy. Den Schatten in der Erde, der so ganz und lebendig wirkte, als stünde Heinrich Tulpe zusammen mit ihnen im Licht und sein Schatten wäre einer von ihnen. Henrik starrte lange darauf. Sila betrachtete ihn etwas besorgt. Sie wusste nicht, ob es das Richtige gewesen war. Doch dann sah er auf und lächelte.

»Du hast recht! Seltsam. Jetzt ist seine Gegenwart nicht mehr unheimlich, sondern tröstend. Anna war hier, war gut zu ihm, und er hat die Blumen gerochen, die Wiesen und den Himmel. Ich bin froh, dass ich hier bin.«

Dann zeigte Sila ihm den Eiskeller.

»Hier muss er sich gut geschützt gefühlt haben«, sagte Henrik und betastete die Wände. »Eine bemerkenswerte Konstruktion.« Er lachte. »Entschuldige. Da kommt der Ingenieur in mir durch. Man könnte allerhand damit machen. Aber das ist nicht das, was mich am meisten interessiert.« Er sah sie ein wenig verlegen an. »Würdest du mir vielleicht den ganzen Hof zeigen? Mein heimliches Gärtnerherz schlägt bei jedem Schritt höher. Was für ein Potenzial dieses Stück Land hat, und was für eine Menge Leben darauf ist!«

»Ja, nur dass das alles für mich viel zu viel und zu groß ist, abgesehen von bedrückenden Erinnerungen an meine Kindheit«, sagte Sila. »Ich suche einen Käufer dafür. Du bist nicht zufällig interessiert?«

Jetzt wurde er ernst. »Oh, wenn ich könnte, würde ich sofort zugreifen. Aber das übersteigt meine finanziellen Möglichkeiten bei weitem. Ich übernehme an der Uni nur gerade so viel Lehrveranstaltungen wie nötig, weil ich eben viel mehr Zeit im Garten verbringen möchte. Rücklagen gibt es auch nicht. Ich kann gerade so die Haushaltshilfe meines Vaters bezahlen.«

»Wie schade!«

Sila zeigte ihm die Minischweine. Die zwei mochten Henrik sofort, und er sie. Dann den Gemüsegarten. »Der Komposthaufen muss dringend umgesetzt werden, aber ich schaffe immer nur eine Schubkarre voll«, erklärte Sila. »Und überall wächst Unkraut, ich komme einfach nicht hinterher. Und es gibt noch Wege, die gerichtet werden müssen, und …

Er hob lachend die Hand. »Stopp! Du brauchst dich vor mir bestimmt nicht zu rechtfertigen. Niemand kann erwarten, dass du allein so einen Hof bewirtschaftest.« Eine merkwürdige Sehnsucht trat in seine Augen. »Sag mal, Sila, hast du so was wie ein Gästezimmer? Ich könnte ein paar Tage bleiben und die gröbsten Arbeiten erledigen. Seit ich wieder bei vollen körperlichen Kräften bin, tobe ich mich gern an etwas aus. Es ist doch auch gerade Erntezeit, nicht wahr? Da gibt es sicher Wiesen zu mähen und Äpfel zu pflücken.«

Sila fühlte Erleichterung in sich aufsteigen. Die unerledigten Arbeiten hatten zunehmend auf ihr gelastet. Wenn jetzt ein Käufer kam, musste doch alles vorteilhaft aussehen!

»Das würdest du tun? Martin, der Mann meiner Freundin, hilft mir zwar, wo er kann. Aber er hat einen eigenen Hof und kaum Zeit. Ich habe schon ein schlechtes Gewissen deswegen. Würdest du wirklich …?«

Nun schlich sich ein erwartungsvolles Funkeln in Henriks Augen. Sila war froh, dass der Ausdruck der Trauer daraus verschwunden war.

»Nichts lieber als das! Es wäre mir ein Fest, glaub mir. In diesem Paradies Zeit verbringen zu dürfen und sich dabei auch noch nützlich zu machen, was Besseres kann mir gar nicht passieren. Wusstest du, dass manche Blumen das Summen einer Biene wahrnehmen können, wenn sie sich nähert? Sie machen dann sofort ihren Nektar süßer, um sie anzulocken. Das hat man kürzlich erst herausgefunden. Und mir ist gerade, als würden alle Blumen mir zuhören. Sie locken mich an!«

Nein, das hatte sie nicht gewusst. Wanda hätte es gefallen. Ihr gefiel es auch. Sila bot ihm die Hand. »Na dann. Abgemacht! Ich freue mich sehr.«

»Bist du verrückt?«, rief Lisann, als Sila ihr später davon erzählte und über die Schulter Richtung Komposthaufen nickte, wo die Erde nur so von Henriks Schaufel flog. »Du kennst ihn doch gar nicht! Du weißt nichts über ihn. Du kannst nicht einfach einen wildfremden Mann bei dir einquartieren. Obwohl«, fügte sie hinzu, »er sieht wirklich gut aus.«

»Ich werde euch bekannt machen, und dann wirst du mir recht geben.« Sila war sich ihrer Sache sicher. »Ich weiß schon viel über ihn. Lisann, das war nicht gespielt! Seine Empfindungen gegenüber seinem Großvater und dem, was hier geschehen ist, und seine Liebe zum Garten, das ist alles echt. Meine Menschenkenntnis hat mich noch niemals getäuscht.«

»Ich weiß«, gab Lisann zu. »Ohne die hättest du die Kindheit in der Kneipe wahrscheinlich nicht so gut überstanden. Da hast du einen sechsten Sinn entwickelt.«

»Genau. Und dem vertraue ich.«

»Arbeiten kann er zumindest«, stelle Lisann fest.

Sila hatte das sichere Gefühl, dass Henriks Anwesenheit ein weiterer Schritt zur Heilung der Vergangenheit an diesem Ort war. Kriege und Diktaturen hatten die Menschen und die Landschaft so lange leiden lassen. Nun sollten hier hoffentlich nur noch Farbe und Duft und Leben sein, in den Wiesen und zwischen den Menschen.

Sie saß mit Lisann noch auf der Bank, als Henrik zu ihnen herübergeschlendert kam und sich den Schweiß von der Stirn wischte. Er strahlte. »Das tut unendlich gut.«

»Henrik, das ist Lisann, meine Freundin aus Kindertagen und Nachbarin.«

Lisann betrachtete ihn kritisch. »Guten Tag.«

»Guten Tag. Schön, Sie kennenzulernen.« In seinen Augen glomm ein amüsierter Funke. Wahrscheinlich hatte er Lisanns Misstrauen genau richtig gedeutet. Aber er sagte nichts dazu und wandte sich Sila zu.

»Hör mal, ich habe einen Vorschlag. Nur eine Idee! Solange ich hier bin und helfen kann, was wäre, wenn wir aus der Grube wieder etwas machen und gleichzeitig Großvater und deiner Großmutter ein Denkmal setzen? Für sie persönlich, aber auch stellvertretend für seine Kameraden und all jene, die anderen Menschen im Krieg geholfen haben. Ich meine nicht, dass wir wieder einen Brunnen graben sollen, das schaffen wir nicht, und ob da unten noch Wasser ist, weiß niemand. Aber wir könnten aus den Steinen wieder ein Rund mauern und dann einen Hochteich daraus machen oder ein bepflanztes Hochbeet, wie du möchtest. Und aus den verbogenen Eisenteilen würde ich gern eine Skulptur bauen. Ich habe gesehen, dass es in diesem Garten schon mehrere davon gibt. Das könnte doch passen, meinst du nicht? Ich würde so etwas wie zwei Schatten daraus formen, einen Mann und eine Frau. Wir könnten sie an der Mauer befestigen. Was denkst du?«

Das war es. Das Bild passte genau zu ihren Gedanken von der Heilung.

»Das hört sich perfekt an«, sagte sie. »Das machen wir!«

35

Lebenszeichen

Am Ende gestalteten sie aus den Steinen eine große Kräuter-spirale. »Die paar vernachlässigten Kräuter am Rande des Gemüsegartens da hinten haben viel zu viel Schatten«, hatte Henrik festgestellt. »Und was könnte besser für Leben stehen als Kräuter? Würz- und Heilkräuter. Körper und Seele. Würzig soll das Leben sein, und der Mensch gesund genug, diese Würze zu genießen.«

»Für einen Ingenieur bist du erstaunlich poetisch«, sagte Sila.

»Das liegt an Urgroßvater. Ich kann mich noch dunkel an ihn erinnern – und dass er immer Gedichte zitierte. Die Klassiker, Goethe, Rilke. Großvater Heinrich erwähnt es ja in dem Heft. Mein Vater hatte es mehr mit Ringelnatz und Busch. Die Bücher aus Urgroßvaters Bibliothek sind aber alle noch da.«

»Die Kräuterspirale ist eine wunderbare Idee! Diese Art Denkmal hätte Heinrich und Anna bestimmt gefallen. Beiden lag etwas am Garten. Wanda würde es auch mögen. Ich hatte schon ein schlechtes Gewissen, dass ich die Kräuter so ver-nachlässigt habe. Aber durch den vielen Kompost ist die Erde im Gemüsegarten zu gut dafür geworden. Die mögen mageren Boden. Außerdem ist alles so zugewuchert, dass sie wirklich kaum noch Sonne bekommen haben. Hier im warmen Hof wäre ein idealer Standort dafür.«

»Ja, und aus der Küche ist man auch viel schneller hier, wenn man etwas braucht.«

Also legten sie los. Sie sortierten Steine, ordneten an, mauerten. Mischten Sand mit Lehm und Kies und Muttererde, füllten alles auf, gossen mit Wasser an, füllten nach.

»Und in die Ritzen Portulak und Mauerpfeffer«, sagte Henrik vor sich hin, als er einige Fugen richtete.

Sila betrachtete ihn. »Das hier macht dich tatsächlich glücklich, oder?«

Er sah aus der Hocke zu ihr auf. Braun war er geworden in diesen Tagen, gelöst, ein ganz anderer Mensch. »Ja. Ich hatte vergessen, wie sehr.« Er richtete sich auf. »Schau mal, wenn wir hier ganz oben, wo es am trockensten ist, nichts pflanzen, sondern es etwas mit Steinen überdachen, dann hätten wir ein Sandarium. Da können die Sandbienen wunderbar nisten. Was meinst du?«

»Das wäre genial, Henrik. Danke!« In stillem Einverständnis lächelten sie sich an. »Setz dich doch, ich habe uns Eistee gemacht.« Sila winkte ihn zur Bank.

Zufrieden betrachteten sie ihr Werk.

»Morgen könnten wir nach Letschin in die Gärtnerei fahren und die Kräuter holen«, schlug Sila vor. »Ich kann es kaum erwarten, sie zu pflanzen. Die paar, die wir noch aus dem Gemüsegarten retten können, reichen bei weitem nicht aus. Nun soll es auch schön grün werden. Es gibt so leckere Gewürze. Ich habe nachgelesen. Ananassalbei zum Beispiel. Ich möchte wissen, ob sie wirklich nach Ananas riecht. Und hast du schon mal von Zimtbasilikum gehört?«

»Nein. Aber wir sollten ihn unbedingt haben«, sagte Henrik mit Überzeugung.

Wir, hatte er gesagt. Seltsam, er hatte sich hier eingefügt, als gehöre er schon immer zum Wickenhof. Nun, irgendwie tat er das ja auch.

»Wenn wir gepflanzt haben, fange ich an, die Skulptur zu schweißen«, verkündete er. »Das kann ich bei Martin machen, er hat die nötigen Geräte.« Mit Martin verstand er sich inzwischen schon gut, und auch Lisanns Misstrauen hatte sich nach einem gemeinsamen Grillabend gelegt.

Sila nickte. »Ich habe das Gefühl, wenn der Innenhof hier fertig ist, ist alles erledigt, was unbedingt getan werden musste. Jetzt fehlt nur noch ein Käufer. Dann könnte ich mich auf die Suche nach dem Schneckenhaus meiner Zukunft machen.«

Sie hatte Henrik die Schneckenhausbienen gezeigt und ihm von dem ruhigen Ort erzählt, den sie für sich suchte.

»Es gibt sogar Schnecken, die Eisen in ihr Haus einbauen, damit es besonders viel aushält«, bemerkte Henrik.

Sila musste lachen. »Das wird bei mir wohl dann doch nicht nötig sein.«

»Ich habe mal einen Vortrag über Bienen gehört«, sagte er. »Wusstest du, dass sie die Welt mit siebentausend Punktaugen sehen? Aber diese Welt sieht für sie völlig anders aus als für uns. Sie hat andere Farben, weil die Bienen ultraviolett sehen können. Und weil sie sich an Polarisationsmustern im Himmel orientieren, die wir überhaupt nicht wahrnehmen können.«

»Das würde ich auch gerne mal sehen«, sagte Sila und stellte sich vor, wie es wohl wäre, wenn der Himmel auch für sie solche Muster trüge, und die Blumen ganz andere Farben. Henrik erwärmte sich für sein Thema. Sila fand, dass er sicher ein guter Dozent war.

»Stell dir vor, die Bienen haben sogar eine ganze Geruchslandkarte im Kopf, neben jeder Menge anderer Orientierungsarten.« Henrik stellte sein leeres Glas auf das Tablett. »Und«, schloss er, »auch Bienen haben wie wir und viele andere Tierarten unterschiedliche Persönlichkeiten. Manche sind eher träge, manche diszipliniert, manche neugierig.«

»Kein Wunder, dass Wanda und ich uns ihnen so verbunden gefühlt haben. Wie hat man das denn herausgefunden?«

»Ganz einfach. Die Forscher haben einzelne Bienen markiert und dann beobachtet.«

»Wie spannend!« Sila betrachtete die Bienen, die gerade die Mauer untersuchten, mit neuer Ehrfurcht.

Später hielt das Postauto und ließ ein riesiges Paket da. Henrik trug es in die Küche.

»Ich habe doch gar nichts bestellt?« Neugierig sah Sila auf den Absender. »Ach, das ist von Lexi!«

Sila öffnete den Karton vorsichtig mit einem Messer.

»Oh! Wie toll, Kissen! Lexi näht und verschenkt große bunte Trostkissen. Wenn sie sich selbst trösten muss, näht sie besonders viele, hat sie mir verraten. Die sind ja wunderschön!«

Henrik half ihr, die dicken Kissen zu befreien und wieder in Form zu klopfen. Dann verteilten sie sie im Wohnzimmer. »Die passen wunderbar zu Oswins Hockern«, befand Sila. »Und eins kommt in mein Zimmer, und du kannst auch eines haben, wenn du magst.«

Sie fand es schön, dass Wandas altes Zimmer nun wieder bewohnt war, wenn auch nur vorübergehend.

An zwei der Kissen haftete ein Zettel.

»Diese sind wasserdicht. Sie sind für die Bank draußen«, schrieb Lexi.

Sila brachte sie sofort hinaus und musste natürlich sofort probesitzen. Henrik gesellte sich dazu.

Abendstimmung legte sich über den Hof. Die Bienen summten in den Stockrosen. Die Levkojen dufteten. Amseln sangen auf der Streuobstwiese. Henrik ging hinüber und pflückte zwei von den frühen Äpfeln. Die waren nun nicht mehr sauer, sondern trugen die ganze Süße des Sommers in sich. Sie aßen eine Weile schweigend. Dann nahm Sila den Brief noch einmal zur Hand, der im Paket gelegen hatte.

»Lexi hat Ferien und schreibt, ich soll sie doch besuchen. Ich glaube, sie braucht jemanden zum Reden«, sagte sie. »Aber Harry hat leider noch immer niemanden für den Hof gefunden. Ich habe gestern mit ihm telefoniert. Einen Interessenten gibt es wohl, aber der will erst noch überlegen, bevor er überhaupt herkommt und es sich ansieht.«

Henrik lehnte sich zurück. »Diese Kissen sind wunderbar bequem. Was ganz Besonderes. Lexi scheint ein kreativer Mensch zu sein. Möchtest du sie denn gern besuchen?«

Das Meer sehen. Abstand gewinnen. Reden. Über Gärten und alles andere. »O ja! Schön wäre es schon. Eigentlich dachte ich, Indra und Oswin könnten mitkommen. Aber sie haben gesagt, erst im Herbst, jetzt ist es ihnen zu heiß. Ist sicher auch besser, wenn wir Lexi nicht gleich zu dritt überfallen.«

»Ich könnte ein paar Wochen länger hierbleiben. Warum fährst du nicht einfach?« Henrik sah sie an. »Ich würde mich sehr gern um den Wickenhof kümmern. Ich könnte die reifen Äpfel und Birnen ernten. Martin hat gesagt, er würde sie für dich auf dem Markt verkaufen, zusammen mit seinen. Und ich könnte die Skulptur fertig machen, die Minischweine füttern und was sonst noch so anfällt.«

Sila fühlte eine plötzlich aufsprudelnde Vorfreude, die sie überraschte.

So viel sie auch mit dem Wickenhof verband, nun wollte sie einfach einmal einen Ort ihrer eigenen Wahl sehen. »Das würdest du tun?«

Und so kam es, dass Sila in Burg aus der Bahn stieg, wo sie von Lexi abgeholt wurde. Sie erkannten sich sofort. Sila hatte schon ein paarmal Leute persönlich kennengelernt, die sie nur aus dem Internet kannte. Meistens war das eine Zeitlang merkwürdig, bis man das gegenseitige Bild zurechtgerückt hatte. Bei Lexi war es anders. Eher so, als wären sie schon eine Weile Nachbarn.

Lexi führte Sila durch Valentinas Garten, ehe sie überhaupt das Haus betraten. Sila sah das begeisterte Blitzen in Lexis Augen, als die jüngere Freundin ihr beschrieb, was sie hier mit den Kindern gemacht hatte und was sie alles gern veranstalten würde, wenn sie nur mehr Platz dafür hätte. Sie sah die Energie und die Aufbruchsstimmung, die daraus sprach, der Wille, die Welt zu verändern, ein klein wenig zumindest.

Das habe ich nicht mehr, dachte Sila, oder vielleicht hatte ich es nie, diese Überzeugung, ich könnte und ich müsste die Welt verändern. Ich möchte einfach nur Frieden und Natur erleben und dass es den Lebewesen und den Menschen um mich herum gut geht. Vielleicht ist das zu wenig, aber für mich ist es genug. So bin ich. Und zum ersten Mal erscheint mir das völlig in Ordnung. Je mehr, desto länger ich auf dem Wickenhof bin. Das war es wohl, was Wanda mir zeigen wollte.

Dennoch hatte Sila ein paar Vorschläge, als ihre Gastgeberin schließlich anhielt. »Setz dich doch erst mal hier in die Schaukel«, lud Lexi sie ein. »Ich habe dich ja noch gar nicht richtig ankommen lassen. Wie gefällt dir der Garten?«

»Er ist wunderschön. Er ist aus deinen Projekten gewachsen, mit den Kindern. All diese verschiedenen Beete, in die sie säen durften, was sie wollten, und die kleine Trockenmauer, die ihr aus den Steinen vom Strand gebaut habt. Es ist alles so voller Leben, so fröhlich. Ein bisschen mehr für die Bienen könnte man vielleicht noch tun. Ein oder zwei Tränken für sie aufstellen. Ein paar trockene windgeschützte Stellen schaffen, wo sie nisten können. Und du hast viele gefüllte Blütensorten. Einfache wären besser, damit sie Nektar finden. Auch mehr einheimische Arten. Du könntest ein Projekt daraus machen.«

»Ja, das habe ich ein bisschen vernachlässigt«, sagte Lexi. »In letzter Zeit hat mir der Schwung gefehlt.«

»Das mit dem fehlenden Schwung verstehe ich gut«, sagte Sila. »Wenn Bienen ins Wasser fallen, benutzen sie einen ganz bestimmten Flügelschlag, mit dem sie schwimmen können. Wie mit kleinen Propellern treiben sie sich auf der Oberfläche vorwärts, bis sie den rettenden Rand erreichen. Mir geht es ähnlich. Ich habe das Gefühl, ich strampele und strampele und komme auf dieser Oberfläche zwar immer ein wenig vorwärts, aber nirgendwohin.«

»Du suchst ein Ufer, an das du klettern kannst und wo du dich ausruhen kannst und wohl fühlst«, sagte Lexi. »Lustig, mir geht es umgekehrt. Mir ist zumute, als ob ich seit einer Ewigkeit am Ufer sitze. Aber ich möchte mich unbedingt in einen See stürzen, in dem ich strampeln kann. Ich weiß nur noch nicht, wo der ist. Vor lauter Ufer kann ich ihn nicht sehen. Es ist mit vielen Blumen zugewachsen, die mir die Sicht versperren.«

»Aber es ist ein paradiesisches Ufer«, sagte Sila und blickte zwischen den Sonnenblumen hindurch zum Dünenkamm, über dem das Licht spielte. Dahinter flüsterte das Meer, riefen Möwen.

»Weißt du, als du erzählt hast, dass die Bienen Düfte gewissermaßen sehen können und sogar eine Duftspur um Blumen legen, damit die anderen den Weg besser finden, da habe ich gedacht: Das ist es!«, sagte Lexi. »Das ist mein pädagogischer Anspruch. Solche Spuren will ich für die Kinder legen. Nicht aus Duft natürlich, aber schöne Spuren in ihre Köpfe, die sie anregen und ihnen Richtungen vorschlagen.«

Sie redeten noch eine Weile über dies und das. Während Lexi mit einem Fuß die Schaukel hin- und herbewegte, spürte Sila, wie sich eine Anspannung in ihr löste, von der sie gar nicht gewusst hatte, dass sie da war. Der Abstand vom Wickenhof tat ihr gut und dass sie die ganze Situation einmal von außen betrachten konnte. Der Hof besaß die Eigenschaft, einen in eine große freundliche Umarmung zu schließen, wenn man durch das Tor trat, mit seinen alten Gebäuden, seinen Farben und seiner chaotischen, vielfältigen, lebendigen Landschaft. Es wäre einfach gewesen, sich davon völlig und für immer einnehmen zu lassen. Doch an dieser Stelle ihres Lebens wollte Sila keinen Fehler machen.

»Was für ein Glück, dass dieser Henrik gekommen ist und auf den Hof aufpasst«, sagte Lexi in Silas Gedanken hinein.

»Ja. Irgendwie auch tröstlich, wie alles so zusammenhängt. Da flüchtet sich vor über siebzig Jahren ein schwerverwundeter Soldat auf den Wickenhof, weil ihn die Blumen an den geliebten Garten seiner Kindheit erinnern. Und aufgrund seines tragischen Todes dort erscheint nun der Enkel, und es stellt sich heraus, dass die Liebe zu Gärten in der Familie sich in ihm fortsetzt und er Gartenbau studiert hat.«

»Und nur darum kannst du mich jetzt besuchen. Komm, ich zeig dir das Haus und dein Zimmer«, sagte Lexi. »Und dann lade ich dich ins Café Sorgenfrei ein, auf einen Willkommens-drink.«

»Café Sorgenfrei!« Sila musste lachen. »Das klingt perfekt. Sommer, Sonne, Strand, Sorgenfrei. Was will man mehr?«

Das Haus war so ansprechend wie der Garten. Es war aus alten Backsteinen gebaut, ebenso wie der Wickenhof. Das ganze Städtchen Burg schien aus Backsteinen gebaut zu sein, war ihr aufgefallen, als sie hindurchgefahren waren, kleine Häuser, die sich aneinanderlehnten, gemütlich und anheimelnd.

Lexi zeigte ihr alles, auch die Kräuterwiese für die Rehe, die man aus dem Fenster des Wohnzimmers sehen konnte. Neben dem Fenster stand der alte Kachelofen, der im Winter so ge-mütlich war und den Sila schon auf Lexis Blog bewundert hatte. Dann war da die kleine altmodische Küche, und im Souterrain die ungenutzte uralte Waschküche. Dort gab es noch einen großen Kupferkessel und viel Platz, in dem sich ein paar kaputte Liegestühle und Blumentöpfe angesammelt hatten. Lexi zeigte ihr sogar den Dachboden, auf dem hauptsächlich Bücher lager-ten, die niemand hatte weggeben wollen. Die Schlafzimmer, wo die Kinder übernachteten. Und zum Schluss das kleine Büro mit den Seepferdchen.

»Die guten Geister des Hauses«, stellte sie vor.

Aton und seine Familie beäugten Sila vorsichtig, wagten sich aber dann doch an die Scheibe, um sie näher zu betrachten.

Sila erwiderte ihre Blicke und war sofort verzaubert.

»Als ich klein war, habe ich einen Delfin erfunden, der mein Freund war«, sagte sie. »Aber diese Wesen sind noch viel mär-chenhafter.«

»Ja, das sind sie! Aber sie sind auch ein Teil meines Problems«, meinte Lexi. »Sosehr ich sie liebe, aber wenn ich jemals jemanden finde, dem ich Haus und Garten anvertrauen kann, dann müsste es auch noch jemand sein, der sich um die Seepferdchen kümmert. Heinz ist zwar immer dafür da, wenn man ihn braucht, und würde jeden Laien gut beraten und einweisen. Aber ich kann wirklich nicht von ihm verlangen, dass er sich ständig darum kümmert. Er wird schließlich auch nicht jünger. Und außerdem will niemand ständig einen Fremden im Haus haben.«

»Seepferdchenhaltung kann man doch bestimmt lernen«, sagte Sila.

»Sicher. Aber dazu muss man auch bereit sein.« Sie verließen das Zimmer und schlossen die Tür.

»Da muss es doch jemanden geben. Sie sind so unwiderstehlich«, fand Sila.

Lexi lachte auf. »Was haben wir für Luxussorgen! Die meisten Leute würden uns für völlig verrückt halten, oder?«

»Mit Sicherheit«, bestätigte Sila. »Aber ich habe mir den Wickenhof nicht ausgesucht. Wie du herausgefunden hast, hat einer meiner Vorfahren dieses Los gezogen. Und Wanda hat beschlossen, dass sie diesen alten Lauf der Geschichte wiederherstellen sollte. So bin ich auf einmal Besitzerin eines Loosehofs. Verantwortlich für ein wertvolles Biotop, das zu erhalten und zu schützen schon rein körperlich mehrere Nummern zu groß für mich ist.«

»Ja. Familiengeschichten sind schon etwas Merkwürdiges. Sie spinnen einen in ihr Netz ein, ehe man alt genug ist, es zu bemerken, und auf einmal weiß man gar nicht mehr, wo man hingehört und was man möchte.«

Lexi schloss das Haus ab, und sie schlenderten zum Strand

hinunter und am Wasser entlang. Sila atmete tief ein. Überall Blau, das Wasser, der Himmel, ein paar Wildblumen zwischen den Steinen. Selbst einige der Kiesel waren bläulich gefärbt. Jetzt in der Hauptsaison war der Strand voll. Dicht an dicht lagerten die Menschen wie Seehunde, und die Kinder tobten vor Vergnügen kreischend in den flachen Wellen. Trotz der vielen Menschen und des Lärms lag ein tiefer Frieden über der Szene. Die Weite war hier eine andere als im Oderbruch. Kühler und schlichter, voller zeitloser Freiheit. Sila hätte endlos so weiterlaufen können, doch irgendwann hatte auch der Strand ein Ende. Dort setzten sie sich im Café Sorgenfrei auf die hölzernen Stufen, tranken einen Pina Colada und sahen den Booten zu, die eines nach dem anderen in den Binnensee einfuhren.

Es war schon spät, als Sila lauschte, wie Lexi das Horn blies. Ihr schien, als könne Lexi mit dem Ton das letzte Rot am Horizont für einen Augenblick noch feuriger aufflammen und die Wellen ruhiger werden lassen. Auch das Reh bekamen sie zu Gesicht, das heute wieder einmal am Strand herumhüpfte, sich die Füße kühlte und den Himmel beobachtete.

Bald danach schlief Sila in dem gemütlichen Zimmer ein. Ihr Schlaf war tief und traumlos wie schon lange nicht mehr.

»Sila! Sila, es tut mir leid, aber bitte wach auf!«

Sila schlug mühsam die Augen auf und wusste erst nicht, wo sie war. Dann erkannte sie Lexi, die die Nachttischlampe angeknipst hatte und an ihrem Bett stand. »Sila, ich weiß, es ist mitten in der Nacht, es tut mir schrecklich leid! Wo du doch gerade erst angekommen bist.« Lexi sah in ihrem weißen Nachthemd völlig aufgelöst aus, halb kindlich, halb wie ein Geist.

Sila setzte sich erschrocken auf »Was ist denn passiert?«

Lexi ließ sich auf die Bettkante sinken. »Mein Vater hat angerufen. Meine Mutter hatte einen Schlaganfall! Es scheint nicht sehr schlimm zu sein, aber sie ist natürlich in der Klinik, und ich muss unbedingt hin! Ich hatte ja geahnt, dass das nicht gut gehen würde. Sie wäre so gerne mit mir zu Wolfgangs Hochzeit gefahren, aber Vater hat es nicht erlaubt. Sila, könntest du ein, zwei Tage allein bleiben? Das war zwar wirklich anders gedacht mit deinem Besuch …«

»Aber natürlich, Lexi, das ist doch gar kein Problem!« Sila war jetzt hellwach.

»Fühl dich einfach ganz wie zu Hause, und erhole dich gut, ja?«, sagte Lexi eilig. »Neben dem Telefon liegt die Nummer von Heinz, wegen der Seepferdchen, und auch die von Wolfgang, wenn irgendwas ist mit dem Haus. Zum Einkaufen ist es nicht weit, du musst nur die Strandpromenade entlang in die Richtung laufen, in die wir gestern gegangen sind. Da wo die Quarkeria ist, weißt du? Ich habe sie dir gezeigt, und dahinter ist ein Lebensmittelladen. Und der Fischbrötchenmann ist ebenfalls dort. Im Kühlschrank ist aber auch noch einiges.«

Sila legte ihr einen Arm um die Schultern. »Lexi, mach dir bitte gar keine Gedanken. Ich werde mich um alles kümmern. Du brauchst dir überhaupt keine Sorgen zu machen. Bleib, solange du willst! Schick mir nur mal eine Nachricht, wie es deiner Mutter geht, und dir natürlich. Und ruf an, wenn du reden möchtest. Aber dafür hast du ja deinen Bruder.«

»Wolfgang! Dem muss ich ja auch Bescheid sagen. Sila, da ist noch was.« Lexi zögerte.

»Sag schon. Ich habe doch Zeit.«

»Mein Freund. Jonne. Wir sind noch nicht so lange zusammen. Er findet es sicher merkwürdig, wenn ich auf einmal weg bin. Könntest du vielleicht morgen bei ihm vorbeigehen und ihm das erklären? Das ist irgendwie persönlicher. Ich werde ihm eine Nachricht schicken, aber erst, wenn ich weiß, was Sache ist. Und in der Klinik kann ich vielleicht nicht gleich telefonieren. Hier.« Sie zeigte Sila auf ihrem Handy, wo der Hafen war. »Es ist das zweite Hausboot ganz hinten an der Mole. Morgen arbeitet er nicht. Er frühstückt immer auf dem Dach vom Boot, du brauchst nur rufen. Jonne Trynoga heißt er.«

»Alles klar, Lexi! Das mache ich gerne. Bist du sicher, dass du nicht zu aufgeregt zum Autofahren bist?«

»Die Strecke kann ich im Schlaf. Die bin ich schon oft nachts gefahren.« Jetzt sah sie wieder etwas gefasster aus.

»Gut, aber bitte sei vorsichtig.«

»Na klar! Ich will ja schließlich heil bei meiner Mutter ankommen. Es geht mir schon wieder gut. Jetzt kann ich unbeschwert losfahren. Ich bin froh, dass du hier bist!«

Sila brachte Lexi zum Auto, als die sich angezogen und eine Tasche gepackt hatte.

Nachdem die Rücklichter verschwunden waren, stand sie noch eine Weile in der Sommernacht und lauschte auf das Flüstern der Wellen hinter den Dünen und das Zirpen der Grillen im Gras.

Dann ging sie wieder ins Bett. Sie träumte von einem Delfin, der sich mit Seepferdchen unterhielt, aber sie konnte nicht verstehen, was er sagte.

36

Allein am Meer

Als sie aufwachte, dämmerte es vor dem Fenster gerade. Den ersten Sonnenaufgang am Meer wollte sie auf keinen Fall versäumen! Sila zog sich schnell an und lief zum Strand.

Dort war sie allein. Die Feriengäste hielten wohl wenig davon, so früh aufzustehen.

Sila fühlte sich so frei wie noch nie. Außer im Garten auf ein paar Töpfe zu achten, die durch Hitze und Wind trotz der Bewässerung nicht nass genug waren, und sich um die Seepferdchen zu kümmern, hatte sie nichts zu tun. Das war ein ganz neues Gefühl! In Berlin wartete immer ein angefangener Auftrag auf sie. Auf dem Wickenhof hatte es mehr als genug Arbeit gegeben. Hier aber gab es nur Sila und den neuen Morgen.

Die Sonne war kurz davor, über den Horizont zu steigen, und glomm schon als Funke unter einer weißen Wolke hervor. Die Farbe, in die sie das Meer wenige Minuten später tauchte, hatte Sila noch niemals gesehen. Nicht Rosa, nicht Orange, irgendwo dazwischen, kupfern vielleicht. Es war ein magisches, unwirkliches und unfassbar schönes Licht. Himmel und Wasser waren ein einziges Leuchten. Aus kupfern wurde Gold, und aus Gold wurde Lichtblau. Die Möwen auf der Mole erwachten und begannen sich die Federn zu putzen. Lange stand Sila da, bis aus diesem Schauspiel ein normaler Sommermorgen geworden war. Gedankenvoll streichelte sie den hölzernen Biber, der immer in ihrer Tasche ruhte.

Sie hatte keine Lust, schon zurück ins Haus zu gehen, und wanderte den Strand entlang bis zum Bäcker, wo sie sich eine frische Brezel und einen Kaffee kaufte, auf eine Bank setzte und feststellte, dass dies ein wunderbarer Ort war, um zu frühstücken. Die ersten Feriengäste tauchten am Strand auf, alle entspannt und heiter. Sila genoss die Atmosphäre. Da sie jetzt schon so weit gelaufen war, beschloss sie, gleich weiter zum Hafen zu gehen und Jonne Bescheid zu sagen.

Dank Lexis Beschreibung fand sie das Hausboot sofort. Wie herrlich es hier lag, geborgen am Ende der Mole im geschützten Binnensee, wo so viele Yachten und Boote nebeneinander friedlich an den Stegen schaukelten. Die Menschen genossen die Aussicht von den Bänken aus, und ein Boot nach dem anderen fuhr hinaus aufs Meer, die Insassen voller Vorfreude auf den Tag. Motoren tuckerten beschaulich, der warme, langsame Sommerwind blähte Segel, und die Möwen folgten in der Hoffnung, etwas vom Fang oder vom Frühstück abzubekommen.

Sila sah einen Mann, der auf dem Dach des zweiten Hausbootes damit beschäftigt war, einen Blumentopf zu gießen. »Herr Trynoga?«, rief sie vorsichtig hinauf.

»Ja?« Er blickte über die Schulter. »Ah, sind Sie Sila Beer? Lexi hat mir eine kurze Nachricht geschickt, dass Sie vorbeikommen würden. Warten Sie, ich komme runter.«

Sila fand ihn auf Anhieb sympathisch. »Lexis Nachricht war ein wenig wirr. Sie würden es mir erklären, sagte sie. Kommen Sie doch herein, bitte.«

»Ich wollte Sie nicht stören.«

»Nein, nein, ich habe heute frei. Kommen Sie herauf, und genießen Sie die Aussicht.«

Interessiert sah Sila sich drinnen um und folgte ihm dann aufs Dach, wo er ihr einen Platz im Strandkorb anbot. »Möchten Sie einen Kaffee?«

»Gern. Schön haben Sie es hier.«

»Ja, ich genieße es sehr. Lexi mag es auch, wenn sie hier ist. Die Hängematte ist ihr Lieblingsplatz.«

Er liebt sie wirklich, dachte Sila. Sie hörte es an seinem Tonfall. »Was ist denn nun mit Lexi?«, fragte er besorgt.

Sila erklärte ihm die Situation. Seine Stirn glättete sich. »Ah ja, verstehe. Arme Lexi! Hoffentlich wird alles gut. Wenn Sie irgendwie Hilfe brauchen mit dem Haus oder den Seepferdchen, sagen Sie mir gern Bescheid.«

»Das ist nett.«

Sein Handy klingelte. Er lauschte hinein, dann hielt er das Mikrophon zu. »Meine Chefin«, flüsterte er. »Fühlen Sie sich wie zu Hause, ich bin gleich wieder da.« Er verschwand auf der Stiege. »Von dem Modell müssten noch drei in dem Regal unten rechts sein«, hörte sie seine Stimme noch, dann war er verschwunden.

Sila lehnte sich zurück. Das Wasser gluckerte unter dem Boot, der gesamte Binnensee glitzerte blausilbern, Schwäne waren darauf unterwegs. Sie beobachtete die Boote, die hinausfuhren. Das Wasser unten war verblüffend klar. Fische huschten um die Boote, die noch am Steg lagen. Am Himmel malten die Wolken erst Federn, dann Fischgräten, dann wurden Schäfchenwolken daraus. Wie friedlich es hier war! Fernab von allem, eine Welt ganz für sich. Kein Wunder, dass Lexi es mochte.

Jonne kehrt zurück. »Ich muss wohl doch in den Laden. Kommen Sie zurecht?«

Sila sehnte sich auf einmal nach Valentinas Garten. »Ja, vielen

Dank. Ich spaziere jetzt gemütlich zurück. Lexi wird sich bestimmt bei Ihnen melden, sobald sie Näheres weiß.«

»Das will ich doch hoffen! Und dass sie weiß, dass ich für sie da bin. Ich nehme mir auch sofort frei und fahre zu ihr, wenn sie das möchte, aber ich fürchte, das könnte die Sache nur schwieriger für sie machen. Ihre Eltern sind kompliziert.«

»Ich weiß, das hat sie mir erzählt«, sagte Sila. »Aber ich bin sicher, wenn der richtige Zeitpunkt gekommen ist, werden Sie schon den richtigen Weg finden, sich mit ihnen zu verstehen.«

»Das wäre schön«, sagte Jonne sehnsüchtig.

Sila schmunzelte auf dem Heimweg. Lexi brauchte sich keine Sorgen zu machen, dass Jonne es nicht ernst mit ihr meinte.

Sila goss die Blumen. Dem automatischen Bewässerungssystem traute sie noch nicht ganz. Sie ließ sich Zeit dabei, setzte sich zwischendurch in die Schaukel, hielt nach Bienen Ausschau oder schlug eine Pflanze nach, die sie nicht kannte, und fühlte sich pudelwohl. Hier war alles überschaubar. Sie musste nicht in alle Richtungen denken und daran, was im Gemüsegarten als Erstes zu tun war, auf der Streuobstwiese, im Schuppen, im Innenhof, im Blumengarten. Ob der Graben wieder einmal verstopft war, weil die Biber weiter unten einen Baum gefällt hatten. Was sie mit der Ernte machen würde, wer den Wein oben an der Fassade pflücken könnte und was mit den Schlaglöchern in der Zufahrt passieren sollte, ehe es ein Unglück gab.

Das Rauschen des Meeres und die Farbe des Himmels über den Dünen fand sie unglaublich entspannend. Seit sie den Sonnenaufgang gesehen hatte, wusste sie, dass es hier noch verblüffend viel schöner war, als sie sich vorgestellt hatte. Selbst das alte Backsteinhaus schien sie zu umarmen. Es war wie eine kleinere Version des Wickenhofs, nur unberührt von ihrer eigenen Geschichte.

Umso interessanter waren dagegen die Geschichten der anderen. Lexi hatte ihr abends gezeigt, wo die alten Bücher standen. Jetzt nahm sich Sila eines und setzte sich damit in den Garten.

Da schrieb jene Pia, von der Lexi den Garten bekommen hatte. Es musste gewesen sein, kurz nachdem Pia den Garten selbst von Mervin Lerner übernommen hatte, eine Weile nach ihrer Flucht aus der DDR.

Ich hatte vergessen, wie glücklich Gartenarbeit macht. Wie es ist, wenn man die Erde an den Händen spürt und die Bienen unbekümmert um einen herumsummen, als wäre man eine von ihnen. In diesem Garten wird alles geheilt, meine Angst, die ich vor der Flucht und dann auf dem offenen Meer hatte, meine Gewissensbisse, meine Zweifel, meine Schuld. Hier in diesem Garten entdecke ich mich selbst, nicht mein früheres Selbst, das ich auf der Flucht unterwegs zurückgelassen habe, sondern ein neues, das ich noch nicht kenne. Eines, dem meine Zukunft gehört und das ans Licht drängt wie die Keimlinge, die ich hier gesät habe. Ich will mich mit unzähligen Sonnenblumen umgeben, die das Gesicht dem Licht zuwenden, und erst aufhören, in den Himmel zu wachsen, wenn der Frost kommt. Alles wird gut. Ich hätte niemals gedacht, dass es einen solchen Zustand der Entspannung überhaupt geben kann, und solch ein Gefühl des Heimkommens an einem Ort, an dem man nie zuvor gewesen ist.

Ich weiß, was sie meint, dachte Sila und sah sich um, bevor sie weiterblätterte.

Jahre später schrieb Pia: *Wir sind zusammengewachsen, Valentinas*

451

Garten und ich. Ja, wir sind geradezu eins geworden. Ich wollte nie wieder fort von hier, und zu meinem großen Glück muss ich das auch nicht. Wir haben einen Palliativarzt gefunden, den meine Krankheit nicht schreckt und der mich hier betreuen wird. Dank Lexis Fürsorge kann ich zu Hause bleiben bis zum Ende. Es war ein gutes Leben, und mehr als das, was ich erleben durfte, habe ich mir nie gewünscht. Ich werde nicht vergessen, wie die kleine Lexi hier vor der Tür stand, verloren und verängstigt. Wie sie zu strahlen begann, als sie sich hier mit den Blumen anfreundete und ihr eigenes Beet bekam, in dem sie die Pflanzen wachsen sehen konnte und mit den Händen in der Erde Selbstvertrauen fand. Sie empfindet alles hier als ebenso wundersam wie ich, und es macht mich glücklich, dass ich ihr diese Zuflucht schenken konnte. Ich habe nie die Welt verändern können oder wollen, aber ich habe einem Kind helfen können. Nun kann ich ihr, so wie es von Valentina einst gewünscht und bestimmt worden ist, diesen Garten übergeben. Er soll immer für sie da sein, solange sie ihn braucht. Ich finde den Gedanken unfassbar tröstlich, dass ich eine von vielen bin in einer Reihe von Menschen, die dank jener Valentina in diesem Garten fanden, was sie suchten oder benötigten. Wir sind wie die Wellen im Meer. Viele kamen vor mir, viele kommen nach mir, und so finde ich es nicht schwer zu gehen. Ich war glücklich hier, andere werden hier glücklich sein, was will ich mehr?

Auch Sila fand diesen Gedanken tröstlich. Wie gut, dass Lexi den Garten gehabt hatte, als sie um Pia trauerte.

Nachdem sie das Buch sorgsam zurückgestellt hatte, fütterte sie die Seepferdchen mit aufgetauten Garnelen, wie Lexi es ihr am Vorabend gezeigt hatte. Es war ein erhebendes Gefühl, als die kleinen Wesen ihr das Futter vertrauensvoll mit einem kleinen Knall aus der Hand schnappten.

Mittags hatte sie Hunger und beschloss, zum Fischbrötchen-stand zu wandern. Beim Hinausgehen bemerkte sie, dass eines der Bretter, aus denen der Zaun bestand, verrottet war und nur deswegen nicht auseinanderfiel, weil Lexi notdürftig eine Leiste quer darüber genagelt hatte. Es war das Brett gleich neben dem schönen Tor.

Sila hatte eine Idee. Da sie für die paar Tage wenig Gepäck brauchte, hatte sie die Brennstation eingesteckt, in der Hoff-nung, sich bei Lexi irgendwie revanchieren zu können. Doch wen konnte sie nach Material fragen?

»Ein Brötchen mit Bismarckhering, bitte«, sagte Sila, als sie an dem Fischbrötchenstand ankam.

»Moin. Sehr gerne.« Er strahlte sie an, während er Salat zwischen die Brothälften legte und Zwiebelringe darauf legte. »Was für ein herrlicher Tag heute. Gefällt es Ihnen hier?« Er hatte graue Schläfen und Lachfalten um die Augen.

Sila lächelte zurück. »Ja, sehr.«

»Wo sind Sie denn untergekommen?«

»Bei einer Freundin. Lexi Rehling.«

Seine Augen leuchteten auf. »Die kleine Lexi! Verzeihung, ich weiß, dass sie nicht mehr klein ist, aber für mich wird sie es immer bleiben. Sie hat so gerne Krabben genascht.«

Sila sah es vor sich. »Und bei Ihnen hat sie die wahrscheinlich umsonst bekommen.«

»Klar. Sie konnte ein bisschen Zuwendung gebrauchen. Gut, dass sie Pia getroffen hat. Wo ist sie denn jetzt?«

»Sie musste kurz zu ihren Eltern.«

Er hob die Brauen. »Ich hoffe, es ist alles in Ordnung.«

Sila lehnte sich ein wenig an den Tresen. »Ihre Mutter hatte einen leichten Schlaganfall, aber es geht schon wieder besser.«

»Was für ein Glück! Und Sie? Was hat Sie hierher verschlagen? Nur der Besuch bei Lexi?«

Sila wunderte sich über sich selbst. Es war angenehm, mit ihm zu plaudern. Er war offen, aber sie empfand ihn nicht als aufdringlich, dabei war sie sonst in diesen Dingen so empfindlich.

»Ich heiße übrigens Rasmus«, sagte er.

»Sila. Ja, ich wollte Lexi besuchen, aber ich musste auch mal raus. Ich muss eine Entscheidung treffen. Dafür ist Abstand gut.«

»Ja, das kann nicht schaden. Wenn ich nachdenken will, gehe ich immer hinunter ans Meer, wenn sonst niemand da ist. Ganz früh oder ganz spät. Kann ich außer dem Brötchen noch irgendetwas für Sie tun?«

»Wissen Sie zufällig, wo ich ein Brett herbekommen könnte? Es muss nicht neu sein, nur stabil.«

Er wies mit dem Daumen über die Schulter. »Fragen Sie mal dort im Lebensmittelladen. Die haben im Lager allerhand Zeug.«

Eine Familie mit zwei Kindern näherte sich.

»Danke schön. Ich lasse Sie dann mal arbeiten«, sagte Sila. »Auf Wiedersehen, Rasmus.«

»Ich wünsche Ihnen viel Glück bei Ihrer Entscheidung, Sila. Kommen Sie ruhig mal wieder vorbei.«

Im Lebensmittelladen war es eng und still und freundlich. Noch kleiner und ruhiger als im Oderbruch. Sila musste an Berlin denken, an die Supermärkte dort und die Warenhäuser und was für eine andere Welt es hier war. Diese passte besser zu ihr. Sie musste an Pias Worte denken. *Ich entdecke ein neues Selbst, eines, dem meine Zukunft gehört.*

Sie kaufte ein wenig Obst und Brot und fragte die Kassiererin nach einem Brett.

»Das wird kein Problem sein. Olaf!«, rief diese über die Schulter.

Ein junger Mann folgt ihrem Ruf und lächelte Sila an. »Moin. Was kann ich tun?«

»Die Dame braucht ein Brett. Gehst du bitte mal mit ihr ins Lager? Wenn einer in dem Chaos etwas findet, bist du es.«

Kurze Zeit später machte sich Sila mit einem Brett auf der Schulter auf den Heimweg. Dabei kam sie wieder am Fischbrötchenstand vorbei.

»Wenn Sie es nicht eilig haben, stellen Sie es hier ab, und ich bringe es nach Feierabend vorbei«, rief Rasmus ihr zu.

»Vielen Dank, ist aber kein Problem!«

Rasmus winkte ihr zu, und Sila wanderte fröhlich zurück, diesmal auf der Promenade, weil es sich mit ihrer Last dort besser lief als am Strand. Das Brett war genau richtig, nicht zu dick, aber fest. Sie hoffte nur, dass sie in Lexis Haus Werkzeug finden würde.

Unterwegs rief Lexi an. Ihrer Mutter ging es schon besser, aber einige Tage wollte sie noch bei ihr bleiben.

Sila fand tatsächlich eine Säge und auch eine Feile, Sandpapier und einen Zollstock. Bald darauf war das Brett genau richtig nach der Vorlage des alten zurechtgeschnitten, nur dass sie dieses oben rund gestaltete statt spitz. Dann legte sie es auf der Terrasse auf zwei Stühle, zog das Kabel durch das Küchenfenster und begann ihr Bild. Ein Reh, umgeben von Blumen, und darüber in schlichten zarten Buchstaben *Valentinas Garten*. Die im Steinpfosten am Tor eingemeißelten Buchstaben waren ja kaum noch zu erkennen. Valentinas Garten hatte es verdient, stolz und lesbar diesen Namen zu tragen.

Zwei Tage später war sie fertig. Sie war gerade dabei, das Brett an seinem Platz im Zaun zu befestigen, als Rasmus auf einem Fahrrad vorbeikam.

»Moin. Das sieht aber fein aus! Haben Sie das gemacht?«

»Ja, ich wollte Lexi eine Freude machen.«

»Na, das wird Ihnen gelingen.« Bewundernd betrachtete er das Bild. »Gefällt mir. Man möchte es immerzu ansehen.« Stattdessen sah er jedoch Sila an. »Heute Abend ist ein kleines Sommerfest auf der Wiese am Café Sorgenfrei. Hätten Sie vielleicht Lust, mit mir dorthin zu gehen? Ich hatte schon gehofft, dass Sie wieder vorbeikommen und ich Sie das fragen könnte.«

Sila zögerte. Doch irgendetwas hatten Valentinas Garten und das Meer in ihr verändert. Sie fühlte sich jung und unbekümmert. »Warum nicht?« Sie freute sich schon auf seine Lachfältchen, bevor sie auftauchten.

»Das ist fein. Ich hole Sie ab.«

»Nein, Sie brauchen den Weg ja nicht zweimal zu laufen. Ich komme zum Brötchenstand.«

Sila war noch dabei, das alte Brett zu zerkleinern, als ein Ehepaar Hand in Hand vorbeischlenderte und stehen blieb.

»War dieses Schild gestern schon da?«, fragte die Frau ihren Mann.

»Nein, das hätte ich gesehen.« Er spähte über den Zaun und entdeckte Sila. »Hallo, haben Sie das gerade gemacht?«

»Ja, habe ich.« Für Sila war die Situation neu. Berlin war so voller Künstler und ausgefallener Handwerksbetriebe, dass man sich schon sehr anstrengen musste, um überhaupt Aufmerksamkeit für irgendetwas zu bekommen. Sie war sich nicht sicher, ob ihr das angenehm war.

»So was würde sich an unserem Ferienhaus auch gut machen«, sagte die Frau. »Nehmen Sie Aufträge an?«

»Tut mir leid«, wehrte Sila ab. »Ich bin nur zu Besuch hier.«

»Schade.«

Es dauerte noch, bevor sie die beiden loswurde.

Sila war froh, dass sie ein Kleid eingesteckt hatte. Und später war sie froh, dass sie Rasmus zugesagt hatte. Ein sanfter Sommerwind wehte vom Meer herüber, die Liveband spielte gut und nicht zu laut, und Rasmus erwies sich unvermutet als hervorragender Tänzer. Er erzählte heitere Anekdoten über die Gäste und Historisches über die Insel, so dass die Zeit verging wie im Flug.

Irgendwann tanzten sie barfuß im Sand, und Sila dachte an gar nichts mehr außer daran, wie schön es war, hier zu sein und zu leben. Und an Heinrich Tulpe und wie wichtig es war, einen Tag wie diesen auszukosten und niemals zu verschwenden.

Rasmus brachte sie erst kurz vor Mitternacht nach Hause.

»Danke für den schönen Abend«, sagte Sila.

»Das können wir gern wiederholen. Ich fand es auch sehr schön«, sagte er. »Schlaf gut, Sila.«

Doch Sila war viel zu aufgedreht, um zu schlafen. Stattdessen stieg sie aufs Dach, setzte sich auf eines der bunten Kissen neben dem Kürbis, der schon zwei verblüffend große Früchte trug, und blickte sich um. Ein halber Mond stand am Himmel und warf gerade so viel Licht, dass sie unten die Blumen im Garten erahnen konnte.

Weiße Hortensien leuchteten im Dunkel, und der Jelängerjelieber an der Schaukel duftete. Auf den Dünen waren helle Rosenblüten als Punkte in der Dämmerung zu erkennen, und noch weiter hinten glänzte der Mondschein auf dem Meer, das durch die Nacht flüsterte.

Hier oben war es, als läge ihr ein Zauberland zu Füßen.

Und das Meer wollte ihr etwas sagen mit seinem Flüstern, Sila spürte es ganz deutlich. Sie hörte lange und genau zu, und vielleicht war sie schließlich auch ein wenig eingedöst, denn das Summen einer Mücke an ihrem Ohr schreckte sie auf. Und in diesem Augenblick durchfuhr sie eine Erkenntnis.

Als sie davon geträumt hatte, dass sie auf dem Delfin bis zum Meer reiten könnte, da hatte sie von einem Ort wie diesem geträumt. Als sie im Lastwagen in der Waschmaschine gehockt hatte, hatte sie die Augen zugekniffen und ganz fest an diesen Ort gedacht. Sie hatte nur noch nicht genau gewusst, wie er aussehen würde – nur, dass er am Meer war.

Nun aber wusste sie es. Und sie wusste auch ganz genau und ohne jeden Zweifel, was sie tun würde.

Vor ein paar Wochen noch hatte sie gedacht, Lexi wäre allein. Aber das stimmte nicht mehr. Dass Jonne es mit Lexi ernst meinte, daran hatte sie keinerlei Zweifel. Er würde sie bei allem unterstützen, was sie in Angriff nahm.

Finanzielle Mittel hatte Lexi noch immer nicht. Aber wer sagte denn überhaupt, dass Sila den Wickenhof verkaufen musste? Alle waren einfach so fest davon ausgegangen, dass Sila es nie in Frage gestellt hatte. Aber warum überhaupt? Sie hatte sich ihren Lebensunterhalt auch vorher verdient. Sie wollte keine Weltreise machen und keine Yacht kaufen. Sie wollte einfach nur hier sein dürfen und ein neues Leben beginnen.

»Wenn Valentina einen Garten verschenken konnte, kann ich das auch«, sagte sie zu dem Kürbis. Einfach nur, weil sie es laut aussprechen wollte. So schien es möglich. Vielleicht hörte das ja sogar Valentina irgendwo.

Lexi

Fehmarn

2017

37

Wer ein Los erhält

»Was ist das denn?« Erstaunt blieb Lexi vor dem Gartentor stehen und betrachtete das Schild, welches das kaputte Zaunbrett ersetzte.

»Sieht man das nicht?« Sila tat ein wenig empört, schmunzelte aber dabei. Lexi berührte das wunderschöne Bild mit dem Namenszug vorsichtig. Ihr Gehirn arbeitete gerade noch ein wenig langsam, aber dann dämmerte es ihr. »Hast du das etwa gemacht?«

»Ja, gefällt es dir?«

»Es ist wunderschön, Sila! Danke!« Lexi fühlte, wie auf einmal ihre Unterlippe zitterte. Die letzten Tage hatten einfach Nerven gekostet. Und sie hatte bisher nicht einmal geweint.

»Komm, wir setzen uns in die Schaukel«, sagte Sila und legte einen Arm um Lexis Schultern. Wie es Pia getan hätte.

Es tat ihr so gut, wieder hier in Valentinas Garten zu sein, der ewigen Zuflucht, umgeben von Frieden, Blumen und dem Meeresrauschen im Hintergrund. Es war schön, die fröhlichen Kinderstimmen vom Strand bis hierher zu hören, aber sie würde nicht gleich ans Wasser gehen, denn im Augenblick brauchte Lexi nichts als Ruhe.

Sila hatte ihr erzählt, dass Bienen manchmal in Blumen schlafen, sogar zu zweit. Genau das würde sie jetzt am liebsten tun. Sich mit Jonne in einer Glockenblume oder einer der Heckenrosenblüten zusammenrollen und einfach nur schlafen, seinen

Trost und seine Wärme spüren und sich erholen. Sie hatte die letzten Nächte kaum geschlafen. Die Sorgen um ihre Mutter und ihre eigene Zukunft hatten sich zu einem verworrenen Knäuel geballt, das sich in ihren Grübeleien immer schneller zu drehen schien.

»Wie geht es denn deiner Mutter jetzt?« Sila hatte einen Tee gebracht. Zur Abwechslung fand Lexi es schön, sich auch einmal wieder umsorgen zu lassen.

»Schon viel besser. Wir haben sie vor ein paar Tagen nach Hause holen können, und jetzt hat mein Vater sie persönlich in die Reha nach Bad Oeynhausen begleitet. Er wird die Kur mit ihr gemeinsam machen. Er bezahlt seinen Aufenthalt privat. So haben sie ein bisschen Zeit für sich. Ich habe mit meinem Vater ein ernstes Wort geredet.«

Lexi nippte an ihrem Tee. Von dem Gespräch war sie immer noch erschöpft. Es hatte sie so viel Mut und Kraft gekostet. Aber es hatte sich gelohnt.

»Ihm war gar nicht bewusst, wie sehr die Situation mit Wolfgang meine Mutter belastet hat. Sie haben beschlossen, sich mit Wolfgang auszusprechen und wenigstens zu versuchen, seine Frau kennenzulernen. Vielleicht klappt es ja, sobald sie sich erholt hat.« Im Augenblick konnte sie dafür nicht mehr tun. »Wie ist hier alles gelaufen? Hast du dich ein bisschen erholt? Gefällt es dir hier? Es tut mir immer noch leid, dass ich dich erst eingeladen und dann sofort allein gelassen habe.«

»Es geht mir bestens. Es ist herrlich hier. Ich würde gerne etwas mit dir besprechen, aber ich glaube, du solltest erst einmal eine Nacht ausschlafen. Das machen wir lieber morgen beim Frühstück. Warst du schon bei Jonne?«, fragte Sila. »Ich finde ihn sehr sympathisch.«

Lexi dachte an all die lieben Nachrichten von Jonne und die nächtlichen Gespräche am Telefon. Er hatte ihr so viel Trost und Kraft gegeben, immer wenn es ihr schlecht ging. Ohne ihn hätte sie diese Tage nicht so gut überstanden.

»Nein, aber wir haben lange telefoniert, bevor ich losgefahren bin. Ich werde ihn morgen treffen. Er hat dasselbe gesagt wie du. Ich soll erst mal schlafen.«

Das tat Lexi dann auch. Doch bevor sie eindämmerte, sah sie sich in dem vertrauten Zimmer um und fand, dass es ihr irgendwie bereits jetzt ein wenig fremd geworden war. Das fand sie traurig und aufregend zugleich.

Denn in den durchwachten Nächten am Bett ihrer Mutter hatte sie eines beschlossen. Egal wie sie es anstellte, sie würde nicht hierbleiben. Vielleicht konnte sie erst mal eine Weile bei Remy im Geschichtengarten helfen und ein paar Kurse mit Kindern organisieren? Das Leben war viel zu ungewiss und zu kurz, um Zeit zu verschwenden, wenn man sich einer Sache sicher war. Und es war ihr auch nicht mehr wichtig, ob das irgendjemand anderes begreifen oder richtig finden würde. Es war allein ihre Entscheidung.

Was dann aus ihr und Jonne werden würde, darüber wollte sie allerdings noch nicht nachdenken. Wohin würde er gehen, wenn hier sein Vertrag zum Saisonende auslief, und was war, wenn ihn die Inhaberin des Ladens überredete, doch zu bleiben? Sie wusste doch, wie leidenschaftlich er seine Drachen baute. Sie freute sich immerhin schon darauf, beim Drachenfestival den Glühwürmchendrachen am Himmel zu sehen. Diese Vorstellung half ihr dabei, einzuschlafen.

Lexi war so erschöpft gewesen, dass sie erst um neun Uhr

aufwachte. Sie konnte sich nicht erinnern, wann ihr dies das letzte Mal passiert war. Sie duschte kalt, um richtig aufzuwachen. Als sie Sila nicht im Haus fand, ging sie hinaus und entdeckte einen schön gedeckten Frühstückstisch mit frischen Brötchen.

»Oh, Sila, wie herrlich! Guten Morgen. Ich habe einen Mordsappetit. Du hast sogar Brötchen geholt!«

»Nein, die hat Rasmus abgegeben, als er vorbeifuhr. Möchtest du Kaffee oder Tee?«

»Rasmus? Seit wann ist der für andere Brötchen als für Fischbrötchen zuständig?« Lexi wurde noch ein Stück wacher. »Heute Kaffee, bitte.«

Sila zuckte mit den Schultern. »Er fährt doch sowieso hier vorbei, auf dem Weg zu seinem Stand. Er ist einfach nur nett.«

»Ich weiß. Ich kenne ihn. Er hat mir früher Krabben geschenkt. Aber Brötchen hat er mir noch nie gebracht.«

Als Sila nicht darauf antwortete, sondern in der Küche verschwand, um den Kaffee zu holen, setzte sich Lexi und suchte sich ein Brötchen aus. So, so, der Rasmus. Sie würde ihm ein neues Glück sehr gönnen.

Wie gut es tat, draußen zu frühstücken! Egal wo sie hinzog, sie würde auf jeden Fall immer einen Tisch auf den Balkon, in den Hof oder irgendwo ins Freie stellen, an dem man frühstücken konnte. So wie bei Jonne auf dem Hausboot. Es war einfach zu schön, den Tag so zu beginnen. Unter freiem Himmel, rundherum Vogelstimmen und Bienengesumm, mitten im bunten Leben.

An diesem Morgen schaffte Lexi sogar zweieinhalb Brötchen und stellte dabei fest, dass auch Sila einen gesunden Appetit hatte. Und überhaupt, sie wirkte gelöst und braungebrannt und irgendwie anders. »Oh, jetzt bin ich aber satt.« Lexi lehnte sich zurück. »Wolltest du nicht etwas mit mir besprechen?«

Sila schob ihren Teller ebenfalls fort. »Ja. Aber damit ich auch nichts Falsches sage – ich habe dich doch richtig verstanden, dass du jemanden suchst, an den du den Garten in Valentinas Sinne weitergeben kannst, so wie Mervin ihn an Pia gab und Pia an dich, richtig?«

»Ja. Unbedingt. Während ich bei meiner Mutter war, habe ich beschlossen, dass ich damit nicht länger warten will. Ich werde Remy anrufen, ob sie nicht doch eine Annonce in ihre Zeitung setzt, wenn ihr selbst niemand einfällt. Linnea kann ich auch fragen. Lieber wäre mir natürlich jemand, den ich persönlich kenne, aber es ist niemand aufgetaucht. Dir würde ich ihn sofort und am allerliebsten geben, aber du hast ja selbst einen Garten zu viel.«

»Genau darüber wollte ich mit dir sprechen.« Sila spielte mit dem Marmeladenglas. Das Sonnenlicht fiel in die Marmelade und ließ sie rot glühen wie einen Sonnenuntergang. »Während du fort warst und ich hier so allein Zeit zum Nachdenken hatte, ist mir klargeworden, dass sich unsere beiden Probleme gegenseitig aufheben. Minus mal minus gibt plus, das habe ich in der Mathematik nie verstanden, aber hier ist es sonnenklar.«

Lexi runzelte die Stirn. Sie verstand kein bisschen, worauf Sila hinauswollte.

Die holte tief Luft. »Entschuldige bitte! Ich bin ein bisschen nervös und drücke mich ungeschickt aus. Lexi, du hast gerade gesagt, du würdest mir Valentinas Garten gern überlassen. Siehst du, mir geht es ganz genauso! Ich würde dir wahnsinnig gern meinen Hof überlassen. Wir haben so viele Gedanken ausgetauscht, seit ich dort bin. Es ist, als hättest du den Wickenhof mit mir zusammen neu kennengelernt. Lass uns doch tauschen! Es ist nur eine Idee, du kannst natürlich auch ablehnen. Ich weiß, Altlewin, das ist mitten in der Einöde. Eigentlich nichts für junge Leute, und vielleicht bist du entsetzt über diesen Vorschlag, aber ich musste ihn einfach machen!« Jetzt war sie ganz außer Atem. Das Marmeladenglas rutschte aus ihren Händen und kippte um. Es rollte über den Tisch zu Lexi, die es sorgfältig wieder aufstellte. Die banale Handlung beruhigte sie. Sie hielt sich an dem Glas fest wie eben noch Sila.

»Sila«, sagte sie langsam, »hast du mir gerade gesagt, dass du mir diesen wundervollen alten Loosehof anvertrauen würdest? Ich träume doch noch, oder?«

Sila lachte auf. »Du bist so wach wie ich. Ich würde nichts lieber tun als genau das! Du hast mir von all deinen Ideen erzählt. Ich könnte mir keine bessere Zukunft und Verwendung für den Wickenhof vorstellen! Wanda wäre auch mehr als einverstanden. Ich habe dieses Dilemma, weißt du, das mich seit Wochen quält. Ich hänge an dem Hof, viel mehr als ich geahnt habe, und ich könnte es nicht ertragen, wenn er zerstört wird. Und gleichzeitig kann und möchte ich nicht dortbleiben und mich darum kümmern.«

Lexis Gedanken überschlugen sich und blieben schließlich an einem entscheidenden Punkt hängen. »Sila, ich habe doch kein Geld! Du suchst einen Käufer! Ich kann das nicht kaufen. Ich habe nie erwartet, Geld für Valentinas Garten zu bekommen, das steht ja so in den Auflagen drin. Er darf nur weitergegeben werden an jemanden, der ihn braucht bzw. dem er guttut, und es gibt den Fonds, der die Schenkungssteuer bezahlt und was sonst noch so anfällt, aber verkaufen darf man ihn nicht. Aber du, du hast doch einen Käufer gesucht. Du wolltest mit dem Geld ein neues Zuhause suchen und Indra und Oswin unterstützen. Und außerdem, was würde dein Devin dazu sagen, wenn du aus Berlin wegziehst, und deine Kunden?«

»Oswin hat erstens eine Familie, die ihm ein wenig hilft. Zweitens habe ich mir gedacht, wenn ich hier wohne, können Indra und Oswin zu mir kommen, so oft und so lange sie wollen. Indra hat ohnehin Sehnsucht nach dem Meer. Der Wickenhof ist ihnen viel zu groß und einsam gelegen, aber hier am kühlen Meer in diesem kleinen gemütlichen Haus mit den vielen Feriengästen drum herum und den Hochhäusern am Strand, die sie an die Stadt erinnern, da würde es ihnen gefallen. Ich weiß es. Ich habe ihnen Bilder geschickt, und sie sind begeistert. Von meinen Plänen habe ich natürlich noch nichts verraten.« Sila beugte sich vor. »Lexi, für all das, was ich möchte, brauche ich überhaupt kein Geld. Wozu? Ich hatte ja niemals erwartet, den Hof zu erben. Das war eine völlige Überraschung. Und nun hat er mir so viel geschenkt. Alte und neue Freunde, Versöhnung mit der Vergangenheit, das Wissen, was ich wirklich möchte. Valentinas Garten ist genau das Schneckenhaus, das ich mir gewünscht habe.«

»Du willst kein Geld? Das geht doch nicht, Sila.«

»Warum nicht? Ich bekomme Valentinas Garten, der ist doch im Grunde wahnsinnig viel wert, wenn du es so sehen willst. Ein fairer Tausch. Das Grundstück ist viel kleiner, aber es liegt am Meer! Außerdem habe ich hier schon Anfragen bekommen von Leuten, die das Schild gesehen haben. Ich kann arbeiten. Aber wenn es dich beruhigt, kannst du den Hof auch pachten. Harry kann Verträge aufsetzen. Für einen Euro im Monat, symbolisch. Und ab und zu komme ich dich besuchen und sehe mir an, was du dort alles Tolles angestellt hast.« Sila lehnte sich zurück. Sie schien sich völlig sicher zu sein, dass sie genau das wollte und das Richtige tat. »Und wenn ich dann einmal alt bin oder doch noch woandershin ziehen möchte, dann schickst du mir eines von ›deinen‹ bis dahin erwachsen gewordenen Kindern. Eines von dem du denkst, es bräuchte eine Zuflucht mit Garten. Dann gebe ich Valentinas Garten weiter, wie es sein soll. Was sagst du?«

Lexi wusste nicht, was sie sagen sollte. Es war viel zu schön, um wahr zu sein.

Sila griff sich an die Stirn. »Es tut mir leid, Lexi, du brauchst natürlich Zeit zum Nachdenken! Ich habe den ganzen Plan so fertig in meinem Kopf, dass ich vergessen habe, dass er für dich neu ist. Und wie gesagt, ich könnte sehr gut verstehen, wenn dir das da draußen zu viel Einöde ist. Du bist jung, du willst auch mal ins Kino oder in einen Club, junge Leute treffen. Aber da ist noch was, was ich dir ergänzend erzählen möchte, wenn du dich von meinem Überfall erholt hast. Und dann lasse ich dich in Ruhe nachdenken, so lange, wie du willst.«

Lexi hob die Hand. »Moment. Gleich. Erzähle es mir gleich. Ich muss mich nur kurz sammeln.« Sie atmete tief durch.

Die Fotos, die Sila ihr vom Wickenhof gezeigt hatte, trieben immer schneller durch ihre Gedanken wie glänzende Seifenblasen. Seit sie die ersten davon gesehen hatte, verspürte sie eine seltsame Sehnsucht. Sie würde dort verwirklichen können, was immer sie sich erträumte. Die Kinder konnten eigene Beete haben, so viele sie wollten, sie konnte ein ganzes Feld aufteilen und in Beete verwandeln. Sie könnte Geistergeschichten im Eiskeller erzählen. Und um ihre eigenen Bedürfnisse zu verwirklichen, würde sie irgendwo endlich eine Ecke nur mit

Ziergräsern anpflanzen, mit allen Sorten Gräsern, die es gab. Außerdem würde sie so viele Kürbisse ernten, dass sie mit einer ganzen Klasse Laternen schnitzen konnte, wenn es Herbst wurde.

»Lexi?«, klang eine Stimme vom Tor her.

Lexi sprang auf. »Jonne!«

Sie lief ihm entgegen, und er fing sie auf. Nach einer Weile nahm sie ihn bei der Hand und zog ihn zur Terrasse hin. Dorthin, wo Sila noch am Tisch saß.

»Jonne, du kommst genau richtig! Sila hat einen grandiosen, unglaublichen, fabelhaften Vorschlag, und sie wollte mir noch etwas dazu erzählen. Ich möchte, dass du das auch alles hörst. Ich bin so durcheinander, du musst mir beim Nachdenken helfen! Ich möchte deine Meinung hören. Sila, kannst du ihm kurz erklären, um was es geht? Ich muss erst mal meinen Kaffee austrinken und meine Nerven wieder bügeln.«

Sie trank Schluck für Schluck und hörte zu, wie Sila in wenigen kurzen Sätzen Jonne ihren Plan erläuterte. Beim zweiten Hören kam es Lexi nicht mehr ganz so unglaublich vor.

»Und was ich Lexi noch sagen wollte«, fuhr Sila schließlich fort, »ich habe gestern lange mit meiner Freundin und Nachbarin Lisann telefoniert. Sie ist Lehrerin im nächstgrößeren Ort Letschin. Ich habe ihr von dir erzählt, Lexi, und ein bisschen etwas von deinen Ideen. Lisann ist sehr angetan davon. Sie sagt, Lehrerinnen jeder Art werden nicht nur in Berlin, sondern auch in dieser Gegend immer gesucht. Sie glaubt, dass es sogar an ihrer Schule eine Stelle für dich geben würde. Lisann sagt auch, dass sie mit Kolleginnen in Berlin befreundet ist und in Einzelfällen schon ein Kind auf dem Hof aufgenommen hat, in den Ferien oder auch an den Wochenenden. Da würdest du also offene Türen einrennen. Ich glaube, ihr könntet euch gegenseitig unterstützen.«

»Das klingt zu gut, um wahr zu sein«, sagte Lexi ungläubig.

»Ja, ich suche selbst ständig nach einem Denkfehler«, gab Sila zu. »Was meinst du, Jonne?«

Jonne hatte den Arm um Lexis Schultern gelegt und sehr aufmerksam zugehört. »Ich finde, es klingt völlig plausibel«, sagte er schließlich. »Lexi hat mir erzählt, dass die Loosehöfe so heißen, weil sie vor Generationen einmal verlost wurden. Und die Art, wie Lexi an Valentinas Garten gekommen ist, war auch beinahe wie das Ziehen eines Loses. Vielleicht hat der Lauf der Geschichte eure Lose einfach verwechselt. Und jetzt habt ihr die Gelegenheit, das in Ordnung zu bringen.«

Lexi und Sila sahen sich verblüfft an. So gesehen, klang es einfach.

»Vielleicht sehen wir dann eines Tages den Nachtfalter, von dem Remy erzählt hat«, sagte Lexi nachdenklich. »Der, der angeblich nur auftaucht, wenn gerade alles genau richtig ist.«

»Aber du würdest deine Schüler vermissen, oder?«, fragte Sila.

»Ja, sehr. Aber ich hatte mich ja sowieso entschlossen zu kündigen. Ich bekomme nach den Sommerferien ohnehin eine neue Schulklasse. Da ist die Bindung noch nicht so eng. Ich würde meine Kündigung einreichen und dann zum Ende des Schulhalbjahres gehen. Schneller geht es allerdings nicht, nehme ich an. Meine alten Schüler könnten mich ja mit ihren Eltern vielleicht auf dem Hof besuchen. Und über das Internet halten wir sowieso Kontakt.«

»Wir müssen ja nichts überstürzen. Wenn ihr noch einen Moment Zeit habt, ich habe schon einen Plan gemacht, den ich euch vorschlagen möchte«, sagte Sila.

Jonne sah auf die Uhr. »Eine halbe Stunde habe ich noch. Schieß los.«

»Also, es sind noch vier Wochen Sommerferien. Ich hatte ja nur für ein paar Tage gepackt. Mein Vorschlag ist, dass ich morgen wie geplant zurück auf den Hof fahre, und Lexi kommt mit. Ich mache dich mit Henrik und Lisann bekannt, zeige dir alles, packe ein paar Sachen ein und kehre für den Rest der Ferien hierher zurück, während du auf dem Wickenhof bleibst und ausprobierst, wie es dir dort gefällt und ob er wirklich zu deinen Plänen passt.« Erwartungsvoll sah Sila von Lexi zu Jonne und zurück. »Ende der Ferien kommst du wieder her, arbeitest in der Schule bis zum Herbst, und ich genieße noch die Zeit auf dem Hof oder fahre auch mal nach Berlin, um dort ein paar Dinge zu organisieren. Im Oktober ist dann das Drachenfestival, von dem Jonne mir versichert hat, dass ich es nicht versäumen darf, und mit dem die Saison endet. Dann komme ich her, und wir entscheiden uns endgültig, ob wir diesen Tausch wollen und es für uns passt. Wenn nicht, können wir immer noch jeder für sich eine andere Lösung suchen. Was meinst du, Lexi? Wenn deine Eltern jetzt ohnehin nicht hier sind, könntest du ja ganz entspannt in den Oderbruch fahren.«

Lexi dachte darüber nach und stellte fest, dass sich in ihrem Inneren ein stummes Jubeln ausbreitete, eine ungläubige erwartungsvolle Freude und das Gefühl, dass sie jetzt schon wusste, was sie beim Drachenfestival zu Sila sagen würde. Und das, obwohl sie das Grundstück noch nicht einmal gesehen hatte. Jonne hatte recht! Auf eine geheimnisvolle Art war sie dabei, das richtige Los zu ziehen. Fragend sah sie ihn an. Er nahm ihre Hand und drückte sie.

»Leider kann ich nicht gleich mitkommen, ich habe schließlich einen Arbeitsvertrag, und die Leute im Vogelschutzgebiet kann ich auch nicht im Stich lassen. Aber wenn du Ende der Ferien wiederkommst, könnte ich dich im Oderbruch abholen. Wenn du das möchtest. Ich kann ein paar Überstunden ansammeln, zwei Tage freimachen und ein Wochenende dranhängen. Dann kannst du mir den Hof zeigen. Ich finde, das alles klingt nach einem hervorragenden Plan«, sagte er.

Sila streckte erwartungsvoll lächelnd die Hand aus. »Abgemacht?«

Lexi zögerte. »Du müsstest dann auch die Seepferdchen übernehmen. Sie gehören zu Valentinas Garten.«

»Nichts lieber als das. Sie kennen mich jetzt und fressen mir aus der Hand, und mit Heinz komme ich gut aus. Aber du müsstest Kopernikus und Curie übernehmen.«

»Unbedingt. Die Kinder werden restlos begeistert sein.«

Nun schlug Lexi ein, die andere Hand noch in Jonnes geborgen.

»Abgemacht!«, sagte sie, obwohl ihre Stimme vor Aufregung ein wenig zitterte.

Nur ein einziger Zweifel blieb: was nach dem Drachenfestival aus ihr und Jonne werden würde.

Sila

Fehmarn

2017

38

Im Schneckenhaus

Sie war nur ein paar Tage im Oderbruch gewesen, und doch war es ihr lange erschienen. Nun war sie wieder hier. Sila blieb vor dem Tor mit dem Reh stehen, schloss die Augen und atmete tief ein. Dieser Geruch der sonnenwarmen Holzlatten des alten Zauns! Der roch jetzt schon nach Geborgenheit, nach Zuhause. Seltsam, aber wenn sie in den paar Tagen auf dem Wickenhof an Fehmarn und Valentinas Garten gedacht hatte, dann war ihr dieser Duft als Erstes in den Sinn gekommen.

Die Sonnenblumen am Gartenweg grüßten sie still, und auch das Haus schien sie willkommen zu heißen, als sie aufschloss. Sie sah zuerst nach den Seepferdchen, die sich ebenso gelassen und zufrieden in ihrem grünblauen Reich bewegten, wie Sila sich hier fühlte.

»Ich darf mich noch nicht zu sehr daran gewöhnen«, sagte sie zu Aton, während sie ihm eine Garnele gab. »Noch ist ja nichts beschlossen.«

Sie wusste, dass Hummeln einen Trick hatten, um zu beschleunigen, was ihnen wichtig war. Hummeln waren im Frühling lange vor den Bienen unterwegs, wenn es noch kaum Blüten gab. Dann knabberten sie die Blätter von bestimmten Pflanzen an und injizierten dabei einen Stoff, der die Pflanzen dazu brachte, einen halben bis ganzen Monat früher zu blühen. Das klappte zum Beispiel bei Senf und bei Tomaten. Wissenschaftler hatten versucht, das nachzuahmen, aber es hatte nicht funk-

tioniert. Sila hätte die Dinge jetzt auch gern so einfach ange-
knabbert und beschleunigt. Sie sehnte sich nach Gewissheit,
nach einer sicheren Zukunft. Doch das mit dem Test war ja ihr
eigener Vorschlag gewesen. Alles andere wäre Lexi gegenüber
auch nicht fair gewesen.

Sila beschloss, erst einmal die Wochen zu genießen, die sie
jetzt auf Fehmarn hatte. Sie hatte Lexi gefragt, ob sie den Garten
ein wenig bienenfreundlicher gestalten durfte. »Nur ein paar
entsprechende Pflanzen in die Lücken und einen geschützten
Sandplatz. Und eine Totholzecke am Rande der Rehwiese, da
fällt sie nicht auf.«

»Alles, was du willst. Ist mir sehr recht. Ich mache daraus
dann gleich eine Unterrichtseinheit«, hatte Lexi gesagt.

»Weißt du, wo hier eine Gärtnerei ist?«, fragte Sila Rasmus, als
sie sich abends ein Fischbrötchen holte.

»Na klar, es ist gar nicht weit. Soll ich dich morgen fahren?«

»Das wäre wunderbar.« Sila biss in ihr Brötchen. »Wenn ich
wirklich hierherziehe, brauche ich wohl ein Auto.«

»Das fände ich schön. Wenn du hierbliebest.« Da waren wieder diese Lachfältchen.

Sie hatten viel Spaß in der Gärtnerei, und im Wagen häuften
sich die Pflanzen. Borretsch, Sonnenhut und Salbei, Nattern-
kopf, Thymian, Kugeldisteln. Rasmus interessierte sich auch
dafür, stellte Sila fest.

»Ich habe einen großen Balkon«, sagte er.

Sie verbrachte glückliche Stunden damit, alles einzupflanzen.
Zu ihrer großen Freude entdeckte sie dabei Blaue Holzbienen
an den Löwenmäulchen. Die stammten ursprünglich aus süd-
licheren Ländern. Es gab sie noch gar nicht lange hier im Nor-

den. Nicht einmal im Oderbruch hatte Sila die gesehen, nur darauf gehofft. Sie waren unglaublich schön mit ihren blauglänzenden Flügeln.

Auch Bienen wechseln ihren Wohnort, dachte sie. Wie ich jetzt. Ich glaube, die blaue Biene bringt mir Glück.

Wenn Sila nicht im Garten war, ging sie am Strand spazieren. Einmal fuhr sie mit Rasmus ins Vogelschutzgebiet Wallnau. Sie machten Jonnes Führung mit.

»Lexi klingt so glücklich am Telefon«, sagte Jonne hinterher zu Sila.

»Du vermisst sie sehr«, stellte sie fest. Sie hörte es an seiner Stimme.

»Oh, ja. Sila, würdest du heute Abend zu mir kommen? Ich mache uns einen schönen Salat, und wir können auf dem Dach essen. Ich möchte dich um einen Rat bitten.«

»Gerne.«

Eine Weile saß sie noch mit Rasmus in einem der Verstecke, mit einem Fernglas bewaffnet, und beobachtete die gemächlichen Rinder und die Vögel in der goldblaugrünen sumpfigen Weite. Rasmus deutete nach oben, wo ein Schwarm Kormorane ein paar Runden drehte.

»Wenn Lexi Zugvögel sieht, bekommt sie immer diese Sehnsucht in den Augen. Schon lange«, sagte er. »Ich denke, du hattest genau die richtige Idee. Und wenn du dann auch noch hierbleibst ...«

Auf dem Rückweg hielten sie in Burg. Einkaufen machte Sila Freude hier auf der Insel, denn anders als in den Geschäften nahe Altlewin musste sie sich keine misstrauischen Blicke oder

Sprüche über Ausländer und Türken, Schmarotzer oder gar Terroristen anhören, die sie angesichts ihrer schwarzen Haare und dunklen Augen immer wieder einmal trafen.

Sila hatte Wandas Strohhut mitgenommen und ihn, damit er im Wind nicht wegflog, mit einem Tuch unter dem Kinn festgebunden. In Burg im Laden fand sie ein Tuch mit Meeresfarben, das besser zu ihrer Laune passte. Ebenso ein bequemes Kleid aus Baumwolle mit einem Möwenmuster und weiten Taschen, in denen man Muscheln und Steine sammeln konnte. Es war von einer Designerin aus Ahrenshoop, Tallulah, und Sila fand, es passte zu ihrem neuen Lebensgefühl.

Denn hier auf Fehmarn, so nahe am Meer, wenn auch ohne Delfin, war sie ganz und heil und neu, mitten in ihren alten Träumen. Jenen Träumen, die sie mit den Bienen gemeinsam hatte. Weite, Freiheit, Duft und Himmel. Hier fühlte sie sich wie Andrena, die Frau, die Bilder auf Holz zauberte, die von den Landschaften der Träume erzählten.

Abends war sie zu früh dran auf dem Weg zu Jonne und ruhte sich an einem ihrer Lieblingsplätze aus, der Steinmole am Ende des Strandes, an der Einfahrt zum Binnensee, nahe am Café Sorgenfrei. Dort bildeten sich hinter den Steinen klare Fluttümpel, die den Himmel einfingen, und die Strömungen zeichneten Muster in den Sand. Man konnte durch die Tümpel waten und auf die Steine klettern. Von da aus sah man wunderbar die Schiffe einfahren und auch den Abendspaziergang der Sonne zum Horizont hin.

Sila saß auf einem der Steine und fühlte sich wie die kleine Meerjungfrau. Nach einer Weile meldete sich ihr Handy gleich zwei Mal mit einem leisen Pling. Eine Nachricht von Indra.

Wo hast du die neuen Blumen gepflanzt? Bitte Fotos! Ich habe diesen kleinen Garten jetzt schon ins Herz geschlossen und freue mich so darauf, ihn im Herbst zu sehen. Indra und Oswin hatten versprochen, im Oktober mit zum Drachenfestival zu kommen. Sila lächelte bei dem Gedanken.

Das zweite war eine Mail von Lexi.

Liebe Sila, du glaubst gar nicht, wie es hier ist! Ach entschuldige, natürlich weißt du das, ich meine, wie es für mich ist! Ich bin so glücklich, dass ich ganz durcheinander bin. Gut, dass Henrik mich immer wieder auf die Erde zurückholt. Er kommt und zeigt mir, wo überall Wühlmäuse sind und Läuse und kaputte Zäune und Löcher in Stalldächern. Ich muss ihm noch beibringen, was ein wirklicher Naturgarten ist, und dass die Marienkäfer die Läuse erledigen, wenn man ein bisschen Geduld hat. Er ist ein bisschen zu sehr Ingenieur, aber das ist ja auch manchmal ganz nützlich, wenn was wirklich kaputt ist. Es ist ein Segen, dass er da ist, allein wäre ich doch etwas überwältigt von diesem Reichtum an Möglichkeiten hier! Ich könnte die ganze Zeit auf der Streuobstwiese tanzen. Beinahe fühle ich mich wieder wie damals, als ich mit großen Augen zum ersten Mal bei Pia vor dem Tor von Valentinas Garten stand und sich mir ein ganz neues Reich eröffnete.

Was es hier alles gibt! Ach, du weißt es ja, aber ich kann nicht anders als schwärmen.

Am Fluss war ich auch schon, mit Lisann, und wir haben lange geredet. Sie ist ein Schatz! Ich mag ihren pädagogischen Ansatz, und wir haben tausend Pläne im Kopf. Ich war gestern mit ihr in der alten Kneipe, du hast ja gesagt, ich soll es mir ansehen. Das ist ein bisschen gruselig, aber es ist auch phantastisch! Die Tische und manche Stühle sind sogar noch völlig in Ordnung. Und der Raum! Ich könnte dort Unterrichtsstunden mit einer ganzen Klasse abhalten. Man kann spielen, wenn es regnet, oder basteln. Man kann dort essen, wenn man Feste veranstaltet. Es gibt dadurch so viel mehr Spielraum.

Und der Eiskeller ist noch großartiger, als ich ihn mir vorgestellt habe. Er eignet sich bestens für Gruselgeschichten und Schatzsuchen und bestimmt noch vieles mehr.

Und der Gemüsegarten! Der ist riesig! Was könnte ich da alles mit den Kindern anstellen. Wir würden ihn auf Mischkultur umstellen, mit Pflanzen, die sich gegenseitig helfen. Dann gedeiht alles noch besser und sieht schöner aus. Zwischen die Reihen kommen Kapuzinerkresse, Lavendel, Ringelblumen, Sonnenblumen. Bohnenkraut, Kamille, Ziertabak, Kornblumen, Jungfer im Grünen, Süßlupinen ... Das wird so schön, und die Kinder würden dabei unglaublich viel lernen können. An eurer Kräuterspirale habe ich Eidechsen entdeckt, stell dir vor! Übrigens hat Henrik die Denkmalskulptur fertig und an den Steinen verankert, es sieht genau richtig aus, ein Mann und eine Frau als Silhouette, würdevoll und friedlich, an einem wunderbaren Platz.

Mit Lisann habe ich ausgemacht, dass wir Weiterbildungswochenenden für Lehrer anbieten könnten, was Schulgärten und Ähnliches angeht. Das wollte sie schon lange. Jetzt hätten wir die Möglichkeiten, jedenfalls, wenn die Kneipe renoviert ist. Nahe genug an Berlin sind wir ja.

Mit Linnea habe ich auch regen Austausch, sie will unbedingt filmen, wie wir den Hof umstellen und was wir dann hier machen. Sie will auch manchmal von hier senden. Und sie kennt einige Schulen in Berlin aus ihrer Zeit dort, als sie mit einem Architekten zusammengearbeitet hat. Sie kann mir Kontakte herstellen.

Oh, Sila, was man hier für Ernten einfahren könnte! Und ich meine nicht nur die essbaren. Ich stelle mir die Kinder in den Bäumen vor, mit einem glücklichen Lächeln auf dem Gesicht, Wissen über und Liebe zur Natur in Kopf und Herz und Erinnerungen an Kindheitssommer, die ein

Leben lang halten. Das ist es, was auf dem Wickenhof gedeihen und geerntet werden soll!

Eins noch: Stell dir vor, Henrik hat einen Vorschlag gemacht. Das muss natürlich noch mit dir besprochen werden. Er sagt, er würde gern bleiben. Er sagt, er könnte ja Wandas alte Mädchen-für-alles-Position wiederaufleben lassen. Außerdem könnte er von hier aus gelegentlich in die Städte fahren und seine Vorträge halten. Und er kann für Zeitschriften schreiben. Viel Geld braucht er nicht, sagt er. Er ist glücklich hier und hat so viel Freude an der Gartenarbeit. Kinder mag er auch. Er könnte ihnen sicher einiges beibringen, was ich gar nicht weiß. Er möchte sich die kleine Scheune als Wohnung umbauen, es würde ihm Freude machen. Sag mir, was du davon hältst, ja?

Übrigens, wir hatten eine Idee. Der Wickenhof würde natürlich weiter Wickenhof heißen. Aber der Lehrteil, wo die Kinder und die Schulen ihre Beete bekommen und so und wir vielleicht einen Lehrpfad machen und wo Linnea filmen wird – den würden wir gerne Annawandas Garten nennen. Das klingt nett, und wir finden es richtig, weil Annas Garten eine Zuflucht für Henriks Großvater war, und weil Wanda dir so viel beigebracht hat, so wie wir es anderen Kindern beibringen wollen. Annawandas Garten wird ein wirklicher Kinder-Garten. Dort sollen sich die Träume der Bienen und der Kinder treffen. Wie findest du das? Du könntest ein schönes Schild an den Eingang machen …

Liebe Sila, jetzt höre ich besser auf. Ich habe dich ja vollkommen zugeschüttet. Ich kann nur noch hoffen, dass es dir auf Fehmarn wirklich so gut gefällt, wie du dachtest. Ich glaube, ich könnte mich nicht mehr vom Wickenhof trennen. Den Duft und die Farben der Wicken würde ich niemals wieder aus dem Kopf bekommen. Und nein, es ist mir hier nicht zu einsam und abgeschieden, wie du befürchtet hast! Ich liebe es. Und man ist mit dem Auto oder dem Zug doch recht schnell in

Berlin, ich habe es ausprobiert. Aber ich bin kein Stadtmensch, wirklich nicht!

Übrigens, das Junge von Runaj und Joy übt schon das Fliegen.

Tschüs, liebe Sila!

Erschrocken sah Sila auf die Uhr. Jetzt musste sie sich beeilen, Jonne wartete ja längst.

Auf dem Weg zum Hafen musste sie immer noch über Lexis glücklichen Enthusiasmus und ihre kindliche Freude lächeln. Sila dachte daran, wie sie kürzlich im Stall auf dem Wickenhof ihr altes Springseil gefunden hatte, immer noch an seinem alten Haken. Sie hatte es in die Hand genommen und ein paar Sprünge gemacht, es sah sie ja niemand. Sie konnte es noch. Das Seil allerdings nicht, es fiel nach kurzer Zeit auseinander. Doch die gedrechselten Holzgriffe lagen so vertraut in ihren Händen wie damals. Sila erinnerte sich genau daran, wie sie damit über die Felder gelaufen war, immer weiter, im Rhythmus des Schwingens und Hüpfens, und gehofft hatte, wenn sie es nur lange genug durchhielt, würde sie dieses Seil mit den blaugrünen Griffen bis an einen anderen, fernen Ort bringen, wo sie niemand mehr zu irgendetwas zwingen konnte.

Jetzt hatte sie ihn gefunden.

39

Geburtsstunden

Ehe Jonne Sila auf das Dach führte, zeigte er ihr die Glasscheibe, die in den Boden des Hausbootes eingelassen war.

»Heute sind besonders viele Fische zu sehen.«

Zusammen betrachteten sie das silberne Blitzen und Huschen eines Schwarmes unter dem Boot.

»Ich könnte stundenlang zusehen«, sagte Jonne. »Bei Nacht kann man einen Scheinwerfer unter dem Boot einschalten, das sieht auch wunderschön aus. Nur Seepferdchen gibt es nicht.«

»Das Leben auf dem Boot gefällt dir sehr, oder?«, fragte Sila, als er ihr danach oben in dem lauen Abend, in dem eine leise Ahnung von Frühherbst mitschwang, einen köstlichen Nudelsalat servierte.

»Ja. Das gehört zu den Dingen, die ich dich fragen wollte. In Berlin kann man doch auch Hausboote mieten, oder?«

»Ja, klar. Wasser haben wir ja reichlich. Es ist nicht ganz einfach, einen Liegeplatz zu finden. Auch nicht billig. Aber ich kenne ein paar Leute. Es ist schon was Besonderes. Vor allem im Winter. Man muss es mögen. Aber zu dir passt es, glaube ich. Warum fragst du?«

Jonne schob sein Weißweinglas auf dem Tisch hin und her. »Ich muss mich entscheiden. Die Ladeninhaberin hat mir eine Vertragsverlängerung angeboten. Aber ich möchte nicht hierbleiben. Das wollte ich nie, auch wenn ich noch nicht wusste,

wohin dann. Und wenn Lexi jetzt weggeht ...« Er sah Sila hilfesuchend an. »Ich wollte dich auch fragen, ob du meinst, dass ...
also mit Lexi. Und dem Hof im Oderbruch.«

Sila, die sich eben noch so jung gefühlt hatte, kam sich auf
einmal alt, erfahren und weise vor und amüsierte sich über sich
selbst. »Das mit Lexi ist dir ernst. Das weiß ich längst.«

»Ja. So ernst wie noch nie. Sie ist glücklich dort, das merke
ich. Sie hat mir so viele Fotos und Videos geschickt, dass ich den
Hof inzwischen beinahe so gut kenne wie sie selbst.« Er lachte
auf. »Obwohl ich noch nicht dort war. Das Ding ist, ich denke,
mir würde es dort auch gefallen. Ich hatte nie den Traum meines
Großvaters, das verlorene Gut in Ostpreußen woanders wiederaufzubauen. Aber etwas aufbauen, das würde ich schon
gern. Vielleicht liegt es in der Familie. Ich möchte auch nicht
mehr für einen fremden Laden arbeiten. Ich möchte mich selbständig machen. Wenn Lexi will ...« Wieder sah er Sila hilfesuchend an. »Glaubst du, sie will?«

»Sie will was?«, fragte Sila geduldig.

»Sie mag das Hausboot. Einige Rücklagen habe ich noch. Ich
könnte in Berlin eines mieten, und wir könnten dort sein, wann
immer sie will. Wir brauchen ja eine Basis in der Stadt. Lexi sagt,
sie will mit den Schulen dort zusammenarbeiten. Da wird sie
Leute treffen müssen. Und dann können wir auch mal ins Kino
oder so, wenn es ihr im Oderbruch zu einsam wird. Aber meistens werden wir auf dem Hof sein, wenn sie möchte. Wenn sie
mich lässt.« Er räusperte sich. »Du kennst doch den Hof, Sila.
Da gibt es doch sicher eine Ecke im Stall oder Schuppen, wo ich
Drachen bauen könnte? Auch mit den Kindern. Ich könnte
Kurse geben, Workshops für Eltern und Kinder. Das ist was
Tolles, was sie zusammen machen könnten. Felder zum Aus-

probieren gibt dort auch, oder? Ich könnte ein Drachenfestival organisieren, das würde Leute in die Gegend bringen. Und ich würde einen Onlinehandel aufziehen, das geht von dort. Ich weiß nicht, ob das auf Dauer funktioniert und genügt. Aber ich könnte Lexi helfen und mit ihr zusammen sein, so lange sie will. Meinst du, das ginge so, wie ich mir das vorstelle?«

Sila war nicht überrascht. Darauf hatte sie schon gehofft, als sie beschlossen hatte, Lexi den Hof anzubieten. Aber sie war gerührt.

»Jonne, das klingt sehr vernünftig. Wenn das irgendwo funktioniert, dann auf dem Wickenhof! Das ist das ideale Gelände und die Gegend dafür. Aber ob Lexi das will, musst du sie schon selbst fragen.«

Jonne wurde rot. »Ja, ich weiß. Ich dachte nur, wenn du sagst, das ist alles ein Hirngespinst …«

»Lieber Jonne, was Beziehungen angeht, bin ich bestimmt nicht klüger als du. Da fragst du die Falsche. Aber ich glaube nicht, dass du Bedenken haben musst. Frag Lexi!«

»Ist es in Ordnung für dich, wenn ich am Wochenende zu ihr fahre? Ich kann nicht warten. Aber es ist ja immer noch dein Hof, ich kann mich ja nicht einfach einladen.«

Sila lächelte. »Ich glaube, es ist schon so gut wie Lexis Hof. Aber auch mir sind liebe Gäste immer willkommen.«

Nun strahlte er. »Ich werde sie überraschen. Sieh mal, meinst du, das gefällt ihr? Weil sie sich doch von den Seepferdchen trennen muss, dachte ich …« Er holte eine Schachtel aus seiner Tasche und zeigte Sila ein zartes silbernes Armband aus fein gearbeiteten Seepferdchen.

»Ganz bestimmt, lieber Jonne. Viel Glück.«

Jonne war nicht der Einzige, der einen Überraschungsbesuch plante.

Ein paar Tage später stand Sila am Zaun von Valentinas Garten. Rasmus hatte ihr im Vorbeifahren wieder einmal Brötchen gebracht.

»Danke, aber das musst du doch nicht«, hatte Sila gesagt.

»Ach was, ich fahre ja sowieso hier vorbei.«

»Willst du dann nicht wenigstens reinkommen und mit mir frühstücken?«

In diesem Augenblick fuhr ein Auto vor und bremste etwas zu scharf, so dass Sand auf Rasmus' Hosenbeine spritzte.

Es war Devins abgeschabter Pick-up.

Als er ausstieg, hätte Sila ihn erst beinahe nicht erkannt. Er hatte dunkle Ringe unter den Augen, als hätte er seit Tagen nicht geschlafen. Er hatte etwas abgenommen und sich außerdem rasiert. Normalerweise trug er einen Dreitagebart. Der vertraute Geruch seines Aftershaves mischte sich mit dem des auflandigen Meerwindes.

Er schloss die Autotür unnötig geräuschvoll und stellte sich neben Rasmus an den Zaun. »Entschuldigen Sie, ich wollte nicht stören«, sagte er in einem Tonfall, der das genaue Gegenteil ausdrückte. »Aber ich muss mit Sila sprechen. Allein.«

»Ist etwas passiert? Mit Indra? Oder Oswin?«, fragte Sila angstvoll.

»Nein, nein! Mach dir keine Sorgen. Mit ihnen ist alles in Ordnung.«

»Ich geh dann mal. Einen schönen Tag dir, Sila. Moin!« Mit einem halb amüsierten, halb traurigen Blick schwang Rasmus sich auf sein Fahrrad.

Sila betrachtete Devin verwirrt. »Was ist denn? Erst antwortest du mir nicht, was du von meinen Plänen hältst. Und jetzt tauchst du hier auf. Wo hast du überhaupt übernachtet? Hattest du einen Auftrag in der Nähe?«

»Ich bin die Nacht durchgefahren. Mir ist etwas klargeworden. Lässt du mich eigentlich rein in dein neues Paradies?«

Sila öffnete das Tor. »Es ist noch nicht meins. Es ist nur auf Probe.«

»Ach, komm. Ich kenne dich. Es ist längst entschieden.«

Ja, er kannte sie wie kein anderer. Sie hatten so viel zusammen erlebt und durchgemacht.

Sila hatte es sich nie eingestanden, aber sie hatte ihn furchtbar vermisst. Jeden Tag. »Setz dich in die Schaukel. Ich mach uns Kaffee. Und Frühstück.«

In der Küche stellte sie alles auf ein Tablett und brachte es hinaus. Devin hatte die Augen geschlossen. Er sah in seiner Erschöpfung ungewöhnlich verletzlich aus. Sie sah auf ihn herunter und konnte ihre Gefühle nicht einordnen. Da waren Wehmut, Dankbarkeit, Frustration, Bedauern, Sehnsucht, Gereiztheit, Zärtlichkeit, Vorsicht, Ungewissheit. Alles schwirrte in ihrem Kopf herum, als hätte sie bei der Gartenarbeit versehentlich ein Hummelnest gestört.

»Danke.« Devin setzte sich auf, als er den Kaffee roch. Sie frühstückten schweigend. Dann sah sich Devin um.

»Schön hast du es hier«, sagte er, leise jetzt. Die unterschwellige Aggressivität von vorhin schien aus ihm gewichen.

Wenn er eine Blume wäre, würde ich ihn jetzt gießen, dachte Sila. Sie merkte jetzt erst, wie sehr es sie verletzt hatte, dass er, im Gegensatz zu Indras und Oswins Begeisterung, zu ihren Plänen gar nichts gesagt hatte. Weder schriftlich noch am Telefon.

»Ich habe ein nettes junges Künstlerpaar gefunden«, sagte er schließlich. »Sie machen Linolschnitte und Holzschnitte, sehr schöne Sachen. Sie würden gern Indras und Oswins Anteile der Etage übernehmen und sogar eine gute Miete zahlen. Ich denke, man kann prima mit ihnen auskommen. Indra und Oswin haben schon angefangen, ihre Sachen aufzulösen, und die zwei helfen sehr nett dabei. Sie sind so jung und voller Schwung, ich komme mir beinahe alt vor daneben.«

Sila dachte an Lexi und Jonne. Sie wusste, was er meinte.

»Ja, Indra erwähnte so was. Du bist doch nicht die Nacht durchgefahren, um mir das zu sagen. Was ist los, Devin?«

Jetzt wandte er sich ihr zu und nahm ihre Hand. »Sila, du gehörst doch in mein Leben, seit ich dich damals da auf der Treppe sitzen sah.«

»Ich habe es nicht vergessen.«

»Ich habe seitdem so viel falsch gemacht.«

Sila schüttelte den Kopf und drückte seine Hand. »Nein, Devin. Du hast so viel richtig gemacht. Ich weiß nicht, was ohne euch aus mir geworden wäre. Ich habe selbst viele Fehler gemacht. Du – du hast nur ein bisschen zu sehr und zu lange auf mich aufgepasst.«

»Ich weiß. Das tut mir leid. Aber das war nicht das Einzige, was so oft zwischen uns geraten ist. Ich hatte immer wieder das Gefühl, dass du nicht ganz anwesend warst. Ich konnte dich nicht erreichen. Nicht so, wie ich es mir gewünscht habe. Du warst wie hinter einer Glaswand. Hast mich nicht reingelassen.«

»Ich habe mich selbst nicht reingelassen. Oder besser, rausgelassen«, sagte Sila. »Ich habe mich gar nicht mehr gespürt. Vor allem in den letzten Jahren. Ich habe das erst auf dem

Wickenhof gemerkt.« Sie sah zu Boden. »Da wurde ich immer lebendiger. Wie eine Pflanze, die endlich Licht und Dünger bekommt.«

»Sieh mich an, Sila!«

Sie hob den Kopf. Seine Augen! Sie mochte seine Augen so. Sie konnte ihm doch alles sagen. Früher war es ja auch so gewesen.

»Es war die Vergangenheit. Meine Kindheit. Die alten Geschichten. Ich musste mich erinnern. Endlich Abschied nehmen. Das ging ja damals nicht. Ich musste Frieden damit schließen und herausfinden, was ich möchte.«

»Und jetzt? Es ist dir gelungen, nicht wahr? Wenn ich dich jetzt höre und sehe, schon bei dem Sommerfest neulich, dann spüre ich, dass du endlich ganz bist. Die Sila, wie sie immer hat sein sollen. Meine Sila. Diese Sila liebe ich so sehr! So sehr wie noch nie. Ich möchte dich neu kennenlernen. Und ich möchte nicht ohne dich leben, Sila. Nein, mehr. Ich möchte *mit* dir leben. Nur mit dir.«

Stimmte das? Konnte das sein? Sie hatten es doch so oft versucht.

Doch unter Silas Angst und Zweifeln keimte eine ganz neue Zuversicht und Sicherheit. Oder war die immer dort gewesen?

Ja, sie hatte ihn vermisst. Aber sie hatte es für aussichtslos gehalten.

»Du hast recht, die alten Geister ruhen. Lexi wird einen glücklichen Ort aus dem Wickenhof machen, mit Jonnes und Henriks Hilfe. Kinder werden dort lachen, ohne Angst. Etwas Besseres kann nicht geschehen.« Sie atmete tief durch und nahm all ihren Mut zusammen. »Aber Devin, ich muss und werde hierbleiben! Zum ersten Mal in meinem Leben habe ich mir selbst einen Ort ausgesucht. Hier bin ich richtig. Unten in der Waschküche werde ich eine Werkstatt einrichten. Es ist nicht riesig, aber geräumig genug, dass Indra und Oswin, wenn sie hier sind, auch ein wenig werkeln können. Ich werde den Schuppen etwas vergrößern, dann kann man da das Material lagern.«

»Sila, ich weiß. Ich will dir das nicht ausreden. Ich freue mich so für dich. Und es ist atemberaubend schön hier.« Er betrachtete die Sonnenblumen, dann die Rosen auf dem Dünenkamm mit dem Himmel dahinter.

Eine Holzbiene flog heran und brummte blauglänzend um die Schaukel.

»Vielleicht ist es das Alter, aber ich bin die Stadt auch ein wenig leid. Meinst du, du könntest in deiner Werkstatt für mich eine Ecke reservieren? Ich helfe auch beim Ausbau des Schuppens«, sagte Devin, und sie sah ihm an, wie ernst er es meinte. »Ich könnte einen großen Teil des Jahres hier bei dir sein. Manchmal muss ich sicher in Berlin etwas regeln, aber das lässt sich ja machen. Im Winter hast du vielleicht wieder Lust auf ein paar Wochen Berlin. Wir könnten uns Zeit nehmen und ins Museum gehen oder ins Konzert. Sila? Würdest du mir noch mal eine Chance geben?«

»Wenn du mir auch eine gibst?«

Sie gehörte zu ihm. Sie hatte immer zu ihm gehört und er zu ihr. Sila wünschte sich nichts mehr, als ihr neues Leben mit ihm aufzubauen, denn ohne ihn wäre es wie ein Garten ohne Blumen.

Dann hielten sie sich fest. Ganz fest.

»Diesmal ist alles richtig«, sagte er in ihr Haar.

Und sie wusste, dass es stimmte.

Später gingen sie zum Strand, und dann ins Café Sorgenfrei, aber nicht lange. Sie wollten einfach nur zusammen sein, allein mit dem Garten und der Meeresmusik und den Möwen im Hintergrund. Abends stand er neben ihr, als sie bei Sonnenuntergang das Horn blies, um diesen denkwürdigen Tag gebührend zu verabschieden.

»Komm, ich zeig dir was.« Als die Sonne fort war, zog sie ihn ins Haus und in das Zimmer mit dem Aquarium.

Staunend saß er davor. Sila lehnte sich an ihn. Das geheimnisvolle blaue Dämmerungslicht schaltete sich ein.

Langsam kamen Aton und seine Gefährten aus den Pflanzen hervor und begannen ihren abendlichen Tanz, mit dem sie das Leben feierten.

Doch dann begann Aton seltsam zu zucken. Immer wieder krümmte er sich und richtete sich dann ruckartig wieder auf.

»Was hat er?«, fragte Devin besorgt, und auch Sila erschrak. Doch dann sahen sie beide, was da gerade geschah.

Aton brachte Junge zur Welt. Bei den Seepferdchen tun dies die Männchen. Winzig kleine, silbrige, perfekte Geschöpfe, sein genaues Ebenbild.

Ehrfürchtig sahen sie zu.

»Heute beginnt unsere Zukunft, Sila«, sagte Devin leise.

Die jungen Seepferdchen stiegen eines nach dem anderen zur Wasseroberfläche auf ins Licht.

Epilog

Es war Oktober. Eine frische, aber gleichmäßige Brise wehte. Das war günstig für das Drachenfestival, dessen Höhepunkt nachher, wenn es dunkel würde, stattfinden sollte.

Die Strandkörbe waren längst hereingeholt worden, die Saison war ab morgen vorbei, aber leer war der Strand nicht. Jede Menge Menschen waren warm angezogen unterwegs, um die Drachen zu bestaunen, die sich dicht an dicht leise knatternd am Abendhimmel reihten. Delfine und enorme Walfische, Comicfiguren und Seeungeheuer, Jonnes Schildkröte, ein Oktopus, Greifvögel. Alle waren im Sand verankert und standen ruhig nebeneinander im Wind. Sogar Pinguine konnten hier fliegen. Es war ein grandioses Schauspiel von Gestalt gewordener Leichtigkeit, Humor und Lebensfreude. Im Hintergrund spielte Musik. Es roch nach Meer, Herbstblättern und gegrilltem Hähnchen. Am Café Sorgenfrei brannten bereits die Lampions. Kinder platschten lachend in dicken Jacken und bunten Gummistiefeln durch die Wellen und zeigten aufgeregt auf einen Drachen nach dem anderen.

Die Sonne war gerade am Untergehen und legte ein rötlich warmes Licht über alles. Die letzten blühenden Rosen auf den Dünen, ihre herbstlichen Blätter und ihre großen Hagebutten brannten förmlich, so rot, violett und orange glühten sie. Dazwischen fielen leuchtend gelbgrüne Finken über die Früchte her.

Ich mischte mich unter die Menschenmenge und vertraute darauf, dass Sila und Lexi mich nicht sehen würden. Einige Leserinnen meiner Bücher erkannte ich im Vorbeigehen. Auch meine Freundin Heike mit ihrem Mann und ihren beiden Söhnen spazierte am Flutsaum entlang, aber ich duckte mich in den Schatten der Steine. Schließlich gehörte ich überhaupt nicht in die Geschichte und hatte nicht vor, mich einzumischen. Ich wollte nur sehen, wie es Sila und Lexi nun ging und ob ich sie allein lassen konnte mit dem jeweiligen Los, für das sie sich entschieden hatten.

Ich fand sie auf einer Decke sitzend am Ende des Strandes, nicht weit von den Fluttümpeln. Jonne hatte seine Schildkröte und einen Tümmler ganz in der Nähe verankert. Er stand daneben und bereitete den Glühwürmchendrachen vor, der nachher zusammen mit den Drachen seiner Freunde Teil der Show sein würde. Es war ein Lenkdrachen, und sie hatten eine Synchron-Choreographie eingeübt.

Sila hockte auf der Decke, an Devin gelehnt, und sah glücklich und entspannt aus. Daneben in Faltstühlen saßen Indra und Oswin und Harry, eine Decke über den Knien.

»Fabelhaft!«, sagte Indra. »Ich bin so froh, dass alles so gekommen ist. Ich hatte ein wenig Bedenken bezüglich meines Lebensabends, aber wenn ich hier in Silas neuem Paradies Zeit in dieser frischen Meeresluft verbringen kann, mit meinen Erinnerungen und dieser bunten Gegenwart, dann gibt es nichts mehr, vor dem ich mich fürchte. Sieh nur, das Ganze hier! Allein schon die Rosen und die Finken. Eine beinahe laute, ungenierte Farbensymphonie. So will ich im Herbst meines Lebens auch sein. Ungeniert bunt. Ein bisschen wie deine Hocker.«

»Geht mir ähnlich. Ich freu mich drauf«, stimmte Oswin zu und trank zufrieden von seinem Glühwein. »Gut, dass Sie gleich alle Papiere mitgebracht haben«, sagte er zu Harry.

»Ja, ich bin auch froh, dass nun alles für die Übergabe im Frühjahr besiegelt ist und seine Richtigkeit hat«, sagte der, und ich hörte die Erleichterung in seiner Stimme. »Etwas Besseres hätte sich Wanda nicht wünschen können.« Ich wusste, wie sehr er sie vermisste, und war froh, als Indra feststellte: »Es ist eine feine Sache, wenn man einen Anwalt und Notar in der Familie hat.«

»Ich gehöre ja gar nicht zur Familie«, protestierte Harry bedauernd.

»Ich finde schon«, sagte Indra in einem Ton, der keinen Widerspruch erlaubte.

»Unbedingt!«, sagte Sila, die das gehört hatte. Sie stand auf und umarmte Harry. »Lexi ist so glücklich auf dem Wickenhof, und ich hier in Valentinas Garten. Ohne dich wäre das alles nicht möglich gewesen.« Verstohlen wischte er sich eine Träne aus dem Auge und war wohl froh, dass es nun schon so dämmrig war, dass es niemand sah.

Lexi stand dicht neben Jonne und half ihm, die Leinen zu sortieren, damit das Glühwürmchen nachher keine Bauchlandung hinlegte. Auf einmal blickte sie auf und stieß Jonne in die Seite. »Da ist sie!« Sie wies auf mich. Ich war unbedacht zu nahe getreten und hatte es nicht bemerkt. Nun sprang ich hastig einen Schritt zurück, aber es war zu spät.

»Warum versteckst du dich?«, fragte Sila. »Ich weiß doch, dass du da bist, seit dem Tag, als Wandas Brief kam.«

»Ich habe sogar extra einen Drachen für dich gebaut«, sagte Jonne und drückte mir eine Schnur in die Hand. »Sila hat mir so

viel Mut gemacht, und daran hast du schließlich auch mitge-
wirkt. Lexi findet meine Ideen alle gut. Ich werde zu ihr auf den
Wickenhof ziehen.«

»Ich finde seine Pläne nicht nur gut. Ich finde sie perfekt!«
Das hätte Lexi mir nicht sagen brauchen. Man sah es ihr an. »Du
brauchst die Schnur nur halten«, sagte sie. »Ich lege den Drachen in die Luft, und der Wind trägt ihn von selbst hoch.«

»Danke«, sagte ich verlegen, und schon spürte ich einen
Widerstand am Ende der Leine und sah, wie eine Biene in den
rasch dunkel werdenden Himmel aufstieg. Der Abendstern
funkelte dort, und an den Fühlern meiner Biene brannte auch
jeweils ein kleines Licht.

Überall wurden die Drachen nun angestrahlt oder leuchteten
selbst. Dazwischen huschten Drohnen mit bunten Lämpchen
umher. So etwas hatte ich noch nie gesehen. Die Nacht über
dem Strand war voller bewegter Farben in den Händen der
Menschen und fügten sich zu einem unvergesslichen Gemälde.
Die Musik wurde feierlicher. Ein Sprecher sagte die Aufführung
von Jonnes Team an. Lexi küsste ihn und kam zu uns herüber.

Zusammen sahen wir zu, wie das Glühwürmchen, gesteuert
von Jonne, und vier andere Insekten, alle beleuchtet, im
passenden Rhythmus zu einer herbstlich getragenen und doch
fröhlichen Musik synchrone Kreise, Wellen und Muster in den
Himmel zeichneten. Das Glühwürmchen bewegte sich zusammen mit einer Libelle, einer Hummel, einem Grashüpfer und
einem Marienkäfer in einem völlig harmonischen Tanz unter
den Sternen, und die Lichter spiegelten sich im Meer.

»So synchron mit mir und meinem Leben fühle ich mich auch
gerade«, sagte Sila leise zu Devin, der sie vor dem kühlen Wind
schützte.

Ein wenig abseits griff eine verspielte Böe in die Flügel meines Bienendrachens, und ich spürte, dass dieser mich in eine neue Geschichte ziehen wollte.

Danksagung

Zuallererst danke ich Heike Dewald, der treuen »Patentante« meiner Bücher. Sie hat mir nicht nur mit Rat und Tat und Sorgfalt geholfen, Unebenheiten aus dem Manuskript zu bügeln, sie hat mir auch eine wunderbare Unterkunft auf Fehmarn vermittelt, als ich zu Recherchezwecken auf die Insel gereist bin. Und sie erzählt auf ihrem vielfältigen und hochinteressanten Bücherblog »Irve liest« von meinen Geschichten und bringt sie den Lesern nahe.

Ich danke Achim Restel, der mir bei den Recherchen im Oderbruch geholfen hat und dafür rätselhafte Bushaltestellen mitten in menschenleeren Einöden und eine lange, grenzwertig anstrengende Radtour bei Regen und brutalem Gegenwind auf sich genommen hat.

Ich danke dem Naturschutzbund, der das Vogelschutzgebiet Wallnau auf Fehmarn und viele ähnliche Zufluchten für gefährdete Lebewesen möglich macht, und auch den freiwilligen Helfern, die dort tätig sind.

Natürlich waren auch die vielen anderen unermüdlichen Helfer wieder tätig, ohne die es meine Bücher so nicht geben würde.

Ganz wichtig: meine liebe Freundin und Probeleserin Christina Hinz, die mir wieder mit so vielen kleinen Anregungen, Aufmunterungen, Hinweisen und Hilfen Kraft und Zuversicht auf dem Weg schenkte.

Dr. Ronald Henss war wie immer für mich und den Text da und jederzeit auf prompter Fehlersuche.

Auch meine Lektorin Susanne Kiesow hat mich trotz aller Arbeit, die ich ihr mache, nicht aufgegeben. Ich danke ihr, Katinka Bock und dem gesamten Team vom Fischer Verlag für die Unterstützung und gute Zusammenarbeit, die wieder so viel Freude gemacht hat.

Ein großes Dankeschön geht auch diesmal an alle Leserinnen, die meinen Geschichten weiterhin von ihrer Zeit schenken. Besonders freue ich mich über all die lieben Zuschriften, die mir Mut machen, weitere Geschichten zu wagen.

Zuletzt noch ein Dankeschön an die Bienen, die draußen so fleißig weiter summen und für Blüten und Honig sorgen. Und für die Hoffnung, dass es uns gelingt, unsere immer noch so wundervolle Welt besser und mit mehr Achtung und Fürsorge zu behandeln und zu erhalten.

Leseprobe aus

Das Geheimnis der Grashüpfer

von

Patricia Koelle

Der vierte Band
der Inselgärten-Reihe
erscheint im Herbst 2021.

Maja

Lenzerwische

2017

1

Abschied und Anfang

Vor fünfzig Jahren hatte Maja die Stufen vor der Haustür meist mit einem Satz übersprungen, so leicht schien das Leben und so eilig hatte sie es gehabt, hinauszukommen, in den Garten, wo der Tag für sie bereit war.

Damals hatte nur dieser eine lange neue Tag Bedeutung gehabt, der sich mit der aufgehenden Sonne aus den Elbwiesen erhob. Kein Gestern. Kein Morgen. Nur das Jetzt. Der geheimnisvolle große Fluss lag für alle unerreichbar hinter dem metallenen Zaun, doch das grüngoldene wispernde Reich des Gartens und der Wiesen mit ihren zahllosen Blüten und Bewohnern wartete immer auf Maja. Deshalb nahm sie die Treppe vor lauter Ungeduld mit einem großen Sprung. Wenn sie es übertrieb, kam sie unten zu heftig auf, mit einem Ruck, der in den Knien und Fußgelenken schmerzte und ihren Kopf durchrüttelte. Einmal hatte sie sich dabei sogar in die Zunge gebissen.

»Bist halt kein Grashüpfer, Kind«, hatte Elsie dann mit sanftem Tadel und einem Lächeln gesagt. »Auch wenn der Opa dir das in den Kopf gesetzt hat.« Und dann hatte sie Maja über die Haare gestrichen und halb zu sich selbst gesagt: »Aber ich habe das früher auch so gemacht.«

»Und jetzt nicht mehr, Elsie?«

»Nein. Jetzt nicht mehr.«

Doch Maja hatte einmal durch das Fenster gesehen, wie Elsie es heimlich doch getan hatte. Wahrscheinlich, weil Frühling war und auch Elsie nicht erwarten konnte, die ersten Pusteblumen zu finden.

Mittlerweile aber war Elsie achtundneunzig und sprang schon sehr lange nicht mehr. Und Maja schwang gerade die Sichel, um den überwucherten Weg für Elsies neuen Rollator freizumachen.

Mit der Sichel umzugehen, war sie noch gewohnt. Das war nicht der Grund, warum ihr heute ähnlich zumute war wie damals, so als wäre sie viel zu unsanft auf dem Boden gelandet und der harte Ruck hätte alle ihre Knochen und ihr Hirn schmerzhaft erschüttert.

Es lag vielmehr daran, dass vorgestern ihr endgültig letzter Arbeitstag gewesen war.

Ein halbes Leben lang war sie wie ihre Kolleginnen Tag für Tag mit ihrem kleinen Auto für den ambulanten Pflegedienst durch die Stadt gefahren und hatte sich um betagte Menschen gekümmert. Viele davon betreute sie seit Jahren, hatte mit ihnen gelitten und gelacht, geweint und gescherzt, ihnen Neuigkeiten erzählt, sie gewaschen, frisiert und verbunden, hatte ihnen zugehört und unendlich viel von ihnen gelernt.

Und jetzt war sie Frührentnerin. Mit achtundfünfzig, weil ihr Rücken einfach nicht mehr mitmachte. Maja hatte es so lange wie möglich hinausgeschoben, aber nun ging es nicht mehr. Es reichte noch für den Alltag und dafür, Elsie zu helfen, aber eben nicht mehr für den Dienst. Maja war längst nicht die Einzige unter den Altenpflegerinnen, der es so ging. Es war weder schlimm noch ungewöhnlich, aber sich mit dem Gedanken vertraut zu machen, das war schwer.

»Ich werde mich schon noch daran gewöhnen«, sagte sie zu dem Rotkehlchen, das zwischen den Brennnesseln hervorhüpfte und sie fragend ansah. »Schließlich habe ich ein Riesenglück. Ich habe Sebastian!« Wärme erfüllte sie, als sie an ihren Mann dachte und an die Liebe in seinen Augen, als er ihr gestern nachgewinkt hatte.

»Ich möchte übers Wochenende zu Elsie fahren«, hatte sie zu ihm gesagt. »Ist das in Ordnung für dich?«

Er hatte von seinen Büchern aufgesehen und den Stift aus der Hand gelegt. Er widmete ihr immer seine volle Aufmerksamkeit, auch nach all den Jahren. »Natürlich, mein Engel. Ich weiß doch, dass du jetzt Hummeln im Hintern hast. Fahr nur, es wird dir guttun. Und Elsie freut sich. Ich hole dich dann Montag ab.«

»Das wäre wunderbar! Ich freu mich drauf.« Sie hatte ihn geküsst und war voller Dankbarkeit. Weil er da war. Immer. Weil sie sich nach all den Jahrzehnten so gut kannten, dass sie einander nichts mehr erklären mussten.

Sebastian vertiefte sich wieder in seine Studien. Er war ein wenig älter als Maja und schon seit zwei Jahren pensioniert. Historiker war er und hatte an der Uni gelehrt. Nun schrieb er an einem Buch und war immer noch glücklich und ausgefüllt.

Finanziell hatten sie auch nur selten Sorgen.

Doch anders als Sebastian fühlte Maja sich eben nicht ausgefüllt, schon nach einem Tag nicht mehr. Sie hatte jede Menge Projekte für diese neue Zeit geplant, aber sie war es doch gewohnt, sich nützlich zu machen und gebraucht zu werden! Die Kinder waren schon lange aus dem Haus. Nun war da eine Leere, die ihr Angst machte, auch wenn sie zuversichtlich war, dass sie irgendwie damit fertig werden würde.

Im Augenblick half es, den Brennnesseln zu Leibe zu rücken, die den alten Plattenweg überwucherten. Der Garten war erschreckend verwildert. Sie hatte seit Jahren nie genug Zeit und Kraft dafür übrig gehabt. Er war einfach zu weitläufig, und Maja war viel zu selten hier gewesen. Ihre Großmutter war gern unabhängig und immer noch wunderbar allein zurechtgekommen, mit der nur stundenweisen Hilfe einer Frau aus dem Dorf. Nachdem Elsie sich aber nun endlich bereit erklärt hatte, ihren Stock beiseite zu stellen und den Rollator zu benutzen, sollte sie damit auch wenigstens diesen einen Weg wieder benutzen können. Zeit hatte Maja nun ja, und die Kraft musste sie sich eben einteilen, auch wenn es ihr seltsam vorkam.

Seltsam, weil sie hier in ihrem alten Paradies innerlich prompt wieder zum Kind wurde, sobald sie es betrat. Irgendein geheimnisvoller Prozess verschluckte die Zeit, die dazwischenlag. Hier war sie nicht älter geworden, egal, was der Spiegel und das Stechen in ihrer Wirbelsäule behaupteten. »Etwas läuft da schief mit dem Altern«, erklärte sie dem Rotkehlchen. »Außen klappt es, aber innen funktioniert es nicht. Sogar Elsie geht das so. Hat sie gesagt.«

»Weißt du, Kind, ich komme mir so albern vor mit dem Stock, und mit dem Rollator erst recht«, hatte ihre Großmutter gerade vorhin mit einem verlegenen Lächeln erklärt. »Ich habe doch genau hier als kleines Mädchen mit meinem Reifen gespielt. Bin Roller gefahren, da auf dem Weg, und hab da hinten bei den Johannisbeeren meinen Puppen Kuchen serviert. Und später hab ich mit Clemens getanzt, bei Mondlicht, auf der Wiese und unten am Fluss. Auch wenn er nicht mehr da ist, ich fühle mich noch ganz genauso. Nur die Beine machen nicht mehr mit.«

»Stell dir halt vor, der Rollator wäre dein Roller«, hatte Maja mit einem Kloß im Hals vorgeschlagen. »Ich mach jetzt den Weg sauber, und dann wirst du sehen, wie flott du damit bist.«

Elsie hatte gelacht. Ihr Lachen klang auch nicht alt. »Na, dann mach mal, Mädchen.«

Dass Elsie sie aus alter Gewohnheit immer noch »Kind« oder »Mädchen« nannte, trug wohl dazu bei, dass Maja sich hier selbst immer so jung fühlte, sogar heute, als frischgebackene Frührentnerin. Vielleicht auch, dass Maja nie »Oma« zu ihr gesagt hatte oder »Opa« zu Clemens. Darauf hatten sie sich geeinigt, als Majas Eltern vor so langer Zeit im Elbsandsteingebirge verunglückt waren. Maja war während jenes Urlaubs ihrer Eltern bei Elsie und Clemens gewesen. Und da war sie dann geblieben.

»Aber wenn Mama und Papa nicht mehr da sind, dann kann ich doch auch keinen Opa und keine Oma haben«, hatte Maja gesagt, sechsjährig und verstört, weil alles so falsch und durcheinander war. Ihre eine Welt war zerbrochen. Doch die andere war unerschütterlich. Elsie hatte sie fest in den Arm genommen. »Dann sagst du jetzt einfach Elsie und Clemens«, sagte sie. »Das ist immer noch eine Familie. Maja, Clemens und Elsie.«

An ihre Eltern konnte sich Maja nur dunkel erinnern. Ein Lachen, eine Geste, Beine in Strumpfhosen mit einer Laufmasche, der Geruch von Tabak, das Kratzen von Barthaaren beim Gutenachtkuss. An die Wohnung in Cottbus jedoch nicht. Ihr Zuhause war hier gewesen, im Grunde schon immer. In dem großen alten Haus hinter dem Deich mit den unzähligen Zimmern, den roten Klinkern und den alten Balken unter dem ausladenden Dach, unter das einfach alles passte. Nicht nur all die Mitbringsel aus Clemens' Seefahrerzeit hatten hier reichlich Platz. Auch Trauer und Glück und Geborgenheit, Geschichten und Streiche, Kaffeegäste und Freunde und Feste, reiche Ernten und unzählige Haustiere, junge und alte Menschen, Erinnerungen, ein bisschen Strenge, Hoffnungen, Liebe und Träume. Es gab drinnen Stürme und natürlich draußen, wenn die Herbstwinde über den Deich fuhren, wie sie es auch jetzt bald wieder tun würden. Dann seufzte das Haus ein wenig, denn es war sogar noch viel älter als Elsie, und ruckelte sich gemütlich zurecht wie eine brütende Henne. Die Balken knackten, die Dielen erzählten von früher, und die Kälte blieb vor der Tür. Das Haus fürchtete sich nie vor dem Winter.

Aber ich vielleicht, zum ersten Mal, dachte Maja, während sie wieder die Sichel schwang. So viele lange, dunkle Tage, und ich ohne die gewohnte Arbeit.

»Wie das wohl wird?«, fragte sie das Rotkehlchen, das immer noch neben ihr her hüpfte und nach aufgestörten Käfern Ausschau hielt. Auch eine Bachstelze flog heran, saß einen Augenblick mit wippendem Schwanz auf den Weg, wo Maja die Steine bereits befreit hatte, und verschwand dann über die Wiese. Wohl wegen der Katze, die nun hinter den Sonnenblumen hervorschlich. Sie war dreifarbig. Eine Glückskatze! Maja hatte sie noch nie gesehen, aber es gab viele Katzen in der Gegend, immer wieder andere. Mäuse huschten genug umher, trotz der vielen Greifvögel. Vor allem, seit der Deich rückverlegt worden war und die Elbe wieder die Freiheit besaß, die Auen zu überfluten, gewann hier eine Vielzahl an Lebewesen ihren Lebensraum zurück.

Der Wind pflückte goldene Blätter von den Weiden und ließ sie ins Gras trudeln. Ein Schwarm Zugvögel näherte sich vom Fluss her und kreiste über dem Haus. Dass es schon so herbstlich war, hatte Maja in der Stadt gar nicht bemerkt. Eigentlich mochte sie diese Jahreszeit sehr, das klare Licht, die satten Farben, die leichte Wehmut in dem Wissen, wie kostbar jeder warme, bunte Tag war.

Dieses Jahr war es anders. Sie wollte sich an das klammern, was gewesen war, und wusste doch, dass das nichts half und gar nicht gut war. Clemens wäre enttäuscht von ihr. Er hatte sie anderes gelehrt.

»Kind! Komm! Pause!«, rief Elsie von der Terrasse her und hob etwas mühevoll einen Krug.

»Ich komme gleich!« Maja wischte die Sichel im Gras sauber. Wenn sie morgen ein ebenso langes Stück des Weges bewältigte und dann alles fegte, würde ihre Großmutter wieder bis zu dem Platz kommen, wo das Herz des Gartens schlug.

»Ich bin da schon lange nicht mehr gewesen«, hatte Elsie gestern leise gesagt, und Maja hatte sich geschämt, dass sie nicht eher auf dem Rollator bestanden hatte. Dass Elsie mit dem Stock so gar nicht mehr zurechtkam, war ihr nicht bewusst gewesen, vor lauter Papierkram und Abschiedsfeiern bei der Arbeit.

Aber Elsie hatte den Rollator ja nie gewollt. Nun sollte der Garten sie so sehr locken, dass sie sich an das neue Hilfsmittel gewöhnte. Wenn das keine Motivation war, was dann?

Das schräge Licht der Herbstsonne wärmte die roten Steinfliesen auf der Terrasse, die so alt waren wie das Haus. Maja hatte darauf laufen gelernt und kannte jeden einzelnen Riss, in dem sich Moos breitmachte. Auch die hölzernen Möbel hatten scheinbar ewig gehalten. Jetzt fingen sie an zu splittern, und das eine Tischbein wies eine weiche Stelle auf. Ich muss mich darum kümmern, dachte Maja.

Es gab hier viel, um das man sich kümmern musste, aber eigentlich war es nie anders gewesen. So war das mit alten Häusern, die schon jede Menge erlebt hatten. Und mit den Menschen war es auch nicht anders.

»Morgen gehen wir zusammen in den Garten, Elsie«, sagte Maja.

»Vielleicht, Kind«, sagte ihre Großmutter vage. »Trink erst mal dein … dein Blätterwasser.« Sie schob Maja das Glas hin und lehnte sich zufrieden zurück. Sie hatte kalten Kräutertee gemacht, mit Eiswürfeln darin, so wie Maja es mochte. Nur das richtige Wort war ihr wieder einmal nicht eingefallen. Sie hatten sich beide daran gewöhnt. In Elsies Alter konnte man daraus wirklich kein Problem mehr machen. Elsie fand immer ein anderes Wort, und Maja wusste meistens sofort, was sie meinte. Oft fand sie Elsies Wort sogar besser als das eigentliche.

Da Elsie so zufrieden aussah, entspannte sich auch Maja. Sie war angenehm müde von der Gartenarbeit. Die half hervorragend gegen Grübeln. Auch das hatte sie fast vergessen. Seit ihrem Abschied vom Pflegedienst hatte sie sich nicht mehr so gut gefühlt.

Nun ja, das war ja noch nicht lange her. Erschreckend lang erschien dagegen die Zeit, die sich vor ihr erstreckte. Obwohl die Herbstsonne noch so viel Wärme in sich trug, überlief Maja ein Frösteln. Ihr ging es ja schon wie ihren Senioren! Wie oft hatten diese ihr von ihrer Furcht vor dem Winter erzählt. Nicht nur, weil die Kälte in ihren Knochen schmerzte, sondern weil mit Winterbeginn auch immer die Angst kam, dass sie nie wieder einen Sommer sehen würden, dass der vergangene tatsächlich der unwiderruflich letzte für sie gewesen war. Maja hatte sich dann gewünscht, sie könne ihnen diese Angst nehmen, könne den ganzen Winter ungeschehen machen und den Frühling umgehend herbeizaubern.

Sie hätte ihnen allen einen Garten gegönnt, der auch im Winter blaue und rote Beeren aufwies, wo der leuchtend gelbe Winterjasmin durchweg von Dezember bis März blühte und die Schneeforsythie nach Weihnachten, wo sich die Winterlinge im Januar durch die Schneedecke arbeiteten und im Februar die Schneeglöckchen, und die Wiese im März zu einem Teppich aus zartvioletten Elfenkrokussen wurde. Ein Blick aus dem Fenster würde jedem betagten Menschen zeigen, dass das Leben nicht vorbei war, dass es auch im Winter andauerte und jeder Morgen es wert war, begrüßt zu werden.

Elsie hatte das genau so beschrieben, als Maja sie vor Jahren gefragt hatte, ob sie vielleicht zu ihr in die Stadt ziehen wollte, wo sie nicht alleine wäre. Oder lieber in ein Seniorenheim, wo sie Freunde finden und ihre Angst wenigstens teilen könnte.

»Aber Kind«, hatte Elsie gesagt, »ich habe keine Angst! Hier nicht. Hier, wo mich das Rotkehlchen besuchen kommt und das Eichhörnchen. Und die Rosen, die blühen noch im November, und die Stockrosen auch manchmal. Etwas blüht immer, wie sollte ich da Angst haben oder mich allein fühlen? Nein, solange ich noch irgendwie zurechtkomme, rühre ich mich hier nicht vom Fleck! Außerdem ist Clemens hier. Hier gehöre ich hin.«

Clemens war da schon lange tot, aber Maja wusste genau, was Elsie meinte. Auch sie spürte den Großvater an allen Ecken und Enden. Im Flur, wenn die Treppe unter ihren Schritten knarrte. Im Gartenhaus, wenn sie ein Werkzeug suchte. Beim Einschlafen, wenn die alten Balken knarzten und sich manchmal anhörten wie seine Stimme beim Vorlesen. Und vor allem im Garten, dort, wo das bronzene Schiff stand und die Lilienblüten und die Grashüpfer von Liebe sangen.

O ja, Clemens war hier, und Elsie gehörte hier ebenfalls hin, daran war nicht zu rütteln. Und das war gut so, denn einen anderen Gedanken hätte Maja kaum ertragen können. Zum Glück war ihre Großmutter so rüstig wie viele ihrer Generation. Nichts konnte sie erschüttern. Sie hatte den Krieg durchgestanden, die Mauer überlebt und den Tod ihres Liebsten verkraftet. Das bisschen Alter konnte ihr noch lange nichts anhaben. Erst in letzter Zeit fiel es ihr schwerer, die Worte zu finden, sich daran zu erinnern, was gestern gewesen war, und das Gleichgewicht zu halten.

Wenigstens habe ich jetzt mehr Zeit für Elsie, dachte Maja, auch wenn ihr ihre anderen Patienten fehlen würden. Zu einigen hielt sie noch Kontakt, und eine Weihnachtsüberraschung wollte sie auch vorbereiten.

»Du warst heute so fleißig«, sagte Elsie. »Du solltest noch ein bisschen ans Wasser hinuntergehen. Das tut dir gut. Ich sehe doch, dass du Kummer hast.«

»Es ist kein großer Kummer, Elsie. Ein Abschied macht nun mal traurig. Das geht vorbei.«

»Nein«, sagte Elsie, »das geht nicht vorbei. Nie. Aber es gehört dazu. Die Freude auch, über das, was war. Wie die dunklen Rosen und die hellen.«

Maja stand auf und umarmte sie. »Da hast du recht. Und deine Rosen waren immer die schönsten, die ich je gesehen habe.«

»Ja. Clemens hat sie gepflanzt. Und die alten hat er gerettet. Für mich.«

»Ja. Für dich. Ich weiß noch, wie er sich jeden Morgen zuerst darum gekümmert hat, wenn er nach dem Frühstück hinausging. Ich finde, diesen Sommer waren sie besonders schön.«

»Ja. Sie erinnern sich auch. Geh ein bisschen ans Wasser, Kind.« Elsie schloss die Augen mit einem Lächeln und verfiel in eines ihrer häufiger werdenden Nickerchen. Maja legte ihr eine Decke über die Knie und ging ums Haus. Es gab keine Wand, an der nicht eine Rose rankte. Dunkelrote, orangefarbene, rosafarbene, goldgelbe, weiße oder pfirsichfarbene. Immer noch schwer vor Blüten, hingen die Ranken in die Fenster und über die vielen Bänke, die für eventuelle Gäste an der warmen Wand standen. Auch damit musste sich Maja bald befassen. Die Ranken mussten angebunden werden, die Blütenköpfe abgeschnitten, wo sie verwelkt waren.

Doch Majas Rücken schmerzte. Heute würde sie es nicht mehr schaffen, also befolgte sie Elsies Rat, ging zum hinteren Gartentor hinaus und stieg auf den Deich, hinter dem die Elbe auf sie wartete, der breite Fluss aus Licht, der so nahe war und den sie erst nach dem Mauerfall kennengelernt hatte, obwohl Clemens sie als Baby vor dem Mauerbau noch mit Elbwasser getauft hatte.

Vom ersten Tag an war der funkelnde Fluss ihr Freund und Ratgeber gewesen, in jeder Lebenssituation. Und noch etwas anderes schenkte die Elbe Maja: Trost.

Oben auf dem Deich, als Silhouette vor dem Himmel, der sich bereits leicht orange färbte, saß die Glückskatze und putzte sich.

2

Herbst am Deich

Maja mochte es, wie man zuerst nur diesen hellen, weiten Himmel sah, wenn man auf den Deich stieg. Dann, wenn man auf der Krone stand, breitete sich die ganze Elbaue vor einem aus. Von hier blickte man noch nicht auf den Fluss. Dafür war das Gras wie ein grünes Meer, in das der Wind Wellen drückte. Wolkenschatten wanderten darüber hin wie dicke Schafe. In der Ferne grasten braune Kühe. Hier und da standen dicke Weiden oder eine Reihe alter Eichen.

Das Gras war nicht nur einfach grün, es wirkte bei jedem Licht anders. Durch die vielen Wildpflanzen, die hier gediehen, gab es in der Fläche alle Farbschattierungen. Von Hellgelb bis Dunkelgrün, Orangerot bis Rostrot, hier und da ein Hauch von Blau. In der Ferne verschwammen die Farben wie zu einem Aquarellgemälde. Maja konnte sich niemals daran sattsehen. Sie hockte sich für einen Augenblick zu der Katze und kraulte sie, dann lief sie los.

Es wanderte sich gut hier oben auf dem neuen Deich. Rechts lagen alte Häuser und Höfe, jeder mit seinem eigenen Charakter. Leider verfiel eine große Zahl von ihnen, vor allem die Nebengebäude. Die Dächer einiger Scheunen bestanden nur aus nackten Balken, von anderen standen bloß noch einzelne Wände, aus denen Hölzer wie Rippen staken und der Lehm bröckelte. Es tat Maja weh, das zu sehen. Am liebsten hätte sie jedes dieser Gebäude gerettet. Was für ein Glück, dass Elsie ihr

Haus niemals aufgegeben hatte! »Es ist ein Teil von mir. Ich bin hier geboren. Wir gehören zusammen und haben immer gut miteinander gelebt, auch in schweren Zeiten. Es war vor Clemens meine große Liebe. Und jetzt ist es die einzige Liebe, die mir geblieben ist«, hatte sie erklärt.

Aber es war Clemens gewesen, der dem Haus den Namen »Elbschwarm« gegeben hatte, der auf dem Schild über der Tür stand. »Denn kaum hatte ich Elsie kennengelernt, war sie schon mein großer Schwarm«, erklärte er mit einem Augenzwinkern, wenn ein Gast danach fragte, und küsste Elsie sogleich. »Und sie und das Haus waren unzertrennlich.«

»Ich habe den Namen nur akzeptiert, weil es so gut zu den Schwärmen der Zugvögel passt, die bei uns in der Elbaue Rast machen«, erwiderte Elsie, die aber bis zuletzt rot wurde, wenn Clemens das sagte.

Früher, noch weit vor Elsies Geburt, war das Haus eines der typischen Hallenhäuser gewesen, in denen einst nicht nur die Wohnstuben der Bauern, sondern auch die Ställe und der Heuboden untergebracht waren. So wärmte man sich gegenseitig.

Später dann war das nicht mehr üblich, die Tiere wurden ausgelagert, die Vorratshaltung auch, und die Häuser nach und nach umgebaut.

Als Elsie einst dort aufwuchs, war es immer noch ein Bauernhof, mit Feldern und Vieh. Er gehörte ihrer Mutter. Ihr Vater war bei der Polizei und hatte in den Hof eingeheiratet. Für die Landwirtschaft interessierte er sich nicht wirklich, auch wenn er es anfangs versuchte. Aus dem Ersten Weltkrieg jedoch kehrte er mit einem kaputten Bein und einem schlecht geheilten Lungendurchschuss zurück, und so änderte sich eigentlich nie etwas daran, dass Elsies Mutter, eine tüchtige Frau, mit Hilfe einiger Angestellter die Arbeit verrichtete. Als Elsie ein Jahr nach seiner Heimkehr geboren wurde, war sie der ganze Stolz ihres Vaters, und er kümmerte sich um sie, mehr als die Mutter, die wenig Zeit hatte. Als Elsie siebzehn war, wurde die Mutter krank und starb, mit ihren Kräften am Ende.

»Lass uns das Haus verkaufen, Elsie«, hatte ihr Vater damals gesagt, der, da Elsie so selbständig geworden war und er sich noch hilfloser in Bezug auf die Arbeit fühlte, immer öfter in Depressionen verfiel.

»Ich habe damals eine ganze Nacht darüber nachgedacht«, hatte Elsie Maja gestanden. »Und dann bin ich an den Fluss hinuntergegangen. Der Mond schien. Ich hatte mich furchtbar allein gefühlt, aber als ich das Licht auf dem Wasser und den Wiesen sah und wie der Fluss so ruhig und ungestört seinem Weg folgte, da wusste ich, ich kann das! Aber fort von hier, das konnte ich nicht. In der Ferne sah ich eine dieser verfallenden Scheunen, wie ein Gerippe vor dem Himmel. Das konnte ich nicht zulassen, nicht bei uns.« Also krempelte Elsie die Ärmel hoch, setzte sich mit anderen Landwirten und ihren Angestellten zusammen und fasste einen Plan. Ein Großteil des Viehs wurde verkauft, einige Felder verpachtet und das Haus weiter umgebaut und renoviert. Nun gab es Zimmer, dort wo einst die Ställe gewesen waren, und auch Zimmer oben, wo der Heuboden gewesen war. Elsie strich Wände und sammelte überall überflüssige Möbel, und dann vermietete sie diese Zimmer. An Menschen, die sich von der Stadt erholen wollten, und an Menschen, die in der Gegend für eine Weile arbeiteten. Es sprach sich herum, wie heimelig es bei Elsie war, wie lecker die Verpflegung und wie schön die Gegend, und die Zimmer waren bald meistens belegt. Elsie hatte ihr Auskommen. Das Haus war gerettet, auch wenn ihr Vater die Fremden nicht gerne sah. Auch als er schließlich starb und seine Rente wegfiel, kam sie zurecht.

Maja war voller Dankbarkeit, dass Elsie niemals aufgegeben hatte. Nicht auszudenken, wenn sie nicht hier hätte aufwachsen können und den »Elbschwarm« das gleiche Schicksal ereilt hätte wie viele dieser Höfe! Jetzt folgte sie dem Deich bis hin zu dem schmalen Pfad, der mitten durch die Auenwiesen hinunter zur Elbe führte. Er war so schmal, dass man ihn kaum sah, wenn man nicht wusste, dass er da war, so lang waren jetzt die Gräser.

Elsie hat es damals so viel schwerer gehabt als ich, dachte Maja. Sie wusste nicht, wie es weitergehen sollte. Sie musste einen Plan fassen und eine Entscheidung treffen. Und ich bin bedrückt, nur weil für mich ein neuer Lebensabschnitt anfängt und ich noch nicht weiß, wie er aussehen wird?

Doch Jahrzehnte eines Berufs, den sie mit Leidenschaft ausgeübt hatte, waren eben nicht so einfach abzustreifen wie ein altes Kleidungsstück.

Am Anfang des Pfades stand ein Fahrrad. Maja zögerte. Sie hatte sich darauf gefreut, am Wasser allein zu sein, aber nun war sie einmal hier und mochte nicht umkehren.

Ihre Socken in den Sandalen waren nass vom abendlichen Tau, als sie unten ankam. Auf ihrem Lieblingsplatz, der Land-zunge, die in den Fluss hineinragte, stand eine große, schlanke Silhouette. Der Mann blickte neugierig den Fluss erst hinab, dann hinauf. Maja nickte ihm höflich zu, als er sie bemerkte, und bückte sich, um ihre Schuhe und Socken auszuziehen. Sie ließ beides stehen und watete ein kleines Stück ins Wasser. Es roch nach der wilden Kamille, die hier überall wuchs und auf die sie getreten war. So vertraut war dieser Duft nach Kindheitssommern, und auch das Wasser fühlte sich an wie eine verständnisvolle Berührung. *Ich kenne dich*, schien es ihr zu sagen, *alles wird gut.*

»Schön hier, nicht wahr?«, sagte der Mann, der unbemerkt näher getreten war. Maja blickte zu ihm auf. Er war ungefähr in dem Alter ihres Sohnes Luca. Unwillkürlich lächelte sie ihn an. Er erinnerte sie ein wenig an Sebastian in dem Alter. Sie waren oft zusammen hier gewesen, kurz nachdem sie sich kennengelernt hatten. Sebastian wusste, wie gern sie hier war. Ihm hatte es auch gefallen. Es war ein schöner Beginn ihrer gemeinsamen Geschichte gewesen. Er hatte sofort begriffen, was Maja an dieser Landschaft immer wieder aufs Neue verzauberte, so vertraut sie auch war. Schließlich änderte sie sich auch ständig.

»Ich weiß«, sagte Maja. »Ich bin hier aufgewachsen.«

»Ach, wirklich?« Der Fremde kam noch einen Schritt näher. »Ich bin auf dem Elberadweg unterwegs, und hinter jeder Biegung erscheint mir alles noch schöner. Was für eine faszinierende Gegend! Ich studiere Biologie, wissen Sie. Ich habe noch nirgendwo anders eine solche Vielfalt von Wildkräutern gesehen. Und Insekten. Da zum Beispiel!« Er wies auf den Boden, dann hockte er sich hin und ließ eine knallbunte Raupe auf seine Hand klettern. Sie war so groß wie sein Finger, trug ein gebogenes Horn am Hinterteil und am ganzen pechschwarzen Körper ein wildes Flecken- und Streifenmuster in Weiß und Rot. »Wissen Sie zufällig, was für eine Art das ist? Ich denke, eine Art Schwärmer. Aber welche?«

»Das ist ein Wolfsmilchschwärmer«, sagte Maja, die hier oft

genug Raupen gesammelt hatte. »Sie fressen die giftige Wolfsmilch, um selbst giftig für Vögel zu werden. Raffiniert.«

Diese Art Nachtfalter war schon vor langer Zeit eingewan-
dert, doch jetzt war sie wieder selten geworden, weil es kaum
noch das passende Biotop für sie gab. Die bizarren Raupen
waren die realen Drachen ihrer Kindheit gewesen, vor denen sie
sich nie gefürchtet hatte, denen aber immer etwas Mystisches
anhing.

»Aha, danke!« Der Mann setzte das Tier sanft zurück. »Sagen
Sie, wenn Sie sich hier auskennen – warum heißt die Gegend die
Lenzerwische?«

»Wische ist das niederdeutsche Wort für Wiese. Der Ort
Lenzerwische hat seinen Namen erst vor einigen Jahren durch
den Zusammenschluss mehrerer Gemeinden erhalten. Im
Grunde aber heißt dieses ganze Gebiet zwischen Löcknitz und
Elbe, das wie eine Insel zwischen den Flüssen liegt, die Lenzer-
wische.«

»Aha, verstehe. Und noch eine Frage: Ich habe vor einer
Weile ein Schild gesehen, das auf einen sogenannten ›Bösen
Ort‹ hinwies. Können Sie mir sagen, was es damit auf sich hat?
Das scheint mir so gar nicht in die Gegend zu passen.«

Maja setzte sich auf einen angeschwemmten Baumstamm. Ihr
wissensdurstiger Gesprächspartner folgte ihrem Beispiel. »Der
Name bezieht sich auf einen Ort, an dem die Elbe an einer
verengten Stelle eine fast rechtwinklige Biegung macht. Die
davon geplagten Binnenschiffer haben den Namen geprägt.
Dazu kommt, dass dies bei Hochwasser eine sehr kritische
Stelle war. 2002, bei dem extremen Hochwasser, musste man
mit vielen Sandsäcken darum kämpfen, dass der Deich hielt,
denn dort drückte die Elbe nicht nur seitlich, sondern auch

frontal darauf. Sie können sich vorstellen, was da für Kräfte am Werke waren! Drei Jahre später begann man, einen Plan umzusetzen, von dem schon vorher eine Zeitlang die Rede war. Der alte Deich wurde rückverlegt, um dem Wasser mehr Raum zu geben. Das heißt, man hat landeinwärts einen neuen gebaut, und als er fertig war, hat man den alten an mehreren Stellen durchbrochen.«

»Ich habe davon gelesen. Man hat die Gelegenheit zugleich genutzt, um ein Naturschutzgroßprojekt zu verwirklichen. Das wollte ich mir gerne ansehen, aber als ich da eben auf dem neuen Deich entlanggeradelt bin, konnte ich mir das kaum vorstellen. Jetzt, wo Sie davon erzählen, wird es greifbarer.«

»Ja, die Feuchtwiesen und auch die Auenwälder wurden durch das Trockenlegen für die landwirtschaftliche Nutzung in großen Teilen zerstört. In den späten sechziger Jahren hat man das Gebiet hier in der Lenzerwische mit enormem Aufwand entwässert, um die landwirtschaftlichen Erträge zu steigern. Mein Großvater war darüber sehr traurig.«

»Weil mit den Feuchtwiesen für viele Pflanzen und Lebewesen ein wichtiges Biotop verlorenging? Es gibt zu viele Orte, an denen das geschehen ist. Das ist so schade.« Er runzelte die Stirn.

»Ja. Aber hier ist es zum Glück tatsächlich gelungen, es wiederherzustellen. Das dauert natürlich, ehe sich der Baumbestand erholt, aber man pflanzt nach und nach etwas an. Es wurden über eine Million Tonnen Erde bewegt, und nun gibt es 420 Hektar neue Überflutungsfläche für die Elbe. Als es 2013 das schlimme Hochwasser gab, konnte der Wasserspiegel dadurch um fast einen halben Meter abgesenkt werden. Ich war damals nicht oft hier, aber wenn, war es beeindruckend zu sehen, wie sich alles veränderte und was der Mensch wieder in Ordnung bringen kann, wenn er nur möchte.«

»Ein Lichtblick!«, sagte er. »Ich habe auf den Schildern gesehen, dass die Elbtalaue Lebensraum für über hundertfünfzig Vogelarten ist und außerdem zehn Amphibienarten nachgewiesen wurden, sogar sechs von der Roten Liste. Zum Beispiel die Rotbauchunke. Das nenne ich einen Erfolg! Aber die Herde Wildpferde, die ich glaubte, gesehen zu haben, waren sicher eine Halluzination, oder?«

Maja lächelte. »Nein, das sind tatsächlich Wildpferde. Es ist die Rasse Liebenthaler Wildlinge. Sie dienen der Landschaftspflege und sollen auf einem Gebiet von über sechzig Hektar eine halboffene Weidelandschaft erhalten.«

»Und haben gleichzeitig ein schönes Leben. Großartig!«

Maja und der Fremde sahen noch eine Weile auf den Fluss, dann stand er auf. »Vielen Dank für Ihre Auskünfte. Ich will Sie nicht weiter belästigen. Ich muss auch weiter. Wenn ich irgendwann Lehrer bin, werde ich meinen Schülern von diesem gelungenen Projekt erzählen. Das macht wirklich Hoffnung.«

»Ja, tun Sie das. Alles Gute weiterhin!«

Maja sah ihm nach. Er war so voller Schwung und Begeisterung. Sein Berufsleben würde erst beginnen. Sie konnte sich noch erinnern, wie sich das anfühlte. Das war erschreckend lange her. Wie sehnte sie sich nach dieser Aufbruchstimmung!

Aber ging das noch in ihrem Alter? Sie warf einen Kiesel ins Wasser, wie sie es früher getan hatte, und tröstete sich damit, dass sich wenigstens noch dieselben Ringe ausbreiteten. Doch, man konnte immer etwas bewegen, man musste nur damit anfangen.

Im Wasser lag noch mehr Sommerwärme, als sie angenommen hatte. Das Ufer war sandig hier am Rand, erst oben auf der Landzunge lag der Kies, zwischen dem Wolfsmilch und Kamille wucherte, Labkraut, Königskerze und wilder Thymian. Der Sand hatte eine wärmere Farbe als an der See, und doch musste Maja, während sie ihre Zehen darin bewegte, unversehens an Usedom denken. Seltsam, warum gerade heute? Das war so ewig her. Sie musste lange überlegen. Fünfundvierzig Jahre! Sie war dreizehn gewesen, als Clemens sich plötzlich nicht mehr in der Lage sah, in den Ferien dorthin zu fahren. Er hatte gesundheitliche Gründe vorgeschoben, aber sie hatte das Gefühl gehabt, dass da mehr dahintersteckte. Er wollte einfach nicht mehr. Zumindest hatte sie sich das damals in der Pubertät eingebildet und war ein wenig sauer auf ihn gewesen. Dann aber wurde der Sommer an der Elbe so schön, dass sie ihren Ärger vergessen hatte. Im nächsten Jahr war kaum noch die Rede davon gewesen, dass sie in früheren Jahren Sommer für Sommer ein paar Wochen auf der Insel an der Ostsee gewesen waren. Clemens' Argument, dass es ihm dort nun sowieso zu voll geworden war, war nicht von der Hand zu weisen. Gefühlt die ganze DDR machte damals an der Ostsee Urlaub. Es war günstig, und viele Alternativen gab es ja nicht. Man bekam nicht immer einen Platz in einem der Ferienheime, aber Clemens hatte dort jemanden von früher gekannt, der zwei Zimmer in einer Privatwohnung vermietete. Das war ein Glücksfall. Frau Zwicken war die Cousine eines früheren Kriegskameraden von ihm. Der Kamerad war im Krieg gefallen, erzählte Clemens, aber sie hatten sich schon in ihrer Jugend gekannt und viel schöne Zeit zusammen auf Usedom verbracht. Er fuhr gern dorthin, um sich an diesen Helmut zu erinnern und an die guten alten Zeiten.

Usedom, das war Softeis und Planschen im Wasser. Clemens, der Maja auf seinem Rücken trug und in die Wellen warf, wo es flach war und sie vor Vergnügen quietschte. Usedom war Sandburgen bauen und Elsie, die ihr die Schultern und die Nase eincremte und den Sand aus den Haaren kämmte.

Abends auf dem Balkon spielten sie Rommee und Mau-Mau. Und Schummellieschen. Clemens konnte wunderbar schummeln. Elsie überhaupt nicht. Maja versuchte, von Clemens zu lernen, aber beim Schummeln gelang ihr das nur selten. Dafür brachte er ihr andere Dinge bei. Viele andere Dinge. Aber erst zu Hause, nicht auf Usedom. Dort war er, wenn sie nicht gerade herumalberten, ungewöhnlich still und schweigsam.

»Der Clemens muss sich mal entspannen. Dafür ist Urlaub ja gedacht«, hatte Elsie erklärt, wenn Maja sich wunderte oder beschwerte. »Lass ihn einfach in Ruhe.«

Als Maja älter wurde und die Geschichte von dem gefallenen Kriegskameraden hörte, dachte sie sich, dass Clemens die Erinnerung an seinen Freund gewiss manchmal traurig machte, und dann brachte sie ihm ein Stück Kuchen von ihrem Taschengeld, drückte ihn und ließ ihn in Frieden.

Zurück an der Elbe, erzählte er dafür umso mehr. Zum Beispiel von den Grashüpfern, die er so mochte, dass er sogar einmal ein Kinderbuch darüber geschrieben und gezeichnet hatte, nachdem er nicht mehr zur See fuhr. Das Konzert der Grashüpfer begann ja meist gerade dann so richtig, wenn sie aus den Ferien zurückkehrten. Überall hüpfte es plötzlich, flirrte und sprang und trällerte. Meist waren sie so schnell wieder fort, dass man sie nur huschen sah, die kleine Gesellschaft auf der Wiese und unter den Blättern. Kobolde waren es, flüchtige Wesen, die

Maja neckten und in die Irre führten, wenn sie sie zu fangen versuchte.

Auf Usedom war sie nie wieder gewesen. Erst war da ihre Ausbildung, und dann Clemens, der immer kränker wurde, und dann hatte sie Sebastian kennengelernt. Mit ihm fuhr sie dorthin, wo er alte Handelswege erforschte, und das war nicht an der Ostsee. Die Hanse interessierte ihn nicht, über die wusste man schon so viel.

Auch jetzt und hier sprangen jede Menge Grashüpfer in den Kräutern umher und fingen die letzte Wärme der Sonne zwischen den aufgeheizten Steinen ein. Maja hockte sich hin und sah ihnen zu. Einer sprang über ihren Fuß, blieb einen Augenblick vor ihr sitzen. Eine Goldschrecke, wenn sie sich richtig erinnerte.

»Wo hängen denn die Grashüpfer ihre Puppen auf?«, hatte sie Clemens einmal gefragt. Damals hatte Elsie ihr gerade gezeigt, wie die Raupen sich verpuppten und später aus den Puppen ein Schmetterling schlüpfte. Maja fand es unendlich spannend, wie aus diesem kleinen braunen Ding etwas so Schönes entstehen konnte.

»Grashüpfer verpuppen sich nicht. Aus den Eiern schlüpfen keine Raupen, sondern kleine Larven, und die sehen schon beinahe so aus wie die erwachsenen Grashüpfer. Sie häuten sich einige Male, während sie größer werden. Wenn ihnen die alte Haut nicht mehr passt, streifen sie sie einfach ab. Darunter tragen sie eine neue, die besser zu ihnen passt. So verändern sie sich mindestens fünf Mal, bevor sie die letzte Haut ablegen und richtige Grashüpfer mit Flügeln werden.«

Eigentlich ist das einfacher, als sich mit einem Mal so sehr zu verwandeln wie die Schmetterlinge. Man muss nur mehr Geduld haben, dachte Maja. Ich habe schon so oft eine alte Haut abgelegt und mich verwandelt. Damals, als Mama und Papa verunglückt sind. Dann, als ich mit der Schule fertig war und die Altenpflege gelernt habe. Und dann wieder, als ich Sebastian geheiratet habe, und später, als ich Mutter wurde. Jetzt muss es mir eben noch einmal gelingen. Jetzt muss ich die Berufshaut ablegen. Das wäre das fünfte Mal. Dann müsste ich eigentlich meine Flügel erhalten …

Wenn Grashüpfer flogen, dann starteten sie nicht vom Boden aus. Sie sprangen erst ganz hoch, und oben dann breiteten sie ihre Flügel aus.

Maja musste also nur den Mut finden, zu springen – doch wohin?

Die Sonne verschwand hinter den Weiden, aber ein letzter Glanz des Tages lag noch silbrigblau auf dem Wasser. Das Konzert der Grashüpfer schwoll an, ein Fisch sprang mit einem Platschen, doch davon abgesehen herrschte rundherum Ruhe. Gemächlich zog der Fluss seines Weges. Die Kräuter dufteten. In Maja wurde es still.

Es war einfach zu schön hier, um traurig zu sein.

Für die Grashüpfer war es bestimmt auch nicht einfach, sich aus ihren alten Häuten zu schälen. Doch all jenen, die hier am Elbufer in den neu belebten Wiesen ihre Stimmen erhoben, war es gelungen.